CB030695

A TRANSPARÊNCIA DO TEMPO

LEONARDO PADURA

A TRANSPARÊNCIA DO TEMPO

TRADUÇÃO
MONICA STAHEL

Traduzido do original em espanhol *La transparencia del tiempo* (Barcelona, Tusquets, 2018)
Published by agreement with Tusquets Editores, Barcelona, Spain

Direção editorial Ivana Jinkings
Edição Bibiana Leme
Coordenação de produção Livia Campos
Assistência editorial Thaisa Burani
Tradução Monica Stahel
Preparação Ivone Benedetti
Revisão Mariana Zanini
Capa Ronaldo Alves
Diagramação Antonio Kehl
Fotos Lucía López Coll (capa e p. 376)

Equipe de apoio: Ana Carolina Meira, Ana Yumi Kajiki, André Albert, Artur Renzo, Clarissa Bongiovanni, Eduardo Marques, Elaine Ramos, Frederico Indiani, Heleni Andrade, Isabella Marcatti, Ivam Oliveira, Kim Doria, Luciana Capelli, Marlene Baptista, Maurício Barbosa, Renato Soares, Talita Lima, Thaís Barros, Tulio Candiotto

CIP-BRASIL. CATALOGAÇÃO NA PUBLICAÇÃO
SINDICATO NACIONAL DOS EDITORES DE LIVROS, RJ

P141t
Padura, Leonardo, 1955-
A transparência do tempo / Leonardo Padura ; tradução Monica Stahel. - 1. ed. - São Paulo : Boitempo, 2018.

Tradução de: La transparencia del tiempo
ISBN 978-85-7559-664-7

1. Romance cubano. 2. Ficção policial. I. Stahel, Monica. II. Título.

18-53203 CDD: 868.992313
CDU: 82-312.4(729.1)

1ª edição: novembro de 2018

BOITEMPO EDITORIAL
Jinkings Editores Associados Ltda.
Rua Pereira Leite, 373
05442-000 São Paulo SP
Tel.: (11) 3875-7250 / 3875-7285
editor@boitempoeditorial.com.br | www.boitempoeditorial.com.br
www.blogdaboitempo.com.br | www.facebook.com/boitempo
www.twitter.com/editoraboitempo | www.youtube.com/tvboitempo

Sumário

Para Lucía, já se sabe como e por quê.

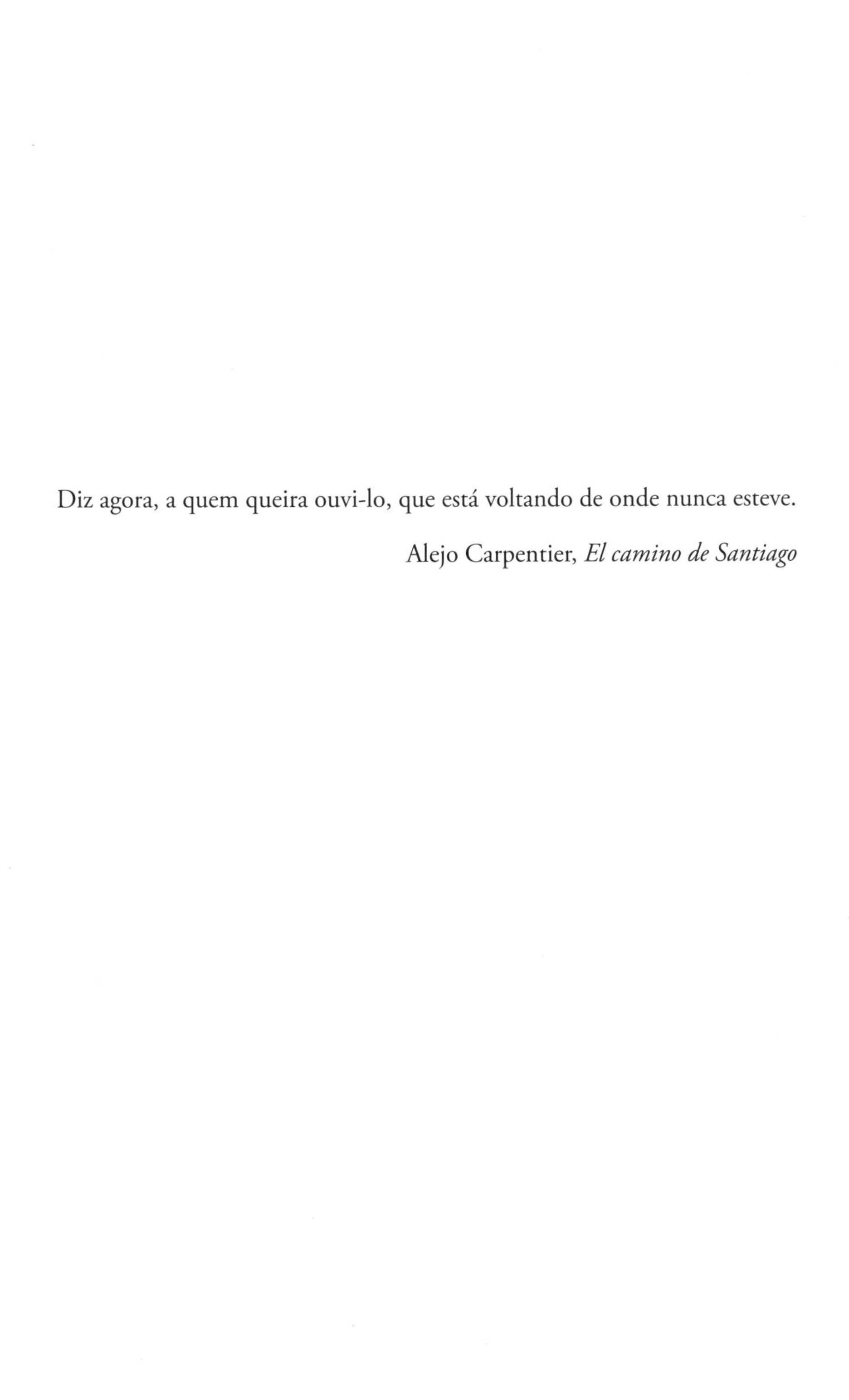

Diz agora, a quem queira ouvi-lo, que está voltando de onde nunca esteve.

Alejo Carpentier, *El camino de Santiago*

1

4 de setembro de 2014

A luz categórica do amanhecer tropical, filtrada pela janela, caía como o holofote da iluminação teatral projetado na parede da qual pendia a folhinha com seus doze quadrículos perfeitos, distribuídos em quatro fileiras de três retângulos cada uma. Os espaços do calendário tinham sido cromados originalmente com tons distintos entre o verde juvenil da primavera e um vetusto cinza invernal, jogo que só um desenhista muito imaginativo poderia associar a algo tão inexistente numa ilha do Caribe como as quatro estações do ano. Com o passar dos meses, algumas cagadas de moscas tinham contribuído para decorar o papel-cartão com reticências errantes; várias rasuras e as cores cada vez mais cansadas davam testemunho da utilização prática do impresso e da exposição à luz de esmeril que o destruía a cada dia. Traços de geometrias diversas e caprichosas, gravados ao redor, nas bordas, inclusive na superfície de certos números, remetiam a lembretes evocados em seu momento, depois talvez esquecidos, nunca cumpridos. Marcas da passagem do tempo e advertências para uma memória em fase esclerótica.

Os algarismos encarregados de especificar o ano corrente, na borda superior do calendário, tinham recebido uma atenção muito especial, com vários sinais enigmáticos, e o número encarregado de indicar o nono dia de outubro aparecia encerrado entre vários pontos de perplexidade, mais do que de exclamação, riscados com violência e com uma esferográfica de tinta preta, apenas um pouco mais tênue do que a utilizada pelos impressores para gravar as letras e os números no papel-cartão. E, junto das exclamações, a cifra mágica de ressonâncias numerológicas, de recorrência perfeita, na qual ele nunca tinha reparado antes: 9-9-9.

Desde que começara aquele ano lento, turvo, untuoso, Mario Conde tivera uma relação tormentosa com as datas atuais. Ao longo de sua vida, e apesar de ter sido sempre tão histórico, recordador e obsessivo, em geral prestara pouca atenção à conexão das pegadas e acelerações do tempo com o que essas marcas e velocidades implicavam, como sinais precisos, para sua própria vida e para a vida dos que o cercavam. Com frequência excessiva e lamentável, esquecia idades e aniversários, comemorações de bodas, datas de acontecimentos triviais ou extraordinários que para outras pessoas seriam (ou eram) memoráveis: como celebrações, luto ou como simples marca no cumprimento cíclico dos fluxos vitais. Mas a evidência alarmante de que entre os trezentos e sessenta e cinco dias delimitados pelos quadrículos daquele calendário barato encolhia-se à espreita o dia para ele ainda inconcebível, embora ameaçadoramente definitivo e real, em que completaria sessenta anos lhe tinha provocado uma comoção persistente que crescia com a proximidade da efeméride: 9-9-9. A evidência de uma quantidade incisiva, até mesmo de sonoridade obscena (sessenta, sessenta, algo se esvazia e explode, sse-sssen-ta), apresentara-se a ele como uma ratificação incontestável do que seu físico (joelhos, cintura e ombros enferrujados; fígado envolvido em gordura; pênis cada vez mais preguiçoso) e seu espírito (sonhos, projetos, desejos mitigados ou extraviados para sempre) iam sentindo havia algum tempo: a obscena chegada da velhice...

Já era realmente um velho? Para tentar sabê-lo, em pé diante da folhinha adornada por uma paisagem embaçada e crucificada por um par de pregos enfiados na parede de seu quarto, Conde respondia a essa indagação com novas perguntas: seu avô Rufino não era um velho quando, aos sessenta anos, o levava às rinhas da cidade e arredores e lhe ensinava as artes e manhas da briga de galos? Por acaso não chamavam Hemingway de Velho já uns anos antes do suicídio, aos sessenta e três? E Trótski não era O Velho quando aos sessenta e dois Ramón Mercader lhe abriu o crânio ao meio com uma stalinista e proletária picaretada? Para começar, Conde conhecia suas limitações e sabia-se muito distante de seu avô pragmático, de Hemingway, de Trótski ou de outros anciãos famosos graças a razões justas ou espúrias. Por isso sentia que, mesmo quando dava com o número doloroso, redondo e decadente, tinha razões de sobra para não pretender ser um Velho, com direito a maiúscula, mas estava apenas se transformando num velho de merda, categoria mais do que merecida em seu caso, na escala das senectudes possíveis e classificadas com zelo acadêmico pela seriíssima ciência geriátrica e pela sabedoria empírica da filosofia das ruas.

Em manhãs como aquela, sufocantes desde o amanhecer e inauguradas com a atenção presa ao calendário, esses cruzamentos perversos da aritmética, das estatísticas, da memória e da biologia costumavam enchê-lo de uma angústia crescente. O efeito intelectual da relação manifestava-se através de uma certeza lancinante. Porque, até no melhor dos casos (que, no dele, implicava apenas o fato de continuar vivo, se o fígado e os pulmões o acompanhassem), diante dele erguia-se a evidência numérica de já ter gastado as três quartas partes (talvez mais, ninguém sabe) do tempo máximo que passaria na Terra e a firme convicção de que o último período provável não seria o melhor em nada. Sabia perfeitamente que ser velho – até mesmo sem chegar a ser um velho de merda – é uma condição horripilante por tudo o que implica, mas, muito especialmente, por acarretar uma ameaça insubornável: a proximidade numérica e fisiológica da morte. Porque dois mais dois são quatro. Ou melhor: quatro menos três é um... só um, um quarto de vida, Mario Conde.

Dores físicas e frustrações existenciais à parte, a bandeira vermelha visível num horizonte que podia se aproximar ou se distanciar, mas nunca se desvanecer, o tinha atazanado com maior rigor aquela manhã. Instado por suas necessidades urinárias e de sobrevivência, enfrentou a decisão de abandonar a cama, afastar os desejos de mergulhar na leitura de um bom livro (ainda lhe restavam tantos para ler e cada vez menos tempo para vencê-los!) e até um apetite persistente de lançar-se na própria escrita. Por isso, depois de expulsar a abundante e fétida urina matinal, começou o processo cada vez mais árduo de encouraçar seu ânimo para dispor-se, mais uma vez, a dar o melhor de si para tentar impedir que a chegada inadiável da morte se antecipasse e se produzisse pelo simples caminho da inanição. Enfim: tinha de sair à porra da rua, concreta, em busca da vida que lhe restava, para retardar o mais possível a chamada fatal e esquecer suas punhetas mentais pseudofilosóficas ou literárias.

Enquanto tomava o café e olhava com ódio para o perverso maço de cigarros aos quais não pudera nem quisera renunciar, observou o sono tranquilo do seu cachorro, o antes tempestuoso Lixeira II, que os anos vividos também tinham tornado lento e até mais caseiro. Nos últimos tempos o animal, sempre namorador e rueiro, fazia sestas prolongadas e comia com menos fúria, evidenciando sua própria velhice, visível no encanecer do focinho, na opacidade do olhar carente e no escurecimento dos dentes... Que desastre, disse a si mesmo, e, ocupado em acariciar a cabeça e as orelhas do cão, tratou sem muito entusiasmo de começar a planejar sua jornada. O exercício foi tão fácil que sobrou tempo para continuar filosofando enquanto já aspirava as tragadas de sua primeira dose de nicotina do dia. Porque, como em qualquer outra manhã, sairia para bater perna pela cidade em busca de livros velhos à venda, depois comeria alguma coisa digerível pela rua ou algo muito mais substancioso se fosse dar na casa de Yoyi Pombo, seu sócio comercial. Mais tarde, com rum ou sóbrio, passaria pela casa do amigo Magro Carlos para encerrar a jornada pernoitando nos domínios de Tamara, que ele tinha presenteado com dois dias de ausência injustificada. O panorama não parecia muito novo, embora também não fosse lamentável: trabalho, amizade, amor, tudo um pouco desgastado, também envelhecido, mas ainda sólido e real. Fodido mesmo – reconheceu – era seu estado de espírito, cada vez mais marcado pela tristeza e pela melancolia, e não só pelo peso da idade física ou pela temida iminência de um aniversário de má sonoridade e piores consequências, mas pela certeza de sua exultante frustração vital. À beira dos sessenta anos, o que ele tinha? O que legaria? Nada de nada. E o que o esperava? O mesmo nada ao quadrado ou coisa pior. Essas eram as únicas respostas a seu alcance para cada uma das interrogações tão simples e pegajosas. E, para maior desassossego, também as únicas que podiam se oferecer a tantas pessoas, conhecidas ou desconhecidas, localizadas em sua idade e situadas em seu tempo e espaço.

Já vestido, depois de dar a Lixeira II algumas sobras de comida e outra rodada de carícias úteis para lhe tirar um par de carrapatos, quando se servia da terceira e última xícara da infusão despejada da cafeteira italiana, até com o ânimo um pouco melhor, sobressaltou-se com o toque do telefone. Havia algum tempo, as ligações na primeira ou na última hora do dia disparavam seus alarmes. Com tantos velhos como ele à sua volta, qualquer ligação podia chegar para anunciar algum final ou presságio de final.

– Alô? – perguntou, na expectativa, sempre temendo o pior.

– É da casa de Mario Conde? – disse uma voz lenta, indagativa, difícil de definir, imaginou que desconhecida.

– Ahã – afirmou, mais expectante, e ordenou: – Diga.

– Ora, vai dizer que não sabe quem está falando?

A tensão murchou. Era o tipo de interrogatório telefônico que sempre conseguia lhe alterar os nervos de tal jeito que às vezes o fazia beirar a violência assassina. E naquele dia, depois de ter desfrutado um amanhecer tão sartriano, espetou-o como um miúra.

– Caralho, como é que você quer...?

– Ai, cara, desculpe – pediu a voz, agora rápida e decidida, e acrescentou depressa: – É o Bobby, Bobby Roque, do pré-universitário... lembra?

Conde fechou os olhos, assentiu, sorriu, balançou a cabeça, ao mesmo tempo que percebia entre seus neurônios o nítido adejar de nostalgias remotas, quase extraviadas, perfumadas com o aroma nebuloso e ao mesmo tempo agradável do passado. Sim, claro, lembrava.

Roberto Roque Rosell... Ro-Ro-Ro... A confluência dos dois sobrenomes tinha sido arrematada com o nome, Roberto, para que, com todos aqueles erres e ós, categóricos, robustos, roucos, sua virilidade ficasse declarada, rutilante desde a denominação que o acompanharia por toda a vida, sob o precário preceito de que o nome também faz o homem. Talvez por isso – ou melhor: para isso – seus pais tivessem se negado a chamá-lo de Robertico, Robert, Robby, e desde sempre, ainda no berço, quando era um bebê roliço, apelidaram-no Robertón, confiando em que nas andanças pela vida, com sua aparência, que achavam imponente, ele honraria o apelido e justificaria todas as ilusões dos progenitores... Quinze anos depois do batizado, quando Conde o encontrou numa das salas do colégio pré-universitário de La Víbora – as mesmas onde conheceu Magro Carlos, Andrés, Coelho, Candito Vermelho e, claro, Tamara e até Rafael Morín –, aquele garoto delicado e famélico, duas ou três polegadas mais alto que o resto dos colegas (embora com menos quilos do que os necessários para arredondar sua figura magricela), em que se tinha transformado Roberto Roque Rosell não era conhecido como Robertón, para frustração dos pais, mas como Bobby. E não porque Bobby fosse um dos possíveis diminutivos anglômanos, tão em moda naqueles anos, nem pelo fato de ser a época de maior celebridade excêntrica de Bobby Fischer. Bobby devia ser Bobby porque o apelido tinha o sabor semântico que melhor se ajustava às características mais notáveis da personalidade de seu dono: aos quinze, dezesseis anos, o antes pretenso Robertón era meio bobo e um pouco lânguido demais – ou seja, meio bicha, para os ásperos códigos linguísticos e culturais de Conde e sua tribo.

Apesar de nunca terem sido o que se chama de amigos, a circunstância de frequentarem a mesma sala de aula por alguns anos criou certa proximidade de Conde, Carlos, o Coelho e Andrés com o evanescente Bobby, com quem na realidade não tinham muito em comum. O fato é que Bobby nem gostava de falar em beisebol, nos horários de aula dedicados ao estudo de matérias políticas se comportava como um cérbero ideológico repetidor de palavras de ordem e em questões de música era anormal a ponto de preferir uma tal de Maria Callas aos Beatles e até ao Creedence. No entanto, a capacidade do garoto para as matérias científicas transformou-o numa joia preciosa à qual recorriam seus congêneres durante as revisões apressadas daquelas disciplinas pétreas no dia anterior aos exames. Conde e seus amigos o admitiram então como uma espécie de monitor, relação em troca da qual ofereciam a Bobby certa proteção das possíveis e frequentes crueldades e brincadeiras de outros colegas de escola, em geral dispostos a esmagar qualquer manifestação de fraqueza ou de gosto por Maria Callas.

Naquela época, Conde e seus amigos várias vezes falaram, discutiram e analisaram o assunto coletivamente, até chegarem à conclusão de que Bobby ainda não era homossexual, mas que ao primeiro tropeço que desse acabaria fisgado. E não seria com uma flecha lançada por Páris ou Pândaro, como os heróis gregos da *Ilíada*, dos quais Bobby costumava falar como se os tivesse conhecido pessoalmente. "Vocês não acham esquisito ele gostar tanto de Aquiles, hein?", costumava perguntar o Coelho, mais devoto dos troianos do que dos aqueus cornudos. Por sua vez, Magro Carlos, que na época era muito magro e, além do mais, tão samaritano quanto seria pelo resto da vida, teve até a pretensão de afastar Bobby do tropeção fatal. Atribuiu-se a tarefa de procurar uma fêmea salvadora entre as amigas de Dulcita, sua namorada daquele e de outros tempos, embora seu empenho não tenha tido êxito: nem umas (as amigas de Dulcita) nem outro (Bobby) mostraram-se muito dispostos a optar por essa solução carnal, e logo Bobby e as meninas acabaram se tornando amigos e até confidentes, daqueles que falam cochichando, com risadinhas e de mãos dadas.

Quando terminaram o pré-universitário e se dispersaram pelas diversas faculdades, Conde continuou vendo Bobby, mas com menos frequência. Às vezes se topavam no restaurante universitário, em algumas ocasiões encontraram-se numa das recorrentes reuniões políticas de comparecimento obrigatório organizadas pela Federação de Estudantes, em outras viajaram no mesmo ônibus. Em cada encontro cumprimentavam-se com afeto, quase com alegria por parte de Bobby, sem falar muito, talvez porque seus mundos particulares tivessem se distanciado e ambos sentissem que tinham menos do que falar. Para surpresa de Conde – que na mesma noite remota revelara a descoberta aos amigos –, um dia tinha topado com Bobby num bar próximo da universidade onde à tarde era possível realizar o milagre havanês de conseguir cerveja. E Bobby estava lá não só tomando as ansiadas *lagers* como acompanhado de uma mulher a quem apresentou como sua namorada. Embora na opinião de Conde a moça não chegasse nem perto de ser uma beldade – muito mais baixa do que Bobby, com aparência e gestos que, para o antigo companheiro, talvez por seus preconceitos, eram meio rudes –, os velhos colegas de Roberto Roque Rosell alegraram-se com a conquista de Bobby. Só o Coelho, sempre dialético e histórico, opinou que o acontecimento na verdade não significava nada definitivo: o velho Bobby bem podia ser ambidestro, não é mesmo? Como Aquiles, o de pés ligeiros!

Durante o encontro, que viria a ser memorável, Bobby mostrara-se exultante e feliz, pois estava comemorando seu ingresso na seletiva e honrosa Juventude Comunista. Por isso convidou o ex-colega do pré-universitário a compartilhar umas cervejas com ele, com sua carteira vermelha de militante (Estudo, trabalho, fuzil!) e com a namorada (Yumilka? Katiuska? Matrioska?), que ele beijava com demasiada frequência e saliva... Depois disso, o rapaz tinha se esfumado, como um fantasma de ópera... Pode ter sido em 1978, época em que Conde, ao terminar o terceiro ano do curso, foi obrigado a largar os estudos e, para não morrer de fome e de maneira imprevista (também imprevisível), teve de aceitar o desafio de entrar na academia de polícia e dar uma virada radical no que (sempre pensaria) poderia ter sido sua vida. Desde então Bobby tinha desaparecido quase completamente, até da mente de Conde, para onde só voltava quando alguma reunião em que ele e os amigos chafurdavam nas saudades podia ser atravessada pelo espectro daquele personagem inclassificável. Que porra teria acontecido com Bobby?... Teria ido para o Norte como tanta, tanta gente? Não, Bobby não, o guarda vermelho não... Ou sim, ele também, como outros supostos ortodoxos que mudavam de ortodoxia?

Por isso, quando a figura de um ser andrógino, com o cabelo tingido de loiro acinzentado, um brinco no lobo da orelha esquerda, sobrancelhas delineadas e sorriso rutilante a iluminar um rosto já marcado por algumas rugas rebeldes entrou pela retina de Conde, seu cérebro não foi capaz de estabelecer a ligação com a última imagem armazenada de Bobby: uma cerveja na mão, olhos transbordantes de alegria e orgulho militante e varonil, um braço nos ombros de... Yumilka? Svetlana? Conde soube que devia, que tinha de ser ele porque depois de falar pelo telefone ficaram de se encontrar àquela hora ("perfeito, às cinco da tarde"), na casa de Conde ("sim, a mesma casa de sempre... mais velha e mais fodida... como tudo, como todos").

– Ai, mas você está igualzinho...! – começou a dizer o recém-chegado, enquanto o anfitrião ainda segurava a maçaneta da porta, exibindo sua melhor cara de idiota assombrado.

– Não me ofenda, Bobby – replicou o outro, quando conseguiu se recompor do choque visual. – Se há quarenta anos eu tinha essa fuça de agora... eu tava muito fodido... Mas você, sim, é que mudou...

– Não é? Diz aí, o que está achando do meu *look*? – perguntou, e depois acrescentou em voz baixa: – *Made in Miami*, filho!... A verdade é que agora estou tingindo para esconder os branquinhos... A velhice... *Vade retro!*

Conde sentiu que uma grande mudança tinha se produzido não só no *look* de Bobby, tão extravagante e ao mesmo tempo incrivelmente mais harmônico. Sua personalidade também tinha mudado, o que as duas únicas frases trocadas e a desenvoltura física afeminada do recém-chegado mostravam com clareza.

E não pôde deixar de pensar que o fato de se assumir como o que sempre fora ou quisera ser parecia ter libertado Bobby de sua timidez densa, pois a pessoa na qual se tinha transformado exibia uma descontração completamente alheia à sua imagem ensimesmada de jovem reprimido, dir-se-ia quase que comprimido: como se tivesse rompido amarras e na verdade fosse outra pessoa. Os benefícios da liberdade.

– Estou te achando bem – observou Conde, ainda sob o efeito da comoção, e se pôs de lado para dar passagem ao visitante. – Vem, entra. Quer dizer que agora você está morando em Miami?

– Não, não – esclareceu o outro. – O *look* e a tintura são de Miami... o resto, cem por cento cubano... Por falar nisso, para você cairia bem uma tintura... Olha esses branquinhos... Um castanho escuro!

Antes de fechar a porta, Conde olhou para os dois lados da rua. Não lhe agradava muito a ideia de que as pessoas do bairro o vissem enfiar em casa tal personagem, embora àquela altura da vida ninguém pudesse pensar dele nada pior do que já pensava. Avançou até a cozinha, ofereceu uma cadeira a Bobby e se aproximou do fogão para acender a boca sobre a qual descansava a cafeteira preparada.

– Quer água? – perguntou a Bobby, que fazia um gesto de cansaço enquanto enxugava o suor.

– É mineral? Está fervida?

– Mineral? Fervida? A água? – perguntou Conde.

– Deixa, deixa... estou com a minha aqui – e Bobby abriu a bolsa de muitas cores que levava a tiracolo para tirar uma garrafa de água rotulada e um envelope pardo que colocou sobre a mesa. – É preciso se cuidar... os vermes, os vírus, toda a porcaria que anda pelo ambiente. O cólera! O ebola! A chicungunha!... Só o nome dessa merda já dá pavor. Sinto pontadas no cerebelo...

– Tem razão – disse Conde. – No ano que vem vou começar a ferver a água...

– Ai, cara, você como sempre... mais...

– Mais o quê?

– Mais machista...

– Porra, Bobby, já não sou nem isso... Agora sou hipertenso e, como não fervo a água, devo ser suicida...

Aproximou-se do fogão e constatou que a cafeteira estava terminando de coar.

– O meu sem açúcar – Bobby avisou quando ele tirou a engenhoca do fogo.

– Café sem açúcar?

– É preciso se cuidar... Estamos ficando velhos...

– Nem me fale nisso – disse Conde, entregando a xícara ao visitante ecológico e pondo açúcar na sua. Enquanto tomavam o café, atreveu-se a realizar um exame mais detido do ex-colega. Continuava achando Bobby uma pessoa diferente da que tinha conhecido anos atrás. Era e não era Bobby. Tinha engordado um pouco, não muito, só o suficiente para parecer mais bem proporcionado, embora o rosto estivesse mais flácido, em parte por causa dos anos, mas também, ele supôs, de um estado de espírito diferente. E, o que ainda era capaz de espantar Conde: além do brinco, do cabelo descolorido e tingido e das sobrancelhas delineadas, o ex-colega também exibia no punho a pulseira de contas azuis e cristais transparentes com a qual proclamava sua iniciação à *santería**, religião africana pragmática capaz de resistir a todos os embates do cristianismo colonial, da moral burguesa republicana e, nos últimos quinquênios, à ofensiva marxista-ateísta. Então quer dizer que Bobby, o militante, tinha virado *santero*...

– Diga alguma coisa da sua vida... – pediu a Bobby.

Violando com toda a certeza alguma regra sanitária do visitante, Conde acendeu um cigarro, soltou a fumaça e se dispôs a ouvir.

– Aconteceu tanta coisa, Conde...! – disse o outro, e mexeu uma mão com um gesto dos mais afeminados. – Nem sei por onde começar, cara...

– Por onde te der mais vontade – propôs ele, e acrescentou: – Por esse brinco e esse loiro não sei o quê...

Bobby sorriu com certa tristeza.

– Loiro acinzentado... É uma história compriiiiida compriiiiida, mas vou deixar bem curtinha para você... Me casei, tive dois filhos, que já são homens, homens homens, sem dúvida...

– Que bom!... – Conde se espantava cada vez mais. – Você se casou com aquela moça da universidade? Yumilka?

– Katiuska! – exclamou Bobby e imediatamente acrescentou: – A filha da puta da Katiuska! Como é que você se lembra dela?

– O que foi que a Katiuska te fez? Feia daquele jeito, ela te chifrou? – perguntou Conde, para evitar responder.

Bobby o olhou com tal desalento que, pela primeira vez, permitiu ao ex-policial encontrar na imagem que tinha à sua frente o fantasma do jovem viscoso que havia conhecido muitos anos atrás: um ar de desconsolo com um pouco de tristeza, muita fragilidade e bastante medo.

---

* Candomblé e *santería* são sistemas religiosos que fundem crenças católicas com crenças iorubá (no Brasil e em Cuba, respectivamente). Embora haja semelhanças, não há uma correspondência exata entre ambos, daí mantermos na tradução a denominação *santería*. (N. T.)

– Não, nem ela me chifrou nem me casei com a Katiuska. Katiuska fodeu minha vida... ou me salvou, não sei... Mas não é essa a história que eu queria te contar... Bom, vou resumir o currículo: quando terminei a universidade me casei com Estela, Estelita, a mãe dos meus dois filhos. E tudo ia muito bem até que conheci Israel num negócio que andei fazendo e... explodi! Me apaixonei como um cão, não, como uma cadela perdida!

Conde pensou: pode ser que a grande história de Bobby se resuma a uma libertadora saída do armário.

O visitante sorveu o fundo da xícara de café e apontou para Conde o maço de cigarros.

– Isso não faz mal?

– Faz – disse Bobby. – Mas me deu uma vontade!...

Bobby acendeu o cigarro que Conde lhe deu e exalou a fumaça, ostentando intensamente o prazer provocado por aquele ato.

– Escuta, Conde... e afinal você escreveu alguma coisa?

– Sim, tenho algumas coisas por aí – disse, porque era verdade, mas sem saber por que razão adornou a afirmação com cores falsas, como se precisasse de uma justificativa diante do mundo. – Estou vendo se preparo um livro... Mas esquece isso, continua a tua história.

– Bom... me separei da Estelita, fui viver com Israel e ficamos juntos uns dez anos, até que ele foi embora para Miami, porque não aguentava mais o calor...

– Dizem que em Miami também faz um calor do caralho... Não é verdade?

– Ai, cara, essa história de calor é pretexto... Israel não aguentava mais... você sabe, a situação, a coisa... – e fez um gesto como se formasse uma esfera enorme capaz de abranger tudo.

– Ah, a coisa – Conde ponderou. – E?

– E nada, o de sempre... tive vários parceiros, até que há uns dois anos conheci Raydel e... voltei a me apaixonar como uma cadela perdida, louca e, ainda por cima, velha!

– É bom estar apaixonado – ponderou Conde, sempre tão propenso a cair naquele estado de graça e vulnerabilidade... embora em seu caso sempre por mulheres e, havia muitos anos, por uma mesma mulher.

– Mas perigoso, muito perigoso... Por isso estou aqui.

– Porque está apaixonado?

– Por causa das consequências...

– Estou entendendo cada vez menos.

Bobby amassou no cinzeiro o cigarro fumado pela metade depois de dar uma última e gulosa tragada, justamente quando Conde pegava e acendia outro.

– Vamos ver, vamos ver como vou te explicar... – Bobby passou a mão pelos cabelos descoloridos e piscou várias vezes. – É que isso é terrível, cara! Conheci Raydel na casa do meu padrinho – começou, e tocou na pulseira de contas brilhantes atada ao punho, para depois inclinar-se para um lado, colocar as pontas dos dedos no chão e, por fim, levá-las aos lábios. – Já faz dezoito anos que me fiz santo... Yemayá*...

– Mas você não era dos materialistas históricos e dialéticos? – perguntou Conde, que acompanhara em silêncio inquisitivo o ritual de Bobby e não podia deixar de tripudiar em situações como aquela: massacrar um pouco antigos repetidores de ordens e lemas de manuais de marxismo que depois acabavam militando nos cultos afro-cubanos, primitivos e, é claro, opiáceos, como todas as religiões, dizem que Marx *dixit.*

– Conde, eu era um mascarado... como quase todos. Coube a mim esconder por toda a vida que era uma bicha da cabeça aos pés e que acreditava em Deus e na Virgem Santíssima... E passei os primeiros quarenta anos da minha vida fingindo, me reprimindo, me torturando, para que meus pais, para que vocês, meus colegas, para que todo mundo nesta pátria machista-socialista acreditasse que eu era o que devia ser e não me dilacerasse a vida: um jovem exemplar, varão e militante, ateu e obediente... Você não imagina o que foi minha vida, não mesmo...

Conde não se atreveu a fazer nenhum comentário. Sabia muito bem das ocultações e das pressões a que tanta gente tivera de resistir para poder viver numa sociedade obstinada em reger todos os comportamentos éticos, políticos e sociais e em reprimir, com rigor e até com sanha, qualquer manifestação de diferença. E Bobby parecia ter sido uma vítima perfeita.

– Bem, como eu ia dizendo... conheci Raydel na casa do meu padrinho. Raydel tinha chegado recentemente de Palma Soriano, para os lados de Santiago de Cuba, e estava metido no negócio de vender animais aos *santeros*... Você tinha que ver: um moreninho com uns olhões, uns cílios compridos, uma boca...

---

* Embora Iemanjá e Yemayá sejam a mesma divindade iorubá, nas duas culturas elas adquiriram características próprias. Yemayá, por exemplo, é sincretizada com a Virgem de Regla na *santería* cubana; no Brasil, Iemanjá é sincretizada com a Nossa Senhora dos Navegantes no candomblé e com a Nossa Senhora da Conceição na umbanda. Para marcar essas diferenças, manteve-se nesta tradução o nome Yemayá. (N. T.)

– Pode parar – interveio Conde. – Já entendi. Tudo bem, você se apaixonou. E?

– Dei-lhe um bom banho para tirar o cheiro de bode que ele tinha e me enredei com aquela belezura. Depois o levei para a minha casa. Vivemos juntos por dois anos, como se fosse um sonho... e, bem, nisso Israel me convidou para ir a Miami e os senhores imperialistas americanos ficaram loucos e me deram o visto. Fui pra ficar dois meses, encontrar Israel e, de quebra, tentar acertar umas coisas da minha firma...

– Você tem uma firma? – Conde arqueou uma sobrancelha: seu velho companheiro estava se revelando insondável. Também comerciante.

– Sim, de compra e venda de objetos valiosos, obras de arte, joias, coisas caras...

– E quando voltou descobriu que Raydel tinha sumido com tudo o que podia...

O espanto de Bobby foi evidente. Piscou muitas vezes, como se não acreditasse no que tinha ouvido.

– Porra, Bobby – o outro veio em seu auxílio –, eu não sou *santero*, mas lembre que fui policial por dez anos... Tenho certeza de que, se você me procurou e está aqui, é porque aconteceu alguma coisa fodida...

Bobby assentiu, com enorme tristeza refletida no rosto.

– Levou tudo, Conde, tudo... Joias, a televisão, as lâmpadas e as panelas!

– Caralho!

– Por sorte, antes de ir embora eu tinha vendido muita coisa para levar dólares para Miami e preparar uns negócios que deixei montados lá... Mas Raydel trouxe um caminhão e fez uma mudança... O colchão! A chaleira de ferver água para matar os bichos!

– E você o denunciou para a polícia?

Bobby começou a negar com a cabeça, como se estivesse se opondo a algo muito íntimo.

– Ainda estou apaixonado, cara!... Se eu denunciar, ele vai preso e...

Conde jogou pela janela a ponta do cigarro. Obrigou-se a não julgar Bobby e suas fraquezas amorosas, pois ele mesmo tinha cometido vários disparates com as suas. Ou todos os disparates... embora sempre com mulheres, ponderou – machista – novamente para si mesmo.

– E quando foi que você voltou de Miami?

– Faz... oito dias – Bobby calculou.

– Puxa, oito dias é um século...! E... o que você quer que eu...? – Conde começou mas se deteve, alarmado, ao finalmente entender o que estava acontecendo e mudou de rumo. – Porra, Bobby, como você me achou?

– Pelo Yoyi Pombo, claro... Pedi que ele não te dissesse nada, para fazer surpresa...

Conde observou o ex-colega de estudos não como se agora fosse um gay tingido e depilado, um crente e até um comerciante com tentáculos em Havana e Miami, mas um extraterrestre.

– E de onde você conhece o Pombo?

– Da firma...

Agora era Conde quem balançava a cabeça. Cada vez entendia menos. Ou mais.

– Ora, Conde – Bobby tentou raciocinar. – Fiz negócios com Yoyi duas ou três vezes, de livros valiosos e alguns quadros de pintores cubanos. E, quando ele ficou sabendo do que tinha acontecido comigo, como já sabia que você e eu nos conhecíamos do pré-universitário, que éramos amigos... recomendou que viesse falar com você. Disse que, embora você já não seja policial, às vezes se dedica a encontrar pessoas e coisas... E, como confio em você...

Conde não teve outra opção a não ser sorrir: porque o mundo era tão pequeno a ponto de Bobby acabar comprando, por meio de seu sócio, o Pombo, alguns livros valiosos que ele mesmo tinha conseguido localizar em suas caçadas havanesas; porque, além do mais, seu parceiro comercial tinha funcionado como agenciador para um serviço de detetive particular; e porque, em honra aos velhos tempos, lisonjeava-o ouvir Bobby afirmar que eram amigos e confessar que confiava nele.

– Porra, Bobby, mas você está louco em dar ouvidos ao Pombo...

– Ai, meu amigo, você tem que me ajudar – interrompeu Bobby, pegando uma das mãos dele com as suas duas. – Não quero denunciar Raydel, nem espero que ele me devolva algumas das coisas valiosas... mas minha Virgem de Regla...

– O sujeito levou até os santos?

– Pois eu te disse que ele levou tudo, Conde, tudo... menos os colares e os mantos de Yemayá. Parece que ficou com medo e nem tocou nisso... mas a imagem da Virgem de Regla, essa ele levou.

– E você quer recuperar uma Virgem que pode comprar em qualquer lojinha...

– Não é uma Virgem qualquer, Conde! É a minha, a minha!... É minha mãe... – Bobby suspirou como se estivesse muito abalado. – Imagine, essa Virgem de Regla era da minha avó, ela ganhou de presente do pai quando pequena. E, quando fui me fazer santo, e saiu que eu tinha que receber Yemayá, que também é a Virgem de Regla, sabe?, ela me deu de presente... Não, cara, não é uma Virgem qualquer... veja, veja que beleza.

Bobby, com um leve tremor nas mãos, pegou o envelope pardo que tinha colocado na mesa e tirou duas fotografias coloridas de cinco por sete centímetros. Numa aparecia ele mesmo, alguns anos mais jovem, vestido de branco e com o pescoço carregado de colares rituais, diante de um pequeno altar de parede no qual se destacava a efígie de uma Virgem, de rosto e membros negros, sentada numa cadeira com reminiscências de trono, em postura majestática, e ataviada com uma capa azul filetada de branco prateado. Na cabeça, uma coroazinha de ouro, sobreposta ao que parecia uma espécie de toucado de aparência régia. Em pé, apoiado em sua coxa direita, envolvido por seu braço, um menino Jesus, negro como ela, inclinava-se para o peito materno, segurando uma esfera na mão esquerda e com a direita levantada. O braço direito da Virgem, por sua vez, parecia estendido para a frente, mas Conde não viu a mão da figura. Tomando como referência o corpo de Bobby, calculou que a efígie devia ter uns quarenta ou cinquenta centímetros, o que a tornava um pouco maior do que muitas das imagens fabricadas em série, destinadas a povoar altares domésticos.

– A Virgem não tem a mão direita?

– É, parece que se quebrou em algum momento. Desde que me recordo dela é assim, sem essa mão... Mas diga, querido, não é linda?

A outra foto era um retrato de três quartos da Virgem: agora Conde observou melhor suas feições, sem dúvida mais mediterrâneas do que africanas, apesar da negritude, com um reflexo verde ou azulado bastante esmaecido nos olhos, talvez um pouco puxados. Seu rosto era de uma beleza tranquila e profunda que, na madeira negra e brilhante, conseguia transmitir uma evidente sensação de bondade e, ao mesmo tempo, de hierática firmeza, reforçada por sua postura régia.

– Sim, é linda, realmente... E estranha, não? – ponderou Conde, que voltou a ajustar os óculos, a que tinha recorrido para observar as fotografias, mas mesmo assim cerrou um pouco as pálpebras para ajudar as pupilas desgastadas pelos anos a fazer uma nova revisão das imagens. – Não entendo muito disso, mas acho que nunca tinha visto uma Virgem de Regla assim, sentada... Além disso, tem alguma coisa...

– Pois é por isso que estou aqui, velho. Porque tem alguma coisa... Essa Virgem é uma relíquia, está com a minha família há não sei quantos anos... E ela é poderosa! Poderosa de verdade! Conde, preciso que você me ajude a encontrar Raydel e que ele devolva minha virgenzinha. Só posso confiar em você, cara. Tem que me ajudar, pelos velhos tempos, pela amizade, não é?

Assim que Bobby saiu de seu campo visual, Conde digitou o número de telefone da casa de seu amigo Carlos e lhe contou o recente encontro extraordinário. Bobby Roque em pessoa! Bobby escancarado! *Santero* e comerciante! Roubado em alma e bens por um Adônis de Santiago. E Carlos o fez prometer que, quando tivesse uma chance, iria vê-lo para contar em detalhes a fabulosa reaparição de Bobby Roque Rosell. E que no caminho compraria uma garrafa de rum, é claro. E que não esqueceria que faltava um mês para seu aniversário e eles... Conde se despediu.

Precisando de respostas e de alívio para seus espantos, tomou um táxi particular na *calzada* do bairro. No trajeto até a casa de Yoyi Pombo, foi pensando no que tinha acontecido. Seu ex-colega queria contratá-lo: amigos, amigos, negócios à parte, dissera Bobby, e oferecera lhe pagar sessenta dólares por dia (a palavra sessenta começava a melhorar de fonética e, sobretudo, de semântica) e mais mil se recuperasse a Virgem. Era tão forte assim sua devoção por uma imagem específica? Por acaso ela não era, como muitas outras, um pedaço de madeira talhada ou de gesso a que os atributos externos (roupas, coroas, pinturas) davam forma física definitiva? O fato de constituir uma relíquia familiar era tão importante para o novo e mais autêntico Bobby? E o que significava a afirmação de que ela era poderosa?... Conde, que apesar de seu misticismo latente considerava-se uma mistura de agnóstico e ateu, não se sentia capaz de entender tal relação de dependência mística, quase amorosa, com uma imagenzinha cujo valor espiritual se devia apenas ao que os devotos colocavam nela e, no caso, à sua relação familiar, mais tangível e íntima.

Yoyi o esperava na varanda de casa, enfiado numa calça branca de linho e numa camiseta imaculada sob cujo tecido se marcava a quilha de seu peito de pombo. Sobre o promontório ósseo brilhava uma medalha pesada, pendurada numa grossa corrente de ouro... uma medalha com a imagem da Virgem, em sua versão da Caridade do Cobre cubana. Junto ao meio-fio da calçada, com o focinho apontado para o centro da cidade, estava estacionado seu Chevrolet Bel Air conversível 1957, mais reluzente do que nunca graças à pintura recente de laca que, decerto a Virgem saberia por que caminhos, tinha chegado até Yoyi vinda da própria fábrica da Ferrari.

Os homens apertaram-se as mãos e o recém-chegado deixou-se cair num dos cadeirões da varanda, deslocando-o para ficar de frente para o anfitrião.

– Então, o cliente já foi te encontrar? – perguntou Yoyi, com o maior sarcasmo.

– Ele saiu da minha casa faz uma hora...

– E o que achou do Bobby? É uma figura... quando ele me contou o que tinha acontecido, eu disse a mim mesmo: isso é serviço para o Conde!

– E por que não falou comigo antes, companheiro?

– Porra, *man*, porque o Bobby disse que você tinha sido amigo dele, e eu sei que tudo o que tem a ver com o pré-universitário de La Víbora te interessa e... ah, claro, e porque, como eu sou seu agente comercial, sei que vai ser uma boa você ganhar esses cem paus por dia que...

Conde levantou a mão para interromper o discurso do outro.

– Quanto você disse?

Yoyi olhou-o intensamente e ficou em silêncio, como que à espreita. Tinha farejado alguma coisa. Se Yoyi tinha uma qualidade notável, era o faro mercantil e financeiro. E, se tinha outra, era que, apesar de se comportar como uma fera nos negócios, realizava-os com honestidade e transparência. E, se precisasse ter mais alguma qualidade, seria seu fraco por Conde: pois, apesar de ser uns vinte e cinco anos mais novo que o aliado na compra e venda de livros velhos, Yoyi tinha uma amizade inabalável pelo ex-policial, não só porque certa vez ele o salvara de um roubo com espancamento que poderia ter sido mortal, mas também porque se sentiam tranquilos fazendo negócios um com o outro, sem temer possíveis traições. Fazia anos que Yoyi expressava aquela estima protegendo Conde: como ganhava muito dinheiro com transações comerciais diversificadas – seu espectro era infinito, mais do que amplo –, recompensava o amigo menos hábil para se arranjar na vida e, de vez em quando, por caminhos não onerosos, salvava-o da miséria. Da *fuácata*, como geralmente chamavam o estado de indigência em que quase sempre vivia o policial renegado.

– Eu disse cem, *man* – falou Yoyi, apertando os olhos, como se precisasse focalizar melhor o Conde, que balançava a cabeça.

– Sessenta por dia e mil ao recuperar a Virgem...

– Mas é um sacana! – disparou Yoyi. – Tínhamos combinado cem por dia, mais os gastos e dois mil pela Virgem...

Conde sentiu o coração saltar do peito.

– Mas Yoyi, tanto assim...! Por uma Virgem de Regla?

– Tanto assim coisa nenhuma, Conde! Essa Virgem de Regla é uma escultura do século XIX trazida da Andaluzia e certamente vale um dinheirão...! E o Bobby está cheio da grana! Sabe quanto ele ganhou com os dois quadros de Portocarrero, o de Amélia Peláez, o de Montoto e uns desenhos de Bedia que levou para Miami?... Depois de cobrir as despesas e de pagar todo mundo que era preciso pagar para tirar os quadros daqui, ficou com setenta mil verdinhas limpas, *man*. Assim, na mão. Setenta mil dólares! E você nem imagina quem são alguns dos clientes do Bobby aqui em Cuba e as coisas que ele vendeu!...

Não ouviu falar de umas paisagens falsas de Tomás Sánchez que andavam circulando por Miami?

Foi aí que o coração de Conde parou: setenta mil dólares de lucro num negócio e quadros falsos na jogada? E eles pensando que Bobby era um idiota!...

– Deixa comigo essa história do dinheiro. Sua parte é procurar o veadinho e ver aonde caralho foi parar a bendita Virgem... e ganhar essa grana.

Sob os efeitos da comoção, Conde assentiu várias vezes, ocupado em revistar os bolsos em busca do maço de cigarros, sem lembrar que o colocara, junto com o isqueiro, na mesinha de ferro e vidro da varanda. Quando finalmente descobriu o paradeiro dos cigarros, acendeu um para se acalmar com a nicotina.

– Nós no pré-universitário sempre achamos que o sujeito era bobo... além de meio bicha.

Finalmente o Pombo sorriu.

– Pois se ele era bobo está completamente curado, porque agora é um tigre nessa coisa de comprar e vender quadros e tirá-los de Cuba quando é preciso... Quanto ao outro assunto, vocês calcularam muito por baixo. Porque ele é bicha e meio, como você deve ter visto, não é? E como aproveita!

Conde mal ouviu os comentários de Yoyi, pois sua mente estava absorta em fazer contas. Cem dólares por dia! Já fazia quatro ou cinco anos que o pintor Elías Kaminsky tinha aparecido em Havana em busca de ajuda para completar a história do pai, o judeu Daniel, e por seus serviços na pesquisa Conde tinha recebido uma bela quantidade de dólares. Mas desde então trafegara por um túnel escuro, pois o negócio da compra e venda de livros estava cada vez mais paupérrimo, tanto que ele até andava pensando em se reciclar e encontrar outra maneira de sobreviver, como alguns colegas seus.

– Bom, *man*, não se preocupe com a história da grana... Porque você vai fazer esse trabalho, não é mesmo?

Conde perdeu-se agora em outros cálculos mentais: que diabos faria para encontrar em Havana ou sabe Deus onde um sujeito que não queria ser encontrado?... Só com a ajuda da polícia, respondeu para si mesmo.

– Não vai ser fácil – ponderou, e terminou de fumar.

– Por isso estão te pagando, *man*... Bom, agora te convido para comer... Às nove tenho que estar no El Vedado para encontrar uma gata... – disse, e apontou para o Bel Air.

– E qual é o cardápio de hoje? – perguntou Conde, sempre disposto a se surpreender com os pratos com que o sócio costumava se regalar. Para satisfazer seus gostos gourmet, o ex-engenheiro Jorge Reutilio Casamayor Riquelmes, vulgo

Yoyi Pombo, tinha conseguido uma cozinheira (a mulher se vestia de branco e até usava chapéu de chef) capaz de lhe preparar as iguarias que ele desejasse e que (por se tratar de Yoyi, dizia ela) se dedicava, ainda por cima, a passar suas calças e camisas de algodão ou linho, também com arte especial – herdada, segundo ela, do avô tintureiro e filipino.

– Disse a Esther para fazer alguma coisa leve, já que vou encontrar aquela gata... sabe como é... Aí ela fez um arroz com vegetais, uma salada com muitas verduras e um gaspacho. É bom para esse calor...

Conde fora se entusiasmando com a enumeração e, no anticlímax final, sentiu como se tivesse caído num buraco. O quê? Só isso? Arroz e verduras? As dietas que o perseguiam eram uma conspiração contra seu apetite? Observando a expressão de Conde, o Pombo sorriu.

– E dois filezões de vaca completos, Conde... A la *dutch*, com muita pimenta verde... Porque eu sabia que você vinha! Olha, *man*, foi uma premonição, e eu a senti aqui – Yoyi cravou os dedos debaixo do mamilo esquerdo, adernado no declive de seu peito de pomba.

– Não enche o saco, Yoyi, o cara das premonições dolorosas aqui sou eu... – Conde reivindicou sua patente premonitória. – E, a propósito, as vacas ainda existem? E têm filé?

Sentiu, cada vez mais alarmado, que começavam a cercá-lo, até a agredi-lo, empenhados em subjugá-lo. Achava bom que todos quisessem se salvar, o perigoso era que, por tabela, pretendiam salvá-lo. Infusão de camomila em vez de café!... E ainda por cima sem açúcar! Por acaso achavam que estava tão velho e fodido?

Conde observou como Tamara, protegendo a tampa do bule de porcelana, despejava o líquido esverdeado nas xícaras filetadas de ouro. Como sempre, admirou a elegância e a precisão de seus gestos, harmônicos e aristocráticos, tão distantes de seus modos bárbaros de jogador de beisebol frustrado. Por que essa mulher me aguenta... e ainda vai para a cama comigo?

Aos cinquenta e sete anos, Tamara parecia ter dez a menos. Dietas, exercícios, tinturas e cremes (italianos, caros e eficazes, enviados do além-mar por sua irmã gêmea Aymara) tinham nela efeito positivo tão intenso quanto era negativo para Conde o efeito da alimentação disparatada, do consumo de cigarros e álcool e da exposição ao sol canicular da ilha nas peregrinações diárias em busca de livros compráveis. Aquela noite, além do mais, como que para lhe mostrar o que ele geralmente perdia em suas ausências, Tamara o esperara vestida apenas com uma camisola quase transparente, sem sutiã, e com uma tanga preta que mal cobria o rego de seu traseiro protuberante de sempre, duro e resistente ao passar do tempo. Ao chegar, o homem a tinha contemplado de cima a baixo, de frente e pela retaguarda, e se congratulou ao sentir um leve recolhimento do escroto e um alvoroço promissor no pênis.

Enquanto tomavam a camomila – ele se negou a tomá-la sem açúcar –, Conde lhe contou a notícia do dia: a materialização de Bobby, saído do esquecimento. Ela achou incrível que o ex-colega fosse *santero* e comerciante, embora não tenha se espantado muito com a constatação de sua preferência sexual e tenha sorrido com gosto ao ver a foto que Conde lhe mostrou.

– Relacionar-se com um gay já não te dá urticária? – alfinetou Tamara, conhecedora de todos e de cada um dos preconceitos do amante.

– Você sabe que já me curei há algum tempo... Ou melhorei bastante.

A mulher concordou. Ele a observou de novo: sim, continuava bonita.

– E o que você vai fazer para encontrar o tal Raydel? – perguntou ela. E naquele instante ele teve a certeza de que suas qualidades de rastreador estavam decaindo a uma velocidade tão espantosa quanto o passar do tempo rumo à decrepitude.

– Estou comendo bola... Nem perguntei ao Bobby se ele tem uma foto do rapaz. Espero que tenha...

– E se ele tiver voltado para Santiago, o que você vai fazer, Mario?

Tamara parecia intrigada de verdade. Sabia que Conde era capaz de ir até Santiago de Cuba e ficar lá semanas e meses, perdido numa floresta de garrafas de rum.

– Bobby acha que ele está aqui, em Havana. Pra vender melhor tudo o que roubou. Em Santiago parece que as pessoas estão na *fuácata*. Pior do que aqui...

Com disciplina, Conde terminou sua infusão e acendeu um cigarro. Era difícil se concentrar tendo diante de si a nudez translúcida de Tamara. Embora estivesse prestes a entrar na terceira ou na quarta idade, ou talvez tendo essa circunstância como agravante, seu sentido da atração pelos encantos femininos continuava vivo e, até, muito exaltado: possivelmente mais do que em tempos pretéritos de maior vigor físico. Como que abduzido ou imantado, Conde geralmente se voltava cada vez que a seu lado passava uma mulher bem proporcionada (em seus cânones estéticos e geométricos a boa concordância incluía um par de nádegas túrgidas) e sua vista se perdia atrás de um botão de blusa aberto ou se deleitava diante de um rosto de mulher que lhe fosse atraente. Ao longo de sua vida o gozo da contemplação – e se possível a degustação objetiva, material – da beleza feminina o perseguira e se desenvolvera como a capacidade própria de um cão farejador de olfato treinado: se subia num ônibus, seus olhos encontravam a moça mais bonita; se cruzava com uma mulher bem dotada e harmoniosa, sentia um alvoroço hormonal; se via um filme, inflamava-se com os encantos prometidos ou exibidos (como gostou da Stefania Sandrelli de *Nós que nos amávamos tanto*, da Candice Bergen de *Viver por viver*; quantas vezes se masturbou lembrando a nudez de Sônia Braga em *Dona Flor e seus dois maridos*!... E como eram ruins e magras as atrizes de agora, meu Deus!). E, apesar de saber que seus impulsos já eram mais estéticos do que físicos, não conseguia controlá-los e costumava liberá-los em qualquer ocasião propícia. Embora fosse apenas visual, a degustação dos atrativos femininos o alimentava: chupava beleza, magnetismo sexual; saboreava a curiosidade por espreitar os infinitos mistérios físicos e mentais das mulheres e, como um vampiro, lambia os lábios depois da sucção e rejuvenescia. Por isso, nunca fora nem seria capaz de entender Bobby e os de seu sindicato: como é possível sentir atração por um ser peludo, tosco, com aquelas coisas feias penduradas entre as pernas quando existe a outra possibilidade cheia de protuberâncias delicadas, coroamentos perfeitos, concavidades agradáveis e envolventes?... O grande prêmio de sua vida erótica, sexual e, sobretudo, de consumo estético com os cinco sentidos lhe tinha chegado com a possibilidade de amar Tamara, a garota mais bonita do pré-universitário de La Víbora. A mesma Tamara que, quando eram muito jovens, colegas de escola, e ele babava simplesmente por vê-la, costumava olhar para ele como se fosse um inseto pouco interessante. Anos depois, quando retomou o contato com ela, nada mais nada menos do que por ter recebido a missão policial de encontrar seu marido, que tinha evaporado no último dia de 1988 (o grandessíssimo filho da puta Rafael Morín, oportunista e corrupto), e coroou a tarefa indo para a cama com ela, Conde entrou numa fase diferente de sua existência: a de não acreditar no que tinha e sugava, a de se perguntar sempre e de novo como era possível que aquele animal magnífico pudesse sentir alguma atração por um desastre como ele. Ao cabo de muitos outros anos, a relação com a mulher estava tão assentada que não acharam necessário formalizá-la de maneira legal, pois sentiam-se satisfeitos vivendo numa espécie de namoro eterno, um estado humano complementar e mais complacente por não carregar o peso de uma convivência desgastante. Mesmo assim, Mario Conde ainda olhava Tamara, em noites como aquela, e se perguntava: será verdade? E em voz alta:

– A propósito, quem te deu esse anel de noivado tão bonito que você está usando? – ele começou pelo ritual que tanto lhe agradava e que repetia em todas as ocasiões propícias. Tamara o deleitou com a resposta esperada:

– Foi meu marido – sussurrou satisfeita.

– Pois então você é casada?

– Não... mas quase quase – ela continuou, repetindo o *script*, e mostrou o anular. – Por isso me deram este anel de presente.

Conde considerou que podia acelerar a ação.

– E onde é a festa?

– Acho que aqui perto.

– E tem que se vestir assim? – percorreu-a com o olhar e com a ponta do dedo.

– Você gosta?

– Adoro.

– Ainda?

– Mais do que nunca.

– Mas ficou dois dias sem vir...

– Estava fazendo exercícios... Pra ganhar forças... Na minha idade...

– E ganhou forças?

Conde fingiu que pensava antes de responder.

– Vamos experimentar pra ver? – e se levantava, cingia a mulher e começava a beijar-lhe o pescoço, a acariciar-lhe os seios para fazê-la sentir no rego das nádegas a presença de seu músculo já desperto, disposto a comprovar suas forças: contra a gravidade e os anos, com a ajuda da beleza daquela fêmea, do seu cheiro de pele limpa e do sabor de frutas doces que sempre, sempre, flutuava em sua saliva e seu hálito.

2

Antoni Barral, 1989-1936

O som da porta se fechando arranca-o do torpor profundo, tão vazio e prolongado que já é indolor, atemporal. Quer chamar a mulher, saber-se acompanhado, burlar aquela solidão abismal e avassaladora, antecipação de solidões maiores, mas não consegue que as palavras pensadas se transformem em palavras ditas. Sente-se abandonado, percebe-se etéreo, sabe-se quase final. Com a lentidão do vencido, abre os olhos e olha para os pés: é a melhor coisa que pode fazer, talvez a única. Sempre que esteve diante de uma conjuntura determinada a desviar sua vida, em algum momento olhou para os pés, com consciência ou não da razão pela qual o fazia, impelido por uma exigência recôndita, como se respondesse a um chamado superior. Sabe que outros preferiram observar o próprio rosto, os olhos, o ricto dos lábios, descobrir nesses traços, ou pelo menos tentar, os sinais da alegria, da angústia, a expectativa: até mesmo achar respostas. Outros, as mãos: mãos que fizeram coisas gloriosas, repugnantes, irreversíveis. Também há os que contemplam seu sexo, conscientes de que o gerador das decisões humanas, da felicidade ou das desgraças mais devastadoras às vezes, muitas vezes, refugia-se ali, pudorosa ou despudoradamente. Mas, desde que era um adolescente montanhês, olhava para os pés, dominado por uma estranha atração na qual se mesclavam em doses variáveis as sensações de propriedade e alienação, de proximidade e distância. Naqueles extremos de sua anatomia, agora deformados, já inúteis, em muitos sentidos resumiu-se o que foi e o que não foi sua vida, pois com os pés fez seus caminhos escolhidos ou exigidos, a existência que pôde ter, na realidade a que o deixaram ter. Seus pés foram os caminhos percorridos: da inocência à culpa, da ignorância ao conhecimento, da paz à morte, do passeio prazeroso e do difícil deslocamento pela montanha à fuga sem retrocesso; impelido pela ansiedade e pelo medo, eles o puseram em marcha e, agora, finalmente exânimes, conduzem-no pelo último caminho. Antoni Barral sabe que dará um passo irreversível, o que o aproximará de sua mãe Paula, de seu pai Carles, do pobre coitado do irmão, Andreu, mártir inútil e equívoco da guerra, do pior de uma guerra. Sim, até ali ele chegou com seus pés. E o resto será silêncio.

Ressumando humores sanguinolentos pelas escaras que lhe cobrem as costas e as nádegas, inspirando e expirando com alarmante consciência de sua respiração, exaurido por uma luta que sabe perdida, deitado para sempre, ele insiste. Bem sabe que talvez esteja olhando pela última vez seus pés de unhas tortas, tão fáceis de encravar, e examina os dedos de juntas demasiado protuberantes, que agora já não o são, puro osso e pele curtida. Pés que foram de andarilho e agora são apenas impotentes extremidades mortas de alguém que ainda não morreu. A sensação de estranhamento acaba se impondo à de pertencimento, pois é invadido pela impressão de que aqueles pés observados já não são seus. Nada mais é seu. Ou sim: Ela ainda é sua, como não poderá deixar de ser, antes e agora, e por isso ele abandona a contemplação magnética dos pés.

Assim que levanta a vista a encontra em seu pedestal, dona do tempo, de todo o tempo, e de seu inefável poder. Majestática, negra e poderosa, iluminada pela vela perfumada que a mulher acendeu antes de sair do quarto, para lhe deixar um pouco de luz e um aroma que mal é capaz de combater o fedor azedo da morte. E Ela é sua porque Ela o conduziu até ali, ao final de sua vida imprevisível, jamais imaginada, construída aos trancos. E Ela o acompanhará no além, quando seus pés derem o último tropeção e o entregarem nas mãos do Criador para que o julgue e o condene pelos pecados cometidos. Inclusive o maior, o pecado mortal anunciado nos mandamentos e para o qual não há perdão, nem mesmo com suas atenuantes. O homicídio que durante anos disse a si mesmo que cometeu por Ela, para salvá-la, a Ela.

Sufocado pela pressão da culpa que nunca conseguiu exorcizar, perseguido há mais de cinquenta anos pelo olhar de um morto que não entendia sua morte e pela dor de não ter podido nem cavar a tumba de seus entes mais queridos, novamente examina os pés. Lembra então como, na luz difusa do porão pestilento e úmido de um navio mercante, tinha sentado diante da imagem nigérrima e brilhante d'Ela, pouco antes de calçar as alpargatas de sola de esparto enegrecidas e quase desfeitas, preparando-se para dar o salto rumo ao desconhecido. Também naquele instante detivera-se a observar os pés, com a consciência recorrente de que tinham sido e continuariam sendo os condutores de seu destino. Naquela ocasião contemplara pés encardidos, infectados por fungos supurantes, mas jovens e firmes, tão próximos e próprios como nunca os vira nem voltaria a vê-los. E confiou neles e n'Ela para sair daquele transe, como saíra de outros.

Passaram-se dezesseis dias de navegação desde que, como um rato sub-reptício, ele se insinuara num navio mercante de bandeira francesa no porto basco de Saint--Jean-de-Luz. Sem a menor ideia do ponto da terra para onde, se sobrevivesse, o navio poderia levá-lo, ele o escolhera pelo simples fato de ser aquela, entre as embarcações preparadas para se fazer ao mar, a mais fácil de ser abordada. O jovem sabia apenas que qualquer destino era preferível aos que se levantaram em seu horizonte desde que a História se metera em sua vida em forma de guerra e o pusera a se mover no ritmo dos tempos. Justamente ele, que tinha vivido – ou era isso que achava – num recanto perdido do tempo, ou no tempo sem tempo no qual, pelos séculos dos séculos, se desperdiçara a vida de seus antepassados. Transcurso que nem merecia uma denominação que implicasse movimento, pois, se tanto, tinha sido um período repleto de círculos repetitivos e desgastantes que só se abriam para permitir a entrada e propiciar a saída do breve tempo terreno concedido ao homem pelo Criador.

Depois de embarcar, tinha montado seu refúgio de clandestino no último porão do navio, atrás dos barris de manteiga dos quais brotava um bafo gordurento. Acreditava saber a que estava se arriscando se fosse descoberto. Tinha lido e ouvido histórias de clandestinos açoitados, até lançados ao mar, sabia com certeza que, se a navegação se prolongasse e acabassem as provisões, ele teria de assumir os riscos. Para resistir, carregava consigo, no mesmo saco de carvão com o qual tinha feito toda a sua peregrinação, duas garrafas de água, dois pães pretos, um embrulho de papel pardo com as três dúzias de azeitonas compradas com suas últimas moedas e o pedaço de queijo de cabra, de cheiro muito forte para seu gosto, que tinha roubado na feira da cidade, além da imagem escura da Nossa Senhora de La Vall. Na cintura, o facão que provara ser bom para tudo: descascar, cortar, serrar e, se necessário, barbear. Até para matar. Mas Antoni Barral contava também com algo considerava muito mais importante: seu treinamento de cabra-montês, sua juventude de dezesseis anos recém-completados. E seus pés. E o poder nunca desmentido da Virgem negra.

No dia seguinte ao que se introduziu no navio mercante, ouviu o barulho de ferro do levantar das âncoras, seguido pelos tremores profundos dos motores postos em marcha. E encomendou-se a Ela enquanto se persignava. Relaxado por saber que estava em movimento, dormiu várias horas, não soube quantas, até que a mudança de ruído e de ritmo o despertou. Por que estavam parando? Onde? Antoni Barral rastejou até o último canto do porão e se encolheu. Dali viu descer ao depósito vários homens carregando sacos que foram empilhando sobre uns estrados de madeira, até se formar uma montanha. Pelo que os estivadores diziam teve a impressão de entender que estavam ancorados em Bordeaux e, assim que terminassem de transportar as cargas, o navio continuaria a travessia, agora pelo Atlântico.

Quando a embarcação se pôs novamente em marcha, o jovem respirou aliviado, mas ficou no seu canto úmido, onde deixou passar com paciência um tempo que calculou ser o de um dia inteiro. Então decidiu que tinha chegado a hora de assegurar o destino da imagem da Virgem negra que ele carregava no surrão. Com o facão e toda a delicadeza de que foi capaz, destampou um dos barris de manteiga e, depois de beijar o toco da mão que por sua culpa a escultura tinha perdido, mergulhou a imagem na pasta branca onde, esperava, ninguém teria a ideia de procurá-la. Depois marcou a tampa do barril com uma cruz que mal se percebia e voltou a fechá-lo, ajustando as aduelas à forma original.

Mais tarde ficaria sabendo que foram quatro os dias que navegou em seu refúgio escuro até ser descoberto. Impossibilitado de abandonar o porão, Antoni não tinha contado com seu próprio corpo como elemento delator. O fedor de seus dejetos e o bafio da urina, somados às emanações de sua pele, produziram um mau cheiro do qual ele mesmo, com o olfato embotado pela atmosfera viciada do porão, não tinha consciência, mas que alertou o marinheiro enviado em busca de sal. Acompanhado por outro navegante, cada um armado com uma lanterna furta-fogo e um pequeno porrete, os marinheiros ordenaram que quem estivesse escondido no porão saísse de seu esconderijo antes que o tirassem à força. O jovem clandestino, convencido de que não havia escapatória possível, finalmente abandonou seu refúgio e avançou para os dois homens, que o olharam com a dureza própria de quem descobriu um ladrão: pois é isso, e nada mais que isso, um passageiro clandestino que rouba uma viagem pela qual não pagou e para a qual não trabalha.

Ao longo de sua existência Antoni Barral acreditaria que sua relação com a sorte sempre fora problemática. No entanto, nos momentos mais críticos, o cata-vento volúvel da fortuna acabara por se mover em seu favor. Também naquela ocasião, uma das mais comprometedoras que enfrentaria, sua melhor estrela o iluminou (ou foi obra da Virgem?) quando o capitão do *Saint Martin*, como se chamava o navio mercante francês, viu que o passageiro furtivo era quase uma criança e resolveu conhecer sua história antes de escolher uma pena. O capitão, Rogelio Flores, era um gaditano com mais anos vividos no mar do que em terra, homem que, como Antoni logo ficaria sabendo, orgulhava-se de ser neto de Pedro Blanco, um dos últimos negreiros sem bandeira que devastaram o Atlântico, e talvez descendente de um mítico pirata medieval, capitão do célebre *Falcão do Templo*... e que começara a vida de marujo também como clandestino. Antoni Barral, jogando tudo numa só cartada, tinha lhe contado que era espanhol, catalão, dos Pireneus de Girona, da região conhecida como Alta Garrotxa, e que tinha fugido de sua aldeia quando começara a guerra, depois que uns anarquistas insolentes prenderam seu pai Carles e seu irmão Andreu, acusando-os de burgueses só porque se recusaram a socializar suas cabras em nome da Revolução Libertária. Por isso, mais por medo de ter a mesma sorte do que por noção de para onde ir, Antoni tinha atravessado a serra por um desfiladeiro conhecido apenas pelos contrabandistas, pastores e tropeiros da região e onde sabia que não havia perigo de ser descoberto. Já em terras da França, resolveu andar rumo ao poente e seguiu a rota marcada no céu pelo Caminho de Santiago. Sabia que aquele era o rumo do qual se dizia que, se andasse o suficiente, um dia encontraria o oceano de Finisterra, a porta para a América. E assim chegara à cidade agraciada com um rio e um porto de mar. Lá ouviu dizer que o *Saint Martin* partiria dali a umas duas horas do porto de Saint-Jean-de-Luz para outras margens do Atlântico e verificou que não seria muito complicado abordá-lo. Para o capitão Flores, que, apesar dos anos de vadiagem pelo mar, bem sabia dos rigores da guerra em curso do outro lado dos Pireneus, de onde ele mesmo era natural, não deixou de ser divertida a ideia de socializar cabras, botes de pescadores e galinhas de quintal para mudar o mundo. Mas considerou patético o modo místico e obstinado pelo qual seus compatriotas se dedicavam a matar uns aos outros repetidamente ao longo da História. Talvez comovido por tais desmandos, o velho capitão de Cádiz decidiu que, para ganhar umas sobras de comida e, sobretudo, o direito de viajar até a escala que fariam em Havana, o jovem deveria escovar e lustrar as partes menos nobres do navio, começando pelo porão malcheiroso e incluindo todas e cada uma das latrinas e os banheiros dos oficiais. Para dormir ele desceria ao próprio porão no qual tinha se escondido. E, como medida elementar de segurança, seu facão seria confiscado, sem direito a recuperação. Ou poderiam dizer que tinha sido socializado.

Durou mais catorze dias a travessia até a primeira escala transatlântica, a cidade mítica chamada Havana, da qual certa vez o padre Joan lhe falara como sendo um lugar onde tudo de bom ou de ruim podia acontecer, a cidade sempre cálida, tão famosa por velhas e nostálgicas canções catalãs batizadas, simplesmente, como *habaneras*. Por sua vez, os marinheiros e o capitão Rogelio Flores garantiam que a urbe era das mais divertidas e frenéticas do mundo, lugar dileto das liberdades, das perdições, da música e da mais exultante beleza feminina forjada pelo sol, pelo ar e pela mistura de sangues própria do trópico. Enquanto navegavam rumo àquele porto e ele se ocupava em limpar chãos e latrinas, o jovem Antoni dedicou cada minuto a planejar sua escapada do navio mercante assim que chegassem ao destino previsto. Sabia, ou achava que sabia, que descer do barco carregando sua Virgem negra poderia implicar certos perigos de confisco ou socialização como pagamento pela travessia e até pôr em dúvida as razões de sua fuga e mesmo sua história de refugiado de guerra. Quem foge para salvar a vida carregando também um pedaço de pesada madeira maciça como aquele? E se a Virgem fosse de fato tão valiosa quanto afirmava o padre Joan? Toda vez que refletia sobre isso, a única opção que lhe vinha à mente era a de jogar-se no mar logo que atracassem: só que, e isso Antoni sabia muito bem, o mar não é igual às lagoas dos riachos de montanha em que, desde criança, ele costumava chapinhar nos dias de verão e, batendo as mãos, manter-se à tona quando perdia pé.

Mal amanhecia o décimo quarto dia de navegação transatlântica, a intensidade do barulho dos motores mudou: o almejado primeiro destino do *Saint Martin* estava à vista e, no fundo de seu porão, Antoni Barral se levantou, pegou as alpargatas gastas e olhou para os pés: mais uma vez estavam a caminho. Só que naquela oportunidade a chegada a algum lugar não dependia dele, mas, de maneira absoluta, da imagem da Virgem que, na noite anterior, ele tinha tirado do barril de manteiga, limpado, lustrado e guardado no saco de carvão de suas andanças.

Confiando que a tripulação e o capitão Flores pudessem ter-se esquecido dele diante das responsabilidades e atrações maiores, o jovem permaneceu no porão, como um animal à espreita, até ouvir os três silvos da sirena do navio mercante anunciando a atracação iminente. Depois de se encomendar a Deus e a todos os santos, e de invocar o poder daquela Virgem negra da qual se contavam tantos milagres, Antoni Barral subiu ao convés, onde encontrou a agitação característica da atracação e a expectativa pelos dias de luxúria que aguardavam os marinheiros antes de seguir viagem para Veracruz e Recife. De um lado vislumbrou a cidade, suas cúpulas, torres e poucas cruzes. Do outro, uma orla rochosa que se lançava de uma costa agreste, povoada por alguns mangais, da qual saíam pequenos molhes de tábuas. Mais para cima, o precipício escarpado era coroado pela parede inexpugnável de uma muralha interminável por trás da qual se erguia uma velha fortaleza. A cidade ou a rocha? Sem pensar mais, soube que só podia se lançar pela borda que dava na orla rochosa em busca de um dos pequenos molhes salientes. Tinha observado por um instante as águas escuras, pensando de novo que sua vida dependia da capacidade de flutuação da imagem, e voltou a encomendar-se a Ela. Antoni amarrou o bornal na cintura, abraçou-o e beijou-o antes de se lançar no mar e cair no desconhecido.

Ao afundar nas águas turvas da baía, o jovem camponês catalão teve tempo de se surpreender: diferentemente das lagoas da serra, aquele mar era cálido como uma sopa e tão denso que, quando seus pulmões começavam a clamar por oxigênio, uma corrente impeliu o saco com a Virgem para a superfície e ele veio à tona a poucos metros das vigas esverdeadas do que deviam ser os restos de um molhe. Impulsionado pela corrente gerada pelo *Saint Martin*, ele bracejou e esperneou com toda a energia, como vira fazerem os cães, e chegou a roçar a madeira escorregadia que emergia do mar. Justamente quando as forças o abandonavam e ele começava a afundar, uma onda o susteve e ele conseguiu agarrar-se ao cepo. Ofegante, abraçado ao tronco escuro, olhou para o navio mercante que seguia seu caminho atrás de uma pequena *patana** a motor e teve a impressão de ver na amurada o rosto do capitão Rogelio Flores. Antoni juraria, pelo resto da vida, que o gaditano sorria e, o que achava mais misterioso, que o conhecera muito antes daquela navegação.

Tomando impulso com os dois pés, foi se deslocando de tronco em tronco até chegar à orla rochosa e lá se deixou cair, exausto. Só então constatou que tinha perdido as alpargatas, que eram boas para andar, mas impróprias para líquidos. Olhou para os pés ainda imundos e concluiu que sofreriam com as pontas dos arrecifes, mas também disse a si mesmo que não seria a primeira vez que enfrentariam um desafio como aquele. Ao longe, na costa, viam-se outros embarcadouros, algumas casas, modestas ao que parecia, embora lhe faltasse a referência para comparação, pois não conhecia nada do lugar aonde chegara. E, mesmo sem a menor possibilidade de vislumbrar o que poderia acontecer a partir daquele momento, teve a calorosa certeza de que estava a salvo.

Foi nessa mesma tarde mágica, assim que entrou na igrejinha do pequeno povoado costeiro a que tinha chegado depois de atravessar um vilarejo de pescadores, que Antoni Barral, fugitivo, apátrida e assassino, soube que a sempre

* Pequena embarcação retangular, tipicamente cubana, utilizada para transporte de cargas menores ou como rebocador na entrada e saída dos portos. (N. T.)

celebrada capacidade milagrosa da imagem que trouxera de sua aldeia era potente, irrefreável, universal. Pois no altar-mor da ermida levantada à beira do mar do trópico distante, galaneada e cercada de velas votivas, outra Virgem negra olhou-o de suas alturas, como se o acolhesse, como se o estivesse esperando, ou a ele ou a Ela. Nossa Senhora de Regla, ele leu num pequeno mural em que se anunciavam missas ordinárias e de mortos, casamentos e batizados. A partir daquele instante teve a convicção de que sua salvação e a de sua Virgem dependiam e dependeriam de uma prodigiosa confluência de cor entre a recém-chegada de uma aldeia perdida da Catalunha profunda e sua anfitriã americana, também negra, dona de uma ermida de onde se sentia o cheiro do mar e, mais além, se contemplava uma cidade de sonhos e canções: Havana, na qual Antoni Barral se estabeleceria e onde ficaria sabendo, seis anos depois, que o pai Carles e o irmão Andreu tinham sido assassinados por falsos revolucionários, e também onde refaria sua existência de um modo que nunca teria sido capaz de imaginar. Lugar em que se tornaria invisível, outro, e viveria o resto de seus anos até chegar a se perder, em meio a desvarios e sonolências finais, na evocação de sua grande aventura marinheira. Onde exalaria o último suspiro.

Naquela madrugada, o velho morreu sozinho, sem um lamento e com os olhos voltados para os pés e para a imagem negra de Nossa Senhora de La Vall, iluminada por uma vela funerária perfumada com essência de lavanda, cheiro com que ele sempre identificara o vale remoto do qual os desmandos da História o tinham expulsado.

3

5 de setembro de 2014

Bobby era a única fonte possível. Assim que teve essa certeza, começou a montar um plano preliminar, que o surpreendeu pelo que tinha de automático e rotineiro. E Mario Conde quase começou a gostar de sua volta às expectativas da caçada e do despertar de suas elucubrações policiais submersas.

O processo pareceu-lhe uma reminiscência vinda de outra vida, talvez de uma encarnação anterior: pois já fazia vinte e cinco anos que deixara de ser policial. Mas, bem sabia, o passado em geral é pegajoso, e ele mantinha da existência pretérita instintos e reações que, por bem ou por mal, nunca o abandonariam. Por isso, ao sair da casa de Tamara e decidir qual seria o melhor caminho para chegar à de Bobby, seu cérebro começou a organizar a informação acumulada, a detectar lacunas que deveria preencher para encontrar a via capaz de conduzi-lo ao paradeiro de um tal Raydel Rojas Dubois e a uma velha efígie esculpida da Virgem de Regla.

Quando deixou o carro alugado com quilometragem controlada, na Séptima Avenida de Miramar, constatou que estava equidistante da costa e da casa de Bobby. Como se cumprisse um ritual, sem pensar, desceu a ladeira suave que o levaria até a orla rochosa do mar e contemplou a superfície líquida, tranquila àquela hora da manhã fogosa e transparente de setembro.

O mar sempre o atraíra como um ímã: ver o oceano, desfrutar de sua cor e de seu cheiro, de sua misteriosa insondabilidade, transmitiam-lhe uma poderosa sensação de empatia e distensão. De promessas de liberdade, mais do que de limite e confinamento. Durante muitos anos, já havia bastante tempo, quando sonhava mais frequentemente com a possibilidade de se entregar à escrita de histórias esquálidas e comoventes como as de Salinger, empregando palavras afiadas como navalhas, ao estilo de Hemingway, o sonho de ter uma casa modesta e fresca de frente para o mar era um de seus desejos mais recorrentes. Escrever pela manhã, tomar banho na praia à tarde, pescar à noite, fazer amor com uma mulher bonita de madrugada, respirando o aroma do salitre, embriagado pelos murmúrios do oceano. Ilustração idílica e irretocável. Mas sua vida pessoal e a vida de seu país, cada uma levada à sua maneira e ritmo, embora em dolorosa confluência, tinham esfumado aquela tíbia aspiração, relegando-a ao recanto da memória onde acumulava as quimeras irrealizadas. E algumas delas já definitivamente irrealizáveis.

Tomado por aquele ânimo ambíguo, subiu em busca da residência do velho colega do pré-universitário. Bobby agora morava no coração de uma das zonas privilegiadas da cidade e usufruía de uma casa de dois andares de construção atraente, típica da década de 1950. Não, a sorte não tinha sido totalmente adversa para o ex-colega. Não com uma propriedade daquelas.

Quando Bobby abriu a porta, vestindo bermuda e um pulôver que lhe caía como um camisão até as coxas, Conde recuperou pleno contato com sua realidade e missão. Imediatamente notou que o interior da casa tinha perdido o equilíbrio: os poucos móveis pareciam dispostos de qualquer jeito, sem harmonia com os aposentos, enquanto nas paredes viam-se as sombras deixadas pelos quadros retirados e a luz entrava sem nenhuma resistência pelas janelas, acima das quais ainda se viam os suportes de mosquiteiros ou cortinas desaparecidas. Obra de Raydel.

Acomodou-se num dos cadeirões de ferro fundido colocados no terraço aberto. De seu lugar contemplou o jardim frondoso em que imperavam taiobas de folhas verdíssimas e delicados fetos arborescentes de proporções jurássicas, sobre um gramado inglês recém-cortado.

Bobby reapareceu com o café prometido, cujo aroma já atormentava a vontade de Conde. Quando provou a infusão, imediatamente foi tomado pela certeza de que o pó mágico filtrado decerto também vinha de outro lugar: aquele café tinha chegado da Itália ou de Miami, e não de uma das lojinhas havanesas que vendiam o café frequentemente infame que agora se consumia na ilha. Saboreou o líquido e esperou que a sensação se assentasse em suas papilas e em sua memória afetiva, para depois completar o prazer com o fumo do cigarro que, felizmente, continuava sendo bom tabaco cubano. Com um suspiro prolongado, o anfitrião tinha sentado diante dele e começado a sorver sua porção segurando a xícara com o mindinho esticado.

– Bobby, você e eu nos conhecemos há muitos anos – Conde abriu fogo, finalmente preparado para falar, disposto a esclarecer posições. – Quando te encontrei ontem e conversamos, até senti que tínhamos sido amigos e que eu devia ajudá-lo... Mas você foi me procurar porque precisava que eu fizesse um trabalho, não foi me pedir um favor... De modo que, antes de falar de outras coisas, vamos deixar claro que estamos fazendo um negócio...

Bobby levantou a mão para interromper o discurso do ex-policial.

– Tá, tá... Yoyi me telefonou e me deixou com a cara no chão... Desculpe, Conde: cem por dia e dois mil quando você encontrar a Virgem. Eu não queria te ferrar... É que não consigo evitar: andando entre bandidos eu reajo como bandido. Perdão, perdão... Olha, hoje vou te adiantar quinhentos dólares... Se você encontrá-la antes de cinco dias, fica com o que sobrar...

Conde respirou entre aliviado e aturdido. Falar de dinheiro sempre era complicado para ele, como se estivesse envolvido num ato pecaminoso, mas na noite anterior Yoyi tinha deixado muito clara a situação: Bobby tinha dinheiro, muito até, e Conde estava morrendo de fome. Bobby queria recuperar sua Virgem e Conde era o melhor caminho. Palavras de Yoyi: trabalho tem que ser pago. Era assim que funcionava a economia mundial. Ou deveria funcionar.

– Obrigado, Bobby... Agora, pra começar, preciso de várias coisas. A primeira é uma foto ou várias de Raydel. Você tem?

– À mão só tenho uma... a que está na minha carteira. As outras ele levou. As impressas e as do computador... com computador e tudo, como você deve imaginar.

– Também preciso de uma lista das coisas mais importantes que ele levou... Os quadros que estavam na sala, por exemplo. Eram valiosos?

– Na verdade, não... Eram quase todos gravuras... Os valiosos eu vendia quando podia. Já tinha tirado muitos e depois levei comigo para Miami tudo o que era vendável.

– Alguma joia ou objeto de decoração especial?

Bobby pôs a mão no peito e suspirou.

– Não me faça falar nisso, que eu choro... O anel de noivado da minha mãe e... espera, vou fazer a lista – concluiu Bobby, parecendo perturbado.

– Ah... Também quero nomes e referências de pessoas com quem Raydel possa ter relações.

– Que eu saiba, ele não tinha família aqui... Dois ou três amigos. Sei que um deles mora em Centro Habana e outro acho que em San Miguel del Padrón, num bairro onde aterrissa muita gente vinda do lado oriental da ilha quando chega por aqueles lados... Tinha outro que mora no Cerro ou por ali... São uns delinquentezinhos, como ele... Viviam de expediente. Ou vivem... Vou pôr na lista o que sei...

– Vai ver que o ajudaram a esvaziar a casa. Acho que ele não seria capaz de fazer tudo sozinho.

– É, vai ver...

– Preciso desses dados agora... – Bobby assentiu e Conde olhou para o quintal. O sol fazia brilhar o verde das taiobas. – Você tem ideia de pessoas para quem Raydel poderia vender os quadros e os objetos de decoração que fossem bons? Ele conhecia os seus contatos no negócio das pinturas e objetos valiosos?

Bobby pensou um instante antes de responder.

– Conhecia alguns... porque morava comigo, claro. Mas não acredito que ele vá procurar essas pessoas, seria como se denunciar... Nesse negócio todo mundo sabe o que os outros têm, porque funciona assim. Eu vendo o que tenho, ou senão tento vender o que outra pessoa tem e cobro uma porcentagem... É uma lei não escrita, que quase todo mundo respeita porque convém a todo mundo... Perguntei a duas pessoas que sabem de tudo o que se passa nesse negócio e elas não viram nem ouviram nada... No entanto existe um sujeito que é um rato e, ele sim, é capaz de comprar coisas do Raydel. Seja o que for que ele queira vender...

– Como se chama essa figura?

– René Águila... Um mulato sacana pra caralho, um escroto... Já te dou o endereço.

– Presumo que entre as pessoas que você conhece ninguém saiba nada de Raydel.

– É como se tivesse sido tragado pela terra.

– E será que ele não vendeu tudo de uma vez pra alguém que está com as coisas escondidas e já escapou de Cuba com o dinheiro da venda?... Se faz mais de dez dias que te deu o golpe...

– Pensei nisso, mas...

– Mas o quê?

– Não é fácil vender tudo o que ele levou. A menos que tenha vendido por uma ninharia... Sim, só se foi para René Águila, aquele sacana...

– Se o que Raydel queria era ir embora com algum dinheiro... Vejamos, vamos pensar: pra vender um colchão, um computador, uns móveis e suas panelas não é preciso procurar nenhum especialista, qualquer um compra isso se for barato. Com as joias e as coisas de mais valor é diferente, pode ter guardado pra soltar quando puder, ou talvez pretenda tirá-las de Cuba pra vender melhor, como sabia que você fazia...

– É isso que diz o Eli, Elizardo, um dos parceiros com quem faço negócios. Mas não, não, eu acredito que Raydel esteja aqui em Cuba, Conde, tenho esse pressentimento – e Bobby tocou o peito na altura do mamilo esquerdo. Depois baixou os olhos. – Raydel é como um animalzinho, não tem dois dedos de testa. Como quase todos esses rapazes de hoje, ele gosta mesmo é da imundície e da merda em que este país se transformou, de ostentar com os amigos as roupas coloridas que tem e a corrente de bijuteria que punha no pescoço, engolir uns comprimidos com álcool e sair voando pelo telhado em ritmo de *reggaeton*... Isso, viver de trapaça e do que consegue tirar da cara bonita e daquela pica grande que ele tem... Parece um cavalo, cara!

Conde ouviu a descrição das características subjetivas e objetivas de Raydel, depois de constatar com espanto que nos últimos tempos todo mundo sofria de pressentimentos que brotavam do mesmo lugar do peito. Mas afugentou da mente a imagem de Bobby recebendo *per angustam viam* a marreta de um cavalo.

– Esse garoto quebrou meu coração, mesmo.

"E outras coisas", pensou Conde, vendo Bobby enxugar um par de lágrimas e balançar a cabeça, tentando se recompor. Conde sentiu pena dele e lamentou que as primeiras palavras trocadas com o amigo naquela manhã tivessem tido caráter tão vulgar e mercantil. O velho Bobby, muitas vezes escarnecido por seus colegas do pré-universitário, reprimido e mascarado durante tanto tempo, tinha procurado por ele como único apoio para recuperar uma relíquia familiar e espiritual sem pretender nem sequer prejudicar o malvado que roubara seus bens e partira seu coração. Um misto de compaixão, compreensão e solidariedade dominou o espírito do pretenso detetive, rebaixando-o à categoria de simples mortal disposto a sair em auxílio de um amigo porque o amigo precisa dele.

Quando Bobby terminou de escrever os nomes e dados solicitados, Conde dobrou o papel, guardou-o no bolso da camisa e perguntou:

– Quando você ficou sabendo que Raydel tinha esvaziado sua casa?

– Quando voltei... Farejei que alguma coisa estava acontecendo, porque comecei a telefonar de Miami e ele não atendia.

– Então pode ser que faça muito mais de dez dias – Conde calculou, e observou de novo o imóvel espoliado. – E como você veio morar nesta casa? É muito agradável... E seus pais?

Bobby suspirou com a afetação exagerada que tanto parecia lhe agradar.

– Meu pai continua morando no lugar de sempre, no Casino Deportivo, lembra?

– Claro, de quando íamos estudar física e química com você... Ele sempre insistia em te chamar de Robertón.

– E minha mãe morreu faz uns dez anos...

– Sinto muito.

– Aqui moravam minha avó Consuelo, mãe da minha mãe, e seu segundo marido, um espanhol que tinha fugido da Guerra Civil... Ele ocupou cargos no início da Revolução, nada importante, embora acreditasse que sim, e na confusão da época lhe entregaram esta casa quando os donos foram embora para Miami... Vim morar aqui com minha avó quando me expulsaram da universidade. Quando o marido e ela morreram herdei a casa...

Conde tentou assimilar a informação.

– Como foi essa história? Te expulsaram da universidade por...? – quis saber, sem ousar completar a pergunta.

– Por isso mesmo... É outra longa história... e não gosto de falar nisso... Foi em setenta e oito, quando íamos terminar o terceiro ano do curso... O Processo de Aprofundamento da Consciência Revolucionária, lembra?

– Lembro – disse, e continuou na expectativa.

– Pois é, me acusaram de ser homossexual... E era verdade. Eu tinha transado com um rapaz...

– Da universidade?

– Não, não era da universidade. Mas ficaram sabendo... E sabe o pior?

– Tem coisa pior?

– Bom, o pior é que eu nunca tinha transado com ninguém. Nem homem nem mulher... Aos vinte e três anos eu ainda era virgem, virjão... E numa casa na praia aonde fomos, um grupo de pessoas... caí.

Conde engoliu em seco. O sexo como queda e condenação. A que nível tinham chegado aqueles preconceitos e repressões? Ele sabia a resposta à sua pergunta, mas não podia deixar de se espantar e se indignar com os desmandos a que tinham sido submetidos em terras que proclamavam liberdade e humanismo.

– Sabiam de toda a história, e eu não pude nem quis me defender... Dar o cu me transformou numa praga ideológica e social, quase um delinquente, um inimigo... Me expulsaram da Juventude e me tiraram da universidade... Quiseram foder minha vida. Mas eu me propus a não lhes dar o gosto, a mostrar que era capaz de me redimir... porque era assim que eu pensava na época. Vivia numa guerra constante, entre camuflagens, defensivas, ofensivas e simulacros, acreditando na redenção... Então fui embora de casa, vim morar aqui com minha avó e me obriguei a continuar sendo homem. Quer dizer, macho... Em oitenta e um pude voltar à universidade, ao curso para trabalhadores. Ninguém me perguntou se tinha sido expulso nem nada, de modo que me matriculei de novo e terminei o curso. Foi nessa época que conheci Estelita, que era linda, que é um anjo, e começamos uma relação e nos casamos.... E juro que me senti feliz, Conde, mais ainda quando nasceram meus filhos. Me senti macho, curado da minha fraqueza... Embora tudo aquilo fosse contra a minha natureza, contra meu verdadeiro eu, se eu quisesse me redimir não poderia me deixar vencer, tinha que ser o que esperavam que eu fosse. E me reprimia, me controlava, vigiava a mim mesmo, me consolava me enganando e, como um dependente de drogas em abstinência, me dava os parabéns por ter conseguido.

Bobby fez uma pausa e enxugou o suor acumulado no lábio superior. Conde mal ousava respirar.

– Juro que me convenci de que tinha conseguido... – Bobby disse, fez que não, sorriu. – Até que apareceu Israel e não aguentei mais. Com ele eu soube que minha pretensa felicidade não era nem de longe felicidade: só me comportava como um covarde complacente com o ambiente... Israel colocou tudo no lugar... Então sim fiquei feliz, porque passei a ser eu, eu mesmo, em todas as horas, sem vigilância. Sem medo, Conde... Ou com menos medo... Meus pais se indignaram, mas minha avó me apoiou. Estelita não transformou minha decisão em tragédia, embora tenha ficado triste... A vida começou a sorrir para mim, até Yemayá me abençoou... – Bobby voltou a se inclinar e tocar o piso com a ponta dos dedos para depois beijá-los. – Mas agora, depois de velho, calculei mal as possibilidades com o safadinho do Raydel e aqui estou, com a casa espoliada e chorando pelos cantos como uma Madalena.

Conde engoliu em seco. Para todo aquele discurso não havia réplica possível. Agora se sentia mais mesquinho por ter começado o diálogo falando em dinheiro.

– Vou buscar a grana que te falei – anunciou Bobby, e levantou-se. Parecia cansado. – Quer que eu coe mais café?

– Se não descontar do pagamento...

Conde tentou aliviar a tensão e Bobby suspirou, parecendo envergonhado. Dando outro suspiro, entrou na cozinha para preparar a cafeteira e colocá-la no fogo. Falou de lá.

– Você sabe que depois de amanhã é dia da Virgem da Regla, não é?

O outro refletiu por um momento. Resgatou a imagem de seu calendário desbotado e calculou.

– Claro, 7 de setembro – lembrou.

Quando era pequeno, sua mãe costumava ir às missas dos dias 7 e 8 de setembro, dias de Nossa Senhora de Regla e da Caridade do Cobre, duas das principais datas do calendário hagiológico cubano.

Bobby saiu da cozinha para continuar falando.

– Eu sempre convidava alguns amigos para celebrar a véspera da Virgem e de Yemayá... Comprava vinho, fazia comida... Mas depois do que aconteceu...

Bobby parecia perturbado. Virou as costas e subiu para os quartos do andar de cima, onde decerto guardava o dinheiro. Ainda ousava ter grana naquele lugar?, pensou Conde, quando ouviu o som de sinos da campainha da casa.

De sua posição no terraço viu Bobby descer, quase correndo, e depois abrir a porta. Imediatamente estendeu os braços diante do visitante, abraçou-o e até o beijou no rosto.

– Bons olhos o vejam! – exclamou o anfitrião, e deu passagem ao recém-chegado sorridente.

– Não enche o saco, Bobby, eu moro à mesma distância da tua casa que você da minha – disse o outro, em tom de reprovação amável. – E faz dois dias que nos vimos.

– Entra, entra, esse é o amigo que te falei por telefone – avisou Bobby, e acompanhou o homem até onde Conde estava, para fazer as apresentações. – Bom – falou, com gestos exagerados, olhando de um visitante para o outro –, Conde, este é meu amigo Elizardo Soler... Eli, este é o Conde, o amigo que te falei, aquele que foi policial.

Os dois homens apertaram-se as mãos, e Conde sentiu que Elizardo Soler retinha a sua uns instantes a mais do que o necessário para um aperto de mãos e um contato formal.

– Há coisas que uma pessoa nunca deixa de ser – comentou Elizardo, com ironia.

– É verdade. Mas nem sempre: Michael Jackson era negro e depois virou... transparente. E no meu caso você está enganado: ou se é ou não se é – Conde retrucou, disposto a não conceder vantagem.

– Acho que essa é uma doença crônica – afirmou Elizardo. – Para a vida toda...

– Com tratamento dá para aliviar. Muito – reagiu ele, inclinado a reconhecer a habilidade verbal do outro.

Bobby pediu que sentassem e voltou para a cozinha, o café estava coando, anunciou. Conde olhou o recém-chegado e sorriu para eliminar qualquer tensão. O outro o imitou.

Conde aproveitou o momento para avaliar o visitante: pois, embora já não fosse, tinha sido policial, como ele bem sabia. E isso não mudava, como afirmava o tal Elizardo Soler, que devia andar pelos cinquenta anos e transpirava segurança e firmeza. Apesar de conhecer vários gays sem nenhum tique feminoide, pensou de imediato que o amigo de Bobby fosse só isso, um amigo, talvez alguma coisa mais, porém sem ligação com o sexo. Elizardo tinha cabelo muito preto, encaracolado, sem nenhum fio branco. Vestia-se com uma informalidade que lhe pareceu calculada: a dos que sabem que roupa vestir e como, em todos os momentos. Roupa de qualidade. Calçava mocassins marrons que lhe despertaram total inveja: gritavam que eram macios, cômodos, empenhados em tornar mais agradável a vida de seu portador. Para ter sapatos assim ele seria capaz de roubar uma Virgem de Regla, pensou, pois vinha ao caso.

Bobby voltou com a bandeja, as xícaras, bolachas doces e copos de água. De algum modo parecia agitado ou nervoso com a presença do amigo Eli, e seu comportamento era excessivamente loquaz. Conde reconheceu nesse estado mental a frase imprópria com que tinha recebido Elizardo, a quem dava por sumido quando na verdade o vira havia muito pouco. Ou haveria algo mais?

– Como eu já disse, Eli, esse homem e eu somos velhos amigos... Nós nos conhecemos lá atrás... muito atrás – tentou parecer simpático.

– Esclareça o conhecimento, Bobby – reclamou Conde.

– Da Pré-História... E como é meu amigo pré-histórico vai me ajudar a procurar a Virgem e as outras coisas, se aparecerem... Vamos ver se você resgata meu computador, Conde...

– Mas como você vai fazer, se deixou de ser policial? – perguntou Elizardo Soler depois de tomar o primeiro gole de café.

Ele preferiu terminar o seu antes de responder.

– Aprendi a procurar. Tenho olfato e método...

– Eu disse: uma doença crônica – rematou Elizardo em tom triunfal. – Sei bem o que é isso.

– Porque também já foi policial? – ocorreu a Conde perguntar.

– Policial?... Eu... Não, policial nunca – respondeu Elizardo, e ele ficou esperando uma explicação ou esclarecimento que não veio, talvez por causa da intervenção intempestiva de Bobby.

– Olha, Conde, Eli é a pessoa que mais sabe em Cuba do mercado de arte. Esse homem é quase uma empresa! Com seus especialistas ele representa vários pintores cubanos, tem galeria própria, conhece *marchands* de meio mundo... e desenterra o que você pedir. O que você pedir...

– E faço tudo legalmente – atalhou Elizardo Soler, enfático e zombeteiro. – Bom, da minha parte, estou ajudando Bobby a ver se encontramos essa bendita Virgem de Regla pela qual ele tem tanto chamego.

– Mas... – Conde hesitou quanto à denominação: Elizardo ou Eli?

– Eli, me chame de Eli – consentiu o outro, mostrando que era capaz de ler pensamentos. Ou que tinha uma inteligência superior e penetrante.

– Enfim: vocês acham que a Virgem tem valor como obra, não é? – disse Conde, furtando-se à proposta nominal do outro. Por que diabos aquele sujeito o deixava na defensiva?, pensou.

– Sim, tem... Apesar de nem ser tanto e de quem a roubou não saber. Isso é o mais complicado. Porque se valesse muito e Raydel tivesse conhecimento seria mais fácil saber para onde atirar. Quem pode comprá-la, quem pode querê-la, quem preferiria tirá-la de Cuba. Por aí é possível averiguar alguma coisa... na minha opinião.

– Tem razão – Conde admitiu. – Por isso acho que as joias vão ser a melhor pista.

– Não menosprezem a minha virgenzinha, cavalheiros – protestou Bobby. – É uma relíquia.

Conde sorriu e naquele momento percebeu que, arrastado pela torrente verbal do ex-colega de estudos, ainda não tinha feito a pergunta essencial de cuja resposta dependia toda a sua estratégia futura.

– Bobby... por que está tão convencido de que foi Raydel quem te roubou? Você não estava em Cuba, a polícia não investigou... Raydel pode ter sumido por muitas outras razões...

Bobby assentia à medida que o outro desenvolvia seu raciocínio. Demorou alguns instantes para responder.

– Só pode ter sido ele porque um ladrão qualquer não leva tudo o que ele levou. Raydel estava com a casa à disposição... E também desapareceram coisas que eu mantinha escondidas em lugares que só ele sabia...

– Coisas como o quê?

– Coisas íntimas – disse Bobby, entre envergonhado e zangado, e Conde imaginou que tinham a ver com os hábitos sexuais de seu contratante. E do namorado dele, o de pênis cavalar. Ao ecológico Bobby não bastava o atributo orgânico do amante?

Conde assentiu e apagou o cigarro que tinha acendido depois de tomar o café. Bateu nas coxas com as palmas das mãos, indicando o fim de sua visita.

– Bom, tenho que ir... Preciso trabalhar – disse, e se despediu de Elizardo Soler com outro aperto de mãos, que dessa vez ele abreviou. – Aliás, Elizardo, o que descobriu em suas averiguações?

Elizardo voltou a se sentar.

– Pouco. Ou nada... falei com pessoas bem informadas... Como Raydel também roubou umas gravuras, a primeira que procurei foi Karla Choy e a preveni... Pois ela não sabia nada do roubo. E se aquela chinesa não sabe de alguma coisa que está desaparecida neste país... ninguém sabe!

– Quem é essa chinesa? Uma chinesa da China de verdade? – Conde fez menção de se espantar.

Elizardo riu. Bobby armou com os lábios um breve trejeito de desprezo.

– Não, é mais cubana do que uma beldroega. O avô era chinês. Chinês da China... Mas ela tem o cabelo assim, chinês, e os olhos um pouco assim, chineses... e sabe negociar melhor do que os chineses! É uma fera vestida... de chinesa cubana – e Elizardo sorriu por sua perspicácia. – Usa uma roupa que deixa ver bem a bunda e as tetas que tem...

– É uma vulgar – sentenciou Bobby. – Com aquelas calças colantes...

– É ótima – rebateu Elizardo. E Conde, conhecedor da beleza das chinesas cubanas, aceitou como válida a afirmação do amigo de Bobby. – E tem classe, não é vulgar coisa nenhuma.

– E também vende e compra arte?

– Até aviões e submarinos – Bobby lançou. – Entre seus negócios, tem uma galeria em casa.

– A inveja mata – sentenciou Elizardo. – Karla Choy é culta, hábil, persistente... A melhor nesse negócio. E tem um faro... chinês... pois sabe como se movimentar. Nunca entra em terreno minado.

– Tenho que conhecê-la – declarou Conde, e fez um gesto de despedida na direção de Elizardo, para evitar outro aperto de mãos.

Bobby, por sua vez, pediu licença ao amigo para acompanhar Conde. Já na porta, entregou-lhe um envelope.

– Aqui está o que falei. E o retrato de Raydel.

– Obrigado, Bobby... Vou fazer tudo o que for possível...

– Eu sei, Conde. Você é honesto.

– E o Eli?

– O que tem o Eli?

– É honesto?

Bobby arregalou os olhos.

– Super-honesto, Conde... Há anos fazemos negócios e ele sempre foi muito sério... E é um fenômeno: toda vez que Israel lá de Miami me pede alguma coisa e é difícil encontrar, ele consegue assim... zás.

– E é gay?

Bobby mexeu as sobrancelhas.

– Quem dera... mas não, é como você: machista-leninista. Não ouviu como fala da Karla? Ele baba quando a vê... E ele diz que não, mas aquela chinesa é um lince...

Conde fez seus cálculos.

– Bobby, se o Eli está te ajudando nessa história... por que você não me disse nada?

– Mas eu falei dele como alguém que conhece muito o movimento das obras de arte – defendeu-se Bobby.

– São duas coisas diferentes, e você sabe disso. Esse homem tem toda a tua confiança e... acho que ele tem mais possibilidades do que eu de encontrar o que te roubaram. Ele sabe de coisas que eu nem imagino como funcionam... Conhece as pessoas... Mas você foi me procurar e não me falou dele...

Finalmente Bobby levantou os olhos. Conde observou que o outro estava se sentindo pego em flagrante...

– É que não tenho certeza de que ele não está metido em alguma trapaça com Raydel...

– Bobby, não responda se não quiser... Mas, por favor, não me engane. Foram duas vezes... que eu saiba. E isso me complica a vida e me dá comichão... Bom, te ligo se descobrir ou se precisar saber alguma coisa – disse Conde, e deu meia-volta. Agora sentia que tinha alguns pontos de vantagem sobre Bobby. Em seus anos de polícia também tinha aprendido a deixar uma presa ferida... sem perigo de morte.

– Calma, companheiro. Você fica mais feio do que já é.

O major Manuel Palacios contemplava Conde acumulando no olhar toda a intensidade de seu desgosto, e seus olhos, como em geral acontecia quando observava daquele jeito, começaram a envesgar.

– Acha que estou brincando, cara? – protestou o policial.

Conde estendeu-lhe a mão, e o outro, de sua cadeira, a apertou. Tinham ficado de se encontrar às onze num café próximo da Central de Polícia, e ele chegara quinze minutos atrasado, transpirando e agitado.

– O carro em que eu vinha pra cá quebrou e tive que tomar outro e... Quer uma cerveja?

– Hoje você tem dinheiro pra comprar cerveja em dólares?

– Sou um homem solvente, Manolo, não um policial morto de fome como você...

– Estou trabalhando. Ou deveria estar trabalhando, e não aqui feito um idiota... Pede um suco pra mim... Mas fica me devendo a cerveja. As cervejas – esclareceu Manolo, marcando os esses. – Vamos lá, fala, que porra está acontecendo agora?

Conde chamou a garçonete e pediu um suco de manga para Manolo e uma cerveja bem gelada para si.

– Estou procurando um sujeito aí... Preciso da sua ajuda – começou ele, e parou quando a jovem garçonete chegou com o pedido. Com gula, Manolo o observou despejar a cerveja gelada no copo.

– Quem é o sujeito? O que foi que ele te fez?

– Pra mim nada... Pra um amigo. E talvez pra outras pessoas. Por isso vim falar com você.

Vinte e cinco anos antes o tenente Mario Conde e o sargento Manuel Palacios tinham sido a dupla de policiais mais eficiente da Central de Investigações Criminais. Manolo, uns dez anos mais jovem que o colega, era obsessivo, dono de uma lógica implacável e gostava de seu trabalho de policial; por isso funcionou como complemento perfeito do tenente e de seus métodos heterodoxos de confiar em prejulgamentos e premonições.

Quando Conde abandonou a corporação, Manolo se manteve ativo e teve um merecido ascenso em graduação e em responsabilidades, e agora era chefe da seção de Delitos Maiores, divisão encarregada de assassinatos, grande roubos e tráfico de drogas, entre outras atividades. Ao longo daqueles anos, Manolo deixara de ser o jovem magro, quase esquálido, que o tenente tinha apadrinhado e se transformara num quarentão de ombros estreitos, um pouco de barriga, bunda mirrada e cara de bolacha: uma obra-prima da desproporção. Mas continuara sendo um bom amigo. Por isso, em várias ocasiões, Conde tinha servido a Manolo de conselheiro e até de investigador auxiliar em algum caso estranho e enrolado. Em compensação, o major Palacios, de sua posição dentro da Central, costumava facilitar as coisas quando o outro se metia em alguma das investigações em que se vira envolvido, às vezes a contragosto.

Conde tinha acendido um cigarro e Manolo, como sempre, lhe tinha roubado outro, que segurava entre os dedos, brincando com ele, enquanto o antigo colega lhe contava as atribulações do velho amigo Bobby Roque Rosell e sua Virgem desaparecida.

– Preciso que você veja em seus arquivos o que há desse tal Raydel Rojas Dubois...

– Já teve outras pendengas conosco?

– Não sei, mas não duvido. Embora seja muito jovem... pelo menos preciso do endereço, se é que ele tem.

– Muitas pessoas que vêm daqueles lados – Manolo apontou para um rumo no qual presumia que ficasse o oriente da ilha – não têm endereço fixo aqui. Não podem ter domicílio legal...

– Como os palestinos – atalhou Conde, utilizando a denominação atribuída pelos havaneses aos emigrados do leste do país.

– Como os palestinos... Toda hora temos confusão com eles e é foda conseguir localizá-los.

– E o que vem de lá nem sempre é o melhor.

– Está dizendo ou perguntando? Bom, tem de tudo, na verdade... Mas alguns dão uma dor de cabeça... Vêm desesperados e se metem em qualquer coisa... E cada dia chega mais. Às vezes fazemos batidas, pegamos os que caem na rede, levamos de volta pra província do Oriente e dali a um mês... aparecem em outro bairro, em outro povoado, fazendo o mesmo ou coisa parecida... Em certos povoados dos arredores de Havana há centenas deles. Estão tão fodidos que trabalham como diaristas pros camponeses que precisam de mão de obra. Os camponeses pagam uma merda e os deixam dormir em suas fazendas, e os orientais lhes roubam tudo o que podem. E, se têm oportunidade, ficam por aqui, morando em qualquer barraco que constroem com papelão e pedaços de zinco... São os costas molhadas* de Cuba... Ah, e alguns até se tornam policiais... Bom, tenho que ir embora, aquilo está pegando fogo.

– Quando é que não está, Manolo?

O major Palacios levantou-se e deixou o cigarro sobre a mesa.

– Não vai fumar?

– Parei de fumar, Conde, mas gosto de segurar um cigarro na mão.

– Desde quando parou de fumar, Manolo? – a pergunta de Conde destilava inveja. Odiava, admirava, elogiava quem conseguia renunciar àquele vício pegajoso.

– Desde ontem...

– Vai à merda, idiota! – suspirou aliviado. Manolo não era melhor do que ele: Conde tinha largado o cigarro umas trezentas ou quatrocentas vezes.

O outro sorriu e se inclinou sobre a mesa para se aproximar do amigo.

---

* Do inglês *wetbacks*, designação dada aos imigrantes latino-americanos ilegais nos Estados Unidos. Originalmente referia-se aos que atravessavam do México para o Texas pelo rio Bravo, flutuando em câmaras de pneu. (N. T.)

– Escuta só: um dia um sujeito, aqui em Havana, topou com um policial da província do Oriente, e o policial o deteve, fichou e de passagem tirou um relógio suíço que o homem estava usando... O coitado foi correndo até uma delegacia de polícia denunciar o agente que lhe roubara o relógio e, quando falou com o oficial de plantão, se deu conta de que ele também era oriental. E o oficial perguntou: "Vamos ver, cidadão, qual é sua queixa...?". E o homem pensou depressa: "Bem, seu guarda... é que eu vinha pela rua e um policial suíço roubou meu relógio oriental...".

Manolo riu como se a piada fosse boa e Conde balançou a cabeça.

– Manolo, além de chata essa piada é regionalista e politicamente incorreta, como dizem agora...

– Por isso é piada, porra!... Bom, te ligo quando tiver alguma coisa – disse o major Palacios, ainda sorrindo, e estendeu a mão. Depois pegou o cigarro e colocou-o no bolso da jaqueta do uniforme de oficial.

– Manolo – Conde o chamou de volta e tirou um papel que levava no bolso. – Se possível, vê se localiza alguns desses aqui. São os amigos do Raydel... Acho que também são suíços... E vê se me encontra hoje à noite na casa do Magro Carlos... Te convido para jantar lá.

Manolo pegou o papel e olhou para Conde com mais escárnio do que intensidade.

– Também está me convidando pra jantar?... Quanto estão te pagando pra procurar aquele veadinho, sócio?

– Isso é informação confidencial... Quanto a você, agarre o que lhe dão. À noite te vejo. Tem cervejasss...

Manolo fez um gesto de despedida. Parecia esgotado, quase vencido. Conde o viu afastar-se até onde se distinguia, à distância, o prédio da Central e, a contragosto, sentiu uma pontada de saudade dos tempos em que trabalhara naquele lugar, ao lado de Manolo e sob as ordens do major Antonio Rangel. Mas imediatamente disse a si mesmo que não: nada de saudades. Por que diabos um sujeito como ele conseguiu aguentar ser policial durante dez anos? Até Bobby tinha perguntado isso aquela manhã.

Chamou a garçonete, pediu outra cerveja e a conta. E não pôde evitar: divertiu-se como uma criança com a expressão da jovem quando estendeu a ela a nota de cem pesos convertíveis, uma das cinco que Bobby lhe entregara e que, de repente, o transformaram num potentado.

Ao chegar em casa e antes de se presentear com uma sesta que o aliviasse do calorão assassino do meio-dia, Conde ligou para o amigo Carlos. Explicou-lhe que, como agora estava rico, ele e seus amigos iam viver como ricos: a mesma história de todas as ocasiões em que recebia algum dinheiro e a principal causa pela qual, também em todas as ocasiões, capital e riqueza se evaporavam em poucos dias. Às vezes em horas.

No caminho para seu bairro tinha passado pelo estabelecimento de uma médica aposentada que se dedicava, clandestinamente, a preparar refeições por encomenda. Encomendou um banquete que ele passaria para pegar às sete da noite: cinco frangos assados na brasa, outras tantas porções de mandioca com molho e arroz *congrí*, uma boa porção de salada mista de vegetais e um pote de doce de coco em calda. Depois entrou num apartamento do edifício anexo à loja que vendia produtos em moeda estrangeira e comprou uma caixa de cervejas Heineken e três garrafas de rum das que eram ou deveriam ser vendidas na loja, mas a preço reduzido, pois lá funcionava o negócio particular do vendedor da loja, com produtos roubados da própria loja e com qualidade garantida: o rum não era adulterado e a cerveja não era a bebida infame despachada a granel e reengarrafada por outros empreendedores dedicados a essa prática e também à fabricação clandestina dos refrigerantes vendidos nos estabelecimentos do bairro. Apesar de ter enveredado por aqueles atalhos, ao terminar as compras Conde tinha liquidado a primeira das notas de cem pesos recebidas de manhã e por cuja posse ainda não tinha trabalhado quase nada. Garantidas as provisões, pediu ao Carlos que localizasse o Coelho e ordenasse à velha Josefina, de sua parte, que nem pusesse o avental naquela noite: a mãe do amigo Carlos tiraria férias, todos jantariam como príncipes e depois ele e o Coelho fariam a limpeza como cinderelas.

– Está vendo por que gosto tanto de você, bicho? – disse Carlos, e acrescentou: – O Coelho viria de qualquer jeito porque ele quer falar não sei o quê com você.

– Não sabe o quê? Você não sabe *o quê*?

– Juro pela minha mãe...

– Não jure em vão, safado.

E, conforme o previsto, como príncipes jantaram. Antes de se sentarem à mesa, para dar tempo de as cervejas gelarem e Manolo chegar, os três velhos camaradas acabaram com a primeira garrafa de rum, ocupados em falar dos dois Bobbys: o velho Bobby que todos conheciam, um pobre coitado prisioneiro dos preconceitos sociais e políticos que chegariam a condená-lo, e o novo Bobby, liberado, realizado, santificado pela Igreja católica e pelos poderes iorubás de

Orula e Yemayá, comerciante e agora saqueado, que Conde descrevia para Carlos e o Coelho, ambos incapazes de sair de seu espanto histórico, sexual e ideológico.

Quando ele lhes mostrou a fotografia do Bobby renascido, posando de pé diante de sua Virgem protetora desaparecida, Carlos observou o homem e, como tinha acontecido com Conde, sentiu que não o conhecia. Mas o Coelho, com sua curiosidade de historiador sempre a postos, dedicou-se a estudar a imagem da Virgem mais do que a do devoto e reivindicou do amigo o retrato em *close* da efígie.

– De onde Bobby diz que saiu essa Virgem? – perguntara o Coelho, com os olhos fixos na imagem.

– Era a Virgem de Regla da avó dele – repetiu Conde. – Estava com a família havia muito tempo.

– A Virgem de Regla?... Sentada?

– E por que não pode estar sentada, cara? – interveio Carlos. – As Virgens não se cansam?

– A Virgem de Regla cubana não está sentada. Não sei a da Espanha, mas a de Cuba certamente não.

– Eu tinha reparado que ela tinha alguma coisa diferente – admitiu Conde. – Mas achei que podia ser uma versão livre. Deve haver milhares, não? Como figuras de Cristo... Apesar de que esta, ao que parece, trouxeram da Andaluzia, de modo que...

– É de madeira ou de gesso? – continuou o Coelho.

– De madeira negra. A capa que ela tem nos ombros foi Bobby que mandou fazer, mas a roupa entalhada na madeira tinha sido pintada há anos, por isso está muito carcomida... e os olhos também. O fato é que parece muito velha.

– Mais uma razão pra estar sentada – ratificou Carlos, e tomou um gole generoso de rum.

– Olhos verdes, olhos verdes... – sussurrou o Coelho, quase que para si mesmo. – É estranha essa Virgem, cavalheiros... Não sei...

– Ai, Coelho, para de encher o saco – interveio Carlos. – Em Cuba as loiras têm bunda de negra e as negras têm os olhos da cor que bem entendem! O importante é que o Conde a encontre... Mas, bom, é melhor demorar um pouco, assim ele ganha mais grana. Adoro essa história de ter um amigo rico – engoliu de uma vez o que ainda tinha no copo e, com a barra da camisa, limpou os lábios e, de passagem, a testa coberta de suor. – Coelho, por que você queria falar com o Conde?

– Mas não, Bobby não me falou nada da Andaluzia – resmungou Conde, ainda tão absorto na posição da imagem virginal que mal ouviu a pergunta do Magro. – Foi Yoyi que me falou que era andaluza... Estranho, não é?

Desde que abriram a primeira garrafa, tinham animado a conversa pondo para tocar o disco de sucessos do Creedence Clearwater Revival, cuja versão de "Proud Mary" ouviram duas vezes, como se cumprissem um ritual (de fato estavam cumprindo), e até fizeram um brinde para o amigo Andrés, o ausente sempre presente nas lembranças e saudades coletivas. Como não podia deixar de ser, cantarolaram algumas canções e celebraram a voz divina de Tom Fogerty... que cantava como um negro!... Não, como Deus!... Pois, ainda que os três soubessem de cor que quem cantava "Proud Mary" não era Tom, mas seu irmão John, a identidade final do intérprete não importava picas: só se preocupavam em curtir a interpretação, sempre de novo, dia após dia, durante anos e anos, talvez até a eternidade.

Josefina, com sua invencível agilidade octogenária, interrompeu a conversa com a ordem de que viessem comer, pois já eram oito e meia e ela queria ver sua novela. A velha tinha posto a mesa com a melhor toalha e os pratos mais decentes. Além disso, acrescentou, tinha esquentado a comida e não ia esquentar de novo, para não ressecar os frangos. Manolo que se juntasse a eles quando chegasse. A mulher ainda sabia muito bem como tanger seu gado dissoluto. Antes de ocuparem seus lugares, na hora em que Conde foi buscar as cervejas geladas, o Coelho gesticulou para Carlos que esquecesse a conversa pendente com o amigo, e o outro assentiu, mas com a mão e os lábios marcou a data: amanhã.

Os comensais observaram extasiados o espetáculo gastronômico propiciado pela repentina bonança econômica de Conde: os frangos de pele brilhante e aromatizados pela lenha queimada, as mandiocas com suas intimidades abertas e promissoras, o arroz *congrí* soltinho e cheiroso, capaz de atrair como um ímã potente. Durante muitos anos, várias vezes, tinham comido graças às artes ocultas de Josefina, sem nunca debelar a ansiedade nutricional endêmica sofrida ao longo da vida, como milhões de cubanos, cujo estômago tinha sido custodiado durante décadas pela caderneta de abastecimento – ou de desabastecimento? –, que os impedia de morrer de fome e não lhes permitia viver sem fome. E por isso, terminado o momento estético, lançaram-se ao assalto. Atacar!

Ao chegar, Manolo se desfez em desculpas, estava morto de cansaço, disse. Só Josefina lhe ofereceu algum consolo verbal, pois Conde e os outros limitaram-se a mostrar-lhe sua cadeira e seu prato, envolvidos no processo de chupar ossos de frango e saborear as maciíssimas mandiocas cobertas de alho e cebola picada, regadas com suco de laranja-amarga. Josefina comeu a metade de seu frango (o resto mandaria a Tamara, para salvar Conde daquele descuido imperdoável), mas os quatro homens devoraram os deles até as últimas consequências (e mais:

o Coelho triturava até as cartilagens), ao estilo viking (com as duas mãos e os queixos pingando gordura), com o auxílio das cervejas geladas.

Já com a segunda garrafa de rum sobre a mesa, empenhados em empilhar os pratos em que tinham se servido do doce de coco ralado que Josefina completara com a metade de um queijo cremoso *per capita*, Manolo, com um cigarro nos lábios e mais relaxado, finalmente falou a Conde sobre a encomenda dele.

– Você, como sempre, companheiro, complica a sua vida e por tabela complica a minha – ele disse.

– O que aconteceu, Manolo?

Antes de responder, o policial tomou um trago de rum e acendeu um cigarro, talvez o mesmo que tinha roubado de Conde aquela manhã.

– Pois é muito fácil: Raydel Rojas Dubois não existe...

– Como não existe, Manolo? Quem é aquele na foto que eu te dei, porra: um fantasma?

– É, um fantasma, que existiu e já não existe... porque Raydel morreu num acidente de moto há quatro anos...

– Mas existe ou existiu ou não existe...? – Carlos tentou entender. – Era ou não era marido do Bobby?

– Está claro, Carlos... O namorado do amigo de vocês usurpou uma identidade. Ou pelo menos um nome. O de um morto... o verdadeiro Raydel Rojas, que, de fato, se parecia bastante com ele.

– Mas Bobby viu a carteira de identidade dele – Conde começou a pensar. – Será que era falsificada?

– Ou não... – interveio Manolo. – De algum jeito pegou a carteira do Raydel verdadeiro... quando Raydel morreu. Eu já te disse que eles se pareciam bastante. Vi a foto do falecido Raydel Rojas...

– Então... – Conde pensava, ao mesmo tempo que falava – era alguém que ele conhecia. Irmão dele?

– Foi o que pensamos, mas verificamos que o verdadeiro Raydel não tinha irmãos carnais – informou Manolo. – Pelo menos reconhecidos.

– Quem é, então, o sujeito que roubou o Bobby, porra? – perguntou Carlos, realmente preocupado.

– Essa é uma tarefa pro Superconde – sorriu Manolo, e tomou seu trago de uma só vez. – Me serve mais, companheiro, fiz por merecer, não é?... Porque te trouxe o endereço de Yuniesky Bonilla, um dos amigos do sujeito que se faz passar pelo fantasma Raydel... Cuidado, Conde, sabe Deus que coisas esse suíço fez pra querer até mudar de nome.

Conde suspirou com a última informação e pegou o mesmo papel que tinha dado de manhã para Manolo, onde agora havia um endereço. Então olhou para Manolo, Carlos, Coelho, para a garrafa de rum pela metade e finalmente disse:

– Estamos tão bem aqui... Por que diabos eu me meto nessas confusões?

4

6 de setembro de 2014, véspera do dia da Virgem de Regla

Soltou as amarras de suas nostalgias e deixou-se levar pela correnteza das evocações vividas e lidas, a condenação de um pertencimento físico e afetivo inquebrantável e um sempre atormentado sentimento de amor, salpicado de pinceladas de ódio, como todo bom amor. Sempre que percorria as ruas do centro de Havana, cada vez mais degradadas pela pobreza e pelo abandono histórico, Conde se empenhava em encontrar, por baixo das camadas de sujeira, anos e precariedades de todos os tipos e gêneros, os possíveis (ou impossíveis) encantos sobreviventes de uma região da cidade que floresceu quando as velhas muralhas coloniais foram incapazes de conter o crescimento de uma vila poderosa e pretensiosa.

Para começar, gostava de saborear os nomes das ruas: Virtudes, Lealtad, Concordia, Amistad, caminhos de apelativos éticos; Águila e Dragones, de ressonâncias exóticas; San Miguel, San Rafael, Ángeles e Neptuno, oferendados a santos católicos, seres bíblicos e deuses pagãos, todos misturados e em convivência próxima, como na alma de muitos cubanos. Artérias agora esclerosadas nas quais tinham habitado várias gerações de havaneses e estrangeiros acrioulados, burgueses e proletários, construtores e depredadores. Embora o panorama presente tornasse complicado imaginar ou acreditar, naquela região palpitara a área comercial mais importante da cidade, com estabelecimentos reluzentes e até algumas lojas tão exclusivas quanto as de Nova York, Paris e Milão. Ao lado delas, o bairro chinês, com seus aromas insistentes e seus asiáticos desarraigados, vizinhos silenciosos de algumas "zonas de tolerância", com "mulheres da vida", como se costumava dizer, servidoras públicas das mais diversas nacionalidades, especialidades e tarifas.

Lá também foram erigidos palácios burgueses, teatros e mercados, obras-primas do ecletismo, do modernismo e do *art déco*, vizinhas de cortiços proletários e anexas de banheiros e cozinhas coletivas. Mas agora imperavam no território, avassaladoras e invasivas, dir-se-ia quase impunemente, a pobreza e a ruína física: uma parte da cidade que, por ser tão havanesa, os habitantes da periferia citadina, como a família de Conde, em cada circunstância em que era preciso ir até lá costumavam dizer "ir a Havana", como se a parte fosse proprietária absoluta do todo. E aquela Havana essencial funcionava no presente como o espelho de um país cujas colunas também se rachavam, vencidas pelo peso do tempo, pela apatia e pelo cansaço histórico.

Percorrer "Havana" despertava nele outras evocações mais próximas: as dos seres que se foram. O velho Juan Chion, pai de sua ex-colega Patricia, um cantonês bom e astuto, seu guia na busca dos mistérios do bairro chinês, capaz de inventar os pratos mais insólitos e, ainda por cima, de convidá-lo para degustá-los; ou Juan, o Africano, um negro sem sorte na vida nem morte, assediado por uma pobreza crônica, embora armado de uma ética inflexível, e cuja posse material mais valiosa fora uma bola de beisebol assinada por um ídolo do esporte de sua infância. Por lá também circulava o fantasma de Daniel Kaminsky, o judeu polaco que, comendo torresmo, jogando beisebol, ouvindo música e com os olhos saltando das órbitas atrás de um desfile interminável de bundas prodigiosas, coxas compactas, tetas de melão, realizara seu salto sem rede. Naquelas ruas, Daniel tinha alcançado a condição de cubano e católico que o acompanharia até sua saída precipitada da ilha, sua renúncia forçada e dolorida à cidade dos ruídos, onde vivera as maiores tristezas e as mais explosivas alegrias. E por aquelas mesmas ruas seu avô Rufino Conde andara em busca das mais centrais e reconhecidas rinhas de galos da cidade, várias vezes acompanhado pelo neto que se transformaria no depósito ambulante de nostalgias e perdas que era o já provecto Mario Conde.

Diante do casarão da rua Perseverancia, individualizado no papel que Manolo lhe entregara, Conde observou os vestígios ainda capazes de denunciar os antigos dias de glória de uma residência burguesa degradada. Pelos arabescos modernistas sobreviventes no frontão e pelos suportes dos balcões ainda adossados na edificação, calculou que talvez a tivessem construído nas primeiras décadas do século anterior. Era evidente que seus proprietários originais deviam ter gozado de notável prosperidade econômica, a qual se empenharam em exibir por meio do palacete. A escada, visível da porta principal, ainda conservava os degraus de mármore, talvez italiano ou belga; as paredes revestidas com os últimos restos de azulejos, talvez portugueses ou sevilhanos, em sua maioria já corroídos ou arrancados; também uma parte das balaustradas de colunetas entalhadas, afrancesadas, dispostas para descrever uma curva suave até os andares superiores. Uma enorme luminária de ferro lavrado, sobrevivente por puro milagre de todos os desmandos e necessidades, ainda pendia – perdidos os vidros que tivera em seu tempo – da grossa corrente pela qual estava presa ao teto do vestíbulo. O resto era selva: em alguma época remota a casa fora esquartejada em cômodos separados para serem alugados, e, com o passar do tempo, as primeiras divisões tinham sido novamente fracionadas até criar uma espécie de colmeia em que se amontoavam dezenas de famílias. Cabos elétricos pendentes, varais de roupa, tanques de metal para armazenar água, pisos afundados, paredes descascadas adornavam o antigo casarão, em cujas entranhas tinham começado a aparecer escoras de madeira encarregadas de sustentar tetos, balcões, arcadas, tudo amontoado num espaço fechado de onde brotava, como um hino de guerras tribais, um *reggaeton* lascivo, reproduzido a todo volume.

O negro descamado e desdentado que Conde encontrou depois da porta, sentado num banco de madeira e fumando um charuto ordinário, confirmou que lá morava o Morcego e explicou onde: segundo andar, quarto do fundo, oriente-se pelo fedor.

– Deve estar dormindo – acrescentou o velho. – Ele sempre dorme de dia... Ou quase sempre. Como os morcegos... Acho que pendurado por uma pata e tudo... Mas, diga uma coisa, o que está interessado em comprar?

– Por enquanto, nada...

– O que o Morcego tem eu tenho. E quando não tenho sei onde tem. Mais e melhor. Com garantia.

– Obrigado.

– Putas também, se te interessar.

– Não, não me interessa.

– Putas jovens e baratas – insistiu o negro velho. – Três dólares por uma punheta, cinco por um boquete e dez pelo serviço completo. Se quiser comer o cu o pagamento é à parte.

– Agora as tarifas são essas?

– Para os nativos, em baixa temporada... Se for gringo é diferente. O nosso primeiro! – exclamou o velho, e exibiu sua gengiva despovoada, esbranquiçada.

– E onde estão essas mulheres?

– Mulheres não, meninas... Dezesseis, dezessete aninhos... Estão na casa delas, assistindo novela, ou trabalhando. Nisso, é claro... Está interessado?

– Não, continuo sem interesse.

– Não sabe o que está perdendo... É material de primeira. Ah, e conheço um sujeito que tem Viagra. Americano e cubano. Com certificado... E outro comprimido levanta-pau que na verdade não sei como se chama, mas que dizem que te deixa feito um canhão... E na tua idade...

Conde, com um pouco mais de angústia somada à que já carregava, voltou a observar o interior do casarão. Yuniesky Bonilla, vulgo "Morcego", era a única pista que ele tinha para encontrar um caminho capaz de levá-lo até o falso Raydel, pois do outro colega do rapaz do qual ele tinha o nome, um tal Ramiro Gómez, não havia outros vestígios além de sua possível localização em um dos vários "assentamentos" de imigrantes do oriente do país, brotados na periferia da cidade. Segundo Bobby, chamavam Yuniesky de Morcego porque ele tinha um defeito congênito na vista que o fazia entrecerrar as pálpebras diante da luz. No entanto, os registros de Manolo lembravam que o filhote de vampiro já passara dois anos na cadeia por furtos reiterados, pois apesar do defeito visual parecia ter a capacidade de enxergar através das paredes e, quando se empenhava, costumava atravessá-las para coletar o que lhe apetecia.

– E se não é para comprar nada por que está procurando o Morcego? – perguntou o velho psoríaco apontando para ele com o charuto. – Não que me interesse... mas... pode ser... Como conheço todo mundo aqui. Também não vai querer gozar com a Sinfônica Nacional? – e passou o indicador pelas narinas, aspirando com força.

– Pro que estou procurando me disseram que é pra falar com ele – observou Conde, sem sair do lugar. Compreendeu então que o velho devia servir como uma espécie de "facilitador" dos mais diversos negócios que faziam naquele local, pois só por uma questão de peso (ou de pesos, no caso) alguém podia resistir muito tempo parado num lugar ao qual chegava por ondas um eflúvio de urina calcinada e merda recém-ejetada.

– Você é que sabe... – continuou o negro velho –, mas, se ele estiver dormindo ou não tiver... fale comigo.

– Com certeza – disse Conde, e fez uma saudação com a mão antes de enfrentar a escada até o segundo andar.

O corredor que levava aos quartos do fundo era um dos que estavam reforçados com vigas de madeira e por sua vez servia de suporte para o corredor do piso de cima graças a outras escoras verticais, que davam ao lugar o ar de uma das estruturas impossíveis de Tatlin. A estática milagrosa. Aquele edifício constituía um verdadeiro desafio às leis da física e uma amostra antológica da ambição humana de morar debaixo de um teto, praticada desde os tempos de

Cro-Magnon... mesmo que o teto escolhido possa qualquer dia transformar-se num ataúde, como de tempos em tempos acontecia naquela e em outras regiões da cidade.

Driblando os pilares (em alguns dos quais pendiam sacos de lixo pestilentos pendurados num prego), Conde avançou em busca dos infernos mais profundos do casarão, evitando olhar para dentro dos quartos que encontrou com as portas abertas – quase todos –, desviando-se de líquidos suspeitos supurados de algumas paredes e passando por cima de dois cães magros com os pelos pontilhados de carrapatos. Os animais não se dignaram a latir para ele, nem sequer a olhá-lo: o esforço parecia grande demais para eles e sua fome.

A porta do suposto quarto do Morcego estava fechada e Conde deu umas primeiras batidas leves. Diante da falta de resposta insistiu com mais força, três, quatro vezes, até que uma voz brotou daquela caverna.

– Caralho, estou dormindo...

Conde voltou a bater e gritou, por cima da música do interminável *reggaeton*:

– Garotão, estou procurando uma coisa... e se você se abrir vai levar uma parte.

Não houve resposta. Depois de uns minutos e outras pancadas na porta, a voz se fez ouvir de novo.

– Que porra você está procurando, companheiro?

– Quer que eu grite daqui? – replicou Conde, e esperou de novo, mas apesar do barulho ambiente teve a impressão de ouvir algum movimento vindo do interior do quarto. Até que a porta se abriu e apareceu a cara do inquilino: a cabeça ostentava um corte de cabelo que formava uma espiral com sinuosidades de serpente ou de labirinto; e a cara sonolenta, de olhos minúsculos, quase fechados, com os quais o jovem mulato tentou focalizar o visitante inoportuno.

– Vai, fala... – ordenou o Morcego de onde estava.

– Joias, ouro – sussurrou Conde, que deu um passo para o lado a fim de evitar o hálito de fossa do jovem e, como sabia que tinha uma única oportunidade para penetrar a muralha, apostou tudo numa cartada. – Me sopraram que teu sócio, o oriental, tinha uma coisa...

– Que sócio, que oriental? – indagou o mulato, e Conde teve de pensar rápido.

– Não se faça de besta, garotão... Se me ajudar e eu fizer negócio com ele, a cada cem dólares que eu comprar você leva dez pesos – e agitou os dez dedos diante das pálpebras do rapaz. – Sei que ele tem um carregamento, mas está sumido e preciso encontrá-lo já, antes que ele venda até a mãe...

O Morcego abriu um pouco mais os olhos. Conde observou que a íris tinha uma cor muito desbotada de café.

– Espera aí, estou pelado – disse o jovem, e fechou a porta. Conde acendeu um cigarro e se dedicou a observar de novo o panorama degradado que o cercava. Pensou que daquela miséria compactada pelos anos só podia nascer mais miséria, sobretudo a pior delas: a humana. Os rostos das pessoas, das quais recebia olhares carregados de medo, eram os espelhos de suas almas, e suas almas o fruto do meio: a precariedade sem atenuantes, multiplicada nos últimos vinte anos por uma crise que frustrara o possível sonho de muitos de alcançar melhorias na vida. O pior era que havia centenas de falanstérios como aquele na cidade, onde viviam milhares de pessoas que já não esperavam nada da sociedade, portanto, não entregavam nada a ela: viviam do que encontravam, como os carrapatos atarefados em tirar o último alento dos cães famélicos por cima dos quais ele passara. E enquanto isso se embotavam, no mínimo, com doses maciças de *reggaeton* e álcoois agressivos. Quantas camadas de miséria, fatalidade cultural ou étnica, de abandono e frustração social separavam aquelas pessoas dos mundos cheirosos e bem alimentados de Yoyi, Bobby, Elizardo Soler e outros que flutuavam a alturas impossíveis de detectar a olho nu? Conviviam todos no mesmo tempo histórico e espaço geográfico? E onde se situavam, entre os extremos, pessoas como ele e seus amigos? O que os impedia de subir e o que os salvava de descer? Conde sentiu-se sufocado por perguntas para ele recorrentes, de respostas difíceis e dolorosas, e por ora se conformou com uma evidência: aquele quadro de Bosch era a realidade. O outro, um mundo virtual, sustentado por algum milagre. Como o edifício. E naquele instante de divagação mental lembrou-se de que tinha um assunto pendente, acreditava que importante. Só que não foi capaz de lembrar qual. Aquilo também seria da velhice?

Yuniesky Bonilla finalmente abriu a porta. Vestia apenas um short muito colorido e tinha escondido os olhos por trás de óculos metálicos de lentes esverdeadas, em cuja superfície podia-se ler a marca: Ray-Ban. Falsos ou autênticos? Quando Conde entrou, foi assaltado pelo mesmo cheiro que imperava no vestíbulo, mas duplamente concentrado pelo bafo de suor. Viu o catre com lençóis sebentos, o travesseiro sem fronha; numa mesinha auxiliar, um fogareiro elétrico, todo respingado de gordura petrificada; uma pia cinzenta (um dia talvez tivesse sido branca), em cujo fundo dormiam pratos e copos, e um cordel no qual estavam pendurados alguns cabides e peças de roupa. Onde o sujeito cagava e mijava? Não tinha nem sequer um ventilador para espantar um pouco o calor? Conde calculou que, se o Morcego levara alguma coisa do assalto do falso Raydel à casa de Bobby, seu ganho devia ter sido mínimo e se evaporado da pior maneira: em drogas e álcool. Quiçá em óculos de grife falsificados, *Made in China*, comprados por atacado no Equador. O rapaz jogou no chão uma mochila e umas roupas amontoadas na única cadeira possível e a indicou para Conde.

– Como é a história? – quis saber o Morcego, ao mesmo tempo que acendia um cigarro e sentava na beira da cama.

– Teu sócio Raydel, ou seja qual for o nome dele... me disseram que ele tinha dado um golpe da pesada. E o meu negócio são as joias...

– Quem te disse? A polícia?

Conde sorriu. Tirou outra carta e pôs na mesa.

– Aquele veado não foi à polícia... Pra ele também não convém remexer a merda. Por isso eu quero encontrar Raydel: até agora aquelas joias não são roubadas. Digamos que ele as pegou emprestadas do dono, sem permissão...

O Morcego observou Conde com mais atenção. Seu pobre cérebro devia estar fazendo todos os cálculos que seus neurônios destreinados permitiam. Raydel roubou mas não roubou?

– O parceiro está sumido – disse o jovem finalmente.

– Isso eu sei... senão não estaria aqui te oferecendo dinheiro para localizá-lo e negociar com ele. Ou você acha que gosto de dar minha grana de presente?

Yuniesky assentiu. A lógica elementar da transação o convencera.

– A última notícia que eu soube foi que ele tinha vendido um monte de coisas...

– Imagino.... mas as joias não são tão fáceis de vender. É grana pesada...

Yuniesky assentiu de novo. E Conde deu um salto no escuro.

– Garotão, eu sei que você ajudou o Raydel a fazer a mudança da casa do veado. E que o que ele te deu foi uma ninharia, nada... olha isso – Conde apontou a cama, a mesa, a pia. – Se tudo der certo, ele vai ficar com a bolada gorda e você vai continuar nesse chiqueiro. Mas, se der errado, com certeza ele vai abrir a boca e geral vai passar uns aninhos na cadeia. Você é reincidente? Sabe como eles tratam os reincidentes?... Claro que sabe. E sabe que Raydel não se chama Raydel e que a polícia adoraria ter uma conversa com ele?

Yuniesky levantou a cabeça e amassou a bituca do cigarro no chão. Ajeitou os óculos de lentes verdes e suspirou.

– Isso não é problema meu...

– Claro que é... E você sabia que Raydel não é Raydel – Conde queria ter examinado o olhar do outro, mas continuou: – Um sujeito que muda até de nome deve ter dívidas muito grandes em algum lugar, e quem está cobrando, sejam policiais ou ladrões, vai arrasar com tudo quando o encontrar, e se você estiver no meio... Posso continuar ou você já está querendo me dizer alguma coisa?

– Eu não sabia na' desse negócio d'ele não chamar Raydel... O que eu sei é que aquele fedaputa ficou com tudo e evaporou. Puf... – fez o gesto com o qual pretendia ilustrar a evaporação, como a que geralmente representa o gênio da lâmpada de Aladim. – Cantou a bola de que ia embora de novo pa' Santiago ou sei lá onde por ali, mas isso ninguém acredita. O que eu acho é que tá vendendo tudo pa' pegar uma lancha e ir embora pa' Yuma*...

– Isso é o que ele faria... se tivesse dois dedos de testa. A bichona não foi à polícia, mas também não vai deixar por isso mesmo. O sujeito pode ser um baita de um veado, mas é um tigre nos negócios. E tem uns amigos que são... que são maus. E se eu cheguei aqui... eles também podem, sabia? E gente má faz coisas más... Raydel que não é Raydel não vai escapar.

Yuniesky Bonilla levantou.

– Cacete, nem café eu tomei.

De uma prateleira ele tirou uma cafeteira italiana média. Encheu-a com um pó de café pardacento e a colocou no fogareiro elétrico.

– E como é que eu sei que você vai me dar esse teco se fizer negócio com o Raydel?

– Você não sabe... mas pode saber. Não está vendo, seu trambolho, que eu sou sua melhor opção? Porque as outras são a polícia, os que estão atrás do Raydel ou os amigos maus do veado... Então vê se localiza teu sócio que eu faço o negócio na tua frente... De cada cem, te dou dez. Mil são cem... Dois mil, duzentas verdes... Mais limpo que água... E pelo que sei pode ter alguns milhares envolvidos nessa conversa, de modo que faça as contas. Eu tenho o sujeito que tem esses milhares... E, além disso, você cobra o que o Raydel te deve por ter ajudado na mudança, não é? Melhor negócio, nem com o Rockefeller...

O Morcego voltou a assentir, pensativo. Observou por um instante a serpentina ígnea do fogareiro e cedeu.

– Tudo bem – disse. – Vou ver se encontro ele... O Albino é capaz de saber. Eles eram unha e carne... Eu não sabia que tinha tanto dinheiro nisso... Mas vou avisar uma coisa, velho: depois de fazer o teu negócio e pagar a minha bolada, Raydel ou seja qual for a porra do nome dele, esse filho da puta, é coisa minha...

– Isso não é problema meu, garotão. As brigas de vocês são de vocês. Eu só faço negócios, compro, pago... e puf...

---

* Jargão cubano para referir-se a qualquer país estrangeiro e, mais especificamente, aos Estados Unidos. (N. T.)

– E como vou te encontrar? – perguntou o Morcego quando o vapor do líquido recém-filtrado começou a exalar da cafeteira: cheirava a grãos abjetos, torrados demais. Desde que tinha saído de casa Conde não voltara a tomar café e estava dando a vida por uma xícara. Mas não daquela coisa infame, não na pocilga em que estava.

– Nos encontramos amanhã às oito da noite no Parque Central. No lado que dá para o cine Payret.

– E se eu ainda não tiver apanhado ele?

– Você continua procurando, e eu continuo te encontrando lá todos os dias até ele aparecer... Só que, quanto mais você demorar e mais coisas ele vender, menos dinheiro vai ter: pra você e pra mim.

O Morcego tirou a cafeteira do fogareiro e colocou uma colherada de açúcar no copo de cima. Com dificuldade mexeu o café para adoçá-lo e depois procurou onde servi-lo. Na prateleira havia uma xícara sem asa e ele a pegou. Serviu o café fumegante na xícara e a estendeu para Conde.

– Não, garotão... o café deixa minha úlcera a mil... Se você me fizer uma camomila...

– - Camomila! – o Morcego quase gritou. – Eu tenho cara de quem toma camomila, meu chapa?

– Eu acho que você tem é cara de morcego – afrontou Conde, e enfiou uma mão no bolso, de onde tirou uma nota de dez pesos convertíveis que agitou no ar. – Amanhã às oito... A caixa registradora está aberta e cheia de grana. Mas se eu o encontrar... a caixa vai se fechar pra você. E se for encontrado pela polícia ou por algum dos que andam à procura dele... esconda-se.

Conde entregou o dinheiro ao mulato, levantou-se e estendeu a mão. O Morcego a apertou, sorridente e feliz. O negócio parecia bom. O contrato estava selado.

À beira de um coma por descafeinismo, Conde se atreveu a pedir um café numa das centenas de barracas de rua que tinham brotado na cidade. Quando provou a infusão, depois de muitas dúvidas e conscienciosos testes gustativos, atreveu-se a concluir que aquele caldo preto tinha gosto de tília e se consolou pensando que, pelo menos, talvez servisse para lhe acalmar os nervos.

Chegando ao Parque Central de Havana, de cujas imediações saíam os táxis particulares para El Vedado, acendeu um cigarro e observou o panorama ao redor. Alguns dos mais belos edifícios da cidade ficavam naquele retângulo, e ele se deleitou com a arquitetura de um ecletismo pretensioso, empenhado em mostrar com muitos arabescos, colunas e volutas quanto dinheiro e prosperidade tinham existido numa cidade tão singular e equívoca. O antigo Centro Galego, transformado em teatro e espaço cultural, e o também outrora Centro Asturiano, convertido em museu de belas-artes, desafiavam-se de um lado ao outro do parque, exultantes de riquezas, como insuperáveis testemunhos físicos do êxito econômico de seus promotores. A seu lado, os velhos hotéis Inglaterra e Plaza, ressurgidos, ufanavam-se de seu passado glorioso junto dos também remodelados Telégrafo e Parque Central. La Manzana de Gómez, um dos primeiros centros comerciais do mundo, finalmente recebia os benefícios de uma reforma capital que deveria transformá-la num hotel de luxo e no que tinha sido antes: um centro comercial, onde agora seriam vendidos os produtos numa moeda que era por demais esquiva para a maioria dos habitantes da ilha... Uma volta ao passado?

O assustador era como aquela cidade prepotente desde sempre convivera, quase parede com parede, com o território degradado do Morcego e companhia: negros, chineses, putas, lumpens, proletários, *santeros* e *ñáñigos**. Talvez por isso Conde tenha achado a magnífica estrutura dos edifícios das imediações do Parque Central mais incongruente, já não apenas com as ruas vizinhas mas também com a figura dos seres humanos e os engenhos mecânicos que circulavam ao rés do chão no tórrido presente. Os velhos automóveis norte-americanos, consertados repetidamente, que tinham rodado durante cinquenta, sessenta e até setenta anos, continuavam imperando naquelas ruas. Sua simples existência desafiava as leis do mercado, as da mecânica universal e as do meio ambiente com sua vida útil prolongada, transformada em presenças ruidosas e escapes negros expulsos aos jatos contra os pulmões dos habitantes e, em última instância, na direção do que sobrava da camada de ozônio. Por sua vez, as pessoas que circulavam às centenas e milhares sob o sol ainda assassino de setembro, e numa hora em que se supunha que todos deveriam estar trabalhando com o maior esforço por um futuro melhor, pareciam desgastadas e murchas, mais que os velhos fords ou chevrolets ou pontiacs. Moviam-se como formigas em formigueiros remexidos: depressa ou lentamente, pareciam mais vaguear do que se deslocar com propósito definido. Suadas e mal-encaradas, malvestidas e abatidas, muitas levavam uma sacola de lona ou de plástico nas mãos, geralmente vazia. Quem trabalha neste país?, por que há cada vez mais pessoas com esse mau aspecto?, aonde vão, de onde vêm?, Conde perguntou a si mesmo, observando a multidão em debandada, as pessoas determinadas a atravessar a rua sem olhar, talvez dispostas ao suicídio

* Membro da sociedade secreta afro-cubana Abakuá, formada apenas por homens negros. (N. T.)

ou ocupadas em observar o cimento ou a calçada como se esperassem encontrar o maná brotando das entranhas da terra.

Conde sabia que, quase por obra divina (uma Virgem, ainda por cima negra, rondava no ambiente), naquele dia ele levava nos bolsos uma quantia invejável de dinheiro (trinta; não, agora vinte dólares), mas que na maioria de seus dias vivia à beira da indigência como muitos daqueles conterrâneos desorientados, vagando sem rumo. Perguntou-se então se quando saía para bater perna pelas ruas à procura de livros para comprar alguém poderia vê-lo como ele os via: como uma alma penada. E, sobretudo, se alguém na verdade se importava com o destino lamentável compartilhado por tantas e tantas pessoas durante tantos e tantos anos...

Poucos minutos depois, Conde compreenderia que suas reflexões sociológicas de filósofo existencialista tropical não tinham muito futuro no país desproporcional e leve em que nascera e vivia, em que a lógica não possuía leis... Ou possuía outras, indecifráveis para os racionalistas. A apatia, a via do menor esforço, baixar a cabeça quando a navalha passa, não brincar com fogo porque o fogo queima eram estratégias de vida por demais depuradas que, para o bem ou para o mal, ajudavam a sobrevivência cotidiana e a manutenção da saúde mental das pessoas. À merda com a filosofia, a psicanálise e a mudança climática! E corroborou a profundidade daquela concepção de mundo (era preciso chamá-la de algum modo) quando abordou o táxi particular que se dirigia para a região de El Vedado – um Buick dos anos cinquenta, com a carroceria reformada para que em vez de sete passageiros pudesse levar dez – e no momento de dar a partida o motorista-proprietário-reformador apertou uma tecla do reprodutor de áudio amarrado ao painel do carro... Em volume ensurdecedor começaram a soar as batidas de um *reggaeton* (o mesmo do solar? ou todos os *reggaetons* eram um só *reggaeton* e por isso ele não os distinguia?) a cuja irrupção os outros nove passageiros do táxi, incluindo-se o motorista e excluindo-se Conde, responderam com um movimento quase coordenado de quadris e ombros, para depois começarem a cantar em coro a letra de uma canção que todos (com a vergonhosa exceção de Conde) sabiam, grunhido por grunhido.

Quando o carro virou na rua Neptuno, tão abarrotada quanto a região do Parque Central, ou mais, e começou a tourear pedestres, carrinhos de mão e triciclos de passageiros, o motorista, transformado numa espécie de regente do coro, fez sinal aos seus tripulantes para se juntarem todos na interpretação:

Dame un chupi chupi
Que yo lo disfruti

Abre la bocuti
Trágatelo tutti...

E, enquanto cantavam, os viajantes masculinos indicavam às viajantes femininas o sentido do pedido de uma mamada, ao mesmo tempo que elas, complacentes, faziam a mímica de executar a felação e engolir com gosto e avidez a ejaculação, o que fazia seus companheiros de viagem estremecer até o prazer. Os usuários do táxi coletivo, damas e cavalheiros, jovens e velhos, semi-indigentes e bem vestidos, naquele momento pareciam alheios às tribulações do mundo e, sobretudo, de sua própria vida, imunes ao calor e ao bafo de petróleo que impregnavam o veículo, empenhados em executar uma coreografia ritual que parecia antecipadamente ensaiada, e desfrutavam a ritmo de *reggaeton* de uma viagem entre suicida e assassina a bordo de um Buick rugidor dos anos cinquenta transformado em limusine a diesel *Made in Cuba.*

Deslocado, *alien* em sua própria terra, Conde não pôde evitar um novo assalto de sua vocação de meditador: a pobreza feliz, filosofou. Tábua de salvação nacional.

Bastava uma célula sensível se aproximar da atmosfera daquele edifício para que os sentidos da visão, da audição e do olfato fossem aleivosamente agredidos por poderes bárbaros. Assédio igual sofriam certas categorias estéticas e arquitetônicas básicas, maltratadas pelos encanamentos de ferro do esgoto que corria descoberto junto a tetos e paredes, canos através dos quais se ouvia o fluir das águas negras; ou a escada de concreto cru, com degraus visivelmente irregulares, capazes de transformar a subida e a descida num desafio físico. Conde lembrou o parecer de um velho amigo sobre construção, segundo o qual aqueles edifícios, erguidos nos anos oitenta para trabalhadores de destaque com necessidade de moradia, não eram feitos com cimento, mas com cascão... Como ofensa adicional, no espaço interior onde deveria florescer um jardim só cresciam bitucas de cigarro e de charuto, garrafas vazias e merda de cachorro (e talvez alguma contribuição fisiológica humana) em diferentes graus de mumificação.

Quando enveredou pela escada do prédio, o ex-policial teve a má impressão complementar de ter entrado numa ala de penitenciária com celas de ambos os lados: todas as portas, de madeira ordinária carcomida, muito próximas umas das outras, exibiam grades de ferro de diferentes qualidades e acabamentos, como se só importasse sua função de meio protetor de tesouros incalculáveis ou dos quatro miseráveis pertences que seus proprietários tinham conseguido juntar com mil esforços. A escassa luz que conseguia filtrar-se até os corredores internos mal criava uma penumbra úmida e asfixiante onde se acentuava o fedor de porão, suor e roupa suja, de refogados e de azeites reciclados até a evaporação total. Junto de uma porta anunciava-se venda de gelo; de outra, conserto de telefones celulares; e outra ainda, decorada com um coração, avisava que se alugava por hora a amantes necessitados. No fim de um corredor algum crédulo, mais do que crente, oferecia sua residência: "Esta é tua casa, Senhor". Conde pensou: entre a Havana em ruínas do Morcego e aquela Havana ignóbil de edifícios apressados a diferença era uma questão de anos, mas não de essência. E não parecia muito provável que o Senhor quisesse morar em alguma das duas.

No terceiro andar, no final do corredor, ele enfiou a mão entre as grades para bater na porta do suposto apartamento de René Águila, o mais impiedoso e inescrupuloso comerciante de arte da cidade, segundo a opinião de Bobby. A posse daquela advertência valorativa alertou-o de que alguma coisa não se ajustava entre aquele lugar mais desagradável do que degradado e as possibilidades econômicas que a fama do personagem implicava.

A porta se abriu e o visitante sufocado recebeu o sopro sedutor de um ar-condicionado. Imediatamente viu o rosto bem barbeado e liso de um mulato de feições regulares, de uns trinta e cinco anos de idade. O homem, sem dúvida de boa aparência, cheirava a água-de-colônia, vestia uma polo da Lacoste de um esfuziante vermelho-tomate, jeans brancos, imaculados, ornados com uma chapinha de metal que realçava sua filiação à escuderia Calvin Klein, e sandálias de couro opaco, obra inconfundível de Birkenstock.

– René Águila? – perguntou Conde, ocupado em enxugar o suor do rosto com seu lenço já úmido e disposto a aceitar ávido a carícia do ar frio que escapava do apartamento.

– Quem o procura?

Conde olhou para um lado e para o outro do corredor, até se virou um pouco, como se tentasse localizar outra pessoa surgida de repente.

– Acho que eu... – ele disse finalmente.

– E?

– Você é René Águila?

– Pode ser...

Conde balançou a cabeça. Ou o sujeito era muito idiota ou sabia demais. Ou um idiota que achava que sabia demais. Talvez fosse só um gozador que quisesse zombar um pouco dele.

– Sou amigo do Bobby Roque...

O mulato bonito sorriu. Tinha dentes brilhantes, perfeitos.

– Então sou eu, sim – disse e enfiou a chave no cadeado que mantinha a grade segura. Com um gesto da mão, convidou o recém-chegado a entrar no recinto refrigerado.

O acabamento do interior do apartamento não era melhor do que o do exterior. Na sala de jantar havia alguns móveis de aspecto funcional, inclusive uma mesa com quatro cadeiras, e o ex-policial sentiu que se fortalecia sua suspeita (agora prestes a se tornar certeza) de que havia alguma incongruência em toda aquela montagem: o edifício, o apartamento, a decoração não eram o que se podia esperar de alguém que, conforme presumia, fazia negócios de que auferia lucros graças aos quais podia vestir-se somente com marcas conhecidas e exalar aquele aroma seco, delicado, envolvente, germânico. René Águila sumiu na cozinha com o propósito anunciado de fazer café, e Conde ocupou uma das poltronas de madeira. Naquele momento resolveu deixar de lado os preconceitos: não importava o que Bobby achasse da ética mercantil de seu anfitrião, mas o que o homem pudesse oferecer ao seu objetivo de encontrar o falso Raydel.

O mulato voltou com duas xícaras de café, de porcelana e com pires ornados de filetes dourados, estilo *art nouveau*, e estendeu uma para Conde, que imediatamente percebeu uma baixa vertiginosa de suas defesas: o líquido tinha cor de café e cheirava a café de verdade. Bastou provar a infusão para sentir uma recomposição orgânica e sensitiva: tinha gosto de café, de bom café.

– Ficou bom? – perguntou René observando a reação física do visitante.

– Está especial... E como eu precisava – admitiu o ex-policial, que não costumava brincar com assuntos como aquele.

– Meu vício é o café. E pago bem por ele... Este é uma mistura de um café que me mandam de Miami e outro que recebo da Itália... O senhor sabe que o melhor café do mundo é o que se toma na Itália, e o melhor café cubano é o que fazem em Miami?

– Então este é um F-1 desses pais ilustres? – Conde tentou vingar-se com a ironia. Ficava de saco muito cheio quando tentavam lhe dar lições como aquela. A história da Itália e do café é uma verdade sabida e estabelecida, até para quem nunca tinha posto o pé na península, que era o caso de Conde. Que em Cuba se toma o pior café cubano (exceto em lugares muito bem abastecidos e inacessíveis para o comum dos mortais) e que o melhor desse tipo se toma em Miami já constitui a segunda lei geral da cafeteria universal. Felizmente para Conde, sua cunhada Aymara abastecia Tamara com pacotes de Kimbo napolitano, e sua amiga Dulcita, que morava na Flórida, costumava agradar os ex-colegas com pacotes de um café que os enlouquecia. Dulcita é que lhes contara certa vez que o aeroporto de Miami cheirava a café cubano e que, quando ela voltava de alguma viagem, aquele aroma a fazia sentir que tinha voltado para casa.

O mulato riu, pelo visto divertido, e tomou sua infusão, para repisar:

– E a verdade é que o meu sempre sai bom pra caralho.

– É verdade, sim – concordou o visitante.

– Mas o mistério, a chave, o *quid* de tudo está nas xícaras... Se não são de porcelana, o sabor se dilui.

– Isso eu não sabia – admitiu Conde, disposto a arriar as bandeiras, enquanto mostrava o maço de cigarros com um gesto interrogativo. O mulato assentiu: podia fumar. Então se levantou e voltou da cozinha com um pequeno cinzeiro de barro. Xícaras de porcelana e cinzeiro de barro?

– Eu também fumava... Foi terrível largar, mas consegui. É preciso ter força de vontade.

– Onde ela é vendida? Tem que importar também? – Conde acendeu seu cigarro e os dois sorriram.

– Adoro o cheiro do tabaco... E, bem, o que aconteceu com Bobby agora? – René abriu a porta da conversa.

– O que o senhor sabe: foi saqueado. E o que roubaram já venderam, estão vendendo ou vão vender – Conde explicou. – E, como o senhor está no negócio...

René Águila voltou a mostrar os dentes luminosos. Conde ponderou que o mulato devia ter uma sorte infinita com as mulheres: exalava virilidade e simpatia física, embora fosse um rato nos negócios, conforme Bobby tinha avisado. Mas as mulheres em geral não se importavam com esses detalhes. Assim como quase ninguém.

– Bom, o que roubaram dele foram quatro merdas, não é?

– Algumas coisas tinham seu valor... Umas joias, por exemplo – Conde assinalou.

– Quatro merdas... Quinquilharias – insistiu René.. – Nada de interesse pra quem faz negócios grandes... Como os que Bobby faz... E o senhor está ajudando a encontrar o ladrão ou as coisas roubadas?

– O que aparecer primeiro.

– E por quê?

Conde pensou um instante. Por dinheiro, foi sua primeira conclusão, mas a segunda lhe pareceu mais elegante e, afinal, também verdadeira.

– Porque sou amigo do Bobby... há milênios. E ele confia em mim...

O mulato reagiu:

– Pois seu milenar e confiável amigo Bobby mostrou que é um idiota diplomado com louvor... Todo mundo sabia que a história dele com Raydel ia acabar mal... Um menino lindo de vinte anos e um velho de sessenta com dinheiro, por Deus!...

Conde anotou na coluna de Agravos o item velho de sessenta anos.

– A vida é assim, não é?... O que sabe de Raydel?

– Ora... bom, que aquele menino é um tigre. Se arranjava na vida com o que podia, inventando daqui e dali, e Bobby facilitou: bastava ele trabalhar com o pau.

– E o senhor não ouviu mais falar nele depois que desfalcou Bobby? – continuou Conde.

– Não... e acho isso estranho.

– Por quê?

– O senhor não é policial, é?

Conde decidiu que tinha que jogar limpo: por enquanto seu objetivo não era René, era Raydel. E o fato de ter tido um passado policial poderia ajudar. Pelo visto, todo mundo sabia que quem já foi policial nunca deixa de sê-lo totalmente, como afirmou Elizardo Soler, como sabia o próprio Conde e como devia pensar René Águila.

– Eu fui... em outra encarnação. Agora sou mais um que se arranja na vida como pode... E Bobby não foi à polícia. Apesar de tudo o que Raydel fez com ele e de todo o estrago, não quer prejudicá-lo.

René Águila pensou por um instante, suspirou, recostou-se na poltrona.

– Raydel nem mesmo é ladrão: se for, é um ladrão de galinha. Não tem dois dedos de testa. Bobby deu de bandeja e ele pegou o que lhe caiu nas mãos. Mas pra se livrar do que roubou do Bobby, se é que de fato tem alguma coisa de valor e que ele saiba disso, o menino vai precisar de alguém que o ajude. Roubar carne bovina de um matadouro ou esquartejar porcos não é a mesma coisa que vender joias, móveis de época, talvez algum objeto valioso e, digo e repito, se é que havia alguma coisa valiosa de fato. O círculo dos que vendem e dos que compram essas coisas é muito restrito, todos nós nos conhecemos, porque muitas vezes temos de negociar entre nós. Pro senhor entender: se me aparece alguém procurando um quadro, sei lá, de Wilfredo Lam, e eu não tenho, peço pro comprador esperar e procuro quem tenha ou possa conseguir um Lam, e fazemos um negócio triangular ou quadrangular. E, como fui eu que encontrei o cliente, levo a minha parte, com porcentagens que são negociadas conforme as dificuldades.

– Bobby já tinha me falado disso. Mas... entre vocês ninguém trapaceia?

– Claro que trapaceamos e competimos: todos nós somos feras nesse negócio, mas não nos enganamos demais nem nos roubamos, porque se a gente perde a confiança fode tudo e nos fodemos todos. O que menos interessa a qualquer um de nós é a polícia lembrar que existimos.

– Elementar – concordou Conde, disposto a ouvir mais daquela dissertação.

– E todos sabemos que Raydel é um ladrãozinho que roubou um colega, e Raydel sabe que nós sabemos... Claro, pode ser que alguém do grêmio se atreva a comprar coisas de um Raydel qualquer, mas depois vai ter muito trabalho pra colocá-las e sempre com o risco de descobrirem que foi ele que passou a mercadoria roubada, porque aqui se sabe de tudo, de tudo.

– Então?

– Então a história do Bobby está complicada. Entre nós...

– Os do grêmio – Conde interveio.

– Os do grêmio, sim, me agrada que seja chamado de grêmio... Soa bem, não é? É uma palavra com linhagem histórica e... Bem, falamos uns com os outros. E, que eu saiba, ninguém tem ideia de onde está Raydel, apesar de acharmos que alguma coisa ele deve ter vendido. Principalmente os móveis, a roupa, a quinquilharia, isso não tem nada a ver conosco. Mas as joias, os objetos caros e as gravuras sim, têm valor, bom, isso é farinha de outro saco. Só que Bobby diz que não, que não são coisas valiosas... mas devo avisá-lo que acreditar no seu amigo Bobby é complicado... O caso é que se não ficamos sabendo é porque, se Raydel vendeu alguma coisa, foi fora do circuito, e se foi fora do circuito deve ter cobrado uma merda.

– Com quem do grêmio você falou sobre Raydel?

– Creio que só com uma pessoa, mas foi por causa de outra coisa, de um negócio... e então surgiu o assunto do Bobby.

– Mas com quem? Com Elizardo Soler?

– Eu não falo nem faço negócios com aquele idiota pretensioso que se acha um grande aristocrata e não sei o que mais... É um punheteiro, isso sim... E acho até que é dedo-duro, informante da polícia, por isso deixam ele fazer o que faz... Ou é um mitômano...

– Estou vendo que o senhor e o Elizardo se gostam muito.

René Águila riu, balançando a cabeça.

– É que ele me tira do sério... Não, foi com Karla Choy que eu falei, uma garota que está em tudo e não está em nada. Uma mulher que é um cataclismo...

– Em tudo e em nada? Um cataclismo? – perguntou Conde, ao ouvir tais apreciações e qualificativos.

– Faz mil coisas e, até onde eu sei, sem ferrar ninguém... Se algum dia o senhor encontrá-la não vai levar nem um segundo pra entender por que eu digo que é um cataclismo... – afirmou com mais brilho no olhar.

René sorriu de novo, lascivo, e Conde anotou mentalmente dados que poderiam ser úteis no futuro: a intensa repulsa de René por Elizardo e o ressurgimento do nome de Karla Choy e de seus atributos e capacidades.

– Suponhamos que Raydel não tenha vendido as coisas mais interessantes que roubou... Não pode ser que esteja esperando para tirá-las de Cuba? Quer dizer...

René meditou alguns segundos.

– Pode... e talvez tenha vendido os móveis e outras coisas pra financiar essa saída. Para sair daqui é preciso pagar umas oito, dez mil notas verdes... Raydel pode ter achado que com o que roubou teria como pagar a saída e depois poderia viver em Miami como um milionário... E além disso talvez pense que, se tudo isso acontecer, não vamos ficar sabendo que ele fez a venda lá. Mas o grêmio é internacional, entende?

Conde assentiu, pensativo. Aquela trama mercantil, com seus códigos éticos e canais de informação, parecia mais complicada e poderosa do que tinha imaginado. Seus tentáculos, inclusive, exalavam certo cheiro de trama mafiosa. Por isso resolveu dar uma guinada na conversa.

– Sabia que Raydel não se chama Raydel, que tinha roubado uma identidade?

O mulato semicerrou os olhos, assimilando a informação.

– O que está me dizendo? – ele perguntou, com espanto contido, mas que parecia sincero.

– Que todos vocês pensam que Raydel é um imbecil. Mas quem se faz passar por outra pessoa durante anos não pode ser tão idiota. E se alguém se faz passar por outra pessoa é por algum motivo.

– E o senhor sabe por quem ele se faz passar e por quê?

– Não, não sei... E talvez isso seja importante. Saber quem é Raydel, que história ele carrega...

O outro continuava pensativo. Conde achou que estava preocupado. Por quê?, perguntou a si mesmo. E, sem ter resposta, resolveu aproveitar a hesitação de um homem que transpirava segurança.

– René, como ficou sabendo do roubo?

René Águila finalmente sorriu. Sem dúvida era uma das dentaduras mais brilhantes e impecáveis que Conde já tinha visto.

– Porque Bobby me disse... Sei que ele acha que sou um sujeito sem escrúpulos e que ele e Elizardo são monges tibetanos... Imagine!... Mas, bem, há quatro ou cinco dias ele passou por aqui com seu amigo Eli pra comentar comigo o que tinha acontecido e pra que eu o ajudasse no que pudesse... se ficasse sabendo de alguma coisa... Na verdade, acho que Elizardo e seu amigo Bobby queriam me ameaçar.

– Então ele veio com Elizardo... René, já sei que não gosta muito do Elizardo. É só porque ele é um sujeito assim, pretensioso? – Conde resolveu aproveitar a ocasião para tentar obter mais informações.

– O fato de ser um idiota orgulhoso não lhe tira o mérito. O fato de inventar coisas também não... Mas se ele é dedo-duro da polícia já é outra coisa... É mais complicado, não é?... Seja como for, Elizardo é o rei desse negócio em Havana – respondeu o mulato, dessa vez sem perder a calma. – Tem os melhores contatos... pelas ligações que mobiliza. Gente que é importante neste país e que ele comprou. Com dinheiro e pequenos afagos.

– Afagos? Materiais ou corporais?

– Ambos... segundo as más línguas – lançou René, divertido. – Dizem que Eli é pau pra toda obra... Homo, hétero, bi, tri... o que o senhor quiser. E que ele sabe como e quem afagar com outras coisas mais permanentes... Engraxar, como se diz agora... Porra, claro que esse filho da puta só pode ser alcaguete, colaborador da polícia...

Conde somou à sua lista novos detalhes, entre os quais alguns poderiam ter fundamento, embora soubesse muito bem quanto a inveja podia afetar os juízos sobre um vencedor. Mas também pensou que Bobby continuava lhe escondendo verdades, e a reincidência começava a incomodá-lo. Absorto em suas divagações, sentiu que naquele momento estava completamente perdido, como se lhe tivessem entregado mapas falsos. Que tipo de mundo era aquele em que estava se metendo? A que altura e profundidade chegavam as relações do "grêmio"? E resolveu tentar um pouco mais com René, o Rato.

– Então esqueço o grêmio e procuro em outro lugar?

René Águila não se apressou.

– Eu procuraria no círculo de Raydel... Embora não seja fácil. E pode ser perigoso pra alguém que não é mais policial. Quando tem dinheiro envolvido e a possibilidade de foder com o negócio, esse pessoal se torna belicoso, entendeu?... E, se esse Raydel não é quem ele diz nem o que parece, pior ainda... O que estou querendo dizer é que eles não são como a gente do grêmio... não fazem uma segunda leitura das coisas, não pensam nas consequências. São delinquentes comuns e ordinários.

– Diferentes daqueles do grêmio?

– *Touché!* – René admitiu, e ofereceu ao ex-policial mais um de seus sorrisos espetaculares. – Não somos nem comuns nem ordinários.

Conde reconheceu que seu anfitrião era muito mais do que o rato anunciado: talvez um gato, furtivo e de garras afiadas. Um homem capaz de fazer até uma terceira leitura das coisas. Para ganhar alguns segundos de reflexão demorou-se na extração de outro cigarro e, antes de acendê-lo, perguntou:

– Sobrou café?

– Sim, mas já não deve estar quente. Com o ar-condicionado...

Conde estendeu sua xícara.

– Não importa. A porcelana ajuda...

Enquanto tomava o café, ainda morno, acendeu o cigarro e considerou que podia se atrever a dar mais um passo. Preparou a introdução dando um suspiro, como se estivesse muito cansado, sufocado ou desorientado. Ou um pouco tonto. Tudo o que de fato ele estava e sentia.

– Desculpe a indiscrição, sou muito curioso...

– Lógico, se foi policial... – sentenciou René, e o outro confirmou com a cabeça.

– Por que o senhor mora neste lugar tão feio?

René Águila riu com gosto.

– Porque não sou imbecil como Bobby... Dá trabalho me derrubar. Aqui é a selva... – e dirigiu a voz para uma porta perto da cozinha. – Yusniel! – a porta se abriu, e Conde viu a figura de um negro jovem, peso médio, cabeça raspada, músculos malhados por debaixo da manga da camiseta. O negro olhou para o visitante como se tivesse vontade de fazê-lo sentir dor. No mínimo.

René fez um gesto para o tal Yusniel, que voltou a sumir em sua toca. E Conde admitiu de novo: precisava reconhecer que René Águila parecia ter as coisas muito claras. Apesar de gozar até da proteção de um guarda-costas, o novo homem de negócios devia ter seus tesouros, seu dinheiro e suas comodidades em algum lugar mais protegido e discreto. O cubículo era apenas o escritório comercial... Sem dúvida, o mulato devia ser um sujeito suspeito dentro do "grêmio". Apesar de tudo e daquela cara linda.

– Se ficar sabendo de alguma coisa relacionada a Raydel, me liga?

– Claro – concordou René, observando Conde anotar seu telefone e o de Carlos num papel. – Nós do grêmio temos que nos proteger uns aos outros... E mais ainda se esse falso Raydel é um sujeito perigoso.

– Ficarei muito grato – disse Conde, depois de lhe entregar o papel, e apertou a mão de seu anfitrião. Tinha a pele cálida e macia, quase feminina, capaz de provocar uma brusca reação sensorial em Conde, que recolheu sua mão rapidamente. Que porra era aquela que estava acontecendo ali, com aquele homem aparentemente tão acessível, loquaz, atraente e ao mesmo tempo conhecido como implacável nos negócios? E disse a si mesmo que, enquanto não tivessem relação com Raydel e Bobby, a vida e os milagres de René Águila não lhe importavam. Já não era policial e estava tendo aborrecimentos suficientes com o adônis falso e desaparecido e com a Virgem negra e maneta extraviada. No entanto, aquele homem estava despertando nele um pressentimento difuso, impossível de definir, mas pressentimento, afinal. Como uma terceira leitura de decodificação complicada.

Acomodou as nádegas no muro e sentiu-se invadido por via cutânea pelo calor do dia longo e tórrido que a parede tinha padecido. O sol, já em queda livre, ainda o obrigava a se manter protegido pelos óculos e, mesmo sabendo que começaria a suar por causa de suas ousadias, resolveu resistir: porque suas pernas com quase sessenta anos de serviço nas costas tinham sido usadas desmedidamente aquele dia e porque ele precisava estar ali, no muro que se erguia ao lado da escada que levava ao templo adventista, quando Candito Vermelho aparecesse.

Conde passara pelo solar de Santos Suárez onde o amigo sempre tinha morado e encontrou o quarto fechado. Uma mulher de cabelo descolorido, conhecedora de sua amizade com o Vermelho, informou que naquela noite seus vizinhos estavam assistindo ao culto num salão do bairro El Sevillano, e lhe deu o endereço exato: sabia porque de vez em quando Candito a convencia, e ela ia também, sobretudo quando se sentia muito rezingada, "eu disse *re-zin-ga-da*, não *re-sig-na-da*", esclareceu a mulher. Rezingada com a vida de merda que estava vivendo, sem dinheiro para comprar picas, de repente sentia mais vontade do que de costume de matar alguém ou de se enforcar numa árvore, e explicou: "A gente tem dias ruins e dias piores".

Agora, esperando o velho colega do pré-universitário que se transformara em pastor adventista, Conde presenciou a chegada dos primeiros fiéis ao salão do templo, localizado no terraço superior de uma casa bem pintada e com jardim muito cuidado daquele bairro agradável, e voltou a pensar nos modos estranhos pelos quais se podiam modelar os caminhos da vida das pessoas. Ninguém que tivesse conhecido Candito nos tempos do pré-universitário e, principalmente, nos vinte, trinta anos posteriores, poderia imaginar que um sujeito como o Vermelho, enfastiado da marginalidade, enveredaria pelo caminho do impalpável em busca de uma paz espiritual que o entorno não lhe oferecia. Pois Candito, amamentado com a ira da pobreza e da aglomeração, que em seus tempos de valentão de rua costumava recorrer à violência como primeira alternativa para solucionar suas relações com o mundo, nunca pareceu ser a pessoa mais apta a se transformar num pregador da paz, da oração, da esperança resignada, sim, repetiu para si mesmo, *re-sig-na-da*, de uma salvação da alma no além. Sempre soubera que na personalidade de Candito havia muitas camadas, e a de se manifestar com violência era apenas uma, a que lhe servia como escudo. Mas, desde que se tornaram colegas de estudos, também soube que no mulato de carapinha vermelha cor de demônio vivia, além disso, um homem com um código ético rigoroso no qual os valores da lealdade, da justiça e do desinteresse tinham um peso específico importante. Por isso ficaram amigos, por isso continuaram sendo amigos quando Conde se tornou policial e Candito delinquente, por isso ainda mantinham a amizade em tempos de credulidade militante de Candito e agnosticismo galopante de Conde... E nesse momento de suas rememorações bateu na testa com a palma da mão, pois finalmente lembrara qual era o assunto pendente que o perseguia: a necessidade que tinha o também amigo Coelho de falar alguma coisa com ele, anunciada dois dias antes por Carlos e à qual Conde, envolvido em sua pressa e suas ocupações, não tinha atendido. Que espécie de amigo ele era para seus amigos?, perguntou--se, e não quis ouvir sua própria e lamentável resposta.

O sol já se tinha escondido quando o ex-policial viu surgir o velho colega acompanhado por Cuqui, sua mulher dos últimos vinte e cinco anos, uma mulata recém-chegada aos quarenta, voluptuosa e compacta, com olhos cor de canela de tigre manso, e que continuava sendo tão bonita quanto nos tempos em que Candito a conquistara, ou mais.

Vermelho o reconheceu, sorriu e disse alguma coisa ao ouvido de Cuqui antes de estender a mão para o Conde.

– Vai se converter?

Conde apertou a mão do homem e deu um beijo na mulher.

– Pra mim basta saber que Jeová é grande e ter certeza da existência do diabo... Como vai, Cuqui?

– Bem, Conde, bem. E você?

– Não posso me queixar – disse ele, e lhe estendeu a sacola de plástico que levava nas mãos.

Cuqui olhou dentro da embalagem e viu o pacote de café, o saco de detergente e a garrafa de azeite de oliva. Candito, de sua posição, olhou de esguelha os presentes.

– Mas, Conde... – disse ela.

– Não posso te dar um presente? Esse cara fica com ciúmes?

Candito sorria mais, observando a cena, e finalmente interveio.

– Aceita, velha... O Conde ganhou dinheiro e isso lhe dá comichão. Tem que gastar logo...

– Trouxe o melhor café que aparece em Havana e azeite de verdade pras suas saladas e olha o que você me diz!... Não trouxe rum, porque desde que você virou chato e quase santo... mas pelo menos café.

– Obrigada, Conde – disse Cuqui, e lhe deu outro beijo na face.

O ex-policial indicou então a escada que levava até o terraço coberto onde estavam distribuídas umas cinquenta cadeiras.

– Vermelho, e este é um templo oficial ou alternativo?

– Uma casa de oração. Agora sou eu que cuido dela... – disse Candito.

Conde olhou para o terraço, depois para o amigo.

– E de quem é essa casa tão bonita?

– Uff, é uma história exemplar... O dono era um figurão... Foi quadro da Juventude Comunista, subdiretor e depois diretor de uma empresa, vice-ministro do ramo, como geralmente se diz, e, por ser eficiente e confiável, chegou a ministro... e depois... explodiu como Kafunga*. Foi destituído quando chegou sua vez de ser destituído, porque, não sei se você reparou: por mais que ladrem e até mordam, a certa altura todos caem, não é? E primeiro a mulher e depois ele se batizaram e agora são bons cristãos...

– Que história mais bonita. Pura redenção – disse Conde. – E antes eles não eram bons cristãos?

Candito nem pensou.

– Fora da Igreja e longe do Senhor... não. Podiam até ser boas pessoas...

– Entendo, mas não acredito muito nessa redenção. Bom, como sou agnóstico... Escuta, dá tempo para falarmos sobre um assunto? Não é muito comprido...

Candito olhou o relógio.

– Sim, ainda é cedo... Cuqui, sobe e vai preparando as coisas.

A mulher assentiu e presenteou Conde com um terceiro beijo.

---

* *Explotó como Kafunga*: expressão cubana que tem origem numa história popular. A versão mais conhecida dessa história é a de que o negro Kafunga, catador de *palmiche* (dendê), trabalho arriscado, certa vez despencou do alto de uma palmeira e se estatelou no chão. É de uso corrente em Cuba e tem o sentido de levar um tremendo tombo, "dar com os burros n'água", "levar uma rasteira" etc. (N. T.)

– Obrigada mais uma vez... Passa lá em casa um dia desses pra eu te fazer este café.

– Pode esperar que eu vou – e acrescentou em voz baixa: – Um dia que o seu marido não estiver...

A mulher se foi, lisonjeada com a cantada, e Candito pegou-o pelo cotovelo e o fez andar até a esquina mais próxima, onde encontraram outro muro propício.

– O que aconteceu, meu irmão? – Candito perguntou então.

– Vermelho, você acredita que sou um bom amigo?

O outro olhou para ele com o cenho franzido. Conhecia perfeitamente os ataques de culpa que Conde costumava ter. Qualquer culpa.

– Vamos lá, compadre... O que você fez ou deixou de fazer agora?

– Esqueci por dois dias que um amigo queria me dizer alguma coisa.

Candito sorriu.

– Sim, você é um péssimo amigo. Se mete até com a minha mulher... mas eu te absolvo – disse Candito. – Estava me esperando aqui pra me dar o que comprou e perguntar isso?

Conde balançou a cabeça. Finalmente também sorriu.

– É que às vezes acho que eu... nada, esquece. Vermelho... escuta, você se lembra do Bobby? Bobby Roque Rosell?

Candito arqueou as sobrancelhas e Conde acendeu um cigarro para começar a contar ao amigo os detalhes do ressurgimento do ex-colega de estudos reciclado.

– Quer dizer que Bobby agora é gay, *santero*, comerciante e rico! – admirou-se Candito, como todos os outros que tinham conhecido o personagem no passado.

– E, embora você seja a ovelha predileta de Jeová, vou precisar que me ajude... aqui embaixo.

– Não sei como... O que eu tenho a ver com esse mundo do Bobby, companheiro?

– Não sei bem, mas você vai me ajudar – Conde jogou a bituca de cigarro na rua e abriu o envelope em que levava as fotos de Bobby e sua Virgem de Regla. – Vamos lá. Veja isto e me diga alguma coisa...

Estendeu as duas fotos para Candito, que se deslocou à procura da melhor claridade que a luminária da esquina podia oferecer e colocou os óculos tirados do bolso da camisa. "Somos todos uns velhos de merda", pensou Conde, observando Candito com seus óculos e seu cabelo quase todo branco, com alguns vestígios resistentes da cor de açafrão que lhe valera o apelido de "Vermelho".

– Este é o Bobby? – perguntou ele, incrédulo, e o outro confirmou. – Caramba, se eu o visse por aí não ia reconhecer... Mas agora ele está muito bi... muito gay.

– Antes a gente falava bicha louca... – o mulato, que já não dizia grosserias, não pôde deixar de sorrir. – Repare na Virgem, Candito.

– O que é que tem? Bom, ela é negra... Não tem uma das mãos?

– É uma Virgem de Regla.

– Uma Virgem de Regla? – Candito olhou-a de novo.

– É o que o Bobby diz...

– Mas não é igual... Eu me lembro...

– Eu também. A Virgem de Regla cubana sempre aparece em pé e essa está sentada. Repare também na forma da coroa. E no rosto, nas feições...

Candito ouvia e estudava a foto em primeiro plano da Virgem. Assentiu várias vezes, até que negou.

– Não, Conde, esta não é a Virgem de Regla...

– E o que é preciso ter pra ser a Virgem de Regla? Se é negra e é Virgem, pode ser a de Regla...

– Sim e não... existem códigos... eu não os conheço bem...

– Pensei que você... – Conde parecia decepcionado.

– Conde, eu fui ateu, depois *santero*, católico e agora sou protestante... Tive que estudar pra fazer o que faço nos templos, mas isso é diferente – concluiu, devolvendo as fotos ao amigo. – Você tem que procurar alguém que saiba mais sobre os santos católicos. O que posso dizer é que a Virgem de Regla daqui é uma réplica de uma que existe na Andaluzia, acho que em Cádiz. E todas são iguais, até onde eu sei... – Candito se deteve.

– O que foi, Vermelho?

Candito fechou os olhos com força. Estava espremendo a memória.

– Minha vizinha Antonia tem uma Virgem de Regla que vejo todos os dias... E o rosto da Virgem é negro... mas, cara, o do menino Jesus é branco!

Conde observou as fotos de Bobby: Virgem mãe e Deus filho, ambos negros.

– Mas, mas... claro – admitiu ele. A insistência de Bobby em que aquela era sua Virgem de Regla tinha bloqueado sua memória. A Virgem de Regla de sua mãe era como a da vizinha de Candito, Antonia. O fato de o menino daquela outra Virgem ser negro alterava alguma coisa essencial? Ele não sabia. E se tivesse escurecido por causa do verniz e do tempo?

Conde voltou a guardar as fotos e, ansioso, acendeu outro cigarro.

– Candito, e se não for a Virgem de Regla, cara, quem ela é, porra?

– Realmente não posso te ajudar, compadre... Bom, a Virgem que eu sei que é negra e está sentada é a dos catalães.

– Claro, claro, a Moreneta... A Virgem de Montserrat. E acho que o menino também é negro.

– É, acho que sim. Mas não tenho certeza...

Conde fez um gesto afirmativo e suspirou.

– Diga uma coisa, Vermelho... por que quando Bobby fala de Yemayá ele toca no chão e depois beija a ponta dos dedos?

– Você sabe que os escravos que vinham do reino de Ifá identificaram sua orixá Yemayá com a Virgem de Regla, não é? – Conde confirmou e Candito continuou. – A Virgem de Regla é uma versão de Maria, a Virgem mãe, e aqui em Cuba é padroeira dos marinheiros, dos viajantes, deusa do mar... Não sei na Espanha... E Yemayá é a dona das águas, representa o mar. As duas são mães de deuses. Yemayá é mãe de todos os orixás... Por isso os africanos identificaram uma com a outra... E Bobby faz esse gesto porque os que receberam Yemayá não podem pronunciar seu nome sem antes tocar a terra e beijar os dedos... Sinal de respeito e de compreensão: viemos da terra e a ela voltamos, não é? A terra é mãe de tudo... Da terra viemos e à terra voltaremos, os rios correm pela terra e as ondas do mar beijam a terra...

– Está vendo como você sempre pode me ajudar?... E devo dizer que ainda vai ter que me ajudar mais... em outra coisa menos religiosa. Também vim te encontrar por isso...

– Vamos lá, vamos lá... – suspirou Candito. Sempre tivera receio dos pedidos de ajuda de Conde.

– Parece que um amigo do namorado do Bobby mora num bairro que os orientais formaram pelos lados de San Miguel del Padrón, na região que chamam de Alturas del Mirador. Um bairro terrível... Se o outro sócio dele, o Morcego, não me der uma pista, vou ter que me enfiar por lá pra procurar o sujeito.

– E onde é que eu entro nessa história? – Candito parecia intrigado.

– Duas coisas: a primeira é que não tenho coragem de entrar sozinho naquele buraco. Pelo que sei, nem a polícia se mete ali...

– Conde, eu já não brigo nem...

– Mas você tem cara de mau... E três pessoas são mais do que duas.

– Três?

– Se eu tiver que ir, vou levar o Coelho também... mas com aquela cara de idiota...

– Vão matar, moer e vender vocês como picadinho de soja.

– Mais ou menos... Mas em todos esses bairros há alguma coisa que você pode controlar e, sendo assim, pode me ajudar muito: pois com certeza lá existe algum adventista e talvez até algum pastor. E você sabe como encontrá-los e como falar com eles. E se houver um pastor com certeza ele conhece bastante o território, não é?

Candito tinha começado a coçar a cabeça, não muito convencido de que poderia fazer o que Conde propunha.

– Olha, vê com o teu pessoal se um dos teus colegas conhece alguém da igreja naquele bairro. E se pode nos dar o contato. Você sabe como funcionam essas coisas, Vermelho: não é que vá me acontecer nada, mas, se eu chegar lá e começar a perguntar por um sujeito de quem eu nem sei o nome verdadeiro, ninguém vai me dar bola.

Candito deu outra olhada no relógio e confirmou com a cabeça. Sua prolongada experiência mundana, primeiro num cortiço e depois como marginal nas ruas de Havana, dizia-lhe que o amigo tinha razão.

– E por que diabos você se mete nessas confusões, Conde? – quis saber o mulato.

– É o que também me pergunto... Bom, primeiro porque Bobby está me pagando e preciso muito desse dinheiro, você sabe que estou sempre na miséria... E depois, bom, pela mesma razão pela qual você vai se meter, Vermelho. Porque um amigo está pedindo.

– E Bobby era seu amigo?

– Não sei... acho que sim. Acredito que sim... Não como você... Mas pode ser.

– Você não muda, Condenado – concluiu Candito, sorrindo.

– E você acha que eu deveria mudar?

Candito olhou para a casa onde aquela noite rezariam, resignados, e finalmente retribuiu o olhar ao amigo.

– Não, não mude... Você é um desastre, mas um desastre bom. E você e eu sabemos: é melhor não mexer no que está bom. Nunca se sabe o que pode acontecer depois. E não se preocupe, velho, você sempre foi um bom amigo dos seus amigos – disse, e estendeu a mão para Conde, que puxou Candito para lhe dar um abraço. – Tranquilo, não precisa ficar sentimental... Vou averiguar se alguém pode nos ajudar e te ligo.

– Obrigado, Vermelho... E já que estamos sentimentais e em meio a averiguações, me diz uma coisa: o diabo existe de verdade?

Uma das provas mais alarmantes de que se aproximava em ritmo acelerado da senectude era oferecida a Conde por sua relação com o álcool. Já fazia algum tempo que, quando se refugiava na casa de Carlos e eles jogavam uma partida de seu xadrez etílico a dois ou três, Conde passara a ter reações novas e insuspeitadas. A mais alarmante de todas ele vivenciou na noite em que, cara a cara, viu o diabo. E até sentiu seu cheiro.

Tinha acontecido uns meses atrás, durante uma batalha cruel e encarniçada, sustentada por três litros do devastador rum vendido a preço acessível no Bar dos Desesperados. Como a noite estava tórrida e pegajosa, foram beber no quintal da casa de Carlos, e Conde tinha até se despojado da camisa. No céu não se via uma nuvem, só uma lua cheia que foi se colorindo do amarelado para o avermelhado e ficou todo o tempo pendurada sobre eles como uma advertência de ligações lupinas. Na altura do remate da terceira garrafa, ninguém mais se ocupava em pôr algum disco no aparelho de som, e o estômago de Conde se rebelava, macerado pelos efeitos vulcânicos do rum vertido sobre o longo jejum ao qual ele tinha submetido a pobre víscera. Então os três amigos deram início a uma controvérsia filosófica crucial. Discutiram sobre o sentido da vida que levavam e que tinha chegado à beira dos mais diversos precipícios. Embora concordassem em que àquela altura só lhes restava lançar-se no vazio ou deixar-se escorregar rumo ao mesmo fundo escuro, também vazio, ainda lhes causava amargura constatar que tinham extraviado a maioria dos sonhos que em outros tempos lhes havia sido permitido forjar e as ilusões que quase tinham sido obrigados a modelar, sempre com os olhos voltados para um futuro que se prometia fabuloso – ou seria luminoso? Sonhos que lhes foram sendo subtraídos um a um, ou aos punhados. Sempre que surgia o tema, Conde revolvia-se em sua derrota e distribuía culpas a torto e a direito. Era um costume velho e persistente que não conseguiam mudar porque, essencialmente, para eles o entorno não mudava para melhor. Tampouco suas vidas.

Com Carlos, o destino tinha se encarniçado de modo ardiloso. Aos trinta anos condenara-o a viver o resto de seus dias numa cadeira de rodas, com a medula estilhaçada por uma bala numa guerra longínqua. Desde então vira seu corpo transformar-se numa massa disforme, cada vez mais flácida, com cavidades em que o suor se represava.

Quanto ao Coelho, seus planos e quimeras lhe tinham escorrido entre os dedos, em parte por causa da degradação do ambiente e em parte por sua própria falta de ímpeto ou pelo peso do cansaço histórico. Mas ele parecia aceitar seu fracasso sem muito drama e o aliviava com a leitura de livros de História que funcionavam para ele como o melhor ansiolítico e antidepressivo capaz de combater suas crises de insônia e desassossego. A História demonstrava, dizia ele, que nada quase nunca tinha sido melhor, que os fundamentalismos, a prepotência, a sede de poder e as infinitas estratégias utilizadas por uns para enganar, explorar e, em essência, ferrar os outros eram atitudes onipresentes desde os tempos das cavernas. Mesmo assim, às vezes sonhava com difusas possibilidades futuras que nunca se concretizavam, embora o sustentassem. Nos últimos anos sofria em silêncio a ausência de sua filha Esmé – ela devia o apelido salingeriano a uma aposta ganha por Conde havia quase trinta anos –, criatura que sempre fora a menina, a íris, o globo e as lágrimas dos olhos dele. Assim que terminou o curso universitário, a moça abandonou o país em busca de um espaço para fazer a vida da maneira que seus anseios reivindicavam, e sua partida propiciou o surgimento de uma tristeza das mais recônditas que desde então costumava acompanhar o homem. Por isso quase nunca trazia o assunto da ausência da jovem aos conciliábulos de amigos, embora – Conde, Carlos e Candito o sabiam – ela nunca deixasse de aguilhoá-lo, como se fosse uma culpa ou um pecado. Culpa de quem? Que pecado?

Conde, por sua vez, havia muitos anos enxergava sua existência como um enorme equívoco contra o qual não pudera nem soubera lutar, pois os afãs da sobrevivência, que se fizeram mais numerosos desde os tempos devastadores da crise, tinham roubado o melhor de sua vontade e de seu talento, poucas vezes provado, para realizar o que mais teria desejado: escrever histórias esquálidas e comoventes.

De muitas maneiras, os três se viam como exemplares perfeitos de sua geração que, em vez de optar pelo êxodo, como muitos outros, tinham decidido permanecer aferrados às origens: a fornada dos que acreditaram, lutaram e depois não obtiveram muitas recompensas pelo sacrifício ao qual tinham sido sistematicamente convocados e, ocasionalmente, compelidos. Foram os que não tiveram forças, possibilidades nem desejo de ir embora, enquanto muitas colunas se desfaziam ao seu redor. E agora viviam como podiam, queixando-se ou sem se queixar demais, conforme tivessem passado o dia, embora sempre à beira da penúria econômica e entrevendo no horizonte um futuro cada vez mais estreito e incerto, ou na realidade mais certo, no qual já lhes seria impossível reciclar-se. Um panorama presumível no qual, com certeza quase absoluta, definhariam entre oportunistas, empreendedores, predadores e vencedores da nova escola, alguns deles com diplomas na velha escola. Um universo povoado de seres dotados das presas e do estômago necessários para devorar tudo o que fosse mastigável do organismo de uma sociedade aturdida na qual só pareciam gozar de boa saúde o controle e a retórica, a mesma retórica, apenas com leves retoques em seus lemas e exortações recorrentes. Ao mesmo tempo já floresciam, junto aos jardins do oportunismo e da corrupção, os vastos territórios povoados pelas ervas daninhas da agressividade, da negligência, da falta de urbanidade e de esperanças de tanta gente. Um encanto de panorama!

Justamente nos dias em que lhe apareceria o diabo, Conde atravessava um de seus períodos cíclicos e cada vez mais frequentes de seca mercantil. O negócio da compra de livros velhos malograva num país em que, por quase vinte e cinco anos, tinham entrado pouquíssimos livros novos e a mina acumulada em outras épocas começava a declarar sua agonia. Naquela conjuntura ameaçadora, Conde começara a avaliar outras alternativas, mas na verdade não havia muitas para alguém como ele, sem habilidades manuais, sem capital para empreender qualquer negócio e sem estômago nem coragem para se pôr a percorrer territórios proibidos e por isso mesmo mais rentáveis. Alguns colegas seus, mais hábeis, sustentavam-se utilizando a compra de livros como gancho para adquirir qualquer produto à venda. Por quantias às vezes irrisórias levavam roupas, panelas, enfeites e móveis oferecidos por proprietários com passaportes já visados ou apenas mais desesperados e pobres que eles, para depois vendê-los com algum ganho, como mercadores itinerantes judeus.

Um dos confrades comerciais de Conde, conhecido naquele outro grêmio como Barbarito Esmeril, tinha redirecionado suas capacidades mercantis e arrumado na sala de sua casa uma espécie de bazar árabe onde se oferecia de tudo, embora mais especializado no ramo dos têxteis. Porque as roupas usadas que Barbarito adquiria na busca de livros, depois de lavadas e passadas por sua mulher, eram colocadas em cabides ou caixas e oferecidas a outros compradores desesperados para quem o acesso às lojas oficiais era vedado por simples razões econômicas. Essa venda de trapos era conhecida em seu bairro como Trapishoping do Esmeril, e seu sucesso comercial era considerado uma referência do espírito empreendedor que palpitava no coração de cada cubano.

Embora Conde admirasse Barbarito e outros colegas mais ousados, os últimos laivos de seu orgulho o impediam de ultrapassar certas fronteiras. Por isso, com exceção de ocasionais golpes de sorte bibliográfica, quanto à qualidade e à quantidade de alguns exemplares, nos últimos tempos ele sobrevivia a duras penas só graças a Yoyi e suas encomendas mais rentáveis. Com esse dinheiro aleatório precisava se virar para viver num país em que os preços de todos os bens e serviços tinham multiplicado muitas vezes, sem que os salários oficiais – possibilidade louca que ele chegou a avaliar: trabalhar como vigilante, dar aulas ou coisa parecida – tivessem correspondido ao ritmo do aumento do custo de vida. Ainda que de uma vida ruim.

Esse estado de ânimo derrotista – na realidade derrotado –, cada vez mais agressivo, o acompanhara ao longo de toda a noitada calorosa e lunar. Dos três amigos, certamente foi ele que mais bebeu, buscando com plena consciência o estado benfazejo da inconsciência. E, quando surgiu o tema recorrente das frustrações, das perdas, dos abandonos, ele o assumiu como uma questão de princípio. Ou de fim.

– Este ano vou fazer sessenta... – disse e, com dedo inseguro, apontou primeiro para Carlos e depois para o Coelho. – Igual a você, que já não é magro; igual a você, que está cada vez menos parecido com um coelho... está com cara de furão magro, caralho... E a merda de anos que nos restam é isso mesmo, merda e mais merda. Mas sabem o que mais? Não estamos no fundo do poço. Tem gente mais embaixo... – disse e apontou para a terra, como se quisesse perfurá-la com a ponta do indicador, deu um gole, e seu corpo respondeu com uma sacudida telúrica. – Ah... Ouçam isto, ouçam bem isto, que é terrível...

– Não nos maltrate – suplicou Carlos.

– Me deixa falar, porra... Vejam, outro dia eu acabava de caminhar não sei quantas horas procurando livros, estava com dor até na alma, tinha transpirado como um cavalo e quando fui entrar em casa vi um velho se aproximar e notei uma coisa esquisita nos pés dele... Uma coisa estranha... Quando chegou mais perto vi que, como ele estava sem sapatos, tinha amarrado nos pés umas sacolas de plástico sujas, com certeza tiradas de alguma lixeira. Então olhei-o no rosto e me dei conta de que eu tinha pensado que fosse um velho mas o homem devia ter, sei lá, alguns anos mais do que nós, ou a mesma idade que nós, mas com aquele aspecto... Um contemporâneo, cavalheiros! E perguntei a mim mesmo, vocês sabem que eu me pergunto coisas, penso, fico rodeando a merda...

– Não nos diga o que já sabemos – atalhou o Coelho. – O que você se perguntou?

– Bem, perguntei a mim mesmo: como caralho aquele homem tinha chegado ao ponto de não ter nem um par de sapatos e andar por aí com duas sacolas amarradas nas patas? Vai ver que bebia todas... mais do que nós. Mas o que ganhava de aposentadoria talvez não desse pra ele comer e ainda comprar um par de botas ou qualquer merda pra pôr nos pés... Vocês sabem quanto custa um par de botas dessas que parecem feitas com pele de dinossauro?... Custam quase o salário de um mês, porra! Vendo o velho que era da minha idade, de repente senti meu coração apertar, fiquei com uma baita vontade de chorar... De chorar por aquele contemporâneo velho sem sapatos e por mim, porque me vi no espelho daquele homem. Eu podia descer até aquele ponto, se Tamara e Josefina não existissem, se vocês não existissem, se Yoyi não existisse... eu podia acabar andando pela rua com sacolas de plástico nos pés... Cacete!... Sei que no mundo todo tem gente que vive assim, mas era aquele sujeito que estava diante de mim, que me tocava, que me punha no espelho... Então disse ao homem que esperasse ali e entrei em casa. Comecei a procurar um par de sapatos velhos, um marrom de cordão que deixei de usar há mil anos – lembram? –, que me apertava os dedos e que, por via das dúvidas, eu não tinha jogado fora porque neste país não se pode jogar nada fora... Mas sabem de uma coisa?... Eu não achava... Os sapatos não estavam no armário, nem debaixo da cama, nem numa gaveta em que eu enfio qualquer merda... Será que eu tinha jogado fora? Não, não podia ter jogado fora... Até que me lembrei que tinha visto os sapatos numa caixa com uns livros que não tinha conseguido vender. Fui procurar, tirei da caixa, vi que estavam meio mofados por causa da umidade e duros feito pau, mas ainda serviam. Qualquer coisa é melhor do que sacolas de plástico amarradas nos tornozelos, não é?... Se não servissem ele podia vendê-los, trocá-los, sei lá... Sacudi um pouco os benditos sapatos e saí para a rua... e o homem das sacolas tinha ido embora. Mas eu tinha dito pra ele me esperar! O sujeito se aborreceu ou pensou que eu o tinha enganado, sei lá, sei lá... Bom, apesar de estar cansado como um cão, saí procurando por ele no bairro todo. Não o encontrava, então comecei a perguntar às pessoas pelo sujeito das sacolas nos pés... E ninguém tinha visto nada, os bêbados do Bar dos Desesperados não o conheciam. E não é possível deixar de ver um sujeito com sacolas de plástico nos pés... O que estava acontecendo, porra? Será que imaginei que tinha visto aquele homem?

– Já está tendo visões, bicho? – Carlos parecia preocupado. Para acalmar aquela sensação, engoliu todo o rum que lhe restava no copo.

– Não, não... Aquele dia eu não tinha tomado nem um trago, juro: de modo que não estava delirando, eu o tinha encontrado de verdade... – à medida que avançava na história do indigente, Conde suava por todos os poros e tinha dado cabo do meio copo de rum que segurava na mão. Com o lenço já úmido tentou enxugar o rosto, serviu-se do resto da última garrafa e tomou um trago longo e devastador para encerrar o relato. – O fato é que caminhei mais ou menos uma hora, continuei perguntando, maldisse meus defuntos por eu ter demorado tanto pra encontrar a porra daqueles sapatos filhos da puta. Até que me dei por vencido e voltei pra casa, pensando cada vez mais se aquilo que eu tinha certeza de ter visto e feito não podia ser imaginação minha. Não tenho tanta imaginação, claro que não. O sujeito existia, existe!... E desde aquele dia não consigo tirá-lo da cabeça, o vejo caminhar arrastando os pés para que as sacolas de plástico não saiam, e continuo pensando em como alguém neste país pode chegar a viver assim, porra, sem que ninguém tenha ideia de lhe dar um par de sapatos... sem que ninguém se importe picas!... pior ainda, sem que ninguém o veja!, como se fosse um fantasma! E comecei a me culpar por não ter feito o que tinha que fazer: dar os sapatos que eu estava calçando quando o encontrei na rua. Por ter pretendido lhe dar o que me sobrava e não o que eu tinha, que era o que eu deveria ter feito se não fosse tão mesquinho e sacana...

Carlos e o Coelho se entreolharam, incapazes de proferir qualquer um dos sarcasmos com que costumavam se tratar, e depois de tomar a golada final Conde olhou para seu copo como se o seu vazio não tivesse explicação. O mutismo dos amigos, o calor, o álcool acumulado, a influência maligna da lua suja e avermelhada sobre sua consciência dolorida pela história do caminhante das sacolas devem ter se combinado naquele instante, implodido, pois de repente Conde sentiu como se todos os seus motores se apagassem, com uma sacudida final. E diante de sua retina apareceu uma mancha alaranjada, entre ígnea e sanguínea, da qual saíam tentáculos supurantes terminados em protuberâncias verdes semelhantes a garras, ao mesmo tempo que o invadia uma fetidez sulfúrica capaz de anestesiá-lo. Viu a mancha envolvê-lo, rodeando-o com seus tentáculos e seu volume viscoso, indefinido, ao mesmo tempo que seu corpo começava a se aquecer, dos ossos e das vísceras para fora, seu sangue a ferver com o aumento da temperatura, sua pele suarenta a se desprender e se integrar no plasma da mancha sulfurosa e magnética que o cobria... até sentir que ia explodir. Como um balão, como uma bomba, como um vômito...

Segundo o Magro e o Coelho, Conde soltou o copo, que se espatifou no chão. Ficou por alguns instantes como que desmaiado, talvez adormecido, embora tremesse de modo visível e profundo. Quando recuperou a lucidez, sentiu uma espécie de desaceleração do corpo, como se estivesse voltando de uma viagem, embora sem muita clareza do que aquilo significava, pois nunca tinha viajado para nenhum lugar ao qual não fosse possível chegar de ônibus. Finalmente viu as imagens borradas dos amigos e sentiu uma opressão nas têmporas, ao mesmo tempo que um alívio: o dos iniciados nos Grande Mistérios. Tinha ido e voltado, tinha sido escolhido, mas devolvido... E para digerir sua descoberta tomou as gotas de rum tocaiadas no fundo da garrafa que estava a seu alcance. Mal engoliu o líquido, começou a se torcer na cadeira, como uma árvore serrada, atraída pela única força remanescente no universo: a da gravidade. Quando já descrevia a lenta mas inexorável queda, Conde conseguiu ouvir a voz de Carlos.

– Corre, Coelho!... Segura que ele vai se esborrachar!...

– Adoro esse romance de Updike – conseguiu resmungar Conde, ou pelo menos pensou ter conseguido. – *Corre, Coelho...*

E caiu numa nuvem pastosa da qual sairia várias horas depois, quando se recostou no sofá da casa de Carlos, banhado pela luz do sol e, ainda de cueca, convocou um exército de dipironas para que viessem em auxílio de sua massa encefálica macerada.

Quando a velha Josefina lhe entregou os comprimidos e o copo de água, Conde tentou sorrir e levantou os olhos para a mãe do amigo, de certo modo também sua mãe, a mãe do mundo.

– Jose, acho que vou parar de beber.

Josefina balançou a cabeça.

– Porque se embebedou ontem à noite?

– Sim, não, bem... Porque vi o diabo, Velha! – ele disse, e não pôde deixar de cheirar as axilas. – Nem chegue perto de mim, porque estou com o cheiro dele...

Josefina sorriu. Também Carlos e o Coelho tinham sorrido quando Conde lhes contara a história de sua revelação satânica. O Coelho lembrou-lhes que quando tomava um porre muito forte costumava ver ratos verdes. Aquilo se chamava *delirium tremens*, disseram. Só que Mario Conde sabia que não, não tinha sido delírio, mas uma viagem real ao fundo do abismo por onde um homem caminha sem rumo e sem descanso com sacolas plásticas amarradas aos tornozelos. E sem que ninguém o veja...

No entanto, logo Conde já tinha esquecido sua promessa abstencionista. E aquela noite, depois que Candito Vermelho confirmou a existência do diabo, pensou que seria uma boa oportunidade para tentar o maligno. E com duas garrafas de rum fez a entrada triunfal na casa de Carlos, que já não era magro e não acreditava em ratos verdes nem em mais aparições infernais além das de sua vida de todos os dias.

5

Antoni Barral, 1936

Voltaram a La Vall de Sant Jaume como arautos negros: o país estava em guerra, anunciaram. Em guerra contra quem?, perguntaram-lhes em Molló, em Beget, em Rocabruna e em outros vilarejos do vale, onde ninguém ainda sabia da má nova. Pois em Camprodon diziam que em guerra contra eles mesmos: espanhóis contra espanhóis. E por que estavam brigando? Porque uns não eram comunistas nem anarquistas nem sindicalistas nem trotskistas nem fascistas e os outros sim? Porque uns acreditavam em Deus, na moral e na decência e os outros não, ou menos, e além do mais eram maçons? Porque uns não queriam que houvesse república e outros sim, uns queriam monarquia e outros não, uns até que não houvesse nem monarquia nem república? Em Camprodon todos sabiam alguma coisa e ninguém sabia muito. Pelos poucos rádios do povoado chegavam notícias que se contradiziam. Só havia uma certeza: afinal tinha estourado a guerra que, como muitos presumiam, em algum momento poderia começar.

Carles Barral e o jovem Antoni tiveram de vender a toda pressa o carregamento de carvão, inclusive perdendo algumas pesetas, pois em Camprodon, divididas as simpatias entre os bandos em luta, as pessoas só pensavam na guerra, só falavam da guerra, muitos até se dispunham a fazê-la e clamavam para que lhes dessem armas para lutar e acabar o quanto antes com seus inimigos fascistas ou comunistas. Enquanto Carles se apressava em fechar os contratos, entregar a mercadoria e comprar alguns víveres necessários para levar para a aldeia, seu filho Antoni, sempre disposto e mais esclarecido, tinha ido à prefeitura, à igreja, ao mercado e a uma casa sindical anarquista e feito perguntas.

Empenhado em recuperar algum jornal descartado, em chegar perto de um rádio ou em descolar das paredes os panfletos ainda cheirando a tinta que cada facção imprimia na única gráfica do povoado, Antoni sentira-se imerso numa atmosfera tensa e confusa, de olhares que iam do medo ao ódio ou os misturavam, incluindo insultos. E ficou sabendo que o exército da África tinha se sublevado contra o governo da República e que muitas guarnições militares tinham aderido ao levante, embora outras permanecessem fiéis ao governo e outras não tivessem fidelidade definida. Falava-se da possibilidade ou da urgência de armar o povo, se necessário, para defender a República, e que na Catalunha quase todos tinham se declarado leais ao governo legítimo. Dizia-se até que em Barcelona as pessoas estavam na rua pedindo armas, pois queriam lutar. Aquilo era a guerra e, antes de ter soado o primeiro disparo naquelas aldeias remotas incrustadas entre montanhas, assim que chegou a notícia, Camprodon entrou nela. E, mesmo sem ele saber, sem entender muito bem o que estava acontecendo, a guerra também entrara na vida do jovem Antoni Barral para alterá-la a ponto de desfigurá-la.

Quando deixaram as mulas cansadas no barracão anexo à casa de pedra e telhado de ardósia em que, sem grandes mudanças, várias gerações dos Barral tinham morado, Carles ordenou ao filho que fosse até a ermida, localizasse o padre Joan e o colocasse a par das novidades e, se pudesse, explicasse a ele o que sabiam. Com seus quinze anos Antoni era o jovem mais educado de La Vall de Sant Jaume, um dos poucos capazes de ler e escrever correntemente, inclusive de fazer contas de cabeça. Conseguia até decifrar mapas e identificar estrelas, tudo graças ao fato de padre Joan ter descoberto nele uma inteligência natural que se dedicou a cultivar nos poucos momentos livres que o menino podia subtrair de sua faina de carvoeiro e pastor de cabras-montesas.

Em vários séculos, o padre Joan era o primeiro sacerdote que residia na aldeia – pelo menos ninguém se lembrava de ter havido algum outro naquela paragem pobre e remota –, e, para empregar melhor seu amplo tempo livre, organizava aulas de leitura e de aritmética para as crianças do lugar, oferecendo-as junto com as imprescindíveis aulas de catecismo e da vida dos santos. Além disso, conforme permitiam suas forças, ajudava as famílias de seus paroquianos em alguns trabalhos. Diziam as más línguas que o pároco, por algumas atitudes não muito ortodoxas, cumpria um castigo de seus superiores desempenhando aquele destino entre alguns camponeses analfabetos e oficiando numa pequena ermida de montanha onde mal havia espaço para alguns poucos bancos, um altar de pedra e uma tosca cruz de azinheira, embora tivesse sido premiada com uma velha e bela imagem de Nossa Senhora, negra como piche e com ampla fama de milagrosa.

Para aquela Virgem negra, muitíssimos anos atrás um senhor da região, depois de encontrar a imagem escondida na fenda do tronco de uma azinheira seca e de ter sido beneficiado com um de seus muitos milagres, mandara construir a ermida exatamente no lugar em que se erguia a árvore que abrigara a imagem e onde ele recebera o prêmio de um prodígio sobrenatural sobre cujas qualidades e proporções havia incontáveis versões.

Antoni teve de percorrer meia aldeia para localizar o padre Joan. Finalmente o encontrou à beira do riacho, com um livro nas mãos e a batina de cor já indefinida arregaçada até os joelhos para que seus pés, cheios de frieiras e calos enquistados, se aliviassem no córrego que nascia nas montanhas áridas e corria para o vale arborizado até desaguar no Ter. Desde que o cura, homem de cidade e igreja, fora confinado à aldeia pedregosa onde todas as trilhas subiam ou desciam, seus pés, desacostumados de tais rigores e, além disso, mal calçados, pagavam um doloroso tributo, constatável à primeira vista. O próprio sacerdote, buscando algum remédio para realizar melhor suas andanças, tinha confeccionado uns sapatões ridículos com peles cruas de cabras, costuradas com fibras de cânhamo. Aquele calçado primitivo provocava o riso dos aldeões que, talvez como compensação pelo caráter afável do sacerdote e por sua idade provecta, o tinham transformado numa espécie de autoridade ubíqua, pois ele mediava inclusive contratos comerciais e disputas familiares e até receitava remédios para os doentes de uma aldeia tão insignificante que só recebia atenção oficial uma vez por ano: a dos pertinazes coletores de impostos, corrosivos como esmeril, inevitáveis como as gripes de inverno.

O padre Joan ouviu as notícias, avaliou os comentários sobre o ambiente que imperava em Camprodon, resumido por Antoni, e depois leu os pasquins e jornais recolhidos pelo menino. O cura, apesar de estar perto dos oitenta anos, era capaz de ler sem óculos e, enquanto o fazia, mexia os dedos na água transparente do riacho para espantar os peixinhos que se aproximavam, talvez atraídos por suas pústulas. Aquela tarde, observando os pés maltratados e disformes do homem de passado vago e presente mortiço, Antoni Barral teve uma sensação estranha. Algo revelador passou por sua mente com tal intensidade que pelo resto da vida ele consideraria um sinal ou uma premonição. E muito cedo descobriria o sentido da aguilhoada de seu subconsciente.

– Pobre Espanha – disse finalmente o sacerdote, e dobrou os papéis para colocá-los dentro do volume de capa desgastada que lia naquela tarde. O *Libro de buen amor*, do Arcipreste de Hita. – Pobre Espanha – ele repetiu.

La Vall de Sant Jaume era uma aldeia paupérrima e tranquila que sempre vivera à margem da História ou de costas para ela. Desde que os primeiros montanheses escolheram como morada aquele vale remoto do Pireneu catalão, de acesso muito complicado, mas de clima benigno, a vida de todos eles tinha se restringido a uma dimensão humanamente limitada, ao longo (ou ao curto) da qual se cumpriam os mesmos ciclos biológicos e cósmicos, como uma dádiva ou uma fatalidade. Entre o nascimento e a morte dos aldeões que se empenhavam em permanecer no vale só figuravam mudanças de estações, tempestades ou nevascas intempestivas, pragas ou epidemias, casamentos e batizados.

Como nem as guerras nem os avanços científicos nem as mudanças políticas, inclusive as dos últimos dez anos, tinham atingido o transcurso repetitivo da aldeia, e sua história não aparecia em nenhuma crônica conhecida, ninguém podia afirmar com precisão seus séculos de existência ou lembrar qualquer marco memorável que não estivesse relacionado a alguma catástrofe natural. Nem se sabia ao certo se a velha ermida fora construída na aldeia ou se a aldeia tinha nascido em torno do oratório. Segundo o padre Joan, a construção, feita com pedras brancas da região, devia ter sido erigida havia quatro ou cinco séculos, mas nem a data e muito menos sua exatidão importavam muito a nenhum dos pastores e carvoeiros moradores do aglomerado, para quem o tempo tinha uma manifestação externa indefinível, apesar da férrea presença física, como a azinheira centenária de bagas doces que se erguia frondosa no pátio da ermida.

O que distinguia La Vall de Sant Jaume era que sua ermida e sua Virgem negra centralizaram a existência do vilarejo desde que fora encontrada a imagem e construído o modesto recinto que a acolheu. Cada um dos aldeões fora batizado ali, todos os casados receberam o sacramento entre suas pedras, de algum pároco vindo de Oix, Beget ou Molló, até de Camprodon ou outro povoado maior da região que tivesse igreja paroquial e o privilégio de ter um sacerdote de corpo presente. Cada uma das mulheres da região pedira a Nossa Senhora de La Vall que lhe concedesse o dom da fertilidade e, depois, o prêmio de um parto tranquilo. Tamanha era a fé dos aldeões em sua Virgem, que até as cabras e ovelhas doentes eram levadas à sua presença na esperança de que a santa as aliviasse. Muitas vezes, afirmavam, a Virgem ouvira suas súplicas. Seu poder se revelara em curas, gravidezes e até no milagre muito lembrado de trazer do além um menino provido de seis dedos em cada mão, morto poucos dias depois do nascimento e que, na segunda vida concedida pelo portento divino, acumulara cento e dez anos de permanência na terra. Aquele prodígio e o de sua aparição milagrosa dentro de uma árvore eram em geral as primeiras notícias do poder da imagem escura que os aldeões recebiam quando adquiriam o uso da razão. E assim tinha sido desde um tempo situado além de todas as memórias.

A certeza de que o resto da Espanha se dispunha a travar uma guerra e as notícias imediatas de que ela já acontecia em Gerona, Barcelona e boa parte da península na verdade pouco alteraram a rotina da aldeia, pelo menos no começo da contenda. A primeira comoção que sentiram foi com a notícia de que Jaume Pallard, senhor de muitas terras e patriarca da velha família dos Pallard, que todos na região conheciam, tinha sido julgado pelo Comitê Anarquista e fuzilado no ato contra uma parede, em Olot, por ser considerado um déspota inimigo do povo. Mas, durante semanas, a maior preocupação de famílias como a dos Barral consistira em saber se com o avanço da guerra conseguiriam continuar vendendo os robustos queijos de suas cabras e o carvão vegetal que durante o outono e o inverno queimavam nas encostas das montanhas e, é claro, se a mercadoria poderia inclusive alcançar preço maior.

Só o padre Joan e seu discípulo Antoni Barral falavam dos acontecimentos específicos da contenda, liam os jornais que o sacerdote encomendava a cada aldeão que descia para Beget, Molló ou Camprodon ou comentavam as notícias que o cura de Sant Aniol, dono de um rádio, enviava ao colega por algum tropeiro ou contrabandista de passagem. Por isso, agora sabiam que havia combates em diversos pontos da península, que em Barcelona ocorrera um grande levante popular dirigido pelos anarquistas e que as tensões tinham atingido altos níveis, pois a represália e a violência imperavam no país. Dizia-se que, como parte daquelas manifestações, quase toda a alta hierarquia da Igreja católica participava do enfrentamento nacional apoiando os militares rebeldes e, ao mesmo tempo, sendo castigada pelas facções republicanas mais radicais sempre que um padre, uma freira e até um bispo era capturado. O incêndio de igrejas e conventos, até mesmo a prisão e o martirológio de religiosos não pareciam ser apenas obra de propaganda, mas uma realidade patente, como o eram a bênção e a legitimação oferecidas por muitos bispos à cruzada de militares violentos e fanáticos, como quase todos os militares. E esse estado de coisas não deixava de preocupar o velho sacerdote.

Antoni Barral empenhava-se em tentar entender como tinham chegado a tais extremos de violência, vingança e ódio e, por isso, sempre que possível prestava-se a realizar o intenso esforço de descer a um dos povoados da região em busca de alguma notícia. Com sua habilidade de montanhês desandava os caminhos da serra e se deslocava pelos lugares em que podia obter informações sem se fazer visível demais, pois numa ocasião, durante uma incursão a Camprodon, tivera de escapar escalando uma das paredes do lugar a que o tinham conduzido para alistá-lo no exército republicano ou numa milícia, ou coluna, sabia Deus qual. E fizera isso porque, embora tivesse vagas simpatias por uma república que prometera melhorar a vida dos espanhóis, proletários e camponeses, não era capaz de sentir que aquela pudesse ser também a sua guerra.

"Mas também é sua guerra", insistiu o padre Joan quando o jovem lhe contou o episódio da fuga. "Primeiro, porque esta guerra vai mudar a história de todo o país, inclusive deste vale onde nunca aconteceu nada. Segundo, porque desta vez a neutralidade parece impossível. E, terceiro, porque, se você não for à guerra, cedo ou tarde a guerra virá até você. Haja ou não haja revolução, ninguém se livrará desta guerra. E, mesmo que não queira, você terá de escolher, rapaz."

Quando o padre Joan subia até a encosta aonde Antoni levava suas cabras e ovelhas para pastar, ou nas noites em que o jovem visitava o pároco na choupana que ele ocupava na saída da aldeia, o camponês e o cura falavam do que estava acontecendo para além do vale. E Antoni começou a entender mais e melhor: quando o ódio se encapsula, acaba por arrebentar; quando se põem em jogo coisas importantes, é preciso esperar uma reação; quando os poderosos conseguem utilizar os fanatismos políticos, religiosos, nacionalistas, em algum momento solta-se a centelha capaz de provocar a explosão. Apesar de seus dez anos de desterro em La Vall de Sant Jaume, o padre Joan, que nascera, estudara e exercera funções em Barcelona, tinha suas opiniões sobre o que estava acontecendo, e o jovem Antoni, quando as ouvia, tratava de assimilá-las: a Espanha era um país que perdera o senso da justiça, e todos os poderes, inclusive a Igreja católica, eram responsáveis por aquele estado de iniquidade disseminada. Sua designação como pároco de uma ermida perdida na Alta Garrotxa, a inóspita "terra quebrada" do Pireneu catalão, tivera muito a ver com um modo de pensar que o aproximava mais dos republicanos, às vezes até dos anarquistas, do que das posições do poder eclesiástico. Suas noções e comentários, capazes de despertar a simpatia do jovem Antoni Barral, permitiram ao rapaz chegar a entender alguma coisa mais profunda e a adquirir uma certeza que o acompanharia pelo resto da existência: acreditar ter vivido à margem da História, ou pretendê-lo, é um absurdo. Pensar que a História nos esqueceu equivale a ignorar que, acima de nossa vontade, somos parte de uma realidade ingovernável que nos envolve. E pensar que nos salvaremos dela, impossível: não importa que estejamos no que parece um meandro perdido do rio, porque quando se produz um dilúvio tudo se inunda, tudo se revolve, os cursos se alteram.

Durante as aulas de catecismo que organizou ao chegar a La Vall de Sant Jaume foi que o padre Joan notou que Antoni, um menino esbelto, de grandes olhos negros dotados de uma profundidade que parecia perder-se no tempo, tinha capacidades intelectuais das quais os outros garotos da aldeia estavam muito longe. Por isso, com a permissão de Carles Barral, tinha começado não só a alfabetizá-lo como também a lhe falar de história, literatura, geografia e ciências naturais. Logo comprovou que Antoni era uma espécie de raridade genética naquele vale de camponeses rústicos: aprendia, memorizava, processava, como se as palavras do sacerdote apenas tirassem a poeira de velhas sapiências escondidas em sua memória. Para tornar a instrução mais agradável, o cura lhe falava de reis, imperadores, generais e papas como se lhe contasse histórias; transmitia-lhe seus conhecimentos sobre fecundação ou sobre geografia, adornando-os com episódios pitorescos. Graças a isso, Antoni Barral teve uma primeira ideia romântica de que ao redor das montanhas que conhecia estendia-se um mundo amplo e diverso e de que, no tempo passado conhecido como História, existiram muitos homens que, bem ou mal, tinham tentado ou conseguido mudar o mundo, com ações ou com ideias. Os desejos de conhecer aquele universo transmontano e vital começaram a germinar na consciência do jovem. No entanto, a proposta do cura de que Antoni se matriculasse numa escola em Camprodon foi rejeitada por seu pai, Carles: o filho mais velho, Andreu, era bobo, indolente, incapaz até mesmo de cuidar devidamente de um forno de carvão, tosquiar uma ovelha sem a machucar ou ajudar no parto de uma cabra, e Carles, viúvo havia dez anos, precisava de Antoni para poder levar adiante aquela vida dura, de apertos sem limites que se vivia na aldeia, no vale, no país. O padre Joan aceitou a decisão sem discutir, mas obteve em troca a autorização de acompanhar Antoni em todas as suas tarefas ou nas caçadas de lebres, perdizes-vermelhas e pombos-torcazes, continuando assim seu trabalho pedagógico e, inclusive, dando-lhe alguns dos livros que trouxera de Barcelona num baú de papelão do qual, como por magia, sempre podia sair um novo volume nunca visto por Antoni.

O desejo de conhecer o mundo que havia de um lado e do outro da serra e também além dos mares, de ver pessoas diferentes das de Oix, Molló, Beget, Camprodon e mesmo de Olot continuou crescendo nos pensamentos do jovem. No entanto, Antoni bem sabia que a possibilidade de viver essas experiências dificilmente se concretizaria nos dias de sua vida porque, além de tudo, ele realizava suas tarefas não só com empenho, mas com prazer: cuidar para que um forno de carvão não explodisse, tosquiar as ovelhas, percorrer os caminhos da montanha com a tropa de mulas, atender e conhecer cada um de seus animais eram suas missões na vida. Na verdade, as aulas e leituras que o padre lhe propiciava só serviam para tornar suas tarefas mais satisfatórias e para ele ter a possibilidade de, em certos casos, associar os assuntos de sua vida e de sua aldeia com os de outras vidas e lugares diferentes. E, ocasionalmente, para Antoni sonhar.

Num daqueles encontros, pouco antes de ocorrer o levante dos militares e começar a guerra, padre Joan perguntara ao rapaz o que ele gostaria de ser na vida. Antoni olhou para ele e sorriu: entendia a pergunta, mas não o seu sentido. Porque em La Vall de Sant Jaume nunca ninguém suscitara aquela questão. Lá os destinos sempre estiveram escritos desde antes do nascimento até o momento da morte. E aos quinze anos Antoni estava convencido de que sua existência reproduziria a de seus antepassados. E não se queixava, não se questionava. Embora uma vez ou outra, ouvindo algum diarista de passagem pela aldeia falar da necessidade de criar uma sociedade em que todos fossem iguais ou escutando o pároco falar de outros tempos e lugares fabulosos ou lendo algum relato também fornecido pelo cura, tivesse chegado a sonhar que alguma coisa ou tudo poderia ser diferente. Mas sabia que era simplesmente isso, um desvario, uma ilusão. E foi o dilúvio que, de modo dramático, obrigou-o a despertar de seus sonhos, pois fez com que tudo fosse diferente.

A notícia de que a coluna de um comitê de anarquistas da CNT e da FAI de Sant Joan les Fonts tinha entrado no povoado vizinho de Beget provocou alvoroço entre as quatro dezenas de aldeões de La Vall de Sant Jaume. Sobretudo porque se dizia que eram entre vinte e trinta homens armados, com a missão de ir tomando posse de territórios e estabelecendo os termos de sua revolução muito radical e particular, detendo os inimigos do povo e impondo adesões forçadas. Seu primeiro objetivo era neutralizar os inimigos indesejáveis, categoria em que entravam donos de terras, burgueses e padres. O segundo propósito consistia em começar a criação de uma nova sociedade na qual todos fossem donos de tudo, sem vestígios de propriedade privada nem de status sociais, ou seja, uma guerra contra a exploração e o Estado: a revolução total do comunismo libertário. Aquilo não soava mal, embora os comentários que antecediam a coluna dos revolucionários afirmassem que em outras aldeias da serra e em povoados do litoral colunas como aquela tinham empreendido um processo de socialização da propriedade que incluía não só pequenas fábricas e oficinas como até os botes dos pescadores e as cabras e ovelhas dos pastores, que deixavam de ser propriedade do pescador ou do pastor para se transformar em bem comum do povo. Seria verdade? E teriam sido eles que fuzilaram o senhor Pallard? Diziam que sim... E seriam eles os que incendiaram a igreja de Sadernes com o pároco dentro?... Nos comentários chegados de todas as partes ninguém afirmava com certeza a que política do governo da República respondiam aqueles homens. Os aldeões estavam convencidos era de que sua proximidade significaria a chegada da guerra e de seus efeitos a La Vall de Sant Jaume, conforme advertira o padre Joan.

A primeira reação de Carles Barral diante da iminente chegada do grupo anarquista foi a de se internar na montanha com suas cabras e seus filhos. Quem senão eles, os Barral, saberia conduzir seus rebanhos pelos penhascos e precipícios mais íngremes, garantir-lhes o pasto e a água nas alturas nuas, protegê-los do inverno vindouro? Mas o próprio Antoni o fez desistir da ideia: desta vez não se tratava de uma tormenta passageira, mas de um dilúvio, argumentou ele, repetindo a imagem do cura. Quanto tempo e em que condições poderiam viver naquelas montanhas inóspitas? A vida já era bastante dura na aldeia para que se pretendesse mantê-la na montanha por um período que poderia se prolongar e ao fim do qual eles poderiam ser castigados pela fuga. Acreditava que o melhor seria aceitar o desafio, conforme pensava padre Joan. Porque o cura, apesar das notícias terríveis do destino de alguns de seus colegas, fuzilados, perseguidos ou encarcerados – como acabara de acontecer com o padre Josep Maria, de Beget, segundo se dizia, e com muitos padres e freiras de Barcelona –, confiava que não se tivessem perdido completamente os limites da sanidade. Pelo resto da vida Antoni se perguntaria: será que o padre Joan de fato acreditava naquilo? Haveria limites para a sanidade ou sua falta? Por que o pior daquela guerra se exacerbaria com seu irmão, Andreu, bobo e pacífico, um anjo de Deus, e com o coitado de seu pai, Carles? Será que aquele pároco heterodoxo e de bom apetite tinha alma de mártir?

A última conversa que teriam o velho padre Joan e o jovem Antoni foi à beira do riacho, ambos com os pés mergulhados na água. O rapaz estava agitado diante do que se avizinhava, temeroso do que poderia significar para todos eles a previsível chegada dos anarquistas, a revolução libertária, a guerra, mas o sacerdote se empenhou em acalmá-lo.

"Comigo não se preocupe", dissera ao rapaz. "Veja meus pés: já estão velhos demais para me levarem a algum lugar. Além disso, não creio que seja interessante para os anarquistas perder tempo com um pároco como eu... Se alguma coisa me acontecer, também não se preocupe: será meu destino. Tampouco tenha pena das cabras e ovelhas: se por acaso forem soltas na montanha elas sabem se virar lá em cima melhor do que você, embora você seja quase como elas... Só vou pedir uma coisa, meu filho: cuide da Virgem. Algum louco pode se exceder com ela e fazer algum disparate. Destruí-la, queimá-la... E ela é valiosa demais para ser lamentada por algo desse tipo."

Antoni assentia a cada uma das recomendações do cura, até que ouviu a última. Depois de pensar por um instante, propôs ao pároco o que considerou uma boa ideia: tirar a imagem de Nossa Senhora da ermida e escondê-la, como se dizia que certa vez já estivera escondida, no tronco oco de uma árvore, ou mergulhá-la num poço ou levá-la para uma das muitas cavernas da região...

"Poderíamos fazer isso", admitiu o sacerdote, "mas seria pior para nós. Nesta região todos sabem que a única coisa importante desta aldeia é a imagem de Nossa Senhora de La Vall, e, se os anarquistas não a encontrarem ao chegar, vão ficar furiosos. Não podemos dar mais motivos do que eles já têm ou acham que têm. Mas já imaginou se põem fogo na ermida com a Virgem dentro como fizeram em Sadernes? Será verdade que quiseram queimar a catedral de Barcelona, que queimaram a de Lérida?"

Antoni olhou para a ermida, cujas portas bambas só eram fechadas à noite para evitar que algum animal se refugiasse em seu interior. Lembrou-se da história do lobo que, durante um inverno rigoroso, tinha entrado no recinto e, ao ser descoberto por um aldeão, aproximou-se e lambeu a mão do homem como se fosse um cão pastor. Mais um dos milagres da Virgem. E por isso, por ela ser milagrosa, era preciso preservá-la?

"Você acredita em milagres?", perguntou-lhe o sacerdote. Antoni assentiu: "Acredito, como todos na aldeia. E a Virgem realizou muitos". Padre Joan não acreditava? "Acredito na fé", começou o pároco. "E você sabe: a fé faz milagres. E acredito na fé que vocês e os outros aldeões têm em Nossa Senhora de La Vall... Mas também acredito nos símbolos. E essa Virgem negra é um símbolo de muitas coisas que remontam a muito tempo atrás. Ninguém sabe de onde ela veio, como chegou aqui. Só a história cheia de remendos de que um homem da região a encontrou no tronco de uma azinheira seca que parecia uma cruz, e a Virgem o recompensou com um milagre. Mas o que eu sei é que essa imagem entalhada em madeira preta é uma obra humana e, depois, um símbolo para uma fé. Essa imagem foi criada por alguém e para alguma coisa: um artista devoto a entalhou em madeira preta porque queria dizer alguma coisa com essa cor específica, sentou-a numa cátedra porque queria representar seu grande poder para os homens, deu-lhe cores e vida para torná-la mais próxima e mais transcendente, também mais bonita... Quem a fez ou quem mandou fazê-la queria representar nela a origem de tudo, a terra na qual cai a semente e nasce a vida, a mãe do redentor que pretendia fazer do mundo um lugar melhor. E creio que alguém a trouxe até aqui por algo ou porque significava algo, porque queria salvá-la ou escondê-la de algo. Não sei do quê, não posso saber, mas ao mesmo tempo sei. Ela também sabe... E talvez seja você o encarregado de salvá-la de novo dos excessos humanos, que são infinitos e recorrentes. Não por seus possíveis milagres, nos quais podemos acreditar ou não, mas pelo milagre de ter existido e acompanhado os homens em seus desassossegos durante tantos séculos. Uma testemunha do tempo. É motivo suficiente para cuidar dela e protegê-la."

Do promontório ao qual tinha conduzido seu rebanho, Antoni Barral viu aproximar-se o grupo militar pelo caminho que levava a Camprodon, e não, como esperavam, pelo que levava a Beget. Não eram tantos como haviam dito, mas uns doze homens, e só dois deles estavam a cavalo. Quando avistaram a aldeia, os homens se detiveram e, ao que parecia, tiveram uma conversa. Os dois ginetes desmontaram e, quando retomaram suas montarias, um deles levava erguida uma vara na qual tinham pendurado um pano, talvez a bandeira vermelha e preta do anarquismo. Por sua vez, no vilarejo, vários moradores tinham se reunido em torno da ermida. Entre eles era possível distinguir o padre Joan, com a batina escura e a cabeleira branca, e seu irmão Andreu, que nas últimas semanas dera de carregar no ombro uma vara como se fosse um fuzil e se dispunha a partir para a guerra.

Antoni Barral olhou o céu de setembro, ainda sem nuvens, e sentiu um impulso incontrolável. Não pensou mais: conduziu suas cabras e ovelhas até a encosta da montanha em busca de uma trilha superior para outra colina onde havia um pequeno vale, impossível de avistar da aldeia, afastado de todos os caminhos. O que o impelia? Por que fazia aquilo? Sabia muito bem: tinha visto nascer cada uma de suas cabras e ovelhas, tinha dado nome a todas, conhecia o caráter de cada uma, suas preferências e teimosias. Eram suas cabras e ovelhas.

Começava a escurecer quando Antoni finalmente desceu da montanha. Trazia na mão três lebres caídas em suas armadilhas que além do mais poderiam servir como pretexto para sua ausência. Alarmado pelo silêncio às vezes interrompido por alguma voz que se expressava aos gritos, manteve-se alerta e optou por se esgueirar entre as casas de pedra para descer até o riacho. Seguindo a corrente, conseguiu colocar-se o mais perto possível da ermida, protegido pela velha ponte que ligava as duas margens.

O homem que falava e cuja voz Antoni ouvia maldizia todos: os burgueses, os militares, os donos de terras, os padres, os advogados... Eles, os revolucionários, varreriam cada um daqueles parasitas e criariam uma nova sociedade na qual todos seriam iguais. E quem se opusesse também seria varrido sem piedade, como seriam varridos os burgueses, os militares, os donos de terras, os padres, os advogados... os proprietários, ele acrescentou agora: os exploradores. Todos parasitas, insistiu. Mas os aldeões, os pobres da terra, clamava em seguida o orador vociferante, deviam entregar todo o dinheiro que tivessem, qualquer coisa de valor, também suas espingardas de caça, pois aquela seria sua contribuição para a revolução libertadora, afirmava ele, a revolução libertadora que criaria uma sociedade tão justa que nem sequer haveria necessidade da existência do dinheiro, fonte de todos os males.

Com sua habilidade caprina, Antoni escalou as pedras sobre as quais se erguia a ponte e conseguiu ter uma visão parcial, mas alarmante do que acontecia lá em cima: quase todos os aldeões, inclusive seu pai Carles e seu irmão Andreu, tinham sido colocados contra o muro da ermida. Um passo à frente deles, o padre Joan, a cujos pés havia um livro, ou os restos de um livro. O homem que falava, um sujeito alto, de tez citrina, com uma espécie de boné na cabeça e vestindo o que parecia ser um colete militar, tinha um fuzil nas mãos e, em determinados momentos de sua diatribe, apontava com ele para os aldeões e para o cura, até que em certo momento, quando vociferava diante do sacerdote, de repente girou a arma e lhe aplicou no estômago uma forte coronhada que o fez dobrar-se e cair de joelhos, enquanto um de seus companheiros pedia mais. Mais o quê?

Com o coração acelerado, Antoni deslizou de novo para o curso do riacho e buscou refúgio debaixo da ponte. O que ia acontecer? O que podia fazer? Eram assim as guerras, ou pelo menos aquela guerra? Era daquele modo violento que se estabelecia a revolução libertadora pela qual voltava a clamar o homem do boné? Foi naquele instante, sacudido pelo medo, que ele teve a sensação de que alguma coisa mais estranha do que seria previsível estava ocorrendo na aldeia e tomou a primeira decisão com a qual a guerra acabaria alterando sua vida. Descalçou as alpargatas de sola de cânhamo e avançou pelo riacho até o pequeno vau que se formava atrás da ermida, bem ao lado da azinheira centenária plantada ou nascida por capricho, dizia-se, onde estivera a azinheira morta em cujo interior aparecera a Virgem negra. Subiu rastejando até alcançar a parede lateral da ermida onde se encontrava um dos dois únicos segredos da aldeia. Deitado no chão, Antoni apoiou os pés contra um dos blocos de pedra e, antes de fazer pressão, observou sobre a superfície amarela seus dedos e unhas sujas, seus metatarsos proeminentes, as veias grossas que os atravessavam, seus pés, que naquele momento lhe pareceram distantes, quase alheios. Aqueles eram seus pés? Fossem ou não, empurrou com eles. Fechou os olhos e aplicou toda a sua força: a pedra começou a deslizar lentamente para dentro do recinto. Retomou forças e voltou a empurrar até ganhar alguns centímetros. Esperou. Nada. Repetiu a operação, esperou, mas também não houve nenhuma reação ao movimento cada vez mais perceptível do bloco. Foi nesse instante que ouviu gritos confusos, alterados, e soou um disparo. Depois mais gritos, talvez prantos. Em seguida, outro disparo. E, por fim, silêncio. Antoni ficara paralisado, com os pés contra a pedra, ouvindo o eco das detonações ricochetear nas montanhas e nas florestas de faias e choupos até se extinguir e restabelecer o império de um silêncio esmagador, fatal. Por que tinham disparado? Em quem tinham disparado? Por que dois disparos? Ambos para o padre Joan? Antoni não pensou mais e fez o esforço final até sentir que a pedra deslizava livre para o interior da ermida. Esperou de novo e, quando recuperou as forças, continuou sua tarefa procurando abrir, entre o bloco móvel e o resto da parede, um espaço suficiente para conseguir se esgueirar. Rastejando, entrou no recinto, quase às escuras, pois as portas estavam entrecerradas. Caminhou como uma raposa até o pequeno altar, também de pedra, sobre o qual repousava a Virgem negra e, pela primeira vez na vida, teve-a nos braços. Quando a ergueu, sentiu-a pesada e lisa, difícil de manipular, mas familiar e próxima. Ao segurá-la, com a ponta dos dedos sentiu uma rachadura na madeira que formava as pregas da capa que lhe cobria as costas. Mas sentiu sobretudo que não era a primeira vez que a tinha nos braços, que a imagem negra da Nossa Senhora era dele de um modo carnal e avassalador, sentimento que não entendeu nem jamais entenderia e que nunca o abandonaria. Antoni conseguiu segurá-la por debaixo dos braços dela, projetados para adiante, um com o menino Jesus perto do peito e o outro apontando para a frente com um gesto bondoso. Para tirá-la da ermida teve de mover um pouco mais a pedra deslocada, pois o volume da imagem impedia que ele a retirasse sem danificá-la.

Ao se ver ao lado da velha azinheira, Antoni sentiu todo o peso do medo e da incerteza. Tremia. Tinha tirado a Virgem por causa do que o padre Joan dissera ou uma exigência incontrolável e irracional o impelira? Por coragem, por medo ou por loucura? Colocou a imagem no chão e deixou-se cair contra o tronco da azinheira para se acalmar e pensar em suas possibilidades. Esconder a Virgem na montanha e voltar à aldeia poderia ser o mais sensato, mas denunciaria o roubo. Fugir com ela e ficar com os rebanhos na montanha era um disparate do qual ele mesmo tinha dissuadido o pai. Descer com a Virgem até o riacho e tentar saber das consequências dos disparos não resolveria nada e arriscaria tudo, pois se o surpreendessem seria muito difícil fugir de novo. Por que a vida o colocava, justamente ele, numa encruzilhada da qual não havia boas saídas? Cometera uma loucura pegando a efígie? Valia a pena arriscar tudo, perder tudo o que ele era, tinha e queria para salvar a imagem de uma Virgem? Mas o que ou quem era ele? O que ele tinha?

Antoni sabia que qualquer retrocesso poderia ser um suicídio, que diante dele só havia um caminho. Antes de voltar a calçar as alpargatas olhou para os pés e soube que tudo dependia deles. Ele e a Virgem dependiam deles. Calçou-se, voltou a pegar a imagem pesada e, tentando manter-se escondido entre árvores e muros, dirigiu-se para sua casa. Comprovou que, por sorte, só na frente da ermida havia luzes de lanternas e tochas, ao passo que o resto da aldeia estava às escuras, como morta. Das trevas brotou então uma silhueta, também negra. Antoni se imobilizou e só voltou a respirar quando viu que a figura escura era a velha Carmeta. Ao reconhecê-lo, a velha tomou-lhe o rosto entre as duas mãos ásperas e com seu eterno hálito de azeite e alho sussurrou: "Vá embora, não olhe para trás. Vá embora para sempre. Salve-se, Antoni", e o abençoou marcando uma cruz em sua testa para depois beijar a mão estendida da Virgem. Um segundo depois a velha desapareceu nas trevas como se nunca tivesse existido.

Quando chegou em casa, com o coração acelerado pelo medo e as palavras de Carmeta perfurando-lhe o cérebro, Antoni empurrou a porta entrecerrada. À luz de um lampião de querosene impossível de avistar de fora, ele o viu.

Antoni ficou paralisado, com a Virgem nos braços. O intruso parecia um homem jovem e levava a tiracolo uma espingarda de cano duplo. Ocupava-se em revistar a casa, remexia puxando as coisas, e sua presença fez sentido para Antoni quando o viu chacoalhar uma velha lata de bolachas e ouviu o barulho das pesetas que, junto com o rebanho, constituíam todo o patrimônio da família. Voltou à mente de Antoni a frase ouvida pouco antes na boca do homem do boné: tudo se fazia pela revolução libertadora. Revolução libertadora?... Não deveria ser revolução *libertária*? E os anarquistas não deveriam vir de Beget, a leste, e não de Camprodon e do vale do Ter, a oeste? De repente Antoni entendeu que estavam sendo vítimas da pior praga daquela guerra: os homens que chegaram à aldeia eram de um dos bandos de delinquentes que se aproveitavam do caos e das palavras de ordem alheias para realizar seus delitos.

Antoni Barral teria muitos anos para meditar sobre o que acontecera naqueles instantes. Até no leito de morte, observando seus pés inertes e a imagem da Virgem, estaria pensando naquilo, tentando desfazer o feito, mesmo sabendo da fatal e obstinada irreversibilidade do tempo. Mas naquele momento não vacilou: sua indignação o venceu, e o ódio que pairava na atmosfera o dominou. Quando o jovem bandoleiro ouviu a furiosa imprecação do recém-chegado, deixou cair a lata e tentou empunhar a espingarda. Antoni, por sua vez, soltou a imagem da Virgem e buscou o facão na cintura. O jovem apontou a arma para Antoni, que, tomado pela fúria e sem parar de gritar, lançou-se contra ele. O som de metal contra metal produzido pelo gatilho da espingarda não foi seguido pela detonação esperada e, antes que o ladrão conseguisse mudar a posição da arma travada para usá-la como instrumento de defesa, o montanhês avançou o braço armado e sentiu que o facão penetrava no pescoço do intruso quase mais facilmente do que no de uma cabra ou de uma vaca. O sangue brotou aos jorros, ele fechou os olhos para não ver o olhar de angústia do outro e tirou-lhe o facão do pescoço.

Sentindo ainda as têmporas palpitar, quase sem poder respirar, Antoni lavou o facão e limpou a mão e o braço. Por um momento teve náuseas. Quando o sangue desapareceu do metal e de sua pele, sentiu um nítido alívio. Tentando evitar o rosto do morto, procurou debaixo da mesa a lata de bolachas com o dinheiro que pretendiam lhes roubar. Abriu-a e contou cento e quarenta pesetas. Uma miséria: sua miséria. Enfiou o dinheiro no bolso e foi para o outro cômodo, de onde pegou a manta estendida sobre seu colchão, um velho cachecol de lã tecido por sua mãe antes de morrer e um gorro, também de lã crua e com orelheiras, e enfiou tudo dentro de um saco novo de carvão. Confiscou a pouca comida armazenada na despensa – pão, queijo, um pedaço de carne salgada – e a colocou também no surrão. Por fim, ergueu a imagem da Virgem que deixara cair perto da porta e, ao levantá-la para colocá-la dentro do saco, viu que com a batida da queda ela tinha perdido a mão direita. Olhou para o chão de terra escura, mas não a viu. Resolveu esquecê-la: não havia luz suficiente para procurar um pedaço de madeira negra nem tempo para tentar. Acomodou a Virgem dentro do saco e, antes de sair, atreveu-se a olhar de novo o cadáver do jovem: continuava com os olhos abertos e a expressão de medo e surpresa com que se fora do mundo. Antoni percebeu que aquele homem era pouca coisa mais velho do que ele: quase uma criança.

Antoni Barral pôs no ombro o saco com a Virgem e as provisões e saiu para a noite profunda da serra, da qual descia a brisa cada vez mais fria do outono recém-iniciado. Não tinha ideia definida do que faria, aonde iria, se algum dia voltaria e muito menos do que estava acontecendo e ia acontecer na aldeia. Não sabia que na frente da igreja padre Joan, de joelhos e com lágrimas nos olhos, rezava pelas almas de seu irmão Andreu e de seu pai Carles, cujos cadáveres esfriavam na noite, vítimas equivocadas da guerra que os tinha surpreendido. Naquele momento só sabia que não podia tomar o Camí de la Menera para a vizinha França, pois ele geralmente era vigiado por patrulhas militares. Portanto, chegara a hora de aproveitar o segundo segredo de La Vall de Sant Jaume: a existência de uma passagem aberta na encosta do Pic de les Bruixes através de uma caverna escondida por duas rochas aparentemente compactas. Os aldeões a chamavam de Coll dels Llops, e sua localização evitava ter de subir várias encostas e caminhar à beira de precipícios para atravessar a parte alta da serra. Do outro lado daquela passagem ficava a velha trilha de montanha que podia levá-lo ao resto de um mundo imensurável que começava no país chamado França. E propiciar-lhe outra vida.

6

7 de setembro de 2014, dia da Virgem de Regla

– Melhor então eu preparar um *brunch*.

– O quê?

– *Brunch,* Conde, eu disse *brunch*. Ai, filho, que subdesenvolvimento o teu! – disse Bobby, e riu.

Quando Conde anunciou sua visita matinal, Bobby o convidou para tomar café da manhã. Mas depois mudou de opinião porque, como o encontro foi marcado para as dez, o conveniente era fazer um *brunch*. Então Bobby teve de explicar por telefone ao comprador subdesenvolvido de livros velhos que, por ser no meio da manhã, numa hora entre o *breakfast* e o *lunch,* o ato alimentar intermediário se chamava assim e tinha suas características próprias, que Conde descobriu encantado quando chegou à casa do ex-colega, e este o levou até o terraço onde tinha preparado o serviço para o bendito *brunch*.

No centro da mesa havia um vaso alto, de cristal lavrado, com lírios brancos e lírios tigrados, que para Conde tinham um aspecto gay, e, em volta, uma jarra com suco de laranja, um prato com uma volumosa tortilha espanhola, uma bandeja de torradas, potes de geleias exóticas – do mirtilo ao morango –, uma barra de manteiga, uma cafeteira ainda fumegante, uma leiteira com leite morno, um prato com bacon frito, uns potinhos de iogurte e uma tábua com um queijo branco e outro amarelo guarnecidos da faca apropriada para fatiá-los. Aturdido diante de tamanha abundância, o estômago de Conde lançou um grito de alarme; seus cafés da manhã geralmente eram algumas xícaras de café e um pedaço de pão mais ou menos mastigável com alguma coisa digerível dentro (se houvesse), e seus almoços na rua com frequência se reduziam a pizzas gordurosas gratinadas com queijos ordinários, por isso aquele banquete meio matinal fugia a todas as expectativas e imaginações que pudessem ser elucubradas por alguém como ele e também por noventa por cento de seus conterrâneos. Nem mesmo Tamara, quando estava de férias, costumava montar uma mesa assim, pois suas dietas tinham transformado a escassez em virtude e a mulher reduzia seus combates alimentares a um suco de frutas sem açúcar e, para espanto de Conde, um chá também órfão de qualquer adoçante. O bendito horror à velhice!

Enquanto comiam, a conversa se desenrolou em torno das primeiras pesquisas realizadas pelo ex-policial e seus magros, ainda que necessários, resultados preliminares.

Mas, quando pratos, travessas, tigelas, potes e tábuas ficaram sem seus conteúdos – Conde comeu de tudo, tudo o que pôde, com sua camelina filosofia de vida –, eles caíram por força da gravidade nas partes cruciais do assunto que os convocava.

– Diga uma coisa, Bobby, uma coisa importante... Você sabia que Raydel não era Raydel?

Bobby suspirou ao mesmo tempo que negava com a cabeça.

– Às vezes me parecia que ele tinha uma história estranha, que era um pouco mentiroso... mas isso é normal, não é? E não me importava muito, ele me dava o que eu precisava e... O que nunca imaginei é que estivesse se fazendo passar por um morto. Por que faria isso?

– Pra esconder alguma coisa, pra se esconder de alguém, pra não saberem quem ele era.... Agora seria preciso saber não por quê, mas pra quê.

– Não, não entendi.

– Pra que substituir uma identidade... O que o impeliu ou obrigou a isso? O que ele fez pra ter que se esconder com outro nome?

– O que você acha?

– Que ele fez alguma coisa grave... Alguma coisa muito fodida... O garoto por quem você se apaixonou era um impostor e sabe Deus o que ele escondia. Pra começar, não acredito que ele fosse tão elementar como você pensava. Alguma segunda intenção ele tinha. Alguma coisa ele estava querendo...

– Me roubar?

– Sim, claro... Talvez praquilo que todos nós achamos que ele pode ter te roubado: pra ter dinheiro e fugir do país. Ou pra escapar de alguma confusão que ele temia... No entanto eu sinto que há mais razões.

– Ai, meu Deus... Por que diabos eu sempre tenho que viver agoniado, cara?

Fez essa pergunta e levou a mão ao peito. Bobby tinha recebido Conde vestido com calça branca e camisa branca de manga comprida e uma espécie de alpargatas refinadas, também brancas. Por baixo da camisa era possível entrever um cordão de colares de contas coloridas. Seria esse o traje adequado para um *brunch*? Conde sorriu. E resolveu que estava na hora de pôr na mesa do *brunch* o tema das particularidades da Virgem de Bobby.

– Bobby, você se lembra do Candito?

– Como é que não vou lembrar, Conde? Aquele sarará de carapinha vermelha que parecia um demônio...

– Esse mesmo – Conde sorriu.

– Lembro perfeitamente porque eu cagava de medo dele. Era um sujeito ruim, ruim...

– As aparências enganam, Bobby... Bem, às vezes... Candito sempre foi um bom sujeito. E agora é quase pastor protestante...

– Quem não o conhece que o compre! Mas o que aconteceu com ele?

– Nada. Tanto o Candito como o Coelho acham que a sua Virgem é muito estranha... E que não se parece com a Virgem de Regla das gravuras dos santinhos e dos altares cubanos... Nem com a da Andaluzia... Pro Candito ela lembrou mais a Virgem de Montserrat... Porque na sua a Virgem e o menino Jesus são negros e...

– É que ela é muito velha, Conde, velhíssima – Bobby interrompeu. – E o importante não é ela se parecer ou não com a Virgem que está na igreja de Regla e nos santinhos, mas o que os crentes viram e veem nela... Quantas imagens de Jesus você já viu?... E de Maria?... Milhares, não é? E algumas são negras, não é? Há Virgens Marias japonesas! Veja, com certeza a imagem de Cristo que você mais reconhece é a daquele quadro que todo mundo aqui tinha, do Sagrado Coração de Jesus...

Bobby reproduziu a postura do quadro que os devotos cubanos costumavam pendurar na sala de casa: um Jesus de expressão hierática apesar de bondosa, com a mão esquerda no peito onde se via seu coração ferido. Conde lembrou que uma imagem muito peculiar de Cristo, pintada por Rembrandt, levara-o a conhecer a vida rocambolesca de vários judeus relacionados àquele retrato de um Jesus diferente do recriado por outros pintores da época e, é claro, da gravura popular cubana.

– Minha avó herdou a santa do pai dela como sendo a Virgem de Regla – continuou Bobby. – Não sei se veio da Espanha ou se foi entalhada aqui em Cuba... o que eu sei é que é a *minha* Virgem de Regla. E que aquele sacana a roubou de mim...

– Tem razão – admitiu Conde. – E como é tão estranha talvez seja mais fácil de encontrar. Aliás, Yoyi me disse que ela foi trazida da Andaluzia.

Conde voltou a se servir de café e acendeu outro cigarro.

– Também é possível, sim, acho que uma vez comentei com ele... Mas na verdade não tenho certeza. Como ela é tão velha...

Conde não quis continuar remoendo aquele assunto, porque havia outro que, desde que tinha chegado, o pressionava mais.

– Me explica uma coisa, Bobby... se você sempre foi católico, conforme disse... por que se fez santo iorubá? – e apontou para os colares que o outro exibia. – Por que hoje você está de branco e com todos esses cacarecos pendurados?

Bobby pôs uma mão na testa para cobrir os olhos: era o gesto mais gay que Conde tinha visto na vida.

– Pelo amor de Deus... Não me diga que você não sabe que hoje é dia da Virgem de Regla!

O ex-policial arregalou os olhos. Como era possível ter esquecido, logo agora que estava metido naquela história?

– Já, já vou pra casa do meu padrinho. Hoje vamos fazer a festa pra Yemayá... E minha virgenzinha vai perder, cara...

– Estou reprovado em hagiologia – admitiu Conde. – Esqueci o dia da Virgem... Mas, diga uma coisa, por que você se fez santo se acreditava mesmo em Deus e na Virgem?

Bobby balançou a cabeça, reclinou-se na cadeira e, com um gesto mecânico, como se não fosse importante, estendeu a mão, filou um cigarro de Conde e o segurou entre os dedos.

– Antes era quase um crime de lesa-ideologia. Agora, você sabe, está na moda se fazer santo. Quando as pessoas estão muito fodidas, acreditam em qualquer coisa... E gente fodida é o que mais tem por aí... O lado ruim é que tudo isso se transformou num negócio... Se você vai a uma *santera*, na mesma hora ela diz que teu problema é grave e que você precisa se fazer santo. E te manda num babalaô, que é padrinho dela, amigo e muitas vezes sócio comercial, e eles fazem a cerimônia e cobram uma nota e mais metade de outra pra montar toda a parafernália da tua iniciação. E você paga satisfeito, porque entra no clã e recebe proteção divina... se você acredita na proteção divina. Ou, por tabela, você se mete no negócio de fazer cerimônia para outros, melhor ainda se vierem do estrangeiro e trouxerem dólares... Bem, mas eu fiz isso com gente séria, é o que eu acho, e na verdade porque pensei que ia ficar louco e precisava de um alívio...

– Quando te expulsaram da universidade?

– Não, depois, uns quinze anos depois...

– E o que aconteceu depois?

– Quando me separei da Estelita e comecei a viver com Israel... foi uma mudança muito grande na minha vida. Embora fosse o que eu mais queria, o que eu estava esperando de verdade, isso mexeu comigo dos pés à cabeça. Minha vida, minha mulher, meus filhos... minha história. Tudo se abalou de repente... Era uma coisa muito difícil de assimilar, porque eu me sentia feliz por ter me rebelado e ao mesmo tempo meio desorientado, perdido... Foi aí que Israel me levou pra ver sua madrinha de santo e... você sabe... Tinham que me assentar a cabeça, uma cerimônia que se chama assim. E, como quase sempre acontece, uma coisa levou à outra... até que me fiz santo.

Bobby mostrou a pulseira de contas brancas e azuis que tinha no pulso e depois acariciou os colares que trazia pendurados no pescoço. Conde pensou: achava que entendia Bobby; e, para entender melhor ainda, ousou dar mais um passo.

– É, imagino que não tenha sido fácil... E o que aconteceu com Estelita e seus filhos?

Bobby quase sorriu.

– O mesmo que com tanta gente... Estão morando em Las Vegas. Quando fui pro Norte passei vários dias com eles, porque não querem vir a Cuba. Pra eles tanto faz que porra está acontecendo ou vai acontecer aqui, não querem nem saber... É foda, não é?

– É – Conde limitou-se a dizer, pois não queria entrar em águas tão revoltas. Não naquele momento. – Mas e o santo?

Bobby estendeu a mão e pegou o isqueiro. Voltou a se servir de café, tomou e depois acendeu o cigarro que continuava segurando entre os dedos, tudo num ritmo pausado, quase relutante. Quando aspirou a fumaça, o prazer da tragada refletiu-se em seu rosto.

– De fato não foi fácil – admitiu finalmente –, mas acho que você não consegue me entender... Ainda penso, às vezes, que minha vida podia ter sido outra, mas ela foi deturpada, Conde.

Suas palavras expressavam uma ira triste.

– Mas você não me disse que no fim acabou encontrando a si mesmo, que se sentiu feliz?

Bobby assentiu várias vezes antes de responder.

– Sim... no fim. Mas o que me fizeram passar antes foi um inferno em vida... E não estou sendo melodramático. Olha, não gosto de falar nisso, companheiro, mas tem horas que sinto necessidade de falar.

Bobby apagou o cigarro e suspirou, como se estivesse perdendo pressão. Olhou para o quintal e, como no seu caminho visual estavam os lírios afeminados, acomodou um que lhe pareceu mal colocado.

– Se não quiser não me diga nada... – Conde ratificou sua vontade com um gesto, mas o outro continuou, como se não tivesse ouvido.

– Quando comecei a namorar Katiuska na universidade... Bom, fiz isso porque queria ser homem, não queria ser bicha, queria ser normal, ouve bem, normal, e que me aceitassem e não ferrassem minha vida... Você lembra da pressão que havia?... Então fiz todo o possível pra me acertar por dentro. Mas a relação com Katiuska era esquisita... Quando estávamos sozinhos nos beijávamos, nos excitávamos, às vezes ela me masturbava, me pedia que pusesse a língua lá embaixo... mas não trepávamos, ela não me deixava penetrar, sempre me interrompia por algum motivo... um motivo que fiquei sabendo depois.

Conde engoliu saliva. A história de amor começava a ficar sombria.

– Um dia fomos em grupo à praia, a uma casa na praia, éramos uns oito, e Katiuska voltou pra Havana na primeira noite porque no dia seguinte bem cedo tinha uma reunião muito importante na universidade, ela tinha um cargo na Juventude... Como estava muito calor e tínhamos tomado um monte de cerveja e rum, à noite, devia ser mais de meia-noite, nós que ficamos fomos tomar banho na praia, e, já que estava escuro e não havia ninguém, alguém propôs, uma garota, que ficássemos pelados, que assim era mais gostoso entrar no mar... E todos, meio bêbados como estávamos, tiramos a roupa. Mas, quando vi ao meu lado um primo da Katiuska que estava lá, e vi o pinto dele, e vi os olhos dele... bem, não dá para descrever, vi o pinto dele e aquele olhar rústico e malvado... me senti derreter por dentro. E o resto foi fácil. Aquela noite estreei na Liga Principal do sexo. Sabe que eu ainda era virgem, pela frente e por trás? Virgem em Cuba aos vinte e três anos! Bom, o que aconteceu aquela noite foi uma epifania... É epifania que se diz?... Não importa, soa bem, e o caso é que ele deu pra mim e eu dei pra ele até que secamos... E de repente senti que tinha me encontrado, Conde... Que eu era eu, sabe?... No outro dia, de manhã, nós dois agimos como se nada tivesse acontecido. Era isso que devíamos fazer, não é?... E ao meio-dia, quando Katiuska chegou, tudo continuou igual. Ou fingi que continuava igual, apesar de que a verdade era que tudo tinha mudado: eu sentia por dentro, no coração, sentia por fora, na pele... Aquela noite Katiuska e eu nos beijamos, nos masturbamos, como outras vezes, mas me dei conta de que agora todo aquele jogo erótico com uma mulher tinha menos sentido para mim, era uma farsa... E entrei em crise. Não queria que ninguém soubesse o que eu tinha feito na praia, me reprimi ainda mais, me esforcei para parecer mais macho... até que um dia não pude mais e caí, mas em outro fosso mais escuro: o de um sentimento de culpa insuportável, de me sentir um farsante, um pecador. E resolvi me abrir... Contei para Katiuska o que tinha acontecido com o primo dela e qual era a verdade da minha vida. Pedi que ela ajudasse a me salvar... que me fizesse homem, que tirasse a perversão que eu tinha na mente. Lembro que ela me olhou, me perguntou coisas, detalhes de como tinha sido com seu primo, e no fim me disse que sim, que ia me ajudar, que eu lhe desse alguns dias pra ver de que maneira, o que podia fazer, tudo aquilo a surpreendia, ela me disse...

– Que cagada, Bobby – Conde conseguiu dizer, pressentindo o fim do filme.

– Não sei: talvez aquilo estivesse querendo acontecer, não é?... Três dias depois houve uma reunião da Federação de Estudantes, sobre os preparativos do Festival da Juventude daquele ano, lembra?, e Katiuska, que era a organizadora do Comitê de Base da Juventude, pediu a palavra no final da reunião e disse que tinha que comunicar à coletividade, assim ela disse, comunicar à coletividade, não me esqueço dessas palavras... um problema grave que dizia respeito ao companheiro Roberto Roque Rosell... E soltou toda a história que eu lhe tinha contado, mas fez com que ficasse pior, disse que seu primo estava disposto a dar testemunho de que eu tinha me aproveitado de seu estado de embriaguez e... Fui embora correndo, Conde, saí da escola como um louco, chorando, com taquicardia, achando que ia morrer... Dois dias depois um professor e o secretário da Juventude foram me procurar em casa pra me dizer que o primo da Katiuska não ia me denunciar em juízo, mas que eu estava expulso da universidade por grave desvio ideológico e moral, incompatível com a atitude de um jovem universitário revolucionário e...

– Mas que filha da puta essa Katiuska!

Bobby sorriu. Era uma expressão triste, com algo de nostalgia.

– Só alguém que viveu uma coisa assim pode me entender. Aí começou minha temporada no inferno... O resto da minha história já contei mais ou menos – Bobby continuou. – Agora, você não sabe a parte mais bonita dessa história...

– Tem alguma coisa bonita?

– Sim, acho que sim... pelo menos reveladora.

– O que é?

– Uns anos depois encontrei Katiuska e... sabe por que ela não fazia sexo comigo?

Conde deu um tapa na testa. A figura de Katiuska, no bar perto da universidade, voltou-lhe à mente como um bumerangue. E ele teve a resposta realmente mais reveladora – bonita não era – de toda aquela enrascada.

– Porque ela era gay! – lançou Conde.

– Tremenda sapatão, meu amigo... E entre as machonas é chamada de Joaquín! E agora é chefa sei lá do quê das lésbicas, defensora do orgulho gay e dos transformistas e transformados! Uma líder, uma porta-bandeira, cara!... Porra, não vá me dizer que, depois de tudo o que aconteceu, o final feliz da história não é bonito, hein, meu irmão?

Perplexo, examinou a folhagem de um verde intenso do abacateiro que, majestoso e dono do tempo, dominava o quintal da casa de Carlos. Entre seus galhos ainda pendiam vários daqueles frutos prodigiosos, de generosa massa verde e amarela, que os cubanos nunca comem como fruta, só temperados como salada. Quis calcular quantos daqueles abacates ele teria compartilhado ao longo de mais de quarenta anos de amizade com Carlos, Andrés e o Coelho. Quanta fome tinham matado comendo fatias de abacate salpicadas com sal e enfiadas dentro de um pedaço de pão. Quantos banquetes desmesurados eles acompanharam de saladas daqueles mesmos abacates, às vezes até regados com azeite de oliva, umas gotas de limão que realçavam o sabor pastoso e rodelas de cebola para aumentar o prazer papilar e gástrico. Comovido, absorto na observação da árvore, pensou que tinham compartilhado anos intensos e plenos ao longo dos quais conheceram tudo o que é bom e o que é ruim na vida. Mas anos, décadas já, em que tinham curtido uns aos outros até cada um deles sentir-se reconhecidamente complementado. Todos eram um e eram também o resto do clã, numa mescla intrincada de experiências, ganhos e perdas acumulados, preservados com avareza das erosões de fora e transformados, como ele sempre pensava, nos blocos da muralha atrás da qual se refugiavam das mais diversas invasões, como sobreviventes de uma – ou muitas – catástrofes.

O estado de ânimo ambíguo provocado pela confissão de Bobby o impelira a combinar para aquele mesmo meio-dia a conversa postergada com o amigo Coelho; marcaram o encontro na casa de Carlos, com a condição prévia de que não houvesse interferência de álcool. Quem impôs a Lei Seca? Carlos, o Coelho, ele mesmo? Uma premonição? O medo do diabo? Conde não lembrava, embora soubesse coisa pior: que o tempo e a vida podem acabar com tudo, até com as árvores vetustas e hieráticas, como o amável abacateiro que agora ele contemplava do terraço.

Eles se conheciam tanto que Conde percebeu que se tratava de uma questão transcendente quando o Coelho olhou para Carlos e este fez um gesto de aprovação com as pálpebras, sem soltar nem um de seus gritos de comando. Por outro lado, ele olhou para os dois e, desta vez, decidiu armar-se de calma e aguardar com expectativa e paciência o desenrolar da conversa. Talvez o sentimento de culpa por primeiro ter esquecido e depois adiado o encontro que o Coelho pedira dois ou três dias antes o fizesse sentir-se em desvantagem. Era uma sensação estranha e incômoda, agravada pela dúvida, cada vez mais latente, sobre sua real capacidade de oferecer amizade. Como pudera postergar e em alguns momentos até esquecer o pedido do amigo? Para ganhar o dinheiro que Bobby lhe pagava? Ainda em silêncio, sentindo-se miserável, aceitou a xícara de café que Josefina levou para eles ao terraço e depois acendeu um de seus cigarros. Pelos movimentos discretos da anciã, supôs que ela também estivesse a par da agenda da reunião. E então sua preocupação transbordou. Sem conseguir se conter mais, voltou o olhar para o Coelho e, com o cigarro nos lábios, mostrou as palmas das mãos: vai, me dá o que precisa me dar.

– Vou viajar, Conde – começou o amigo. – Não, desculpe, estou planejando viajar.

Conde suspirou, aliviado. Era esse o problema? Ninguém estava para morrer, próstatas e fígados continuavam resistindo?

– Tudo bem, você vai viajar, que bom, fico feliz e... Agora as pessoas viajam...

– Não sei se vou voltar.

Conde sentiu como se tivesse levado uma bofetada. Seu amigo também ia embora? Mais um? Um dos perseverantes, dos obstinados, dos sobreviventes estava pensando em abandoná-los? Quem apagaria o farol do Morro quando não sobrasse ninguém?

– Do que você está falando, parceiro?

Coelho olhou para ele sem pestanejar.

– Do que estou pensando... Minha filha preparou os documentos pra mim. Andrés vai bancar os gastos. Se me derem o visto, vou por um tempo pra Miami. E chegando lá vou decidir se fico ou não. Esmé e Andrés estão dizendo que me ajudam... Mas estou com medo. Medo de ir e ficar. Medo de voltar e...

Conde sentiu que alguma coisa podia estar prestes a desmoronar.

– Há quanto tempo você, Andrés, o Magro, sua filha Esmé, Josefina e Deus estão metidos nessa história?

– Não sei, há dois, três meses...

– E por que não me disse nada, Coelho?

– Porque estou com medo – admitiu o outro.

– Olha, Conde... – Carlos interferiu, mas ele o deteve com um gesto da mão.

– Medo do quê, Coelho?

– De tudo... De viajar, de resolver ficar, de preferir voltar... de que você fique zangado comigo.

– Por que eu haveria de ficar zangado? – Conde quis saber.

Coelho olhou de novo para Carlos, e foi o Magro que respondeu.

– Porque sabemos como você é, bicho... Porque gostamos de você... Porque você já está zangado, não está?

A resposta de Carlos era lamentável, mas certa: tudo se reduzia a uma questão de amor, e naquele instante ele estava se sentindo como um namorado abandonado. No entanto, tentou passar por cima do egoísmo, de seus instintos de conservação tribal, do manifesto espírito de perda que se anunciava no horizonte.

– E que porra você vai fazer se ficar lá?... Com sessenta anos... Aqui nós vivemos por milagre, mas vivemos...

– Lá as pessoas também vivem... Isto aqui está cada vez mais feio e está com pinta de que vai piorar... Mas na verdade não sei se vou ficar, Conde. Nem sei se vou viajar, se vão dar o visto pra minha mulher e pra mim... O que eu quero é experimentar. Pelo menos isto: ter a possibilidade de experimentar e, se me deixarem, de escolher. Depois vou fazer as contas e ver se me enganei ou não: em ficar ou em voltar... Não é que eu queira ficar: é que quase nunca pudemos escolher, tiraram nosso direito de errar.

Conde assentiu. Sabia que seus argumentos possíveis não serviam contra a lógica histórica e humana do amigo. Escolher e errar... ou acertar. Mas seu mal-estar não tinha a ver com as lógicas estritas, porém com sentimentos viscerais. Se continuassem perdendo amigos, que solidão final os esperava? Em que pântano de ausências, subtrações, carências submergiriam? Em que estado de nudez espiritual atravessariam a quarta e última idade? Impelido pelo desassossego, levantou os olhos e contemplou a árvore dos abacates que tantas vezes os tinham alimentado, por vias gástricas e espirituais. A árvore, pelo menos, continuava ali. Ainda.

– Tem razão, Coelho – disse finalmente. – Sim, experimente... e erre sempre que tiver vontade... Isso quer dizer que continuamos vivos, não é?... Ah, se eu encontrar a bendita Virgem que estou procurando e Bobby me pagar, conte com esse dinheiro pro que precisar. Com o que sobrar, o Magro e eu vamos encher a cara quarenta vezes e contar as mesmas histórias de sempre. Até estourarmos como traques... ou até você voltar e dizer se conseguiu descobrir se afinal errou ou não no que decidiu sozinho, no que fez porque te deu na telha. Mas sabe de uma coisa? Não vou guardar para você nenhum abacate dessa árvore. Vou comer todos, até me sair abacate pelas orelhas.

Pouco antes das oito da noite Conde se postou do lado do Parque Central que dava para a lateral do deteriorado cine Payret. Com a decisão do Coelho revirando no cérebro, começou a examinar um ambiente que, logo à primeira vista, parecia ter mudado com o pôr do sol. E não com melhores resultados. Para dar cor e temperatura à atmosfera, já tórrida por si só, viu que alguns dos muitos policiais que rondavam pela área faziam-se acompanhar por cães pastores e estavam armados como se estivessem numa guerra das galáxias. Logo ficou evidente para Conde que a humanidade aturdida que circulava por ali à luz do dia fora substituída, com a chegada da penumbra, por seres furtivos, tétricos, que perambulavam interessados em conseguir alguma coisa a todo custo: dinheiro, sexo, diversão ou tudo ao mesmo tempo, por meio de artifícios mais categóricos, com certeza mais sórdidos. Era a hora das baratas. E novamente ele se alegrou por não ser policial e ter a opção de olhar o panorama de camarote, como simples espectador admirado diante do espetáculo de um mundo efervescente e em crescimento, inexistente em sua época de funcionário público.

O Morcego pousou meia hora depois. Pelo visto tinha tomado banho, pois não estava fedendo como no dia anterior. Vestia uma blusa cheia de brilhos prateados e seus olhos luziam quase normalmente, talvez um pouco menores do que deveriam ser. Defeito visual ou maconha?

– O que houve? – perguntou Conde enquanto o outro se acomodava no banco.

– Você me fez trabalhar feito louco, compadre...

– Não se faça de vítima, Yuniesky... Comprou essa blusa com o dinheiro que te dei?

– Sim – sorriu o jovem. – Maneiro, né?

– Joia – Conde ratificou. – Agora desembucha: o que apurou do teu sócio Raydel?

O Morcego ainda pareceu hesitar, mas se arriscou.

– Sim, foi visto naquele bairro de orientais em San Miguel del Padrón. Ele tem um primo lá que se chama Ramiro.

– Já me falaram dele... Ramiro do quê?

– Ramiro, o Manta... Não sei o sobrenome... Mas se é chamado de "Manta" deve ser um sujeito do caralho, não é?...

– Como ficou sabendo? Esse primo do Raydel não depenou o veado junto com Raydel e com você?

– Olha aqui, você está perguntando muito e pagando pouco!... – reagiu o Morcego com rapidez. Era evidente que Conde tinha acertado o alvo, e o jovem pretendia manter distância com relação aos colegas. – Eu já te disse o que interessa... Não conheço o tal Ramiro... Se contente com o que eu disse e pague.

Conde olhou para ele como se o visse pela primeira vez.

– O pagamento vem depois, se eu fizer negócio com Raydel.

O Morcego assentiu. Parecia aliviado. E propôs:

– Vou te dizer uma coisa que vale cinco paus. Vai? – Conde esperou com paciência. – Você sabe que o Raydel não se chama Raydel?

– Fui eu que te disse isso ontem, compadre...

O Morcego coçou a cabeça, conforme cabia.

– Porra, é verdade. Foi você mesmo. O que eu ando fumando não presta. Outro dia fumei um baseado e aquele amiguinho que tá ali – apontou para trás, onde se erguia a estátua de José Martí – me falou de um monstro que come as tripas da gente...

– E você já sabe como Raydel se chama de verdade?

– Não, não sei... Nem Manduco, o outro sócio que tinha o negócio da carne bovina com ele... Foi o Albino que me disse por onde o Raydel andava, porque pra ele também não pagou um dinheiro que tá devendo faz um monte de tempo. Que filho da puta esse Raydel! Por isso mudou de nome e todo mundo tá atrás dele...

Conde assentiu.

– Amanhã vou sair pra procurar Raydel e, se o encontrar, vamos ver se fazemos negócio. Quer vir comigo?

O Morcego arregalou os olhos, quase até chegarem a um tamanho normal.

– Tá louco!... – e acrescentou, baixando a voz: – Nem Raydel nem o Manta nem ninguém podem ficar sabendo o que já abri pra você, porque senão eles me ferram, tigre, ouve bem, eles me ferram...

Conde assentiu de novo.

– E quando foi que o Albino ficou sabendo que Raydel estava com o primo dele?

– Faz mais ou menos uma semana... Disse que ia pra lá e que quando vendesse umas coisas liquidava a dívida com ele.

– Uma semana... Vai ver que já saiu voando de lá...

– E pra onde ele iria? De novo pro Oriente? Não... – o Morcego ficou pensando. – Coroa, se o Raydel tá em algum lugar é lá, naquele bairro. Aquilo é como covil de piratas...

– Mas não deve estar com a muamba lá. Nem que fosse louco...

O Morcego coçou a cabeça de novo. Talvez estivesse com dor de cabeça porque tinha pensado demais.

– É verdade... Mas nem em Santiago, né?

Conde se levantou.

– Amanhã vou a San Miguel.

– E o meu? Como você vai dar o meu se vai fazer negócio com o Raydel?

– Passo na tua casa... Palavra.

– Palavra? – o mulato mostrou todo o seu desconcerto. – Quem nesta porra de lugar tem palavra, sabichão?

– Eu – disse Conde. – E... com esses olhos de morcego que você tem... vai ter que acreditar, porque não tem outro remédio. É, a tua blusa é linda...

7

8 de setembro de 2014, dia da Virgem da Caridade do Cobre

O odor malsão da aglomeração e da pobreza interceptou o caminho deles e os afastou com o impacto de sua fetidez inconfundível, agressiva. Era uma mescla dolorosa de perda das esperanças, eflúvios trazidos pelos esgotos que fluíam através de valas descobertas, óleos fritos e refritos, vertedouros pútridos decorados por milhões de moscas zumbidoras, chiqueiros improvisados em que os porcos chafurdavam na lama e na merda.

Na noite anterior, enquanto bebia com o Magro Carlos, Mario Conde tinha se dedicado a acertar os detalhes da excursão às catacumbas da cidade como se a sua missão fosse a tomada de Berlim. Aquela embaixada temerosa revelava-se como o único caminho para chegar ao falso Raydel e à estranha Virgem de Regla de Bobby, e ele não tinha outro remédio senão transitar por ele.

Candito tinha confirmado seu êxito na busca do nome de um adventista estabelecido no "assentamento" dos orientais de San Miguel del Padrón e sua disposição para acompanhá-lo. Carlos localizou o Coelho, que confirmou presença na aventura, pois não queria perdê-la. Então definiram as últimas coordenadas e ficaram de se encontrar às nove da manhã em frente do solar do Vermelho, onde Conde os apanharia com o carro já apalavrado para a corrida, pois, apesar da disposição de Yoyi Pombo, preferiu não envolver o reluzente Bel Air naquele périplo incerto e talvez até arriscado por um mundo desconhecido.

A bordo do Studebaker desmantelado, mas ainda eficiente, dirigido pelo vizinho de Conde que ocasional e clandestinamente se prestava a esses serviços, os expedicionários percorreram uma parte da Calzada de San Miguel del Padrón rumo ao sudeste da cidade. Pouco antes de chegarem a San Francisco de Paula – povoado no qual Hemingway comprara sua Finca Vigía e vivera durante vinte anos e de onde, certa vez, Conde roubara uma calcinha que conhecera as mais íntimas intimidades de Ava Gardner –, viraram à esquerda em busca de um bairro adossado a uma colina e batizado com o apelido nada imaginativo de Alturas del Mirador. Os expedicionários puderam comprovar que de lá se tinha uma vista panorâmica do nordeste de Havana, incluindo parte da baía e o vilarejo em que se venerava a Virgem de Regla. Beneficiados pela altitude e pela distância, observaram uma cidade que parecia agradável e até acolhedora, pairando acima das turbulências.

Seguindo a indicação dos moradores, o motorista do Studebaker dirigiu através de um labirinto de ruas cheias de valas, vazamentos de água, pessoas e cães perambulando, até chegar ao último trecho transitável e que devia ser o limite da civilização ocidental. Lá Conde, Candito e Coelho desceram e tomaram uma rua de terra até a divisa do assentamento, como insistiam em chamá-lo seus moradores. Para garantir a integridade do velho Studebaker com o qual se arranjava na vida, seu proprietário ficou na retaguarda vigiando o carro.

Assim que se distanciaram cem metros da rua que um dia tinha sido asfaltada, os forasteiros compreenderam que estavam se transportando para outro universo, como se tivessem atravessado um buraco negro rumo a uma dimensão diferente do tempo e do espaço. Estavam entrando no território que Conde batizou como o mundo dos invisíveis. As ruelas de terra batida, cada vez mais estreitas e tortuosas, de traçado irregular, descreviam a moldagem da precariedade e da improvisação. De ambos os lados dos caminhos, percorridos por camalhões que tornavam praticamente impossível a passagem de qualquer veículo que não fosse um tanque de guerra, erguiam-se moradas cuja estrutura física se degradava à medida que eles enveredavam por algum dos muitos becos desgarrados daquilo que parecia ser a artéria principal do assentamento. Embora, ao entrar no arrabalde, tivessem visto algumas casas de alvenaria, inclusive com lajes de concreto, a improvisação e a pobreza logo venciam todos os censos possíveis. Cômodos erguidos com alguns blocos e tijolos, outros com madeira carcomida, alguns com chapas de zinco em diferentes graus de deterioração e outros até com pedaços de papelão. Os lugares eram cobertos com os mais diversos materiais responsáveis por proteger seus moradores da chuva e do sol: desde telhados de zinco ou madeira até coberturas de papel impermeável, chegando ao precário extremo de coberturas de lona encerada ou pedaços de plástico, presos com pedras ou vigas de ferro. As leis de urbanismo, da arquitetura e até da gravidade eram ignoradas naquele enxame de aposentos miseráveis, criando uma distribuição caótica e asfixiante.

Conde, que diariamente batia perna por Havana em busca de livros para comprar, acreditava conhecer os lugares mais degradados da cidade: os velhos bairros proletários, sempre pobres, como o próprio lugar em que ele tinha nascido e ainda morava. Em outras circunstâncias tinha visitado ocasionalmente um "assentamento" de imigrantes orientais perto de sua região, um vilarejo informal levantado num descampado entre dois setores urbanizados. Naquela área vira casas amontoadas, de parede-meia, levantadas sem ordem nem harmonia, nunca rebocadas... mas qualificáveis como casas. O que, de acordo com seus códigos, podia ser chamado de pobreza. Agora estava constatando a existência da miséria clamorosa, do subsolo havanês: as catacumbas das catacumbas.

– Que porra é essa, Conde? – perguntou o Coelho, que olhava para um lado e para o outro como se não acreditasse no que seus olhos mostravam.

– A infravida – Conde lançou sua definição possível do ambiente circundante. – É outra vida. Mas também é real.

– Isso é vida? – questionou o Coelho.

– Sim, Coelho, embora queiram torná-la invisível – falou Conde. – Eu te disse: sempre tem alguém que pode estar mais afundado do que a gente... Mais afundado do que eu, por exemplo...

– E como é que tem gente tão fodida? Aqui, neste país? A esta altura? – o Coelho perguntava, alarmado, e respondia: – Parece o Haiti, a África... ou o inferno... E olha que eu nasci num lugar de merda, pobre... mas, porra, ao lado disto minha casa era o Taj Mahal, cara...

– Você não sabe o que é pobreza, Coelho – interveio Candito finalmente, motivado a sair do seu mutismo observador.

Logo os forasteiros ficariam sabendo que aquele lugar tinha começado a se povoar na década de 1990, quando se iniciara a Crise, e um grupo de pessoas do oriente do país, buscando alguma solução para a penúria, migrou para a capital. Os exploradores esperavam encontrar uma maneira de sobreviver e, por necessidade ou por geração espontânea, foram dar naquele território despovoado, uma espécie de terra de ninguém onde se empenharam em se estabelecer com a pétrea obstinação daquilo que na realidade sua decisão implicava: questão de vida ou morte. Com papelão, pedaços de madeira e tiras de zinco, os párias levantaram as moradas fundadoras e cavaram as primeiras fossas para depositar seus dejetos corporais. Então tinha começado uma luta surda pela sobrevivência, da qual a maioria dos habitantes do país nunca teve notícia, pois não houve notícias, como se os palestinos da ilha nem sequer merecessem aquela condição. Em se tratando de uma ocupação ilegal de terrenos do Estado, as diversas autoridades envolvidas na questão, inclusive a polícia, começaram a fustigar os ocupantes, pretendendo tirá-los daquele lugar. Mas a cada tentativa de despejo a resposta era o retorno dos desalojados, sempre acompanhados por novas famílias de desesperados que continuavam chegando de todas as partes do país e se somavam aos fundadores. Em uma noite ressuscitavam suas casas rústicas onde as anteriores tinham sido derrubadas e erguiam outras novas em lotes contíguos, lá se estabelecendo, como conquistadores que eram. Diante das tentativas cíclicas de expulsão, os moradores do arrabalde sem nome começaram a colocar em frente das ofensivas das forças da legalidade as barricadas da necessidade, constituídas por cordões de crianças e mulheres, melhor se grávidas, destinados a impedir o avanço dos carros de polícia e das niveladoras sem alma dos contingentes de construtores transformados em destruidores. A luta durou vários anos e o que a manteve foi a ausência de outras opções para pessoas decididas a sobreviver, mesmo sem água, esgoto, eletricidade, até sem a caderneta que garantia aos cidadãos da nação uma quota de sobrevivência oferecida a preços subsidiados. Foi uma luta em que os agredidos não tinham volta, e nessa condição apoiavam-se seu empenho e sua força. Graças a tanta perseverança e desespero obtiveram sua vitória de Pirro: diante da impossibilidade de lhes oferecer qualquer alternativa com um mínimo de dignidade, alguém decidiu olhar para o outro lado e deixá-los viver ali sua existência precária, desde que fossem invisíveis. Com a trégua começou o auge do "chega e põe"*, como também era chamado, em virtude de sua conjunção de ações (chegar e instalar-se), na época em que se fomentava uma estranha organização na qual cada família se assumia como proprietária de um lote com o espaço necessário para construir sua morada e alguns metros adicionais para criar um porco ou plantar algumas bananeiras destinadas a aliviar a subsistência. Com ligeiras variações, essa foi a história da origem dos diversos assentamentos que, como pústulas, cresceram na periferia da cidade: e só vários anos depois de seu surgimento tiveram alguns relances de visibilidade porque já eram patentes demais.

Respondendo a seu treinamento genético, Candito assumira o papel de líder da expedição. Recuperou o léxico de seus tempos de lutador das ruas e dirigiu-se a alguns dos muitos moradores do assentamento que circulavam pelos caminhos.

---

* No original, "*llega y pon*", literalmente "chega e põe" ou "chega e instala", nome dado às aglomerações marginais clandestinas formadas nas periferias das cidades cubanas a partir dos anos 1990, por referência à maneira pela qual se constituíam, descrita no texto. (N. T.)

Afinal um deles, depois de examiná-los várias vezes com o olhar, dignou-se a lhes indicar os lados em que morava Oriol, o Santo, como fora apelidado o adventista do qual traziam uma referência. Com aquela orientação enveredaram por uma passagem estreita e íngreme à beira da qual corria um córrego intermitente de águas fétidas, junto das quais as crianças brincavam. Pelo visto, o entretenimento da temporada era jogar bolinha de gude, que em algumas semanas dariam lugar aos piões, que seriam substituídos pela competência em empinar pipas, que por sua vez seriam abandonadas pela febre da amarelinha: como sempre acontecera ao longo dos anos e com a persistência da necessidade de viver, crescer, existir, mesmo em meio à merda.

Depois de outras averiguações produtivas, encontraram a casa de Oriol, chamado "o Santo". Como tantas outras, era de madeira e papelão, com piso de terra batida. O homem os recebeu na porta e, depois que Candito se identificou, os fez entrar no único aposento que compunha o domicílio: um barraco de uns cinco metros por cinco, no qual havia duas camas, uma mesinha, um fogão e três cadeiras, embora Conde tenha anotado mentalmente dois detalhes: não se via banheiro, mas sim uma televisão, um aparelho de DVD e um enorme gravador ladeado por duas caixas de som gigantescas.

Oriol Santo era um branco pálido, de uns trinta anos, cabelo cortado à escovinha e olhos de animal manso. Falava com um forte sotaque oriental, engolindo todos os esses possíveis e até os impossíveis, mas em ritmo pausado, com toda certeza influenciado por sua militância religiosa. Enquanto coava o café, que insistiu em oferecer aos visitantes, foi lhes entregando fragmentos da vida e dos milagres do assentamento. Fazia apenas alguns meses que morava ali, mas sabia por outros moradores que havia alguns anos as casas tinham eletricidade porque um homem do bairro, eletricista eficiente e prestativo, arriscara a vida puxando cabos que vinham das linhas de Alturas del Mirador. Desde então, todos eram iluminados com energia roubada, pois, mesmo que quisessem, não podiam pagá-la. O problema, dizia Oriol, era que, como não tinham contratos legais de moradia nem documentos que legalizassem e aceitassem sua permanência na capital, não podiam ter acesso ao serviço regular da empresa de eletricidade. Com a água tiveram mais sorte: alguém da Divisão de Recursos Hidráulicos se compadecera deles e fora baixado um ramal a partir da tubulação de alimentação mais próxima, com a distribuição de conexões por alguns pontos do assentamento, de onde os habitantes do lugar puxavam canos até suas casas: graças a isso, dia sim dia não a água corrente lhes chegava por quatro ou cinco horas. Por outro lado, as escolas dos bairros próximos, conforme houvesse vagas, matriculavam as crianças, em caráter temporário mas ao mesmo tempo indefinido, e as policlínicas da região garantiam-lhes atendimento médico, inclusive vacinação dos menores.

O principal problema com que os "assentados" tinham de lidar era a compra de alimentos, especialmente leite para as crianças, pois, como não tinham documentos legais do Instituto da Moradia, também não lhes concediam a caderneta de abastecimento... Aquilo era um país dentro e ao mesmo tempo fora do país.

Acomodados nas cadeiras, os forasteiros ouviam as penúrias e os sucessos daqueles imigrantes em sua própria terra. Depois que lhes serviu o café em copos de vidro, Oriol se acomodou no canto de um dos catres. Então Conde notou que os dois leitos estavam cobertos com colchas limpas incrementadas com bordados coloridos. A parte invencível da alma humana.

Candito resolveu entrar no assunto: estavam ali porque andavam à procura de Ramiro Gómez, vulgo "Manta", e sobretudo de um amigo dele que atendia pelo nome de Raydel, mas na verdade não se chamava Raydel e só Deus sabia como ele se chamava de fato.

Oriol sorriu ao ouvir a intenção dos visitantes.

– Raydel eu não conheço... mas Ramiro Manta... esse é o pior dos piores.

Conde achou que devia intervir.

– Qual a ocupação desse sujeito?

– O que aparecer... Com certeza alguma coisa com drogas... Bom, também é um dos administradores do cassino.

– Cassino?

Oriol Santo passou a mão no cabelo eriçado. Sabia que, para aqueles *aliens*, a vida do assentamento funcionava com códigos criptográficos.

– Vejam, vocês já devem ter percebido que as coisas aqui funcionam de outra maneira, quase com outras leis... Muita gente que vive no assentamento não trabalha para o Estado porque não se interessa pela miséria que ele paga ou porque não tem permissão para trabalhar. Como muitos não têm residência em Havana, também não lhes dão trabalho... Trabalhos oficiais, quero dizer. Mas aqui tem de tudo: desde bandidos e comerciantes de qualquer tipo até pessoas decentes que ganham a vida fazendo serviços de pedreiro, capinador, mecânico, catador de lata e papelão. E, para vocês verem como é essa loucura, também moram policiais, guardas, inspetores, um advogado... Mas, se pessoas como essas querem morar aqui, elas têm que aceitar as regras do jogo e ser o que são apenas fora do bairro. Este é um território apache, como se diz. Aqui se vende de tudo o que é possível imaginar: carne bovina, filmes pornográficos, material de construção. Há prostitutas profissionais e ocasionais, e droga, é claro, embora tenham muito cuidado com isso porque sabem que lá fora – apontou para a cidade, o outro planeta – esse assunto incomoda... Ah, e quase todo mundo joga... no bicho, baralho, dominó, apostam até no número de filhotes que uma cadela pode parir. Por isso, os que controlam esse negócio, para não arranjar mais problemas, tiveram a ideia de comprar um pedaço de terreno onde havia um barracão como este e montar um cassino de jogo. A lógica é simples: se algum dia a polícia descobrir, todo mundo sai correndo para qualquer lado e desaparece, porque vocês viram que isto parece um labirinto. Como a casa é de todos e de ninguém, não pode ser confiscada de ninguém, e, se alguma coisa for perdida, serão baralhos, jogos de dominó, essas bobagens. E dali a uma semana eles voltam e abrem o negócio de novo... Ramiro Manta é um dos organizadores... Ele tem o monopólio da cerveja e do rum vendidos ali. E, como eu já disse, acho que também anda metido com drogas... Um magnata!... Mas, bem... – Oriol fez uma pausa mais longa antes de continuar –, nem Ramiro nem ninguém pode ficar sabendo que eu contei essas coisas.

Conde, Candito e o Coelho ouviam atônitos as estratégias utilizadas pelos habitantes do assentamento. Na verdade, de tudo o que tinham visto na vida e na cidade deles, aquele lugar era o que mais se aproximava do Velho Oeste: um território sem lei. Ou com sua própria lei.

– Mas as pessoas sabem que viemos falar com você – Conde avisou.

– E eu lhes disse onde mora o Ramiro porque vocês estão procurando por ele para fazer um negócio... – sugeriu o Santo, e todos acharam razoável.

– E onde encontramos esse indivíduo? – perguntou Conde.

– Desçam até a rua principal. Subam o morro e na última travessa à esquerda caminhem até a última casa... Ramiro mora ali porque de lá se enxerga quase todo o assentamento e do outro lado ficam umas terras cheias de pedras e de arbustos de marabu, com uns espinhos assim, onde nem Deus se mete e é fácil desaparecer...

Depois de agradecer a Oriol o café e a informação, Conde e seus amigos voltaram pelo mesmo caminho em que tinham vindo, em busca da artéria principal do arrabalde sem nome.

– Cavalheiros – advertiu então o Coelho –, vocês repararam que em quase todas as casas se vende alguma coisa?

E apontou os locais de venda de comida, objetos, roupas, diante de muitas das construções precárias.

– Já imaginaram como deve ser isto quando chove? – disse Candito, coçando os braços.

– E se vier um ciclone? – continuou Conde, mais apocalíptico.

– Que Jeová os proteja – Candito murmurou baixinho, pensando que aquelas pessoas talvez fossem invisíveis até para o próprio Criador.

O caminho principal pelo qual avançavam tornou-se íngreme quando deixaram para trás a área mais central e comercial do assentamento, onde havia cafeterias improvisadas, maior densidade de locais de venda e um tráfego incessante de gente. Conde notou que tanto se viam pessoas com roupas muito desgastadas e miseráveis quanto jovens de jeans e camisetas brilhantes da última moda, inclusive as imitações do Real Madri e do Barcelona, que agora se encontravam por toda a cidade. O policial que ele a contragosto ainda levava dentro de si perguntou-se de onde vinha o dinheiro para que todos aqueles negócios precários subsistissem e para que alguns se vestissem de maneira tão alheia ao contexto. E repetiu para si mesmo a pergunta que se fazia com insistência inquisitiva: quem afinal trabalha neste país? Como sempre, ficou sem resposta.

Ofegantes, chegaram ao fim da subida e encontraram a trilha aberta à beira de um território descampado, coberto por uma vegetação hostil. As moradias naquela região talvez fossem as mais pobres do bairro, quase todas de papelão e plástico enfiados em estacas.

A última casa do caminho, bem atrás da qual começava o terreno pedregoso e desabitado do qual falara Oriol Santo, era a única daquela parte do bairro construída com blocos e coberta com telhas onduladas de fibrocimento. Embora as paredes não fossem rebocadas, sua solidez era evidente. Perto da casa, sentado numa cadeira encostada numa mangueira, viram um mulato de olhos verdes que parecia uma réplica melhorada do Morcego, e Conde teve certeza de que se tratava de Ramiro, vulgo "Manta". Sem dar tempo para que o outro pusesse seus neurônios para funcionar, o ex-policial o abordou.

– Ramiro, queria falar com você...

Ramiro moveu os lábios e ofereceu o brilho de uns dentes dourados, como a corrente grossa, talvez até de ouro, que lhe pendia do pescoço e lhe caía sobre o peito nu. Ramiro transpirava segurança e até uma evidente sensação de impunidade.

– E quem é você?

– Alguém que quer fazer negócios...

– Eu não faço negócios.

Conde vasculhou as profundezas de sua educação sentimental de grosseirão e, antes de voltar a falar, cuspiu para o lado, lançando a saliva à maior distância possível.

– Vou te fazer ganhar dinheiro.

– Não me interessa...

– Um dinheiro que é teu e...

– Meu?... Que negócios são esses? – por fim Ramiro se levantou e avançou alguns passos na direção dos recém-chegados.

– Negócios de muito dinheiro... Joias, por exemplo.

Ramiro, calculista, examinou Conde. Parecia menos elementar, mais ardiloso, mais duro do que o Morcego. Seus olhos verdes no rosto acobreado contribuíam para dar aquela impressão um tanto diabólica.

– Não é meu ramo...

– Pode ser, mas é isso que Raydel, teu sócio, tem agora... As joias que roubaram do namorido do Raydel e que valem uma nota...

Ramiro manteve-se em silêncio, devia estar concluindo que, se aqueles homens tinham chegado até ele, era porque sabiam de alguma coisa de suas relações com Raydel.

– Vamos lá, vamos falar claro e deixar de besteira – interferiu Candito, esfregando as mãos, como se quisesse fazer fogo, para terminar a ação com uma sonora palma. – Nós não somos tiras. Se fôssemos policiais, isso você sabe melhor do que o abecedário, não íamos chegar aqui, três velhos de merda contando essa história. É isso – Candito levantou a camisa para mostrar que não estava armado. – Mas sabemos que Raydel, ou seja qual for o nome dessa criatura, esteve aqui com você depois de pelar o veado com quem ele vivia. E antes que ele comece a vender as joias que roubou queremos fazer um acerto com ele... e com você. Fazer negócios. Pra começar, onde se enfiou o Raydel?

Ramiro Manta tirou um cigarro do maço que levava no bolso da calça larguíssima que lhe caía até o último ponto de apoio dos quadris, deixando visível o rego de pelos crespos que lhe descia por detrás da cintura da cueca Dolce y Gabbana. Acendeu o cigarro e soltou a fumaça para o alto. Estava pensando.

– Não sei do que estão falando... Não conheço nenhum Raydel – disse por fim.

Conde sorriu, balançou a cabeça e fez um gesto para Candito interferir.

– Vamos lá, Ramiro, vamos falar mais claro ainda... Sabemos que Raydel esteve aqui com você e sabemos que ele quer vender o que roubou pra pegar uma lancha e se mandar pra Miami. Mas sabemos também que as coisas que valem mais ele não pode vender pra qualquer um, muito menos pro pessoal que conheceu por causa do namorado, uns caras que têm grana e fazem esse tipo de negócio, porque vão denunciá-lo... Esses caras cuidam uns dos outros, têm sua própria máfia e pra eles vocês são baratas que é melhor esmagar...

– Devagar, coroa – resmungou Ramiro. – Devagar...

– Não fique nervoso, compadre... Porque a gente não cai nessa... Estamos aqui pra entrar nessa mamata... e porque, se Raydel fizer negócio com a gente, você pode ver quanto vamos pagar pra ele e pegar a sua parte... e a do Morcego, se quiserem dar alguma coisa pra ele, mas isso é assunto de vocês. Porque, além do mais, nós sabemos que você estava com o Raydel no dia que roubaram o namorado dele... Viu como a gente sabe bastante?

– O que aquele cego de merda disse pa' vocês? Ele disse que eu estava no lance? – Ramiro parecia incomodado, mas ao mesmo tempo tinha mordido a isca, conforme a previsão de Conde.

– Não precisava... a gente sabe que a limpa foi feita entre os três porque um vizinho viu e contou pro namorado do Raydel... – Conde improvisou. – E descreveu vocês dois, porque o Raydel ele já conhecia, claro.

– E como é que vocês sabem de tudo isso? – Ramiro voltou a apertar os olhos. Sem dúvida era um homem que pensava depressa e talvez devesse à sua inteligência a proeminência comercial de que desfrutava no "chega e põe".

– Porque eu conheço o namorado do Raydel – disse Conde. – Ele me contou que tinha sido roubado e... Compadre, vou precisar repetir? Meu interesse é fazer negócios... E pra isso tenho que encontrar o Raydel. O resto é problema de vocês, do namorado do Raydel, da polícia... Onde é que tá o Raydel, porra?

Ramiro observou os três visitantes e acariciou a grossa corrente de ouro contra o peito desprovido de pelos. Demorou um tempo. Por fim deve ter calculado que não tinha nada a perder, e sim alguma coisa a ganhar.

– Se de fato querem fazer negócios, podemos conversar... mas se estão pensando em me ferrar... Sou pior do que aids...

– Isso nós também sabemos – disse Conde, e se dispôs a ouvir.

Ramiro esmagou o cigarro e olhou a paisagem de telhados improvisados que se estendia diante dele.

– Raydel esteve aqui, mas está sumido faz uma semana... Ele é assim, aparece e desaparece como se fosse um fantasma sacana... Disse que tinha um comprador prum carregamento de coisas... também umas joias... e depois o louco evaporou. Não quero nem pensar que ele me deu uma rasteira e foi embora pa' Miami, que é o que ele sempre quis, porque se ele me ferrou...

– Uma coisa – interrompeu Conde. – O ex-namorado do Raydel me disse que teu sócio não se chama Raydel.

Ramiro sorriu.

– O sujeito sabia?... Bom, o idiota do Raydel se chama Yúnior e é um filho da puta, apesar de ser filho da minha tia... Que, aliás, é puta de verdade... Quando veio fugido pa' Havana eu botei ele pa' morar comigo e consegui pa' ele o negócio de vender carne bovina.

– De quem ele estava fugindo? – Conde quis saber. Daquele dado podia depender muito a qualificação de Raydel, que na verdade se chamava Yúnior, e talvez até suas ações.

– De um sujeito que ele trapaceou lá em Santiago. Não sei bem como foi a encrenca, mas teve até tiro...

– Yúnior andava armado?

Ramiro riu.

– Não, o sujeito que ele ferrou. Yúnior ficou com tanto medo que mudou de nome e veio pra cá... O problema desse meu parente é que ele tem a língua muito comprida. E acha que pode ferrar todo mundo. Pois se ele acha que vai me derrubar... agora vai ter até que fazer cirurgia plástica... até aquela operação que tiram o pau do cara e fazem uma buceta lá embaixo...

– E o que aconteceu aqui em Havana?

– Bom, com o negócio da carne bovina ele conheceu a bicha velha que se apaixonou por ele... Ganhou na loteria, porque o sujeito dava pra ele uma vida de príncipe. Mas, quando o velho foi passear em Miami, ele disse pra mim e pro Morcego que queria dar o golpe e precisava da nossa ajuda... O que ele mais gosta é de ferrar os outros... Mas no dia da limpa, com caminhão e tudo, não vi o Yúnior pegar joia nenhuma. Pegamos móveis, objetos de decoração, uns quadros, pratos, tudo o que parecia ter algum valor... e tinha uma pá de coisas. Até uma Virgem de Regla enorme...

Conde assimilou o dado.

– Vocês roubaram uma Virgem de Regla? Com essas coisas não se brinca... – tentou parecer assustado.

– O Yúnior disse que queria a Virgem pa' ele. Que ele era muito chegado naquela Virgem.

– E o Yúnior vendeu tudo aquilo? – Conde sondou.

– Quase tudo... menos uns enfeites que pareciam caros, os quadros, as tais joias que eu nunca vi e a Virgem. Ele tinha uma cisma com ela, disse que a tal santa tem poder e sei lá que outra história torta a bichona de quem ele comia o cu foi contar para ele... Ah, bom, porque agora o Yúnior também é crente... pelo menos é o que ele diz. Mas não estou nem aí, não acredito nem na minha mãe e menos ainda num pedaço de pau seco com cara de Virgem...

– E ele dividiu com vocês? – continuou Conde.

– Sim, mas não pegamos muito, tivemos que vender as coisas quase correndo. Onde a gente vai esconder uma mesa com seis cadeiras e uma cama com colchão e tudo, porra?... Ou um jogo de taças?... E combinamos que, quando ele liquidasse os enfeites bons, a gente ia repartir de novo... mas o Yúnior nunca falou de joias caras. Só um relógio e uma pulseirinha de ouro que ele me mostrou. Nada grande. Nem correntes ou anéis bons ou coisas assim... – e ergueu a corrente que tinha no pescoço.

– Pois o sujeito que vocês roubaram disse que havia coisas que valiam uma nota – interveio o Coelho, assentindo com insistência.

– O quê, por exemplo? – perguntou Ramiro.

– Isso, correntes, anéis, uns colares de pérolas da avó do Bobby, relógios antigos, um crucifixo de ouro – Conde acumulou valores e por fim soltou: – Duas pulseiras de diamantes...

Dessa vez, Ramiro reagiu prontamente:

– Que filho da puta!... Ele não disse picas pra nós...

Conde remexeu a terra com o pé, olhou para os olhos verdes de Ramiro Manta.

– Tem muita grana nisso tudo, Ramiro... Se você não viu as joias, é porque seu parente pegou sem dizer nada... Mas, se a polícia pegar Raydel ou Yúnior, vai devolver tudo pro bicha e, além do mais, vocês, os três, vão pra cadeia, porque, bicha e tudo, aquele sujeito tem contatos importantes... Então, convém fazer negócios com a gente ou não...? Vai nos ajudar a encontrar aquele sacana ou não?

– Já? – ao ouvir a voz, virou-se no banco que tinha escolhido, de frente para o altar.

– Ainda – respondeu ele.

Conde tinha frequentado a igreja até, aos sete anos, feita a primeira comunhão, terminar suas relações transcendentais com qualquer religião. O acordo a que chegara com a mãe ainda lhe parecia de uma maturidade incongruente com o momento de sua vida em que o estabelecera: ele agradaria à mãe assistindo ao catecismo e o faria até o momento em que comungasse. Depois, as manhãs de domingo voltariam a ser para atividades mundanas que, na realidade, se resumiam a uma só: jogar beisebol nos descampados do bairro com o bando de moleques vagabundos que eram seus amigos e que viviam, como ele, a paixão indomável por aquele jogo que costumavam levar tão a sério. Como se fosse sua religião. Ou porque era sua religião.

De sua experiência mística pautada, Conde conservara alguns benefícios que o acompanharam por anos. Um foi o constante deleite com a atmosfera de paz e harmonia que em geral lhe ofereciam os interiores dos templos católicos. Sentar-se diante de um altar, por mais modesto que fosse, trazia-lhe uma sensação física e mental de bem-estar que ele se empenhava em não relacionar a nenhuma comunicação com o intangível, pois já havia muitos anos tinha se declarado partidário do agnosticismo: não acreditava em Deus e tampouco acreditava na existência de buracos negros no espaço. Ninguém jamais os vira, e tanto as revelações de um quanto as equações matemáticas empenhadas em afirmar a existência dos outros podiam ser logros supremos. Das igrejas – mesmo que preferisse manter-se longe delas, por via das dúvidas –, especialmente daquele templo modestíssimo de seu bairro, recebia algo dérmico, sensorial, talvez estético, ou até místico, capaz de reverter-se em tangível paz espiritual por simples contraste com o que se vivia, em ritmo desenfreado e agressivo, do outro lado de paredes onde cada vez mais imperavam a sordidez, a pressa, a competição: a luta pela sobrevivência terrena.

O outro benefício concreto fora o estabelecimento de uma relação mais próxima da amizade do que da congruência de pensamentos místicos que desde a infância conseguira manter com o inesgotável padre Mendoza, o cura que casara seus pais, batizara Conde, catequizara-o, confessara-o, dera-lhe a comunhão na pequena paróquia do bairro e depois vira o menino dizer-lhe adeus para se lançar na descrente liberdade das ruas.

Aos noventa anos, o velho sacerdote continuava na ativa e dono do mau humor de sempre. Nos últimos tempos, um padre mais jovem o ajudava nos trabalhos pelas paróquias da região, mas Mendoza avisava que sua igreja continuava sendo *sua* igreja; e seus paroquianos do bairro, propriedade inalienável com a qual mantinha uma interação sempre polêmica por causa de seu caráter, mais próprio de um vaqueiro de reses selvagens do que de um pastor de almas, apesar de ser dono de uma bondade às vezes oculta, na verdade sempre disposta. Exceto com o Condecito: a ironia e a desenvoltura do "menino" tinham criado as bases de uma relação diferente, mais de iguais, com a qual os dois se sentiam confortáveis.

E, cada vez que Conde se enredava em assuntos em que aparecia o transcendental, consultar o padre Mendoza era uma etapa importante de sua peregrinação dedutiva e informativa.

– Mas você está mais próximo? – continuou o cura.

– Pode ser... Será porque estou envelhecendo?

– O cheiro da tumba ajuda muita gente... mas para você ainda falta um pouco para ir embora daqui – o pároco falava e caminhava para ele, com um livro debaixo do braço e arrastando um pouco os pés.

– Não creia... Não sou você. Estou um caco... O que não sei é por que todo o mundo deu pra me converter.

– Para te salvar, meu filho.

– Nem tente. Eu não tenho salvação.

Os diálogos entre o sacerdote e o ex-catecúmeno costumavam ser crípticos e argutos, e toda a conversa se erigia sobre uma aposta: antes de morrer, dizia Mendoza, veria Conde voltar ao rebanho. Talvez por isso retardasse sua subida aos céus ou sua queda no círculo infernal destinado aos iracundos.

Conde observou o rosto cada vez mais flácido, percorrido por vincos e rachaduras, do sacerdote. Concentrou-se em seus olhos, de conjuntivas avermelhadas e pupilas lacrimejantes, com a íris de um preto cada vez mais esmaecido. E não invejou muito a possibilidade terrena de alcançar números tão elevados de anos vividos. Para ele a imagem da velhice não era venerável, mas sim bem triste, fonte de todos os desgastes dos quais ele próprio já vinha sendo alvo.

– Como vai, padre?

– Fodido. Agora quem está me dando trabalho é a próstata.

– E o que diz o médico?

– Que está bastante bem... É para tomar água o mais que puder para mijar muito, porque gastar remédio comigo é desperdício.

– Isso é verdade – Conde concluiu, para satisfazer as expectativas do cura. – E o que anda lendo?

– Relendo... O *Libro de buen amor*, do Arcipreste de Hita.

– Quase ninguém mais lê isso.

– O escritor era um colega, não é?

– Também vou ter que reler.

O padre Mendoza tinha se acomodado no banco e, para ver seu rosto, Conde se virara um pouco para ele.

– E, diga lá, se não veio se confessar nem se prostrar diante de Deus, que raios você quer então? Falar de literatura medieval?

Conde afastou os olhos do rosto enrugado do sacerdote antes de responder.

– É que outro dia eu vi o diabo e hoje estive no inferno...

O cura sorriu.

– E te deixaram voltar?

Conde assentiu várias vezes.

– O diabo quis me assustar, mas eu não dou moleza... Como estava sem tinteiro, joguei uma esferográfica na cabeça dele... O que me arrasou de verdade foi que estive num "chega e põe", um bairro daqueles formados pelos que vêm do lado oriental da ilha para Havana...

– Qual deles? – quis saber o sacerdote.

– O que fica pros lados de San Miguel del Padrón, depois de passar San Francisco de Paula... Padre, dos lugares que já vi em Cuba aquele é o mais parecido com o inferno.

– Já me falaram desses bairros. Nesse há um cura jovem que está tentando entrar, mas ele diz que não é fácil.

– Fácil não é... é terrível. Os protestantes também não conseguiram se introduzir...

– Pobre gente... Depois de tantos discursos e promessas...

Conde contou alguns detalhes do que tinha visto de manhã, ainda mexido pela impressão que lhe provocara o assentamento e pelas torrentes de adrenalina que a polêmica com Ramiro Manta o fizera secretar.

– E o que você foi procurar lá? – quis saber Mendoza.

– Uma Virgem – lançou ele, e esperou o efeito que suas palavras deveriam provocar, mas Mendoza era astuto demais para cair em qualquer armadilha e apenas comentou:

– Espero que a tenha encontrado... Pelo que sei, salvo exceção, todas as mulheres nascem virgens, até deixarem de ser... cada vez mais jovens, aliás. O mundo está perdido...

A contragosto, Conde sorriu.

– Padre, preciso de sua ajuda...

Enfiou a mão no envelope em que levava as fotos de Bobby com a Virgem e tirou a da escultura negra em primeiro plano. Estendeu-a para o cura, que na mesma hora se pôs a observá-la.

– Não precisa mais de óculos?

– Depois que fiz a operação, enxergo bem de perto. De longe, não vejo nem minha salvação – afirmou o cura, sem deixar de olhar para a imagem, até que perguntou: – Onde você arranjou isto?

– É a Virgem de Regla de um amigo meu. Uma relíquia familiar. Roubaram dele...

– E quem disse que é uma Virgem de Regla?

– O dono... se é negra... que outra Virgem há de ser?

Conde o colocava à prova, mas o cura negou com a cabeça e voltou a observar a foto.

– A Virgem de Regla não é a única imagem negra, há...

– Sim, já sei que na França, na Espanha há outras... A de Montserrat. E há versões africanas de Maria que também são escuras.

– Sim, há muitas Virgens negras... – confirmou o padre Mendoza. – Também na Polônia e na Alemanha... mas esta se parece mais com a imagem de Montserrat do que com a do Santuário de Regla... o daqui e o da Andaluzia.

– Mas se foi feita por algum artesão cubano no século XIX... Em sua maioria eram negros libertos, e ele talvez tenha copiado um modelo...

Mendoza assentiu, mas negou imediatamente.

– E se não tiver sido feita por um artesão cubano no século XIX? Isto parece mais antigo, não sei... E não tem jeito de ser nada cubano...

Conde tirou do bolso seus óculos de leitura e tomou a foto das mãos do pároco. Observou de novo a imagem negra.

– O que está querendo dizer, padre? Que pode ter vindo da Espanha? Da Andaluzia?

Mendoza demorou para responder.

– Uma foto não diz muita coisa. Seria preciso ver de perto... em pessoa, não é? Porque, para começar, seria bom saber duas coisas: se originalmente a imagem era negra ou se escureceu com o tempo, com o verniz, com a oxidação da madeira... Porque na Espanha há Virgens pintadas de preto, outras que escureceram, como é o caso da Virgem de Montserrat, e também há Virgens negras negras, por assim dizer... Negras de verdade.

– Então a Moreneta não é negra de fato?

– Não, de início não era... Mas, bem, se for uma Virgem de Regla, como você diz, é muito singular e eu diria que muito antiga e uma versão livre. Porque a Virgem de Regla sempre aparece representada em pé, e o menino Jesus tem o rosto branco... E, se não for uma Virgem de Regla, que é o que eu acho, pode ser mais singular e mais antiga ainda... fez uma pausa, refletiu e concluiu: – Mas não, não creio. Não há muitas Virgens negras autênticas, e as que existem não estão assim, espalhadas por qualquer lugar... As verdadeiras são entalhes medievais, românicos... Têm quase dez séculos, rapaz...

– Então?

– É, o que pode ter acontecido é que o artesão, lá na Espanha ou aqui em Cuba, se inspirou na Virgem de Montserrat ou em alguma da mesma escola para fazer esta, achando que por serem negras eram todas iguais... Ou porque o entalhador era catalão e entregou ao cliente, como sendo uma Virgem de Regla, o que na verdade era uma réplica de sua Virgem, lá da terra dele, onde há outras Virgens negras. De todo modo, é estranha essa imagem... Como diabos você disse que seu amigo a conseguiu?

– Ele contou que herdou da avó, que tinha herdado não sei de quem... Disse também que dá na mesma que seja um entalhe cubano ou andaluz...

Mendoza olhou de novo a imagem.

– No Santuário de Regla há um cura jovem... jovem porra nenhuma, deve ter a tua idade – corrigiu-se Mendoza. – Ele conhece bastante o assunto porque está lá há mais de vinte anos e resolveu estudar essas Virgens escuras. E sabe mais do que eu sobre isso... Se quiser falar com ele, diga que fui eu que te mandei. Gonzalo, padre Gonzalo Rinaldi – repetiu, enquanto devolvia a Conde os cartões impressos. – Por tudo o que há de mais sagrado, Conde, pois ontem foi 7 de setembro, dia da Virgem de Regla! E hoje é dia da Caridade do Cobre! Ai, minha nossa, minha memória! Já estou gagá!

Conde sorriu.

– E não tem missa pela Caridade?

Mendoza também sorriu.

– Claro, claro que tem missa... Será que estou com Alzheimer ou estou ficando idiota?... Meu ajudante vai oficiar a missa de hoje, às cinco... Ufa, que alívio... E, bem, já que você está aqui, que eu tenho tempo e você tem tempo, que lá fora está um calor criminoso, que hoje é dia da Virgem da Caridade do Cobre e seus pais eram devotos dela... por que não aproveitamos para você se confessar? Você me faz uma síntese, vá...

Essa proposta não podia faltar em cada encontro com Mendoza. E o pecador desconfiava que o cura tinha mais curiosidade mundana do que empenho pastoral em conhecer o abundante acúmulo de pecados de seu ex-catecúmeno.

– Não dá tempo, padre, nem pra um resumo... Vou viajar na semana que vem. Finalmente vou pro Alasca.

Mendoza mostrou os dentes brancos, uniformes, ostensivamente falsos.

– Não era você que dizia que podiam enfiar o Alasca no cu?

– E continuo dizendo, padre... Me dá sua bênção?

– Claro, filho... Vá para o Alasca com Deus. E com a Virgem... quer dizer, se a encontrar.

A noite, candente e pegajosa, alertava para a persistência das canículas de verão que geralmente se estendiam até outubro ou até quando quisesse o clima do trópico. Conde, Coelho e Carlos, sentados na varanda da casa do Magro, beneficiavam-se dos esforços de um velho ventilador chinês, sobrevivente de muitos combates, e tomavam em copos altos o suco das goiabas compradas por Conde e batidas por Josefina, com muito gelo. Carlos o engolia com esforço, como se fosse um elixir curativo, e o Coelho tomava-o em grandes goles, quase sem respirar, mas disposto a superar o transe. A ideia de que naquela noite só tomariam suco fora imposta por Conde, pois sentia-se tão exausto, física e emocionalmente, que resolvera fazer jejum alcoólico e melhorar um pouco – se fosse possível – sua saúde e a velhice que logo estrearia, como o fez lembrar o Magro Carlos.

– Seu animal – chamou-lhe a atenção –, falta um mês e um dia para o seu aniversário.... Temos que preparar a festa e...

– Que festa que nada! Que porra eu vou comemorar, hein? O fato de esse aí querer ir pro caralho? – apontou para o Coelho. – O fato de os orientais viverem como vivem naquele bairro imundo? – a visita ao assentamento dos orientais lhe deixara um gosto ruim persistente na boca e uma ferida na sensibilidade. Conde crescera num país que, com muito esforço e vontade, tinha feito a miséria retroceder. Quando era menino, lembrava, em sua casa – onde nunca houvera abundância – falava-se de famílias que eram muito pobres, e um dos exemplos era o clã do Coelho. Na época, o amigo morava com a família num quarto pequeno, de tijolos sem revestimento e telhado de fibrocimento que, com muito sacrifício, eles foram melhorando, nos tempos em que com o salário do pai esse esforço era árduo, mas possível. Depois o qualificativo de "gente pobre" foi caindo em desuso para a sociedade doméstica, pois de um modo ou de outro as pessoas conseguiram ir melhorando de vida, superando os níveis de suas origens, ganhando, se não em conforto, pelo menos em dignidade.

Na ilha, na verdade, todos eram mais ou menos pobres. Conde sempre recordava os anos em que só tinha um par de botas russas, mais duras que o gelo da Sibéria, e uns mocassins de plástico capazes de fazer crescer cogumelos pintalgados entre os dedos dos pés. Contudo, todos tinham também oportunidade de ascensão. Como muitos outros, um sujeito como o Coelho, filho de pais quase analfabetos, acabou formado em História e dono de sonhos de futuro, apesar de alguns, como Candito, só a duras penas terem conseguido superar a marginalidade original e persistente, pegajosa como sanguessuga... No entanto, nos últimos anos, Conde e seus conterrâneos tinham sido testemunhas de uma distensão social que alçava uns e submergia outros. Se os que ascendiam o faziam por esforço, vontade, criatividade, Conde achava que era uma recompensa merecida. Mas os que desciam, abduzidos pelas circunstâncias, eram para ele vítimas inocentes arrebatadas pela fatalidade, pela política e pela História. E homens, mulheres e crianças refugiados num "chega e põe", chamado de assentamento com vão eufemismo, foram um insulto excessivo para sua capacidade de tolerância.

A tristeza de Conde conseguiu contagiar os outros, pois a noite foi consumida pelo relato da experiência vivida, para que Carlos tivesse uma dimensão do abismo por onde os amigos tinham passeado. A única coisa capaz de animar um pouco a conversa foi a ratificação do padre Mendoza de que as ressalvas do Coelho e de Candito quanto à identidade da Virgem negra pareciam bem fundamentadas.

– Eu sabia que essa Virgem estava esquisita... – opinou o Coelho, e acrescentou: – Me dá uns dias, Conde, para ver se apuro alguma coisa.

– Alguma coisa do quê?

– Do estilo, da época, sei lá, alguma coisa que nos esclareça um pouco essa história. Vou escrever pra um colega meu da Espanha...

– Uma carta?

– Não se faça de idiota, Conde. Um e-mail...

– E você já tem e-mail?

– Faz um mês. Acabei de entrar no século XXI.

– Estou pasmo... Sabem... Meu irmão, você quer mesmo ir pro caralho e nos deixar sozinhos?

– Para de encher o saco com isso, Conde – reclamou Carlos, que, absorto na conversa, quase sem perceber tinha acabado com o copo de suco. – Agora as pessoas vão e voltam. Miami é mais perto daqui do que Santa Clara. Então parem de encher o saco vocês dois e deixem essa lenga-lenga pra quando tivermos rum... Aliás, Coelho, já que você vai e volta, porque com certeza vai voltar, o que vai me trazer de presente?

– Hoje me ocorreu que certa vez resolvi dizer que queria ir pro Alasca – lembrou Conde.

– Pois eu fui pra Angola – Carlos rematou, e apontou para suas pernas inúteis.

– Cacete – disse Conde. – O único dos três que viajou e...

– Bom, deixa isso pra lá – Carlos se apressou em interferir de novo, tentando não deixar a conversa cair em fossos mais lúgubres. – Vamos lá, vocês dois me esclareçam: o orientalzinho do Bobby sabia que essa Virgem tinha alguma coisa especial?

– Pelo que o primo dele, Ramiro, contou, ele dizia que ela tinha poder – começou Conde. – Vai ver que o Yúnior acreditou nessa história que o Bobby contou pra agradá-lo.

– Ou pode ser que o Bobby acredite de verdade nesse poder, Conde. Essa obsessão por recuperar a Virgem... – atalhou o Coelho.

– Sim, também – Conde admitiu. – Mas há alguma coisa estranha nesse interesse de Bobby e Raydel pela bendita Virgem. Acho que não importa tanto o que ela representa, mas o que ela é: uma Virgem diferente, talvez antiga... E, aliás, ontem foi a festa da Virgem de Regla...

– É, hoje lembrei – observou o Coelho. – Que coincidência, não é? Minha avó era...

Nesse momento, Carlos esticou os braços para a frente, como que tentando deter uma avalanche que se aproximava, até conseguir o silêncio e a atenção dos amigos.

– E será que Bobby não está escondendo alguma coisa?

Conde deteve o gesto de acender o cigarro.

– Não sei. Não deveria, apesar de ser capaz... Escondendo que tipo de coisa?... Os milagres que a Virgem fez?

– Não seja idiota, bicho – o Magro parecia irritado. – O que a Virgem vale de verdade... *Essa* Virgem, como você mesmo diz. Seja de Regla ou do Burundi...

Conde olhou para Carlos e depois para o Coelho, que fazia que sim com a cabeça.

– Bobby é um sacana... Yoyi acha que ele é capaz de vender até quadros falsos, mas... O que você está querendo dizer, Carlos?

– Fácil, parceiro... Tudo o que você sabe dessa Virgem é o que o Bobby te contou, não é?... Pois Bobby pode ter contado só a parte que convém a ele. O Coelho, Candito e o padre Mendoza é que te deixaram com o diabo no corpo... Bom, é modo de dizer. Você viu mesmo o diabo, bicho, ou é gozação?

– Deixa o diabo e fala mais sobre isso, vai, fala... – Conde o instigou e finalmente acendeu o cigarro.

– Bem... Imagine que essa Virgem de madeira contenha coisas por dentro, coisas bem encaixadinhas. Coisas de valor, e muito, e por isso Bobby inventou pro Raydel essa história do poder da Virgem pra ele ficar com medo... e o que ele conseguiu foi o contrário.

Conde ouvia, pensava.

– Que dentro da Virgem estejam as joias de verdade e não as de mentira que eu disse aos amigos de Raydel?

– Diamantes, por exemplo – sugeriu Carlos. – Como os da pulseira que você inventou...

Conde e o amigo olharam-se nos olhos, com seus mecanismos mentais à toda e em forma, pois em vez do álcool estavam utilizando como combustível um suco de goiabas vermelhas, antioxidantes e ricas em vitamina C, segundo os cientistas. Então ouviu-se a voz do Coelho, sempre o mais lógico e histórico deles, que começou a arrastar as palavras como se tentasse escolher as mais apropriadas.

– E, isso... e, quer dizer... e se o que tem valor mesmo for a própria Virgem? A tal Virgem negra.

8

9 de setembro de 2014

Despertar sem expectativas pode ser doloroso ou satisfatório, quando a pessoa tem a possibilidade de escolher. E aquela manhã Conde sentiu-se em condições de optar pela segunda variante: satisfatório. Na noite anterior tinha feito amor e talvez por isso não se sentisse um dia mais velho, embora na realidade tivesse engolido meio sildenafil, sem dizer nada a Tamara, é claro. Com esse espírito, assim que abriu os olhos decidiu que não sairia para bater perna nas ruas em busca de livros à venda e usufruiu da certeza de que, além do mais, fizesse o que fizesse ou não fizesse, naquele dia ganharia cem dólares, o dobro do que Tamara, a estomatologista, recebia como salário de um mês inteiro. Quanto a não fazer, nem sequer pensaria nos planos de viagem do Coelho, que ele trazia como um punhal encravado no flanco. E pensaria menos ainda na Virgem negra e em tudo o que a cercava, refletiu, como se fosse possível enganar a si mesmo e bloquear seus pensamentos de obsessivo-compulsivo. Na hora sentiu-se quase feliz com a decisão, pois estava convencido, também, de que não podia forçar mais a barra, uma vez que estava tudo ajustado para a localização do jovem que, segundo Manolo, já sabiam que na verdade se chamava Yúnior Colás Gómez e não parecia ser muito mais do que um trapaceiro de carteirinha. Quanto a não ter, também não tinha pressa alguma para ler um único jornal (dava sempre as mesmas notícias, não muito boas) e nem sequer o impelia o menor desejo de sentar diante da sua velha máquina de escrever para insistir no que para ele se revelava cada vez mais inatingível. Como escrever uma história esquálida e comovente, como as de Salinger, depois de ter visto a vida no "assentamento" em que havia milhares de pessoas para quem a esqualidez não era nenhuma sensação salingeriana de leveza espiritual budista, mas a marca física e moral de uma sordidez opressiva e muito difícil de superar? Não faria nada. O *dolce far niente* a mãos-cheias. Liberdade de escolha e despertar satisfatório, enfim.

Tamara tinha se levantado cedo e saído para a clínica, pois era dia de cirurgias. E na cama ampla e limpa, no quarto ventilado, envolvido por um silêncio acolhedor e expandido do qual nunca podia usufruir em seu bairro, Conde se revolveu no ócio compacto, no cheiro de limpeza, lavanda, mulher e sexo que brotava dos lençóis e postergou sem angústias o momento de abandonar a cama para coar o primeiro café do dia. Se não fosse pela pressão da bexiga (ou a próstata já o estaria incomodando?), não teria saído dali por horas, anos, séculos...

Já na cozinha observou pela janela o quintal da casa. Graças às ajudas econômicas enviadas da Itália pela irmã Aymara, as gêmeas tinham conseguido sustentar a casa com os mesmos cuidados que lhe dispensara seu pai, o eterno embaixador, com poder antes e depois de 1959. A eficiência daquela ajuda ficava mais evidente quando se comparava a casa das Valdemira com outra de estilo e idade semelhantes que se erguia a poucas quadras, na rua Mayía Rodríguez: enquanto a das gêmeas mantinha a compostura, a outra, deixada para trás pelos donos agora radicados em Dallas, Texas, tivera o azar de ser transformada em dependência estatal de baixo nível e parecia carcomida por formigas... Perdido em suas elucubrações, Conde tomou o café, acendeu o cigarro e ponderou se algum dia se mudaria em tempo integral para aquele lar limpo e bem iluminado, mesmo sabendo que nunca o faria definitivamente: nem ele nem seu cão Lixeira II conseguiriam aguentar desde a manhã até a noite a disciplina urbana que ali prevalecia. Além disso, assumiria a responsabilidade de remover as folhas secas do jardim da casa, coisa que decidira fazer aquela manhã como contribuição voluntária, porque, além de satisfeito, Conde sentia-se ecológico, naturalista e responsável. Ou então idiota.

Quando o telefone tocou, nem pensou em atender. Se fosse alguém ligando para Tamara, seria melhor que deixasse a mensagem na secretária eletrônica, pois ele costumava esquecer os recados. Se fosse para ele, responderia quando se exaurisse seu estado de satisfação. O telefone tocou oito vezes até que a secretária disparou, com sua voz automática: "Você ligou para...", à qual se sobrepôs uma voz humana, vociferante, para ele muito conhecida:

– Ei, Conde, caralho, sei que você está aí, e...

Ele deu um pulo e levantou o fone da extensão instalada perto da geladeira.

– Que porra aconteceu agora, Manolo?

– Você ainda estava dormindo?

– Não... me obriguei a não pensar, varri o quintal, ouvi o canto dos passarinhos, decidi que vou voltar a escrever e estava tomando um cafezinho que acabei de fazer e que ficou...

Do outro lado da linha foram brotando suspiros e estalos.

– Que sorte a sua, seu safado... Eu quase não dormi e o café daqui tem gosto de merda.

– Daqui onde? – perguntou Conde.

– Da Central, velho...

– E por que está me ligando da Central a esta hora, compadre?

– Porque acho que *aqui, na Central*, tenho uma coisa que *te* interessa – disse, enfatizando seus propósitos.

Conde percebeu um súbito ouriçamento de seus instintos policialescos destreinados, mas ainda vivos.

– Que coisa, Manolo? Fala, cara, você adora se fazer de misterioso...

Manolo sorriu: realmente gostava daquele jogo de dosar a informação, mas, como tinha chegado ao limite possível, soltou:

– Estou com um cadáver no necrotério... e as pistas dizem que pertence a um tal Yúnior Colás Gómez... que se parece bastante com seu amigo Raydel. Tanto, tanto... bem, que eu diria que é ele mesmo.

Mesmo em seus tempos de polícia, sempre que possível evitava fazer visitas ao necrotério. E decidiu que, apesar do convite do major Manuel Palacios, não ia passar a fazê-las agora, menos ainda para ver um corpo que tinha começado a se decompor, pois, segundo os cálculos forenses, quando o acharam estava morto havia cento e vinte a cento e quarenta horas: cinco ou seis dias que, além do mais, tinham sido muito quentes. Um cadáver malcheiroso com o crânio macetado, como se o tivessem esmagado num pilão, segundo a descrição de Manolo. E, para completar, marcas de diversos golpes no resto do corpo, muito parecidas com as lacerações de um processo de tortura ou de um ataque de sadismo. O corpo fora encontrado na noite anterior por um guarda de fronteira voluntário, nas imediações de Boca de Jaruco. O homem, um ex-militar de baixa patente, como parte de sua luta contra o imperialismo e em defesa da pátria, saía quase todas as noites percorrendo uma parte da costa rochosa, a leste de Havana, cumprindo a missão autoatribuída de vigiar possíveis atracações de drogas contrabandeadas arrastadas pela corrente do Golfo ou de impedir a saída clandestina de conterrâneos desejosos de pôr os pés em alguma das ilhas de Flórida Keys. Ainda não era meia-noite quando chegou a uma saliência da costa onde foi surpreendido por um forte cheiro de podridão vindo de um montículo de bagas-da-praia nascidas entre pedras cortantes, não à toa chamadas pelos pescadores de "dentes de cão". Assim que viu o cadáver, o vigia deu o alarme e a polícia local, ao notar o estado do corpo, chamou imediatamente a guarda da Central de Investigações Criminais: não havia a menor dúvida de que se tratava de um homicídio, pelo visto bastante cruel.

Desde que abandonara a polícia, havia vinte e cinco anos, Conde não voltara a entrar naquele gabinete de onde se chefiava a atividade dos investigadores criminais. Lá tivera centenas de encontros de todos os teores possíveis – desde os mais amáveis até os mais gélidos – com seu antigo chefe, o major Antonio Rangel, e lá entregara sua demissão ao coronel Alberto Molina, quando conseguiu deixar a corporação, duas semanas depois da defenestração do velho Rangel. E agora quem reinava naquele lugar, havia vários anos, era seu subordinado daqueles tempos passados, transformado em chefe dos investigadores dos chamados Delitos Comuns Maiores.

– Parece que foi golpeado com uma pedra – disse Manolo, enquanto Conde examinava o gabinete, observando inclusive o panorama que se avistava pela janela que se estendia por uma das paredes. Manolo ocupava sua cadeira de espaldar alto, atrás da escrivaninha, e Conde se acomodou numa das poltronas de ferro e vinil colocadas do outro lado da mesa de trabalho. – Mas muitas vezes... incontáveis. Com fúria.

– E essa pedra apareceu?

– Ainda não... e não acredito que vá aparecer. Se a jogaram no mar...

– E algum outro indício?

– Os outros golpes podem ter sido de uma luta, mas não parece. São muitos, alguns podem ser pontapés... Agora os peritos estão examinando tudo o que coletaram onde o morto apareceu: latas de refrigerante, uns papéis, uma ponta de charuto...

Conde sentiu uma pontada de saudade. Um charuto fumado pela metade tinha permitido a ele e Manolo resolverem um dos últimos casos em que trabalharam juntos, tanto tempo atrás, talvez em outra vida.

– Então é por isso que esse rapaz não aparecia em lugar nenhum – murmurou Conde.

– Foi por isso que te chamei. Preciso que você me conte tudo o que apurou sobre ele.

– Ah, pensei que fosse pra me ajudar com a história da Virgem desaparecida...

– Virgem o caralho, cara!... Agora há um morto! – protestou Manolo. – Te chamei para você me ajudar no meu caso. Caso no qual, já vou avisando, Mario Conde, não é pra você meter as mãos... Nem a ponta dos dedos! Agora essa história da Virgem é um dado a mais... talvez importante, talvez não, mas é parte de um caso de homicídio que, esse sim, é grave. E, como você deve imaginar pelo que me contou outro dia, o primeiro suspeito é o seu amigo do pré-universitário... Como é que ele se chama?

Conde balançou a cabeça.

– Bobby?... Não, Manolo... Bobby não...

– Sim, Conde... Yúnior Colás o abandonou, o roubou, o humilhou... Ele mesmo te disse que estava apaixonado como um cão pelo garoto... Precisa de mais alguma coisa para suspeitar dele? Olha como foi morto... com que sanha...

– Quem está enfiado na merda até o pescoço não faz onda, Manolo... Vamos lá, o que vocês acham que aconteceu naquela costa?

Manolo se recostou na cadeira.

– Toda aquela região entre Havana e Matanzas é área de saídas clandestinas. Pode ser que o rapaz e o assassino tenham ido até lá pra ir embora... ou alguém levou Yúnior até lá com o pretexto de tentar ir embora e com a intenção de acabar com ele ou de arrancar informações sobre o que tinha roubado e ainda não tinha vendido, não é? Se não fosse esse roubo na casa do seu amigo, eu poderia pensar em outras possibilidades. Mas com essa história no meio...

– Realmente não acredito que Bobby... Roberto Roque Rosell... Não acredito que ele seja capaz disso. Não o Bobby que eu conheço e que você sabe que é meu amigo.

– Não importa: temos que investigá-lo a fundo e falar muito com ele. Me dá o endereço dele...

Conde coçou os braços: era uma reação física ao dilema em que estava metido. Um pouco aliviado pela convicção de não estar revelando nada muito delicado, ditou para Manolo o endereço de Bobby. O major pegou um dos três telefones dispostos num ângulo da escrivaninha e digitou um par de números. Repetiu o nome e o endereço de Bobby, desligou e voltou a se concentrar em Conde.

– Agora conte tudo o que você apurou.

Conde entendeu que não tinha alternativa. Além do mais, o resto das informações de que dispunha de certo modo isentavam de culpa seu ex-colega de estudos. Tinha alguma lógica que Bobby, sendo o assassino de Yúnior, fosse lhe pedir ajuda, conforme a cronologia estabelecida, justo um dia depois de ter matado o rapaz? Qual a vantagem de cutucar o vespeiro? Mas e se tivesse ido falar com ele com a intenção de criar uma cortina de fumaça depois de cometer o crime? Conde tentou descartar a ideia: muito rebuscada, perigosa, além de teatral, pois envolvia uma atuação e toda uma montagem que implicava demasiado sangue-frio e uma mente muito tortuosa.

– Tudo bem... com uma condição...

– Sem condições, Conde! – Manolo se levantou, a cadeira rodou para trás. – Estamos investigando um homicídio, e você bem sabe...

– Mas me deixa falar, porra! Não seja tão policial, velho!

Manolo respirou ruidosamente e fez um gesto com a mão, liberando Conde.

– Só quero duas coisas: primeiro, que você lembre que Bobby é meu amigo... Depois, que, se aparecer algum indício relacionado com a Virgem de Regla ou as outras coisas que Yúnior roubou, você me diga, pra eu saber...

Manolo olhou com sua intensidade enviesada.

– Tudo bem... mas por que tanta aporrinhação com essa bendita Virgem?

– Porque nessa história tudo o que parece ser uma coisa acaba sendo outra. E essa Virgem parece não ser o que as pessoas dizem ou acreditam ou pensam que ela é...

Manolo envesgou e imediatamente atacou.

– Ok. Não sei que porra é essa que você disse do que parece e não parece, mas agora fala.

Manolo voltou a se sentar e, com os pés, fez a cadeira avançar para perto da escrivaninha. Numa agenda começou a anotar os detalhes que Conde ia fornecendo das investigações. A certeza de que o roubo da casa de Bobby tinha sido planejado por Yúnior e realizado com a ajuda de Yuniesky Morcego e Ramiro Manta; a informação de que parte do butim tinha sido vendida quase imediatamente a alguém que Conde não conseguira identificar, mas que, se necessário, seria possível localizar; o dado de que, depois do golpe, Yúnior tinha aportado no "assentamento", buscando a proteção do primo Ramiro, que afirmava estar sem notícias do cupincha havia muitos dias, apesar de ter perguntado até aos parentes que ainda residiam no oriente da ilha se o tinham visto por aqueles lados; a revelação de que Yúnior tinha mudado de nome porque estava fugindo de alguém que ele tinha trapaceado em Santiago de Cuba e que jurara vingança, dado que não devia ser ignorado, pois podia se relacionar com o fim do rapaz; e a possibilidade de que, junto com a Virgem de Regla e umas gravuras e objetos de decoração, ao que parecia (só ao que parecia) não muito valiosos, Yúnior também tivesse conservado algumas joias, cujo valor Conde não sabia (um anel de noivado de pedras semipreciosas parecia ser o mais cotado), mas que o rapaz acreditava, ou poderia acreditar, serem valiosas. Talvez pensando que as joias pudessem ser o butim salvador, Yúnior teria andado à procura de algum cliente, com maior segurança fora do círculo de compradores e vendedores de arte e objetos valiosos em que o próprio Bobby operava e no qual se destacava, por sua má fama, René Águila. Guardou para si, por outro lado, as especulações que ele, seus amigos e o padre Mendoza tinham feito em torno da figura da Virgem e de seu possível valor, quer de caráter místico, quer como recipiente de outros valores, ou por sua própria origem histórica e cultural muito significativa, se é que afinal a tinha. E o fato, para ele inquietante, de Bobby, que sempre se apresentara como um velho amigo e tivera a capacidade de amolecer o coração de Conde com a evocação dessa relação, na verdade ser para ele um desconhecido capaz de mudar várias vezes, com sucesso ou não, os desígnios visíveis de sua vida. Um Bobby ressurgido do passado remoto que, ainda por cima, no encontro durante o qual contou suas desventuras e lhe pediu ajuda detetivesca, teve intenção de enganá-lo, oferecendo menos dinheiro do que o previamente combinado com Yoyi Pombo. Podia-se confiar em alguém assim?, perguntou-se, alarmado, pois temia que o fato de Bobby ser homossexual e ter tentado enrolá-lo, a ele, de quem se dizia amigo, podia ser fonte de velhos e novos preconceitos ético-ideológicos e policiais.

Enquanto falava até onde julgava pertinente e ao mesmo tempo organizava a informação compilada com a perspectiva de investigador criminal, Conde sentiu que adentrava um terreno tempestuoso que não lhe agradava pisar. Muitas vezes, em sua vida de policial, recorrera aos mais diversos tipos de pressão, tentando obter dados úteis para desenvolver suas investigações. Ocorre que agora era ele que fornecia detalhes capazes de implicar outras pessoas e até desvendar culpas, entre elas a ligação que tiveram com o roubo Yuniesky e Ramiro, de quem ele se aproximara em sua função de representante de Bobby, e não como agente da lei. E, embora seu senso ético advertisse que, afinal, não estaria prejudicando ninguém que não tivesse antes prejudicado outra pessoa, e soubesse que um crime violento subverte todas as lógicas e responsabilidades, alguma coisa em seu íntimo se rebelava diante daquela forma de colaboração ou de simples delação. Além disso, embora fizesse todo o possível para afastar Bobby de qualquer relação perigosa com os acontecimentos, apresentando-o sempre como vítima e pessoa incapaz de perpetrar o ato sanguinário de arrebentar a pancadas o crânio de um ser humano, sabia que o colocava sob o facho de luz em cujo raio Manolo insistiria em encontrar um culpado, ou pelo menos uma pista para a identificação desse culpado. E nesse processo já inevitável a vida pessoal e comercial de Bobby seria submetida a uma busca profunda da qual poderia brotar alguma merda. Ou muita.

– É só isso? – perguntou Manolo quando ele terminou de soltar as informações acumuladas.

– É – disse Conde.

– Tem certeza?

– Que porra está acontecendo com você, Manolo?

– Está acontecendo que eu te conheço muito bem. Se esse Bobby é seu amigo... Eu te conheço, Conde – ele insistiu.

O outro sorriu.

– Você também é meu amigo, Manolo... E, assim como você, quero que se descubra quem esmagou esse rapaz como se fosse um inseto... uma barata.

– Houve violência extrema – ratificou o policial. – Quem fez isso pode ser uma pessoa perigosa. Não foi uma briga, mas uma selvageria muito cruel, inclusive com possível tortura.

– Vocês já sabiam que o Yúnior tinha trapaceado um sujeito lá em Santiago? A causa pode ter sido essa...

– Sim, já temos o expediente de Yúnior Colás... Mas o cara de quem ele fugiu, um tal Braudilio Castillo, não poderia matá-lo: está morrendo de câncer num hospital em Manzanillo.

– E será que não mandou alguém? – Conde tentou potencializar aquela possibilidade.

– Tudo é possível, mas não acredito... Ia fazer isso agora, que Braudilio está morrendo e Yúnior andava mais sumido ainda porque tinha ferrado outra pessoa?

– É, é foda, é foda... Diz uma coisa, você mesmo vai assumir o caso?

– Não, não – bufou Manolo, cansado. – Estou cuidando de mil rolos... Passei para um garoto que é a nova estrela brilhante da Central. Tem uma inteligência natural e sabe tirar o suco dos computadores e de toda essa merda eletrônica que temos agora... E é um cão de presa. Quando agarra, não solta.

– E quem é esse prodígio canino? – perguntou Conde, de certa forma mordido pela inveja. Em tempos remotos tinha sido "Arcturo, a estrela mais brilhante" daquele lugar. E agora, que merda ele era?

– Chama-se Miguel Duque e... porra, é chamado de "Duque"! – exclamou Manolo, que só então executou a operação semântica de relacionar por via nobiliárquica os sobrenomes de seu antigo mentor e de seu atual discípulo.

– Tomara que seja bom de fato... – observou Conde de má vontade, e acrescentou: – Porque Duque, em Cuba, só houve dois: o velho, que morreu, e o jovem, que passou pra vida melhor...

– Não brinca, morreu Duque Hernández, o beisebolista?

– Eu disse que passou pra vida melhor... Foi embora pra Yuma, ganhou quatro Séries Mundiais e agora está cheio da grana... Joga golfe e tudo.

– Você sempre falando e pensando merda, Conde!

– E você, o que está pensando, Manolo? Fala sério.

O major olhou nos olhos do ex-colega. Suas pupilas começaram a travessia de sempre, como se procurassem refúgio atrás do septo nasal.

– Não fique vesgo e diga. Eu já falei.

Manolo mudou de foco e seus olhos recuperaram o equilíbrio.

– Acho que nessa história há muitos caminhos abertos. Pra começar, tenho um trapaceiro compulsivo que pode ter ferrado muita gente e não posso descartar um acerto de contas por alguma coisa da qual não fazemos nem ideia... Por outro lado, tenho a dor de cotovelo do seu amigo Bobby, que além do mais estava zangado por ter sido roubado e, diga você o que for, alguém assim é capaz de tudo... Mas tenho um trio de delinquentes que dão um golpe e um deles fica com a melhor parte e ferra os outros... e é o que aparece morto... Também tenho essa melhor parte do butim que não sabemos onde está e que poderia significar uma quantidade de dinheiro real ou imaginária capaz de atrair outras pessoas, pois não sabemos se ele tentou negociar com alguém nem temos certeza de quanto dinheiro pode estar envolvido, se é que as joias que o morto roubou eram realmente valiosas... Tenho uma possível saída clandestina do país, com objetos de valor ou não, que alguém resolveu levar sem compartilhar benefícios... Mas tenho, sobretudo, um criminoso violento e uma história que, por onde quer que seja observada, cheira a podridão, como o corpo de Yúnior Colás Gómez... Ou seja, Conde, tenho muitas coisas ruins e nada agradáveis. Mas era dos casos assim que você gostava, lembra?

Conde concordou, sentindo-se estranho a si mesmo.

– Lembro, sim... Bom, o fato é que me alegro por não ser eu quem tem que resolvê-los agora. Por sorte você tem um Duque brilhante!

Com a certeza de estar prestes a estragar uma boa recordação, Conde passou pelas grades oxidadas, de características carcerárias, encarregadas de guardar o edifício carcomido, tenebroso, ainda em meio ao mormaço. Como único alívio, o galpão propiciava, no outro extremo, a promessa de liberdade que o mar sempre lhe oferecia. Junto da porta, um cartaz enumerava os instrumentos de guerra que não podiam ultrapassar aquele umbral ao qual só parecia faltar a advertência dantesca: DEIXAI TODA ESPERANÇA, Ó VÓS QUE ENTRAIS. Desde canhões, rifles e facões até serrotes e martelos tinham passagem proibida. O mais perigoso dos instrumentos bélicos proibidos: uma garrafa de rum. Sob tais advertências cominatórias, todas terminadas com um *et cetera* que ampliava o inadmissível ao infinito, os cérberos de plantão encarregavam-se de fazer com que as exigências fossem cumpridas. Os guardas, um homem de barba malfeita e uma mulher com cara de malfeitora, vestidos com uniformes verde-oliva feitos sob medida (de outras pessoas que não eles), dissecaram-no com olhar crítico e treinado, e ambos concordaram em considerá-lo um velho inofensivo, pois o deixaram passar sem o submeter à revista regulamentar. Outros recém-chegados, antes e depois dele, tiveram de mostrar o conteúdo das bolsas e um ou outro foi até submetido a uma revista corporal: como se fossem tomar uma nave espacial com destino galáctico, e não uma embarcação cambaleante e lenta, estonteada pelas voltas em círculo que a cada dia, de sol a sol, ano após ano, realizava entre o recanto do porto havanês conhecido desde os tempos da Espanha como o Emboque de Luz e a outra margem da baía, onde se assentava havia quatro séculos o pequeno povoado de Regla, assim batizado graças à Virgem andaluza e marinheira lá depositada nos tempos da fundação do vilarejo. Por aquela rota sem variações previsíveis, as duas ou três embarcações que faziam o trajeto tinham se transformado numa instituição nacional e adquirido nome próprio em apertado singular: a Lanchita de Regla. E, pelo anseio de escapar, que de maneira periódica ou permanente perseguia os habitantes da ilha, fazia duas décadas que as barcaças eram consideradas um meio de transporte estratégico.

Conde lembrava-se de ter abordado uma das lanchas pela primeira vez acompanhando seu avô Rufino, cerca de cinquenta e cinco anos atrás, durante um de seus périplos pelas rinhas de galos havanesas, antes que fosse decretada sua abolição revolucionária. À época, a frota da Lanchita de Regla, sempre propulsada por um motor insistente e acometido por uma tosse comprida, em geral tinha o madeirame pintado de alaranjado vivo e bancos a bombordo e a estibordo. Sua principal missão era trazer e levar a uma ou outra costa da enseada os habitantes do povoado "ultramarino", como os havaneses insistiam em chamar Regla, e também os crentes e peregrinos que, da cidade, iam em busca da ermida venerada, além dos passeantes distraídos que embarcavam nos navios apenas para deleite e recreação.

Naquela ocasião, desfrutando do júbilo da aventura, da carícia da brisa e do cheiro de um mar que ainda cheirava a mar, o jovem Conde observara, com todo o seu assombro infantil desfraldado ao vento, as manobras de atracação e desatracação, o processo de se afastar de uma margem para se aproximar da outra, os jogos de perspectiva e de distância capazes de alterar tamanhos e proporções: enquanto Havana se tornava distante, abarcável com o olhar, mais senhorial e permanente em sua profusão de torres, campanários, cúpulas, telhados e mastros, Regla se agigantava e mostrava sem recato sua eterna modéstia proletária. O panorama crescente do pequeno povoado oferecia, como primeira e mais indelével evidência de sua identidade, as paredes pintadas de cal amarelada da igrejinha onde se rendia culto à Virgem negra, herdeira direta da imagem de Chipiona, a figura original que, segundo a lenda, era fruto da revelação mística e até da inspiração artesanal de Santo Agostinho, o Africano, bispo de Hipona, que a teria entalhado com as próprias mãos.

Depois daquela viagem iniciática, Conde utilizara os serviços da Lanchita em várias ocasiões. A última vez que realizara aquele périplo tão havanês tinha sido para solicitar a sabedoria de um velho praticante do rito banto de Palo Monte, com a intenção de que o negro (ele, sim, sábio por sua idade provecta) o ajudasse a entender com que propósito místico alguém poderia roubar de um cemitério os ossos de um chinês e de um judeu. E aprendeu que, para fazer o mal, o atributo mais eficaz que podia ter um malefício da religião dos *paleros*, concentrado no depósito do poder chamado *nganga*, era, nem mais nem menos, um osso de um chinês ou de um judeu. Uma crença da África profunda guarnecida pelos cubanos com despojos humanos hebreus e asiáticos! A falta de limites, a desproporção nacional, tão benéfica e prejudicial ao mesmo tempo!... Já agora, do emblemático alaranjado das lanchas só restavam algumas manchas, e o cheiro de mar fora substituído pela fetidez nauseabunda de ácidos e carburantes empenhados em turvar a superfície líquida. As paredes amarelas da ermida, por sua vez, mostravam-se descascadas, corroídas pelo sol, pelo salitre e pela negligência nacional.

Pouco depois dessa última travessia de Conde o destino circular da Lanchita de Regla fora alterado pelos propósitos marítimos de pessoas dispostas a perturbar suas bússolas adormecidas com um destino novo e imprevisto: o Norte. Ou seja, o Norte, como em seu afã batismal os cubanos costumavam chamar o país vizinho. O Norte revolto e brutal. Isso foi na época em que começou, cresceu e se avolumou a Crise que devastou a ilha, e piratas de um novo tipo deram-se à tarefa de raptar as lanchas para levá-las além de seu pertinaz horizonte circular. As tentativas se sucederam, com variações empenhadas em melhorar e prolongar a travessia, ainda mais quando ficou comprovado que o combustível armazenado nos tanques da Lanchita dava apenas para se distanciar umas milhas mar adentro e apresentou-se a alternativa de aumentar a carga e, assim, a distância. A embarcação que navegou para mais longe era a que parecia mais festiva: no cais de Havana embarcaram uns *cumbancheros** levando apitos, matracas e violões, dizendo-se dispostos a comemorar o casamento de um babalaô de Guanabacoa e uma *santera* de Regla. Subiram na lancha com caixas de cerveja, garrafas de rum e até uns bolos de grandes dimensões... Mas a comemoração estava marcada para se realizar muito mais longe, pois o que viajava nas garrafas de cerveja e rum não eram bebidas joviais, mas petróleo, e debaixo dos merengues floridos dos doces havia bidões com mais combustível... E, à força de facões e uma pistola tirados dos estojos dos violões, exigiram do timoneiro que os levasse para dar o passeio que queriam e para cuja realização traziam o material carburante necessário... Depois de abordagens desse tipo, a Lanchita de Regla se transformou numa nau militarizada, com policiais a bordo e guardas nos cais, para evitar novos e criativos assaltos de piratas e corsários nativos e contemporâneos.

Aquela manhã, quando Conde se acomodou na embarcação, ainda não estava claro para ele com que propósito fazia sua nova peregrinação ao bairro ultramarino. A morte de Yúnior-Raydel o tinha tirado de seu ócio agradável e colocado sua investigação virginal num nível espiralado e cheio de ressonâncias macabras. A trama saíra dos trilhos, suas rédeas escaparam das mãos de Conde e agora estava evidente que interesses maiores e piores estavam em jogo.

Enquanto atravessava a baía, a cuja origem a vila devia sua existência, glória e prosperidade, o ex-policial sentiu a potência de sua desorientação e teve a certeza de que, se queria saber onde fora parar a Virgem negra de Bobby e conhecer as possíveis razões do assassinato de seu amante ingrato, deveria recomeçar a revisão daquele livro desde o início, com a atenção devida e necessária. E colocando de volta as páginas que tinham sido escamoteadas.

Depois da atracação, caminhou até o santuário próximo, obra de alvenaria e telhas, com torre de campanário e cúpula modestíssima. Já bicentenária e de simpática humildade, a igreja fora levantada bem no lugar em que se sucederam, a partir de 1696, as precárias ermidas originais erigidas para alojar a Virgem padroeira dos marinheiros, viajantes e transumantes, ao que parecia trazida de terras gaditanas por um deles. A primeira capela, de paredes de tábua e teto de folhas de palmeira, tinha sido arrasada apenas três anos depois por um ciclone com nome de arcanjo, San Rafael, como que para selar o destino da santa com a ilha e sua natureza sempre exposta ao mar – “la maldita circunstancia del

---

* *Cumbanchero*: termo cubano para “farrista”, “festeiro” – derivado de *cumbancha*, reunião festiva em que se bebe, canta e dança; farra. (N. T.)

agua por todas partes"* – e à mercê dos ciclones – "Huracán, huracán, venir te siento"** –, cantada pelos poetas.

Do embarcadouro à igreja eram uns poucos passos que Conde transpôs como que atraído por um ímã, ou por seu instinto policial nunca totalmente desvanecido. Sem se deter, atravessou o dintel do santuário e viu, ao fundo, o modesto altar-mor presidido pela minúscula Virgem de tez negra, com o filho branco nos braços: a imagem à qual dezenas de gerações de cubanos, marinheiros e não marinheiros, católicos e *santeros*, brancos e negros, ricos e pobres, tinham pedido o favor da intervenção celestial, que alguns garantiam revertida em verdadeiros milagres. Guardando a santa padroeira, do retábulo para as laterais erguiam-se várias efígies que, graças às aulas de catecismo, Conde conseguiu identificar: Santa Teresa e São João Bosco, Jesus de Nazaré e seu pai putativo José, Santo Antônio de Pádua e seu homônimo, o Abade (acompanhado por um porco de nariz empinado), São Francisco de Assis (com suas pombas), São Lázaro (com seus cães), as maternais Virgem das Mercês, também adorada como a poderosa Obatalá segundo os ritos afro-cubanos, e a da Caridade do Cobre, mãe espiritual de todos os nascidos na ilha, sincretizada com Oxum, a mais bela, a mais fértil.

Aos pés do altar acumulava-se naquele dia uma quantidade exagerada de buquês de flores já murchas que exalavam um eflúvio invasivo e ambíguo entre o perfume e a podridão. Nos bancos do templo viu várias pessoas, talvez uma dezena, na maioria velhos, embora tenha chamado sua atenção um par de jovens vestidos de branco radical, conforme exigia sua recente iniciação nos ritos pagãos provindos do reino africano dos iorubás.

Conde ocupou um banco na primeira fila, no centro, o ponto mais próximo do altar e da Virgem. De lá observou a pequena estátua de madeira da qual só ficavam descobertos o rosto e as mãos, nigérrimas, próprias de sua ascendência africana. O resto era ouropel acrescentado, colorido – do azul ao amarelo, passando pelo prateado e pelo dourado –, capaz de lhe dar a forma piramidal com que era identificada. A partir daquela imagem original tinham sido criadas milhares de reproduções em gesso, destinadas à adoração doméstica, que qualquer filho da ilha conseguia reconhecer. O rosto – disse Conde a si mesmo – era insondável, quase inexpressivo, mais do que senhorial ou maternal, para tratar-se de uma variação de Maria. Por sua vez, o menino branco, sustentado por suas mãos

* De "La isla en peso" (1943), do poeta cubano Virgilio Piñera (1912-1979). (N. T.)

** De "En una tempestad" (1835), do poeta cubano José María Heredia (1803-1839). (N. T.)

negras, provocava uma sensação de contraste que se acentuava com o gesto de projetá-lo para a frente, como se o estivesse oferecendo a alguém próximo ou a todo o mundo, como se se tratasse de um redentor.

Do bolso da camisa ele tirou a foto fornecida por Bobby e comparou as imagens: com exceção da cor e do hieratismo, pouco havia de parecido entre uma e outra, como ele já sabia. E não é que a Virgem de Bobby pudesse ser uma versão livre ou popular: era, sem dúvida, diferente. Algum capricho do escultor da Virgem de Bobby podia ser a causa da confusão, embora o entalhe demonstrasse grande habilidade com a goiva, um senso plástico treinado. E por que a imagem da foto estava sentada, majestática, e a outra em pé? E a coifa? E por que mudaram a posição do Filho de Deus, com os braços estendidos na Virgem do altar, e no regaço, perto do seio, na Virgem da foto? Por que branco um, negro como a mãe o outro? A diferença cromática teria leituras específicas?

Conde foi sentindo que suas premonições difusas, suas perguntas, suspeitas e evidências adquiriam a densidade corrosiva de uma inquietação cada vez mais alarmante: a Virgem roubada de Bobby nunca fora uma cópia da padroeira de Regla nem da original de Chipiona. E, se alguém conhecia essa discordância, claro, era Bobby. Conforme estava confirmando agora, tratava-se de uma variação completamente diferente de Maria, e ele foi sendo conquistado pela certeza de que naquela diferença poderia estar a razão essencial do interesse e da atitude de Bobby, talvez até mesmo o motivo do desaparecimento da efígie. E seu valor.

Dono dessa convicção, Conde aproximou-se da mulher – negra como a Virgem – que ele viu sair do tabernáculo para ir à ara, com umas cestas nas mãos, dentro das quais começou a depositar ramalhetes de flores murchas.

– Bom dia, senhora, por favor – dirigiu-se a ela da balaustrada que protegia o altar.

– Pois não, senhor... – a mulher tinha uma voz tão doce quanto a expressão que Conde observou em seu rosto.

– Por que tantas flores?

A mulher sorriu.

– O senhor não sabe que anteontem foi 7 de setembro, dia da Virgem?

– É verdade, é verdade... – murmurou ele. – E teve peregrinação?

– Procissão – corrigiu a mulher. – Sim, agora dão autorização para fazê-la fora da igreja. Durante anos tivemos que fazê-la aqui dentro ou no átrio.

– É, eu sabia... Obrigado.

– De nada – a mulher disse, sorriu de novo e voltou à sua tarefa de recolher as flores mortas. Só então Conde lembrou por que a tinha abordado.

– Senhora, seria possível eu falar com o padre Gonzalo Rinaldi?

A mulher deixou novamente sua tarefa e aproximou-se dele, sempre sorrindo.

– Sinto muito... O padre está dando aula no seminário... Mas posso ajudá-lo em alguma coisa? Quer se batizar, confessar, casar?

– Não, não, obrigado, já passei por tudo isso... Não se preocupe, eu venho outro dia – disse ele e, antes de dar meia-volta, olhou de novo para a Virgem de Regla de uma perspectiva mais próxima e inferior. E teve a impressão de que a imagem lhe retribuía o olhar.

– Ai, Conde, ai, Conde, por Deus e pela Virgem...

A desfaçatez alegre ou a tristeza dramática que nos encontros anteriores se alternavam no rosto de Bobby foram substituídas pela expressão visível de medo. E a voz suplicante reforçava a percepção visual.

Impelido por suas certezas, Conde viajara de Regla até a casa do ex-colega. Nem sequer tomara a precaução de comer alguma coisa no caminho, e as horas de espera pela volta de Bobby tinham se transformado num tormento gástrico que esteve prestes a fazê-lo desistir de seu propósito: abordar o homem ainda quente, recém-saído do forno do interrogatório ao qual devia estar sendo submetido por seus persistentes ex-colegas policiais.

Ao vê-lo chegar e ouvir sua súplica, Conde concluiu que tinha acertado. Era sua hora e apressou-se em aproveitá-la.

– Te apertaram muito? – perguntou ele quando Bobby, sem deixar de invocar divindades, despencou numa das poltronas de ferro fundido da varanda.

– Muito? Quase me põem no ecúleo e me soltam o cachorro sem dentes!... Aqueles caras são uns selvagens... Você era assim quando foi policial? – quis saber Bobby.

Conde sorriu.

– Dependia...

– Do quê?

– De eu saber se a pessoa interrogada estava me dizendo a verdade ou era um mentiroso de merda manipulador filho da puta da porra da mãe dele... Como você, sacana de meia-tigela!

Bobby pulou na poltrona ao ouvir os gritos de Conde, que tinha se inclinado para ele com o fim de lhe lançar a saraivada de impropérios o mais perto possível da cara. Conde comprovou que sua reação tinha conseguido o efeito desejado e voltou à carga.

– Você está atolado na merda até o pescoço. Te soltaram, mas não te soltaram. Não fique achando que sim. Estão com você na mira, pois na disputa do assassinato do Raydel, ou seja qual for a porra do nome daquele carinha, existem noventa e nove chances em cem de você estar metido de algum jeito... ou de ter feito o serviço você mesmo! E hoje só aqueceram o braço com você. Quando o jogo começar de verdade... você vai cagar nas calças.

Bobby levou as mãos ao peito e começou a chorar. Conde o deixou se desafogar, só o suficiente para poder voltar a falar.

– De modo que, vamos lá, vai soltando a língua...

– Eu não o matei, Conde...

– Eu sei, por isso estou aqui.

– Então me ajuda, velho, me ajuda, pelos anos, pela amizade...

– Está com medo, Bobby?

Bobby olhou para o ex-colega e de seus olhos caíram mais lágrimas, mas de origem e intensidade diferentes.

– Medo? Não, cara, terror... É diferente... Medo eu tive a vida toda. Sempre vivi com medo. Neste país de merda o medo é um estado permanente, e sujeitos como eu são o material de estudo favorito... Mas isto é outra coisa, outra coisa...

Conde assentiu. Embora não fosse hora de se deixar comover e afrouxar, mas de recuperar o personagem mais útil. Pegou então as fotos de Bobby e da Virgem e as jogou para o outro.

– Que porra de história mal contada é essa da virgenzinha de Regla da tua avó?

Bobby pulou como se lhe tivessem jogado ácido. Soluços e lágrimas desapareceram.

– Do que você está falando?

– Bobby, não se faça de bobo... estou falando da verdade. E se não me disser a verdade não vou poder te ajudar e...

Bobby soluçou de novo e olhou para seu jardim impoluto. Uma roseira de príncipes-negros ocupava lugar privilegiado e exibia flores cor de sangue em todo o seu esplendor. Conde lembrou, como uma flechada que lhe atravessasse a memória, uma roseira daquelas, tão exóticas em Cuba, que um dia enfeitara o jardinzinho de sua casa, pois eram as preferidas de sua mãe. Quantos anos fazia que o próprio Conde tinha cortado o já envelhecido príncipe-negro com o qual estabelecera uma intensa relação de amor-ódio pautada pela beleza das flores e pela desagradável agressividade do caule espinhoso que tantas vezes o agredira, tirando-lhe sangue da mesma cor das pétalas? O suspiro de recomposição de Bobby devolveu-o ao tórrido presente.

– É uma Virgem, Conde, e minha avó a venerava como se fosse a de Regla. Mas tinha vindo da Espanha com o catalão que se casou com ela, o homem que quase foi meu avô. O nome dele era Josep Bonet, mas aqui todo mundo o chamava de José, embora na verdade não se chamasse nem Josep nem José: por alguma razão que eu nunca soube ele tinha trocado de nome ao chegar a Cuba, ou antes de chegar, e eu nunca soube o verdadeiro. O fato é que José a trouxe de lá.

– Bobby, você não está inventando outra história?

– Não, velho, juro que não... José veio para Cuba quando ainda estava acontecendo a Guerra Civil e nunca quis exibir a Virgem nem contar direito de onde a tinha trazido... ora dizia que era da Andaluzia ora da Catalunha... Vai ver que em torno da Virgem havia alguma história obscura. Talvez não. Não sei... O que tenho certeza é de que José, ele sim, tinha uma história obscura. Mas, bem, com isso ninguém se importava quando via a Virgem, não é? Era uma Virgem, era espanhola e era negra: que outra coisa pode ser uma Virgem negra, em Cuba, senão a Virgem de Regla? Ou será preciso um certificado do Vaticano para alguém poder adorar uma Virgem negra como sendo a Virgem de Regla?

– Mas você sabe muito bem que não é uma Virgem de Regla. Só que outras pessoas não, talvez Raydel não... mas você sabe, sim, Bobby: essa imagem é outra coisa... E muitas vezes nada disso importa: mas no caso dessa Virgem, sim. E também importa você não ter dito isso pra mim desde o início.

Bobby passou várias vezes a mão aberta pelo peito como se com o gesto ajudasse a fazer descer as tensões acumuladas para expulsá-las por algum orifício inferior.

– Sim, claro... Eu averiguei e sabia... O modelo é catalão ou basco ou do sul da França... naquelas regiões há várias imagens parecidas com a minha, do mesmo estilo... Algumas são muito antigas, medievais. E a que foi trazida por José, marido da minha avó, era inspirada nesse modelo românico. Mas é uma escultura comum, uma reprodução, inclusive menorzinha do que a maioria das originais.

– Como você sabe que era uma reprodução comum, e não uma Virgem medieval autêntica?

– Porque José contava que a tinha comprado numa feira de uma aldeia chamada Camprodon. E era a Virgem que ele tinha em casa... Sua moreneta própria, como ele dizia.

Conde suspirou:

– Bobby, quando vou saber que você não está me engrupindo, porra?

– Porra, velho, é verdade. A verdade que eu sei. Juro pela minha vó. Pela Virgem, vai!

Conde voltou a olhar para a roseira e pensou em sua beleza ilusória. Será que podia acreditar em Bobby, embora ele estivesse jurando pela Virgem? Não tinha alternativa, disse a si mesmo. Mas já sem confiar nele.

– E por que você diz que ele a trouxe pra Cuba?

– Ora, porque havia guerra, ele não queria entrar nessa guerra e veio pra cá... e trouxe a Virgem, a da casa dele. É normal, não?

– Não sei... E não tinha ou tem alguma coisa dentro? Alguma coisa de mais valor?

– Dentro? Como assim? – o espanto de Bobby parecia real.

– Num oco da madeira...

Bobby se deteve por um instante antes de responder.

– Não, que eu saiba não... É uma escultura de madeira, Conde, comprada numa feira...! Ela vale pelo que significa pra mim, pelo que significou pra minha avó, pro marido dela... E sabe por quê? Pois porque aquela Virgem tem um poder! José tinha comprovado, minha avó também sabia! E eu sei que isso é verdade, Conde. É por isso que eu quero recuperá-la.... Quem disse que podia ter alguma coisa dentro?

– É uma ideia, Bobby, uma ideia... Uma ideia que poderia ocorrer a Raydel ou outra pessoa ao ver seu chamego com a Virgem... A pessoa que talvez tenha eliminado Raydel pra ficar com a Virgem.

– E com as joias...

– Além do anel de noivado, que outra coisa roubada tinha valor real?

– Eram bugigangas, coisas de família... As gravuras também não valiam muito. Mas Raydel achava que tudo aquilo era um tesouro... O fato é que o anel também não vale muito. É uma recordação... Como a Virgem!

Conde tentou pensar, precisava pensar. Ainda não sabia por quê, mas estava convencido de que naquela trama havia uma armadilha, uma lacuna, um embuste, e o que o espicaçava era não conseguir saber exatamente onde. No "poder" da Virgem do qual Bobby falava? Não acreditava nesses poderes, mas sabia que outras pessoas sim: até sentiam seus benefícios. No desaparecimento da Virgem o poder místico estaria pesando mais do que um possível valor material negado por Bobby? Na realidade não teria mais qualidade do que esse poder, uma conexão mística com o que a imagem encarnava, conforme Bobby afirmava? Conde sabia que estava se enredando numa armação que, talvez, tivesse a resposta mais simples e não as respostas complicadas que ele costumava urdir. Mas já tinha pensado e até dito: naquela história nada era o que parecia ou o que parecia importante acabava sendo nada... Alguém podia ter matado Yúnior para se apropriar de uma Virgem poderosa ou para ficar com uma estátua valiosa como objeto? Fé ou razão? E se o crime não tivesse relação nenhuma com a Virgem, e a insistência de Bobby o tivesse levado a prejulgar? Talvez essas fossem suas melhores perguntas, disse a si mesmo o ex-policial, e concluiu que precisava de condições físicas e mentais mais propícias para pensar e decidir quais eram as respostas possíveis.

– Me convida pra um *brunch* – pediu ele a Bobby. – Estou com tanta fome que já não consigo enxergar e nem pensar...

– Isso não é hora de *brunch*, Conde.

– De *crunch*, então!... Me dá alguma coisa para mastigar, compadre... E depois me fala mais das pessoas que estão metidas no negócio de arte e antiguidades. Vamos ver se por aí pode sair alguma coisa... E então vou dizer como você deve se comportar com os policiais. Conheço todas as maneiras que eles têm de te fazer falar.

– É mesmo, Conde? – o outro parecia emocionado, mais do que esperançoso.

– Sim... Mas vamos, vamos lá, senão vou morrer de verdade, porra.

Bobby tinha uma geladeira mais bem sortida do que qualquer supermercado de Havana, e a fome perniciosa de Conde sofreu uma derrota esmagadora. Com o estômago em plena atividade de maceração e os nervos relaxados, o ex--policial traçou a estratégia das relações de Bobby com seus ex-colegas – dizer só o indispensável e que pudesse ajudar a localizar o paradeiro da Virgem negra, nunca reconhecer uma culpa – e forjaram o plano dos próximos movimentos de Conde, à luz dos acontecimentos mais recentes. E, depois de terem tomado o conteúdo da última cafeteira até as últimas consequências, o antigo policial resolveu que ainda tinha tempo para avançar um passo em suas pesquisas e se despediu do velho amigo.

– Bom, tem uma coisa que eu não te disse – Bobby sussurrou quando já estavam atravessando a sala da casa.

– O que mais, compadre? – Conde lançou, intempestivo, e imediatamente recuperou seu desconforto: não aguentava mais a condição de caixa secreta de seu ex-colega. Quando chegariam ao último compartimento, ao cerne de uma enrascada que Bobby ia descascando como uma cebola?

Bobby estava sério. Mortalmente sério. Com um gesto indicou para Conde uma das poltronas da sala e ligou um ventilador de teto para refrescar a atmosfera do recinto. O anfitrião ocupou o sofá, com as nádegas bem na borda do assento, como se estivesse preparado para sair correndo. Esfregava as mãos, olhava para o amigo, depois para uma parede onde um dia existira um quadro. Conde teve a certeza de que se avizinhava uma revelação importante e preferiu não pressionar.

– Olha, é que eu não gosto de falar disso e não falei com quase ninguém, mas como sei que você não acredita em mim, que aqueles policiais horríveis que me interrogaram não acreditam em mim... Conde, a história do poder da Virgem não é mentira... Nem do meu avô postiço nem minha... Ele dizia que ela curava. E contava a história de um menino da aldeia dele que tinha seis dedos em cada mão e que a Virgem tinha ressuscitado... Ele dizia que tinha visto com os próprios olhos! E eu te digo que pode ser verdade que ela fazia milagres... porque eu mesmo comprovei...

Conde não conseguiu deixar de sorrir, pensou em fazer piada com o menino de seis dedos, mas se conteve. Bobby parecia sério demais para levar sua história na brincadeira.

– Bem, quando eu me fiz santo e recebi Yemayá – Bobby continuou e executou o devido ritual –, não foi porque estava confuso com a minha vida, como eu te disse... o que também é verdade.

– Por tua mãe, Bobby! Até quando!

– Cara, eu fiz porque ia morrer... Fiz porque me diagnosticaram um câncer de mama. Não me olhe com essa cara, porque uma coisa não tem nada a ver com a outra... – Bobby começou a abrir a camisa e deixou o peito descoberto. Conde notou que seus mamilos tinham os bicos talvez mais volumosos do que os de outros homens e, debaixo do pequeno promontório peitoral, havia duas cicatrizes curvas, quase imperceptíveis, mas com a forma macabra de um sorriso. – Está vendo? Os homens, inclusive os homens homens, também podem ter esse câncer, e ele me pegou, e parecia superagressivo. Claro que fui consultar um especialista, me submeti aos tratamentos médicos, mas, como sempre fui crente, me mexi por outros lados... O babalaô padrinho de Israel me atendeu e, quando interrogou Ifá, o resultado foi que pra minha saúde eu deveria receber os atributos de Yemayá, a Virgem de Regla. Acaso ou confluência cósmica? Sabe quantos orixás existem? Por que Yemayá e não outro qualquer?... Era um sinal e resolvi segui-lo. Preparei tudo para me fazer santo, no entanto, conforme recomendou minha avó, antes me encomendei à minha Virgem negra, rezei pra ela. Pedi ajuda e forças e passei por todo o processo de iniciação acompanhado por ela. Foi então que fiz uma promessa para a Virgem em troca da recuperação da minha saúde: quando me curasse eu a coroaria com um diadema de ouro e jurei nunca me desfazer dela e venerá-la como uma mãe...

Conde precisou acender outro cigarro. Achava a história de Bobby comovente e ao mesmo tempo patética.

– E a Virgem fez o milagre?

– Sim, fez, apesar de você não acreditar. Fez... Durante a cerimônia celebrada para eu receber Yemayá, essa Virgem esteve comigo no quarto onde a gente tem que ficar sozinho vários dias, supostamente para meditar e se purificar... E na segunda manhã, quando acordei, vi que a minha Virgem estava toda molhada, pingando, como se tivessem acabado de tirá-la da água... Olhei pro teto, pra ver se havia alguma infiltração, perguntei à minha madrinha se alguém a tinha molhado e nada... a água continuava pingando, como se saísse de dentro dela, como se transpirasse de febre, e tinha um cheiro estranho. Então criei coragem: passei o dedo na Virgem e provei a água que escorria e... tinha gosto de sal, mas cheirava a gordura, a manteiga... Era água do mar, uma água gordurosa!... Se não quiser não acredite, Conde, e não me olhe com essa cara, porque agora vem o que é realmente maior... O caso é que uns dias depois de receber Yemayá fui ao hospital... E cara de espanto foi a dos médicos: o câncer tinha regredido a uma velocidade clínica e orgânica impossível para a fase do tratamento em que eu estava. Era tão extraordinário que aqueles cientistas oncologistas falaram que tinham assistido a um verdadeiro milagre... da natureza. Eu, é claro, não lhes disse nada. Os tumores tinham se reduzido e se localizado, tanto que conseguiram me operar sem que ficassem células malignas... durante mais dois anos os médicos me viram e me examinaram, pra ver se havia algum tipo de reprodução da doença... mas do meu câncer não restava nada, como se nunca tivesse existido... Se quiser te mostro meu prontuário clínico, está guardado. Um oncologista até escreveu: "Causa da remissão tumoral: inexplicável...". Como você explica uma coisa dessas se até pra um cientista, um especialista, é inexplicável? Entende agora por que eu acredito e acredito mesmo no poder daquela Virgem? Por que tenho o sentimento de ter faltado com a minha promessa desde que Raydel a levou?... Por que estou cagando de medo por ela não estar comigo e, por estar cagando de medo, até estou te contando essa história em que você não vai acreditar, mas na qual eu acredito porque a vivi? Estou vivo por milagre, meu amigo. Ou por um milagre daquela Virgem.

9

Antoni Barral, 1472

"Neste passo: um dia, senhor", Antoni mentira, depois de fingir que fazia as contas, e o cavaleiro Jaume Pallard admitira: "Não vou chegar, Antoni, não vou chegar". E Antoni sabia que, se não acontecesse um milagre, o amo jamais chegaria. Com aqueles animais medíocres e exaustos, avançando por paragens escarpadas através das quais a teimosia do senhor pretendera cortar caminho, demorariam pelo menos dois dias. Mas, com febres irredutíveis e vômitos sanguinolentos dos quais se desprendiam emanações sulfurosas, as horas de vida do senhor Pallard pareciam muito poucas, contadas. "Este é teu vale, Antoni?", perguntou o cavaleiro, e Antoni respondeu que sim. Algum dia o fora. "E aquele pico, qual é?" "O Pic de les Bruixes, senhor." "Vamos dar uma parada. Afinal, qualquer lugar é ruim para morrer. Não é verdade, Antoni?", e o escudeiro mais uma vez respondeu que sim, mas que o senhor não morreria. Que outra coisa poderia dizer? Qualquer lugar. Embora para Antoni Barral, tão exposto aos vapores agressivos da febre negra que tinha contagiado seu senhor e o estava matando, aquele vale que o remetia a suas origens na verdade poderia ser o melhor lugar. Seu lugar.

Depois de dez anos de ausência, anos de guerra, violência, ódio e morte, Antoni mal conseguira reconhecer o lugar. E não porque o vale tivesse mudado de maneira radical, mas porque ele já era outro homem, como todos os que tinham vivido uma guerra e derramado sangue humano. Antoni conseguiu identificá-lo pelos perfis eternos das montanhas, o vulto escuro e desnudo do Pic de les Bruixes, o curso obstinado do riacho cheio de curvas bruscas e o verdor intenso que o distinguia em toda a região. No entanto, o que fora um prado, com olivais e vinhedos, plantações de trigo e cevada, rebanhos das mais belas ovelhas e cabras da região, transformara-se num matagal no qual algumas aglomerações de pedras e madeiras enegrecidas marcavam o lugar onde havia uma morada, um estábulo ou um depósito de capim e grãos. Tudo arrasado pela guerra, tudo vencido pelo abandono. Nem um balido rompia o silêncio. Nenhum galo cantava. A desolação era total e, para Antoni Barral, angustiante e de mau agouro.

Pois durante exatamente dez anos os catalães do reino de Aragão combateram entre si: tempo e esforço suficiente para devastar tudo. Tinham lutado em Barcelona, Gerona, Lérida, no litoral e nos vales, em todos os rincões do país. Tinham guerreado pelo rei João, contra o rei João, pelo príncipe Carlos, até mesmo quando o príncipe já estava morto. Combateram pelo direito à terra, à mobilidade, para manter ou eliminar os impostos. Alguns até diziam que tinham lutado para que o reino se tornasse independente de poderes estrangeiros visíveis ou tão etéreos quanto os fantasmas: o rei da França, que pretendia ficar com os territórios do rico condado do Rossilhão, que se estendiam para além dos Pireneus e tinham sido prometidos pelo rei aragonês ao soberano gaulês em troca de ajuda militar; o ambicioso monarca de Portugal, disposto a aumentar seus territórios; o poderoso René d'Anjou, senhor da Provença. Embora muitos se declarassem capazes de dizer por que lutavam e de que lado estavam, Antoni tinha a impressão de que outros tantos com frequência haviam esquecido suas razões e suas fidelidades ou as alterado ao longo dos anos durante os quais se dedicaram a matar uns aos outros, como se não houvesse mortes suficientes acumuladas, como se odiar fosse o principal propósito de sua existência. Ou como se estar uns contra os outros fizesse parte de um espírito ancestral.

Com o desgaste da contenda, quase ninguém se lembrava de que a guerra começara como um conflito de facções radicais, capazes de estender a defesa de seus grandes interesses por todos os lados, arrastando o reino atrás deles, envolvendo senhores e camponeses, gerando a maior desorientação. Às vezes as disputas se acirravam sem dar tempo aos outros de escolherem o lado para qual desejavam ou deviam se inclinar, e os homens acabavam arregimentados como tropas, obrigados por alguma circunstância mais ou menos fortuita, como acontecera com Antoni, camponês, servo, escudeiro da poderosa família dos Pallard. Antoni nada sabia nem queria saber de guerras em que pessoas como ele sempre acabavam sendo os perdedores. No entanto, mesmo assim fora obrigado a gastar dez anos de sua vida numa briga fratricida que nunca entendeu completamente, na qual afinal não houve vencedor definitivo, mas um compromisso de embainhar as espadas por pura exaustão. Porque, com o tempo e os pactos, combater de um lado ou de outro, pelo monarca ou contra o monarca, acabou sendo até uma simples questão de localização geográfica, ou de obediência a um senhor, ou de autêntico desejo de dar fim a alguma coisa que estava ruim ou que alguém decidia que estava ruim. E de repente as regiões, as cidades, os povoados e aldeias, até as famílias, viram-se divididos, consideravam-se inimigos para alimentar uma guerra civil demolidora que, uma década depois, não deixava vencedores nem vencidos nem mudava o país para melhor: tudo seria igual, na verdade pior. A Catalunha inteira era um ermo povoado de cadáveres, o rei continuava sendo o rei, e a mediocridade em que caíra o reino, um lastro tão pesado quanto as montanhas dos Pireneus que agora o escudeiro via. Graças a Deus, depois de dez anos vãos e devastadores, Antoni Barral tinha conservado alguma coisa que, na realidade, apenas a ele pertencia: sua vida.

A escudeiro tomou as rédeas da montaria do senhor Pallard e resolveu descer um pouco mais, à procura de uma pequena floresta de azinheiras e faias no que parecia ser uma curva do riacho montanhês. Água, sombra e pasto era o que necessitavam no momento e a única coisa que lhes podia oferecer o vale selvagem num regresso que talvez se concluísse ali. Lugar ruim ou bom, tanto fazia, pensou Antoni. Pelo menos era bonito.

As febres do senhor Pallard tinham começado dois dias antes e talvez a melhor opção tivesse sido voltar para Gerona, em busca de um médico, de um curandeiro ou até de um feiticeiro que pelo menos lhe fizesse umas sangrias, colocasse alguns emplastros e lhe propiciasse uma maneira menos terrível de morrer. Mas Jaume Pallard, cabeçudo e voluntarioso, insistira em que continuassem rumo a Camprodon e de lá aos domínios familiares, convencido num primeiro momento de que sua força física lhe permitiria chegar ao destino, de onde estava ausente havia vários anos. No dia anterior, porém, amanhecera com nódulos linfáticos por todo o corpo e fora acometido pelos primeiros vômitos. Mesmo assim, retomaram a marcha, e Antoni teve a premonição de que estavam descendo o caminho de ambos para o inferno: daquela doença quase ninguém se salvava e entre os que conviviam com ela poucos resistiam à sua capacidade invasiva de infecção. Bem se sabia naquelas terras, mais do que dizimadas pela peste antes de serem novamente dessangradas pelas lanças e espadas da guerra fratricida.

Quando atravessaram o riacho raso e cristalino viram uma azinheira estranha, de proporções exageradas, que parecia imperar sobre o pequeno bosque delimitado pela ferradura de água. Separada das outras de sua espécie, sem dúvida morta havia muitos anos, a árvore conservava apenas dois galhos enormes, abertos como braços, com os quais formava uma cruz quase perfeita. Seu tronco, por outro lado, carcomido pelos insetos e esverdeado pelos líquenes, parecia fendido no peito com uma ferida escura e profunda, nunca fechada, cauterizada pelo fogo provocado pelo raio que atingira a azinheira só Deus sabia quantas dezenas de anos antes. Antoni, que percorrera muitos daqueles vales, estranhou nunca ter reparado numa árvore tão peculiar; contudo, é claro, o que mais o espantou foi ver ao pé da azinheira calcinada, em estranha postura supina, os restos de pele seca, alguns pedaços de tecido, umas mechas de cabelo branco e os ossos corroídos pelo sol e pela chuva daquilo que, sem dúvida, muitos anos antes, fora um ser humano. A que homem real e pensante pertencera o esqueleto inclinado diante da árvore seca? Como era possível que na época o corpo não tivesse sido destroçado pelos lobos e pelos abutres? Seria verdade que os abutres não comiam carne infectada pela peste? Ninguém jamais o tinha visto e resolvido lhe dar uma sepultura digna? Mesmo sabendo tanto sobre a morte, a imagem do cadáver prostrado espantou Antoni Barral, que resolveu afastar-se do lugar, quando de sua montaria o senhor Pallard deu o que talvez fosse sua última ordem neste mundo: "Vamos descer aqui, Antoni. Junto da azinheira morta e do esqueleto. Assim terei companhia eterna".

Antoni Barral tinha nascido bem perto daquele vale verdíssimo, numa pequena aldeia sem nome encravada em paragens montanhosas cuja serra magnífica separava a Garrotxa catalã do condado de Rossilhão. Sua família, camponeses, pastores, carvoeiros, vivera naquele lugar esquecido por Deus e pela História desde tempos que se perdiam na memória, embora sempre dependente dos Pallard: cada um ocupando o lugar social que a fortuna lhe indicara desde antes de ser concebido. Foram as habilidades de Antoni como cavaleiro e caçador de montanha que chamaram a atenção de Jaume Pallard, o jovem senhor apenas poucos anos mais velho do que ele. E essas destrezas acabaram por mudar sua vida – acreditava Antoni que para melhor –, pois do trabalho na terra e do pastoreio de ovelhas que o destino lhe atribuíra passou a ser uma espécie de escudeiro do jovem senhor, tão dado a aventuras nas quais muitas vezes ultrapassava os limites do permitido, mesmo para um membro de sua linhagem. Graças a essa proximidade, Antoni foi o primeiro de seu clã a aprender a ler e a escrever – e por séculos, talvez, o único que o conseguiria – e a gozar do privilégio de navegar até Nápoles e tomar os fortes destilados daquele reino, de cavalgar muitas vezes por metade do país, usar botas de couro com fivelas e pernoitar em pousadas de Aragão, Castela, Leão e Navarra (o mais das vezes em estábulos, é preciso dizer), lugares em que se bebia, comia e fornicava até se fartar e se cantavam gestas, reais ou fantasiosas, dos cavaleiros andantes e dos navegantes do Mediterrâneo, às quais Antoni tanto se afeiçoou. Por alguma razão indecifrável, um daqueles romances sempre o atraíra de maneira especial: o que narrava as peripécias, a glória e a morte do grão-capitão Roger de Flor, personagem entre mítico e real que, contava-se, ocupara a ponte de comando do *Falcão do Templo*, orgulho dos mestres templários, pois fora na época o maior e mais poderoso navio que jamais existira. Depois, já dedicado à pirataria, o capitão Roger de Flor assaltara as costas do Mare Nostrum comandando uma quadrilha de corsários conhecida como Companhia Catalã. Grande personagem, o tal Roger de Flor...

O que de início fora um benefício inesperado, capaz de alterar a sorte de Antoni, graças apenas a uma habilidade física e a uma inteligência natural, depois se tornaria o curso pelo qual transcorreria sua ventura. Porque a História o surpreendeu instalado num lugar do qual não podia escapar, e por dez anos terríveis Antoni Barral teria de lutar ao lado de seu senhor numa guerra na qual sempre soube que combatia pelas ambições dos outros, pelas decisões ou vontades dos outros, dos poderosos de sempre, dos que forçam a História.

Quantos homens matara nos longos anos de combate? Ser hábil com a lança e com a espada – mais até que o próprio senhor Pallard – o mantivera vivo depois de tantos combates, embora sua sobrevivência dependesse da morte de outros. No início da guerra, convencido pelas conversas do senhor Pallard com seus familiares e partidários, Antoni chegou a pensar que estava entrando numa disputa que talvez melhorasse a vida dos homens de sua condição. Falava-se com certa insistência em lutar para romper laços de dependência dos camponeses com a terra e os senhores, para acabar com os maus-tratos e tributos excessivos e dar vida aos *masos* mortos, aquelas propriedades abandonadas desde as décadas mais duras da peste. Mas, à medida que a disputa se perpetuava, o jovem escudeiro ia perdendo todos os nortes porque, de repente, seus senhores passavam a lutar por causas opostas ou novas ou diferentes. O que Antoni Barral aprendeu foi que, como tantos outros, só seria, estava sendo, na verdade, um peão movido por interesses tão altos que estavam além de toda a sua compreensão. Porque ele não tinha terras nem tecelagens nem negócios em Barcelona ou armazéns em Alexandria e na Sicília, não era um oligarca da facção dos *bigaires* nem um rico comerciante do partido dos *buscaires**. Nem sequer era devoto do rei ou partidário

* Referência aos membros dos dois blocos políticos principais em que se dividia a burguesia catalã no século XV: La Biga (*bigaires*, membros da oligarquia mercantil) e La Busca (*buscaires*, comerciantes e artesãos). (N. T.)

do príncipe. Era só o que podia ser: uma espada hábil manipulada por outros, os mesmos de sempre. E assim continuaria sendo depois de ter ganhado, por sobejos méritos, sua eterna permanência no inferno por ter matado, numa guerra que não era justa nem santa, tantos homens, a maioria deles pobres seres de sua condição, tão peões e miseráveis quanto ele, tão arrastados pelas avalanches da História quanto ele. Só o consolava de sua culpa ter ouvido um dia que aquela guerra se travava pela liberdade, que, dizia quem sabia, é uma das principais excelências dos homens francos, pois a servidão é comparável à morte. Aquela liberdade poderia ser também a dele?

Uma intensa década em campanha servira para aprimorar ainda mais as capacidades e habilidades físicas e de sobrevivência de Antoni Barral. Graças a elas, depois de acomodar o senhor Pallard perto da azinheira morta com galhos em forma de cruz, conseguira apanhar duas lebres e até uma perdiz vermelha que agora estavam dourando no fogo. Aliviado por saber que haveria comida, com os pés descalços mergulhados no alívio da corrente fria e estimulante do riacho, ele via o sol descer para o fundo do vale. Umas horas antes Antoni começara a sentir um incômodo nas articulações que atribuiu ao cansaço acumulado e às correrias atrás das presas. Sentado numa pedra, olhava para seus pés, doloridos, já lavados pela água, e de repente lhe pareceram animais estranhos, decididamente desconhecidos. Perdido em sua contemplação, Antoni Barral sentiu-se surpreendido pela sacudida de um calafrio repentino que vinha do mais profundo de seu corpo e teve a iluminadora revelação de que estivera naquele mesmo lugar, em posição idêntica, experimentando sensações muito semelhantes e fazendo-se as perguntas mais tolas: o que gostaria de ter sido na vida?, o que gostaria de ter feito com a sua vida?... Porque a quem poderia ocorrer perguntar-se tal coisa? A vida dos homens como ele, os mandados, sempre fora e sempre seria determinada por decisões e vontades alheias, colocadas nas mãos de homens providenciais que se gabavam de querer mudar o mundo e às vezes até o desejavam de fato, mas que, conforme Antoni aprendera durante uma longa guerra civil, muitas vezes acabavam por piorá-lo. A experiência extravagante de estar reproduzindo um ato pessoal esquecido, com toda certeza apenas sonhado, foi tão vívida que parecia ter-lhe ocorrido em algum momento de sua vida situado num tempo alheio às cronologias, pois percebeu-o como se estivesse gravado além dos espaços de sua memória. O mais inquietante, por outro lado, foi que também teve o lampejo revelador de que repetiria aquele ato e aquela meditação num longínquo instante futuro, impossível de alcançar nos anos que passaria no mundo terreno. Todas essas sensações eram tão disparatadas e ao mesmo tempo tão diáfanas que lhe chegavam adornadas com nítidas percepções orgânicas, mas sobretudo com alguns detalhes desconhecidos, indefiníveis (um cheiro de gordura e mar, de peles mal curtidas, de incenso queimando, de velas de lavanda), que se apresentavam difusos (sentia ou não sentia o cheiro?), com definições alteradas por um prisma, como acontecia agora com seus pés submersos. Pensou então que estivesse vendo o tempo através da transparência de um pingo de chuva suspenso num galho. Ou atravessando os anos com o olhar fixado na luminosidade impoluta da lágrima que um estado de alma avassalante e alterado tinha extraído de seus olhos.

"Dá-me mais água?", pediu o enfermo, e Antoni Barral saiu do encantamento maravilhoso e incompreensível em que mergulhara. O cheiro real da comida colocada sobre o fogo devia ter sido tão vivificante que o senhor Pallard, encostado no tronco da árvore seca no lado oposto ao qual se encontrava o esqueleto insepulto, tinha aberto os olhos e estava quase sorrindo. Antes de obedecer ao amo, Antoni olhou de novo para os pés submersos no riacho e então só viu aquilo: seus pés, sólidos e agora limpos, ainda doloridos. Da posição em que estava, enquanto se punha de pé, o escudeiro finalmente respondeu ao senhor: "Pode ser que vos faça vomitar". "A esta altura já... Dá-me água, estou queimando por dentro!", exigiu ele, e Antoni Barral encheu a tigela no riacho e a aproximou dos lábios do senhor. Jaume Pallard pegou o recipiente e ele mesmo o ergueu e conseguiu tomar alguns goles. No breve instante em que Antoni roçou as mãos do outro, pensou que nunca tinha tocado num ser humano de cuja pele se desprendesse uma temperatura tão escaldante. De fato ele estava queimando, por dentro e por fora. Seria aquele o prelúdio da entrada na ígnea condenação eterna?

Antoni virou as peças de carne. "Se eu morrer aqui, não me enterres", ouviu de novo a voz do senhor. "Afinal, estão me esperando no inferno, tu sabes... Deixa-me assim, perto do meu vizinho. Daqui a muitos anos, em vez de um, seremos dois mistérios. E, aliás, faremos companhia um ao outro. Vamos ver se meu amigo me conta quem foi e como chegou até aqui." Antoni assentiu. O senhor costumava ter esse tipo de ideia. "Vossa mercê vai melhorar", mentiu Antoni, e o outro voltou a sorrir. "E, se não te contaminei com a peste, o que vais fazer de tua vida, Antoni?", perguntou então o enfermo, e o servo se sobressaltou. Nunca ninguém lhe tinha perguntado algo assim, e a interrogação lhe vinha logo depois da estranha experiência recém-vivida e de ele ter feito a si mesmo aquela indagação. O que estava acontecendo naquele vale? Seriam eles joguetes dos donos invisíveis das florestas e das montanhas?

"Não sei, senhor", disse o servo finalmente, e explicou: "Tudo depende de vós. Se morrerdes, não creio que os senhores seus irmãos me paguem os salários que me devem nem me entreguem as terras que me prometestes". "Por isso te esforças para me levar à casa?" "Bem sabeis que não, senhor. Estou há vinte anos a vosso serviço." "Temos alguma coisa em que escrever?" "Receio que não, senhor." Jaume Pallard sorriu: "Então dá-me de comer. Tua única salvação é eu me salvar...". "Isso vos fará vomitar." "Mas primeiro terei comido. As coxas das lebres são a carne mais suculenta."

Comeram quando a noite começava a cair sobre o vale. Depois Antoni alimentara o fogo para que os iluminasse e os aquecesse nas sempre frias noites outonais da serra e tinha se acomodado de modo a dar as costas ao esqueleto inclinado para a árvore morta. Em algum momento ouviu seu cavaleiro falar, como num delírio, do final vergonhoso de uma guerra vergonhosa que tinha arruinado o país; de como alguns senhores e dignitários tinham manipulado sentimentos de pertencimento nos habitantes do reino, segundo eles ameaçados por poderes invasores estrangeiros, mas só para ocultar por trás desses pretextos seus verdadeiros interesses de poder e riqueza; da sorte pouco alterada dos camponeses *remensas** ao fim de tantos anos de luta. A guerra civil, dizia Jaume Pallard, com um vigor e uma lucidez que não condiziam com seu estado, fora apenas uma a mais na crônica das guerras vividas e por viver: um jogo pelo poder, a explosão das ambições, a expressão do pior da condição humana. Ouvindo o patrão repetir aqueles argumentos, Antoni questionou se suas palavras eram obra de um desvario febril ou de um raciocínio assentado, sobretudo porque aquele homem, rico, poderoso, déspota muitas vezes, com atitudes que iam desde posturas fidalgas até lamentáveis ações de bandoleiro, estava expressando ideias que para Antoni eram alarmantes e em alguns casos até desconhecidas, embora ao mesmo tempo íntimas e próximas, talvez só porque outras vezes as ouvira ao longo da guerra recém-terminada ou porque seu entendimento caíra sob a influência de uma iluminação reveladora, própria dos moribundos. O que estava acontecendo com ele, com aquele lugar, com aquele instante translúcido do tempo?

---

* Na Catalunha, camponeses que cultivavam terras alheias, ligados a ela por hereditariedade. Juridicamente eram homens livres, mas estavam vinculados ao senhor e só podiam abandonar a terra se lhe pagassem uma indenização, a *remensa*. Sublevaram-se em 1462, numa guerra que durou cerca de dez anos. (N. T.)

A noite se fechara e, depois de devolver com furiosas golfadas tudo o que fora comido e bebido, o senhor Jaume tinha caído numa espécie de agitação espasmódica que Antoni achou que fosse o prelúdio do final. Quando o ergueu para acomodá-lo contra o tronco da azinheira fulminada, o escudeiro voltou a sentir em suas mãos o calor ardente exalado pela pele de seu senhor e se benzeu. Era incrível que aquele homem fervente continuasse vivo, pensava ele. Antoni observava as convulsões periódicas que sacudiam o corpo do enfermo, cuidava para que sua cabeça não batesse muito contra a árvore, quando, quase sem se anunciar, ele mesmo foi surpreendido por um vômito fétido e escuro que lhe rompeu as entranhas. E não teve dúvida: não se tratava de má digestão das lebres nem de alguma podridão ingerida com a água. Seu destino de servo estava tão ligado ao do senhor Pallard que também tinha sido infectado pela peste negra.

Agitado pelos primeiros tremores, Antoni aproximou-se o mais possível da fogueira e se cobriu com a manta. Não havia nada que fazer. Pensou, no entanto, que antes de perder a consciência deveria desamarrar os cavalos para que não morressem quando se esgotasse o pasto que os rodeava, mas percebeu que já lhe faltavam forças para se levantar. E, diante da falta de alternativas, começou a orar. Rezava submerso numa ladainha que lhe deixava a mente em branco, rezava pedindo perdão por culpas próprias e desmandos que não merecia assumir, clamando por uma nova oportunidade na vida ou na outra existência prometida, quando ouviu um ruído, talvez amplificado por seu estado febril, cujo eco ricocheteou nas montanhas que cercavam o vale: primeiro com um rangido prolongado, depois com um golpe surdo, um dos galhos da azinheira seca que davam à árvore forma de cruz se desprendera do tronco morto e fora cair na cabeça de Jaume Pallard, que ficou deitado debaixo do enorme pedaço de madeira escura.

Engatinhando, Antoni aproximou-se do corpo do patrão. Viu que de sua testa brotava um sangue turvo, mas ele ainda respirava. Como aquele corpo ardente, desidratado, devastado pela peste podia ter sobrevivido ao golpe esmagador do galho? Antoni tentou remover o tronco e mal conseguiu deslocá-lo. Pensou rápido e percebeu que só poderia levantar o galho com a ajuda de um, talvez dos dois cavalos. Fazendo um esforço supremo, começou a operação de amarrar o galho com uma corda. Fazia força e sentia que seu corpo começava a arder, suas articulações a gritar lamentos, sua visão a anuviar-se pela dor que lhe perfurava as têmporas. Apoiado nos animais, passou a corda pelo pescoço deles e deu um laço. Duas vezes vomitou dejetos mais sanguinolentos enquanto fazia os cavalos puxarem o tronco. Quando finalmente viu que o corpo de Jaume Pallard estava livre do peso do galho, cortou a corda e, desse modo, soltou os rocins. Encostado no tronco seco, esperou até sentir que recuperava um pouco de fôlego. Quase rastejando, aproximou-se do riacho para beber e mergulhar a cabeça fervente no frio da corrente. Com as últimas energias que lhe restavam, Antoni Barral, servo, camponês, pastor montanhês e escudeiro, filho de Carles Barral, também servo, camponês, pastor e soldado morto em outra luta que não fora sua, neto de Pau Barral, de iguais ocupações na paz e de igual destino na guerra, deixou-se cair junto do corpo de seu senhor Jaume Pallard, o homem graças ao qual conhecera o amplo mundo existente além de seus vales e montanhas, tivera até o sonho de poder ser um homem livre, dono de um pedaço de terra onde planejara semear robustas videiras trazidas do Levante e das terras do Douro, criar cabras de barbas compridas e melenas abundantes, próprias daquelas paragens agrestes. Sonho impossível para um homem de sua origem e de seu destino desafortunado, moldado por decisões que sempre o tinham superado, manipulado e até envilecido.

Quando o sol raiou, no dia seguinte, Jaume Pallard abriu os olhos e viu com nitidez recobrada o brilho da luz no leito do riacho. Doía-lhe a cabeça e ele tocou na ferida e na protuberância que tinha na testa, sobre a qual o sangue secara. Como tinha se ferido? Não era capaz de lembrar. A seu lado viu o corpo frio e inerte de seu escudeiro Antoni Barral, com o pescoço deformado pelas pústulas que lhe tinham causado a morte. Mas não era ele o doente e Antoni o são? Estava vivo e delirando ou morto e em vias de se desvanecer para sempre no nada? Atrás de Antoni viu o galho volumoso e enverdecido por musgos e líquenes, no qual distinguiu uma corda amarrada. Naquele instante seu pensamento clareou. Voltou os olhos para cima e viu que à cruz formada pelos galhos secos da azinheira morta faltava um braço, sem dúvida aquele galho que estava no chão diante dele. Então, fazendo o maior esforço, Jaume Pallard arrastou-se até o riacho e bebeu alguns goles de água, que sentiu agradáveis, apesar das chagas que lhe cobriam a cavidade bucal. Esgotado, mas com o ritmo da respiração novamente regularizado pela baixa da febre, deixou-se cair de costas no riacho para sentir que os miasmas e o sangue pútrido que tinham brotado de seu corpo escorriam água abaixo. Daquela posição jacente observou a azinheira morta, rachada ao meio pela queda de um de seus galhos, e a viu. Ou acreditou vê-la. Não, viu, estava vendo, pois não estava delirando nem morto. Ali repousava Ela, sentada no que restava do tronco ferido pelo raio e apodrecido pelo tempo. Era uma imagem negra, majestática, sem dúvida uma representação belíssima da Nossa Mãe e Senhora, que com o braço esquerdo segurava no colo o menino Jesus e estendia a mão direita bem na direção em que ele se encontrava, já de joelhos, apontando para ele, escolhendo-o. Jaume Pallard soube naquele momento e o repetiria ao longo dos outros trinta anos que lhe restavam para viver: tinha assistido a um milagre. Ele era o beneficiário de um milagre. Naquele instante entendeu o porquê da posição de oração do cadáver seco junto da árvore enegrecida. E, ainda prostrado na correnteza do riacho, com o olhar fixo na madona negra, prometeu viver em castidade o resto da existência que o céu lhe concedesse, não voltar a empunhar a espada e, quando fosse possível, erguer naquele lugar um monumento para abrigar e honrar a Virgem milagrosa que lhe devolvera a vida. Lá também sepultaria, debaixo de seu altar, os restos de um desconhecido que morrera em posição de adoração à imagem nascida dentro da árvore mágica e os de Antoni Barral, o servo fiel que o conduzira até o lugar onde se concretizaria o prodígio de sua volta do mundo dos mortos para a vida.

10

9 de setembro de 2014 (noite)

Para matar um homem não precisava de armas de fogo nem de artefatos de arremesso, arsenais biológicos ou atômicos: ela mesma era bala, facão, flecha, antraz e nêutrons. Pôr um homem de joelhos exigia muito menos esforço: talvez só um olhar e um sorriso. Sua imagem provocou em Conde o efeito habitual e lógico, pois, por mais que estivesse prevenido, nenhum espectador com hormônios masculinos ativados poderia ficar imune àquele prodígio humano. Como funcionaria com um consumidor de seus atributos! Um cataclismo, sim, um cataclismo! Porque Karla Choy era uma bomba ambulante, e o pavio aceso ficava à vista.

Comovido pela confissão de Bobby e convencido do apego real que o ex-colega podia ter por uma efígie milagrosa para ele e para seu avô catalão, Conde reexaminou todas as conexões possíveis de estabelecer com o destino da Virgem desaparecida e com o rapaz assassinado. Então o nome de Karla voltou a sair como uma carta marcada: exatamente na noite anterior, Bobby e seu amigo Elizardo Soler tinham jantado com a jovem comerciante de arte. No diálogo da sobremesa, Karla lhes revelara um dado que para Bobby agora era muito significativo: se, como estavam pensando, alguém tinha incentivado Raydel a dar o golpe, esse alguém acaso não podia ser um crente, católico ou afro-cubano, um babalaô, por exemplo, convencido de que de fato a Virgem tinha poderes? Quanto valia o poder de uma Virgem para alguém que acreditasse de verdade nele e se arriscasse ao que quer que fosse para possuí-lo? Todo o dinheiro do mundo, concluíra a mulher, grande conhecedora do dinheiro e do mundo. E isso poderia explicar muitas coisas, achava Bobby: desde o desaparecimento da imagem até a morte de Raydel. Um fanático é capaz de qualquer coisa, e o planeta inteiro sabia disso e o sofria na própria carne, tinha ele dito.

Motivado pela persistência da ideia e pela fama da compradora e vendedora de arte (e pelo que se dizia de sua beleza, era preciso reconhecer), Conde resolveu falar com ela e pediu a Bobby que marcasse um encontro para ele o quanto antes. Feita a ligação, Bobby anunciou que Karla Choy estava naquele momento em sua galeria particular, cuidando da montagem de uma exposição, e receberia o amigo de Bobby que o estava ajudando com seus problemas cada vez mais complicados.

A galeria tinha sido aberta num dos palacetes da avenida principal do bairro Kohly, muito perto da ponte do rio Almendares. Era uma construção da década de 1940, de pé-direito alto, muitos vitrais e uma elegância tranquila, dessas estruturas capazes de resistir com dignidade à passagem do tempo e das modas. Conde venceu a breve escadaria que alçava a mansão alguns metros acima do nível do mundo e transpôs a colunata do terraço. Atravessou um espaço de granito reluzente e assomou no portal aberto, disposto a tocar ou a se anunciar, quando viu avançar para ele, vinda do fundo da casa, a figura da ninfa. Quando estava a poucos metros da mulher percebeu que só de vê-la subia-lhe das plantas dos pés um calor semelhante ao que sentira na noite em que tinha visto o diabo. Mas era um fogo muito melhor.

O cabelo completamente preto, liso, movia-se ao ritmo imposto por um corpo flexível, mais revelado do que escondido pela camiseta de alças, ajustada ao torso, e pelas bermudas de *lycra*, pintadas na frente até a metade das coxas. Daquele corpo não se podia pedir mais: a pele bronzeada estendia-se sobre dois seios pequenos e assanhados, terminados por mamilos que tensionavam o tecido da camiseta, e descia depois por um abdome liso, rijo, duro, para então ir percorrer os quadris generosos entre os quais se destacava a massa compacta do triângulo mágico capaz de transmutar a matéria, a verdadeira pedra filosofal que os distraídos alquimistas não tinham ideia de onde poderia estar. Para rematar, a cor e a textura magnética da pele precipitavam-se pelas coxas, rígidas sem serem fibrosas demais, e corriam pelas pernas para dar forma às esmeradas proporções dos tornozelos e dos pés, capazes de sustentar com orgulho uma realização magnífica da natureza e da genética. Mas o toque de mestre estava nos olhos. Tudo está nos olhos, Conde ouvira dizer ou lera certa vez, e os olhos de Karla Choy, chinesa cubana, o demonstravam de modo irrefutável: pretos, profundos, rasgados, brilhantes, inteligentes, talvez até dissimulados. Sem dúvida alguma, assassinos. Olhos de mentiroso.

– Você é Rei, amigo do Bobby? – perguntou Karla à estátua de sal parada debaixo do dintel. Sua voz não destoava do resto do organismo, pois tinha a calidez necessária para avisar que sua dona, afinal de contas, era real, humana, não uma reprodução feita à mão por um criador de sonhos.

O homem engoliu saliva e recobrou a respiração. Fez uma tentativa e conseguiu: falou.

– Não chego a tanto... sou Conde...

Ela riu com gosto.

– Ai, é verdade... Desculpe. Mas entre, entre...

No salão, nas colunas encarregadas de dividir o amplo espaço em duas partes semelhantes, havia vários quadros de um dos pintores cubanos que Conde mais detestava. Sua obra falava por si só da falta de talento do autor, mas sua fama e presença eram esmagadoras, sabia Deus por que artes de ascensão política ou econômica. Dava mais ou menos na mesma. Uma menina roliça e sorridente, com feições de anjo, ocupava o primeiro lugar no acúmulo de telas, e só de ver a imagem Conde sentiu que voltava à realidade, vindo da órbita inatingível aonde o projetara a figura de Karla Choy.

– Esse é o pintor que você está promovendo agora? – atreveu-se a perguntar ao ver os três jovens, dois homens e uma mulher, que mediam quadros e espaços, preparando a exposição.

– Sim! Por quê? – Karla perguntou, e se deteve diante da tela da criança feliz no melhor mundo dos querubins.

– É que... – ele não teve coragem. Aquele não era seu negócio e temia passar algum limite.

– Diga a verdade, sem constrangimento – ela o encorajou.

– É que me parece pura merda – sussurrou Conde, para não ser ouvido pelos curadores.

Karla voltou a rir. Era mais atraente ainda quando ria. Absoluta e eficientemente letal.

– Não, não parece, é merda mesmo... mas o mundo está cheio de gente que compra merda. Até de gente que prefere merda... E eu... se você quiser merda e pagar por ela, eu vendo – disse ela, e acrescentou: – Venha, vamos à sala de jantar.

Conde desfrutou do espetáculo de vê-la andar na frente dele. Faltava-lhe aquela perspectiva da mulher, e o fato era que sua retaguarda não desmerecia em nada o que ele já tinha contemplado. Como seria viver com uma mulher assim?, perguntou-se no trajeto, e respondeu imediatamente: um voo de ida e volta da glória ao inferno. Se a beleza tranquila e humana de Tamara fora motivo de ciúmes e de incômodos concretos diante da inspeção visual que outros homens lhe dispensavam, andar com Karla por Havana, onde os olhares despiam até as mulheres menos favorecidas, exigiria o uso de armadura e lança-chamas.

A sala de jantar da mansão também não desmerecia o resto que já tinha visto: antes, reforçava. Fechada com grandes janelas de vitrais que compunham figuras geométricas e beneficiada pelo rumor do painel de um ar-condicionado generoso, era acolhedora e familiar graças às prateleiras com pratos, vidros talvez venezianos e, sobretudo, ao quadro que cobria a maior parede. Seu autor era um dos pintores contemporâneos mais admirados por Conde. Suas pinturas, com um toque *naïf*, criavam cenários de sonhos povoados por personagens às vezes identificáveis e uns bonecos ou bonecas que frequentemente pareciam desconjuntados, como era o caso das figuras que se viam na tela que ele contemplava agora. As cores pastel, dominadas com maestria, criavam uma atmosfera onírica, transparente, também reconhecível. O artista, cotadíssimo, reconhecidíssimo, vivia ultimamente um período de ostracismo e invisibilização social e cultural por causa de suas opiniões e atitudes públicas, de uma acrimônia que excedia o admissível pela poderosa ortodoxia castradora de qualquer divergência. No entanto, para satisfação de Conde e – imaginou ele – de muita gente, o pintor não se dera por vencido e continuava trabalhando em sua obra, criando uma beleza invencível contra a qual nada puderam nem a marginalização cultural nem outras fatalidades humanas.

– Este sim é um pintor – disse Conde.

– Claro... mas isso não é todo mundo que compra!... Só essa obra vale dez vezes mais do que as vinte e cinco que vamos expor lá na frente. É fácil fazer a conta. Sou uma vendedora, e não o Ministério da Cultura.

Conde ocupou a cadeira que Karla lhe indicou.

– O que posso te servir?

– O que me oferece? – ousou Conde.

– O que quiser.

Conde sentiu-se desafiado e disparou.

– Uísque de malte irlandês?

– É pra já! – exclamou Karla, e dirigiu-se até um móvel alto, abriu uma das portas e voltou com dois copos e uma garrafa de um uísque de malte irlandês doze anos. – Vou acompanhá-lo. Preciso relaxar...

Serviu a bebida nos copos quase quadrados, colocou-lhe um par de pedras de gelo e, sem esperar a transição térmica, tomou um gole do seu.

– Obrigado – disse Conde, antes de beber. Quando deixou o destilado cair sobre as papilas comprovou que a glória ainda existia. Só que podia ser muito cara e, portanto, esquiva.

– Então... – Karla pressionou. – Tenho trabalho...

Conde voltou a beber, tirou seus cigarros e fez um gesto de pedir licença, que ela retribuiu com uma afirmação, ao mesmo tempo que estendia a mão para aproximar o pesado cinzeiro de vidro colocado no centro da mesa. A beleza cataclísmica era uma das poucas pessoas dedicadas a trabalhar no país.

O ex-policial começou a explicar o motivo de sua visita: o roubo sofrido por Bobby e a situação complicada em que ele se encontrava depois da descoberta, na noite anterior, do assassinato do suposto ladrão, antes amante e protegido de Bobby. E as especulações que se podiam fazer no caso de um crime que todos presumiam relacionado ao roubo cometido. Sentia-se loquaz, incentivado à conversa cúmplice pelo olhar desarmante da jovem e pela aura de desamparo criada por sua presença. Soltava informações sem ter ideia clara das fronteiras do que seria prudente. Tão vulnerável ele estava.

– Quando Bobby me ligou e me disse que tinham matado o rapaz... terrível – comentou Karla. – Mas na verdade não sei como posso ajudá-lo. Coitado do Bobby...

– O problema é que até hoje achei que a chave para encontrar essa bendita Virgem fosse Raydel, ou Yúnior, como na verdade o ladrão se chamava. Mas agora acredito que haja uma mão por trás. Uma mão sábia que pôs Raydel em movimento... E como me disseram que você acha a mesma coisa e também que você sabe absolutamente tudo, mas absolutamente tudo, o que acontece nesses negócios...

Karla sorriu, pelo visto lisonjeada.

– E você tem certeza de que a Virgem negra é valiosa? Quer dizer, como obra.

– Valiosa ela é, mas não sei quanto – admitiu Conde. – Isso depende de muita coisa. De sua antiguidade e raridade, sobretudo. Dados que não tenho porque, segundo Bobby, não existem. Ele me diz que não é antiga nem rara... Embora possa ser valiosa simplesmente pelo componente místico. Valiosa pra quem acredita nisso.

Karla assentiu.

– Sim, foi isso que eu disse ao Bobby... mas os policiais têm alguma pista? Suspeitam de alguém que possa ter matado o tal Raydel?

– Não, eles estão perdidos. Creio que mais perdidos do que eu. Porque não sabem o que eu sei da Virgem... Vão apertar Bobby e os cupinchas de Raydel... Até arrancarem alguma coisa deles ou até se cansarem e começarem a procurar por algum outro lado.

– O que podem arrancar deles? – continuou ela.

– Não sei... algum dado.

Karla assentiu, então voltou a sorrir.

– Rei, que tipo de policial você é?

– Conde, apenas – ele retificou.

– E não posso te chamar de Rei? É que eu gosto mais do que de Conde.

O homem estava prestes a derreter e com um último lampejo de lucidez perguntou a si mesmo se a mulher estaria tentando manipulá-lo para conseguir informações. Ou melhor, se de fato estaria conseguindo isso com seus olhares, sorrisos, uísques irlandeses.

– Ok, me chame de Rei. É uma honra... Nunca estive tão alto. Quase nas nuvens – e levantou o copo sem tirar os olhos da jovem.

– Diga, que tipo de policial você é?

– Mais ou menos como você no seu negócio: policial por conta própria. Não sou dos que prendem as pessoas... Mas vou procurá-las quando estão desparecidas. De alguma coisa eu tenho que viver...

– Gostei: você é o primeiro detetive particular cubano desde 1959... É um rei, eu sabia!... Tenho uma psicologia... Ah, vem cá, aqui existe licenciamento para ser detetive por conta própria?

– Que eu saiba não... Sou clandestino...

– Clandestino, gostei... Bem, Rei... O problema é que não sei como te ajudar... como ajudar Bobby a sair dessa encrenca em que ele está ou a recuperar a Virgem. Se é coisa de *santeros* e crentes, estou fora. Esse não é o meu mundo. Não acredito em nada.

– Mas não é preciso aderir à ideia de que por trás disso há um fanático. Pode ser um negócio que se complicou. E como você conhece...

– Eu não me meto nesses pântanos, Rei. Você está me vendo assim, meio louca – disse ela. – Veloz e furiosa, como dizem agora. Mas não nos negócios. Não posso perder o que tenho para ganhar uns pesos a mais. Tudo isso eu consegui trabalhando, com habilidade, mas com persistência. E me custou muito. Brigas, inimizades. E também o fato de alguns lá no alto – indicou um ponto acima do telhado – não gostarem muito de mim. Ter esta galeria era um sonho... e eu o realizei. Estudei Arquitetura, gosto de construir coisas... mas, se neste país não é possível construir pontes nem casas nem nada... pois eu faço mágica. Isso é mágica, Rei.

Conde admirava os espíritos empreendedores, donos do ímpeto que faltava a ele. E, se o esforço era limpo, então o aplaudia. E, se quem o realizava era alguém tão bonito, ele se babava.

– Não vou te contar a história da minha vida, mas, como não posso ajudar com o teu problema, enquanto tomamos este drinque maravilhoso vou te dizer uma coisa – Karla anunciou e voltou a beber. – Meu avô era um chinês morto de fome que veio de Cantão para fazer dinheiro e o que ele fez foi trabalhar até se arrebentar. Meu pai e minha mãe foram dois cubanos mortos de fome que também trabalharam como animais. Hoje são dois velhos de sessenta anos, desencantados de tudo, que, se não morrem de fome com suas pensões de quinze dólares por mês, é porque eu os sustento... A mim, que na verdade tive outras possibilidades, parecia que no fim caberia mais do mesmo: uma escrivaninha num escritório escuro. Frustrar-me e, se pudesse, me corromper para escapar... Fatalismo geográfico, histórico, até racial?... Porque você sabe que os genes chineses são muito fortes, não é? Continuam aparecendo depois de gerações. E eu tenho esses genes: os bons, os ruins, os visíveis e os invisíveis... Consigo trabalhar até arrebentar, como a minha família. Mas, meio chinesa, no final das contas, também consigo negociar até com merda... como você sabe. Você viu essas geladeiras chinesas que vendem aqui para as pessoas? Porcaria, pura porcaria... Mas vendem! Bem, entrei na universidade em plena época da Crise. Não havia ônibus, nem sei como eu fazia para chegar todos os dias à Escola de Arquitetura; não havia comida, também não sei o que eu comia nem como estudava porque quase nunca havia eletricidade. Eu nunca tinha um único tostão... Mas dei um duro, pisei fundo nos pedais da vida e da bicicleta chinesa de merda com a qual me deslocava. E me formei. Então disse a mim mesma que não seria como meu avô ou meus pais nem como a minha bicicleta chinesa. Pra viver um pouco melhor também não faria o mesmo que tantas moças da minha geração, que acharam um velho estrangeiro que as tirasse de Cuba e babasse em cima delas, mas que as sustentasse. Não, não tenho estômago para isso. Não tenho alma de puta nem sequer de puta casada, nenhum homem tem que me sustentar, porque quando te sustentam te controlam. E de controladora basto eu... Também não faria como alguns de meus colegas, que praticam como única arquitetura tirar dinheiro das pessoas que precisam da sua aprovação de funcionários para arrumar, comprar ou vender uma casa. E não pense que estou criticando. Não estou criticando nenhum deles, por mais putas ou putos ou filhos da puta que sejam, porque afinal eles são vítimas. Cada um pega o que pode, ainda mais quando de tanto chover se chega ao dilúvio. Uns e outras dando o cu; outros roubando de safados que têm dinheiro pra comprar casas grandes e também de infelizes que estão com o teto caindo na cabeça. Porque é preciso viver. E pra isso vale tudo... Enfim, não quero te cansar: o que fiz foi vestir as calças, me introduzir nesse negócio sem saber muito bem como fazer, mas com vontade de fazer. Porque disse a mim mesma que esse negócio ia me possibilitar viver melhor do que me cabia por minha origem ou por meu presente. De modo que comecei de baixo, sem nada, mas com força, com vontade, trabalhando quinze horas por dia e... agora, como você vê, posso te oferecer essa bebida que você acabou de tomar ou qualquer outra que você resolvesse pedir. *Brandy*, porto, vodca finlandesa, mescal...

Conde ouvia extasiado a lição de pragmatismo e lentamente ia recuperando sua capacidade de processar informação. Embora não fosse sua intenção, Karla Choy estava lhe revelando as bases de uma filosofia de vida que cada vez mais gente praticava no país: a de se virar por conta própria para não cair no buraco.

– E você não corre o risco de ultrapassar alguma fronteira? – ousou perguntar Conde.

– Claro que corro... Mas pra poder conservar o que eu tenho tomo muito cuidado. Faço mil negócios, mas não me sujo. Havana inteira sabe disso... exatamente por essa razão ninguém vem me oferecer uma pintura falsa de algum mestre cubano e, é claro, menos ainda uma Virgem de merda, roubada, que não deve valer nem cem pesos e só um idiota como seu amigo Bobby, ou aquela batata-doce com olhos do Raydel, ou um místico louco podem achar que vale alguma coisa, em dinheiro ou em poderes esotéricos ou como quer que se chamem. E, se vale alguma coisa de fato, pois também não me importa, está suja e agora, além do mais, manchada de sangue... Esse é o ponto, Rei. Eu não me sujo. E, bom, como fui com a sua cara outro dia te convido para um segundo drinque. Hoje terminou a consulta. Tenho que trabalhar. Trabalhar.

Karla Choy sorriu e estendeu a mão para Conde. A estátua de sal era agora um pedaço de pedra. Quem era aquela mulher, afinal? Onde fabricavam mulheres assim?

Quando Tamara perguntou como andava sua fome, Conde fez bico, fingiu que estava pensando e finalmente disse: regular. Contentava-se com qualquer bobagem, afirmou muito sério, assim dava um descanso ao estômago e a acompanhava em sua alimentação sadia e frugal. Tamara olhou para ele com expressão de "eu te conheço, Mario, não me faça de boba", mas não verbalizou sua opinião. Claro que ele não confessaria nem sob tortura que às cinco da tarde Bobby tinha preparado um banquete apenas com as *delicatessens* à mão na geladeira e em sua poderosa despensa: rodelas de peixe-serra à escabeche, bolachas com *foie gras,* salada de batata e ovos, presunto serrano, fatias de queijo manchego meia cura, azeitonas com anchovas, uma garrafa de Malbec argentino, uma fatia de torta de coco com duas bolas de sorvete de *mamey* e... café de verdade, em quantidades não racionadas. E Tamara, interpretando papel de mulher feliz ao comprovar como a reeducação alimentar do amante estava progredindo, castigou-o fazendo com que compartilhasse com ela apenas um prato de creme de aspargos acompanhado de salada verde.

O que Conde lhe contou, isso sim, foi a reviravolta que dera sua atual pesquisa. Um morto muda tudo, disse ele. Agora sua cabeça estava a mil rotações por minuto, pois pressentia que alguma peça importante não se encaixava, estava faltando ou sobrando. Por isso, sem mencionar a história mística da cura milagrosa de Bobby e menos ainda a comoção cerebral sofrida com a contemplação de uma cataclísmica chinesa cubana, pediu a Tamara que o deixasse encerrar-se algumas horas no escritório do doutor Valdemira, o mesmo recinto que por alguns anos o falecido Rafael Morín tinha usurpado. Conde precisava fazer umas ligações telefônicas e dar-se um tempo para meditar.

– Antes que você comece a pensar em Bobby e na Virgem, deixa eu te dizer uma coisa – atalhou Tamara, e Conde, fingindo o maior interesse, acendeu um cigarro e se acomodou na cadeira.

– Vamos lá, o que aconteceu?

– Aconteceu que você é um safado egoísta de merda e não merece os amigos que tem.

O soco o abalou, pois não o esperava. As palavras, inabituais na boca de Tamara, mas sobretudo o tom em que tinham sido ditas, continham uma acusação pesada demais.

– Do que você está falando?

– Está vendo? – disse ela. – Nem sabe do que estou falando. Você é um imprestável, mesmo. Toda essa baboseira que você sempre fala de amizade, liberdade, fidelidade e...

Finalmente Conde reagiu.

– Você encontrou o fofoqueiro do Magro? – sondou.

– Fui falar com ele porque Carlos quer organizar uma festa de aniversário pra você. Como bom amigo que é... E ele me contou que você ficou zangado com o Coelho porque ele quer viajar, porque talvez ele fique em Miami com a filha, pelo que ele quer ou pode fazer da vida... Com que direito, Mario Conde?

Ele observou os olhos da mulher. Tinham o brilho de amêndoas úmidas, como sempre, mas lançavam um profundo grito de reprovação e dor.

– Eu disse a ele que ia ajudar no que pudesse... O Coelho está me ajudando a procurar a Virgem...

– Ah, porque além de tudo você o leva àquele bairro marginal sabendo que o Coelho não é capaz de fazer mal a ninguém!...

– Não misture as coisas, moça... Eu disse ao Coelho que se Bobby me pagar eu... Mas o que foi que eu fiz pra ele, porra?

– Ou o que foi que você não fez... – disse ela. – Você não disse que o mais importante é o direito que ele tem de escolher. Ou você não acha isso?... Mario, ninguém tem que viver a vida em função da tua, do que você quer ou precisa. Nem eu, fique sabendo... Não é você que passa a vida falando em liberdade, hein?

Ele esmagou a bituca de cigarro no cinzeiro, tomou um gole de sua xícara de infusão de ervas – adoçada com mel de abelhas que só recolhiam néctar de jasmins turcos – e finalmente assentiu.

– Você e Carlos têm razão... Sou um egoísta imprestável... Mas não consigo evitar, Tamara. Vê se me entende, porra. É que não aguento mais uma perda. Dulcita e Andrés se foram; Candito agora é um santo; Josefina é uma velha que pode morrer a qualquer momento, você sabe... E tenho que ficar feliz porque o Coelho também quer ir embora daqui pro caralho? Não, não consigo...

– Mas tem que conseguir, Mario. Se no fim você ficar sozinho, se nós ficarmos sozinhos, é o que nos cabe. Você acha que fico feliz por meu filho e minha irmã estarem morando na Itália? Acha que os cremes anticelulite que eles me mandam compensam essa ausência? Claro que não, mas não os julgo – disse ela, e a umidade de seus olhos aumentou até se transformar em lágrimas que lhe rolaram pela face. – Assim como eles não podem me condenar por ter ficado aqui, suportando todos os desastres possíveis... inclusive você. É meu direito. Minha escolha.

Conde se levantou, deu a volta à mesa e se colocou atrás de Tamara. Inclinou-se e beijou o rastro de suas lágrimas. E lhe falou ao ouvido.

– Você nunca vai me deixar?

– Não sei – disse ela. – Isso nunca se sabe.

– É muito sério, Tamara. Se você me deixar, eu morro – afirmou ele, e beijou seus lábios, que estavam com gosto salgado, como suas lágrimas, como o sabor da vida. – Eu sou mesmo um desastre?

– Você ainda pergunta? – disse ela, e estendeu a mão para acariciar o rosto do amante. Tamara não se surpreendeu ao sentir nos dedos a umidade de outras lágrimas.

Com o olhar fixo na lareira que decorava o escritório, Conde ocupou a escrivaninha de madeira preciosa e não pôde deixar de lembrar os tempos, cada vez mais remotos, de ganhos e perspectivas de futuro, tardes e noites em que ele, Tamara, Aymara, Dulcita, Carlos, Andrés, Coelho e outros amigos se reuniam ali para estudar, tomar refrigerantes e ouvir os primeiros discos dos Beatles, Creedence e Chicago que o doutor Valdemira, cúmplice silencioso, trouxera do além-mar para as filhas. A juventude e os sonhos fizeram com que tempos tão árduos para tanta gente parecessem perfeitos para eles. A velhice e as frustrações, as perdas espirituais e físicas – a distância de Andrés, Aymara, Dulcita e talvez logo do Coelho – não fizeram desses outros tempos – o futuro prometido – algo que se pudesse qualificar como agradável. E no horizonte só era capaz de vislumbrar a solidão final de que Tamara falara e um nebuloso destino coletivo. Era isso que por evolução histórica lhes cabia. Era este o grande e pior desastre: a dispersão, a solidão, as perdas acumuladas e as acumuláveis, os sonhos encalhados, a dor do presente e o temor do futuro.

Disposto a tirar a carga de pensamentos tétricos da cabeça, digitou o número de Manolo, que atendeu de má vontade. Estava exausto, morto, disse. No entanto, abriu a conversa com uma nova advertência a Conde de que se mantivesse longe da história do assassinato e continuou com uma breve discussão sobre o que podia ou não revelar. Depois o major Palacios lhe fez um esboço preciso do caso, resumido em três palavras: não tinham nada. Os interrogatórios de Bobby, Ramiro Manta e Morcego não trouxeram informações reveladoras. Pelo visto, fazia mais de uma semana que ninguém sabia nada de Yúnior Colás, e podia ser verdade, pois resistiram com obstinação à pressão das conversas, como Manolo, de modo eufemístico, chamou os interrogatórios. Ficaram sabendo, pelo Morcego, o destino dos móveis roubados e vendidos por Yúnior, mas o comprador – apesar da ameaça de ser acusado como receptador – também não contribuiu com nada valioso para o conhecimento do rumo posterior do jovem assassinado. E nem as joias nem as gravuras nem a Virgem tinham dado as caras em lugar algum. No final da tarde, deixaram que o namorado e os amigos do morto fossem embora, convencidos de que teriam de intimá-los de novo e denunciar Ramiro e Yuniesky ao Ministério Público como cúmplices de furto com arrombamento.

Conde desligou, não muito frustrado, pois quase esperava resposta semelhante. Fechou os olhos por uns minutos e tentou libertar a mente de prejulgamentos para obter alguma clareza. Limpar o *tsin*, como chamavam os budistas. Muitos anos atrás tinha aprendido a utilidade daquele processo de faxina mental e também que o melhor líquido higienizador de depósitos cerebrais era o álcool, quanto mais destilado e envelhecido, melhor. O ensinamento devia-se a um chinês, chinês da China, como o avô de Karla Choy, que também chegara a Cuba cheio de sonhos que nunca se realizaram. Mas havia muito tempo Conde se impusera a disciplina, cumprida à risca, de não tomar rum ou qualquer similar na casa de Tamara, a menos que se tratasse de alguma festa ou comemoração ou que fosse convidado por ela. Para o sistema de convivência escolhido por acordo mútuo, para o desastre que ele era, já era bastante complicado aportar ali com o álcool diluído na corrente sanguínea, quanto mais transportá-lo em garrafas. Por isso, salvo exceções, as noites mais etílicas que desfrutava com Carlos e amigos geralmente ele terminava em casa ou, quando se excedia e até se reunia com o demônio, no sofá da sala de Josefina, com uma mola perfurando-lhe o pulmão e a bunda enfiada numa concavidade. Portanto, teria de se conformar com água e sabão para limpar seu *tsin*. Ou com um chá de ervas adoçado com mel de abelhas turcas.

Apesar de suas convicções de agnóstico militante, a história de Bobby sobre o poder da Virgem o estava alarmando mais do que o previsível. Embora sua filosofia lhe dissesse que era um absurdo aquela qualidade num pedaço de madeira esculpida, Conde sabia muito bem como funcionavam entre os verdadeiros crentes essas relações com o mistério. Simplesmente funcionavam e faziam-se corpóreas, reais, até mesmo demonstráveis. Segundo Bobby, além de milagres concretos, o poder da imagem revelava-se através da contemplação detida e concentrada da estatueta de madeira, o que provocava um evidente sentido de paz espiritual, como um sedativo químico que nos entrasse na alma por via da fé, da meditação e da oração. O catalão que acabaria sendo seu avô postiço foi quem lhe revelou esse dom místico da Virgem, capacidade que se manifestara para ele desde a primeira ocasião em que, muito jovem, a vira entre outras figuras religiosas, numa feira de um pequeno povoado do Pireneu catalão aonde costumava descer com o pai para vender o carvão vegetal que produziam. Bobby contou que, segundo o tal Josep Bonet, o achado se dera na primeira vez que fora ao povoado sem o pai, morto duas semanas antes ao despencar de um barranco. Então, como se Ela o estivesse esperando, dizia ele, descobrira a Virgem no mercadinho de antiguidades. A comoção provocada por seu encontro com a imagem fora tal que Josep Bonet, quando ainda não se chamava Josep Bonet, gastara todas as pesetas ganhas na venda do carvão para se permitir a aquisição da Virgem negra. Desde aquele momento a imagem o acompanharia e iluminaria seus caminhos. A avó de Bobby, vigorosa e pragmática, tinha repetido durante anos que toda aquela conversa mole lhe parecia balela catalã: a impressão que a

Virgem provocara no jovem Josep era a reação lógica de uma criança que tinha sofrido um trauma pessoal, cujo mundo acabava de se descentrar com a morte do pai e a chegada de uma guerra. Josep, dizia ela, precisava de um ponto de apoio, se não físico, pelo menos espiritual. Aquela história do menino de seis dedos ressuscitado, a das mulheres estéreis que saíam grávidas e a das cabras que tinham sido curadas caíam no mesmo balaio do qual José tirava suas histórias alucinadas de crente inveterado.

Invenções ou não, afirmava Bobby, o fato é que seu quase avô tinha com a imagem uma relação que ia além de uma simples questão de representações físicas do divino ou de um talismã da sorte, tanto que, pressentindo o momento em que ia morrer, tinha pedido que lhe pusessem a Virgem entre os pés. Não nas mãos nem no peito: entre os pés, para que ela o guiasse na passagem final como o guiara nas anteriores... E dera o último suspiro. Por seu turno, Bobby, talvez pelas duras experiências de sua vida, cheia de ocultações e mascaramentos, muitas vezes recorrera à imagem, tal como o catalão José, em busca de um conselho que, podia jurar para Conde com a mão sobre a Bíblia, a Virgem negra lhe concedera. Paz, sossego, repouso espiritual. Depois, quando adoeceu e se curou do câncer, até a avó incrédula baixou as armas diante do poder evidente.

Paz, sossego, repouso espiritual: valores ou aspirações eternas e universais. Poder sobrenatural capaz de se manifestar no plano terreno: território mais complicado. Na memória visual de Conde entrou por essa via estranha a estampa em alto contraste do barracão em que pelo visto morava e trabalhava Ramiro Manta, no assentamento de imigrantes vindos do oriente da ilha. Aquele lugar, tão alheio à paz ou ao sossego, agora Conde começava a sentir com a força de uma premonição impertinente e avassaladora, tinha alguma coisa que alterava a lógica, que insistia em preocupá-lo, uma qualidade peculiar na qual não tinha reparado e que, não sabia por qual associação, brotara em sua mente bem naquele momento dedicado à meditação sobre a paz e o sossego. Mas concentrou-se: não era porque a casa de Ramiro fosse um pouco menos miserável que as moradias vizinhas, todo aquele acúmulo caótico de soluções desesperadas para atravessar a pobreza por parte de pessoas empenhadas em encontrar uma sorte melhor para a própria vida ou pelo menos para a de seus filhos. Porque todos, inclusive Ramiro e Yúnior, buscavam, para subir à tona, alguma oportunidade que não vislumbravam em seus lugares de origem, cidades e povoados do oriente da ilha, onde a sobrevivência se tornara tão árdua que eles preferiam lançar-se num êxodo de proporções quase bíblicas e horizontes limitados. O fluxo era tão numeroso que, nos últimos anos, transformara-se em clichê popular repetir a fórmula de que os havaneses iam para Miami ou para Madri, e que, em cada espaço que vagava na capital, entrava um oriental. Ou três. Só que, mesmo sendo de certa forma um processo real, a substituição não era mecânica: a casa do havanês ou o trabalho que lhe permitia estar perto de alguma salvadora fonte de dólares raras vezes acabava sendo ocupado por algum daqueles párias. Por isso tantos deles exerciam ofícios desprezados pelos habitantes da capital (o de policial de rua, entre eles) e muitos se estabeleciam em algum dos assentamentos paupérrimos que foram nascendo e crescendo no cinturão exterior da cidade. Lá pelo menos eles viviam, e vida sempre (ou quase sempre) implica esperanças, por mais remotas e infundadas que sejam. Paz, sossego, repouso espiritual? Talvez fosse pedir demais para aquela pobre gente...

Mas se, no mundo do tangível, Ramiro Manta se movia por circuitos comerciais mais rentáveis do que os trabalhos de peões agrícolas, pedreiros e coletores de lixo que seus conterrâneos geralmente executavam... por que ele continuava ali, no meio da merda? Talvez pela simples razão de que dentro de sua própria tribo ele podia encontrar clientes para a venda de drogas mortíferas ou peças clandestinas de carne bovina. Mas qualquer um sabia que aquelas mercadorias geralmente circulavam muito melhor em esferas mais altas, com pessoas em condições de pagar por tais gostos e luxos. Então, se não era ali que Ramiro fazia seus negócios mais rentáveis... talvez só tivesse nos prédios do assentamento os escritórios comerciais e os depósitos: um refúgio propício. Sua casa de blocos, construída no pequeno promontório a partir do qual se dominava todo o bairro, era como o castelo feudal da comarca. A altura implicava – ou podia implicar – poder, proteção, superioridade física e até social... Além disso, atrás da casa do Manta começava o mundo inconquistável de uma gleba agreste, terreno baldio e por demais pedregoso e invadido pelo agressivo marabu de espinhos como lanças, espaço que parecia não valer muito como terra de cultivo nem para criar animais. A preservação inculta do terreno devia-se ao fato de ter ele um dono legal e particular. Por isso estava demarcado com cercas de arame farpado que só funcionavam como advertência de que se tratava de área proibida para os que buscavam um espaço onde levantar quatro paredes e um teto, conforme lhes contara Oriol Santo. No entanto, aquele mesmo terreno rude, com suas pedras, arbustos ferinos e possíveis grutas, podia ser um lugar perfeito para esconder certos materiais explosivos, pensou Conde. Mesmo que, e apenas se, o Manta tivesse alguma proteção, inclusive policial. Porque, se todas aquelas digressões pelas quais ele estava deslizando fossem mais ou menos acertadas, não poderiam ter sido feitas por outras pessoas, por algum policial astuto e conhecedor da região e de seus personagens, por exemplo? Poderia estar ali a fonte do mistério?

Impelido por sua premonição, Conde digitou o número do celular de Yoyi Pombo. Perguntou-lhe se podiam falar por alguns minutos e, diante da resposta afirmativa, indagou se o Pombo tinha por perto algum telefone fixo para que a ligação fosse menos onerosa. Entre uma chamada para um telefone fixo financiado em pesos cubanos e uma chamada para um celular pago em divisas, o preço do uso do celular era vinte e quatro vezes mais alto e... Yoyi disse que parasse de encher o saco e falasse, não ia procurar nenhum telefone fixo no restaurante em que estava pagando o equivalente a um salário e meio de um mês de um abnegado trabalhador cubano por um *enchilado* de camarões e uma garrafa de alvarinho galego quase congelado.

– Você que sabe – Conde aceitou, fazendo uma síntese muito breve dos últimos acontecimentos e perguntando-lhe se teria coragem de acompanhá-lo no dia seguinte até os domínios de Ramiro Manta. Porque, claro, Conde tinha uma premonição. E as dele costumavam ser dolorosas e, sobretudo, produtivas.

Sobrecarregado pelo peso de suas elucubrações e premonições, pelas recriminações de Tamara, pela agitação que lhe provocava a expedição planejada para a manhã seguinte e, além do mais, preocupado com o abandono a que estava submetendo Lixeira II, Conde resolveu voltar para casa e lá passar a noite. Tamara, capaz de enxergar de longe quando o amante estava dizendo a verdade, aceitou de bom grado a proposta de retirada: consolou-o dizendo que ela não o abandonaria nas trevas da noite, embora naquele momento estivesse feliz por ele deixá-la sozinha, pois assim poderia ver o filme que contava a história de uma mãe que luta com todas as forças para salvar o filho doente... sem sucesso. A mulher bem sabia que Conde rejeitava o consumo desse tipo de histórias, mais ainda se precedidas pelo rótulo de ter sido baseada em fatos reais: na sua existência circundante e cotidiana já lidava com tragédias hiper-realistas demais para consumir outras por via estética e de modo voluntário.

Como tinha dinheiro suficiente, fez uma parada na nova cafeteria surgida sobre os escombros do que fora o quiosque no qual, quando menino, comprava *masarreales de guayaba**, *pasteles de coco*** e sucos de melão cantaloupe nos intervalos

* Espécie de bolo inglês de assadeira recheado com goiabada. (N. T.)

** Pequenos pãezinhos de coco crocantes, também chamados de *coquitos*. (N. T.)

dos intermináveis jogos de beisebol aos quais dedicou todas as horas possíveis de sua infância. Pediu quatro hambúrgueres, esclarecendo que eram para viagem, e calculou que aquele gasto significava algo como o salário de quatro ou cinco dias de um compatriota proletário. Por que todo mundo na ilha, tivesse ou não tivesse dinheiro, passava o tempo todo fazendo essa conta macabra? Uma obsessão nacional.

Alertado pelo cheiro da comida, Lixeira II recebeu-o na entrada de casa com latidos de justificada censura e também uma dose visível de alegria.

– Então achou que eu tinha te esquecido, hein? – disse Conde ao animal ao abrir a porta. Lixeira II, abanando o rabo, foi atrás dele, e Conde voltou a falar. – Bom, agora você e eu vamos comer, porque o que Bobby me deu já se foi da minha barriga.... E aquele creme de aspargos... Já imaginou o que é comer creme de aspargos e um prato de capim, hein, Lixeira?

Conde serviu num copo o último resto da última garrafa de rum que encontrou na cozinha. Quatro dedos. Sabia que só lhe restava aquela dose mínima, suficiente para o que estava pensando em fazer.

– Vamos, vai lá – ordenou ao cão, e abriu a porta do fundo. Com os hambúrgueres na sacola e o copo na outra mão, subiu até a laje pela escada de ferro e procurou o bloco de cimento em que gostava de se sentar, na borda externa da casa, com a rua a seus pés. Quando se acomodou, tirou um hambúrguer e, com pão e tudo, deixou que Lixeira II o segurasse entre as mandíbulas. Conde adorava ver como, mesmo estando muito faminto, seu cão tinha modos na hora de receber comida: fazia-o com uma delicadeza capaz de revelar sua gratidão. Mas o processo comedido terminava aí: com três mordidas Lixeira II fez desaparecer o pão e o bolo de carne. Então Conde fez um gesto para que o cão se acalmasse e começou a devorar um dos hambúrgueres. Só quando terminou sua porção, sempre sob a vigilância do animal, que não pestanejava e nem sequer abanava o rabo, voltou a remexer na sacola e entregou a Lixeira II seu outro hambúrguer, pegando para si o que restava. O animal acabou com o dele com a mesma afoiteza e pôs na cara sua melhor expressão de miséria canina. Conde comeu três quartos do seu segundo hambúrguer e, como prêmio por bom comportamento, deu o resto ao cão, que de algum modo soube que o banquete terminara, pois, assim que engoliu seu bocado, abanou o rabo, ignorou o homem e foi procurar o lugar mais apropriado para dar uma mijada.

Com a boca tomada pelo gosto da mostarda barata e da carne de procedência mais do que duvidosa, Conde começou a limpar seu paladar e seus órgãos pensantes com o minúsculo trago de rum. Observou o céu limpo e estrelado de setembro. Com o avanço da noite rumo à madrugada já próxima, o calor diminuíra em alguns graus, corria uma brisa fresca. Era agradável estar naquele lugar, perto de seu cão e de tantas lembranças, com o estômago em plena trituração, um copo de rum em uma das mãos e um cigarro na outra. Por isso se negou a pensar na velhice que o espreitava, na Virgem perdida, na partida do Coelho, nos sonhos não realizados, na vida miserável dos habitantes do assentamento, nas porradas que, vindas de todas as partes ou de qualquer uma, alteram as existências, sempre à mercê dos desígnios maiores e exteriores da História e dos poderes. Não, não se meteria naquilo, não capitularia diante do desejo cada vez mais pungente de escrever. Proibiu-se até de pensar em Karla Choy, com e sem *lycra*.

Contemplando a mancha escura do portão e da casa que agora se erguiam do outro lado da rua, acudiu-lhe à memória a imagem do lugar quando era ocupado por um casarão de madeira e telhas francesas de cerâmica, sempre pintado de verde, casa atrás da qual, numa espécie de estábulo também de madeira, acumulavam-se as gaiolas nas quais seu avô Rufino e outros dois ou três de seus velhos amigos do bairro criavam galos de briga. O cheiro peculiar e inconfundível do viveiro, lugar privilegiado da memória e das melhores saudades, voltou a seu olfato com uma nitidez indelével: era composto por uma mescla de serragem de cedro, titica de galo, penas úmidas, folhas de tamarindo em decomposição e mangas maduras. Depois do cheiro, como costumava acontecer, viu chegar a figura sólida do avô, de chapéu de palha, com o inseparável facão na cintura, um sorriso astuto nos lábios e um galo de plumagem de cores vivas nas mãos. Da estatura de cinco, sete anos do menino, o avô Rufino sempre parecia um gigante. Que idade o avô teria naquela época? Mais de sessenta, com certeza. Conde não conseguia saber com precisão, embora se lembrasse nitidamente das mãos calejadas e de articulações protuberantes do avô. Através do prisma dos anos, o homem que ele era agora, à beira dos sessenta, via em suas lembranças um velho sólido e feliz, porque era dono de um galo de plumas cor de sangue e ouro velho e oferecia ao neto o conselho tantas vezes repetido nos anos que compartilharam sobre a terra: "Nunca jogue se não estiver convencido de que vai ganhar".

Por que justo naquele momento voltava a recordar essas palavras? Um mistério do subconsciente, disse a si mesmo, para não ficar remoendo o assunto, mas continuava com aquele espinho entalado, porque terminou o rum e sentiu o álcool descer, carregado de nostalgias. Jamais conseguira ter as certezas que acompanharam o avô e, além do mais, tinha perdido todos os jogos dos quais, querendo ou não, participara na vida.

Com os olhos embaçados pela umidade da lembrança, das dores e das culpas acumuladas, viu-o brotar da escuridão e atravessar o trecho de calçada diante de sua casa. Soube que era ele, não podia ser outro, e que devia ser total e definitivamente real quando viu o brilho branco sujo das sacolas que lhe cobriam os pés e ouviu o murmúrio plástico provocado pelo roçar no cimento. Lá estava o homem invisível.

Não pensou um instante. Largou o copo e saiu correndo para tentar interceptar o andarilho calçado com sacolas plásticas. Desceu, atravessou a casa, abriu a porta e, sem se dar ao trabalho de fechar, saiu para a rua na direção que o homem seguira. Já na calçada, procurou com o olhar, sem êxito. Não, não era possível que tivesse evaporado de novo. Desesperado, correu para a esquina, exatamente a rua onde costumava jogar beisebol, e, na metade da quadra, na penumbra, identificou-o, sobretudo pelas inconfundíveis sacolas brancas. Apertou o passo, mas teve de imprimir velocidade ainda maior à sua marcha, pois o homem andava em ritmo acelerado, como se estivesse com pressa. Quando conseguiu chegar a uns dez metros atrás dele, chamou-o.

– Ei, senhor, senhor! – disse, ainda com medo de que as palavras pudessem romper o encantamento e provocar a desaparição da figura evanescente.

O homem se virou por um instante, sem se deter. Com certeza pensou que o tratamento de senhor não lhe dissesse respeito. Quando Conde era criança e andava por aquelas mesmas ruas, tinha participado, como todos os seus amigos, da cruel diversão de chamar os loucos e indigentes pelos apelidos que mais os aborreciam e assim provocar suas reações, em geral agressivas. Aquele indigente, pensou Conde, teria sido apelidado de Sacolinha. Por isso repetiu o chamado respeitoso, mas só quando chegou a um metro do homem.

Finalmente o senhor das sacolas parou e se voltou. Conde naquele instante foi tomado por uma violenta comoção: uns olhos claros o fixavam com uma expressão que não parecia de alguém que tivesse a mente extraviada. Ao contrário, certo reflexo de inteligência emanava de um olhar cercado pela sujeira da pele, pelo cabelo gorduroso e pela barba descuidada. A convicção de que não se tratava de um louco – pelo menos não de um louco comum e corrente – perturbou Conde. Quem era aquele ser excêntrico? Estava doente ou não? Como tinha chegado àquele estado? De onde saíra? A fetidez exalada pelo corpo e pela roupa do andarilho não vinha acompanhada por odores etílicos, por isso descartou a possibilidade de um alcoolismo extremo. Por que ele o olhava daquele jeito? Aonde ia com tanta pressa? De onde vinha?

O mutismo do homem das sacolas também não ajudava. Conde não sabia como abordá-lo, pois fora detido pela convicção de que não tinha o direito de interrogá-lo, por mais desejo que tivesse de saber alguma coisa dele. Apesar de tanta imundície e das sacolas ridículas amarradas nos tornozelos, o homem, talvez pouco mais velho que ele, mostrava uma dignidade evidente e substancial. Impressionante.

Por fim Conde ousou falar e o que fez foi se justificar.

– Faz algumas semanas eu lhe disse pra me esperar na frente da minha casa, ali depois da virada, lembra?

O homem olhou com mais intensidade e, depois de alguns segundos, afirmou com a cabeça e acrescentou:

– Perfeitamente.

Conde sorriu, como que se desculpando, e pensou em pedir que ele o acompanhasse até sua casa para lhe dar um par de sapatos, mas lembrou-se de suas ideias a respeito da doação miserável de sobras. Encostou as nádegas num muro e começou a descalçar os sapatos. Quando estava com os dois nas mãos, estendeu-os para o homem das sacolas e arriscou-se a dizer:

– Espero que lhe sirvam.

O indigente, um pouco surpreendido, aceitou a oferta, ao mesmo tempo que assentia com a cabeça. E, antes de dar meia-volta, Conde olhou-o novamente nos olhos, com o receio latente de poder ter ferido a dignidade de um infeliz que costumava andar por todo o bairro sem que ninguém reparasse na sua presença. Empreendeu o caminho de volta, recebendo na planta dos pés as espetadas de todas as pedrinhas que havia na calçada danificada. Só depois de se distanciar alguns metros e quando já remexia os bolsos em busca de um cigarro de que estava precisando como poucas vezes na vida, ouviu às suas costas a voz do homem.

– Acho que servem...

Conde deteve sua retirada e se virou. O homem estava começando a desamarrar as sacolas dos tornozelos, também com as costas apoiadas no muro para manter o equilíbrio. Conde deu dois passos na direção dele e viu os pés sujos, deformados, calejados, com os dedos de juntas salientes. Voltou a se lembrar das mãos de seu avô Rufino.

– Experimente pra ver...

– Com estes pés caminhei muito – afirmou o homem, já empenhado em abrir os cordões para facilitar. – Mais do que alguém possa imaginar. Com eles estive em muitos lugares, alguns que podem parecer incríveis, outros dos quais nem me lembro... Meus pés são tudo para mim. Por isso cuido deles, não tanto quanto deveria... tanto quanto posso. O que eu faria sem meus pés? Não poderia voltar, não poderia voltar – o homem repetiu, e terminou de se calçar.

– Voltar pra onde? – arriscou Conde.

Nos olhos do homem havia uma profundidade insondável, como se brotasse de alguma região remota do tempo e da razão. No entanto não era um olhar demente, mas de uma lucidez impactante.

– Esqueci – admitiu o homem, e Conde o sentiu envergonhado por sua falta de memória. – É que eu não poderia viver me lembrando de onde venho. Só sei que preciso voltar... É meu destino.

Conde assentiu algumas vezes, como se estivesse entendendo.

– Sim, os meus sapatos lhe servem – disse. – Fico feliz... – e começou a se afastar de novo, maldizendo as pedras que o machucavam.

– Obrigado, cavalheiro... Que a Virgem lhe pague.

Sem se voltar, Conde fez um gesto de compreensão e de despedida, mas continuou andando. Ele o tinha tratado de cavalheiro? Quando chegou à esquina, antes de virar para sua casa, encostou-se no poste da rede elétrica para tirar as pedras presas nas meias e poder andar melhor. De lá olhou na direção em que estivera com o homem das sacolas: só viu a escuridão da noite, um vazio inquietante que, por alguma estranha associação, levou-o a pensar que contemplava o mundo através da pátina transparente do tempo.

11

10 de setembro de 2014

Enquanto Yoyi dirigia seu reluzente Chevrolet Bel Air pela Calzada de Güines, como se chamava aquele trecho da Carretera Central, Conde submergiu em suas reflexões. Sabia que ia forçar uma porta atrás da qual podia haver um perigoso precipício, no qual ele corria o risco de cair sem proteções salvadoras: participaria de outro jogo sem ter a menor certeza de seu desfecho. Mas não tinha a opção de retroceder. Alguma coisa em seu instinto afirmava que, atrás daquela porta pressentida, podia haver um caminho. E ele ia assumir seus riscos e tentar transitar por eles – inclusive com as botas de couro ressecado que tinha escolhido em sua sapateira desguarnecida. Enfim, pensou, era pago para isso. Pago para isso? Sim e não, respondeu a si mesmo. E evitou dar esclarecimentos para sua resposta salomônica: estava se metendo naquele labirinto porque era curioso e, sobretudo, porque era idiota, componente psicológico que melhor expressava seu senso *démodé* de responsabilidade e de justiça.

Exaltado com a aventura, Yoyi passara para buscá-lo antes da hora combinada; no entanto, previdente, para manter a integridade física de sua máquina querida tinha trazido consigo seu mecânico de confiança, personagem que toda Havana conhecia como Paco Chevrolet. O homem, um careca com cabeça de bala e cara de presidiário, era considerado o melhor especialista da ilha naquele modelo de carro, e Yoyi tratava-o como a eminência que parecia ser.

Ao passar pelo cruzamento da travessa pela qual se descia até a Finca Vigía, Conde observou o barzinho chinfrim onde ainda devia existir o banheiro que vira as intimidades de Ava Gardner, fugida certa tarde das neurastenias de um

Hemingway às voltas com um bloqueio criativo. A associação se fez imediatamente em seu cérebro.

– Estou esquisito, sabia?... Faz dias que está me dando vontade de escrever – disse ele, como se comentasse sobre o clima.

Yoyi desviou os olhos da estrada por um instante.

– Mas vontade de verdade?

– Não sei, vontade... Mais que das outras vezes. Essa noite me aconteceu uma coisa estranha. Como uma iluminação – disse, sem coragem de falar de sua experiência com aparições às quais dava sapatos.

– Pois começa, *man*... Antes que essa luz se apague. Lembre que aqui nos aprontam uns apagões...

Conde assentiu. Como se tudo fosse muito fácil. Acendeu um cigarro e preferiu mudar de assunto.

– Aliás, ontem conheci Karla Choy – disse ele a Yoyi.

– E o que achou da peça?

– Um cataclismo – lançou sua conclusão. – Ela tem marido?

Yoyi sorriu.

– Não sei se marido... Dizem que é um italiano podre de rico.

– Velho?

– Como velho, *man*?... Aquela mulher pode escolher, Conde.

– E o que você sabe dela?

Yoyi meditou por uns segundos.

– Pouco, quase nada... Não sei por quê, nunca fiz negócios com ela. Mas nos conhecemos, claro... É uma mulher estranha. Não se abre, é misteriosa, sabe que desarma os homens e usa essa vantagem... Mulheres assim são um perigo... para fazer negócios, claro.

– Pois ontem ela me contou sua vida – disse Conde, com certo orgulho.

– Cuidado com essas histórias mal contadas, *man*.

– Ela me parece uma mulher inteligente que sabe o que quer – opinou Conde.

– E é, é mesmo... por isso é mais perigosa. Com aquela cara e aquele corpo, jovem, inteligente, manipuladora... *Too much* – sentenciou o Pombo. – É o que eu disse, melhor não fazer negócios com ela...

– Isso mesmo – sentenciou do assento traseiro Paco Chevrolet, e voltou a seu mutismo habitual.

– Você acha que ela pode estar metida nessa encrenca da Virgem do Bobby?

Yoyi pensou um instante.

– Não sei... Agora tem um morto nessa história... Um morto que não acredito que ela tenha matado, não é?

– Às vezes as coisas saem do controle e...

– Isso também é verdade... Diga uma coisa, onde tenho que virar?

Conde indicou o cruzamento e, quando deixaram a avenida para percorrer as ruas devastadas de Alturas del Mirador, começou a revelar sua estratégia ao sócio e amigo.

– Se Ramiro Manta estiver lá, quero falar sozinho com ele.

– Ora, *man*, você não me trouxe pra cuidar de você e ver o que acho do sujeito e tentar negociar com ele?

– Sim – admitiu Conde –, mas me deixa começar a aproximação. Você fica esperando lá perto e, quando eu chamar, vem e me ajuda. Vou te apresentar como um comprador com muito dinheiro, interessado em tudo...

– Eu tenho cara de traficante?

– Um pouco, na verdade. Não tanta como Paco, mas serve – disse Conde, dando uma olhada para o mecânico, e Yoyi sorriu, até com certo orgulho, de modo que o ex-policial avançou mais um passo. – Yoyi, posso te perguntar uma coisa pessoal que...?

O jovem, sem deixar de olhar para a frente, respondeu.

– Manda... O Paco é um túmulo. Confio tanto nele que lhe entrego este carro de olhos fechados. E olha como ele o conserva...

Conde escolheu as palavras.

– É que... bom, eu queria saber... alguma vez você já vendeu drogas?

Yoyi perdeu o sorriso. Virou rumo ao último trecho de rua transitável, na fronteira do assentamento, e se concentrou no sócio.

– Está perguntando a sério?

– É só uma pergunta, velho.

– Pois não, nisso eu não me meto, e você bem sabe. Estou em outras mil coisas, mas nisso não.

– Isso mesmo – atalhou Paco Chevrolet.

– Por medo ou por ética?

– Não acho graça em drogas... E além do mais não me meto com elas por inteligência... Ora, Conde, você sabe que neste país as pessoas fazem cinco mil negócios, e quatro mil novecentos e noventa e nove são ilegais, porque em Cuba o que não é proibido é ilegal... E eu faço todos esses negócios. Vivo de todos esses negócios, mas há dois... ramos... nos quais é melhor não tocar: a política e as drogas... Teus ex-colegas e os que estão mais acima deles geralmente ficam nervosos quando os assuntos são esses, porque implicam poder. Poder de verdade. E, quando ficam bravos, esses camaradas são implacáveis. De modo que é melhor seguir por outro lado. Como aqui falta de tudo e há necessidade de tudo, alguém tem que fornecer de tudo... E cá estou eu, não é, *man*?... Além do mais, não suporto quem vende drogas: são uns ratos...

Conde estendeu a mão para o amigo. Yoyi Pombo era um homem sábio, e sua fortuna vital e econômica era a melhor prova dessa sabedoria.

– Vamos – disse Conde, e saiu do carro.

Yoyi, por sua vez, entregou as chaves do automóvel a Paco Chevrolet, que também tinha desembarcado.

– Ele está nas suas mãos, Paco. Lembre que este é um território apache. Não deixe nem uma mosca pousar nele... – e acariciou o capô do automóvel.

Paco sorriu pela primeira vez naquela manhã. Seus dentes cariados davam dor só de ver.

– Porra, Pombo... não vai passar nem mosquito perto dele – garantiu o homem. – Vai tranquilo. Nem uma borboletinha!

Dono e mecânico bateram os punhos cerrados. O Pombo podia viver tranquilo.

Entraram no assentamento por uma das trilhas que levavam ao caminho principal. Para a ocasião, Yoyi tinha calçado botas de sola dupla, estava de jeans e camisa larga, debaixo da qual podia esconder qualquer coisa, inclusive seu esterno protuberante. E, é claro, tinha deixado em casa a grossa corrente de ouro com a medalha, também áurea, que costumava usar no dia a dia. Enquanto Conde observava com espanto inalterável a pobreza reinante, Yoyi contemplava o panorama com olhar crítico e distante, como se nada do desastre urbano e humano circundante fosse capaz de surpreendê-lo. A diferença de vinte anos entre um e outro criara duas percepções distintas da mesma realidade. Se para Conde o lugar miserável se revelava como uma aberração social, política e econômica, para seu sócio constituía mais um simples resultado da situação social, política e econômica do país. O normal, *man*, diria ele.

Quando chegaram ao ponto em que o caminho se bifurcava rumo à colina onde morava o Manta, Conde pediu que o companheiro esperasse naquele lugar até que ele solicitasse sua presença.

– Tem certeza do que está fazendo, Conde? – insistiu Yoyi. – Outro dia ninguém sabia que o Raydel tinha sido morto, e Candito e Coelho estavam com você.

– E hoje Ramiro sabe que a polícia está de olho nele e que eu estou aqui com você. Aquele lá sabe de tudo... Me deixa fazer do meu jeito. Lembre que eu sou velho, mas ainda não sou um velho de merda.

– Ok. Mas leve isto pro caso de dar algum problema... – e Yoyi lhe entregou um telefone celular de teclas e modelo compacto.

– Eu não sei mexer com isso, compadre – protestou Conde.

– Não brinca, *man*. Porra, como é que um cubano de 2014 não vai saber lidar com um celular, não vai ter acesso à internet e de vez em quando, com seu salário, pagar uma viagem pra Londres, se hospedar num bom hotel e de lá entender como funciona a decadente realidade britânica?

– De que porra você está falando? – Conde olhava para o outro como se ele tivesse enlouquecido. O celular era um luxo que (desde que finalmente fora autorizado pelo governo) ele e milhões como ele não podiam se permitir comprar e depois usar com aqueles preços e tarifas cubanas; a internet só funcionava bem para os programas da televisão nacional (que Conde nunca via, pois nem sequer tinha televisão em casa e já se maltratava bastante com o álcool para ainda suportar tais agressões a seus neurônios); e, para todos eles, Londres era um lugar nublado por onde costumavam andar Jack o Estripador e Sherlock Holmes e onde havia uma rua com uma faixa de pedestres que os Beatles tinham atravessado.

– Estou falando do muito que melhoramos e do que você não ficou sabendo, *man*. Li outro dia numa revista... É que você não progride, Conde, você não progride!... Está estacionado!... Olha, pega, se precisar, levanta esta tampa, aperta esta tecla e depois estas duas, e eu te respondo com o meu – e Yoyi mostrou seu aparelho com tela *touch* de último modelo e geração.

A contragosto, Conde enfiou a engenhoca no bolso da camisa, ajustou os óculos e começou a subida rumo ao barracão onde dois dias antes tinha encontrado o Manta. Ao chegar ao portão desconjuntado que dava acesso à propriedade, voltou-se, comprovou que o colega estava em seu campo visual e entrou. Atravessou os metros de terra batida e ressecada que separavam a cerca do casebre. Já junto da porta chamou Ramiro Manta e identificou-se. Uns segundos depois, uma voz avisou:

– Espera aí...

Conde pegou um cigarro e o acendeu. Colina abaixo, Yoyi tinha se deslocado para não perdê-lo de vista e em algumas ocasiões mostrara o polegar levantado e, rindo, fizera os sinais que os policiais fazem nos filmes antes de começar uma operação. Uns minutos depois, Ramiro abriu a porta de tábuas carcomidas, fez um gesto para ele entrar e fechou de novo atrás de Conde.

– Qual é a tua agora? Já encontraram o Yúnior, de modo que não precisa procurar mais – disse o Manta. – O negócio fodeu. A polícia está em cima de mim... E não é uma polícia qualquer... Até a Segurança Nacional está metida nisso!

– O Departamento de Segurança Nacional? – surpreendeu-se Conde.

– Que outra Segurança você conhece, gente boa?

– Não, isso não tem nada a ver com a Segurança...

– Lá vem você... Por que não dá o fora?

Conde perguntou a si mesmo o que Manolo teria feito para o Manta pensar que estava envolvido numa história muito mais séria do que já era, e fez de conta que não entendeu o convite para desaparecer. Como se tivesse tempo sobrando, observou ao redor: dentro do cômodo, com piso de cimento polido, Conde viu uma geladeira, dois ventiladores ligados, uma televisão muda, uma cama e uma mesa quadrada com quatro cadeiras. Nem banheiro nem cozinha. Supôs que, se o Manta comia ali, era porque alguém lhe trazia a comida pronta, e que ele fazia suas necessidades em outro lugar, talvez em alguma casa próxima ou no terreno pedregoso ao lado, visível da janela de trás do quarto, por onde naquele instante entrava um potente refletor de luz solar, quase ofuscante. Sobre a mesa viu várias xícaras e uma garrafa térmica que, imaginou, devia conter café. Num canto, várias garrafas vazias de rum. E, numa pequena prateleira, uma espécie de recipiente de madeira, com tampa, pintado de azul intenso, dentro do qual ele supôs que houvesse algum atributo religioso, talvez junto com um osso de chinês ou de judeu. Mas Ramiro não usava colares nem pulseiras rituais, embora perto do ombro dele Conde tivesse descoberto as linhas discretas de duas cicatrizes: as dos "riscados" na religião do Palo Monte. No ar, como uma presença diluída, flutuava um cheiro peculiar, de travo adocicado, como de cigarros *blond*... de cigarros americanos, pensou.

– Bobby me contou que teu primo foi morto com gana, Ramiro – disse Conde, e acomodou-se numa das cadeiras sem pedir licença.

– Sim, e por culpa daquela bicha velha vieram me buscar e ficaram quatro horas me fazendo perguntas e fuçando minha vida e meus negócios. Agora tenho que ficar mais quieto que poste... Até me obrigaram a identificar o cadáver!

– Bobby não falou de você – mentiu Conde. – Pode ter sido teu sócio, o Morcego.

– O Morcego não foi... Aquele sabe o que pode e não pode dizer – afirmou Ramiro. – Mas agora dá na mesma... Porque eu não tenho nada a ver com o que houve com o Yúnior... Bom, vai, fala, porque hoje não estou a fim de perder tempo com você. Qual é agora, porra? Eu já te disse, não tem negócio nenhum pra fazer...

Conde se levantou e se aproximou da janela para jogar fora a bituca de cigarro. O terreno baldio da propriedade vizinha reverberava sob o sol.

– Acontece que apareceu o cadáver do Yúnior, mas nem sinal da Virgem ou das joias...

– Porque quem acabou com o Yúnior levou tudo, né?

– É uma possibilidade... Bem, não tenho certeza.

– Problema teu... Olha, pra mim o Yúnior não disse nada dessa operação nem das joias. O que eu sei é que ele estava pensando em ir po' caralho. Mas isso ele dizia todos os dias, principalmente depois que teve que sair correndo de Santiago. Ele era meio idiota, sabe?... É, tinha aspirações e achava que em Miami ia viver como um príncipe porque tinha pau grande e cara bonita... Ficou completamente desfigurado!

Conde deu um tempo.

– Senta aí, Ramiro, tenho que dizer uma coisa que é muito importante pra você...

O jovem olhou para o intruso que estava lhe dando ordens na sua própria casa. Sua primeira atitude foi a de reagir ao insulto, mas alguma coisa o conteve, e naquele instante Conde soube que tinha acertado o alvo: Ramiro estava com medo. O mulato puxou uma cadeira, para tomar distância, e se sentou, com os antebraços nos joelhos e o corpo inclinado na direção do interlocutor.

– Já te disse que fui policial e não sou mais – começou Conde. – Mas aprendi alguma coisa sobre como funcionam as histórias como essa em que seu primo Yúnior se meteu... Se o cara que o matou foi o mesmo que propôs a ele sair do país, e se esse sujeito levou o que Yúnior tinha, então acabou a história e foi-se o negócio... Agora, escuta bem, se mataram Yúnior por causa das coisas que ele roubou e não conseguiram o que procuravam, coisas entre as quais há uma que deve valer muito, pelo menos para algumas pessoas, a história não terminou... – Ramiro, que no início ouvia com displicência, foi sendo absorvido pelo arrazoado do visitante. Naquele momento, desviou os olhos e procurou um cigarro, que pôs nos lábios, mas não acendeu. Era de tabaco escuro, como os que seu interlocutor fumava. Ele está pensando, concluiu Conde, e continuou seu discurso. – E a pessoa ou as pessoas que mataram o seu parente são gente dura, dura de verdade. Torturaram, deram nele com tudo e com fúria... Bom, você viu... Eles o desfiguraram... Por quê? Acho que fizeram isso porque naquele dia Yúnior não tinha tudo o que eles queriam, e tentaram arrancar dele a informação de onde tinha escondido ou guardado as coisas... Você não acha? – Ramiro não reagiu, Conde suspirou. – E agora não sabemos se Yúnior falou ou não falou – Conde fez uma pausa e lançou a melhor investida de seu repertório. – Também não sabemos se ele disse ou não disse onde você e ele esconderam as coisas...

Ramiro largou o cigarro sem acender e finalmente protestou, exaltado.

– Escuta, escuta, que porra você está dizendo? Por que todo mundo acha que eu sei...?

Conde fez o gesto ameaçador de apontar o indicador em riste entre os olhos do outro. O movimento surtiu efeito, pois o Manta se deteve imediatamente.

– Ramiro, quem faz o que você faz e está solto não pode ser idiota. Você sabe muito. Mas o policial ou os policiais que te protegem para que você faça seus negócios aqui no bairro não vão se meter nessa encrenca. Há um morto no meio... E agora até a Segurança Nacional... De modo que continue ouvindo e pense, porque te convém: eu diria que Yúnior não falou e que os caras perderam o controle e o mataram antes do tempo. São maus, mas não são profissionais... Só que eles sabem muito bem que em toda essa história do roubo há alguma coisa tão valiosa que pode merecer o risco de matar alguém se for preciso chegar a isso. E você também sabe outra coisa ou então deveria aprendê-la já: quando vale a pena, quem mata um mata dois...

Ramiro voltou a pegar o cigarro e finalmente o acendeu. Conde teve vontade de imitá-lo, mas se conteve.

– Que coisa é essa que vale tanto, Ramiro? Seja o que for, se me interessar posso comprar... Lá fora está o sujeito do dinheiro, desesperado para fazer negócios.

O mulato fumou, olhou para a janela, depois para Conde e baixou a voz.

– Você está louco, velho! Fazer negócios no meio da fogueira?... Eu não sei se tinha ou não pulseiras de diamantes... O que eu sei que vale uma nota é a Virgem...

– Uma Virgem de Regla de pau? – Conde jogava suas cartas e aceitava o estilo do outro: também baixou a voz. – Nem o cura do bairro acredita nisso...

– Vale milhões...

– Do que você está falando, Ramiro? – o ex-policial finalmente sentiu que se movia num terreno promissor.

– Um amigo do Yúnior, alguém que também se dedica a trepar com velhas e velhos endinheirados, procurou na internet. Ele disse que aquela Virgem veio da Espanha e vale milhões...

– Que ela veio da Espanha todo mundo sabe... Que vale milhões...

Ramiro se alterou e recuperou o tom de voz.

– Foi isso que o Yúnior disse, velho! Que a Virgem estava na internet!

Conde pensou, procurava o melhor caminho para avançar.

– Quem é esse amigo do Yúnior?

– Não conheço. É um michê, trepa com velhas gringas... e velhos também, se pagarem... É chamado de Platero*, por causa do pau que ele tem... como de um burro.

– E onde ele mora?

– Também não sei... Acho que lá pelo Cerro. Mas não sei bem... Isso não importa.

– E Yúnior ofereceu a tal Virgem pra alguém depois de saber que ela valia muito dinheiro?

– Eu já disse isso à polícia... Ele me falou que ia encontrar alguém que pudesse arranjar comprador pras coisas que valiam mais. Mas não me disse quem. E depois sumiu daqui... não vi mais... Achei que ele tinha me ferrado... Ele adorava ferrar as pessoas... E, no fim, não estava aparecendo porque tinham apagado ele...

Ramiro jogou a bituca pela janela do fundo. Conde seguiu com o olhar a parábola perfeita do resto do cigarro e manteve o olhar no quadro visível de terra pedregosa, povoado pelos arbustos agrestes de marabu. Então Yúnior tinha falado com alguém que podia comprar a Virgem que devia valer muito dinheiro. Alguém do grêmio? Conde anotou esse esclarecimento e decidiu ir fundo, mesmo sentindo que naquele enredo de enganos e negociações havia um ponto essencial que continuava obscuro. Mas não tinha tempo para pensar, só podia pressionar.

– Ramiro, sei que tenho cara de quem ganha o troféu da idiotice... No entanto, você deve ter percebido que não sou tão idiota assim, não é? Você está me dizendo verdades e também mentiras. E mais cedo ou mais tarde vou verificar e saber exatamente como são as coisas... Então vê se não embroma tanto, compadre... É questão de ganhar dinheiro... Eu sei que você sabe onde está aquela Virgem...

– O quê...? – protestou Ramiro. – Ah, para de encher o saco e some daqui. Já falei mais do que devia... Vai, vai, dá o fora!...

Conde se deteve olhando para o jovem antes de se mover.

– Tudo bem – disse, e se levantou. – Mas me deixa dizer mais uma coisinha, a mais importante... Os caras que mataram o Yúnior com certeza também sabem que é a Virgem que vale muito... E, já a fim de procurar essa Virgem que vale tanto e sabendo que você e Yúnior eram unha e carne, podem ter pensado a mesma coisa que eu... Que ela pode estar escondida aí do lado... – Conde apontou para o terreno baldio. – E só precisariam ir buscá-la porque você não...

---

* Referência ao burro Platero, personagem da obra *Platero y yo*, do poeta espanhol Juan Ramón Jiménez (1881-1958). (N. T.)

Conde percebeu apenas uma mudança fugaz na iluminação do interior do barracão e o lampejo do espanto no rosto de Ramiro. Um cheiro de cigarros americanos e, imediatamente, uma comoção violenta. Depois todas as luzes se apagaram para ele.

No terceiro, quarto tapa, Conde protestou e abriu os olhos, reconheceu Yoyi e voltou a fechar as pálpebras. A dor de cabeça era um latejar tenso, explosivo, e um fedor de vômito agredia seu olfato. Mais por instinto do que por capacidade de pensar, levou a mão à nuca. Com medo e delicadeza tocou na protuberância ardente e pegajosa que agora tinha ali.

– Acorda, *man*, vamos, vamos... Que porra aconteceu aqui? Que porra aconteceu? – Yoyi insistia com voz alterada, e Conde fez um gesto pedindo um tempo. O outro lhe concedeu apenas alguns segundos e voltou a perguntar. – Você consegue se levantar e andar? Fala, Conde, caralho!

Com um gesto ele voltou a pedir calma, até que finalmente falou.

– Não sei, estou enjoado e com muita dor, muita!... Quebraram minha cabeça! Estou sangrando, olha isso!... O que aconteceu?

– Eu é que pergunto!... Porra, como vou saber o que aconteceu, velho? Era você que estava aqui... Olha como deixaram esse sujeito, olha como deixaram!...

Obrigou-se a abrir os olhos, a reagir, tentar entender.

– O Ramiro?

– Não sei, esse aí que arrebentaram... olha isso, acho que dá pra ver as tripas, *man*, dá pra ver as tripas. Baita sangreira... – disse Yoyi, alarmado e desvairado como Conde nunca tinha visto.

Ergueu-se, apoiado num cotovelo, e olhou ao redor. As imagens lhe chegavam duplicadas, e à sua direta, para além das mesas, perto das janelas por onde entravam os sóis, conseguiu ver Ramiro e seu duplo, deitados no chão, com uma careta nos rostos – o mesmo rosto – e os olhos mais claros e desbotados, já sem o brilho satânico, e os abdomes banhados em sangue, muito sangue escuro.

Conde deixou-se cair no chão e voltou a baixar as pálpebras.

– Liga pro Manolo, Yoyi... – pediu ao amigo e, como se estivesse voltando de uma viagem, tocou no bolso da camisa. – O celular!... Levaram o celular que você me deu, Yoyi... Não toque em nada!... Vai, porra, liga pro Manolo.

– Tem certeza? – quis saber Yoyi. – Esse aí está acabado, e se formos embora... Quero sair daqui, *man*, tem um morto, ele foi destripado – Yoyi insistia, cada vez mais alterado. – Eu não quero ter nada a ver com isso, *man*.

– Controle-se, compadre... Liga pro Manolo, porra, liga pra ele já. Diga que mataram o Manta e quase me ferram... E depois me dá um pouco de água... Se tiver rum, melhor. Se achar, toma um trago também, pra ver se você se acalma...

De onde estava, Conde conseguiu ver o jovem se virar e vomitar os últimos restos líquidos que deviam estar em suas entranhas.

Conhecia os protocolos e por isso não permitiu que Yoyi tirasse duas das cadeiras do barraco do Manta para esperar a chegada da polícia fora da cena do crime. Acomodaram-se como puderam num tronco seco, debaixo da mangueira, pois tanto ele como o sócio precisavam de um descanso: ele por causa do ferimento, que tinha parado de sangrar mas não de latejar; o jovem por causa do nervosismo que o levava a repetir várias vezes que era a primeira vez que topava com um morto... e que morto.

Debaixo da sombra cansada da árvore mantiveram-se em silêncio até que viram chegar a primeira viatura, tripulada por policiais da região. Os fardados tentavam parecer profissionais, mas evidentemente eram apenas agentes de bairro, bons, se tanto, para brigas e perseguições de delinquentes menores, e pareciam muito irritados por terem sido convocados para um lugar no qual procuravam não entrar. Atrás deles foram se aproximando pessoas do assentamento, que observavam com uma mistura de curiosidade, animosidade e medo a chegada das forças da ordem, com as quais tinham geralmente uma relação tensa e problemática. O que aconteceu?, era a pergunta que percorria o bairro todo. Vinte minutos mais tarde, a bordo de dois 4x4 e do aparato de Criminalística, chegaram as unidades especializadas, encabeçadas pelo tenente Miguel Duque e o já velho médico-legista Flor de Morto, veterano especialista dos tempos policiais de Conde.

Depois de observar a cena, e antes que os técnicos entrassem em ação, o tenente Duque aproximou-se de Conde e Yoyi para ouvir sua versão do ocorrido, enquanto o legista limpava o ferimento de Conde, na parte posterior do crânio.

– Tremenda paulada – sentenciou Flor de Morto.

– Vai precisar de sutura? – quis saber Conde, pois tinha horror aos procedimentos médicos. Era daqueles que viravam o rosto quando lhe tiravam sangue para análise clínica.

– Posso te costurar com um araminho... Para que fique seguro, embora não seja bonito... mas você é duro na queda, Conde... Vamos ver, quantos dedos estou te mostrando? – o legista fez um V com os dedos diante dos olhos do ferido.

– Oito? – perguntou Conde.

– Você está inteiro – sentenciou o médico. – Já limpei bem o ferimento. Ponha gelo, tome duralgina e não tenha relações sexuais por quarenta dias...

– E como vamos tranquilizar a tua mulher?

– Eu faço um esforço. Ela é compreensiva...

– Obrigado, compadre, você sempre tão... Porra, Flor de Morto, lembra aquela vez que o major Rangel te pegou...?

– Podemos conversar? – interveio Duque, exasperado e disposto a terminar com o romance e as evocações dos ex-colegas.

Miguel Duque era um mulato claro, de olhos batráquios e porte exageradamente marcial. Tinha voz grave, de comando, e, apesar de ter nascido na província de Guantánamo, pronunciava todas as letras e sílabas com a precisão de um locutor de noticiários... nascido em Guantánamo. Conde conhecia muito bem aquele tipo de policial capaz de desfrutar plenamente do fato de ser policial pelas vinte e quatro horas do dia. Alguns podiam até ser muito bons policiais, e a fama de sua eficiência precedia aquele Duque provindo do extremo oriental da ilha. Um palestino, como os falecidos Yúnior e Ramiro.

Conde lhe contou o pouco que sabia: viera falar com Ramiro sobre a morte de seu primo Yúnior Colás e sobre o possível destino dos objetos roubados da casa de Roberto Roque Rosell. Conde o fazia porque Roque era seu amigo. Quando estava falando com Ramiro, levou um golpe na cabeça (indicou o lugar machucado sem tocar nele) e não conseguiu ver o agressor. Talvez por isso continuasse vivo. Tinha despertado quando seu amigo Jorge Casamayor Riquelmes, que ficara a uns cem metros da casa, fora ver o que estava acontecendo, pois ele não aparecia nem respondia ao telefone celular, que, aliás, tinha sido roubado enquanto ele estava inconsciente. Era a primeira vez que tinha um celular só para si e, antes de poder usá-lo, o roubaram. Por isso nunca quisera ter celular, vejam o que acontece quando... Duque sussurrou um protesto e Conde encerrou seu relato: o resto era o que se podia ver no barracão do agora falecido Ramiro Gómez, vulgo "Manta".

Duque ouvia e anotava sem interromper o relato. Sabia que, apesar de suas divagações premeditadas, o ex-tenente faria a síntese que um policial era capaz de armar e, por enquanto, só lhe diria o que interessava dizer. Então o oficial voltou-se para o legista e para os dois técnicos que aguardavam junto da porta do barracão e ordenou que fizessem os procedimentos.

Duque olhou para Conde com intensidade. Ele também conhecia aqueles olhares.

– E eu devo acreditar no que você me contou?

Conde ergueu os ombros.

– Acho que não tem outro remédio, tenente. Até o secretário-geral das Nações Unidas, aquele chinês que não percebe nem onde está parado, sabe que eu não matei esse homem.

– Coreano.

– Os chineses sempre me confundem...

Duque assentiu. Respirou fundo.

– De todo modo, vamos tirar as impressões digitais de vocês dois. E precisam me dar seus passaportes – acrescentou o oficial.

– Se encontrar o meu, por favor, cuide bem dele. Estou pensando em fazer uma viagem ao Alasca...

O policial franziu o cenho. Estavam zombando dele?

– Lembre-se de que sou um oficial e... – Duque apontou com o dedo para Conde e depois afirmou alguma coisa que os outros não conseguiram ouvir. – O que Ramiro te disse dos objetos roubados?

– Não sabia nada. Vocês também já tinham conhecimento de que Ramiro só ficou sabendo que mataram o primo dele quando o chamaram ontem. Acho que esse rapaz não teve nada a ver com a morte de Raydel. Pelo menos diretamente.

– E você suspeitava que Ramiro soubesse de alguma coisa sobre esses objetos?

– Eu supunha... só isso. Eu o estava pressionando um pouco...

– Parecia que Ramiro estava nervoso, com medo, esperando alguém?

Conde pensou antes de responder. Era uma boa saraivada de perguntas. E concluiu que a intervenção da polícia era necessária e, além do mais, podia lhe ser útil. Uma pessoa ou mais, capazes de matar dois jovens, e dessa forma, eram verdadeiros perigos sociais. E, se o trabalho da polícia servisse também para evitar que eles ficassem com os objetos roubados e depois desaparecessem do país numa lancha, melhor para todos, inclusive para ele e para Bobby.

– Pensei que estivesse um pouco nervoso porque ontem vocês o interrogaram... Agora estou achando possível que antes de eu chegar Ramiro estivesse com alguma visita... Quando entrei senti cheiro de tabaco *blond*, e ele estava fumando do escuro... Também demorou pra abrir, talvez... Em cima da mesa havia duas xícaras de café, e creio que quando saímos não estavam lá... O que estou pensando agora é que Ramiro estava escondendo o que Yúnior roubou, pelo menos uma parte. E tenho o pressentimento de que isso estava ou está no terreno que começa do outro lado da cerca.

– Pressentimento? – o tenente Duque quis esclarecer.

– Tem alguma coisa contra os pressentimentos?

– Não me agradam – admitiu o outro, e acrescentou: – Sou marxista.

Agora foi Conde que deu intensidade ao olhar que dirigiu a Duque. Um marxista de verdade, vivo e saudável?

– Veja só – disse Conde –, eu sou dialético. Da escola de Heráclito, é claro... Por isso acredito na telepatia.

Duque tentou recuperar sua autoridade, na iminência de ser linchado depois do anúncio intempestivo de suas militâncias filosóficas.

– Esquece isso... Por que tem tanta certeza de que o que aconteceu lá dentro tem a ver com o roubo de Roberto Roque? Pelo que sabemos, Yúnior Colás tinha outras contas pendentes, e Ramiro certamente também tinha algumas dívidas por aí.

– Tem razão, tenente... Mas meus pressentimentos dizem que o roubo é o fio da meada... Os marxistas não gostam de pressentimentos? E de condições subjetivas? – perguntou Conde, disposto a pôr o dedo na ferida justamente quando os policiais dispersavam os curiosos para dar passagem a um carro, sem insígnias, do qual desceu o major Manuel Palacios. Conde teve a impressão de que seu ex-subordinado soltava fumaça pelas orelhas e preferiu controlar a ironia.

Duque guardou a agenda e foi ao encontro de seu superior. Saudou-o com um movimento militar preciso. Durante três ou quatro minutos os dois oficiais conversaram. De seu lugar, Conde os observava e repetia para Yoyi seu papel no *script*: só sabia que ele estava demorando e foi buscá-lo. O outro ouvia, sem pronunciar uma palavra.

O tenente se afastou até a casa de Ramiro, fez um gesto para que o legista o acompanhasse, e ambos entraram no barracão, dispostos a incorporar-se ao exame do lugar e do corpo. Por sua vez, Manolo, com passo muito lento, aproximou-se de Conde e Yoyi. Não lhes estendeu a mão.

– Cacete, que lugar. O que é isso, porra? Quase que meu carro desmonta pra chegar até aqui... Como você está? – o policial perguntou ao ex-colega.

– Disso eu não vou morrer... Só dói quando faço cocô... ou quando vejo tua cara...

Manolo o rodeou para ver o ferimento, voltou à sua posição diante de Conde e olhou sério para ele.

– Pois deve estar doendo muito, porque você fez cagada de novo... O que foi que eu te disse muito claramente dessa história, saco? Porra, quando é que você vai entender que já não é policial nem nada parecido? Hein, hein? Algum dia você vai...?

Conde mexia os pés enquanto Manolo lançava suas perguntas cheias de impropérios. A seu lado, Yoyi olhava as unhas para ver se algum resíduo tinha maculado sua limpeza.

Por fim Conde suspirou.

– Manolo, não seja grosseiro...

O major Palacios apontou o dedo para o ex-colega e seus olhos envesgaram. Estava prestes a explodir quando o outro fez um gesto para detê-lo.

– Tá, tá... tem razão, toda a razão do mundo. Sou um idiota que se mete onde não é chamado e pode ferrar um trabalho policial e...

– E por que então você faz isso, velho?

– Porque não consigo evitar, Manolo. Você sabe, compadre, não consigo evitar – confessou Conde. – É que eu tinha um pressentimento... E agora tenho dois...

– Vai continuar com essa ladainha dos seus pressentimentos? Olha que eu...

– Você também é marxista?

– De que porra...?

– Posso falar? – interveio Yoyi, que parecia mais recomposto. Seu rosto tinha recuperado a cor, e seu olhar, a sagacidade.

– O que foi, Yoyi? – Manolo quis saber. – Também tem um pressentimento?

O jovem fez uma pausa, negou com um gesto da mão, e por fim falou.

– Manolo... os caras que mataram *aquele* ali – apontou para o cômodo do falecido Ramiro como se estivesse a uma distância notável – e deram uma porretada *neste* aqui levaram um celular que eu emprestei para *este*... Eu disse para *aquele*, o oficial mulato que entrou na casa e... Vocês não podem rastrear o telefone? Quer dizer... como nos seriados americanos...

Manolo olhou para Yoyi, depois para Conde, e se virou para gritar:

– Tenente Duque!

Era doloroso e reconfortante. Devastador e educativo. Aquele desastre também – ou sobretudo? – era a vida. Por isso, sempre que tinha tempo disponível, realizava aquela espécie de peregrinação com a qual rendia culto à amizade e ao passado, ao mesmo tempo que cumpria uma missão pessoal e intransferível. E nunca deixava de realizá-la quando estava com problemas. Já não obtinha soluções práticas para seus conflitos, de qualquer tipo que fossem, nem sequer conselhos e sermões. Também não esperava milagres. Em contrapartida, sentia-se percorrido por uma patente sensação de alívio para o corpo e o espírito quando concretizava essa espécie de sacramento confessional com o qual atenuava sua dívida de gratidão e de amor para com o homem que o observava em silêncio, quase sem expressões visíveis. Ainda assim ele sabia, Mario Conde sabia, que o homem o escutava, processava a informação que recebia e sentia-se vivo por ter a parca, porém relevante, possibilidade de ser o confidente de alguém que o amava, que precisava dele e que o compreendia, talvez.

Já fazia cinco anos que o major da polícia Antonio Rangel sofrera um violento derrame cerebral que lhe roubara quase toda a mobilidade e a fala. Até pouco antes de sofrer a traiçoeira agressão de seu próprio sangue, o Velho Rangel, aposentado havia muito tempo, parecia ter dez anos menos do que os oitenta que na verdade carregava. Inclusive ainda praticava algum esporte, e sua figura mantinha-se ereta e enérgica como nos dias em que costumava vestir a farda de oficial, sempre passada, sem uma mácula. Nas jornadas posteriores ao evento neurológico, quando sua vida ficara suspensa por um fio durante vários dias, Mario Conde exigira da esposa do major e de suas filhas recém-chegadas (que residiam na Europa) que lhe permitissem encarregar-se dos cuidados noturnos ao enfermo, e apossou-se de um cadeirão de cordões de plástico, que colocou junto da cama do amigo. Todas as noites dedicava-se a lhe contar histórias, na esperança de ajudá-lo a voltar à vida ou de tornar menos penosa a sua passagem para a morte. A história que repetiu mais vezes, porque sabia quanto Rangel gostava dela, foi a do dia em que roubou um Montecristo nº 5 para tentar provar a culpa de um crime. E da bronca que o major lhe dera por um atrevimento imperdoável: um charuto Montecristo nº 5 picotado como se fosse uma guirlanda de papel!

Depois, quando a vida do homem não corria perigo, mas seu corpo ficou devastado, mandaram o velho Rangel para casa e, em todas as oportunidades possíveis, seu ex-subordinado e amigo ia visitá-lo e tentava fazê-lo participar de algum prazer da vida. Por isso Conde, que sempre fumava cigarros, todas as vezes que fazia essas peregrinações levava um charuto e o acendia para que Rangel pudesse aspirar aquela fumaça com que tanto se deleitara quando era um homem completo e não o despojo humano que, por ter feito tantos exercícios e praticado esportes, negava-se a libertar a alma de seu dono e lhe permitir descansar em paz. Porque um homem como Antonio Rangel não merecia aquele destino miserável.

Como sempre que possível, Conde empurrou a cadeira de rodas em que o velho vegetava e a levou até a entrada da casa. Dali se via o jardim de que Rangel cuidara desde a aposentadoria prematura até a estrepitosa queda física, a rua tranquila do bairro Bahía por onde transitavam alguns poucos moradores e um céu que naquela tarde de setembro mostrava-se limpo, de um azul impoluto. Um mundo quase idílico, o oposto (completamente oposto) do assentamento em que aquela manhã estiveram Mario Conde e a morte.

Depois de engolir as duas duralginas oferecidas por Ana Luisa, esposa de Rangel, Conde acendeu o charuto comprado no caminho e deu um banho de fumaça em seu antigo chefe.

– Este charuto barato é uma merda, mas é gostoso – sentenciou. – Não é um daqueles Montecristos ou Cohibas ou Rey del Mundo que você gostava, mas não é ruim, garanto que não – comentou, voltando a tragar o charuto fibroso e a soltar mais fumaça perfumada. – Quer dar uma tragada?

Da cadeira de rodas, Rangel via o mais indisciplinado de seus ex-discípulos fumar, respirava com avidez a fumaça do charuto e movia as pálpebras, aceitando, desfrutando... "Que desastre", pensou Conde. "Que merda de vida", sabia que Antonio Rangel devia estar pensando. E, com toda a certeza, agradecendo ao antigo subordinado sua fidelidade indestrutível e, ao mesmo tempo, lamentando que o amigo não pudesse ajudá-lo naquilo que na verdade ele mais necessitava: acabar com tudo.

– O problema é que meu pressentimento parece que era real, Velho – disse ele depois de lhe contar a encrenca em que estava metido, de lhe mostrar o promontório agora agregado à nuca e descrever a cena do assassinato de Ramiro Manta e até sua passagem pela Central, onde lhe tiraram as impressões digitais e examinaram as unhas dele e de Yoyi. – Os peritos dizem que alguém andou por aquele terreno baldio. O homem deixou pistas, mas não se sabe se encontrou alguma coisa ou não... Mas, se ele sabia onde estava aquilo que procurava, é quase certo que pegou e fugiu, de modo que Manolo diz que não tem muito sentido continuar buscando, e eu também acho... O mais provável é que esse alguém que levou alguma coisa seja o assassino, claro, porque senão quem haveria de ser, porra?... Isso parece que descarta um acerto de contas por coisas do passado e enfoca tudo no roubo... Agora a esperança é que aquele celular de merda que me roubaram sirva para localizar o sujeito... Apesar de eu não acreditar que ele seja tão idiota e se ponha a usá-lo, acho. Você sabe como se localiza um celular sem fazer uma chamada? Porque eu não faço a menor ideia e imagino que você também não. Meu amigo Yoyi diz que nos filmes americanos é muito fácil... E, se localizarem o cara, não acho que o sacana do Manolo vá me ligar pra dizer. O bunda-mole está puto da vida comigo... Aqueles loucos me pediram o passaporte! Meu passaporte!... Olha, Manolo ficou como você ficava quando eu fazia alguma bobagem, lembra?

Antonio Rangel tinha carregado por dez anos a responsabilidade de ser superior de Conde na Central de Investigações Criminais. Ele é que tinha descoberto o potencial de investigador do jovem policial heterodoxo e sem regras, alérgico às armas e à violência, que lia demais, pretendia escrever e dizia funcionar com pressentimentos, prejulgamentos, premonições: um compêndio antológico do que um policial não podia ser. E, no essencial, Rangel não se equivocara. Ao longo daqueles anos, sempre tensos na relação de trabalho, os dois homens aprenderam que entre eles existiam afinidades mais profundas e se tornaram amigos. Mas a amizade nascida e afagada nunca significou debilidade marcial por parte do major, que várias vezes esteve prestes a demitir Conde e, até, certa vez rebaixou suas responsabilidades e o devolveu ao fosso dos arquivos de onde antes o tinha tirado ao atentar para suas capacidades de dedução. Dez anos depois dos primeiros encontros, quando Rangel foi considerado culpado de descuido perante certos atos de corrupção de alguns subordinados, a solução menos drástica foi antecipar sua aposentadoria e mandá-lo para casa. E, diante do que considerava uma injustiça, a resposta solidária de Conde foi também deixar a polícia, o que pretendia fazer já havia algum tempo.

A partir daquele desastre, Rangel tinha suportado a frustração, sem se permitir a humilhação adicional de se rebaixar protestando contra a arbitrariedade da qual se considerava objeto. Autopuniu-se com tanto esmero que no final conseguiu que uma veia se rebelasse dentro de seu crânio. Tinha sido uma época difícil, na qual o ex-major sempre parecia uma ave extraviada do ninho, pois a degradação coincidiu com a época em que se desencadeou a Crise e ao longo da qual, como várias vezes a esposa do velho confessou para Conde, tinham sobrevivido (na realidade ainda o faziam) graças à ajuda econômica das duas filhas radicadas fora de Cuba, porque com a aposentadoria de oficial de polícia não conseguiriam chegar nem à metade do mês. Menos ainda quando aconteceu a queda física do homem e foram necessários cuidados especiais para mantê-lo em sua vida precária.

Certa ocasião, algum tempo depois de sua onerosa saída da polícia, Rangel confiou suas frustrações a Conde: "Às vezes penso que devia ter sido um corrupto de verdade. Agora talvez eu tivesse com que viver e não estaria dependendo do que minhas filhas mandam... Porque viver de caridade, mesmo que seja da família, é humilhante. Pelo menos para mim é humilhante. E não quero pedir a ninguém o favor de me arranjar um trabalho como subgerente ou chefe de abastecimento de algum hotel para estrangeiros nem nenhuma merda dessas nas quais se metem os militares e os policiais velhos, tentando obter um pouco de dinheiro e sentir que podem continuar mandando em alguém... Mas foderam com a minha vida, sou um empestado. O único safado que se aproxima desta casa é você, Mario Conde... Que desastre... E sabe de uma coisa? Não me enforquei numa dessas árvores do quintal porque sei que Ana Luisa também se mataria e minhas filhas sofreriam... Por isso continuo vivo, mas emputecido todos os dias, desde a manhã até a noite... Essa raiva e essa humilhação vão acabar comigo, Conde...".

Aquelas palavras, ditas por um homem que sempre parecera de aço inoxidável, voltavam à mente de Conde em todas as visitas que lhe fazia desde sua queda num estado quase vegetal. E ele sabia que o maior desejo do melhor chefe de polícia que jamais houvera era poder morrer o quanto antes. Porém, a natureza o castigava mantendo-o com sua vida de merda.

– O que me preocupa, Velho, é que pela Virgem ou por seja lá o que for que vale muito ou que alguém acha que vale muito já mataram duas pessoas. Porque agora as coisas estão assim: matam qualquer um por qualquer coisa... ou por nada. Veja como está o ambiente, ouça esta história... Faz uns dois dias Manolo me contou que três caras mataram um rapaz só pra bancar os durões. É o que você ouviu. Apostaram entre eles pra ver quem o furava, e furaram tanto o coitado do rapaz que ia passando por ali sem se meter com ninguém que o mataram: perfuraram o fígado e os pulmões dele... Vinte e duas punhaladas. Assim, de brincadeira, pra contar vantagem, porque cada um daqueles caras estava com um punhal e eles estavam bêbados e entediados. Veja a que ponto chegamos, Velho. Então fique feliz por já não ser policial, assim como eu estou feliz, porque agora o que há lá fora é uma selva. E vai ficar cada vez pior... Porque você não imagina como estão as coisas. Aquele bairro dos orientais, mesmo, onde me deram a pancada na cabeça, você nunca viu coisa igual, como aquela gente vive, entre a merda e a violência, sobrevivendo de bicos. Sim, Velho, foi a isso que chegamos... E a mesma coisa acontece em Centro Habana e no interior do país, não fique achando que é determinismo geográfico. Não, não... O charuto apagou, porra!

Voltou a acender o charuto que tinha esquecido enquanto proferia suas lamentações de ex-policial. Quando viu que o pé do charuto ardia bem, olhou para a rua.

– Oxalá você pudesse me dizer alguma coisa, Velho. Pelo menos me dizer se estou enganado. Como você fazia antes...

Na extremidade do campo visual de Conde houve um movimento. O que tinha sido? Olhou para Rangel, porque o adejar parecia ter vindo dali, e então viu que o velho estava levantando ligeiramente o dedo indicador. Conde olhou a mão, depois os olhos do enfermo.

– Você mexeu o dedo porque quis?

Conde esperou. Rangel moveu o dedo.

– É... – hesitou, pensou. – Olha, Velho, se a resposta é que você mexeu o dedo porque quis mexê-lo, levante-o duas vezes, ok? – ele voltou a esperar, concentrado no indicador de Rangel, que finalmente levantou uma vez. E, um segundo depois, repetiu o movimento.

– Ah, porra, que bom – Conde se alegrou, e acreditou ver um lampejo de inteligência no olhar no antigo chefe. – Desde quando você consegue fazer isso?

Conde esperou uma resposta que ele não obteve.

– Bom, não importa... Agora me diz uma coisa, você acha que eu sou um idiota irremediável?

Rangel levantou o indicador e voltou a movê-lo.

– Então você pensa isso de mim... Bom, sempre pensou... Mas, diga, você também acha que naquilo que roubaram da casa de Bobby há mesmo alguma coisa que vale muito?

Conde ficou na expectativa. Um, dois movimentos do indicador.

– E o que vale muito são as joias, não é?

Nova espera: a mão de Rangel permaneceu imóvel.

– Então, Velho... é a Virgem mesmo?

Conde inclinou-se um pouco mais para seu interlocutor digital. E viu seu dedo se mexer duas vezes.

– A Virgem!... Porque tem alguma coisa dentro, diamantes, sei lá?

A mão do velho continuou estática, como morta.

– Pela própria Virgem?

O dedo afirmou duas vezes, talvez com força mais precisa.

– Porque tem algum poder, ou alguém acha que tem?

Rangel levantou o dedo três vezes.

Conde ia fazer o gesto de coçar a cabeça, mas se conteve. Duas vezes era sim. Três vezes?

– Sim e não? – arriscou.

Dois movimentos de dedo.

– Ahã... Então... Porque é antiga?

Rangel voltou a afirmar.

– E porque ela é antiga e está na internet vale muito dinheiro, como disse o Manta?

Outra afirmação.

– Então estão matando gente por causa de uma Virgem antiga que vale muito dinheiro. E porque tem poder?

Rangel conteve os dedos.

– Porque alguém acredita nesse poder, como Bobby?

O ex-major mexeu o dedo mais duas vezes. Conde sabia, Rangel continuava sendo o melhor chefe que a Central de Investigações Criminais já tivera e teria. E naquele instante descobriu que o mau-caráter do charuto tinha apagado de novo. Se estava com dinheiro, por que não teve a ideia de comprar um Montecristo para presentear seu perfume ao velho Antonio Rangel?

– Este charuto é uma infâmia nacional?

Dois movimentos digitais. Dito e comprovado: uma infâmia.

Como a dor de cabeça tinha diminuído, mas não desaparecido, Conde resolveu refugiar-se em lugar seguro. Mas, antes de ir para a casa de Tamara, passou por seu muquifo e dedicou um tempo a cozinhar um jantar para Lixeira II: uma espécie de risoto com um picadinho de frango bastante indecente ao qual acrescentou uns pedaços de presunto defumado para melhorar o sabor. E uma pitada de sal, como gostava Lixeira II, que detestava comida insossa. Vendo o cão comer, Conde pensou que a possibilidade de levá-lo junto em suas estadas na casa de Tamara ia se transformando num problema premente. Causava-lhe dor e pena deixá-lo sozinho, agora que o tempestuoso Lixeira II tinha se tornado velho e dependente. "A velhice e o desamparo me cercam", pensou. "E se eu o levar para a casa de Carlos?"

Quando Tamara o viu chegar com seu novo *look*, tampou a boca com a mão. Com um gesto, Conde lhe pediu calma, foi até o espelho do lavabo e se olhou pela primeira vez desde que levara a pancada no crânio. O pouco cabelo que lhe restava parecia um emplastro opaco, e seu rosto, um campo depois da batalha. A camisa, dois tamanhos maior que o dele, dava-lhe uma aparência de espantalho.

– Esta camisa quem me emprestou foi Ana Luisa, mulher do Rangel... A minha estava cheia de sangue – contou como se estivesse voltando da morte. – Tenho que tomar um banho, vem que eu te explico.

Tamara o seguiu até o banheiro do quarto, viu-o se despir e entrar no chuveiro. Só quando a água escura parou de lhe correr pela cabeça e pelo corpo e se filtrou pelo ralo, Conde começou a contar as peripécias de seu dia. Ela fez algumas perguntas e saiu em busca de outra muda de roupa limpa que, como reserva estratégica, ele guardava em sua casa. Ao sair, levou a roupa suja, segurando-a com a ponta dos dedos, como se fosse material infectado.

Nu, Conde sentou-se na privada e Tamara lhe enxugou a cabeça com delicadeza. Depois, examinou o ferimento.

– Não é grande... mas qualquer corte no couro cabeludo provoca muito sangramento.

– Por pouco não me matam, Tamara... Me bateram muito forte. E sangrava, sangrava – Conde exagerou. – Enxuga minhas costas, por favor, está me doendo tudo.

A mulher aquiesceu e, com o mesmo esmero, foi enxugando a pele do homem até que, ao se voltar para a frente, viu a resposta física de Conde.

– E isso, o que é?

– Você é meu viagra...

– Pois pode esquecer... hoje não tem nada pra você. Você tem que repousar.

– O repouso do guerreiro – concluiu Conde, que observou sua potência desinflar veloz e inexoravelmente quando Tamara se aproximou com um frasco de água oxigenada nas mãos. Enquanto ela fazia o curativo, ele gritava como se estivesse sendo torturado.

Comeram na cozinha e Tamara lhe ofereceu uma dose grande de uísque da garrafa que ganhara de um paciente e que guardava para ocasiões especiais. Quando se sentiu mais relaxado, Conde foi buscar o telefone sem fio e digitou o número de Manolo Palacios.

– Sou eu, Manolo.

– Eu sei... Não está morto?

– Mais vivo do que nunca... Diga uma coisa, o que houve com o celular?

– Ora, tiraram o chip e jogaram fora. Vai ver que também jogaram fora o aparelho. Só o levaram pra te deixar incomunicável.

– E no fim encontraram o Morcego?

– Sim... e aquele é outro que não pode ter matado Ramiro... Esteve das oito da manhã até as duas da tarde na Liga Contra a Cegueira... Começou a tremer quando soube do Ramiro.

– O que vocês têm, então?

– Várias marcas de movimentos e pegadas no terreno baldio, mas nada que pareça um enterramento ou um esconderijo que tenha sido aberto. Levamos os cães farejadores pra indicarem os lugares em que Ramiro poderia ter estado e parece que o safado ia lá mijar e cagar. Marcas demais... Os cães não resolveram. Também temos indícios de que alguém entrou pela janela do quarto de Ramiro, mas isso qualquer um poderia fazer, até o próprio Ramiro quando ia ao terreno...

– Então quase nada – concluiu Conde.

– Além de dois mortos...

Conde assentiu.

– E as xícaras de café apareceram?

– Não. E a garrafa térmica não tinha digitais. Eles limparam.

– E por que vocês disseram ao Ramiro que eram da Segurança Nacional?

– Do que você está falando, Conde?

– O Ramiro me disse que alguém da Segurança estava atrás dele por causa da história do Yúnior...

– Ramiro estava falando merda.

Conde, por sua vez, assentiu e fechou os olhos.

– Sabe de uma coisa, Manolo?... Estive na casa do major Rangel.

O outro fez um breve silêncio.

– Como está o Velho?

– Na mesma.

Um mutismo culpado.

– Tenho que ir vê-lo. Sou um relapso... mas este trabalho. Ainda estou enfiado neste gabinete de merda...

– Falei com ele... Sim, falei com ele... não com palavras, mas falei com ele... E o Velho também acha que a chave de tudo é a Virgem. Todo mundo acha isso...

Manolo fez um silêncio muito mais prolongado do outro lado do fio. Sabia que o faro policial de Rangel tinha capacidades extraordinárias de penetração.

– E qual é a tua opinião?

– Creio que você pode descartar a possibilidade de que tudo isso tenha a ver com velhas contas de Yúnior e talvez de Ramiro... Por isso, amanhã cedo eu...

Desta vez Manolo reagiu imediatamente.

– Nem ouse, Conde!... Comigo aqui na Central estão alojados seu amigo Bobby e o Morcego, o sujeito que comprou os trecos roubados de Yúnior e um tal Manduco Albino, que também era cupincha de Yúnior e Ramiro... E estamos apertando todos eles ao máximo porque alguém tem que saber alguma coisa. Quer que eu traga você também, hein, diga?... É um caso policial, Conde, há dois mortos e, ainda que sejam escória pura, lá de cima estão me apertando... Já estão até falando de um assassino em série! De modo que não se meta. Porque juro que também vou reservar um quarto neste hotel para você. Juro pela minha mãe que eu faço isso, Conde, pela minha mãe.

– Tudo bem, tudo bem. Vou ficar tranquilo... mas qualquer coisa que você averiguar me diz, hein? Pelos velhos tempos, Manolo. Pra depois eu contar ao velho Rangel...

Manolo suspirou. Conde fechou os olhos e ergueu os ombros para se proteger da explosão.

– Mario Conde, você é o filho da puta chantagista mais perverso desta ilha de merda e de todos os seus *keys* de merda adjacentes! – e desligou.

Conde abriu os olhos e sorriu. Mostrou a Tamara o copo vazio e fez uma careta de dor. Precisava de mais remédio.

12

Antoni Barral, 1314-1308

As silhuetas das montanhas, que se levantavam até se tornar difusas e se cravar nas nuvens, orgulhosas, indiferentes à passagem do tempo, provocaram nele a agradável sensação de começar a recuperar o homem que outrora tinha sido, demasiados anos antes ou talvez em outra vida: uma criança, um adolescente, um jovem para quem aqueles picos nevados, de aspecto agreste, como explosões telúricas, tinham conformado o princípio e o fim do mundo. Porque assim fora até o dia glorioso ou nefasto, ainda não sabia, talvez nunca soubesse, em que, sem imaginar a que se expunha, teve de atravessar a serra para começar outra vida. Uma existência turbulenta, cheia de tantas comoções extraordinárias que ele, perturbado pelos últimos acontecimentos vividos, muitas vezes insistia em pensar que talvez não lhe coubesse. Ou será que desde sempre seu destino estivera escrito por um poder superior num livro de páginas indestrutíveis, impossíveis de apagar ou alterar?

Apesar dos mais de trinta anos de distância, Antoni Barral sentiu-se capaz de lembrar cada um dos segredos daquela paisagem altiva. Os picos, os riachos, os desfiladeiros escarpados, as gargantas, os bosques, os pássaros e os animais lhe falavam um idioma ancestral, e, guiado por seu coração, iniciou a subida das primeiras encostas da serra, confiando na resistência de seus joelhos já velhos. Tinha certeza de poder encontrar a passagem intrincada mas favorável que lhe permitiria atravessar os rochedos sem ter de escalá-los e sair nos contrafortes da encosta sul, por uma trilha surpreendentemente propícia, aberta pela mão caprichosa do próprio Criador. Dali poderia finalmente descer até o vale montanhês de sua estirpe milenar. Quando já ia entrando pelos bosques baixos ainda densos, Antoni Barral teve a nítida sensação de estar penetrando numa dimensão diferente do tempo, um espaço opressivo, circular, carcerário que o acossava e o acossaria, uma pátina refrangente, mas translúcida, como a água dos riachos da montanha, através da qual via a si mesmo fazendo e refazendo repetidamente seus caminhos, com a persistência do eterno e do inapelável, como uma criatura vagando dentro e fora do tempo.

Levara dois meses para cobrir o último trecho de sua peregrinação até a serra. Um ano antes, quando a surpreendente e implacável perseguição aos cavaleiros da Ordem do Templo de Salomão se desencadeara pelos territórios submetidos ao monarca francês ou a algum dos reis, príncipes e nobres que eram seus aliados ou vassalos, o fráter templário Antoni Barral encontrara, em sua fuga sem rumo, refúgio em uma pequena comenda da confraria no Rossilhão. Era um lugar tão modesto que ninguém afirmaria que ali se escondia algum tesouro e dificilmente despertaria o interesse dos caçadores de membros da ordem proscrita. Aqueles saqueadores, movidos por convicção, recompensas ou pura inveja, assolavam os reinos latinos dedicados a perseguir homens antes venerados, durante décadas considerados cristãos exemplares e de repente transformados, pelo implacável mecanismo de difamação impelido pelo poder, em algo pior do que delinquentes ou bandidos. Em inimigos.

Um irmão sargento, um capelão velho e cego, mais uma dezena de irmãos serviçais, simples camponeses do lugar, integravam a população do recinto anódino fomentado pela ordem, cuja principal função fora dar teto e comida aos peregrinos ou aos membros da confraria em trânsito por territórios tão isolados e extrair alguns barris de um delicadíssimo azeite das oliveiras de seu pomar bem cuidado.

O fráter Antoni Barral atracara naquele recanto do mundo depois de um percurso impetuoso iniciado em Marselha, porto em que tinha desembarcado depois da Grande Derrota que marcara a perda catastrófica da Terra Santa. Como alguns poucos de seus irmãos e várias centenas de civis, chegara ali a bordo do *Falcão do Templo*, magnífica nau capitaneada por Roger de Flor na qual, por obra de algo que só podia qualificar como milagre, ele conseguira embarcar e, por isso, salvar a vida. Desde então, sempre à espera de um novo destino militar ou monástico que nunca lhe seria atribuído, vivera por quinze anos na cidade debruçada no Mare Nostrum, lugar onde se cruzavam todos os caminhos do mundo. E em Marselha, como uma punhalada à traição, fora surpreendido pelo édito real que dispunha a detenção e o encarceramento de todos os membros da Ordem do Templo, acusados de hereges, blasfemos, sodomitas, adoradores de ídolos e desestabilizadores da paz dos reinos cristãos.

Alarmado pelas acusações e pelos castigos previsíveis, Antoni Barral teve algo semelhante a uma iluminação e resolveu que, daquela vez, romperia as regras e não obedeceria aos mandos de seus superiores hierárquicos. Um veterano como ele não podia entender que seus líderes os obrigassem a submeter-se à justiça régia, e não à lei vaticana à qual eram subordinados, segundo seu código, enquanto os compeliam a reconhecer o cometimento dos piores pecados que podiam ser imputados a um ser humano educado na fé de Cristo. Por isso, em vez de se colocar à disposição dos soldados e inquisidores do rei Felipe, sem pensar duas vezes Antoni Barral tinha carregado seus alforjes com moedas e peças de ouro subtraídas do recinto do tesouro e escapado da sede da ordem e da buliçosa cidade portuária. Sem poder concluir com certeza qual seria seu destino nem como seria seu futuro imediato, o calejado cavaleiro também acomodara sobre a montaria, como não podia deixar de fazer, a imagem negra de Nossa Senhora que, ao chegar da África, ele mesmo colocara num pedestal da capela do recinto da irmandade. Fosse qual fosse sua sorte, ele a compartilharia com a efígie milagrosa que pelo menos duas vezes salvara da destruição em mãos dos infiéis e à qual, pelo menos duas vezes também, Antoni Barral devia a vida.

Nunca saberia se fora seu instinto, o magnetismo do caminho marcado no céu pelas estrelas ou uma reivindicação profunda de seu pertencimento que o fizera tomar os perigosos caminhos da Provença, sem pensar nem mesmo numa sempre temerária travessia da serra para chegar aos vales catalães de sua origem. Antes de abandonar Marselha, Antoni tomara a precaução de se desfazer dos hábitos e sinais que pudessem associá-lo à ordem, inclusive a barba que os distinguia e, por isso, em pousadas, choupanas de servos ou em albergues para peregrinos onde tinha parado sempre se apresentara como um penitente a caminho do sepulcro do apóstolo Santiago. Sob esse disfarce, o cavaleiro pudera seguir de assombro em assombro o curso de alguns acontecimentos sombrios dos quais muito se falava na região do Midi. Milhares, ficou sabendo, tinham sido os irmãos da ordem detidos e encarcerados em poucas semanas, sobretudo em Paris e nas grandes cidades do reino francês. Os viajantes falavam do confisco de enorme quantidade de bens, de quantias incalculáveis de ouro, moedas e relíquias que os hierarcas da fraternidade guardavam em algumas de suas fortalezas. Asseguravam a revelação de pactos satânicos existentes entre os iniciados, de escárnios sistemáticos da cruz, de práticas sodomitas generalizadas entre os cavaleiros. Alguns chegavam a dizer que já era sabido que o grande segredo dos templários fora seu empenho no domínio de Deus e a conquista de poderes por meio do exercício da vontade e da energia da mente, artes que aprendiam a dominar em conciliábulos obscuros dos quais participavam cabalistas hebreus embruxados... E, junto com todo aquele falatório enfebrecido, destinado a alimentar o pior da imaginação das pessoas, descreviam-se confissões, com e sem torturas, falava-se de condenações expressas a quem reconhecia ou negava as heresias de que a irmandade era acusada e das fogueiras em que tinham começado a arder corpos de cavaleiros templários, como as que foram acesas no bosque de Vincennes, nas quais em uma só noite tinham morrido cinquenta e quatro monges guerreiros. Como se fossem bruxos judeus! Os processos difamatórios e humilhantes chegavam até as alturas do grão-mestre da ordem e seus principais marechais, encarcerados em masmorras de Paris, Lyon e Liège pelos inquisidores do rei Felipe, chamado "o Formoso".

Ao longo de alguns meses de aflição, fuga e dissimulação, o fráter Antoni Barral teve tempo demais para pensar no que estava acontecendo com seus irmãos e pouca capacidade para poder entendê-lo. De qualquer modo que meditasse parecia inconcebível que tantos daqueles homens, notáveis por seu valor e suas convicções, se ajoelhassem sem lutar. Porque eram os mesmos cavaleiros que tantas vezes tinha visto combater até a morte: semelhantes aos que foram capazes de se imolar em Safed, de resistir na bela Trípoli, de morrer nas torres, nas muralhas, sob os escombros das fortalezas da magnífica Acre, de voltar a combater por sua fé em Ruad, quando já sabiam que tudo estava perdido. Aqueles valentes agora se dobravam e admitiam ser os mais contumazes pecadores; aceitavam que, com sua atitude ou ambições terrenas, tinham propiciado a perda da Terra Santa e agido, portanto, em favor dos islamitas sarracenos; reconheciam ser, de fato, hereges, feiticeiros, sodomitas e blasfemos. Que medos, ameaças e dores podiam ter quebrado não um, não alguns covardes e oportunistas, mas centenas de guerreiros comprovados e orgulhosos, militantes fiéis, dos quais milhares, durante duzentos anos, tinham lutado e morrido por sua fé na Terra Santa?

Quando chegou à pequena comenda, localizada num território sobre o qual o rei Jaime de Aragão estendia seu domínio, Antoni Barral soube-se a salvo, pelo menos por enquanto. Sabia-se que o monarca ibérico, por antigas disputas políticas e ambições próprias, num primeiro momento não se tinha somado à caçada ordenada por seu colega franco, e uns meses depois, quando finalmente aceitou fazê-lo, não parecera muito empenhado na missão, embora bem interessado em aproveitar a conjuntura para se apossar dos bens da ordem. Na ermida do assentamento, que pouco passava de um altar com telhado, o fugitivo tinha depositado a imagem de Nossa Senhora, junto da pequena figura da Virgem, de madeira menos nobre e traços muito mais toscos e imperfeitos, que havia cem anos lá imperava. E, apesar de ter desfrutado a paz do lugar, participado dos trabalhos de colheita e beneficiamento das olivas e de até ter ajudado nas melhorias da ermida, o fráter Antoni Barral nunca deixou de ter o pressentimento de que em algum momento, cedo ou tarde, os maus ventos da História chegariam àquele lugar tranquilo, pois o que estava acontecendo não era uma simples tormenta, mas um dilúvio devastador. Aquela vulnerabilidade diante de grandes acontecimentos dispostos a acelerar ou a retrogradar o mundo parecia ser sua sina e, já o sabia, como indivíduo poderia fazer muito pouco para se proteger.

Sua ideia inquietante reafirmou-se quando, numa visita à aldeia próxima com o propósito de ferrar os dois cavalos da comenda, encontrou afixada na pequena capela do lugar uma recente proclamação papal que instava os membros fugitivos da ordem a comparecerem diante dos bispos diocesanos para serem interrogados e julgados, condenados ou exculpados. O documento advertia, além disso, que os fugitivos remissos seriam excomungados e, passado um ano, considerados hereges e candidatos sem apelação a arder na fogueira.

A ideia penosa de que ele era uma criatura à mercê das vontades imprevisíveis da História transformou-se em convicção quando, algumas semanas depois, uma dupla de trovadores andantes, a caminho de uma feira que todos os anos se celebrava em Toulouse, foi alojada por vários dias na comenda. Na noite anterior à partida, os jograis resolveram recompensar a hospitalidade dos comendadores e de alguns servos vizinhos interpretando as canções mais populares de seu repertório. Primeiro com prazer e depois com dor, Antoni Barral ouviu-os narrar a infalível epopeia de Rolando, as excitantes tribulações de Roberto, o Diabo, e a história recém-versificada do que chamaram "as aventuras reais e extraordinárias do mui magnífico capitão Roger de Flor", nas quais se contavam várias das muitas peripécias da existência agitada do mítico capitão do *Falcão do Templo*, o homem que fora marinheiro, cruzado, templário e depois temível comandante pirata a bordo do *La Olivette*, sob a bandeira do rei Frederico da Sicília. Para angústia de Antoni, nos versos finais do canto os trovadores narravam as condições de sua morte, esquartejado como um porco depois de ser surpreendido numa emboscada, em terras de Bizâncio. Terminada a interpretação, Antoni Barral interrogou os bardos sobre a veracidade do trágico fim de Roger de Flor. E, ainda que os trovadores não pudessem definir uma fonte, garantiram que havia alguns meses em Marselha, Veneza e Gênova todos falavam da morte do capitão do *Falcão do Templo*, majestosa nau a bordo da qual, afirmava-se, anos atrás Roger de Flor levara de São João de Acre e de Chipre muitos dos tesouros dos gananciosos e agora hereges cavaleiros templários. Entre as relíquias subtraídas pelo capitão estavam, segundo se dizia, o único fragmento subsistente da Vera Cruz, os mapas necessários para localizar a Arca da Aliança e uma imagem negra de Nossa Senhora, entalhada nos tempos dos últimos faraós do Egito e famosa por ser pródiga na realização de milagres...

Coll dels Llops, foi assim que o chamaram os servos dos vales próximos, embora, na realidade, poucos conhecessem sua localização exata. Muitos montanheses até mesmo duvidavam de sua existência real e consideravam simples boato a abertura de uma passagem tão baixa. Pior ainda: alguns dos que referendavam sua estranha presença através do maciço de rochas o consideravam, nem mais nem menos, uma das bocas do inferno abertas na terra. Mas Antoni Barral conhecia, sim, a existência e localização da passagem, pois a tinha utilizado em várias ocasiões, embora, conforme pôde constatar com angústia cada vez maior, fosse muito mais fácil encontrá-la a partir da vertente meridional da serra do que da setentrional, pela simples razão de que ele tinha nascido e crescido nos vales do Sul e lá era dono de todas as referências, transeunte habitual de seus caminhos.

A mula tomada da comenda e em cujo lombo ele carregava a imagem da Virgem negra e suas provisões não era nem um pouco hábil na escalada de montanhas, o que tornava mais difíceis os movimentos de Antoni. Embora ele pudesse jurar que o desfiladeiro que levava à passagem era na região em que agora o procurava, encontrá-lo estava sendo tão complicado que pensou em abandonar a busca e empreender uma subida arriscada. Mas, com aquele animal de terras planas e seus joelhos de sessenta anos, não imaginava outro modo possível de atravessar as rochas que não fosse pela passagem baixa: escalar encostas, bordejar precipícios, enfrentar ventanias e temperaturas muito baixas em busca de uma passagem superior já seria impossível para ele. E a opção de despencar por caminhos a fim de atravessar a serra pelo Camí de la Menera ou, mais a leste, pelas trilhas da costa parecia-lhe um suicídio, pois todos sabiam que a estrada de Perpignan e Port Bou era a melhor, se não a única, via de fuga rumo aos reinos hispânicos para os cavaleiros fugitivos da perseguição real francesa e provençal.

À beira do desespero, o fráter Antoni Barral tomou uma decisão que, ele bem sabia, o faria arriscar muito: deixar a mula num lugar e, com maior mobilidade, procurar o Coll dels Llops. Antes de partir tomou duas precauções importantes: escondeu a imagem da Virgem numa pequena gruta e enterrou ao pé de um castanheiro moribundo as moedas e objetos que ainda conservava. Depois levou a cavalgadura até uma clareira onde ela poderia beber de um pequeno fio de água e alimentar-se de pasto abundante. E com sua espada, um pouco de pão, queijo e um cobertor internou-se no mato.

Três dias depois, quando finalmente localizou o quase invisível Coll dels Llops e voltou em busca de seu tranquilo animal de carga, não encontrou nem rastros dele. Mais uma vez lhe caberia carregar nos ombros a pesada imagem da Virgem milagrosa que, graças à sua prudência, o esperava na gruta pirenaica.

Quando Antoni Barral contemplou os vales, riachos e desfiladeiros de sua infância, sentiu que sua vida se recompunha e, ao mesmo tempo, viu-se diante do dilema que, em sua fuga forçada, mal considerara: o que faria ali? Queria pensar que talvez naquele lugar remoto estivesse a salvo de perseguições, interrogatórios, torturas e castigos, o que já seria um ganho suficiente. Mas, embora fosse verdade que em algum momento pertencera àquele recanto perdido da terra, tantos anos mais tarde e depois de ter percorrido meio mundo e vivido tantas experiências extremas, o lugar já não lhe pertencia: naquela idade nem ousava pensar numa existência como pastor ou lavrador a serviço de um voraz nobre local. Talvez pudesse descer até algum dos pequenos povoados dos vales do Sul, às margens do rio Ter, e lá procurar um modo de ganhar a vida; também oferecer-se como espadachim a algum senhor da região; poderia até mesmo se aventurar a localizar um dos castelos ou comendas de seus irmãos, como os de Miravet e Monzón, onde, conforme sabia, eles tinham acantonado quando a contragosto o rei Jaime aceitara a ordem papal e prendera os templários de Valência. Como última possibilidade, havia a de atravessar quase toda a Espanha e refugiar-se em Córdoba, cidade mítica do antigo califado onde, dizia-se, conviviam em harmonia milhares de muçulmanos, cristãos e judeus...

O fugitivo bem sabia que contra cada uma daquelas opções, mais imaginárias do que reais, levantava-se o perigo de ser delatado, detido e julgado. E ele, Antoni Barral, não estava disposto a aceitar um destino ominoso ao qual, sem combater, tantos irmãos seus tinham se submetido. As únicas posses de sua já longa existência eram agora uma poderosa Virgem negra, com a qual percorrera meio mundo civilizado, e a orgulhosa e feroz história de sua vida, construída a partir de uma caprichosa reviravolta do destino. Sua existência fabulosa começara quando ainda era um rapazinho camponês e analfabeto e recebera o encargo aparentemente simples de conduzir até a vertente norte do Pireneu dois cavaleiros templários convocados pelo chamado papal para uma nova cruzada. Mas a tarefa o levaria a ser o jovem que, por suas habilidades e sua inteligência natural, ganharia a honra excepcional de ultrapassar sua origem humilde, ser iniciado como cavaleiro e receber a Cruz do Templo. A mesma habilidade e inteligência que, em sua lógica intrincada, quando já era um monge guerreiro, o tinham levado a intervir em dezenas de combates e, em nome da fé em Cristo, a matar tantos infiéis que até perdera a conta. Com seus irmãos, Antoni tinha conseguido chegar diante das imponentes muralhas de Jerusalém, vira cair a bela Trípoli e incendiar-se a magnífica São João de Acre. Por toda aquela glória vivida, estava decidido a jamais se submeter ao escárnio de um julgamento e a uma condenação certa num processo atrás do qual apenas se escondiam aspirações políticas nebulosas e interesses econômicos espúrios. Também não admitiria a vassalagem a um monarca que se apresentava como príncipe guardião da pureza da cristandade, ao passo que, na realidade, entronado em seu palácio parisiense, nunca fizera outra coisa senão conspirar, medrar e pedir empréstimos sem retorno. Não, Antoni Barral, não... E se em outro meandro da vida se tornasse bandido e vivesse de pilhagem?, perguntava-se para responder que essa jamais poderia ser sua opção, pois não o fora nem sequer quando seu agora falecido amigo Roger de Flor – já expulso da ordem por supostos roubos de relíquias dos quais agora se falava – lhe propusera integrar-se à sua Companhia Catalã e, como mercenário e pirata, enriquecer em poucos anos.

Do fundo do vale viu sair a coluna crespa de fumaça branca, sinal inconfundível de que se tratava de uma fogueira na qual também queimavam madeiras ainda carregadas de seiva e água. Calculou que o local exato podia ser atrás do bosque de azinheiras e faias, à margem do riacho que corria ao lado, e por isso resolveu seguir seu curso descendente.

Nas duas últimas semanas, desde que lhe tinham roubado a mula e as últimas provisões, Antoni Barral só se alimentara de bagas, raízes comestíveis, alguns ovos e uma lebre que conseguira pegar lançando sua espada. A fome o atormentava, e a fogueira próxima podia significar a existência de alimento.

Avançou até lhe chegar o cheiro de comida: sim, alguém estava assando carne de cabra. O templário deteve-se por alguns instantes para meditar e depois, quase com as últimas forças que lhe restavam, desceu até uma ferradura formada pelo curso do riacho. Ali, subindo por algumas pedras que amontoou, levantou acima da cabeça a imagem da Virgem negra e a deixou cair no oco aberto pelo impacto de um raio no tronco de uma azinheira gigantesca. A árvore moribunda era uma referência inconfundível, pois os únicos galhos que ela conservava formavam uma cruz quase perfeita. Como o fugitivo não sabia o que poderia haver ao redor da fogueira, não queria se arriscar a perder para as mãos de bandidos a imagem (ele sabia quanto era milagrosa) com a qual convivera durante os últimos dezessete anos. Antoni Barral comprovou satisfeito que só Deus no céu ou um ciclope gigante na terra poderiam debruçar-se no oco da azinheira e descobrir a presença da Virgem. Mas, ao mesmo tempo que essa certeza o tranquilizava, assaltou-o a preocupação sobre como deveria fazer quando chegasse a hora de resgatá-la. Teria de derrubar a azinheira castigada por uma descarga da fúria celestial?

Quando vadeou a curva que o riacho descrevia, ele o viu: era um homem, talvez da sua idade, talvez mais velho, dono de uma abundante cabeleira branca que lhe caía sobre o ombro e de uma barba, também encanecida, que lhe chegava até o peito. Sobre os ombros levava uma espécie de capa de peles diversas e por baixo vestia o que pareciam ser os últimos farrapos de um hábito monacal. Nos pés, fazendo as vezes de calçado, uns sacos de pano e couro, amarrados nos tornozelos. Seu olhar estava concentrado no corpo da cabra que cozia no fogo. Antoni pensou que, na realidade, ele era mais perigoso para o homem do que o homem para ele, e resolveu se aproximar.

Ao vê-lo, o velho da barba comprida teve um sobressalto. Pegou no chão um facão montanhês com o qual devia ter sacrificado e esquartejado a cabra e apontou na direção do recém-chegado. Antoni levantou a mão esquerda e, com a direita, mostrou sua espada embainhada: queria lutar? O outro percebeu que perderia e baixou o facão. Então Antoni, recorrendo à língua que se falava naquela região, cumprimentou-o, disse seu nome e lhe ofereceu uma moeda de ouro pela metade da carne que estava no fogo. O dono da barba branca mostrou a gengiva quase despovoada no que deveria ser um sorriso, perguntou se ele sabia falar a língua de oc e, quando Antoni assentiu, disse-lhe para guardar aquela moeda que ali não tinha valor nenhum e que era bem-vindo para compartilhar o jantar.

Frei Jean de Cruzy era o eremita mais tagarela que alguém poderia imaginar. Na longa temporada em que conviveram, Antoni Barral não conseguiu conceber como fora possível para aquele personagem aguentar por dois anos um voto de silêncio, pois o ouviu falar tanto que aprendeu tudo sobre a vida do monge cisterciense que havia quatro invernos habitava, em retiro de solidão e meditação, uma gruta do vale do Pireneu catalão.

Com os instrumentos de que frei Jean tinha se apropriado e as habilidades nunca esquecidas de Antoni, não faltou carne na fogueira, e as verduras e os tubérculos eram providenciados na horta cultivada pelo eremita. Assim, as longas horas mortas dos dias e as noites eles dedicavam a conversar sobre o humano e o divino, embora ambos preferissem os assuntos dos homens aos de Deus.

O fráter Antoni Barral, assumindo-se como visita do eremita, não fez objeção em lhe contar as peripécias de sua existência, começando pelos anos vividos nos vales da comarca como filho de um servo que rendia tributo ao paupérrimo senhor do feudo de Camprodon, um tal Jaume Pallard. Aquele fundo de vale, tão próximo dos contrafortes altos das montanhas, mas ao mesmo tempo beneficiado com o clima mais benigno, a terra mais fértil, os riachos mais cristalinos e a caça mais abundante, fora batizado por isso com o nome muito pouco imaginativo de La Vall. Também confessou que, na realidade, era um proscrito sem ideia de qual poderia ser seu destino terreno, apesar de, entre todos os possíveis, certamente não ser o de eremita sem contato com o mundo, como frei Jean de Cruzy. Contou-lhe como tinha escapado de São João de Acre no último dia de existência cristã daquela cidade que ele vira arder da ponte de comando do *Falcão do Templo*, poderoso navio ao qual chegara depois de se lançar ao mar do alto dos restos das muralhas da cidade em chamas, quando fora arrebatado por uma onda enorme e imprevista que o depositara junto da embarcação já em retirada. O que ele não confiou ao eremita foi que o prodígio tinha sido obra de uma Virgem negra, comprovadamente milagrosa e cheia de lendas, a mesma imagem que ouvia a conversa escondida a poucos metros de distância.

O outro, por sua vez, na verdade ex-monge, confessou-lhe que tinha abandonado havia cinco anos a abadia de Thoronet, na Provença, onde ingressara adolescente e vivera por mais de quarenta anos, tempo que devia ter sido mais do que suficiente para a tentativa de superar o pior de sua condição humana, a ira, e, de passagem, aquilo que se transformara em sua mais inquietante convicção: a de que o glorificado Bernardo de Clairvaux era um demônio, e não um santo. Mas nem educação nem orações nem enclausuramento nem penitências tinham conseguido salvá-lo de seu caráter e de suas convicções. Por isso, depois de cometer um pecado mortal que nunca especificou, pegara seus poucos pertences e saíra à procura do lugar mais remoto da terra para viver em solidão, sem contato com outros humanos, conforme merecia um ser com seus defeitos e pecados cometidos. Nos quatro anos vividos naquele vale de terras acidentadas que lhe pareceu tão desolado e acolhedor, o fráter Antoni era a quarta pessoa com que frei Jean falava. Seu último visitante tinha sido um judeu converso em peregrinação para Santiago que, quase um ano atrás, se perdera e, só Deus sabia como, fora dar naquelas paragens intrincadas. Entre outras novidades, o caminhante converso, que atendia pelo nome de Frederico de Genebra e se mostrou mais tagarela do que o próprio frei Jean, contou-lhe o que estava acontecendo na França e em outros reinos com os *milites Christi* da ordem. No entanto, pensando melhor, à luz do que o fráter lhe confiara, talvez o peregrino que se apresentava como converso toledano, confessava um nome tão sefardi e falava o idioma de Castela com entonação exagerada, como se cantasse, na realidade fosse outro irmão de Antoni, prófugo como ele.

Por ter recebido aquelas notícias, frei Jean de Cruzy não se surpreendera muito com a história da fuga de Antoni Barral. Além disso, o eremita achava que, havia anos, os cavaleiros da Ordem do Templo tinham começado a forjar sua perdição cometendo o pecado tão humano e venial da presunção. Acreditavam ser a aristocracia da fé e da espada, da sabedoria esotérica e da habilidade comercial, quando na verdade eram uns fracassados. Sim, porque a perda de todos os reinos cristãos da Terra Santa os deixara sem razão de ser como guardiães de devotos que já não podiam peregrinar para o Santo Sepulcro e, sobretudo, porque nenhum monarca europeu queria conviver em seu próprio território com um exército que não respondesse a seu comando. Assim, pecados mundanos, fracassos militares e a própria estrutura da ordem tinham decretado a perdição que o ambicioso e velhaco rei Felipe se encarregara de executar com tanta facilidade e, é claro, com a anuência de um papa que ele, Felipe, colocara no trono de Pedro, como toda a cristandade sabia.

Se no início as considerações do ex-monge lhe pareceram excessivamente duras para julgar uma irmandade que tanto fizera pela defesa da fé cristã, os argumentos acumulados por frei Jean em sucessivas conversas e a própria visão de Antoni das ações e projeções da ordem acabaram por convencer o cavaleiro do acerto de seus juízos.

No entanto, persistia um mistério que não deixava de atormentá-lo e para o qual Antoni Barral continuava não tendo explicação satisfatória: como era possível que tantos de seus irmãos, inclusive os que exerciam altos cargos na ordem, tivessem admitido em suas confissões a prática generalizada e contumaz de pecados e os comportamentos e pensamentos heréticos que se diziam comuns na confraria? Podia ser verdade, e de fato era, que alguns irmãos, na solidão de acampamentos e comendas tivessem se entregado à prática de atos de sodomia, como também acontecia em muitos acampamentos militares e mosteiros – e o eremita assentiu quando falaram no assunto. Podia ser verdade, também, que alguns tivessem jurado em vão pela cruz só para ganhar os privilégios e o prestígio de pertencerem à ordem e até que um ou outro se tivesse dado à especulação em benefício próprio ou de sua comenda. Mas Antoni Barral, que aos vinte anos tivera a honra de se iniciar como cavaleiro do Templo apesar de sua origem plebeia, que percorrera meio mundo portando a insígnia inconfundível da cruz vermelha oitavada, lutando em seus batalhões nos mais duros combates travados da Terra Santa, podia garantir que se tratava de exceções. As supostas cerimônias secretas de iniciação nada tinham de esotéricas, sendo essencialmente semelhantes a qualquer ordenação cavaleiresca de vassalagem. Nelas não se blasfemava, muito menos se cuspia na cruz nem se renegavam Jesus e a Virgem. Os ósculos nas faces eram apenas uma forma de evidenciar o amor de irmãos, implícito na iniciação do neófito, e as lendas de adoração de ídolos pagãos, a mais absurda das mentiras. Ou não: a mais desatinada era aquela relacionada com a pretensão de conquistar os poderes de Deus... Por isso, Antoni Barral se perguntava sempre de novo como era possível que se acumulassem as confissões condenatórias admitidas por homens de convicções iguais às dos que ele vira lutar e morrer em batalhas crudelíssimas.

Frei Jean de Cruzy, que se reconhecia iracundo, pecador e pouco dado a crer em milagres e homens santos, demonstrou muitas vezes ao irmão Antoni que era sobretudo um indivíduo sábio e, apesar dos muitos anos vividos em condição monacal, conhecia tudo sobre os recantos obscuros da consciência dos humanos. Por isso pôde dar ao companheiro de gruta eremita uma resposta capaz de inquietá-lo: "Mais poderoso do que a fé, a esperança do perdão ou as ambições materiais, o mais invencível é o medo", dissera, com os olhos fixos no fogo que os aquecia naquela noite de dezembro do ano do Senhor de 1308: "O medo e o instinto de sobrevivência, e não outros sentimentos, são a essência da condição humana, a força que quando funciona domina tudo: até o amor a Deus". O irmão Antoni Barral imediatamente negou com a cabeça: "Eu vi que aqueles homens não tinham medo de morrer. Vi-os agonizar abraçados à cruz e com a espada cravada no coração de um infiel. Vi-os lutar sabendo que, se fossem feitos prisioneiros, esperava-os a degola ritual dos infiéis ou o mais temido inferno da escravidão em terras muçulmanas...". Frei Jean tinha tomado alguns tragos da infusão de folhas de menta adoçadas com mel, que naquela noite tinha em sua tigela. "Estou falando de um medo diferente, pior que o medo da morte, irmão Antoni", disse ele. E prosseguiu: "Bem sei que muitos dos que agora se confessam blasfemos e sodomitas teriam morrido como mártires nos muros de Acre se tivessem estado em Acre. Porque vocês são guerreiros formados para um tipo de combate e acostumados a um inimigo: o infiel. Estavam preparados para um sacrifício que conheciam, que não temiam, que até punham à prova. Sabiam, como você diz, que os muçulmanos não perdiam tempo torturando os prisioneiros templários e vocês os enfrentavam com coragem. Milhares de cavaleiros imolaram--se pela fé em Cristo e encomendando-se a Nossa Senhora. Mas agora as cartas foram falseadas. Agora dizem os hierarcas da cristandade que vocês são aliados dos sarracenos e que, por sua causa, a Terra Santa foi perdida. De repente, conhecidos defensores da fé católica são acusados do contrário e qualificados como hereges. E mostra-se, ou se pretende mostrar, que o melhor serviço que ainda podem prestar à humanidade, ao cristianismo, a Jesus e a Nossa Senhora, ao mundo melhor a que nossa fé aspira, consiste justamente em confessar. Pedem-no o rei da França, cristianíssimo, e o Papa, seu protetor, o mais próximo de Deus que há na terra... E, se não confessam todos esses pecados e com isso ajudam a cristandade, são ameaçados de tortura ou torturados de fato... Sabe como funciona a tortura?". "À base de dor?", arriscou o fráter Antoni, optando pelo óbvio. "É muito mais", argumentou o eremita. "A tortura é uma poção que provoca alucinações. Quando um homem é torturado, tudo o que foi sua existência volta-lhe à mente e explode. Então o infeliz, que começa a deixar de ser a pessoa que foi, diz não só o que o inquisidor quer ouvir, mas também o que ele imagina que lhe será agradável ouvir, uma vez que se estabelece um laço – na verdade diabólico – entre um e outro... Sob tortura um homem pode soltar as mentiras mais absurdas, já que não é ele que está falando, mas seus medos desatados e todos eles consumados com acréscimo... E sabe quem são os melhores torturadores? Não são os carrascos rudes que enforcam ou cortam cabeças. Os mais eficientes são meus ex-irmãos das ordens mendicantes, os dominicanos e franciscanos, homens de grande fé e militância, que conhecem as fraquezas do corpo e do espírito, porque a tortura é uma especialidade, e a que se aplica hoje é refinada, foi criada recentemente... mas, estou convencido, será eterna. O que descobrimos sobre a manipulação do medo e a essência da tortura será aplicado pelos séculos dos séculos, nas sociedades futuras... mesmo quando, por desgraça ou por felicidade, nem você, Antoni Barral, nem eu estivermos neste mundo para comprová-lo. No entanto, sou capaz de enxergar, como se minha alma voasse através do tempo, que essa é uma verdade maior do que as montanhas que nos cercam."

Naquela temporada o inverno foi longo e agressivo, mesmo no vale onde, Antoni Barral sabia, raras vezes se via nevar. Sem o conhecimento da região e as habilidades recuperadas do montanhês, talvez frei Jean de Cruzy não tivesse resistido aos rigores da estação prolongada.

Ao chegar a primavera do ano 1309 Antoni Barral já estava decidido a fazer algo da vida, sem poder concluir o quê. Soube pelo primeiro peregrino que passou pelo vale, quando começaram a derreter as neves baixas, que dezenas de seus irmãos templários continuavam acantonados em várias fortalezas catalãs, e dizia-se que o rei Jaime estava prometendo perdoá-los, depois de confiscar seus bens, para depois enviá-los a lutar contra os mouros nos territórios ibéricos ocupados. No entanto, as experiências dos últimos anos tinham provocado nele uma grande decepção com respeito a suas crenças: todas as utopias em que acreditara tinham se desfeito diante de seus olhos, mais ainda, tinham se pervertido. Agora carregava a terrível convicção de que, ao guerrear, fora instrumento de altos poderes, os mesmos que, quando deixou de ser útil, quiseram incinerá-lo numa pira; os eternos poderes que pretendiam, com a derrota esperada do islã, ficar com as riquezas dos territórios do Levante e as rotas comerciais rumo às riquíssimas terras asiáticas. Só por isso, agora ele sabia – seu amigo Roger de Flor sempre soubera –, ele fora impelido a participar da História, vertera suor, sangue e lágrimas em nome da crença num mundo mais próximo do céu, melhor, mais justo: um mundo que não era assim nem o seria.

Nos dias em que pensamentos dessa natureza mais o atormentavam, o cavaleiro ia até a azinheira ferida de morte e com galhos em forma de cruz onde repousava oculta a imagem de Nossa Senhora. Lá orava até se exaurir, com a esperança sempre viva de receber algum sinal da Virgem, como os que o tinham beneficiado nos dias em que mais se aproximara da morte. Porque ele continuava sendo um crente, seria por toda a vida, ainda que não voltasse a ser um daqueles bonecos de feira acionados pela mão oculta e decisória. A prática mística de rezar para uma árvore, impossível de esconder de frei Jean de Cruzy, obrigara-o a mentir para ele, inventando a história de que, com um pedaço daquela azinheira ferida pelo céu e com galhos em forma de cruz, seu pai entalhara uma pequena Virgem, pois, durante séculos, os moradores do vale consideraram que aquela árvore específica tinha um poder celestial: só por isso sobrevivera em pé ao tremendo impacto de um raio e não tinha queimado até a raiz. Além disso, em falta de outro atributo, a árvore em forma de cruz, talhada pela própria mão de Deus, servia a seus propósitos espirituais.

Contudo, por mais que orasse e pensasse, não encontrava uma alternativa satisfatória. Sabia muito bem que não tinha alma de eremita nem direito de romper por mais tempo a solidão escolhida pelo amável frei Jean nem a possibilidade de ir para algum lugar e se apresentar com outro nome e outra história de vida. Pois, supondo-se que não descobrissem sua filiação, o que faria quando se apresentasse com uma Virgem tão extraordinária que até os reis cobiçavam sua posse? Que história convincente poderia inventar para ela?

Como se não bastasse, Antoni Barral acabava de fazer sessenta anos e sabia que seu tempo de vida estava entrando na última fase. Já era um velho que tinha dificuldade para escalar montanhas e mastigar a carne com os poucos dentes que ainda não lhe tinham fugido da boca. E foi numa tarde daquele verão, enquanto urinava e refrescava as pernas no riacho perto da gruta do eremita, que sentiu, depois de um profundo tremor, que seus pés exigiam que ele voltasse ao caminho. Antoni Barral soube que a vigorosa revelação era um chamado do destino, ainda que também o tenha dominado a convicção de que, antes, deveria cumprir uma recomendação inapelável daquela mesma sina pessoal, já escrita ou em vias de se escrever: pôr a salvo a Virgem milagrosa.

Assim que teve a iluminação, resolveu qual seria a sorte da imagem: um convento ou mosteiro. Antes, no entanto, pensou, deveria fazer uma comprovação necessária. Antoni sabia que no feudo da região, chamada Camprodon, tinham erguido um mosteiro ou abadia, mas ignorava a qual das ordens pertencia. E, em sua decisão de entregar a homens de fé uma Virgem poderosa, nascera também a convicção de que alguns monges não a mereciam. E, como frei Jean de Cruzy só tinha notícias difusas da existência daquela abadia, a única opção possível era descer ao povoado e fazer a devida averiguação.

Com o pretexto de realizar uma incursão para comprar alguns apetrechos mais apropriados ao trabalho na horta e cordas destinadas a preparar armadilhas para caças maiores, o fráter Antoni Barral despediu-se de seu anfitrião, frei Jean de Cruzy, com a promessa de estar de volta no máximo em duas ou três semanas. E pediu ao ex-monge que de vez em quando se prosternasse diante da azinheira em forma de cruz e rezasse por sua sorte. Algumas orações nunca eram demais.

O inverno de 1314 foi até mais duro do que o de 1309: todo o vale cobriu-se de uma espessa camada de neve e alguns vaus dos riachos congelaram. Como as provisões coletadas nos meses quentes não foram suficientes, frei Jean de Cruzy, afligido pela fome e pelo frio, teve de sair de sua gruta para procurar alguma coisa com que se alimentar e galhos para se aquecer. Vagou durante horas em meio à neve, seguindo rastros de animais que nunca apareciam, até que em dado momento sentiu-se perdido. Voltou sobre seus passos, sem ter certeza de que estava retornando a seu refúgio, e, quando começava a perder as esperanças, viu à distância, como um raio de luz, a azinheira escura em forma de cruz. Por isso, quando já à noite se aproximava de sua gruta, enregelado, sem nada para comer e pressentindo o desenlace que o esperava, o velho eremita pensou que aquele poderia ser um bom lugar. Depois de se persignar, ajoelhou-se diante da azinheira quebrada e, sob seus galhos em forma de cruz, fez a única coisa que podia fazer: orou. Duas horas depois morreu ali, prostrado, congelado, frei Jean de Cruzy, sem ter voltado a receber notícias do ex-templário Antoni Barral, o único companheiro que tivera em seus anos de eremita num vale sem nome, rodeado de montanhas cujos picos pareciam elevar-se e encravar-se no céu e na eternidade.

13

11 de setembro de 2014

Aquele recanto do velho bairro do Cerro era conhecido como El Canal e, desde sempre, famoso em toda a ilha como um lugar de altas temperaturas humanas. Local de valentões, esfaqueadores, encrenqueiros e assassinos de aluguel desde a época da colônia, em seu território e no bairro vizinho de Manglar tinham fincado suas bandeiras os negros *curros* chegados de Sevilha, andaluzes de pele escura e vociferantes que se distinguiam de seus pobres parentes africanos pelo lenço vermelho que amarravam ao pescoço, por suas habilidades para cuspir para o lado e pelo facão toledano de aço brilhante que sempre levavam embainhado na cintura... até chegar o momento de sacá-lo.

Enquanto Conde seguia as referências difusas capazes de levá-lo até a casa do amigo de Yúnior Colás, conhecido como Platero pela semelhança de suas proporções fálicas com as do burro mais famoso – e, para Conde, mais idiota – da literatura da língua espanhola, pensou se a história virginal que ele perseguia não teria o propósito de lhe mostrar todas e cada uma das crostas de uma cidade que, bem observada, parecia acometida de lepra.

Com as manhas necessárias para não se fazer repulsivo, a camisa encharcada de suor e os pés ardendo dentro das botas assassinas, Conde conseguiu descobrir o endereço exato do jovem prostituto. Diante da casa, cuja porta desbotada dava para a calçada, Conde viu na esquina mais próxima três moradores do bairro que o analisavam com um interesse não qualificável como antropológico. Era o normal, pensou ele, e enxugou o mais possível o suor do rosto para finalmente bater na porta.

Quem abriu foi uma velha de uns setenta anos, que tinha uma cabeleira revolta e mal penteada, em cujo emaranhado se alternavam fios pretos, tufos de fios brancos e restos de cabelos tratados com tingimentos já descorados, entre acaju e cinza rato. Conde a cumprimentou e perguntou se podia falar com Platero. A mulher o examinou com mais atenção do que a dedicada pelos lumpens da esquina, talvez avaliando se o visitante era policial ou algum cliente pervertido.

– O que quer com ele? – perguntou a anfitriã.

– Preciso falar com ele... Da parte do amigo dele, Yúnior, ou Raydel, não sei como ele o conhecia. O mulato oriental...

A mulher descartou imediatamente as razões perversas e se inclinou para as policiais.

– É aquele que mataram, não é?

– Ele mesmo...

– Coitado do menino. Sim, meu neto o conhecia, mas não tinha nada a ver com ele...

– É que Platero falou com ele de uma coisa importante... Aliás, qual é o nome do Platero? É que não gosto de chamá-lo assim...

– Meu neto se chama Yamichel e eu já disse que ele não tem nada a ver com aquele Raydel... Meu neto estuda na universidade.

– Fico feliz – disse Conde. Começava a entender algumas coisas e a não entender muitas outras. O tal Yamichel podia ser alguém informado, até culto, já que era universitário. Mas ao mesmo tempo exercia o ofício de fornecedor de prazeres no varejo. Isso também era normal? Agora era normal? – Senhora, eu só quero que Yamichel me diga uma coisa que ele averiguou sobre uma Virgem que Raydel tinha visto.

A mulher do cabelo multicor e aspecto quase imundo murmurou.

– A Virgem de Regla que não era de Regla.

– Essa mesma – só naquele instante, vendo o sorriso cariado da avó do amigo de Yúnior-Raydel, Conde teve a certeza de sua perda galopante das faculdades. Se Yamichel sabia do valor real da Virgem, não podia fazer parte da trama que levava ao desaparecimento da imagem e à morte de duas pessoas? Teve vontade de se autoflagelar, mas sentiu um alívio quando a mulher voltou a falar.

– O senhor é policial?

A pergunta não podia faltar. E ele resolveu tentar uma resposta que lhe permitisse avançar alguns passos.

– Mais ou menos.

A mulher ponderou a informação. E calculou que Conde era mais do que menos policial. E com toda a certeza pensou, pois devia saber muito bem disto, que quando não resta outro remédio é melhor não irritar os policiais: quem faz parte desse bando costuma ter mau gênio, mesmo com uma cara como essa do Conde.

– Yamichel está na universidade. Mas deve chegar a qualquer momento. Ele vem almoçar... Quer esperá-lo?

– Sim, claro – respondeu Conde, surpreendido por aquela possibilidade.

– Bem, então entre.

A velha estendeu a mão para lhe dar passagem em direção à pequena sala que mais parecia uma gruta. Como a maioria das casas do bairro, construídas parede a parede, aquela não tinha janelas laterais, e a luz vinha da rua ou da porta que, no fundo, devia dar no pequeno pátio de tanques. Num dos muros laterais, no ângulo quebrado por uma das colunas que sustentavam o telhado, Conde viu a imagem da pequena Virgem de Regla que sempre conhecera, a réplica popular e barata do original existente na ermida dedicada à santa.

– Sente-se – e ela lhe indicou uma velha poltrona de madeira escura, do mesmo modelo das que existiram na casa familiar de Conde. – Meu neto é um bom rapaz. É jovem e faz coisas de jovem, mas ele é bom... Eu já disse que ele estuda na universidade? Posso lhe oferecer uma limonada?

– Sim, obrigado, com esse calor... – ele resmungou, depois de conter o ímpeto de perguntar se ela ia usar água fervida. Não, ele não podia cair naquele buraco.

– E já estamos em setembro – acrescentou a mulher, enquanto ia para a cozinha. – Este país é um inferno...

– É melhor viver no Alasca – Conde atreveu-se a apartear.

– Até na lua! – soltou a velha, que imediatamente recolheu as amarras. – Por causa do calor, quero dizer...

Meia hora mais tarde, depois de tomar a limonada e ouvir a impoluta biografia estudantil e política de Yamichel na versão da avó, Conde viu o jovem chegar e já não se surpreendeu com sua aparência: parecia um rapaz normal, de aspecto bem diferente daquele do falecido Ramiro Manta e do Morcego. Só estranhou o fato de Yamichel ser mais negro do que breu, ao passo que sua avó era, ou pelo menos parecia, branca. Os gestos e a figura do jovem eram sem dúvida masculinos, e essa impressão era reforçada pelo brilho de seu crânio raspado e pelo volume de seus braços de fisiculturista.

A avó se apressou em explicar ao recém-chegado quem era o visitante. Conde não teve dificuldade para decifrar os códigos que a mulher transmitia ao neto: cuidado, é polícia, ela avisava. Por isso ele resolveu ampliar a informação e disse ao jovem por que o procurava: precisava que Yamichel lhe contasse por qual razão achava que a Virgem de Raydel era valiosa. Só isso.

O jovem ouvira em silêncio a avó e o suposto policial, enquanto tomava seu copo de limonada gelada. Conde soube, sem medo de se enganar, que se tratava de uma pessoa inteligente e, talvez por isso, tão perigosa, ou até mais, quanto os delinquentes comuns do estofo de Raydel com os quais andara lidando.

– Então, o que pode me dizer? – indagou ele, esperançoso.

– Não tenho nada a ver com as encrencas de Raydel... mas vou te ajudar. Um momento – pediu Yamichel, e tirou da mochila que o acompanhava um computador portátil. Com a habilidade da prática sistemática, abriu a máquina, ligou-a, esperou alguns segundos e operou o mouse integrado para procurar alguma coisa na engenhoca informática. Quando encontrou o que buscava passou o laptop para Conde. Durante toda a operação, a avó de grenha tricolor seguira com admiração os movimentos precisos do rapaz, como se quisesse decifrar o truque de um prestidigitador.

Conde recebeu a máquina com cuidado. Na tela, ocupando toda a largura e altura, havia a imagem de uma Virgem muito semelhante à que tinha visto nas fotos de Bobby.

– Muito parecida... – Conde movia-se com cautela.

– Demais... como se fossem irmãs... essa Virgem está numa igreja do Norte da Espanha. É uma escultura medieval, românica, possivelmente trazida do Norte da África na época das cruzadas, século XII...

– Tão antiga?

– Sim, muito antiga... e não tem preço.

– O que quer dizer com não tem preço?

Yamichel finalmente sorriu. Tinha dentes muito brancos, que contrastavam com a cor negra e brilhante da pele que tomava conta até de suas gengivas.

– Que essas virgens são muito raras e não estão à venda... E, se alguém for vender alguma, pode pedir uma fortuna. Não sei quanto, mas um dinheirão. Tudo depende de quanto o comprador a deseje e da habilidade do vendedor. E de estar mais suja ou menos suja... São relíquias.

Conde assentiu. Estava pensando.

– E você disse isso a Raydel?

– Disse porque ele me falou de uma Virgem de Regla que tinha um poder e me mostrou uma foto dela no celular. Eu percebi logo que não era uma Virgem de Regla – disse ele, e mostrou a escultura que estava à sua esquerda. – Fui criado em Regla e conheço essa Virgem de cor... O resto eu vi na internet.

– E o que Raydel ia fazer depois que soube quanto podia valer a Virgem?

Yamichel sorriu de novo.

– Ia roubá-la, claro. E depois ia embora pra Miami tentar vendê-la lá... Aqui não há comprador pra essa joia.

– E com quem ele falou pra sair de Cuba?

– Isso eu não sei... Nem quis saber, e ainda bem... Porque parece que a Virgem o castigou. Ou Raydel falou com a pessoa menos indicada, não é?

– Conde, Conde, Conde... que generoso... Pois já que você me permite escolher: Santiago Añejo. Sabe que esse rum é o único ainda fabricado de verdade na antiga Bacardí, com a mesma fórmula do Bacardí original que se fazia antes? Bem, que porra vou eu te contar sobre runs, não é?... Mas por isso ele é tão bom. Você entorna um litro e no outro dia está tinindo, sem a ressaca desses mata-ratos de agora, que têm rótulos bonitos e um monte de corantes, porque aí eles colocam o tempo de envelhecimento que lhes dá na telha, como se a gente fosse idiota, não é?

Miki Cara de Boneca tinha dois anos a mais do que Conde, embora já exibisse uma coleção de vincos, rugas e estrias no rosto, antes tão bonito a ponto de ter merecido o apelido que o comparava à beleza feminina. A vingança implacável do tempo, Conde pensava sempre que o via. E, apesar de tentar encontrá-lo o menos possível, as informações sociais acumuladas pelo suposto escritor que não escrevia obrigavam-no a procurá-lo uma vez ou outra.

No bar privado e refrigerado, onde todo o consumo tinha de ser pago em divisa cubana, Conde observou atrás do balcão a fileira de bebidas alcoólicas de rótulos atraentes, como ímãs poderosos: uísques e *bourbons*, gins e runs, licores e vodcas, vinhos e cordiais provindos dos mais diversos lugares do planeta. A possibilidade de se sentar num bar como aquele, com a opção de se atormentar por não saber o que escolher, era um sonho que o tinha perseguido a vida toda. O curioso é que fora graças à circulação de uma moeda forte e até ao ressurgimento de uma tímida empresa privada na ilha que essa possibilidade tão desprezada fora recuperada. E ele resolveu dar-se ao gosto e ao luxo daquilo como parte de uma transação comercial e de trabalho. E porque num lugar como aquele, limpo, refrigerado, com iluminação discreta, era mais fácil propiciar a loquacidade de Miki Cara de Boneca do que no ruidoso bar da União dos Escritores do qual Miki era frequentador assíduo ou no agressivo Bar dos Desesperados, onde, cercado pelos bêbados do bairro e por quatro cães sarnentos, Conde costumava comprar o álcool cotidiano. E porque depois passaria a fatura para Bobby.

Quando sentiu o aroma do Santiago envelhecido, servido na taça baixa e bojuda, a mais adequada àquele conteúdo dourado e cálido, sentiu-se como um personagem de romance em livro trocado. Um equívoco.

– Você sabe que esse pessoal que anda negociando obras de arte não é minha praia, mas a gente fica sabendo de tudo. Veja, pra você ter uma ideia: há um escritor, muito conhecido, que com mil mutretas montou uma coleção de pintura cubana do caralho. Deve ter milhões em obra de arte. E consegue isso de todas as maneiras que você possa imaginar. Com favores, com armações, o que for... Ele é insaciável. E é muito amigo do René Águila. Como esse escritor gosta que digam que ele é o melhor do mundo, quando alguém diz isso ele se sente tão justamente reconhecido que começa a falar como um papagaio.... E conta cada coisa! Foi ele que me disse que René comprou uma casa nas Alturas de Guanabo. Uma casa que parece uma fortaleza. Ele a reformou inteirinha, fez uns muros de castelo medieval, colocou câmeras e alarmes e tem até guarda-costas, porque o que tem dentro da casa é uma loucura: móveis, baixelas, quadros, joias... O tal René compra de tudo, mas sempre que pode pegar uma mamata, sem pagar o que vale, porque é um safado sem escrúpulos nem lei e engana até Maomé...

– Esse sujeito me falou da ética do grêmio... – lembrou Conde.

– Ética?... Parceiro, a única que eu conheço é a que Espinosa escreveu... Você entende alguma coisa que Espinosa diz? Bom, é que isto já não é o que era antes, *brother*, nem pensar. Olha, antes só os mandachuvas de verdade e os filhos dos mandachuvas e as mulheres e as amantes desses mandachuvas tinham essas coisas e desfrutavam de uma boa vida. Agora, além dos mandachuvas, há um monte de sacanas que se encheram de dinheiro tirando tudo o que têm de gente que está fodida e precisa de algum dinheiro pra sobreviver. E é isso que o René Águila faz. Ética?... Esse sujeito é capaz de qualquer safadeza, mas... de matar um ladrãozinho de merda que não sabe o que tem nas mãos? Não sei, Conde, não sei... Aí já é outra história.

– E o outro, o tal Elizardo?

– Posso te dizer muita coisa do Elizardo: a primeira é que ele tem um currículo esquisito pra caralho. Imagine que ele viveu uns quinze anos na França e faz uns dez que se repatriou, quando fazer esse retorno era mais difícil do que comprar, neste país, um sabonete que não arranhe a pele... Mas ele fez. Como foi embora pra França, o que fazia lá, como voltou?... Puras lendas urbanas. Dizem que se casou com uma suíça rica. Que foi buscar uma herança de um avô catalão milionário. Que era um superagente 008 enviado pra lutar contra o imperialismo naquele campo de batalha... fica à escolha. O fato é que ele tem dinheiro ou pelo menos parece ter dinheiro, e se tem é pelas coisas que comprou e vendeu aqui. E a casa em que ele mora! Um palácio... Mas quando digo palácio estou dizendo paaaláááciooo... Um dos negócios dele, e isso parece mais certo, é que, como conheceu vários *marchands* de arte na França, na Suíça, na Alemanha, o sujeito põe alguns pintores cubanos em contato com eles e cobra uma comissão pelas vendas. E com isso consegue um dinheirão, porque em Cuba há mais pintores do que pardais: brotam espontaneamente, e alguns acabam sendo bons de verdade. E como todo mundo acha que, se algum dia, lá pelo século XXIV, as coisas entre Cuba e os Estados Unidos se acertarem, os colecionadores americanos virão procurar o que existe e... já vai estar tudo vendido e comprado. E quem quiser alguma coisa que pague bem quem está fazendo a colheita agora. Elizardo também trabalha com os clássicos cubanos; muitas das obras dos bons pintores do século XX que transitam passam pelas mãos dele e isso é outra dinheirama. O interessante é que esse personagem tem classe. René é um espertalhão que dá uma de novo rico, de homem de negócios; Elizardo se faz passar por promotor cultural ou gestor ou como queiram chamar, mas algo mais refinado, e tem amigos na oficialidade... Ou pelo menos é isso que ele diz... A verdade é que no fundo é igual ao outro, porque também compra e vende joias, objetos de decoração, móveis, baixelas, mas faz isso através de testas de ferro pra não parecer que é um mascate, como René... O sujeito é insaciável, tem delírio de grandeza, isso é certo... mas matar por uma peça valiosa? Também não creio, de verdade...

– Tenho minhas dúvidas... Dinheiro é foda.

Miki bebeu de sua taça.

– Sim, pensando bem, *brother*, aqui as coisas se tornaram tão fodidas que qualquer um faz qualquer coisa pra se manter à tona. Veja, ainda me lembro de quando os pintores que hoje em dia vendem melhor davam obras de presente aos amigos, ou faziam trocas com algum estrangeiro por uma calça jeans ou um gravador. Aqui ninguém tinha ideia de quanto valia seu trabalho, menos ainda de como vender. Mas daquele tempo romântico não resta nem lembrança, Condenado, nem lembrança. Neste país as pessoas vivem com a faca nos dentes porque, caso contrário, não vivem... Diga, como você vive, como vivem Carlos e o Coelho?... Na indigência permanente, por puro milagre. E veja quem veio te salvar: Bobby, o boiola... porque aquele, que era marxista, leninista, stalinista e todos os outros istas que você sabe, o que ele fazia era esconder sua bichice pra não ser triturado vivo e, quando mesmo assim foi triturado e resolveu abrir os olhos, disse: comunismo não; consumismo sim... meteu-se nos negócios e dizem, dizem, não sou eu que estou dizendo, mas dizem... – Miki baixou a voz – que estava envolvido com umas pinturas falsas de Tomás Sánchez que circularam em Miami...

Conde fez um gesto para interromper o discurso de Miki.

– Bobby estava no negócio das falsificações?

– Não posso jurar, mas é o que se comenta... Você acredita que porque antes ele era um idiota agora não pode ser um tigre?

– Cada vez acredito em menos coisas, Miki...

– E faz muito bem...Bom, o caso é que Bobby está aí, se empanturrando de dinheiro e vivendo como um rei, com vassalos sexuais e tudo. Mas se deu mal, porque se ferrou com a rebelião dos humildes e acabou pelado... Por isso eu digo, Conde, não sei o que a polícia sabe, mas um sujeito como o Bobby devia saber quanto valia aquela Virgem de merda e estava chateado porque o namorado tinha ferrado com ele... Você acredita mesmo que ele não seria capaz de matar o garoto como mataram?... O outro delinquente eu não sei – Ramiro, você disse? –, bom, isso está parecendo mais um romance de Raymond Chandler, inclusive a cacetada que te deram na cabeça... Diga se não é verdade?

– Marlowe a todo instante levava uma porretada...

Miki voltou a beber, quase como se estivesse com sede, e chegou às últimas consequências do seu drinque.

– Mas com Raydel ou Yúnior, já nem sei o nome dele, Bobby bem pode ter passado da conta... Na raiva, fora de si... Quer dizer... Porra, Conde, meu rum acabou. Depois de tudo o que falei, mereço ganhar outro, não é?

Como tinha visto nos filmes, Conde levantou um dedo na direção do *barman* e fez o gesto clássico de pedir que repetisse as doses. Sentiu-se realizado por essa ação que nunca imaginara que algum dia poderia executar, e com êxito, na estepe comercial havanesa. Até quando duraria aquele milagre de cordialidade e eficiência privada? Aquilo ia acabar provocando mal-estar e acabando: jogada cantada.

– Faça por merecer, Miki... E Karla Choy?

O *barman* encheu as taças e, para acompanhar, trouxe um prato com várias azeitonas e outro com frutas secas. Estavam vivendo na realidade ou num dos filmes de Bogart que enlouqueciam Conde? Um mistério com mulher fatal e tudo?

– Qualquer um que disser alguma coisa sobre essa mulher e achar que é a verdade é um idiota. Porque a única coisa certa mesmo que se sabe dela é que é tão boazuda e tem uma cara que... é capaz de fazer um avião parar do nada no ar. Quando você a vir...

– Já vi... E tomei um trago com ela...

– Porra! – Miki deixou escapar a exclamação. – Viu só que coisa?

– *Bocato di cardinale**...

– Não, do bispo de Roma... Se no meu tempo...

– Deixa essa trova de velho cagão e fala, Miki.

– Então, nada... dela ninguém sabe nada... Tem gente que diz que ela é amante de um superministro, um histórico, como se diz agora, e que o sujeito é seu guarda-chuva. Outros dizem que na verdade ela é filha de alguém mais lá de cima ainda, um fodão de verdade, e que esse papai é seu escudo antimísseis, por isso ela faz o que faz... Falam até de um marido conde italiano, dono de vinhedos na Toscana. Mas eu acho que tudo isso é lorota. Para mim, a verdade é que a menina é um gênio: tem a arte de fazer negócios no sangue...

– Os genes chineses...

– Sim, mas dos chineses de agora... Por isso estou dizendo que, até onde eu sei, e não é que eu saiba muito, Condenado, essa moça não se meteria em nenhum negócio desses, menos ainda havendo mortos pelo meio...

– Os mortos podem ter vindo depois – advertiu Conde –, como complicações não previstas. Danos colaterais...

– Então você acha que...?

– Eu só acho que por três ou quatro milhões de euros qualquer um toma a Bastilha e depois a derruba, Miki.

– Bom, isso é certo... Tão certo quanto o fato de que este é o melhor rum que se fabrica em... Ei, você ficou sabendo que o Coelho vai se mandar?

Conde sentiu um baque no peito. Miki saber dos planos de seu amigo já era um absurdo, mas, ainda por cima, falar isso em público era um suicídio.

– Ô Miki, precisa gritar desse jeito? Disso não se fala...

O outro sorriu e tomou um trago.

– Em que mundo você vive, Condenado? Saco, parece um extraterrestre... Isso já era, passou, acabou... Antes, se você sabia que alguém ia embora e não dizia, te cortavam a luz e a água. Quando não, lembre-se do que aconteceu com seu amigo Fernando Terry... Agora quem vai embora, seja médico ou jogador de beisebol ou escritor, faz uma festa de despedida e tá todo mundo na boa, suave. Passe bem, parceiro, nos vemos aqui dentro de uns aninhos ou talvez lá, se me derem o visto... Claro, ainda há uns idiotas que fazem drama com isso,

---

* Expressão de falso cunho italiano (o original seria "*boccone di cardinale*"), corrente em língua espanhola, que significa "bocado de cardeal". É proferida por *don* Cristóbal, personagem da peça *Retablillo de don Cristóbal*, de Federico García Lorca, para se referir à bela *doña* Rosita. (N. T.)

falam baixinho... mas já se instalou o corre-corre. Você já viu quantos jogadores de beisebol vão embora por semana? E viu que depois alguns vêm passar férias em Cuba? E quanta gente agora tem passaporte espanhol e se dedica a trazer pacotes do Panamá ou de Burkina Faso por duzentos dólares a viagem? Isso não há quem detenha... até o Coelho vai embora, cara, vai embora!

Quando saiu do bar refrigerado, com quarenta dólares a menos no bolso por causa dos seis drinques pagos, Conde levou a bofetada do calor úmido da tarde de setembro. Imediatamente se sentiu tomado por um ataque de inércia capaz de dar fim a um desejo emergente de escrever sobre a sensação de estranheza e proximidade, de propriedade e alienação que experimentara naquele bar que lhe parecera – sabia Deus por quê – esquálido, chandleriano e comovente. Além do mais, ainda lhe doía a base do crânio onde tinha sido golpeado, as informações acumuladas em sua mente formavam um emaranhado do qual não conseguia deduzir nada, e a certeza de como o mundo agora funcionava, segundo as conclusões de Miki Cara de Boneca, não era um panorama que se pudesse chamar de alentador para o país em que ele vivera todos aqueles anos, onde, de forma sibilina e silenciosa, pareciam já se ter formado a debandada e o engalfinhamento pela posse dos dejetos sólidos úteis ainda existentes. Alguém tinha descrito isso com duas palavras naqueles dias de polícia: a selva.

Angustiado, resolveu recolher suas forças e bater em retirada, mas antes se propôs melhorar a saúde de seus pés com alguma oferta viável numa loja próxima de consumo dolarizado. Já calçado com mocassins novos – mais quarenta dólares evaporados –, tomou um táxi particular até sua casa (viajou meia hora ao ritmo de *reggaeton* e respirando CO_2 em estado puro), onde alimentou e fez um pouco de carinho em Lixeira II, tomou um banho de chuveiro longo, frio, desinfetante – Miki era contagioso, e o bafo de petróleo do velho táxi tinha grudado nele como carrapato – e trocou de roupa. Quando estava começando a escurecer e a fúria do sol ia perdendo a intensidade, tomou o caminho da casa do Magro Carlos, depois de uma parada no Bar dos Desesperados para armar-se de um litro do álcool infame que costumavam beber ali. Não tinha vontade de tomar mais nem um gole. Em estados de ânimo como o daquela tarde, a possibilidade de voltar a se encontrar com o diabo era grande. Mas pressentia que Carlos estaria com água na boca. Agradá-lo era uma de suas missões mais elevadas na vida: e uma dose engarrafada de inconsciência sempre costumava ser bem recebida. No entanto, de repente sentiu-se mesquinho. Para saber de algumas fofocas havanesas tinha tomado rum Santiago com um mau escritor e bom farsante de língua viperina como Miki, ao passo que para seu melhor amigo levava um líquido inflamável. O peso da culpa o venceu no primeiro *round* e, antes de chegar ao destino, fez uma incursão em outra daquelas lojas que vendiam tudo em divisas, comprou uma garrafa de rum, pelo menos rotulado, e fechou a contabilidade do dia: já tinha gastado os cem dólares que supostamente ganhara. Como se vive neste país quando não se tem cem dólares para gastar num dia? Calçado com sapatos assassinos e bebendo porcarias, foi a única resposta possível.

Assim que o viu chegar, Magro foi capaz de perceber imediatamente o mau humor do velho amigo. Corroborou-o quando Conde lhe entregou as duas garrafas de rum, o bom e o ruim, e ordenou que não lhe servisse nem um trago, não aquela noite, e que Josefina não contasse com ele para o jantar, pois queria chegar cedo, sóbrio e faminto à casa de Tamara.

– Fodido não, Conde, você está moribundo – sentenciou Carlos diante de um panorama surpreendente. – Que porra é essa, bicho? Não vai tomar rum e não vai comer o arroz com frango que a Velha está fazendo? Ficou idiota com a pancada que levou na cabeça?

– Não sei, estou... não sei... Acho que sim... Estou com um emaranhado dentro da cabeça.

– Para mim isso é a menopausa. E um creme de aspargos não vai melhorar nada... – decretou o Magro, que se serviu de uma dose de rum, da garrafa rotulada, claro.

Conde tentou explicar ao amigo as razões de sua abulia: sem precisar pensar muito, repassou tudo o que tinha vivido naqueles dias, desde o conhecimento dos planos do Coelho e o chacoalhão de Tamara até as confissões de Bobby, passando pelas revelações de Miki, a visita a Rangel e o trânsito pelo inferno dos assentamentos e chegando ao conhecimento quase íntimo de dois assassinatos cruéis e até de um indigente sem sapatos. Era tudo como um tsunami de comoções que o tinham abalado de um jeito ruim e conectado do pior modo com a realidade da vida e do país.

– Tá foda, mesmo – admitiu Carlos. – Esclareça-me, *please*... todo este rum é para mim?

– Tudo seu – ratificou Conde, e observou como o amigo erguia os ombros, pegava uma das garrafas e se servia de outra dose. Conde fez um esforço para se conter, mas não conseguiu segurar as pontas. – Você falou alguma coisa de arroz com frango?

– *A la chorrera*... suculentinho, com pimentões vermelhos por cima e...

Já tinha escurecido quando ele saiu para a casa de Tamara. Resolveu fazer o trajeto caminhando as quadras necessárias para acelerar a digestão do arroz com frango e tentar recompor o espírito absorvendo a atmosfera benéfica de um bairro que não era o seu, mas geralmente despertava o melhor de sua memória afetiva: os anos do pré-universitário, a amizade de Carlos, sua relação com Tamara, o pequeno estádio onde jogara beisebol com amigos, como o ausente Andrés, a imagem dos parques íntimos e tranquilos da região, onde trocara beijos com as primeiras namoradas. Mesmo sabendo que entre suas lembranças e o presente houvera décadas empregadas em demolir tudo com intensidade e aleivosia, com perversidade quase programada, não deixou de surpreendê-lo o evidente estado de deterioração e abandono que também lá se espalhava como uma praga. Casas com paredes escoradas que nunca voltaram a ser pintadas; montes de lixo nas esquinas; calçadas e ruas recém-importadas da faixa de Gaza; novas lojas erguidas com base na improvisação, na pobreza e no mau gosto; cães de rua que teriam dado uma pata para ter a sorte de seu pobre Lixeira II. Nada capaz de melhorar seu ânimo.

Tamara o recebeu com um beijo capaz de tirar a metade do peso abúlico que o acompanhava, com admiração pelos sapatos novos que lhe ficavam tão bem e com a notícia de que Yoyi tinha ligado para a casa dele, para a de Carlos e para a dela, Tamara. Queria encontrá-lo com urgência, insistiu seu sócio comercial, mais uma vez lamentando que Conde não tivesse celular, embora já conhecesse sua incapacidade para operá-los e sua tendência para perdê-los.

Observando a destreza de Tamara para cortar as verduras com as quais prepararia o caldo de vegetais, Conde ligou para o Pombo da extensão do telefone colocada na cozinha. A voz de Yoyi o surpreendeu pela capacidade de antecipação.

– Porra, onde você se meteu, *man*? – lançou o outro.

Conde fez o gesto de olhar para o fone.

– Yoyi, metade de Havana te telefona... como você sabia que era eu, porra?

– Ai, Conde... o celular reconhece o número que está ligando... E na tela dele, porque você sabe que os celulares têm uma tela, certo?, pois apareceu o nome da Tamara, porque... mas que diabo de conversa idiota, *man*!

Conde sorriu diante do desespero do sócio.

– Bem, o que está acontecendo de tão urgente?

– Uma coisa que fiquei sabendo e outras que estou pensando. Temos que falar já...

– Ahã, diga.

Ele ouviu o suspiro do Pombo.

– Não por telefone, é muito complicado... escuta, pega um carro e vem pro *paladar** onde vou comer com a minha namorada...

Conde olhou para Tamara, que estava pondo as verduras na panela.

– É que hoje... Tamara está cozinhando... E eu já...

– É importante, *man*. E você sabe que eu não brinco com coisas importantes. Vamos, anota o endereço e vem para cá... Além do mais, quero te apresentar minha namorada e que você veja com seus olhos o que é um *paladar* de luxo. Esse está na moda... Olha, olha, venha com a Tamara, são meus convidados.

– Mas...

– Conde, está combinado... Vamos lá, passe o telefone pra Tamara – Yoyi ordenou.

Ele se virou e disse a Tamara que Yoyi queria falar com ela, enquanto fazia com o indicador sinal de negação. A mulher, intrigada, enxugou as mãos no avental e pegou o fone que o companheiro lhe estendia.

– Fala, Yoyi – disse ela, ouvindo e repetindo duas ou três vezes um "ahã" que arrematou com um sorriso e uma afirmação. – Não vou esquecer o endereço. Me visto e vamos praí. Vou arrastá-lo pela orelha. Sim, certo, até já – afirmou e desligou.

O palacete de El Vedado vivera seus tempos de glamour e também seus longos anos de decadência até bater às portas da ruína. Mas, quando um empreendedor crioulo conseguiu comprá-lo (a preço de arremate) com o propósito de nele montar um restaurante, o edifício ressuscitou e, conforme lhe cabia, passou a viver a glória. Os reparos e a remodelação da propriedade abrangeram desde o portão da frente até o último centímetro de telhado e agora tudo nela resplandecia com o brilho de lâmpadas, móveis, biombos, adornos de concepção ousada, metais polidos, pinturas de esmalte, tudo proveniente de além-mar por vias ignoradas. A primeira pergunta que Conde fez a si mesmo ao entrar naquele lugar, reservado a estrangeiros e cubanos muito privilegiados (ou a outros como ele, convidados por alguma dessas duas espécies possíveis), foi quanto teriam pagado pelo imóvel e por sua reforma e decoração. Só de imaginar a quantia calculada em bruto, sentiu vertigens, e outras perguntas despertaram, como, por exemplo, de onde

---

* *Paladares* são restaurantes de gestão privada, surgidos em Cuba na década de 1990, inspirados pela novela brasileira *Vale Tudo*. Originalmente montados em moradias, ocupando todos os cômodos da casa, hoje são, muitas vezes, locais mais sofisticados. (N. T.)

teria saído o dinheiro para todo o investimento anterior à obtenção dos lucros? Um mistério cubano. Mais um. A última pergunta que faria, três horas e meia depois, quando Yoyi pagou com dinheiro vivo e sonante a conta de tudo o que fora consumido, da mesma forma que as dezenas de comensais que os antecederam e os sucederam, foi quanto dinheiro aquele lugar gerava por dia. Em vez de vertigem, Conde sentiu asfixia. Aquilo era uma mina de ouro. Assim estavam se fazendo as fortunas de que Miki Cara de Boneca falara aquela tarde, e ele não pôde deixar de repetir a pergunta: até quando isso duraria?

Pombo era cliente habitual do restaurante e ex-colega de estudos superiores do *maître*, pois ambos tinham se formado engenheiros e agora, quando muito, exibiam o diploma como adorno, pois ganhavam a vida com outros ofícios e saberes mais produtivos para suas economias do que projetar pontes que nunca seriam construídas, como dissera Karla Choy. Sabendo que Conde era um fumante hiperativo quando tomava álcool, Yoyi pedira ao amigo uma mesa no terraço, a mais isolada e cômoda possível, e que mantivesse frescas duas garrafas de um bom tinto espanhol para quando chegassem seus convidados.

Com uma Tamara bela, resplandecente e bem perfumada pelo braço (assim mostrava melhor sua aliança de noivado), o Conde plebeu (felizmente calçado com dignidade) atravessou o estabelecimento à procura de seu sócio comercial e comprovou que sua eterna namorada ainda era capaz de atrair olhares: pela frente e pela retaguarda. E sentiu orgulho de sua qualidade de usufrutuário exclusivo daqueles atributos. Mas, quando chegou ao lugar reservado por Yoyi e viu a nova namorada do amigo, ficou de pernas bambas: a mulher era melhor do que a casa ocupada pelo restaurante e quase quase tão boazuda quanto a chinesa cubana Karla Choy. O cabelo platinado, os olhos verdes como semáforos convidando a avançar, os lábios grossos e o corpo moldado com esmero e abundância de materiais colocados nos lugares certos mostravam que Yoyi era um gourmet em todos os sentidos importantes da vida. A beldade da vez chamava-se María de la Merced, gostava que a chamassem de Merche, e, com o mérito acrescentado do nome e do apelido clássicos, Conde sentiu que o conjunto atingia a perfeição: era uma das poucas pessoas ao redor dos trinta anos nascidas no país que não tinha um nome inventado ou um apelido extravagante, se possível algum deles iniciado por Y. Para cúmulo das suas virtudes, Merche era a principal gerente de uma agência privada de decoração de interiores e até mostrou ser boa conversadora, razoavelmente culta, informatizada apenas o suficiente, bastante discreta para se manter em silêncio ou fofocar com Tamara quando os homens entraram em terrenos pedregosos. De onde Yoyi tirava anjos como aquele, porra?

Depois das apresentações tomaram um uísque, suficiente para ler o cardápio, fazer os pedidos e solicitar o vinho de Ribera del Duero já refrescado. Como geralmente acontecia quando tinha necessidade de escolher entre muitas possibilidades, Conde optou pela primeira promessa de satisfação gástrica que achou no menu: um peixe grelhado com ervas finas (que ervas seriam?) que pediu acompanhado de arroz branco, feijão preto, um exército de chips de banana e taioba frita, mais uma salada de abacate bem temperada e bem servida, pois seu estômago já tinha esquecido o arroz com frango ingerido algumas horas antes. Tamara, por sua vez, decidiu-se por um prato cubano de nome francês, de pouca consistência e baixas calorias, ao passo que Yoyi e Merche optaram por saladas verdes para encerrar com um *carpaccio* de polvo com lascas de parmesão. A abundância, a abundância, caralho!

Saboreando o vinho e beliscando azeitonas e anchovas, Conde empenhou-se em observar o panorama à sua volta, sem deixar de pensar na insuportável variedade do cardápio e da carta de vinhos, encruzilhada seletiva de cuja possível existência sua geração nunca tivera referências concretas nos estabelecimentos da gastronomia socialista, cultivada com base na agilidade mental e no trato mais carinhoso: "Meu menino lindo, tem isso e isso e mais nada, e peça depressa, porque você sabe que acaba. E, como você sabe, amor do meu coração, são duas cervejas por pessoa. Que não estão muito geladas, meu anjo". Obrigou-se a controlar o policial que havia dentro de si e estudou o ambiente com interesse, mas tentando mostrar classe, algo complicado para um descomedido como ele. Ouviu com real atenção a explicação de Merche sobre a decoração do restaurante, onde, disse ela, confluíam o estilo neonórdico e o minimalista, com predomínio de linhas retas, madeiras claras, e ele se conteve quando lhe ocorreu perguntar quanto teria custado todo aquele mobiliário e aquela cenografia, mais ainda de onde tinham saído. Tanto que ele soubesse, as lojas mais próximas em que se vendiam móveis neonórdicos ou minimalistas ou simplesmente benfeitos ficavam do outro lado do mar, da maldita circunstância.

Quando Conde começava a desconfiar que a convocação apressada de Yoyi tinha como objetivo apenas convidá-los para um jantar num lugar agradável e de preços exclusivos, Pombo aproveitou um silêncio masticatório para revelar a outra razão: chegara a seus ouvidos a informação, bastante incompleta mas confiável, da presença em Cuba de um antiquário catalão, Jordi Puig-não-sei-o-quê, muito bem relacionado no ramo de venda de obras de arte na Europa. E, segundo diziam, o homem, embora atuasse em todos os campos, estava se especializando em peças de origem medieval... Até onde Yoyi sabia, durante a Idade Média, em Cuba, não havia arte: só uns índios famélicos, caçadores de cotias e comedores de mandioca, ainda por cima sem molho. E, pelo que Conde lhe contara, a Virgem perdida de Bobby Roque bem podia ser exatamente uma peça medieval. Dois e dois – Yoyi calculou com seus conhecimentos de engenharia, são quatro, Conde. Ou quase sempre, retificou. Ao constatar que tinha despertado o interesse detetivesco de seu colega comercial, Pombo prometeu indagar um pouco mais sobre a razão que trouxera a Cuba exatamente aquele antiquário medievalista, Puig-não-sei-o-quê, além do mais, obviamente catalão, como o avô de Bobby, como a imagem da Virgem, catalão... Puigventós, porra!

– Se o homem veio por causa do que estamos pensando – começou a concluir Conde depois de receber a nova informação –, é porque alguém está falando em vender alguma coisa que lhe interessa. E se essa coisa vem a ser a Virgem negra do Bobby, que de fato parece que é antiga e valiosa, é porque está ou se espera que esteja em mãos de alguém que sabe do valor dela e onde e como localizá-la... E essa pessoa não é do time em que Raydel e o Manta jogavam. É alguém do ramo... ou do grêmio.

– O que quer dizer – continuou Yoyi –, caso se trate da Virgem negra, que ela ainda está em Cuba e que por trás do roubo ou em seus arredores está se movendo gente do grêmio, e, até onde sei, com essas conexões há apenas quatro ou cinco leões em Cuba, *man,* entre eles teus amigos René Águila e Elizardo Soler. E a chinesa terremoto...

– E você conhece os outros?

– Pelo menos mais dois... Um sujeito que trabalhou anos nas obras de Havana Velha e dizem que roubou até os pregos da cruz... Chama-se Enrique Garcés. E é gay, como seu amigo Bobby, porém tem mais esporas que um galo de briga... O outro de que me lembro é um italiano que vai e vem, putanheiro de morrer, Guido-também-não-sei-do-quê, porque todo mundo o conhece por Guido Corleone, pronunciado como se fosse um nome espanhol, sem o u...

– E como você vai investigar mais, Yoyi? Essa história está pegando fogo. Lembre que já há dois mortos e meio...

Merche deteve o garfo com o qual levava à boca uma porção de *carpaccio* e arregalou tanto os olhos verdes que parecia possível vê-los cair em seu prato. Falar com tanta naturalidade de dois mortos e da metade de outro estava fora de seu universo de projetos, modas, decorações.

– Dois mortos e meio...?

Yoyi sorriu e acariciou o cabelo da namorada. Deu uma piscadela para Tamara, pedindo sua ajuda, e a estomatologista exibiu sua capacidade adquirida nos longos anos de convivência com um ex-policial.

– Que exagero, Mario!... Dois caras se matam num acidente de moto e você mistura tudo nessa história... E, se você caiu no banheiro e quase se matou, é porque está velho.

Merche olhou para Tamara, que sorriu, depois para Conde, que olhava para Tamara com cara de poucos amigos, e por último para Yoyi, que olhava para ela.

– Mami, você sabe que meus negócios são com gente como os donos disto aqui... que só mata quando te traz a conta. Ou quando você quer ir embora sem pagar...

A jovem, não totalmente convencida, levou o *carpaccio* aos lábios e ofereceu aos restos do polvo a carícia de sua mastigação.

– Tudo bem, Conde – Yoyi acrescentou –, se ouvir alguma coisa te digo e já... Ok, *man*?

Naquele instante aproximou-se da mesa o engenheiro diplomado que se tornara *maître* e perguntou o que estavam achando. Todos responderam que uma maravilha e Conde se deleitou observando como o homem enchia as taças de Ribera del Duero seco e ao mesmo tempo delicado.

– Bem, se quiserem separo para vocês uma mesa no bar do terraço. Esta noite há música ao vivo – e mencionou o nome de um músico da moda. – Uns turistas mexicanos o contrataram para tocar para eles.

– O que me dizem? – perguntou Yoyi a Tamara e Conde. – Isso não acontece todos os dias.

– Por mim tudo bem – Tamara aceitou, e Conde se entregou sem resistência.

– Vamos terminar e subir, então não feche a conta – disse Yoyi ao amigo, que se retirou para cumprir suas tarefas. Meia hora depois, os dois casais subiram ao terraço, por onde deslizava uma brisa agradável do mar próximo. Embora os mexicanos tivessem pagado pelo espetáculo (quanto pagaram?, perguntava-se Conde, extraindo pontos de interrogação numéricos de seu saco sem fundo de perguntas), a mesa separada para Yoyi e seus convidados ficava na primeira fila, diante do pequeno palco junto do qual funcionava um bar com todos os atributos necessários para torná-lo típico e agradável, inclusive os neons coloridos.

Como tinham decidido não comer sobremesa, Yoyi pediu uma tábua de queijos franceses e uma garrafa de vinho de Bordeaux, segundo ele o melhor complemento. Conde, além disso, reivindicou seu café. Na conversa que se seguiu, Yoyi informou que Merche estava pleiteando uma bolsa de especialização no Canadá e que, se viajasse por esse meio, tinha planos de ficar explorando os territórios do Norte... Conde observou a moça, que refulgia, e sentiu que sua beleza e bom gosto o agrediam: mais um que se despedia? O que era aquilo, caralho?

O ambiente do bar-terraço era vital, jovial, com muita conversa e risos, uma música, talvez por puro milagre, reproduzida a um volume que não interferia na comunicação entre os fregueses. Conde, carregando nas costas sua deformação profissional, olhou ao redor e verificou que a maioria dos presentes, fora os da mesa comprida ocupada por uns dez mexicanos, eram membros da fauna nacional e quase todos jovens. A sensação de estar num lugar que não combinava com ele, onde era mais estrangeiro que os próprios mexicanos, fez-se muito patente naquele momento. Mas conseguiu até se sentir feliz pela felicidade de Tamara, embora ao mesmo tempo inconformado por não poder se divertir em locais como aquele com os velhos amigos, certamente incapazes até de imaginar a existência de lugares daquele tipo, cada vez mais comuns na cidade (Yoyi *dixit*), espaços sempre tão requisitados a ponto de exigir reservas antecipadas e onde as pessoas não brigavam para conseguir alguma coisa, pois havia para todos. Para todos que pudessem pagar seus preços. E perguntando a si mesmo – que mania desgraçada a sua, acontece que não conseguia evitar –, Conde questionou de onde tiravam dinheiro aqueles jovens tão jovens que pareciam tão à vontade e instalados com genética harmonia nos feudos do bem viver havanês renascido com o qual aquele dia ele estivera em íntimo contato bem alimentado e bem bebido.

O músico subiu ao palco com seu grupo e deu início ao show. Para Conde era significativo que os jovens presentes, inclusive Yoyi e Merche, soubessem de cor as letras das canções interpretadas, algumas feitas para ouvir, outras para desfrutar dançando, dançando. Yoyi e Merche foram para a pista e, com o pretexto de observar suas habilidades, Conde extasiou-se contemplando de corpo inteiro a figura magnética da mulher. Estava vendo-a pela primeira e única vez? Então Tamara lhe perguntou, mais por obrigação do que por convicção, se queria tentar se movimentar um pouco. Mas ele se negou com todo o seu fundamentalismo: em Cuba só havia duas maneiras de dançar. Bem e mal. E ele dançava mal. E as pessoas olhavam com desdém para quem dançava mal. E já o olhavam bastante por causa da aparência, da idade, da cara de assombro diante da revelação de um mundo exótico que, saído sabe Deus de que pregas da sociedade, brilhava em todo o seu esplendor de nova riqueza, de exultante glamour pós-qualquer-coisa. A tudo Tamara respondeu que sim, claro que sim, porém deixou sua cadeira, seu atormentado quase marido, e foi dançar.

Saboreando a dose de conhaque – cortesia da casa – com a qual se propunha encerrar a noite, Conde lembrou-se por um instante dos círculos do inferno havanês que percorrera durante os últimos dias. Tocou no ferimento ainda dolorido da nuca e disse a si mesmo que na verdade aquele inferno existia, tanto quanto o paraíso sob as estrelas no qual ele tomava conhaque, também francês, cujo preço poderia garantir a alimentação de um dia de uma família inteira. Dois mundos contíguos entre os quais ia se erguendo uma muralha semelhante à que, na época à qual parecia pertencer a Virgem negra de Bobby, separava os nobres dos plebeus: muralha às vezes mais sutil, embora não menos compacta, que na ilha haviam tentado demolir mas que, persistente como a vida, voltava a se erigir na menor das oportunidades. Então, em meio a suas elucubrações sócio-histórico-filosóficas sobre a circularidade do tempo e suas piores manifestações, Conde sentiu que pela extremidade esquerda do seu ângulo de visão chegava um reflexo dourado, luminoso, potente, capaz de obrigá-lo a virar o rosto. Naquele setor, em frente ao bar, uma boa dúzia de moças, entre as quais Meche, dançava e cantava a interpretação do músico, e Conde compreendeu que a luz vigorosa que o atingira brotava dos corpos, das roupas, dos sapatos, dos perfumes, da elegância expansiva e dos cabelos rutilantes daquelas mulheres: todas eram belas, elegantes, esbeltas e loiras. O muro existia e impunha segregações.

14

12 de setembro de 2014

Deslocou-se pelo quarto, furtivo como um ladrão. Tamara dormia, com a elegância e a classe que exibia até naquela circunstância e com os restos da satisfação da noite anterior ainda marcados em seu rosto de bela adormecida. Já na cozinha preparou o café, tomou duas xícaras e fumou dois cigarros. Entre um e outro café com cigarro fez uma generosa estada no banheiro, onde depositou o resíduo da moagem dos alimentos exclusivos do jantar requintado da véspera e pensou no final lamentável dos queijos franceses.

Bem desperto e com o ânimo sobrecarregado dos aborrecimentos e rancores desatados pelas experiências dos últimos dias, saiu em busca de Bobby e de uma verdade sem a qual já não podia trabalhar. Nem sequer viver. Mesmo que perdesse o salário mais alto que tinha ganhado em sua existência miserável.

Sem se permitir o sossego da contemplação do mar, foi direto para a casa de Bobby e bateu na porta. O morador o recebeu com um medo lacerante refletido no rosto, que se aliviou um pouco quando constatou que o visitante era seu amigo, e não os persistentes policiais. Estava vestido com uma bata chinesa e não parecia ter tido uma boa noite.

– Conde, aqueles policiais não me deixam tranquilo... Agora há outro morto, e eles insistem que eu tenho alguma coisa a ver com o que aconteceu! Eu sou a vítima, a vítima!

Ele o seguiu até o terraço onde, sem pronunciar uma palavra, esperou Bobby voltar com a bandeja sobre a qual tiniam as xícaras de porcelana com o café. Tomou o seu com calma, desfrutando o regalo que propiciava a seu paladar, e depois acendeu o imprescindível cigarro. Por sua vez, Bobby continuara suas lamentações, suas invocações ao poder da Virgem e a Yemayá, suas mistificações, até que, enérgico, Conde levantou a mão pedindo silêncio.

– Chega de choramingar, compadre... Não sei os policiais, mas eu não acredito em porra nenhuma do que você está me dizendo. Você é um mentiroso de merda e merece tudo o que está te acontecendo. E até mais...!

Os olhos do outro saltaram das órbitas. Esfregava as mãos enquanto ouvia a descarga do seu empregado.

– Mereço o que, Conde, mereço o quê?

– Tudo, Bobby.

– Mas você sabe que não matei ninguém...

– É a única coisa que eu acho que sei... e às vezes tenho minhas dúvidas.

– Mas como pode, meu amigo...?

– Bobby, você me decepcionou – afirmou Conde, olhando-o nos olhos. – Me enganou várias vezes, me usou pedindo uma coisa quando o que queria era outra, me disse o que te convinha e quando te convinha e, ainda por cima, falou dos anos e da amizade e eu acreditei... gente como você é capaz de qualquer coisa...

Bobby baixou os olhos. Parecia realmente atingido.

– Tem razão, velho... Me perdoa.

Conde lamentou precisar usar aquele método, mas achou que tinha colocado o ex-colega de estudos no devido lugar. E soltou.

– Não te perdoo porra nenhuma!... Vamos lá, pra começar a consertar teus desastres e mentiras, conta a história inteira da Virgem. A história de verdade, caralho! E não me fale mais no poder que ela tem! Porque, se tem algum, é o de ferrar as pessoas. Por culpa da Virgem ou por culpa tua dois rapazes já foram mortos e...

Bobby balançou a cabeça, negando alguma coisa, mas começou a falar.

– Me perdoa, me perdoa, por favor, se eu não te disse algumas coisas... – insistiu Bobby. – Mas me entenda...

– Não entendo. Quero a verdade... Vamos, fala...

Bobby mudou de novo o destino do seu olhar e o colocou nas folhas enormes da taioba ornamental, de um verde impoluto e refulgente.

– Por que essas coisas acontecem comigo, meu Deus?... – fez uma pausa, olhou para o céu, persignou-se, sorveu uma dose de muco. – Nada disso tinha que acontecer... É uma Virgem negra medieval – disse ele, e voltou a se deter, por fim se recompondo, já com o olhar dirigido a seu interlocutor. – E de fato ela tem um poder, Conde, tem mesmo: ela me curou, na Espanha salvou pessoas, fazia milagres... Tem que acreditar em mim, cara!... Quem trouxe essa Virgem foi o espanhol que era marido da minha avó, como eu te disse. José vinha de uma pequena aldeia do Pireneu catalão que nem aparece nos mapas... Trouxe a Virgem e sempre ficou com ela, não gostava de mostrá-la pra ninguém. Mas, se alguém da família a via e perguntava, ele primeiro dizia que era uma Virgem de Regla...

– Bobby, Bobby, essa história eu já sei... Até quando...?

O outro suspirou antes de continuar.

– Pra todo mundo José contava a história que eu te falei... Mas era invenção. Ele só contou a verdade pra minha avó. E é a verdade que eu sei: que a Virgem estava havia séculos numa capela da aldeia dele, desde que apareceu no tronco de uma árvore e fez um milagre... José dizia que na região ela sempre tivera fama de milagreira, de curandeira, de ajudar as mulheres a engravidar, coisas desse tipo. Mas ele insistia em dizer à minha avó que não a tinha roubado. Que tinha salvado a Virgem, era isso que ele dizia... Que para salvá-la fez coisas muito graves e teve que fugir da Espanha. Nunca disse o que tinha feito, mas coisas graves são coisas graves... Tudo isso foi quando a Guerra Civil, quando os anarquistas e outros mais matavam padres, queimavam igrejas e santos... incendiaram até as catedrais góticas, e isso não é mentira... Matavam-se uns aos outros por qualquer motivo e até sem motivo...

– Você não sabe mesmo que coisas graves José fez? Não terá sido o fato de ter roubado a Virgem?

– Acho que não, ele parecia um bom homem. Mas a verdade é que eu não sei que porra ele fez lá na guerra, se José era daqueles que matavam padres pra fazer a grande revolução... O que ele dizia, isso sim, é que tinha atravessado os Pireneus, por um caminho que ele conhecia, com a Virgem enfiada num saco. Atravessou metade da França com ela. Em Le Havre, sim, acho que foi em Le Havre, se introduziu como clandestino num barco que vinha para Havana e Buenos Aires. Quando o descobriram, quase o jogaram no mar. Como castigo o puseram para limpar o barco. Então, quando chegou a Havana, recuperou a Virgem que tinha escondido, fugiu do barco... e foi dar em Regla. E em Regla ele viu a outra Virgem, a daqui... Desde então começou a dizer a quem perguntava que a dele era a Virgem de Regla. Acho que no início até minha avó acreditou...

Conde baixou os olhos. A história parecia verossímil, embora incompleta.

– É que as duas virgens não se parecem em nada... Bem, elas são negras...

– Pra mim parece lógico: pra qualquer pessoa em Cuba uma Virgem negra tem que ser a Virgem de Regla, não é?... Depois minha avó soube que não era de Regla e ele lhe contou a história... Ou ao contrário... Mas, antes de minha avó contar, eu, que sou curioso, descobri o que ela era de verdade: uma Virgem medieval, românica autêntica, negra original, até mais antiga do que a Virgem de Regla de Chipiona. Pelo que fiquei sabendo depois, essa imagem era chamada de Nossa Senhora de La Vall, porque é uma das imagens que desapareceram naquela época, da Guerra Civil, de modo que nesse ponto José não estava mentindo... Finalmente, antes de morrer, minha avó a entregou para mim e me contou a história de José, pelo menos a que ela conhecia, que pode ser verdade ou não, embora tenha confirmado o que eu já sabia: que era uma Virgem que estava havia séculos na igreja da aldeia de José e que José não se chamava Josep Bonet e tudo o mais...

– Mas a história não termina aí.

Bobby balançou a cabeça. Engoliu saliva. Conde percebeu que faltava a essência do que ele devia saber.

– Eu me pus a investigar mais – continuou Bobby. – Fiquei sabendo que uma Virgem dessas, bem vendida, pode valer até três ou quatro milhões de dólares. Talvez mais. Porque restam muito poucas dessas virgens no mundo, no Sul da França, no Norte da Espanha, algumas poucas na Alemanha, na Polônia. Hoje são peças de museu, de catálogo... Imagine só, algumas foram trazidas por São Luís quando voltou para a França de sua cruzada na Terra Santa... Mas eu nunca quis vendê-la, Conde: eu a quero pra mim, pra depois deixá-la pros meus filhos e que eles façam o que quiserem. Venerá-la ou vendê-la. Mas quando eu estiver morto. Por isso quero recuperá-la. E porque é verdade o que eu te disse e também o que José dizia: essa Virgem tem um poder. Não sei se porque é negra, medieval, porque é rara, talvez porque veio da África, da Terra Santa, como dizem alguns historiadores, não sei: mas ela tem o poder de nos dar paz. E forças... E saúde... É um mistério, mas é verdade, Conde, eu juro. Por tudo isso eu queria recuperá-la sem fazer espalhafato... porque não sei se o Estado espanhol pode reclamá-la como patrimônio do país e porque, se eu fizesse alarde, todo mundo ia saber o que ela vale... Conde, quase ninguém sabia que eu tinha aquela Virgem. Agora até a polícia sabe e são imagens que aparecem inclusive em livros... Você vai ver, você vai ver...

Bobby se levantou e ajeitou as faldas da bata antes de subir ao andar de cima, de onde voltou com dois livros, um deles de formato grande, encadernado em couro, que ele abriu e colocou sobre a mesinha de apoio, diante de Conde.

– Aqui está... Nossa Senhora de La Vall... Escultura românica do século XII. Desaparecida de sua ermida em 1936. Paradeiro desconhecido.

Apesar da qualidade duvidosa da imagem impressa, Conde a reconheceu imediatamente e teve a impressão de que finalmente as peças estavam começando a se encaixar do modo certo. A do livro era a Virgem das fotos que Bobby lhe entregara. Também podia ser a que Platero tinha mostrado em seu computador, numa imagem retocada e melhorada.

– Está claro que José a roubou...

– Ou que a salvou, como ele dizia. A guerra estava acontecendo, igrejas eram incendiadas...

– Essa da foto tem as duas mãos...

– A mão que falta ela perdeu quando José a levou... Era o que ele dizia.

– Será que devo acreditar em toda essa história do catalão e da sua avó, hein, Bobby?

– Juro pelo que há de mais sagrado que é verdade. De onde eu ia tirar uma imagem como aquela, porra? Como ia consegui-la? Onde iria comprá-la?

– E o que está fazendo em Cuba um tal Jordi Puigventós?

– Veio buscar minha Virgem – Bobby respondeu, sem hesitar. – Esse sujeito é um pirata e alguém soprou pra ele que a Virgem existia e estava perdida... Com certeza foi René Águila... É o que eu te disse, Conde: já estão sabendo que ela existe e que está em Cuba...

– E à venda – completou Conde.

– Sim, à venda. Mas quem está com ela, Conde, quem? A pessoa que matou Raydel e o outro rapaz?

Conde assentiu, negou. Estava pensando.

– Tudo isso quer dizer que a Virgem ainda está em Cuba... E que quem está com ela é o assassino de Raydel e de Ramiro, ou sabe quem os matou, e recuperou a bendita Virgem... De modo que a boa notícia é que essa pessoa não pode vendê-la porque se denunciaria.

– Quem quer que esteja com a Virgem é alguém que sabe quanto ela vale. O que estou pensando é que pode ser alguém que pediu ao Raydel pra roubá-la... e depois as coisas se complicaram.

Conde já tinha lidado com aquela possibilidade, que parecia cada vez mais tangível, embora o intrigasse o fato de o falso Raydel ter roubado uma Virgem valiosíssima, com a qual esperava tornar-se milionário e ir embora de Cuba, e ao mesmo tempo ter carregado até a chaleira de ferver água. E também tinha calculado que o assassino poderia se arriscar a vendê-la para alguém como Jordi Puigventós, capaz de comprá-la sem pensar demais e, uma vez vendida, tentar escapar com o dinheiro. Quanto dinheiro? De onde Puigventós tiraria esse dinheiro? Conde juntou raciocínios e dúvidas para voltar a cutucar Bobby um pouco mais.

– Quem pode comprar essa Virgem que vale milhões e que alguém tirou da Espanha digamos que para salvá-la? Pior ainda: quem se atreveria a comprá-la sabendo que atrás dela há pelo menos dois mortos e atrás dos dois mortos alguns policiais cubanos que, te garanto, não têm nada de idiotas e já sabem que existe uma Virgem valiosa metida em toda essa merdice? Bobby, se essa Virgem foi roubada na Espanha, lá também não pode ser negociada. Não, não entendo... Você acha que esse tal Jordi vai chegar a tanto...?

– Puigventós sabe muito, Conde. Pra ter o negócio que ele tem... E aqui em Cuba tem gente que também sabe muito e tem dinheiro e...

– Gente do teu grêmio?

– Sim... mas há outros que investem em coisas que têm valor seguro. Casas, joias, quadros... Agora tem muita gente nesses negócios. É como uma praga que se espalhou. E algumas pessoas devem ter contatos pra tirar coisas de Cuba. E alguém na Espanha ou em Miami, alguém com muito dinheiro, pode querer a Virgem: não para exibi-la ou revendê-la, não... mas para ficar com ela, por seu poder.

– Não me enche mais o saco com o poder, Bobby.

– Tudo bem, não te encho mais o saco. Mas ela tem um poder! Ela me curou! É isso que lhe dá mais valor! Você não entende?

Conde balançou a cabeça e deu-se mais alguns instantes para pensar. Estava começando a sentir que tinha diante de si a verdadeira entrada na espiral, mas sem ter ainda a certeza de aonde o levaria... nem sequer se o conduziria à bendita Virgem que estava provocando uma história cada vez mais macabra. Tinha de fazer alguma coisa. E ia fazer.

– Tem que ser louco pra querer comprar essa Virgem, se bem que... Bobby, vista-se já. Temos que sair.

– Pra onde, Conde?

– Pra onde meus pressentimentos me levarem. Levanta, vamos...

– Porra, Bobby, o que está acontecendo com você?

– É que estou nervoso. Estou com medo...

– Não parece que está com muito medo... Porque não se importa em morrer, safado... mas eu sim... Pelo menos desse jeito... Vai doer muito...

– Ai, Conde...

– Ai nada, vai devagar, porra... Está vermelho!

Bobby pisou no freio debaixo do semáforo e por um triz Conde não bateu a testa no para-brisa e depois saiu de bunda pelo fundo do pequeno artefato alemão quando, sem intervalo, o motorista arrancou em marcha a ré.

Conde achou que tinha cometido seu pior erro e estava arriscando a pele da maneira mais absurda que poderia conceber. Bobby Roque era o chofer mais desastroso que tinha visto na vida. Desde o momento em que pusera em marcha seu fusca besouro e enveredara pela Séptima Avenida de Miramar, cometera todos os desatinos possíveis na rua. Desde furar indicações de parada e um farol vermelho até quase atropelar um velho, um motorista e até um cachorro que, no estilo mais clássico e disciplinado, mijava num hidrante do canteiro.

Vinte minutos depois, transpirando e agarrado à janela e ao assento, Conde respirou quando conseguiu pôr o pé em terra firme diante da mansão de Elizardo Soler. E lá passou do estado de terror à sensação de perplexidade.

Aquela casa da rua 19 de El Vedado havia anos chamava a atenção de Conde, que, por alguma razão inexplicável, nunca tinha perguntado a quem pertencia nem a quem pertencera. Alguma coisa a distinguia dos outros palacetes e grandes moradias da região. E a singularidade não se devia apenas às proporções majestosas de uma edificação exemplarmente eclética ou a seu magnífico estado de conservação entre edificações órfãs de pintura e de bons tratos, mas à capacidade de exalar um ar de mistério, pelo menos para a percepção sempre um pouco novelesca do ex-policial. Essa condição enigmática, agora ele pensava, talvez se devesse à conjunção da torre-mirante coroada por um galo cata-vento, com os escoadouros do telhado que imitavam gárgulas góticas, o frontão decorado com duas cornucópias confrontadas, das quais brotavam frutas do país e do paraíso, elementos visíveis por cima dos altos portões vedados com pranchas de metal sempre pintadas de preto e da vegetação densa, da qual se destacavam exóticas tamareiras.

– Bobby, você precisa me dizer o que Elizardo sabe, porque ele, sim, tinha conhecimento do que roubaram de você e de quanto valia... Pra começar, me diga quem é esse porra desse Elizardo Soler que mora nesta mansão e do qual me contaram algumas histórias estranhas... Vem, vamos sentar – e ele indicou os bancos do parque que se estendia na quadra seguinte, um dos quais era ocupado de forma permanente, já havia vários anos, nada mais nada menos do que por uma versão em bronze de John Lennon. Seria a primeira vez que Conde utilizaria aquele parque desde que se tornara pública a imagem do Beatle, finalmente reabilitado como figura exaltável da contracultura depois que, por anos, sua música fora estigmatizada na ilha como um produto de infiltração ideológica capitalista e burguesa.

Elizardo Soler – começou Bobby a contar quando se sentaram e Conde acendeu um cigarro – era neto natural, por assim dizer, do antigo proprietário da casa, um dos membros do clã Sarrá. Como toda a família, Emilio Sarrá tinha saído de Cuba quando o governo revolucionário começara a cochichar no ouvido deles os seus propósitos revolucionários. Um filho ilegítimo daquele Sarrá, ao qual o magnata não pudera dar sobrenome, mas dera afeto, foi então morar na mansão com a mãe, a bailarina Adela Soler, na confiança, por parte do aristocrata em fuga, de que seu regresso à ilha e às suas propriedades se daria em breve. E se havia coisa que Emilio Sarrá queria conservar no mundo era sua versão tropical de Xanadu, a mansão da glória e dos sonhos de uma estirpe de *indianos** bem-sucedidos e indolentes, donos de grandes fortunas de origens muitas vezes tão obscuras quanto os negros africanos comprados e vendidos por muitos deles. Para consegui-lo, Sarrá confiava na amante e em seu descendente. Esse filho natural, Octavio Soler, era, como Conde podia imaginar, o pai de Elizardo. E em dado momento Octavio deve ter lutado para evitar que a casa do progenitor, na qual até então vivera como convidado ocasional, lhe fosse revolucionariamente estatizada, como foram estatizadas a central açucareira, a fábrica de rum, várias lojas e fazendas de Camagüey pertencentes à família de seu pai de sangue. Ajudou-o muito nesse empenho de preservação imobiliária o fato de ele ter sido, como outros jovens burgueses universitários, colaborador ativo dos combatentes revolucionários anti-Batista na clandestinidade havanesa. Muito cedo, graças a algum amigo com poder real, seu caso foi encoberto, como o jardim da casa, e Octavio Soler foi considerado usufrutuário legal e depois proprietário do palacete do homem que, dizia ele, era seu pai biológico.

Elizardo, por sua vez – continuou Bobby –, fora na juventude um maluco *bon vivant*, membro da horda dos filhos de pais poderosos. A fim de financiar a melhor vida possível, começara por saquear a casa quando Octavio morreu. Em meados da década de 1980, quando Elizardo mais necessitava disso para seu estilo de vida, o Governo abriu a chamada Casa do Ouro e da Prata, logo rebatizada como Casa de Hernán Cortés, onde se trocava ouro por quinquilharias. E Elizardo entregou uma fortuna em joias em troca de um Lada russo novo e alguns eletrodomésticos aos quais os cubanos não tinham outra maneira de ter acesso. Depois, quando chegou a Crise, vendeu móveis e objetos de decoração para manter seu ritmo de gastos e de consumo em meio à escassez generalizada. Até que a mina começou a se esgotar. Então, como num conto de fadas, surgiu em seu horizonte uma dama francesa que, se não era rica, tinha seu dinheirinho. Bastante dinheirinho – achava Bobby. Elizardo casou-se com ela e foi viver na Suíça.... Ou será que a mulher era suíça e ele foi com ela para a França e ela

* Espanhóis que se estabeleciam na América na época colonial. (N. T.)

era mesmo muito rica? O fato é que ele ficou uns dez anos por lá, entre Paris e Genebra, enquanto a mãe cuidava da casa de Havana...

Quando a mãe de Elizardo adoeceu, ele voltou. A mansão familiar era o ímã que atraía os Sarrá, como um chamado de sangue. Para Eli foi mais fácil voltar porque ele invocou o nome do pai e dos amigos do pai, e lhe deram um tratamento especial... Quando se repatriou, com a experiência do que vivera e aprendera na Europa, resolveu mudar a perspectiva de seus interesses e, em vez de vendedor, reciclou-se como comprador para depois vender e lucrar. A partir dessa época, graças às ligações estabelecidas em seus tempos de vendedor autofágico, aos conhecimentos e às relações parisienses e ao capital que conseguira tirar de sua mulher francesa ou suíça, tinha entrado no ramo ou no grêmio, com força e habilidade excepcionais e, seria quase de dizer, com uma sorte louca. Porque, como se tivesse um magnetismo especial, vinham a seu encontro as peças mais valiosas e procuradas, aquelas que davam mais dinheiro. Mas logo ele diversificou seus interesses e se tornou uma espécie de representante de vários pintores, intermediário de alguns *marchands* e galeristas europeus interessados na arte cubana e... lá estava Elizardo Soler, ganhando dinheiro como louco e vivendo naquela casa de sonhos à qual nunca pôde voltar seu proprietário original, o avô Emilio Sarrá, do qual, conta Eli – e Bobby encerrou sua história –, recebeu uma herança na Espanha, mas isso, sim, deve ser pura lorota.

– Lenda urbana – arrematou Conde, que fora juntando a história armada por Bobby com a informação que antes lhe dera Miki Cara de Boneca, para verificar como as duas se encaixavam e se complementavam, mesmo em sua parte lendária.

– Sim, creio que Eli é um mentiroso compulsivo – ratificou Bobby.

– Alguém me disse que também é possível que fosse da Segurança Nacional... – indagou Conde.

Bobby riu com vontade.

– Se fosse um agente da Segurança do Estado seria o melhor do mundo... Com os negócios em que se mete, com as coisas que diz e faz, com as gabolices dele...

– E não pode ter sido? Talvez já não seja, mas, se foi, continua sendo... como acontece com os policiais. Pode ser que isso lhe dê certa impunidade, ou ele acha que a tem, não sei...

– Não, Conde, Eli é linguarudo e atrevido demais. Às vezes ele faz e diz coisas que a gente se pergunta se é loucura ou brincadeira. Mas agente, espião, qualquer coisa desse tipo, não acredito... Se algum dia ele me jurar isso, vou achar que é mais uma das mentiras, das gabolices dele... Bom, vamos lá. O fato é que não sei o que você vai tirar dessa conversa com o Eli...

Seguindo os passos de Bobby, Conde finalmente transpôs o portão de ferro, avançando pelo caminho pavimentado de granito que levava até a mansão, e o assombro já existente e o previsível se multiplicaram. O jardim da casa, cuidado com evidente esmero profissional, era ornado por uma verdadeira procissão de esculturas de mármore de anjos alados e virgens coroadas que pareceram familiares ao ex-policial. Não seriam algumas das peças valiosas roubadas dos mais ricos panteões do cemitério havanês? O alpendre, que percorria a frente e as laterais do primeiro andar, era protegido por toldos tropicais por trás dos quais distribuíam-se os assentos e mesas de vime e ferro lavrado com motivos de frutas. Em gaiolas enormes descansavam da canícula do meio-dia pássaros de plumagens multicoloridas e enormes bicos dourados que Conde identificou como tucanos... E, junto da gigantesca porta de mogno que dava acesso à mansão, como mais um objeto decorativo, agora sorria Elizardo Soler, todo vestido de branco, com ar de criança prestes a receber a primeira comunhão.

– A que se deve a honra? – perguntou o homem, olhando ambos os recém--chegados, embora dirigindo-se a Conde.

– Como vai, Eli? – cumprimentou Bobby, cujo embaraço era visível, e, ao chegar perto do dono da casa, beijou-o na face. – É que Conde precisava falar com você e...

– Pois então entre – convidou Elizardo, e Conde lhe disse bom-dia e agradeceu, dando um jeito para evitar apertar-lhe a mão.

O vestíbulo do palacete tinha as dimensões da casa de Conde. Ao fundo, uma escada em curva dava acesso ao andar superior e recebia a iluminação colorida de um enorme vitral no qual se distinguia uma cena de marinha, talvez mediterrânea, como o proprietário original da casa. Pisos e colunas de mármore, luminárias e móveis de estilo, finíssimos adornos de cristal distribuíam-se por toda a superfície, estabelecendo um jogo harmônico apoiado na elegância regrada da qualidade e do bom gosto.

Com uma mão no ombro de Bobby, Elizardo levou-os até um salão lateral onde tinha montado o que parecia ser seu estúdio de trabalho. As paredes, revestidas de madeira, eram percorridas por estantes embutidas em que dormitavam de tédio várias enciclopédias muito cotadas em seu tempo (Conde, por causa de seu negócio, as conhecia de longe), agora desvalorizadas pela chegada das alternativas digitais. Na parede frontal, atrás da escrivaninha, as estantes deixavam um espaço livre no qual Conde pôde contemplar, engolindo em seco, uma enorme tela de René Portocarrero que, de acordo com a estética do mestre, representava a casa em cujo interior ele estava agora. Quem era de fato aquele

Elizardo Soler, quem era seu pai, quem era sua mãe, bailarina esquecida? Quantas de suas lendas urbanas não seriam histórias reais das mais extraordinárias de um país em que se pretendeu criar o reino terreno da igualdade e no qual ainda era possível encontrar lugares como aquele?

Elizardo ofereceu-lhes assento num sofá de couro e ocupou uma cadeira de escritório de espaldar alto, pelo visto seu trono preferido.

– Vocês me pegaram aqui por milagre. O costume cubano de chegar sem avisar.

– Foi culpa minha – interveio Conde. – Precisava falar com o senhor e...

– Deixe o senhor sossegado, compadre... O que houve? – perguntou Elizardo, e Conde acreditou perceber certa animosidade em seu tom.

– Do seu lado, o que mais foi possível averiguar da história da Virgem de Bobby?

Elizardo sorriu. Parecia relaxado, seguro como sempre. Superior. Elizardo deixava patente que pertencia à estirpe crioula dos prepotentes que tiveram poder sobre coisas e pessoas, a possibilidade de uma vida fácil: marca da qual lhes era quase impossível se desprender. E aquele poder parecia afetar especialmente Bobby, que se reduzia espiritual e até fisicamente na presença do amigo venerado.

– Fiquei sabendo do outro rapaz que mataram. E isso quer dizer que a coisa se complicou.

– Por causa do morto... e além disso por que mais? – quis saber Conde.

– Você quer mais complicações do que dois mortos relacionados com a Virgem de Bobby?

– Ai, meu Deus – murmurou Bobby.

– Sim, porque as mortes são resultado de alguma coisa... – sondou Conde.

Elizardo pensou um instante antes de falar. Conde soube que, assim como René Águila, o homem era ave de rapina, difícil de seguir, duro de encurralar. Em seu olhar havia uma intensidade com reflexos perversos. Ou Conde acreditava ver o que seus preconceitos lhe ditavam?

– Do fato de a Virgem ainda estar em Cuba, não é?

– Sim, e do que mais?

– De que alguém a quer... E de que esse alguém esteve por trás do roubo.

– Pode ser... – admitiu Conde–, e de que esse alguém perdeu o controle do que parecia fácil. Roubar uma Virgem de Regla não deveria ser complicado. Sobretudo sendo o ladrão um ignorante como Raydel... Mas ser ignorante não significa ser idiota. E não podia ser idiota um sujeito capaz de trocar de identidade durante três ou quatro anos sem que ninguém descobrisse...

Bobby acompanhava o diálogo com os olhos arregalados como dois pratos. Elizardo assentia de tempos em tempos.

– Raydel tinha noção de que a Virgem era valiosa...? – indagou Elizardo.

– Tinha. Inclusive do preço. Um amigo dele falou. Um rapaz que sabia onde e como averiguar... para os sócios, Raydel contou a lorota do Bobby, de que era uma Virgem de Regla e que tinha um poder, sem dizer o que ela realmente valia.

– Ela tem um poder, porra! – protestou Bobby, e fechou os olhos por um instante. – Não seja tão incrédulo – acrescentou, porque pelo visto estava começando a entender algumas coisas que até então não tinha imaginado, e novamente invocou Deus, a Virgem e Yemayá, sem deixar de tocar no chão e levar os dedos aos lábios.

– Mas, antes que o assunto saísse do controle, tudo parecia tão organizado que até já havia comprador para a Virgem – acrescentou Conde, e Elizardo reagiu.

– Puigventós! – exclamou Elizardo, que parecia ter estabelecido uma conexão reveladora.

– Sim, por isso Puigventós está em Cuba... Conhece-o, senhor Elizardo?

– Por que insiste em me chamar de senhor?

– Deve ser por causa desta casa, não sei... O senhor conhece Puigventós, não é?

– Todo mundo do ramo o conhece. Ele compra muito e bem. Eu mesmo lhe vendi algumas coisas. Antiguidades... Mas tudo legal, como já disse da outra vez. Não me arrisco a perder o que tenho por causa de uns dólares a mais ou a menos.

– Às vezes são muito mais do que menos... como os que valem as esculturas que estão no jardim. De que morto elas eram?

– Dos panteões do meu bisavô materno e do meu avô paterno. Quer dizer, das famílias Sarrá e Parrad – respondeu o outro, com segurança e um tom de orgulho. – Antes que qualquer abutre levasse aquelas esculturas que são da minha família, todas feitas na Itália com mármore de Carrara...

– Eram – rebateu Conde.

– Depende do ponto de vista. Para mim *são*, primeira pessoa do plural do presente do indicativo do verbo irregular ser. Os panteões continuam sendo privados. Por isso as transferi para cá...

– Terceira – atalhou Conde quando o outro o deixou falar.

– Terceira o quê? – perguntou o anfitrião.

– Terceira pessoa... Elas, as esculturas, *são*... contudo, no passado é *foram*... *eram*.

– Tanto faz... Limpo a bunda com a gramática. São minhas... na primeira pessoa.

Conde não teve outro remédio senão sorrir, apesar de não querer.

– Porque tudo voltará a ser de seus antigos donos?

– Tudo pode passar... este país está mudando e vai mudar mais. Tem que mudar mais.

– Pra voltar a ser o que foi?

– Eu já disse: tudo pode passar... Como você, sei que nada voltará a ser como foi. Será outra coisa. E para essa outra coisa é preciso estar preparado. Ou te apitam impedimento.

Conde assentiu: Elizardo tinha razão. De fato, estavam acontecendo muitas coisas, e isso ele tinha comprovado de modo evidente nos últimos dias. Já havia gente fora do jogo. Mas o passado era o passado e o futuro... sabe Deus. Porque talvez tudo se resumisse a uma simples questão de tempos verbais mais bem conjugados.

– Por isso não gosto de futebol – disse Conde, tentando ganhar tempo para voltar ao terreno no qual queria transitar. Elizardo, por sua vez, sorriu satisfeito.

– Claro que vai acontecer alguma coisa aqui. Não sei o quê, se vamos dar uma cambalhota pra trás ou pra frente... mas alguma coisa vai acontecer. Não sei quando, mas... tenho esse pressentimento. E eu, não, não vão me pegar desprevenido...

– Sim, isso está na moda... ter pressentimentos. E neste instante estou tendo um que se chama Jordi Puigventós. O senhor já se encontrou com ele?

– Não, não me encontrei. Ele não me ligou e...

– Mas sabe onde localizá-lo?

– No Meliá Cohiba. Sempre se hospeda lá... porque é amigo do gerente, que lhe dá desconto. Catalão, no fim das contas...

– Sim, essa história está cheia de catalães... Até a Virgem é catalã... Catalães demais...

– E por isso sou fã do Barça! – exclamou Elizardo, e tirou do bolso da calça branquíssima um chaveiro azul-grená com a forma do escudo do Futbol Club Barcelona.

Conde exigiu que Bobby o acompanhasse. Pressentia que uma conversa com um sujeito com as horas de voo do tal Jordi Puigventós ia ser um trâmite complicado, e a presença do dono da Virgem podia ser útil, mesmo não sabendo para quê e apesar de se sentir decepcionado com ele. Na recepção do hotel, Bobby pediu que ligassem para o apartamento do hóspede, mas depois de muitos toques convenceu-se de que ele não estava no quarto. Conde então olhou à sua volta e seu faro sinalizou um homem, negro como tição, vestido com uma *guayabera* imaculada, encostado num dos balcões do *lobby* diante de uma xícara de café. O homem procurava em vão não parecer um segurança (ou não procurava de modo algum?), e Conde aproximou-se dele. Ocupou a banqueta vazia à direita do negro de *guayabera* e, sem perguntar se era ou não um dos vigilantes do estabelecimento, sem nem sequer olhar para ele, como se estivesse se confessando com um padre, contou-lhe que era um ex-colega seu, que estava ajudando num caso o chefe da Central de Investigações criminais e que tinha ido até ali porque precisava obter informações sobre o hóspede Jordi Puigventós. O negro negríssimo da *guayabera* imaculada observou Conde todo o tempo com a maior seriedade e como se fosse um inseto.

– E como vou saber que é verdade o que está me dizendo? – perguntou ele finalmente.

– Ligue para a Central de Investigações Criminais e peça para falar com o major Palacios da parte do Conde. Conde sou eu.

O homem de *guayabera* observou-o com franca atenção. Seus lábios fizeram um leve movimento.

– Conde...? O tenente Mario Conde?

Até agora sim, que soubesse, ele era Mario Conde e tinha sido tenente.

– O que resta dele. Como você sabe que...?

– Sou sobrinho do falecido Arcadio Jorrín, o capitão... Meu tio gostava muito de você. Ariel Jorrín – acrescentou o guarda, e estendeu a mão para Conde, que se sentiu dando uma cambalhota de volta ao passado: um sobrinho do capitão Jorrín! Havia muitos anos ele e Jorrín tinham sido companheiros e policiais, Conde sentira muito a morte do capitão. E não quis lembrar mais.

– Pois se você pudesse me ajudar...

– Venha comigo – disse Ariel Jorrín, e Conde o acompanhou. Ao passar, fez um gesto para Bobby pedindo que o esperasse. Atrás do guarda, entrou num escritório próximo do balcão da portaria e ocupou a cadeira indicada por seu anfitrião.

– O que estou fazendo é contra o protocolo... Você sabe, sei que já não é policial. Faço porque é você – avisou o sobrinho de Jorrín.

– Obrigado.

– Puigventós é cliente do hotel. Sabemos que a ocupação dele é comprar arte em Cuba. Compra o que é permitido e, quase com certeza, às vezes o que não é permitido... mas não conseguimos pegá-lo com a mão na massa. Ele sabe muito... talvez algum diplomata o ajude a tirar o que não deve ou alguém de quem não suspeitamos, mas tem muito bons contatos. O homem sabe como são as coisas e não fala de nada importante pelos telefones do hotel nem dentro do hotel – disse o guarda, e digitou um número no telefone que estava diante dele. – Alfredo, sou eu, Ariel... Diga uma coisa, você sabe alguma coisa do Puigventós? – perguntou, ouviu durante um longo minuto enquanto assentia e agradeceu antes de desligar. – Bom, bom... O pessoal do Andar Premium me disse que há dois dias ele não aparece no hotel. E está com a reserva em aberto... Suas coisas estão no quarto, de modo que pelo visto não foi embora de Cuba. Esquisito, não?

Conde assentia à medida que recebia as informações. E depois pensou apenas um instante.

– Ariel, agora sim, ligue para o major Palacios... O fato de esse homem estar sumido há dois dias pode ser uma baita encrenca.

O golpe traiçoeiro da vertigem o apanhou quando ele colou a testa ao vidro frio e observou o panorama generoso que se estendia a seus pés: a serpente escura da avenida do Malecón, a faixa cinzenta do muro de concreto que dava fim ou início a muitos sonhos e a extensão tentadora do mar, ambas multiplicadas pela altura: a extensão e a tentação. Fechou os olhos por alguns instantes, esperou que a chicotada do vazio se diluísse e respirou fundo antes de voltar à contemplação. Daquele vigésimo quinto andar todas as perspectivas se alteravam. Verificou que era possível distinguir as diversas mudanças de cor do alto-mar. Começavam com um verde suave sob o qual se descobriam as pedras da costa e, à medida que aumentava a distância, subiam para os tons frios até o azul intenso capaz de ocultar as entranhas das profundezas. Nem um barco transitava entre a costa e o horizonte remoto. A ausência de vida visível em toda a pradaria líquida disponível contribuía para aumentar a sensação de inabarcabilidade e sossego, mas também a certeza do que significava o desafio de transitar por ela em qualquer artefato flutuante, como tantas vezes haviam tentado tantos cubanos ao longo de tantos anos. Tal como sonhava atravessá-la o jovem Yúnior Colás Gómez, vulgo "Raydel". Sonho que talvez lhe tivesse custado a vida.

Absorto, nem ouviu a voz que o chamava. Observando o mar do apartamento do hotel, Mario Conde navegou através das elucubrações gerais e encalhou nas realidades mais lamentáveis e concretas. Envolvido numa investigação na qual respondia pelos interesses do ex-colega Bobby, deixara-se arrastar pela correnteza de uma perspectiva aérea e enganosa, como a que ele desfrutava agora, e assumira como culpados Yúnior-Raydel, seu primo Ramiro Manta e também seu cupincha

Morcego, quando na verdade tinham sido vítimas: da sociedade e de ambições muito mais elaboradas e capazes de ultrapassá-los, até de devorá-los... Conde lamentou ter cometido aquele erro de julgamento que talvez o tivesse impedido de ver com a clareza necessária um processo do qual participava como catalisador. A facilidade com que os prejulgamentos e as condições próprias levam a distorcer as opiniões revelou-se para ele com uma evidência patética.

Quando se virou, viu que Manolo tinha se acomodado numa poltrona e Bobby, apavorado, com as mãos entre as pernas, ocupava a beira da cama. No ambiente de um típico quarto de hotel, a imagem dos dois homens, com os joelhos quase encostados, pareceu-lhe ridícula: iriam fazer amor?

– Me digam que não – Conde exclamou.

– Não o quê? – perguntou Manolo.

Conde pegou uma cadeira e a arrastou até a parede de vidro. Queria ficar ali, de frente para o mar.

– Nada, bobagem minha...

O major Palacios e o tenente Duque chegaram ao hotel apenas vinte minutos depois do telefonema de Ariel Jorrín. Enquanto Duque se ocupava em obter informações com Jorrín e o chefe de segurança, no escritório onde estava instalado o posto de comando dos vigias, Manolo solicitou um lugar tranquilo para ter uma conversa com Conde e Bobby e lhes foi fornecida a chave do quarto que funcionava como uma espécie de recinto secreto para trabalhos de segurança. Conde sabia que no hotel as paredes eram transparentes, e os telefones, verdadeiros alto-falantes, e, quando teve clareza mental para fazê-lo, verificou que tudo no cubículo oferecia a mais amigável imagem de normalidade hoteleira que pretendia ocultar mais câmeras e microfones do que os colocados num estúdio de televisão. O cenário de um macabro *reality show*.

Manolo deu um longo suspiro e bateu nas coxas com as palmas das duas mãos: ia começar a função.

– Cidadão Roque Rosell... o senhor está nos dando trabalho demais – começou, e Conde viu que Bobby assentia: sim, estava dando trabalho demais à polícia, admitia sem protestar, impelido pelo terror. – Roubo, assassinatos, desaparecimentos, identidades falsas. Uma antologia: e o senhor no centro de tudo... Vamos lá, conte-me uma boa história... Que eu não conheça.

Sem necessidade de mais estímulos e sem se encomendar a nenhuma de suas divinas proteções, Bobby começou a falar, quase como se tivesse necessidade de se confessar. A história que ele contou era muito parecida com a que Conde conhecia, incluindo o relato da comprovação na própria carne – e no sentido mais literal do que nunca – do poder curativo da Virgem e o fato de saber, desde vários anos, quanto era valiosa a imagem roubada, embora tenha guardado para si o dado dos preços possíveis. De Puigventós, o catalão perdido, apenas confirmou que se dedicava a comprar arte, mas que nunca fizera negócios diretamente com ele. Outras pessoas do grêmio sim, mas ele não.

Manolo assentiu. Conde sabia que o major estava esgotado e preferiu não perguntar a razão. Alguma devia haver. Para um oficial de polícia, obrigado a lidar o tempo todo com as piores misérias humanas, sempre há razões.

– E você, Conde, o que me diz? Também acredita que a Virgem cura os doentes e que deveríamos instalá-la em frente ao Ministério de Saúde Pública?

O relatório de Conde acrescentava a inquietante convicção de que o antiquário catalão viera a Cuba chamado pela possibilidade de obter aquela Virgem. Uma Virgem que não era uma Virgem qualquer, esclareceu, pois, com poderes místicos ou não, faculdades em que tanta gente acreditara ao longo de muitos séculos e nas quais muitas pessoas ainda acreditavam, a imagem medieval de madeira escura podia alcançar um preço de vários milhões de euros. Embora, admitiu, não imaginasse como Puigventós poderia vendê-la, em vista dos antecedentes criminais acumulados pela imagem. Os velhos e os novos, os conhecidos e os que estavam por conhecer. No entanto, fosse qual fosse a razão, não lhe parecia nem um pouco fortuito que, apenas um dia depois de sua chegada à ilha, Puigventós tivesse desaparecido do hotel sem que ninguém, nem mesmo seu amigo gerente do estabelecimento, tivesse a menor ideia de onde ele estava ou do que lhe poderia ter acontecido.

– Evaporou-se por milagre? – ironizou Manolo.

– O maneta Mackandal voou da pira em que estava sendo queimado vivo. E as pessoas o viram elevar-se. E gritaram: *Mackandal sauvé!*

Manolo semicerrou os olhos tentando seguir Conde e viu que Bobby assentia, como que referendando a conhecida origem da citação: *O reino deste mundo*, Alejo Carpentier.

Então, Conde especulou com soluções possíveis, as menos graves e sublimes para a ausência do estrangeiro: uma namorada cubana pegajosa, fixa ou de aluguel por horas ou dias; uma estada no interior para meditar; um sumiço voluntário por algum motivo desconhecido ou pelo mais suspeitável no momento: a busca da Virgem negra, porque, feitas as investigações primárias de praxe por Ariel Jorrín e colegas que tão bem se desempenhavam no Ministério do Controle, já ficara claro que o tal Puigventós não estava em nenhum outro hotel do país, nem em um hostel particular, tampouco em algum hospital. Pelo menos com sua identidade conhecida. Onde diabos poderia estar o homem? – perguntavam-se os vigilantes –, e Conde repetia a pergunta, com as mãos abertas diante de Manolo para mostrar que o catalão desaparecido não estava em seu poder.

Depois de pensar um instante, o major Palacios acabou por chamar um de seus policiais para que acompanhasse Bobby até a recepção. O cidadão Roque Rosell podia ir para casa, onde deveria permanecer sempre localizável. Mas Conde ficaria ali, pois precisavam ter uma conversa privada.

Quando Manolo fechou a porta atrás de um Bobby que não se cansava de agradecer o policial, Conde pulou.

– Não me venha com sermão, Manolo.

O major voltou à sua poltrona e suspirou de novo.

– Não vou perder meu tempo... Você não tem remédio.

– Nem melhora.

– Está se repetindo. Isso você já disse.

– Porque é verdade.

Manolo esticou os braços, esfregou os olhos.

– E pare de querer aparecer se fazendo de culto. Que porra é esse tal Mandrake?

– Mackandal. Um negro haitiano com poderes licantrópicos. Ele se transformava. Ou era o que se acreditava. As pessoas acreditavam... Assim como podem acreditar nos milagres da Virgem ou nos poderes de adivinhação dos búzios de um babalaô.

Manolo suspirou sua exaustão.

– Ok, ok... Qual é sua aposta?

Conde tirou um cigarro e perguntou antes de acendê-lo:

– Quem está nos vendo? – e apontou para as paredes do quarto.

– Que eu saiba, ninguém – afirmou Manolo. – Pedi que desligassem tudo... De modo que pode falar e me contar uma história melhor...

– Melhor? Pois estou pensando no pior, Manolo. Quem está por trás do roubo da Virgem também deve estar por trás da morte daqueles dois infelizes, direta ou indiretamente... Essa pessoa manipulou Yúnior e Ramiro e os tirou do jogo quando de certa maneira se tornaram perigosos. E deve ter ligação com o catalão e com o fato de ele não aparecer. Não sei se uma ligação pessoal ou por meio de algum intermediário, talvez de um revendedor do grêmio, mas alguma ligação tem.

– O problema é que pelo visto Puigventós é a galinha dos ovos de ouro, não é?

– Sim... o rei Midas... Que consegue transformar um pedaço de madeira negra numa baita quantidade de dinheiro... Isso lhe dá proteção... Se não se transformar em perigo.

– Que tipo de perigo, Conde?

– Não sei... Estou fazendo suposições... Atirando pedras... Puigventós deve ser mais pirata do que todos os seus colegas cubanos juntos. Ele sabe muito bem como fazer suas coisas... Não sei, não sei, é que tenho uma premonição que não consegue ser mais do que premonição. Alguma coisa que está na minha frente e não consigo enxergar... Porque em tudo isso há uma coisa que não consigo entender, algo irracional, doentio, não sei...

Manolo fez um muxoxo: o que menos precisava naquele momento era das premonições e dúvidas de Conde.

– Você quer algo mais irracional do que ficar acreditando em poderes celestiais?

– É outra coisa, Manolo. Não é questão de fé... É diferente.

– Por que você disse irracional?

– Porque não encontro a razão. Uma coisa que não tem razão é irracional, não é?...

Manolo balançou a cabeça. Um gesto lento, cansado.

– Já se esqueceu de quando era policial, compadre? Irracional?... A nós só cabe lidar com o pior, com a merda, e você sabe...

– Que podemos acabar fedendo a merda.

– Você não esqueceu... Bem, até onde seu amigo Bobby está metido em toda essa cloaca?

– Isso vocês já sabem. Não viu como ele treme quando te vê? Vocês o espremeram mais do que pano de chão. A Virgem dele foi roubada e ele quer recuperá-la, não vai sair por aí matando as pessoas. Pode até ser trapaceiro, mas não é assassino. Acredito que tudo o que ele disse é verdade, embora não seja toda a verdade. Ninguém diz toda a verdade... muito menos à polícia.

– Percebi que ele não mencionou quanto pode valer a Virgem... Conde, quem matou Ramiro está com a peça. E matou Ramiro porque de algum modo soube que ele estava com ela... e porque antes sabia ou comprovou da pior maneira que Raydel ou Yúnior não estava com ela.

– Continuaram procurando no terreno atrás da casa de Ramiro?

– Sim. Havia um buraco na terra do qual tiraram umas joias... mas nenhuma das que Bobby disse que lhe roubaram.

– Eu sabia que lá havia alguma coisa... E como você diria que o catalão sumido se encaixa em tudo isso? – perguntou Conde. Em seus tempos de investigador, Conde movia num sentido e no outro a engrenagem das informações e costumava fazer saraivadas de perguntas a Manolo para fazê-lo pôr teorias à prova. Uma grande quantidade de vezes alguma das teorias do agora major Palacios decalcava a realidade dos acontecimentos.

– Não sei bem... Já tínhamos confusão suficiente pra, ainda por cima, perdermos esse homem... Quem você acha que está por trás de tudo isso, Conde? Alguém do grêmio dos vendedores de arte? Ou uma mulher?

O ex-policial pensou por um instante.

– Uma mulher é sempre uma boa razão pra sumir... Das pessoas do grêmio, o fato é que não me atrevo a apontar ninguém, Manolo... porque, apesar dos meus prejulgamentos, ou por causa deles, aponto todos. Só que não, não dá no mesmo ser um rato nos negócios ou um idiota petulante e estar disposto a despachar dois caras... ou três.

Manolo suspirou. Olhou para Conde com aquela intensidade que acabava por deixá-lo vesgo.

– E por que você não inclui Karla Choy nessa lista?

Conde sorriu e, quando ia responder, fechou os olhos. Ele tinha falado de Karla Choy para Manolo? Bobby tinha falado? Não, não lembrava.

– Manolo... algum de vocês me seguiu? O que você sabe de Karla Choy?

– Não banque o importante, Conde. Quem vai te seguir e por quê, porra?... A polícia é a polícia e sabe coisas. Ou então estamos fodidos... E pronto, acabou-se. Agora vê se some e nos deixa trabalhar. E por tudo o que você mais ama: para de encher o saco e de ficar se metendo na investigação. A coisa está ficando cada vez mais feia... Imagine se também matam o catalão...

– Ou se já o mataram – disse Conde, e Manolo olhou para ele mais vesgo do que nunca: com ódio.

– Não diga isso, porra... Se mataram aquele sujeito, a mim vão cortar os ovos.

– Pede um milagre pra Virgem, cara... E tem uma coisa que eu quero te perguntar, mas agora não lembro o que é...

– Porque você está velho... Tudo bem, vamos lá, até logo – Manolo acenou com a mão no momento em que ouviram umas batidas na porta. Sem se levantar, ele perguntou: – Sim?

A porta do quarto se abriu e o tenente Duque entrou. Trazia nos braços um computador portátil com a tela levantada.

– Quero que veja uma coisa, major – disse Duque.

– Vamos lá, que coisa é essa...?

– Mas... – Duque olhou para Conde.

– Não importa, deixa esse aí ver o que é... Quem sabe ele serve pra alguma coisa mais do que ficar aprontando confusão e tendo premonições...

Duque avançou até a mesa que tinha um abajur e estava próxima do chefe e lá colocou o computador. Acionou o mouse e umas imagens que dividiam a tela em dois se puseram em movimento. Conde se aproximou e entendeu imediatamente que se tratava de duas tomadas do *lobby* do hotel.

– O que está sentado nessa poltrona é Puigventós. No mesmo dia em que ele chegou uma pessoa veio encontrá-lo... Estamos averiguando quem é, porque nem Jorrín nem os outros guardas o conhecem. Isso foi às seis e meia da tarde, quando ele desceu do quarto e se sentou no *lobby*.

O homem que, segundo Duque, era Jordi Puigventós devia ter uns quarenta anos, seu cabelo parecia branco, estava vestido de maneira informal e, com as mãos, movimentava uma garrafinha de água mineral.

– Esse é o catalão? – perguntou Conde, sem conseguir conter o espanto.

– Sim, é esse... O que foi?

– Porra... eu diria que era o Richard Gere...

– Richard o quê? – perguntou Manolo.

– Sua falta de cultura está em ascensão, compadre... Richard Gere. O ator. O sujeito é igualzinho...

– O ator americano... E o que é que tem? – perguntou Manolo.

– Nada, nada – Conde resolveu mudar de assunto e se concentrar no que estavam vendo no computador.

A agitação no *lobby* podia ser normal num lugar como aquele. Geralmente nos hotéis cubanos da cidade entra e sai mais gente do que numa estação de trem. Conde lembrou que nos seus tempos de pré-universitário, em algumas tardes calorentas, costumava ir às instalações do Habana Libre para estudar um pouco, beneficiando-se do ar-condicionado do lugar. Entre os que passavam pelas cenas em que se via o catalão, chamou a atenção de Conde uma mulher vestida de branco, com uma espécie de bata longa e vaporosa, que atravessou muito perto dele. A mulher estava de óculos escuros e com um chapéu também branco na cabeça, enfiado quase até as sobrancelhas. Ao vê-la, Puigventós fixou-se nela e depois a seguiu com os olhos. Com as cenas disponíveis não era possível ver se tinha sorrido, no entanto para Conde pareceu que sim. As filmagens levaram mais dois minutos e, pelo modo como se comportava, ficou evidente para eles que o homem estava esperando alguém.

– É isso o tempo todo. Ele não se levantou, mas pediu uma bebida... Vou pular para as sete da noite – informou Duque.

O tenente voltou a operar o computador e apareceram na tela umas imagens muito semelhantes. Agora todas as luzes do *lobby* estavam acesas e Jordi Puigventós ocupava o mesmo sofá e fumava um charuto. Pegou uma taça pequena na mesinha lateral e bebeu. Quando pôs a taça de volta no lugar, alguma coisa o alarmou, porque ele se pôs em pé. Então entrou nos dois quadros, de perfil e de frente, a figura de René Águila.

O major Palacios pensou duas, três, talvez dez vezes. E finalmente aceitou. Sim, era o melhor dentro do pior. E o tenente Miguel Duque obedecera ao chefe deixando claro que a ideia de seu superior absolutamente não o entusiasmava.

Na esteira do carro de patrulha, o Geely chinês sem insígnias dirigido por Duque avançava pela Vía Blanca rumo a Guanabo. Com a janela abaixada, para receber com gula o sopro de brisa marinha, Mario Conde ia no banco do passageiro, tomado por uma sensação de *déjà vu*. Muitos anos atrás fizera uma viagem semelhante às praias do leste de Havana, só que ele era muito mais jovem e o motorista fora o então esquálido Manolo Palacios. A paisagem, a brisa, a luz da tarde e a excitação profunda de ir à caça eram as mesmas. Até os óculos escuros de Conde eram os mesmos. Porra, já devia começar a pensar em comprar outros.

– Por que se meteu a ser policial? – perguntou Conde ao jovem motorista quando saíram do túnel da baía e enveredaram pela rodovia.

– Porque gosto de ser policial – respondeu o outro.

– Tem gosto para tudo... No seu caso, isso se vê de longe... E Manolo diz que você é muito bom... Uma estrela...

A informação aliviou um pouco o incômodo de Duque, que demorou alguns segundos para responder.

– Faço meu trabalho o melhor que posso...

– Mas não é questão de esforço. Ou não só de esforço. Nesse trabalho há pessoas com uma habilidade ou uma capacidade que outras não têm.

Duque confirmou e não respondeu. Não precisava ou não queria. Mas Conde não se deu por vencido e dois quilômetros adiante voltou à carga.

– Posso te perguntar o que acha de toda essa história da Virgem, dos mortos, do catalão...?

– Claro, já perguntou – respondeu Duque, pelo visto muito concentrado em seu trabalho de motorista.

Conde resolveu azucrinar o tenente mais um pouco.

– Você também acha que Bobby pode ter alguma relação...?

– Não gosto de especular. Prefiro os fatos, os dados... – disse o outro, depois de pensar um instante.

Era evidente que Duque não pretendia falar no assunto, pelo menos com ele. Conde ponderou se devia continuar ou não. Sempre fora dos que têm problema com o freio.

– Por que você fica tão puto por eu estar metido nesse caso?

Duque soltou um riso falso.

– Eu...! Não me importo picas... Isso é problema seu. E do major Palacios.

– Você se importa, sim, tenente... Mas, tudo bem, se não quer ser meu amigo, não há razão pra ser. E, se te incomoda demais eu estar procurando o que roubaram de alguém que conheço, pois então me prenda... E, se está com dor de cotovelo porque o teu chefe decidiu que eu viesse com vocês, pois foda-se... ou saia da polícia. Ou denuncie teu chefe.

O tenente tirou os olhos da estrada por um instante e observou seu acompanhante. Conde não quis nem imaginar o que estava passando por aquela mente de policial convicto.

– Olha pra frente. Hoje não estou com vontade de morrer – avisou Conde, e se concentrou em observar a paisagem.

Fizeram o resto do trajeto em silêncio, e Conde lamentou ter provocado, de certa forma, a ruptura da comunicação. Agira como se não conhecesse a psicologia de um policial, a necessidade de exercer sua parcela de poder e sua falta endêmica de senso de humor. E considerou que talvez tivesse se excedido.

Seguindo as indicações dadas por Conde, viraram à direita no semáforo intermitente que indicava a entrada da praia de Guanabo e tomaram a estrada que subia até o promontório do qual se dominava toda a costa.

Se as casas mais próximas da rodovia eram modestas e quase todas de gosto estético muito duvidoso, as que foram encontrando na parte superior da colina mostravam outras condições. Em sua maioria eram construções recentes, de dois andares, luxuosas à sua maneira, e tinham sido cercadas por muros altos destinados a impedir a passagem e a visão. Por um caminho perpendicular à via de acesso, seguiram uma sucessão de mansões até chegar à última da rua, onde terminava a área urbanizada com uma brusca mudança de nível da colina. Quem morava ali, em casas rutilantes e muradas, tão acima do ruído mundano? Conde disse a si mesmo que na realidade havia duas cidades invisíveis dentro da cidade visível: o formigueiro efervescente dos desafortunados e os recintos brilhantes dos afortunados da política e da economia. As pegadas de uma Virgem negra se empenhavam em evidenciar para ele distâncias que começavam a ser intransponíveis e cada vez mais populosas.

O muro que envolvia a última construção era até mais alto do que os das casas vizinhas e em sua parte superior tinham sido instalados vários fios de arame farpado e lâmpadas halógenas com sensores de movimento. Conde conseguiu distinguir, no ângulo traseiro, para além do portão da garagem, a forma do que devia ser uma câmera de vigilância. Aquele era o *bunker* de René Águila. Seu verdadeiro ninho de águia na montanha.

O tenente Duque aproximou-se da porta de madeira de duas folhas, apertou a campainha e falou pelo interfone com o interior da residência.

– Tenente Miguel Duque, da Central de Investigações Criminais. Abram imediatamente...

Um controle remoto acionou a lingueta da fechadura e Duque empurrou a porta. Os outros dois policiais o seguiram e Conde passou na retaguarda, diante do olhar áspero e desapaixonado do negro quebrador de ossos encarregado de proteger René Águila.

O mulato bonito esperou-os no vestíbulo e levou-os ao que deveria ser a sala de música e de televisão de uma casa onde tudo refulgia. Os aparelhos reprodutores eram vários, todos modernos, eficientes, gigantescos e, é claro, mais do que brilhantes. Quatro poltronas de couro (também rutilantes) foram exatamente suficientes para acomodar o dono da casa e os três policiais. Como convidado de pedra que era, uma espécie de abominável homem invisível sem voz nem voto, Conde permaneceu em pé junto da porta. O recinto cheirava ao couro de qualidade das poltronas e ao perfume seco de René Águila, que daquela vez ostentava a Lacoste laranja de sua coleção e calçava impolutas sandálias menorquinas.

– Bom, o que aconteceu agora? Em que posso ajudá-los? – quis saber René Águila.

O tenente Duque apanhou o computador portátil que um dos policiais lhe estendeu.

– Primeiro veja isto – disse e mexeu na máquina até levar à tela a gravação do *lobby* do hotel. Então virou o computador para René Águila e esperou pacientemente pela reação do homem.

– Sim, sou eu... Quando fui encontrar Jordi Puigventós... E se vocês têm o resto das gravações devem ter visto que comemos no restaurante italiano do hotel, devem saber o que comemos e também, suponho, o que falamos durante umas duas horas. Jordi queria uma mesa, mas o garçom insistiu em nos dar outra. A do microfone, não é?... Qual é o problema?

– O problema é que Jordi Puigventós desapareceu.

René Águila balançou a cabeça e devolveu a máquina para Duque.

– Aqui não some ninguém que não queira sumir, oficial... Esse galego está andando por aí com alguma mulata...

– Catalão. E faz quarenta e oito horas que ele não aparece. Saiu do hotel logo atrás do senhor – disse Duque. – Tempo demais para...

Dar um par de trepadas – Conde completou a frase mentalmente. E pensou que ele a teria dito inteira.

– Para ficar com uma mulher – completou o tenente.

– Depende da mulher – ponderou o mulato, de novo sorridente. De sua posição, Conde percebeu a sensação de segurança que acompanhava René Águila. E pensou que seria o momento de retificar os rumos da conversa. Miguel Duque pareceu ouvi-lo.

– É possível, tudo é possível... Por que o senhor foi encontrá-lo?

– Porque vamos fazer negócios.

– Pode-se saber que negócios?

– Claro... o senhor é policial. E como não fiz nada ilegal... Além do mais, foi disso que falamos no hotel – e tocou na orelha para mostrar sua convicção de que tinham sido ouvidos ou gravados. – Bem, eu consegui pro Puigventós umas atas da Beneficência Catalã que ele estava procurando e não apareciam em lugar nenhum. Sou capaz de encontrar coisas até debaixo da terra... e foi lá de baixo que as tirei. As atas originais da fundação da Beneficência, em 1848, e também outros documentos mais recentes, quase todos da década de 1920, relacionados com uma espécie de conspiração entre catalães para criar um Estado independente... Não sei se o senhor sabe que Francesc Macià esteve em Havana depois de sua tentativa maluca de invadir a Catalunha para torná-la independente. E aqui ele escreveu um projeto de Constituição republicana... Até a bandeira independentista catalã foi criada em Cuba... Dizem que por isso é parecida com a cubana, com a estrela solitária. Havia muitos nacionalistas catalães que achavam que deveriam seguir o exemplo de Cuba e tornar-se independentes da Espanha. E queriam aproveitar a crise que havia no país, a situação de caos na Catalunha, inclusive utilizar os métodos dos anarquistas... Parece que alguns dos nacionalistas se reuniram aqui em Havana com o anarquista Buenaventura Durruti para juntá-lo à causa. Sabiam disso?

Conde sentiu que Miguel Duque fora suplantado por uma história cujos detalhes ele mesmo desconhecia e de cuja veracidade absoluta desconfiava. Anarquistas e nacionalistas no mesmo prato? Tudo era possível, pensou, e observou o rosto de Miguel Duque: quase com certeza era um gênio da informática e da dedução, como dizia Manolo, mas, com a mesma certeza, Conde podia afirmar que lhe faltavam leituras. Não só de computadores vive o homem, menos ainda se o homem é um investigador de polícia. No entanto, manteve seu mutismo.

O que René Águila estava contando tinha um fundo histórico correto, embora pudesse ser uma cortina de fumaça. Criada por ele ou por Puigventós? Também a trama catalanista podia ser correta, e essa possibilidade protegia o mulato.

– Mas o conteúdo desses documentos deve estar em muitos livros de História... – tentou adivinhar Miguel Duque.

– Nem tudo, tenente. Isso eu garanto. Há algum tempo li uma frase que se aplica a este caso: a vida é mais ampla do que a História... naquelas atas há muita vida: detalhes e nomes que, relacionados uns aos outros, podem ter muito valor imediato. E não só para os historiadores.

– Um mistério de catalães? – tentou firmar-se Miguel Duque, colocando umas pitadas de ironia em sua pergunta.

– Sim, um complô catalanista – esclareceu René Águila. – Uma aspiração que começou lá, passou por aqui, atravessou a Guerra Civil e o franquismo e ainda não terminou lá, onde o assunto está cada vez mais candente. E esses papéis valem dinheiro para algumas pessoas interessadas no tema. Para divulgá-los ou para sumir com eles, isso eu não sei. Esse, sim, é um mistério de catalães, como diz o senhor...

– Esses documentos devem ser propriedade da Beneficência – anunciou Duque, e Conde viu que ele tinha enveredado por um caminho equivocado.

– Não, são documentos pessoais. Ou cópias de originais... Cópias antigas. Podemos perguntar ao pessoal da Sociedade Catalã. Mas em tempos de WikiLeaks...

René Águila estava fazendo uma exibição gratuita de suas habilidades. Com seus dotes e poucos escrúpulos, conseguia atravessar quase qualquer desfiladeiro sem cair num abismo.

– E Puigventós veio a Cuba buscar esses documentos?

– Sim... mas como sei que seu espectro de interesses é muito amplo e como ele é catalão, e não galego, também suponho que esteja tentando tornar a viagem mais rentável, não é? Mas disso eu não sei nada. Nem quem ele ia encontrar nem com quem ia sair... E menos ainda onde pode estar enfiado agora.

– E o que vocês combinaram? – Duque retomou a ofensiva.

– Devemos nos encontrar amanhã e fechar o contrato. Papéis por dinheiro.

– Onde?

– Ele ficou de vir aqui às oito da noite. O galego ia aproveitar para tomar banho na praia, depois íamos comer aqui e fazer o negócio. Convidei-o pra jantar porque agora estou conseguindo umas postas de peixe-agulha que são uma maravilha...

– Posso ver os documentos que vai vender pra ele?

– Sou obrigado a mostrar?

– Encare como um gesto de cortesia – disse Duque, e Conde o parabenizou mentalmente.

O mulato sorriu e se levantou. Ao sair, seu olhar cruzou com o de Conde. Um olhar tão inocente que não podia ser de um homem inocente, pensou Conde, que teve de guardar o raciocínio para si. Além do mais, estava com uma vontade insuportável de fumar. Fazia quanto tempo que não acendia um cigarro?

O tenente Miguel Duque cometera o erro policial de se deixar vencer pelo orgulho pessoal e pela prepotência do poder. Depois de ler os documentos dos catalães independentistas e de fotografá-los com a autorização de René Águila, resolveu que a visita tinha terminado. Solicitou ao vendedor de arte, documentos e outras miscelâneas que o localizasse imediatamente se tivesse alguma notícia de Jordi Puigventós, pediu desculpas pelo tempo investido e levantou acampamento.

A bordo do automóvel chinês, Conde voltou a contemplar a fortaleza de René Águila. Escurecera e agora ela era iluminada pelas lâmpadas potentes que beneficiavam também uma parte da rua e do terreno agreste seguinte. Como o outro não lhe dirigia a palavra, Conde se manteve mudo e, quando o carro chegou à rodovia e apontou para Havana, pediu que o deixasse ali mesmo.

– Vou encontrar um amigo em Guanabo. Volto por minha conta, assim você fica mais à vontade – disse ao policial, e abandonou o carro. O orgulho policial ultrajado de Duque impeliu-o a se mostrar aliviado ao se ver livre da companhia de Conde. Sem se despedir e a velocidade de rali, Duque se afastou de carro rumo à cidade.

Conde entrou na cafeteria próxima, comprou uma cerveja e foi se sentar numa mureta no estacionamento do estabelecimento. Tomou o primeiro gole e acendeu o cigarro pelo qual tanto ansiava. Não tinha pressa, pelo contrário, precisava deixar passar algum tempo e ia aproveitá-lo para meditar sobre suas estratégias antes de ir se meter por vontade própria na boca do possível lobo.

Faltavam vinte minutos para as nove quando atravessou a rodovia e tomou a trilha que subia até o ninho de Águila. Entrou pelo caminho que levava à casa amuralhada e se congratulou quando viu que uma luz alaranjada começava a piscar na extremidade do muro onde ficava o portão de acesso à garagem. Bem a tempo. Apertou o passo e, quando o portão acabou de se abrir, os faróis do carro iluminaram seu corpo. Conde sabia que estava tentando forçar uma fechadura e sentiu o coração palpitar no peito. A única proteção que lhe dava cobertura era já ter estado ali com alguns policiais e, se fosse tão inteligente quanto parecia, René Águila não se arriscaria a cutucar o vespeiro do qual, por enquanto, saíra ileso.

O mulato desceu do carro pelo banco do passageiro. Avançou até Conde. Agora calçava mocassins marrons, combinando com a camisa polo laranja. Do outro lado do carro fez-se visível o negro quebra-ossos.

– Hoje você não nos ofereceu do melhor café de Havana servido em xícaras de porcelana – falou Conde, e acendeu outro cigarro. Precisava parecer tranquilo.

– O senhor me disse que não era policial – queixou-se René Águila.

– E é verdade... A prova é que te deixei fazer o tenente engolir uma mentira catalã.

– Porque você acha que a história dos documentos é mentira? – perguntou ele, abandonando o tratamento que Conde mereceria pela idade.

– Não. Sei que é verdade e que eles contêm informações autênticas, não sei se valiosas ou não... mas também sei que você não perde o sono por causa de uns papéis que não valem muito. E estou pensando em seus padrões de vida... – e voltou o olhar para a mansão. – A menos que esses documentos sejam uma verdadeira bomba, no que eu não acredito. Isso significa que vai vender pro Puigventós alguma coisa que, essa sim, vale dinheiro... Talvez outros documentos que não são os que mostrou ao policial estrela... Mas, eu juro, contanto que não seja a Virgem negra do meu amigo nem nada que se relacione com a morte dos dois rapazes... isso não é problema meu. Eu sozinho não posso controlar a briga que se armou naquele país nem dar ou negar a independência aos catalães...

René Águila sorriu com certa tristeza.

– Aquela Virgem de merda com dois mortos nas costas vai complicar nossa vida... Quando a polícia se mete numa coisa...

– É verdade: essa história saiu dos trilhos e está avançando feito louca... O pior é que não terminou. Se alguma coisa acontecer ao catalão, Troia vai se incendiar... com os troianos e até os gregos dentro... Quem mais Puigventós ia encontrar? Se me disser, te protejo como fonte. Talvez assim as coisas se acalmem. E, no teu negócio, calma é ouro. Já imaginou a encrenca se matam esse catalão?

René Águila olhou um ponto indefinido por cima do ombro de Conde. Por alguma razão, o ex-policial agora tinha certeza de que, mesmo contando com todas as armas para isso, inclusive o negro quebra-ossos, René Águila estava fora do roubo da Virgem e dos assassinatos. E que seu bem mais precioso eram seus negócios, tão necessitados de um sossego perdido. Com a polícia nos calcanhares, as coisas não podiam correr bem.

– A última vez que esteve em Cuba, Puigventós comentou que precisava voltar para a Espanha por causa de um problema de um leilão, mas que retornaria a qualquer momento porque ia fazer um negócio com Elizardo Soler. Na verdade, não sei qual, nem se é verdade, se já fizeram ou não... O que eu sei é que, se aquele catalão está sumido, é porque está atrás de uma cubana. O que todos eles fazem há mil anos... Quando comemos no hotel ele disse que a cubana o estava deixando louco. Que aquela mulher era... um cataclismo...

Conde fechou os olhos. A luz de suas premonições o estava cegando.

– Ele disse cataclismo?

– Não, eu é que estou dizendo: um cataclismo... O caos maiúsculo.

– Obrigado, René... – disse ele, satisfeito, e deu meia-volta.

René Águila tinha dito o que ele precisava saber, e o mulato sabia disso. Depois de se distanciar dois passos, Conde se deteve. Voltou ao portão da garagem no momento em que René Águila ia entrar no seu Hyundai reluzente. Conde gritou:

– René, me dá uma carona até Havana?

Quando Carlos e o Coelho o viram aproximar-se, começaram a aplaudir. Junto do portãozinho que dava entrada à casa, Conde fez uma reverência para os amigos, que o aclamavam no alpendre, e levantou os braços: trazia uma sacola em cada mão. Uma levava os comes e a outra os bebes.

– Porra, bicho, olha isso, que horas são... Quase dez... – gritou Carlos. – Você estava torturando a gente, seu veadão?

– Vamos, vamos – apressou o Coelho. – Estou morrendo de sede e fome!

Conde precisava tomar distância da história estranha na qual se vira envolvido e, já a bordo do Hyundai de René Águila, pediu ao mulato que fizesse o favor de ligar para um número no celular dele. Então falou com o Magro e pediu que, por sua vez, ele localizasse o Coelho: estava a caminho e tinham uma tertúlia tardia e extraordinária. Na cidade passou por uma cafeteria e se abasteceu das provisões necessárias, que eles já estavam dispondo na mesa do quintal, o lugar mais fresco da casa do Magro. A canícula de setembro continuava assolando Havana, que tinha reverberado o dia todo debaixo de um sol impiedoso.

Antes de dar início à sessão, Conde passou pelo banheiro e urinou até se sentir desinchar. Nesse processo, sem aviso prévio, sofreu um golpe de tristeza: perderia o Coelho para sempre e, com ele, uma afetuosa cumplicidade e convivência? Tudo acabaria se desfazendo, tragado por um dilúvio? Vendo a invencível Josefina preparar sua cama, telefonou para Tamara e disse que não o esperasse: o trabalho tinha se complicado e ele precisava deliberar com seus *consiglieri*. E ela sabia como eram aqueles conclaves. Josefina também, pois, depois de lhe dar um beijo e boa-noite, pediu-lhe que não gritassem demais e que antes de ir embora deixasse Carlos deitado na cama.

– O que trouxe pra Josefina, Conde? – quis saber o Coelho quando ele voltou ao quintal.

– Uns doces e duas latas de refrigerante... mas já tenho na minha casa um estoque de grão-de-bico, chouriço, morcela, batatas... Amanhã trago pra cá. Ela me disse outro dia que estava com vontade de comer uma *garbanzada**.

– Com noventa anos, com esse calor!... Você vai me deixar órfão, bicho – Carlos protestou, sorrindo.

– Tudo bem, Magro. Sua mãe sabe o que faz – interveio o Coelho. – Não me deixem fora dessa sopa, porra! Faz uns dois quinquênios que não como uns grãos-de-bico assim...

– Falta presunto defumado, Condesito – Josefina observou da cozinha. – Obrigada pelos refrigerantes. E tentem não gritar muito...

– Porra, nunca acerto com essa velha – Conde protestou em voz baixa, e se serviu da primeira dose do dia.

– Você sabe que Dulcita vai chegar na semana que vem? – perguntou Carlos ao recém-chegado.

– Não... se nem você nem Tamara me disseram. Vocês me mantêm isolado. Faz tempo que sou o último a saber de tudo...

A ex-namorada de Carlos nos tempos do pré-universitário, viúva fazia alguns anos e residente em Miami havia muito mais, agora compartilhava seu tempo entre os dois polos magnéticos do estreito da Florida. Graças a ela e à sua ajuda econômica, a casa de Carlos tinha recebido algumas melhorias que incluíam a reforma do banheiro e a pintura das paredes. Seus dias em Havana, além do mais, impunham certa disciplina aos hábitos da horda selvagem. Diferentemente de Tamara, a namorada recuperada do Magro era capaz de encher a cara com os amigos, com igual frequência e intensidade, mas também conseguia romper do modo mais amável as rotinas masculinas com a companhia que fazia ao inválido e, sobretudo, com a intimidade tranquila que eles compartilhavam a portas fechadas e que alimentava em muito a autoestima do homem paralisado havia tantos anos. Dulcita também tinha participado dos projetos de viagem do Coelho?

---

* Espécie de cozido feito à base de grão-de-bico, com carnes variadas e legumes. (N. T.)

– Bem... isso tem que ser comemorado, não é? – propôs o Coelho, geralmente disposto às celebrações. Com ou sem motivos. E brindaram por Dulcita, sua volta, sua fraternidade inesgotável. Sempre fora a melhor e mais completa de todos eles, admitiram. E brindaram também por isso.

Conforme tinha proposto, Conde contou aos amigos suas mais recentes e movimentadíssimas aventuras detetivescas. Por uma vez, Carlos e o Coelho ouviram em silêncio, até o outro erguer as mãos como que dizendo: é isso aí.

– E qual vai ser o próximo passo, bicho? – Carlos quis saber.

– Dizer ao Manolo o que acho e passar a bola pra eles. Pra isso eles são policiais, não é?

– E você acha que o negócio que o catalão Puigventós e Elizardo tinham nas mãos tinha a ver com a Virgem? – continuou Carlos.

– Pode ser, pode ser – refletiu Conde. – Mas, se o negócio era esse, então Elizardo Soler já planejava ter a Virgem, não é?... Poderia estar aí a chave de todo esse caso.

– E a razão de agora haver dois mortos – comentou o Coelho.

– O problema é que não sei por onde se pode pegar Elizardo e arrancar o que ele sabe ou fez.

– O que eu não entendo é como ninguém nunca ficou sabendo que essa Virgem estava aqui em Cuba – acrescentou o Coelho.

– O avô catalão do Bobby sempre esteve com ela, em casa – disse Conde. – Não a expunha e sempre disse que era uma Virgem de Regla... Não sei se foi o próprio Bobby que complicou a coisa com a confusão de misturar Yemayá com a Virgem, de mostrá-la pras pessoas... e começar a encher o saco com a história de que ela tinha um poder.

– Muita gente acha que elas são milagrosas, Conde – advertiu o Coelho. – Que tinham o poder da terra, da criação. Pelo que eu li, são peças muito raras e agora restam pouquíssimas. Todas foram esculpidas mais ou menos na mesma época, e muitas estão ligadas aos cruzados e aos templários... E você sabe que corre muita especulação mística e um monte de mistérios inventados ou reais a respeito desses personagens. E gente com vontade de acreditar em coisas malucas é o que não falta no mundo. De todo modo uma coisa está comprovada: essas Virgens geravam uma devoção especial. Tinham algo...

– Pelo fato de que eram, ou são, negras? – quis saber Carlos.

– Em princípio, parece que sim. E são negras porque estão associadas à terra... a mãe de tudo em muitas culturas antigas. A terra é o recipiente feminino em que germina a semente masculina. Sêmen, semente... Se o que eu li é verdade, parece que nessas imagens negras se cruzam os pensamentos religiosos de várias culturas: as africanas do Egito, as pagãs europeias dos celtas e, é claro, a cristã romana e a bizantina... já contaminadas pelo antigo judaísmo e por outras religiões locais depois consideradas pagãs. Por isso há dúvidas sobre se todas essas virgens chegaram da África e do Oriente Médio, inclusive de Jerusalém, quando os cristãos recuperaram a cidade, no final do século XI. Ou se algumas foram feitas por artistas venezianos, que também as tinham conhecido na Terra Santa, onde houve grande presença de venezianos, pisanos e genoveses. Ou se os pagãos identificaram a Virgem Maria com sua deusa mãe, a terra e a natureza, que são femininas...

– Baita rolo, não é? – opinou Carlos, e Conde assentiu depois de dar um longo trago com o qual pretendia limpar os miolos.

– É como eu disse, há muita trama e muito mistério real e também muito mistério barato em torno dessas figuras – continuou o Coelho. – Mas também parece não haver dúvida de que elas começam a aparecer na Europa durante o que se chamou de renascimento medieval, mais ou menos depois da tomada de Jerusalém. E essa coincidência é histórica, não é casual. Sabe-se que os cruzados e os templários têm a ver com a devoção a essas virgens e com a ideia de que elas têm um poder... mesmo que apenas espiritual.

– Quem quer crer vê e sente coisas que o descrente não vê nem sente – comentou Carlos. – Por isso não me surpreende que Bobby, se ele é crente de verdade, esteja convencido de que a Virgem o curou... Realismo mágico. Rulfo, García Márquez, Carpentier... Estão vendo como sou culto?

Conde serviu-se de outra dose. Levantou os olhos para o céu sem nuvens, povoado de estrelas, e perguntou:

– Então eu tenho que pensar que esta história cubana de agora tem a ver com tudo isso e com a tomada de Jerusalém e a parafernália dos grandes poderes ocultos? Aqui em Cuba, com este calor e tudo o que implica?

Os três amigos, de comum e tácito acordo, decidiram que já era muito tarde, que de fato estava muito calor e o rum estava bom demais para que eles complicassem a vida daquela maneira. Amanhã veremos, e que o mundo, a História e o tempo vão todos à merda... acabou-se.

15

Antoni Barral, 1291

Quando entrou na capela, beneficiada apenas pela luz matinal filtrada pelos vidros do pórtico e pelas estreitas claraboias laterais, o fráter Antoni Barral estava convencido de que aquele podia, devia, ia ser o último dia de sua vida, o último dia também da praça-forte que estava pagando altíssimo preço pelo orgulho de ter-se acreditado imbatível, a mais inexpugnável. Olhando em frente, avançou até o pequeno altar de pedras brancas banhado pela cera morta das velas apagadas que ninguém mais se encarregava de retirar. No espaço abobadado que se encerrava atrás do altar pendia uma cruz lustrosa de madeira de cedro granada, como que pintada com sangue, sob a qual imperava, soberana e majestática, a imagem magnífica e poderosa de Nossa Senhora.

No degrau que elevava o espaço mais sagrado com relação ao resto do templo, o cavaleiro depôs o elmo, depois moveu a espada na cintura e se pôs de joelhos. Com as mãos unidas sobre a cruz vermelha oitavada que trazia no peito e o rosto projetado para a imagem, fechou os olhos. Respirou várias vezes para tentar se concentrar em meio ao alarido subumano dos sitiantes que perfurava seus ouvidos e à algaravia rítmica e penetrante da música infernal, saída das centenas de tambores, címbalos e trombetas capazes de alterar o ritmo de seus batimentos cardíacos. Era o ruído e a fúria dos que se sabiam vencedores e se anunciavam implacáveis em seu propósito proclamado, jurado sobre o Corão, de não se deter até ter lançado ao mar o último adepto da Cruz que estivesse assentado na Terra Santa amada pelo Profeta.

Convencido de que para ele não haveria outra oportunidade, Antoni Barral se dispôs a confessar a Ela todos os seus pecados, para aliviar com a descarga espiritual a sua saída deste mundo, saída que não temia, pois julgava que podia considerar bem empregados os dias de sua existência, ofertados a um bem maior, no qual acreditava e pelo qual ia morrer. Orava e jurava à Mãe que sua fé nunca fraquejara nem fraquejaria. Orava e rememorava as muitas violências cometidas por ele no decorrer de longos anos, guiado pela cruz e pela espada, pelo amor e pela vocação de servir, pelos votos de castidade e de pobreza, pela devoção a Ela e pela fé no Ungido, com as quais tinha sido juramentado e em cujo exercício assumira como justa e santa uma luta em que seu braço provocara tantas mortes que era impossível contar. Orava e meditava que, com suas convicções, ações e boa vontade, não conseguira que o mundo fosse um lugar melhor, pelo contrário: talvez por isso fosse necessário o sacrifício derradeiro. Orava, chorava, pedia perdão para sua alma imortal, se tivesse cometido excessos, quando, de modo sutil, sem sobressaltos, num momento impreciso de sua meditação, deixara de ouvir o alarido e as estridências, ao mesmo tempo que começava a perceber que seu corpo entrava num refúgio agradável, envolvente, numa condição física desconhecida que o tornava leve, a salvo da parafernália à sua volta, imune ao caos do momento final. Justamente quando se sentia mais aconchegado naquele refúgio, com seu corpo até elevado a alguns centímetros do chão, recebeu na testa a pressão nítida e inconfundível de dedos cálidos, capazes de fazê-lo perder o equilíbrio e cair de costas, provocando o som retumbante de seus metais ofensivos e defensivos. Deitado no chão, abriu os olhos e verificou que diante dele só estavam, no lugar de sempre, a cruz e a figura da Mãe, com seu rosto negro, brilhante e hierático no qual resplandeciam pupilas azuis, quase com vida, de cujas órbitas, poderia jurar, naquele instante viu brotar e correr duas lágrimas. E Antoni Barral teve a vibrante premonição de que ainda lhe restavam tarefas para cumprir no Reino deste Mundo. Soube que pelo menos ele fora blindado por um poder superior e não morreria naquela jornada terrível em que seria celebrada a última batalha antes de se concretizar a perda definitiva daquela que fora por décadas a cidade mais pérfida e rutilante do mundo conhecido: a cidade que, por seus muitos pecados, condenara a si mesma. Sabendo qual era sua missão, o objetivo superior para o qual continuaria com vida, o cavaleiro pôs-se de pé, acomodou o elmo e a espada e avançou até o altar.

Alguns meses atrás, o fráter Antoni Barral e alguns poucos irmãos seus da Ordem do Templo, famintos e esfarrapados, tinham chegado a São João de Acre. Eram os sobreviventes, talvez escapados por puro milagre da fúria implacável dos sarracenos do sultão mameluco Qala'un, artífice da tomada e da devastação da riquíssima Trípoli. No dia da chegada, o cavaleiro catalão carregava em sua montaria a imagem da Virgem que fizera parte dos bens que os cavaleiros do templo disputavam com os poderosos mercadores genoveses e venezianos de Trípoli, os vorazes e turbulentos amos da bela cidade, os mesmos que com suas ambições e desmandos tinham provocado a ira do sultão mameluco. Por causa desse conflito, desde que a imagem fora trazida de Jerusalém junto com outras relíquias quando a urbe sagrada acabou sendo conquistada por Saladino, a imagem da Virgem, já com fama de milagrosa, fora tristemente relegada a um canto da igreja de São Marcos, uma das mais ricas da cidade, à espera de um destino definitivo, quando se resolvesse o vulgar litígio terreno de sua propriedade.

Pela preservação daquela figura de madeira, o irmão Antoni estivera prestes a perder a vida durante a crudelíssima devastação de Trípoli, que fora encomendada aos dervixes de vida santa e longas cabeleiras, os mais fanáticos e ferozes guerreiros entre os islamitas, homens que insistiam em conquistar a glória degolando cristãos ou sendo degolados por eles, dava na mesma.

Depois de vários dias de combate contra forças de assédio que, tanto em homens como em armas, superavam em muito os defensores cristãos da cidade, o fráter Antoni Barral e outros de seus irmãos da ordem compreenderam que o destino da cidade estava selado e que a única alternativa era uma retirada espetacular e humilhante. Mas, ainda em meio ao caos absoluto, com os muçulmanos já correndo pelas ruas da urbe, os cavaleiros tinham decidido que não podiam deixar para trás as insígnias e os documentos da ordem. Tampouco, conforme exigiu o fráter Antoni Barral, a imagem de Nossa Senhora, cuja propriedade sempre tinham reivindicado, pois – contavam velhos cavaleiros – ela fora encontrada muitos anos antes entre os alicerces daquele que por mais de um século tinha sido o quartel-general dos templários, situado no lugar exato em que as crônicas mais confiáveis afirmavam que se erguera o Templo de Salomão e estivera sob custódia a Arca da Aliança. Desde seu fabuloso achado, vários foram os milagres e prodígios atribuídos àquela Mãe de Deus negra como o alcatrão que brotava das entranhas do deserto, e muitas orações lhe fizeram os cavaleiros do templo, seus mais fiéis devotos. E também tinham sido os templários que, para ressaltar sua beleza e patentear seu poder, pediram a um mestre entalhador veneziano que reavivasse a imagem com a aplicação de cores e a preservasse com os melhores esmaltes. Por ela, pensava Antoni Barral, valia a pena arriscar a vida. E assim haviam decidido ele e três irmãos seus, cujas espadas, durante a realização do resgate, derramaram sangue muçulmano até que este escorresse para fora das portas da igreja de São Marcos. Encarregado pelos confrades, em virtude de sua corpulência, de transportar a Virgem, quando estava prestes a sair do recinto sagrado Antoni viu como seus três companheiros de armas e juramentos, assim que puseram os pés no átrio, caíram fulminados por uma chuva de lanças, pedras e flechas que, por outro lado, passavam por cima de sua cabeça e pelos lados de seu corpo sem roçar nele, como se os projéteis evitassem atingi-lo, o encarregado de levar a Virgem. Sorte ou milagre? – perguntar-se-ia o templário muitas vezes, e perguntaria de novo durante as meditações que realizou no que pensava ser seu último dia de vida, na capela da fortaleza templária da condenada São João de Acre.

Com a Virgem nos ombros, Antoni Barral atravessara os vinhedos e olivais que rodeavam São João de Acre e com razão sentiu-se impressionado pela magnitude e pela planta da cidade. Mas, quando transpôs a magnífica muralha dupla pela porta de Santo Antônio, o templário teve a comovente sensação de chegar à mais gigantesca feira do mundo. Nos reinos latinos da Terra Santa, já extintos na época, todos sempre tinham mencionado a vitalidade da urbe, a mais populosa, cosmopolita e rica das possessões francas em território cruzado, transformada em sede do antigo reino de Jerusalém desde a infausta perda da Cidade Sagrada. Sempre se dizia, e Antoni Barral teve oportunidade de comprová-lo com assombro e espanto evidentes, que todas as riquezas e fantasias do mundo conhecido, todos os produtos e caprichos, qualquer dos desejos e luxos imagináveis podiam ser ganhos, comprados ou satisfeitos naquela urbe e em seu porto.

Dentro, em cima, junto das soberbas muralhas de Acre confluíam e misturavam-se homens das mais diversas latitudes e raças, desde os pálidos teutões germânicos, assentados em rua própria, até riquíssimos mercadores e artesãos genoveses, pisanos, venezianos, cada um deles com seu bairro particular, passando por navegantes catalães, cruzados franceses, lombardos e ingleses, gente de Bizâncio, da Grécia, de Chipre e até da longínqua terra dos mongóis, além dos indefectíveis mercadores judeus e camponeses líbios, sírios e egípcios de tez bronzeada, já cristianizados ou ainda islamitas. Membros de todas as ordens religiosas e militares tinham ali seus quartéis-generais e conviviam com duques, condes e até príncipes de possessões próximas ou distantes, reais ou fictícias, e com um clero numerosíssimo destinado a satisfazer à demanda de uma catedral, quarenta igrejas, vários mosteiros e hospitais e incontáveis capelas intramuros. E, é claro, pululavam na cidade e seus arredores marinheiros, aventureiros, guerreiros de ofício, pícaros e vagabundos, ao mesmo tempo que em suas catacumbas laborava um ativo exército de prostitutas de todas as categorias, que se contabilizavam em milhares.

Enquanto atravessava a cidade, o fráter Antoni Barral percebera a vertigem de sua algazarra comercial e o ritmo frenético de sua gente, amontoada no recinto muralhado. O espaço do mercado árabe, de onde brotavam misturados os cheiros dos azeites perfumados e da mirra, os eflúvios das carnes colocadas no carvão e dos doces melados, a fetidez dos excrementos de camelos e o aroma ácido dos leites fermentados, avizinhava-se do mercado judeu, onde brilhavam os tecidos mais valorizados e, aos gritos, prestamistas, escrivães e ourives proclamavam seus ofícios, tentando sobrepor suas vozes às litanias dos vizinhos mouriscos. Iam dar na praça-forte algumas vielas abarrotadas, onde os também buliçosos mercadores pisanos e genoveses ofereciam suas mercadorias, vendiam espaços em suas naus muito bem equipadas rumo a todos os portos do Mediterrâneo e até fragmentos autenticados da Vera Cruz e muitos ossos de santos e mártires. Separados por apenas uma rua e em aberta concorrência com os vizinhos, os sempre muito bem-compostos venezianos dedicavam-se a exaltar a transparência de finíssimas taças de vidro recém-importadas, a qualidade de seus espelhos e a exclusividade dos últimos produtos, em ofertas limitadas e também recém-importados, provenientes do Extremo Oriente, de onde, diziam, tinham sido trazidos pelo próprio Marco Polo. Animava mais ainda o caos uma multidão de lombardos embriagados e agressivos, de mutilados de guerra pedindo esmolas, de soldados francos fedendo a manteiga e suores cristalizados, de fanáticos da Torá, do Corão e da Bíblia que anunciavam tanto o fim dos tempos como a chegada da redenção em todas as línguas escapadas da Torre de Babel.

Acolhidos finalmente na impressionante fortaleza ocupada pela ordem, no extremo sul da cidade e muito perto dos espigões do porto e da Torre de Ferro, o fráter Antoni Barral e seus companheiros sobreviventes tinham entregado a imagem negra de Nossa Senhora ao capelão-mor da ordem. O irmão, conhecedor da história e da majestade da Virgem e das crônicas de seus prodígios, decidiu destinar-lhe o melhor lugar da capela, onde os cavaleiros da ordem costumavam orar e na qual, nos últimos anos, tinham sido praticadas as iniciações dos novos consagrados, velhas cerimônias sobre as quais línguas maledicentes e invejosas tinham começado a propalar pérfidos rumores relacionados a comportamentos indecentes e atitudes heréticas.

Com o passar dos dias, a primeira sensação que Antoni Barral tivera da vida licenciosa e desenfreada em São João de Acre foi se transformando em inquietante certeza. Se de início pensara que seu juízo fora afetado pelo luxo e pelo ritmo da urbe, tão alheios a seu caráter austero de plebeu nascido num povoado remoto das montanhas catalãs e a seus anos de vida quase monacal numa comenda da ordem próxima da cidade de Toulouse, os comportamentos cotidianos dos habitantes de Acre corroboraram sua apreciação inicial. Talvez por se saberem já condenados à perda da cidade mais rica e mais bem fortificada do mundo para os exércitos muçulmanos reunidos sob a liderança do sultão Qala'un, todos se dedicavam a um frenesi de negócios, trapaças, logros e açambarcamentos, ao mesmo tempo que o vinho, a saliva e o sêmen corriam como lava de vulcão em erupção. Lá ninguém falava de missões maiores, só importavam o ouro e a luxúria, esta vida e não a outra.

Os moradores mais antigos da praça-forte afirmavam que tudo tinha piorado com a chegada do contingente cruzado que chamavam de "italianos", integrado por camponeses e aventureiros provenientes das terras do norte da península, reunidos mais pelos altos soldos prometidos do que pelo puro desejo de combater o infiel e salvar os territórios bíblicos para a cristandade, participando de uma cruzada que jamais o seria. A gota que fez transbordar a taça tinham sido os violentos confiscos aplicados pelos "italianos" aos comerciantes e aos camponeses sírios e líbios, quase a todos os muçulmanos estabelecidos na cidade. As expropriações, acompanhadas por afrontas, castigos corporais e até várias execuções, tinham provocado um início de rebelião que obrigou as frouxas autoridades a intervir e encarcerar os agitadores. Mas, na verdade pouco dispostos a castigar soldados do exército vaticano, tinham devolvido os "italianos" à rua com apenas uma repreensão e, desse modo, criado o último pretexto de que os mamelucos precisavam para romper a trégua acordada com a cidade e iniciar a campanha militar que decretaria seu fim.

A exceção a esse desvario generalizado que pedia aos gritos ser castigado era oferecida pela atitude dos membros das ordens militares religiosas, sobre cujas costas muitas vezes recaía a dura tarefa de manter a concórdia civil e preparar a urgente defesa militar. Mas templários, hospitalários e teutônicos bem sabiam que seus esforços eram vãos e que suas capacidades militares, embora contando com as fortificações excepcionais da urbe, não poderiam resistir ao assédio maciço anunciado. O que não sabiam – ainda que alguns veteranos como Antoni Barral o pressentissem – era que seu tempo de protagonismo e glória tinha passado. Para eles não haveria futuro em terras cristãs porque estavam chegando ao fim os dias dos reinos latinos em Terra Santa, das expedições cruzadas e da utilidade das milícias de Cristo.

Entre príncipes, condes, duques, mestres, bispos e marechais de campo que conviviam em São João de Acre, o fráter Antoni Barral conheceu um homem que, desde o primeiro encontro, pareceu-lhe singular por seu modo de pensar e deslumbrou-o com seu caráter, provocando nele ao mesmo tempo uma estranha sensação de empatia, pela grande proximidade, e de inquietação, por ser também tão obstinado e pragmático.

O grão-capitão Roger de Flor afirmava ter nascido na Alemanha, mas ninguém acreditava que fosse verdade, pois algumas vezes já o tinham ouvido dizer que era natural de Brindisi, e outras, de Barcelona. Conforme seu lugar de origem, chamava-se de modo diferente: às vezes Roger von Blume, outras Rutger Blume, o mais das vezes Roger de Flor. Ele mesmo um dia contava pertencer a uma estirpe de nobres germânicos, outro dia que seus antepassados eram ricos comerciantes bávaros ou navegantes catalães e outro ainda até se apresentava como filho de um cardeal italiano muito próximo do papa Gregório X. Dizia conhecer todos os portos do Mediterrâneo e vangloriava-se de ser o melhor capitão e marinheiro que jamais navegara por aqueles mares. Era capaz de narrar sua participação nas maiores batalhas do século e dizia ser amigo da maioria dos príncipes da cristandade. Como mal chegara aos vinte e cinco anos de idade, todos sabiam que se tratava de um consumado embusteiro, mas deleitavam-se com sua lábia e simpatia, pois também percebiam que entre suas mentiras havia algumas grandes verdades, como sua capacidade de marinheiro, seus modos muito refinados e a habilidade de se expressar com fluência em dez línguas diferentes. Não por acaso, o grão-mestre da Ordem do Templo, decidido a utilizar do jovem o que era utilizável, iniciara-o como irmão leigo e dera-lhe o título de grão-capitão e o comando do maior navio que já sulcara o Mediterrâneo: o *Falcão do Templo*, armado em Gênova e fundeado naqueles dias no melhor embarcadouro do porto de São João de Acre.

Apesar de serem dois homens de caráter tão diferente, talvez a empatia que Antoni Barral tenha sentido pelo grão-capitão Roger de Flor se devesse ao afeto do famoso navegante pelos marinheiros catalães e pelos rudes soldados aragoneses que compunham, quase integralmente, a tripulação que ele conduzia e a milícia protetora da fortaleza flutuante que era o *Falcão do Templo*. O jovem capitão tinha estabelecido tanta proximidade com aqueles guerreiros desaforados que só falava com eles em catalão (idioma que, conforme o momento, afirmava ser sua língua materna), sabendo-se assim mais protegido de possíveis vazamentos dos assuntos obscuros dos quais sempre pareciam se ocupar.

Foi durante uma conversa naquela língua com três marinheiros seus que Antoni Barral se aproximou pela primeira vez de Roger de Flor e lhe falou em seu idioma natal. Embora já se conhecessem dos concílios frequentes realizados pelos cavaleiros da irmandade diante da complicada situação militar da praça-forte, naquela ocasião mantiveram um diálogo graças ao qual Antoni sentiu na própria carne as qualidades de encantador de serpentes do jovem marinheiro.

A ponte de comando do *Falcão* foi o lugar em que, ao longo dos meses que conviveram em Acre, o fráter e o capitão templário se encontraram várias vezes. A Antoni Barral, que durante os primeiros anos de vida só vira pedras, montanhas e riachos escarpados, cabras e lobos, pobreza e austeridade no vale pirenaico onde nascera, o mar sempre oferecia uma sensação de liberdade e glória de que ele não cansava de desfrutar. Além disso, do porto tinha-se um dos melhores panoramas da cidade, das duas muralhas e das doze torres fortificadas, com suas prodigiosas paredes de pedras amareladas que brilhavam ao sol, seus fossos tidos como intransponíveis e as bandeiras multicoloridas erguidas ao céu pelas diferentes confrarias militares, religiosas, comerciais, cidadãs e marinheiras lá assentadas como no mais transbordante dos crisóis alquímicos do mundo conhecido. Diante deles estava o forte dos cavaleiros do Templo, símbolo de força e poder, sobre cujos muros protetores supervisionavam a cidade e o mar quatro orgulhosos leões que, pintados com esmalte dourado, eram do tamanho de bois cevados.

Comparada com a possível existência real do jovem Roger de Flor, Antoni Barral considerava a sua vulgar e prescindível. Aos quarenta anos, só podia contar as histórias de sua vida de menino camponês que, por uma reviravolta do destino, recebera abrigo numa comenda templária do Rossilhão, país vizinho aonde chegara como guia e auxiliar dos cavaleiros andantes que, dispostos a se alistar numa cruzada, tinham contratado os serviços do rapaz. Cumprida sua missão, enquanto esperava o fim do inverno para poder atravessar a serra de volta pelo Coll dels Llops, o jovem Antoni pagou pelo alojamento trabalhando nos campos da comenda, onde teve além do mais a oportunidade de aprender a ler e escrever com uma rapidez capaz de assombrar a todos. Um clérigo castelhano de nome Juan de Mendoza reconheceu as habilidades manuais e a inteligência de Antoni para a aprendizagem, e ele foi admitido como irmão auxiliar, sendo-lhe permitido pelo mestre da comenda o acesso à sabedoria livresca e até ao esmerado treinamento militar que distinguia a ordem. Assim, graças às habilidades logo adquiridas, mas sobretudo à situação muito crítica das cidades francas no Oriente Próximo, apesar de sua origem plebeia Antoni Barral foi ordenado cavaleiro e enviado para realizar sua missão como templário naquele lugar turbulento e cosmopolita do Mediterrâneo, onde germinara e combatera a poderosa confraria dos monges guerreiros e onde estava em jogo agora sua razão de ser como instituição.

No dia em que Antoni Barral revelou a Roger de Flor como tinha saído da igreja de São Marcos na queda de Trípoli, carregando contra o peito a imagem de Nossa Senhora agora colocada na capela do forte, o capitão do *Falcão* surpreendeu-o com uma pergunta que num primeiro momento Antoni acreditou não ter entendido: "Valia a pena arriscar a vida por uma imagem de madeira que é só isso, uma bela imagem de madeira das que se costumam esculpir nestas terras?". Antoni Barral nunca teria questionado sua ação naqueles termos, para ele não era apenas uma "bela imagem de madeira", por isso imediatamente respondeu que era claro que valera a pena, sempre valeria, e não por acaso três irmãos seus tinham morrido na missão, pois tratava-se de uma imagem muito especial de Nossa Senhora, além do mais guia e padroeira da ordem em que ambos militavam. "Muito heroico", continuou Roger de Flor, "mas estás falando de duas coisas diferentes: do ser divino e de sua representação. Salvaste uma representação. Sempre seria possível fazer outra, não é?" Antoni sorriu: "A representação encarna a divindade, o sagrado. Além disso, essa imagem específica mostrou ter altos poderes, todos dizem. Numa representação pode estar alojada a essência do representado". Roger de Flor olhou para a cidade e continuou: "Sabes que esses muçulmanos que agora estão avançando para cá não creem nas representações, ao contrário, as proíbem? E que, nas Antigas Escrituras, Deus condenou toda forma de representação do divino e a crença em supostos poderes de ídolos e efígies?", continuou o jovem, e Antoni Barral foi obrigado a lhe dar razão, mas não pestanejou: "Nossa religião mudou as coisas. Não somos nem judeus hereges nem islamitas infiéis... A imagem vale pelo que representa, e para nós ela encarna a divina Mãe de Deus". Roger sorriu: "E ela, Nossa Senhora, era negra?". Agora foi Antoni que sorriu: "A cor não tem importância, pois é o material", afirmou, "o que decide é a fé, que é o essencial". Roger assentiu: "Estás misturando tudo, irmão Antoni, e estás misturando porque essa imagem que resgataste à custa de pôr tua vida em perigo é fruto das misturas". Antoni não entendeu. "De que misturas?" Roger de Flor explicou: "Ela é negra como a Ísis dos antigos egípcios dos faraós, é negra como a Mãe Terra das velhas sagas celtas do meu país... e nós, os cristãos, dizemos que é Maria. Tudo misturado numa bela escultura de madeira que não pode ter ficado enterrada por séculos nos alicerces do templo de Salomão porque seu poder divino não é tão grande para superar as fragilidades da matéria: teria se transformado em pó, meu irmão". "Esse é seu primeiro milagre. Acaso não há cadáveres incorruptíveis? Uma Virgem não pode ser assim?", contra-atacou Antoni Barral, embora na verdade entendesse cada vez menos. As especulações de Roger de Flor superavam sua capacidade de raciocínio escolástico, mas ele não se deteve: "E os milagres?". Não bastava que ele e outros como ele acreditassem, tivessem fé e recebessem os benefícios de prodígios às vezes inexplicáveis? Roger o observou com seus olhos de falcão: "Sabes que o rei francês Luís, que até dizem que era santo, levou destas terras uma dúzia de virgens negras como a que resgataste?". Não, Antoni não sabia. "Pois levou-as para Paris porque são bonitas e só aqui são esculpidas com tanto requinte e sentido de seu poder", continuou o marinheiro. "Com elas o rei pretendeu não só adornar igrejas de seu reino consagradas a Nossa Senhora, mas também lembrar à posteridade sua cruzada à Terra Santa, que na verdade, como sabes, foi um desastre militar. Para isso ele quer essas representações, só para alimentar sua lenda e sua vaidade." Antoni Barral pensou que talvez o marinheiro tivesse razão, ou uma parte de razão, mas suas convicções se negavam a aceitá-lo.

Roger de Flor mandou pedir em seu camarote uma garrafa de vinho de Bordeaux e duas taças de cristal veneziano. Depois de tomar o primeiro gole, o capitão apontou com o braço estendido as muralhas e torres de Acre e perguntou: "Sabes o que na verdade está se decidindo com o destino desta maravilhosa cidade?". Antoni surpreendeu-se com a mudança de rumo da conversa. "Está se decidindo a sorte dos reinos latinos do Levante, a presença cristã na Terra Santa", respondeu o templário catalão. "Pois isso é o que diz a propaganda da fé, a versão pública e oficial", começou Roger de Flor. "Lembra-te de que para satisfazer a essa fé outro rei, Ricardo da Inglaterra, há apenas cem anos ordenou nesta mesma cidade que se decapitassem milhares de prisioneiros muçulmanos porque Deus lhe dera licença para matar infiéis sem que o homicídio fosse pecado. E lembra-te, a propósito, de que seu amado são Bernardo foi quem ofereceu ao Coração de Leão a justificativa, avalizada inclusive por um Papa, ao promulgar que esta é uma guerra santa na qual matar o próximo não constitui ofensa ao Criador, e sim um motivo a mais para aproximar-se da glória. Valha-me Deus!... Mas a verdade, a verdade, meu amigo, é que aqui, agora, o que está se decidindo é o domínio da rota comercial mais importante do mundo, o veio de muitas riquezas, e por isso estão por aí, com espadas e bandeiras, os mercenários muito bem pagos dos comerciantes venezianos, genoveses e pisanos. E o exército vaticano dos desordeiros lombardos... Está se decidindo a posse destas terras maravilhosas, de seus bosques e vales semeados de videiras, oliveiras e cedros, o controle das estradas para as caravanas que vão para o Oriente, o domínio de dezenas de portos, como este em que estamos... Está em jogo a propriedade das riquezas que tornarão grande como Alexandre, os césares e os faraós quem as possuir, em nome de Jesus ou de Maomé, de Deus ou de Alá, que dá na mesma... E, sabendo disso, queres lutar e estás disposto a morrer por um pedaço de madeira esculpida? Sabes que já muitas vezes muitos homens morreram pela riqueza material acreditando de boa-fé que lutavam em nome de uma glória celestial? Sabes que isso logo acontecerá aqui, na frente e atrás destas muralhas magníficas? E que ocorrerá muitas e muitas vezes ao longo dos séculos em que os homens habitarem a terra? Tens ideia de como a fé, a busca do bem, a verdade que não admite alternativas, manipulada e exacerbada, pode ser envoltório do ódio desbragado em nome de Deus, de um príncipe ou de uma ideia? Que, enquanto nós cristãos matamos muçulmanos, os muçulmanos matam e matarão cristãos, e que uns e outros muito em breve nos mataremos diante desta cidade e nesta terra, dizem que santa, e depois continuaremos fazendo-o por séculos e séculos sempre em nome da fé, mas na realidade por causa de suas riquezas, pelo afã de poder?" Antoni Barral olhava com desassossego o grão-capitão que disparava perguntas insidiosas e, quando conseguiu assimilar o que ouvira, disse: "Falas como um herege. Não, pior ainda: como um necromante que inclusive pretende adiantar-se no tempo aos desígnios celestiais... Dizes coisas inquietantes. És perigoso, Roger de Flor. De fato, quem és e de onde vens?". O marinheiro tomou um gole de sua taça de finíssimo cristal e voltou-se para oferecer o rosto ao oceano dourado da tarde: "Venho dali, do mar. Seu mistério é minha fé".

Com a primavera chegaram às planícies que rodeavam São João de Acre os exércitos de infantes e cavaleiros muçulmanos convocados pelo jovem sultão Khalil al-Ashraf, herdeiro do trono do pai, o falecido Qala'un, cuja missão o príncipe decidira completar e cuja morte queria vingar. Para os líderes sarracenos não havia dúvida de que a morte repentina do grande Qala'un fora obra de um dos envenenamentos que praticavam com tanta habilidade e frequência os discípulos do Velho da Montanha, dissidentes e mercenários membros da seita dos Assassinos, cujos serviços tinham sido comprados pelos nobres de São João de Acre com a esperança de assim salvar a cidade. Se já tinham empregado aquele procedimento com o poderoso sultão turco Baibars, envenenado em Damasco alguns anos antes, certamente também o tinham realizado com seu pai, dissera o jovem Khalil. E ele, proclamava o guerreiro, demonstraria muito em breve como os cristãos estavam equivocados se imaginavam que com um crime tinham resolvido seu problema. Algumas semanas depois, a simples contemplação, a partir das torres de Hugo, de Enrique ou da Maldita, das planícies inundadas pelos mantos brancos do mais formidável dos exércitos islamitas provocaria espanto e anteciparia um destino evidente.

Os defensores da cidade tinham assistido durante dias ao espetáculo de ver avançar como formigas os exércitos provenientes de Damasco e do país de Misir, de Hama e do resto da Síria, também os que chegavam com o sultão do Egito longínquo. Os cálculos dos guerreiros mais treinados chegaram a fixar em sessenta mil os cavaleiros e em cento e sessenta mil os infantes ataviados de branco que cercaram a cidade, acompanhados por cem máquinas de guerra, entre as quais se destacava a mais poderosa catapulta já construída: batizada "a Furiosa", precisava de dez juntas de bois para ser transportada e, como logo saberiam os defensores de Acre, tinha o poder de lançar projéteis que pesavam vários quintais, capazes de remover as mais sólidas muralhas. Em 5 de abril de 1291 a grande tenda púrpura do sultão al-Ashraf foi erguida sobre uma colina onde já ondulava a bandeira da meia-lua: começara o cerco da cidade cristã mais rica e cobiçada da terra.

Na manhã seguinte ao início do assédio, Antoni Barral assistiu com todos os seus irmãos à missa convocada pelo mestre da ordem Guillaume de Beaujeu na capela da fortaleza templária. Concluídos os rituais litúrgicos e tomada a comunhão, o líder dos cavaleiros realizou seu discurso: como dos reinos cristãos da Europa não chegavam reforços, e o rei Henrique se esquivava e permanecia em Chipre, enquanto o pretenso comando central da defesa da cidade revelava-se incapaz e gerava pouca confiança, eles, os templários, deviam assumir a liderança que por princípio lhes cabia. Combateriam no setor que lhes fora encomendado, ao norte da cidade, mas acorreriam sem hesitar ao bastião que mais necessitasse, que parecia ser o da Porta Maldita, em frente à cidadela real, diante da qual os sitiantes tinham colocado várias máquinas de guerra. As forças inimigas eram tão superiores em número e armamentos que aspirar a uma vitória era ilusório, afirmou ele. Mas cada um deles, juramentado na cruz e diante de Nossa Senhora, deveria combater até a morte naquela guerra santa. Não havia outro mandado nem decisão. A vocação e a história da ordem assim exigiam.

O capitão Roger de Flor e sua milícia catalã-aragonesa permaneceriam estacionados no *Falcão do Templo*, também ordenou o grão-mestre. Se a sorte militar lhes fosse contrária, sua missão seria retirar para Chipre ou para as costas europeias os feridos, as mulheres e as crianças ainda não evacuados e os sacerdotes com os tesouros das igrejas. Embora a nau fosse capaz de trasladar até mil almas e cem cavalos, seu espaço seria insuficiente e, portanto, concluiu o grão-mestre, nela não poderia escapar nenhum dos irmãos templários, que por juramento e honra deveriam lutar até a morte para defender o bastião do iminente ataque infiel.

Já durava cinco semanas o assédio ofensivo contra a cidade e, apesar das muitas baixas sofridas por cada lado, mais lamentáveis para os cristãos, São João de Acre resistia. Nunca aqueles exércitos inimigos, conduzidos por manifestações de fé irreconciliáveis, tinham lutado com tanto ardor. Do lado europeu, como se esperava, o protagonismo fora encarnado pelos cavaleiros do templo, dirigidos por seu infatigável grão-mestre e seu hábil marechal de campo, Pierre de Servey. A situação dos defensores era a cada hora mais desesperadora, pois tinham recebido o reforço de apenas dois mil soldados chegados de Chipre, e as defesas da cidade tinham sido rompidas pelas agressões dos sapadores muçulmanos e suas máquinas de guerra. Todos os contendores, de um lado e do outro da muralha, sabiam qual seria o desenlace inevitável.

Nos combates ao pé da muralha ou em algumas das incursões em campo aberto realizadas pelos templários, Antoni Barral voltara a dar mostras de sua capacidade guerreira. Sua espada e sua lança tinham penetrado em tanta carne muçulmana que era impossível calcular, e mais de uma vez ele pensou que, se todo o esforço se revelasse inútil, não seria preferível que o céu enfim lhe enviasse a morte para que encerrasse seus negócios com ela?

Na manhã de 18 de maio do ano do Senhor de 1291, Antoni Barral estava cochilando por causa da exaustão acumulada nos combates e nas longas horas de vigília na torre do rei Hugo quando foi sacudido por um estrépito. Mal raiava o dia sobre os vales do leste da cidade, mas o fráter Antoni conseguiu perceber o movimento da massa branca, como uma gigantesca avalanche de neve da qual brotava o troar de tambores, címbalos, trombetas e pífanos, entoando o mais aterrador dos hinos de guerra, destinado a provocar ardor nos atacantes e confusão nos sitiados. À frente dos muçulmanos iam os guerreiros levando escudos grandes e altos, seguidos pelos encarregados de lançar projéteis apocalípticos de "fogo grego", os temidos recipientes de barro carregados com a mistura de nafta e petróleo que se inflamava quando se acendia uma mecha e que, ao explodir, só se apagava com vinagre. Atrás deles iam os destros lançadores de dardos e depois as esquadras de arqueiros que em alguns minutos escureceram o céu pálido com uma nuvem de flechas. E, antes dos batalhões de cavaleiros encarregados de fechar a ofensiva, chegaram os artilheiros, que fizeram tremer os muros já enfraquecidos da cidade com as saraivadas de projéteis lançados pelas catapultas. Nenhum esforço parecia possível para deter o demolidor avanço final: nem as catapultas dos sitiados, nem o pez fervente e a areia quente que lançavam das alturas das torres da Maldita, do rei Henrique e do rei Hugo. A exaltação dos islamitas era tanta que os santos dervixes, como em Trípoli, imolavam-se para vedar com o próprio corpo os fossos da cidade e permitir o avanço de seu exército e a entrada na praça-forte.

Quando todo o setor da atalaia de Santo Antônio veio abaixo, dentro das muralhas espalhou-se o pânico, e aqueles que estavam na urbe começaram a correr para o porto, buscando a única escapatória possível. Mas o mar revolto que se desenfreara, com que talvez os atacantes tivessem contado como um novo aliado, tornava impossível o embarque dos fugitivos e dos pertences de que não queriam se desfazer. No entanto, entre as cimitarras e as ondas, muitos preferiram lutar contra a natureza e lançaram-se ao mar, que os tragou, voraz.

Tudo parecia perdido quando alguém gritou que o grão-mestre templário, Guillaume de Beaujeu, estava entre os fugitivos. A debandada só foi impedida pela reaparição do cavaleiro, moribundo em cima de uma maca por causa do ferimento de uma flecha que o atingira na axila esquerda. Com as últimas forças que o animavam, o grão-mestre conseguiu pôr-se de pé e lançou sua convocação agônica para que o combate continuasse, pois Nossa Senhora Mãe de Deus protegeria seus fiéis ou os premiaria com a ascensão à glória.

E fez-se o milagre: os sitiados resistiram e naquela tarde os atacantes, inclusive os que tinham entrado na cidade, voltaram a seus acampamentos. Por enquanto São João de Acre, meio destruída e devorada pelas chamas inextinguíveis do fogo grego, continuava sendo cristã.

Antes de entrar na capela, no dia em que – estava convencido – seria sua última jornada na terra, Antoni Barral subira à muralha da fortaleza templária e contemplara o panorama da cidade. O que meses antes fora tráfego de gente e mercadorias, toldos estendidos como proteção contra a chuva e o sol, mercado animado e colorido como não havia outro no mundo, cidade brilhante de claraboias de vitrais, libertina e prepotente, era agora apenas uma ruína fumegante. Os vencedores, embriagados pelo triunfo e alimentados pelo ódio, dedicavam-se a destruir tudo o que fosse destrutível, a incendiar tudo o que fosse inflamável, a profanar o sagrado e o mundano, exaltados pelos ritmos infernais de seus instrumentos musicais de guerra. Naquele dia, em São João de Acre, somente a fortaleza templária onde cerca de duzentos irmãos e várias centenas de civis aterrorizados esperavam o doloroso desenlace resistia como território cristão: no total, apenas mil cristãos dos mais de quarenta mil que se albergaram e pecaram na cidade. Antoni viu às suas costas, na embocadura do porto, a distância e protegido de catapultas e flechas, a silhueta do *Falcão do Templo*, carregado de fardos e de passageiros até os mastros, disposto a retirar para algum destino seguro os últimos sobreviventes da desesperada resistência final, se é que algum deles sobreviveria, e, se fosse possível, resgatar o cobiçado tesouro dos templários que, apesar da insistência de Roger de Flor, o marechal Pierre de Servey ainda se negava a abandonar.

Observando o panorama de ódio desenfreado, de vingança, rapina, medo e dor, Antoni Barral pensou no sentido derradeiro de sua vida. Por que a providência o levara àquele lugar e àquela conjuntura? Quanto tinha pesado sua decisão pessoal? Ou seria o que alguns chamavam de inevitável, sorte, destino, o peso da História? Se tantos anos antes, que até parecia ter acontecido em outra vida, ele não tivesse conduzido os dois cavaleiros cruzados desde as montanhas catalãs até Rossilhão, sua sorte teria sido melhor? Na verdade, Antoni Barral não se queixava da vida que lhe coubera levar. Em sua terra teria sido pastor ou soldado do rei, como o pai, o avô, o bisavô, sempre pobres, analfabetos, mortos antes dos quarenta anos em algum combate contra os exércitos mouros ou infectados pelas febres do momento. Ele, pelo menos, vira alguns dos lugares mais brilhantes do mundo conhecido: a cidade de Constantino, a rica Veneza, o porto de Marselha, as muralhas de Jerusalém, a bela Trípoli, a exuberante cidade de Acre. Só que, vendo tudo a partir de sua conjuntura, que sabia histórica, pensava se em algum ponto de sua trajetória de vida houvera algum equívoco ou talvez uma predestinação insondável à qual se devesse o que fora e acabaria sendo seu destino. Dominado por essa incerteza, desceu da muralha do castelo e entrou na capela deserta, para se ajoelhar e orar antes de sair para matar e morrer.

Com toda a delicadeza e o respeito de que era capaz, mesmo naquela circunstância extrema, Antoni Barral beijou a mão estendida da Virgem antes de abraçá-la e erguê-la do altar. Pareceu-lhe mais pesada do que no dia em que a tinha tirado da igreja de São Marcos, em Trípoli, mas atribuiu-o à sua fraqueza e ao cansaço acumulado. E foi nesse exato instante que teve a iluminada certeza de que tudo em sua vida tinha se encadeado para que ele cumprisse justamente aquela missão. Até então, sem perguntar sua vontade, o destino ou a História o conduzira, como antes o levara a uma igreja de Trípoli permitindo-lhe sair do lugar sem um único ferimento, enquanto seus irmãos caíam uns por cima dos outros. Um plano maior, de propósitos inextricáveis, tinha organizado tudo. E ele soube que viveria, que a Virgem negra se salvaria do ódio religioso dos atacantes e que sua figura celestial acompanharia a fé de alguns homens por muitos séculos.

Quando saiu ao átrio da capela, o guerreiro veterano viu o panorama mais próximo que podia haver das descrições do Apocalipse, coligidas no Livro: o muro frontal da fortaleza tinha cedido, pelo trabalho dos sapadores muçulmanos, e debaixo da montanha de pedra, sobre a qual jaziam duas das magníficas esculturas dos leões dourados, agonizavam, sangravam e ardiam, como em visões infernais, defensores e atacantes, pelo visto todos surpreendidos pelo desmoronamento. A música tonitruante dos mamelucos não deixava de ser ouvida, flutuando sobre o odor adocicado de carne chamuscada. Mas, salvo o pó e as chamas que brotavam das pedras caídas e o sangue que corria pelos rejuntes das pedras do chão, tudo parecia suspenso.

No meio daquele cataclismo, como se fosse o último habitante da cidade e do mundo, Antoni Barral avançou até a abertura da muralha. Escalando sobre pedras e corpos de companheiros e inimigos, equilibrando-se para não perder sua carga preciosa, procurou entre as chamas uma saída para o porto próximo. Depois de atravessar as ruínas e tomar o caminho que levava a um dos embarcadouros ainda sobreviventes, o homem precisou reacomodar o peso da Virgem, pois já não conseguia segurá-la só com os braços. Fez um esforço e conseguiu levantá-la até o ombro direito, para que ali descansasse, encostada em seu pescoço. E, quando deu o primeiro passo com que retomava a marcha, ouviu o silvo e sentiu o impacto, mas não se deteve. Com a mão esquerda procurou a origem do solavanco e tocou a madeira polida da flecha cravada no costado da Virgem, bem na altura da garganta de seu portador. Naquele instante Antoni Barral não teve tempo para pensar no que significava aquela concatenação de ações, apenas que, por ter mudado a posição da Virgem, ele continuava vivo, cumprindo sua missão. Com esse pensamento em mente avançou até o final do espigão, de onde viu o porto abandonado pelas embarcações, embora entulhado de cadáveres que a maré movimentava, como restos de um naufrágio macabro. E à distância, inalcançável, o *Falcão do Templo* com as velas já desfraldadas ao vento. Então voltou a colocar a imagem sobre o peito e, sem pensar em suas possibilidades, Antoni Barral entregou-se a seu destino: deixou-se cair no mar exatamente quando arrebentava contra as pedras uma onda gigantesca, provocando uma chuva da espuma escurecida pelo sangue que corria da cidade devastada. Na crista da onda flutuaram por uns instantes, travados num abraço, um homem e uma representação da Mãe que, juntos, continuariam percorrendo um longo caminho através das inextricáveis espirais do tempo.

16

13 de setembro de 2014

O diabo não tinha aparecido, embora se tivessem criado as melhores condições para isso. Talvez tivesse evitado mostrar a cara por estar atemorizado pela Virgem, tantas vezes invocada. Mas, sendo afinal demônio, seus recursos eram infinitos: e Conde comprovava isso com um despertar como se o tivessem macerado mergulhando-o em líquidos no mínimo sulfurosos. Em princípio, era esse o seu cheiro.

Começou a sentir um pequeno alívio debaixo do chuveiro frio, já com duas duralginas no estômago. Melhorou um pouco mais com a caneca de café que tomou e o primeiro cigarro do dia. E quase foi devolvido à categoria de ser vivo pela comprovação de que criaturas como ele e Lixeira II deviam ter sua própria toca, onde o bem supremo fosse a liberdade de saber que as regras nem sequer existem.

Quando conseguiu pensar, lembrou seus planos para a jornada. Mais uma vez ia ganhar seu salário, talvez o último daquele trabalho. Telefonou para Manolo e o intimou a apresentar-se em sua casa.

– Agora, com todos os problemas que tenho aqui? Aquele catalão safado continua sumido e...!

– Ouça o que estou dizendo, Manolo. Você não vai se arrepender.

Meia hora depois abriu a porta para seu antigo subordinado. Parado junto do meio-fio viu o carro sem insígnias que ele estava usando agora.

– O que aconteceu com você, Conde? – Manolo Palacios perguntou alarmado ao ver o aspecto do anfitrião.

– Ontem à noite me vi às turras com os muçulmanos em São João de Acre... E acho que sonhei que estava transando com uma chinesa cubana... Mas sonhos são sonhos...

– De que merda está falando? Já vai começar com suas bobagens? – indagou Manolo.

– Não, não se preocupe... E na verdade já estou melhor, juro, já estou melhor – garantiu Conde, muito orgulhoso de sua capacidade de recuperação. Não podia se mexer muito, nem virar a cabeça bruscamente, tinha de reconhecer, mas era capaz de falar e até de pensar, pelo menos o suficiente.

Manolo se acomodou ao lado da mesa da cozinha quando Conde acendeu o fogão para coar outro café. O major tentou falar, mas o outro o deteve com um gesto das mãos e um pedido.

– O café primeiro...

Ouvindo o tamborilar dos dedos de Manolo na mesa, Conde esperou o café ficar pronto, adoçou-o e serviu duas xícaras. Uma nova dose da infusão daria um pouco mais de vida a seus neurônios. Manolo, que estava voltando a fumar, sempre sem comprar, acompanhou-o com um cigarro.

– O que aconteceu ontem com o Duque? – quis saber o oficial. – Está soltando faísca com você...

– Aconteceu o previsível... É policial demais pra admitir que alguém que não seja seu chefe se meta no território dele.

– Alguma coisa você disse. Eu te conheço, Conde.

– Não disse nada, Manolo. Quis ser amistoso com ele... Mas a tua estrela brilhante é um sujeito orgulhoso. E se acha dono da verdade. Por tua culpa, Manolo, agora arranjei um inimigo...

O major Palacios negou com a cabeça, embora soubesse que a apreciação de Conde estava correta.

– Ele é muito jovem e...

– E um pouco idiota. Por isso René Águila lhe deu quantos chapéus quis e até lhe enfiou pela bunda o mistério de um complô anarco-catalanista.

Manolo apagou o cigarro.

– Vamos lá, que porra foi que você viu?

– René Águila me disse onde pode estar o catalão sumido.

O major Palacios sabia que não devia se assombrar. Ou, pelo menos, não manifestar seu assombro.

– Por quê? Você voltou à casa dele?... – Conde assentiu. – Eu sabia, eu sabia... Pra que você voltou, porra?

– Precisava falar com ele e o Duque não tinha deixado.

– Falar do quê? O que foi que o sujeito te disse?

– Que Puigventós está sendo vítima de um cataclismo...

– Vai continuar bancando o idiota, compadre? Para de palhaçada, acaba...

– Estou falando do que o teu tenente Duque não conseguiu averiguar ontem... O catalão Puigventós veio a Cuba com o propósito confessável de comprar os documentos da Beneficência Catalã que René Águila conseguiu pra ele... e com o não confessável de levar uma Virgem negra com a qual, em princípio, não deveria haver maiores complicações. Bom, além do roubo... Mas, principalmente, veio, vem e virá sempre que possível transar com uma mulher que se chama Karla Choy... que também está metida no negócio de compra e venda de obras de arte, que pode estar envolvida no rolo da Virgem e, como se fosse pouco, ou para começar, é um cataclismo, Manolo. Quando você a vir quero que me diga se é ou não é um cataclismo!

Para a preservação de sua saúde física e mental, Conde preferiu não acompanhar Manolo e sua tropa na expedição cujo rumo ele lhes tinha indicado. Afinal, encontrar um catalão perdido não era seu trabalho. E se naquela caçada eles acabassem, além do mais, por tomar como presa uma Virgem negra, significaria que só depois de muito tempo a imagem poderia voltar às mãos do dono, se é que algum dia voltaria. Isso tudo implicava que seu trabalho, portanto, teria terminado com um fracasso esplendoroso. Porque com dois assassínios no meio, pelos quais ela tivera sua responsabilidade, seria preciso esquecer a Virgem. Conde achou que deveria consultar o amigo Yoyi e, a partir de sua apreciação mercantil, exigir ou não os honorários, concluiu. Ou então pedir que Yoyi o fizesse por ele...

Conde sabia que até Manolo telefonar, conforme prometera, sua única opção era esperar. Por isso, às dez da manhã, como tinham combinado na noite anterior antes de começar a última garrafa, saiu de casa e encontrou-se com o Coelho em frente ao velho instituto pré-universitário de La Víbora, ambos dispostos a realizar sua expedição particular em busca de uma certeza que talvez, àquela altura, servisse apenas para satisfazer à desenfreada curiosidade histórica do Coelho e à necessidade de uma verdade à qual se aferrar, que obcecava Mario Conde.

Para um primeiro alívio de Conde, a cara do Coelho podia competir com a dele em estado de devastação pós-alcoólica. Era evidente que os anos lhes passavam uma fatura cada vez mais difícil de pagar e agora todos eles, já nos sessenta ou quase, precisavam de mais tempo para se recuperar. Ou se dispor a tomar a decisão de beber menos. Para seu segundo alívio, quando tomaram o carro de aluguel que os levaria até o centro de Havana, uma chuva inesperada e tempestuosa começou a cair sobre a cidade, primeiro com o efeito de multiplicar a umidade quente da atmosfera e, pouco depois, com o resultado de fazer minguar a canícula dominante.

Refugiados sob a marquise do cine Payret, resolveram esperar a chuva passar para poderem cobrir o trecho que os separava da Avenida del Puerto e do histórico Emboque de Luz. Enquanto observava o Parque Central, agora deserto, Conde decidiu que deveria usar o tempo morto da melhor maneira possível. Fazendo o que já devia ter feito.

– Coelho, como vão as tuas coisas? – entrou de viés na conversa, convencido de que poderia levá-la para onde devia.

– Bem e mal, como sempre. Você sabe... Por que está perguntando?

– Pra saber... a sua viagem. E porque acho que não me comportei muito bem com você. Sou um egoísta de merda que só penso em mim e às vezes me excedo...

O outro sorriu e mostrou os dentes aos quais devia seu eterno apelido.

– Fica tranquilo. Eu te conheço. Sabia que quando você recebesse a notícia ia ficar assim... Mas, como eu te conheço, também não estranhei você me oferecer o dinheiro que deve ganhar com a Virgem pra eu poder viajar...

– Que devia ganhar. Acho que esse dinheiro se fodeu... Acontece, meu irmão, que estamos ficando cada vez mais sozinhos... Tudo está indo à merda, tudo...

– A mim você vem falar em ficar sozinho? Lembre que a minha filha está do lado de lá e minha mulher só fala na saudade que sente dela, que não vai ver seus netos crescendo, que já não temos família...

Conde balançou a cabeça, jogou a bituca de cigarro na calçada molhada e olhou para o amigo.

– Acha mesmo que o melhor pra você seria ficar do lado de lá, como você diz? Lá está sua filha, é verdade, sua família...

– Meu irmão: não sei o que vou fazer... – interrompeu o Coelho. – Não quero viver em função da minha filha, perseguir a minha filha, complicar a vida dela... Ela fez o que queria e devia fazer. O que estão fazendo todos os dias montes de jovens da idade dela. O que fizeram os filhos de Miki. O que fez Rafaelito, o filho de Tamara... Jovens que nos veem e chegam muito fácil à conclusão de que não querem terminar como nós, por termos feito o que acreditávamos ou o que nos disseram que devíamos fazer... Mas também não quero morrer na indigência, vivendo não sei como com a aposentadoria que nos espera, com uns poucos pesos que não dão nem pra fazer uma refeição decente por dia. Isso você sabe. O que é foda é que também não quero morrer longe daqui, sofrendo de saudade por não estar aqui... Por que eu deveria morrer longe depois de tudo o que passamos e fizemos e de tudo o que não nos deixaram ou não pudemos fazer?

Conde tinha uma resposta: teríamos de morrer aqui porque isto é o que nos pertence. Porque somos daqui. Só que, àquela altura do jogo, a quem ele poderia convencer com o argumento do pertencimento? O que era mais importante: ser ou pertencer?

– Faça o que tem que fazer – disse ele, pois era a única coisa que podia e devia dizer.

– Conde, passamos a vida toda dizendo que não nos deixavam viajar pra onde nos desse vontade e que tínhamos, devíamos ter o direito de fazer isso. Lembra quando tínhamos vinte anos e você gostava muito de Hemingway? Você sempre dizia que gostaria de ir para Paris e viver como Hemingway?

– Masturbação mental minha... Em Paris faz muito frio, não tem abacateiro e o rum deve ser caríssimo.

– Mas você nunca pôde ir a Paris... Nem ao Alasca... Porque pensar em ir a qualquer lugar era isso, masturbação mental. O país estava trancado, e os outros é que tinham a chave, aqueles que decidiam quem viajava e como, que determinavam o que era bom e ruim pra você, que livros a gente devia ou não devia ler, como cortar o cabelo e que música ouvir. Pra nós sempre foi assim, continua sendo assim: alguém decide por nós, pra cuidar de nós e pra nos salvar, não é?... E agora abriram uma portinha: estão nos deixando viajar, cara!... Se você tem ou não tem dinheiro pra isso é problema teu, como em todo lugar. Mas finalmente podemos fazer isso e... eu vou experimentar. Se esses americanos sacanas me derem o visto, quero ir pra Miami, ficar com minha filha, voltar a ver Andrés, tomar uma garrafa com Dulcita... ver se o aeroporto de Miami cheira mesmo a café cubano e se é verdade que as pessoas em Hialeah vivem como se estivessem em Centro Habana, mas com água na pia todo dia... e depois ver o que faço.

– Isso soa bem, Coelho. Soa como os sinos da liberdade de escolha.

– Ou o sino de La Demajagua*... Carlos Manuel de Céspedes, o Pai da Pátria, dando liberdade a seus escravos, como nos ensinaram nas aulas de História da quarta série. Liberdade, independência, dignidade humana...

* La Demajagua, atual província de Granma, foi onde se iniciou o combate contra a Espanha pela independência de Cuba, desencadeado por Carlos Manuel de Céspedes, que em 10 de outubro de 1868 lançou o grito pela liberdade. (N. T.)

– Parece do caralho ... – Conde riu diante da contextualização histórica que nunca podia faltar ao Coelho e acrescentou: – Desses sinos é melhor você não falar. Mas, vai lá, usa a tua liberdade, é teu direito... e até teu esquerdo... Bem, acabou-se a filosofia... vamos indo, parou de chover.

Com o alívio evidente provocado por seu diálogo com o Coelho, Conde submeteu-se à revista regulamentar (por culpa de sua cara) que lhe permitiu embarcar na Lanchita de Regla com a proa apontada para o povoado ultramarino e a ermida da Virgem negra cubanizada.

Embora ainda estivessem dentro da faixa de tempo combinada pelo Coelho, respiraram tranquilos quando souberam que o padre Gonzalo Rinaldi os esperava na sacristia do templo. Espantado, Conde viu que o pároco era mais jovem do que eles: até então todos os curas que ele tinha conhecido o superavam em idade e, em sua mente, criara-se a imagem de sacerdote como pessoa "de idade". E se ele já estava ficando mais velho do que os curas, o problema de sua velhice tornava-se mais alarmante e evidente. Segundo as estatísticas, ele já era mais velho do que sessenta e seis por cento dos habitantes do planeta, inclusive alguns curas. "Que desastre", disse a si mesmo.

Uma chuva fina continuava banhando a cidade e, debaixo do alto pé-direito da sacristia, a atmosfera era agradável e fresca. O sacerdote, vestido com roupa comum que lhe dava um aspecto quase juvenil, ofereceu-lhes uma jarra com limonada, da qual ambos se serviram enquanto o Coelho voltava a explicar as intenções sobre as quais tinha conversado por telefone com o padre Rinaldi: saber alguma coisa mais sobre as virgens negras medievais. Como a Virgem de Regla, como a de Montserrat... como a ressurgida Nossa Senhora de La Vall, pelo visto chegada a Cuba havia várias décadas, em mãos de um jovem catalão que escapara das fúrias da guerra.

– Não tenho muito tempo para dedicar a vocês, de modo que vou lhes dizer o principal – começou o cura, quando os três se viram sentados em torno da pequena mesa, mais alta do que o normal. Ali, imaginou Conde, realizava-se a Eucaristia prévia à comunhão. Confortou-o a ideia de estar tão perto do divino. – E, para começar a delimitar o tema, quero dizer que essas três virgens que o senhor mencionou – dirigiu-se ao Coelho – são diferentes... a Virgem de Regla de Chipiona, na qual a nossa se inspira, tem toda uma lenda que localiza sua origem em Hipona, no Norte da África, no século IV. Dizem até que foi esculpida pelo próprio Santo Agostinho e que seus discípulos a trouxeram ao que hoje é a Espanha no século V. Mas tudo isso é mito. A efígie original deve ser do século XIV, ou seja, pós-românica, embora o que resta dela também tenha sido talhado em madeira negra. A de Montserrat, por sua vez, não é negra: é da cor chamada alvaiade, um branco plúmbeo, e tornou-se negra com os anos, o que é uma coisa diferente.

– Então na verdade a Moreneta não é morena? – sorriu Conde. – Com toda a complicação que os catalães armam com isso...

– Pois ela não é negra, talvez porque seja uma escultura europeia, apesar de ser medieval, românica, da mesma escola e época da Nossa Senhora de la Vall. E, pelo que se vê nessas fotos, a Virgem que vocês procuram é românica, negra, e é bem possível que tenha vindo do Norte da África no século XII com os cruzados e templários que na época estavam em Jerusalém e nas outras cidades dos chamados Estados Francos. A melhor prova da origem norte-africana dessas virgens é um documento histórico, não um conto nem um mito. Há uma crônica francesa de 1255 na qual se comenta que um ano antes o rei francês Luís IX, São Luís, voltou de sua incursão a Jerusalém durante a Sexta Cruzada e trouxe várias imagens de virgens negras que obtivera na Terra Santa... E não há razão para desconfiar desse dado, em primeiro lugar, porque ele não mitifica nada nem glorifica ninguém e, em segundo, porque se refere a um fato muito próximo no tempo. É só isso, uma notícia, que traz uma certeza: no Norte da África existiam essas virgens negras em quantidades suficientes para que o rei francês carregasse um lote delas.

– Por que da Terra Santa, por que negras, por que tantas Virgens? – o Coelho lançou sua saraivada e o padre levantou as mãos, pedindo clemência.

– Essa é a complicação da história... O problema é que há muitas respostas, fabulação e misticismo demais, mas vou dizer só as mais importantes. Ou as mais bem fundamentadas. Justamente na época das cruzadas, o culto à Virgem Maria estava no apogeu. Dois ou três séculos antes não havia uma devoção tão forte pela mãe de Jesus. Mas no século XII havia, sim, e quem lhe deu maior impulso na Europa foi Bernardo de Clairvaux, são Bernardo, de quem se diz ter sido o homem mais representativo do renascimento medieval do século XII. Entre outras coisas, foi fundador da ordem monástica de Cister, além de promotor da existência da ordem dos templários, já em sua forma definitiva. Também foi defensor da ideia da guerra justa, na qual, pela fé, avalizava-se até o ato de matar um próximo, se fosse um infiel, um herege, um pagão inimigo da Santa Igreja...

– Nada de dar a outra face se te derem uma bofetada – destacou o Coelho.

– Não, não... bem, mais ou menos... O caso é que o próprio são Bernardo tinha uma história muito peculiar com a Virgem: ele contava que, quando jovem, estava diante de um altar onde se adorava Nossa Senhora, e do seio da imagem caíram três gotas de leite em seus lábios... e a Virgem milagrosa era negra...

– Isso se parece muito com a história do meu amigo que tinha a Virgem... – lembrou Conde. – Ele diz que a viu chorar ou transpirar...

– O importante é que naquela época, graças a são Bernardo e a outros devotos, tornou-se popular inclusive o epíteto Nossa Senhora, que se difundiu tanto que começaram a lhe consagrar ermidas, igrejas, até catedrais... As grandes catedrais góticas. Por isso há várias delas consagradas a Notre Dame, não é?... E, se algumas dessas mães do Senhor que presidiam catedrais, paróquias, ermidas eram negras e vinham da Terra Santa, é porque, acho, no Norte da África, naquela época, havia artistas mais qualificados, como se diz agora, do que na Europa medieval. Esses artistas eram os herdeiros de uma alta cultura que remonta aos tempos do Egito faraônico e à grandeza greco-latina que se preservou mais naquela parte do mundo do que na Europa medieval. Uma região onde ter a pele negra ou acobreada era muito mais comum...

O cura tomou um gole de limonada e retomou impulso.

– Por outro lado, como vocês sabem, o cristianismo é resultado de várias tradições que se fundem, se cristalizam numa época e num espaço de muitas confluências culturais. Como religião, é filho de uma tradição, de um tempo histórico. Entre seus ascendentes parece estar, quase certamente, a influência egípcia da veneração da deusa mãe, que naquela cultura era Ísis, filha do deus da Terra, esposa e ao mesmo tempo irmã de Osíris, o juiz dos mortos, e mãe de Hórus, dono do dia. Ísis era a divindade considerada o centro do universo. E era representada com as feições escuras... Essa deusa mãe era a geradora da vida, e a vida se relaciona com a terra, com sua fertilidade... com sua cor negra. Esses são os números-chave da equação pela qual as virgens negras começaram a aparecer no Norte da África e na Europa medieval e, como entraram na moda, por assim dizer, foram reproduzidas em maior quantidade por artífices europeus, ao que parece sobretudo por mestres venezianos, os mais instruídos, progressistas e empreendedores da época em tudo o que se relacionava à arte, à navegação e aos negócios... Ninguém melhor do que eles podia conseguir madeira negra trazida do interior da África ou do Oriente Próximo, onde são abundantes o ébano e outras espécies de textura e cor parecidas...

– E como os templários entram nessa história, padre? – quis saber Conde.

– Pois em todo esse processo cultural está provado que os cavaleiros da Ordem do Templo, os templários, desempenharam um papel importante. Não é por acaso que o *boom* dessas virgens coincide com os duzentos anos de história da ordem e com a devoção a Nossa Senhora que eles praticaram e propagaram graças à extensão por boa parte da Europa de suas comendas, onde geralmente havia no mínimo ermidas... que foram especialmente numerosas no Sul da França, no Norte da Espanha. Nessas regiões, não por acaso, encontra-se há séculos e até hoje a maioria das virgens negras conservadas, que devem ser apenas uma pequena parte das que existiram e desapareceram, por causas naturais ou efeitos humanos, como incêndios, tão frequentes naqueles séculos.... Enfim, como devem imaginar, sendo pároco de uma igreja na qual se venera uma Virgem negra, tive de estudar muito bem esse assunto, no qual ainda hoje há muitos mistérios históricos que esperam uma resposta fundamentada. E mistérios místicos que sempre serão mistérios...

Conde e Coelho assentiam e processavam. A luz das palavras do cura dissipava as últimas sombras.

– Mistérios históricos e místicos como quais, padre? – quis saber o Coelho.

– Como o da esfera que algumas das virgens negras ou o menino Jesus seguram nas mãos. A esfera é a perfeição, de fato. Mas também é a Terra, o mundo, o Reino de Deus... A mãe é a terra. Ou a Terra, o planeta... Mas no século XII só alguns loucos ousavam pensar que o mundo era uma esfera... Mistérios como o fato de muitas ermidas consagradas a essas Virgens estarem em lugares que, para os celtas europeus, que adoravam de maneira especial a Mãe Terra, tinham um poder telúrico. Mistérios como sua relação com o Caminho de Santigo, a rota das estrelas, a Via Láctea. O leite e a mãe; a terra e a fertilidade, a rota para o Ocidente... enfim.

– E o que se diz dos poderes dessas virgens? – interveio então Conde.

O padre Rinaldi sorriu.

– Vocês são crentes?

Conde e o Coelho se entreolharam antes de começar a mover a cabeça. Não, não eram.

– Então é difícil me entenderem... Para crer é necessária a fé. E até agora lhes falei com a razão, contando uma história... histórica. Mas, com fé ou sem fé, creio que está muito clara a questão do poder que essas Virgens têm. Porque é real... para os que colocaram nelas sua devoção. Fala-se de muitos milagres, como o de são Bernardo que lhes contei e mais centenas, talvez milhares. O que mais se repete é o de tornar férteis mulheres que se acreditavam estéreis, ou de ressuscitar crianças mortas... Eu, como sacerdote, atesto que existem milagres, embora nem todos que se apresentam como tais sejam tão milagrosos. Como ser racional que também sou, considero que muitos fatos extraordinários ou inexplicáveis, que chamamos de milagres, acontecem porque o pensamento ou o subconsciente têm um poder, e isso até vocês devem admitir, não é?... E, assim como o admitem, também terão de aceitar que esse poder é real para quem o invoca com sinceridade. Essa é a chave de tudo...

– O poder da fé e da mente – recitou Conde.

– Sim, um poder cujas verdadeiras proporções e capacidades a ciência ainda desconhece... O que se sabe é que a necessidade de crer é algo que nos supera. É a reposta diante do mistério. E geralmente tudo é projetado através de uma figura que constitui um símbolo, a representação de uma ideia... Como uma bandeira, por exemplo. Não há pessoas que se imolam com uma bandeira ou por uma bandeira? Sei que não é a mesma coisa, mas o ato nos revela o poder dos símbolos. A necessidade dos símbolos, diria eu. E essas imagens que representam Nossa Senhora, a mãe de Deus, a mãe genérica... Adão nasceu do barro, da terra...

Os dois amigos assentiram. Alguns detalhes oferecidos pelo sacerdote eram novos e reveladores para eles. O essencial não: já o sabiam. Mas agora tinham a convicção de como podia ser tangível o poder da Virgem negra de Bobby e valiosa sua posse. Pelo poder místico e pela história real. O preço daquela escultura podia ser incalculável e, por isso, agora tinham se somado duas vítimas à lista muito provavelmente longa e numerosa de homens sacrificados no altar de uma imagem poderosa, talvez trazida por algum templário anônimo ou por um rei santificado das míticas colinas de Jerusalém, a Terra Santa pela qual tinham lutado e matado e ainda lutavam e matavam três religiões que, curiosamente, acreditavam no mesmo Deus.

De repente pareceu que tinha chegado à ilha algo tão insólito como o outono. A chuva cessara, mas o céu continuava próximo e escuro, e a atmosfera tinha uma densidade afável, embora efêmera. Segundo o padre Gonzalo Rinaldi, tratava-se da presença de um cavado* que estava estacionado no extremo ocidental de Cuba, de onde continuaria se deslocando até desfazer o encanto da estação.

Como sempre que ouvia aquela explicação meteorológica, Conde perguntou a si mesmo desde quando existiam essas coisas chamadas "cavados". Quando ele era criança tudo era mais simples: existiam, em ordem decrescente, os furacões, o mau tempo, os aguaceiros de verão e as chuvinhas de inverno. Por ter confundido um antológico mau tempo de vários dias com uns chuviscos passageiros de

* No espanhol, *vaguada*. Em meteorologia, trata-se de uma região alongada de baixa pressão atmosférica, localizada entre duas áreas de maior pressão, provocando a subida de massas de ar quente e úmido. Com frequência, associa-se a frentes. (N. T.)

inverno, o avô de um amigo fora chamado pelo resto da vida com o nome desse evento meteorológico. Mas agora tudo se resolvia com cavados...

Quando a lancha que os levara de volta a Havana atracou no Emboque de Luz eles deram com Manolo, que os esperava no galpão carcerário. Só de ver sua expressão, o ex-policial já fez ideia do que tinha acontecido.

– O catalão não apareceu? – foi sua primeira pergunta.

– Vamos, conversamos lá fora – propôs Manolo. – Aqui está cheirando mal...

– Posso ficar com vocês? – perguntou o Coelho, sempre o mais discreto.

– Sim, vamos... – aceitou o policial, e apontou para Conde. – Afinal, depois esse idiota te conta tudo.

Conde e o Coelho se entreolharam e seguiram o oficial. Abandonaram o galpão e caminharam até o recém-restaurado calçadão da Alameda de Paula, o mais antigo da cidade. Como o sol continuava sem aparecer, acomodaram-se numa das muretas que serviam de banco, de frente para o mar escuro da baía.

– Vai, desembucha – exigiu Conde, querendo muito saber.

Manolo suspirou.

– Bem, fomos à casa do cataclismo... e é isso mesmo. Que classe de mulher!

– Porra, sou o único que não a viu – protestou o Coelho. – Ela é mesmo chinesa? Aliás, no século XIX, quando traziam os chineses de Cantão e chegavam aqui ao porto, eles eram levados...

– Deixa essa história de lado, Coelho – pediu Conde. – Continua, Manolo, vai...

– Pois então... disse que não viu Puigventós e, é claro, que ele não esteve na casa dela. Sabia que o catalão estava em Cuba, confessou que também o conhece, mas, como não tinha nada que tratar com ele, nem se preocupou com isso.

Conde ruminou a informação e concluiu:

– É mentira. Karla o viu. Tenho certeza...

– E onde o está guardando? Debaixo da saia? – perguntou Manolo.

– Não é mau lugar para ficar escondido, de fato – observou Conde. – Mas, se não está lá, está por perto...

– Falei um pouco com ela, apertei-a o quanto pude, mas não deu pra fazer mais nada... Então fomos encontrar o outro personagem que poderia saber alguma coisa, Elizardo Soler. Estava saindo de casa. E também jura de pés juntos que não viu Puigventós e não sabe onde ele pode ter se metido. Mas me repetiu a história da paixão do catalão por nossas compatriotas...

– Esse também está engrupindo a gente. Ele sabe alguma coisa...

– Por que tem tanta certeza? Uma das suas premonições? Não enche o saco, Conde, para com isso...

O Coelho estava prestes a interferir, mas o olhar de Conde o deteve na hora.

– É mais do que premonição, Manolo. É uma coisa que eu sei... mas não sei. Uma coisa que eu vi, mas acabou me fugindo... Estou convicto... Sério. E tenho certeza de que todos esses espertalhões estão mentindo ou escondendo alguma coisa. Todos, inclusive meu amigo Bobby...

Conde tirou os cigarros e ofereceu um a Manolo, que o aceitou.

– Vai continuar com essa enrolação de que está vendo e não está vendo?... Por tua culpa estou fumando de novo – protestou o major Palacios, acendendo o cigarro. – E por culpa desse catalão e da Virgem negra e... Conde, Puigventós sumido há três dias. É tempo demais. Tive que mandar Duque pedir ao gerente espanhol, amigo de Puigventós, que ainda não faça uma denúncia formal. Porque já estamos à procura dele e porque quando se faz a denúncia é preciso comunicar ao consulado espanhol, às Relações Exteriores, às suas excelências do Corpo Especial de Polícia para Estrangeiros... aí é que tudo vira uma grande bosta. Não quero nem pensar.

Conde ouviu o alarme que vinha de um recanto escuro de sua memória.

– E a Segurança Nacional tem alguma coisa a ver com isso?

– Não, claro que não – afirmou Manolo. – Qual é a tua cisma com a Segurança?

– É que agora lembrei que Ramiro me disse que alguém da Segurança tinha ido falar com ele.

– Não, não acredito. Eu ficaria sabendo – reafirmou o major Palacios.

Com discrição, do lugar em que estava, o Coelho levantou a mão como que pedindo licença para intervir. E, sem que ninguém o autorizasse, falou:

– Eu só queria dizer que os chineses que vinham de Cantão eram levados a uns recintos que havia lá em frente, em Regla... E fazer uma pergunta: o que vai ser agora?

Conde e Manolo olharam para o Coelho, e depois se entreolharam.

– Continuar procurando Jordi Puigventós – respondeu Manolo. – O que não sei é onde.

– Puigventós está onde a Virgem estiver. Ou perto. E a Virgem está com quem matou Raydel e Ramiro. Esse é o fio da meada – opinou Conde.

Manolo deu mais uma tragada no cigarro e jogou a bituca no ar.

– O pessoal da Imigração já começou a encher o saco. Pedi também a eles que ficassem tranquilos. Me deram o dia de hoje. Estou desesperado...

Conde sabia a pressão que seu ex-subordinado devia estar sofrendo.

– Manolo, me leva pra minha casa. Preciso pensar. E também ir ao banheiro...

O major Palacios se levantou e observou o lugar.

– Isso aqui está ficando bonito, não é? – e apontou a velha alameda e seus arredores restaurados. Um dia aquela região tinha sido um dos centros de uma cidade que dependia da baía e da atividade de seu porto. Com os anos, a degradação do lugar fora total, galopante, e participar de seu renascimento era alentador.

– Por aqui passou toda a Havana do século XIX – lembrou Conde. – Martí, Casal, Villaverde... Aqui se sentavam para conversar Heredia, Varela, Domingo del Monte, Saco... – comentou Conde.

– E? – questionou Manolo.

– E... pois, entre eles, todos inventaram Cuba. A esta altura não sei se a invenção deu certo ou não. O que você acha, Coelho?

– Já chega, compadre – protestou o policial. – Não tenho o dia todo e... – Manolo coçou a cabeça. – Quer dizer que sentados aqui esses personagens inventaram Cuba?... Sem gozação, Conde... Bom, esqueçam isso. Vamos embora – Manolo interrompeu a reflexão fundacional e nacionalista. – Além do mais, vejam, vai chover de novo.

Do mar, as nuvens apressadas do suposto cavado avançavam para a cidade, atravessando sobre Regla e Casablanca.

– Pois que chova. Que se inunde a cidade, o país, o mundo. Que venham raios, trovões e centelhas. Que caia granizo e neve. Que haja ventos, vendavais, redemoinhos e até cavados – disse Conde, dando rédea solta à sua propensão apocalíptica diante dos olhares condescendentes dos outros dois: eles o conheciam bem demais para se alarmarem com aquelas invocações. – Porra, que venha o furacão, que haja um cataclismo! É disso que precisamos, de um cataclismo! Ou pelo menos de um milagre – rematou e apressou-se para alcançar o Coelho e o major Palacios, que já não o ouviam, pois corriam para o carro surpreendidos pelos primeiros pingões do novo aguaceiro trazido pelo suposto cavado.

A chuva beneficiou a cidade durante toda a tarde. A previsão prática deficiente ou inexistente do apocalíptico Conde o impediu, como quase sempre, de se preparar para a circunstância. Por isso, quando a fome apertou, teve de se conformar em fazer uma omelete com os dois únicos ovos armazenados na geladeira e comer um abacate roubado dos vizinhos, felizes proprietários de uma árvore generosa, aproveitando que eles tinham se fechado em casa por causa da chuva. Compartilhou a omelete com Lixeira II e, com ajuda do café e dos cigarros, se dispôs a pensar. Para fazê-lo melhor, Conde usava ocasionalmente algumas folhas de papel nas quais colocava nomes, dados, ideias gerais que tentava relacionar. Tinha aprendido aquela prática justamente com o falecido capitão Jorrín. Por enquanto sabia, e anotou com iniciais e flechas, que entre Karla Choy, Jordi Puigventós, Elizardo Soler, René Águila e seu amigo Bobby havia vários vínculos, mas agora todos passavam pela existência da Virgem negra (indicou-a com as iniciais VN e as encerrou num círculo desenhado no centro da folha) e seu destino desconhecido. A Virgem também devia relacioná-los todos, ou vários deles, com Raydel/Yúnior e com Ramiro Manta, os mortos da equação. A Virgem, em si mesma, abria duas linhas de força que podiam até se cruzar: a mística – o poder – e a terrena – o dinheiro –, versão pragmática e efetiva do poder. Qual daquelas linhas tinha sido ativada na relação entre os personagens e entre os personagens e a VN? Conde começou a desenhar novos círculos em torno das palavras escritas e mais traços que se distanciavam, como linhas de fuga com destino desconhecido. Sentia-se incapaz de estabelecer a conexão-chave e perguntou a si mesmo quanto se teriam reduzido suas qualidades durante os anos de afastamento do ofício de investigador. E quanto teriam decaído com o endurecimento (ou afrouxamento?) progressivo de seus neurônios envelhecidos. Em certo momento achou que deveria telefonar para Tamara, mas resolveu esperar mais uma hora, para ter certeza de que ela já voltara para casa. A imagem da mulher, da casa, da paz, do amor tranquilo o envolveu com uma sensação de sossego que se transformou em modorra.

Ouvindo o barulho monótono da chuva e desfrutando da atmosfera refrescada, foi para a cama com um dos velhos volumes da poesia de José María Heredia. Tê-lo evocado caminhando quase duzentos anos atrás pela Alameda de Paula avivara nele a necessidade cíclica de repassar seus versos carregados de força telúrica, de paixões exaltadas, de comunicação com a natureza. Heredia teria sido tão apocalíptico quanto ele? Na realidade, mais do que ele: para sabê-lo, bastava uma enésima leitura daqueles versos.

Huracán, huracán, venir te siento
Y en tu soplo abrasado
Respiro entusiasmado
Del señor de los aires el aliento.*

Quando ele acordou, tinha escurecido e parado de chover. Não conseguia saber ao certo se sonhara. Só que a imagem estava ali. Como o dinossauro. E agora podia vê-lo.

---

* "Furacão, furacão, te sinto vir/ E em teu sopro abrasado/ Respiro entusiasmado/ Do senhor dos ares o alento." (N. T.)

Uma hora depois, quando abriu a porta, viu diante de seu nariz o rosto cansado de Manolo. Em segundo plano viu a cara de poucos amigos do tenente Miguel Duque, a quem Conde ofereceu um olhar displicente, convencido de que teria tempo para feri-lo à vontade. No fundo do cenário, no crepúsculo e sob a chuva pertinaz que caía agora, o vulgar Geely chinês em que os policiais tinham vindo da Central.

Antes de cumprimentá-lo, Manolo o repreendeu.

– Tomara que não seja palhaçada sua! Que história é essa de dinossauro?

– A história mais curta do mundo. E a melhor – respondeu Conde. – Quer que eu te conte?

– "Quando acordou, o dinossauro estava ali" – citou Miguel Duque. – Augusto Monterroso.

Manolo voltou-se para ver seu subordinado, e Conde sorriu a contragosto. Teria se enganado com aquele Duque e seria ele um policial culto? Se alguém tem fé, milagres acontecem, tinha dito Carlos, e o padre Rinaldi, ratificado.

– Estou cercado! – concluiu Manolo.

Conde os fez entrar na sala de jantar. Verificou que Duque trazia nas mãos o computador portátil e perguntou se queriam café. Acabei de fazer, acrescentou. Mas os dois recusaram a oferta.

– Não cabe mais nem um tico de café no meu corpo – comentou Manolo. O outro não deu explicações para a recusa. Era evidente que de Conde ele não queria nada: nem café.

Cada um ocupou uma cadeira e Conde foi o primeiro a falar.

– Ao meio-dia eu te disse que tinha visto alguma coisa, mas não sabia o que era...

– Sim, e agora viu? Em sonhos?

– Não, num filme... ou melhor, em dois, e acho que todos nós vimos – disse Conde, que se deleitava com suas manipulações melodramáticas da informação. – O primeiro filme nós vimos no cinema ou na televisão, e o protagonista é um ator que se chama Richard Gere... que faz o que faz nesse e em todos os filmes em que atua, porque as mulheres acham que o sujeito é bonito, embora seja pior como ator do que eu como jogador de beisebol.

– Do que você está falando, compadre?

– De um sujeito que agrada às mulheres, Richard Gere... e de filmes. Como um que está aí, nesse computador. Tenente Duque, com a maior humildade, posso lhe pedir uma coisa?

– Conde, Conde... – repreendeu Manolo.

– O que deseja?

Conde, com a mesma seriedade, continuou:

– Primeiro felicitá-lo por seus conhecimentos literários, mas lembrar que o conto que citou é muito mais longo: "Quando acordou, o dinossauro *ainda* estava ali"... E depois pedir se o senhor poderia fazer a gentileza de ligar esse engenho digital e procurar a primeira filmagem que vimos ontem de Puigventós no *lobby* do hotel...

O tenente respirou ruidosamente. Sabia que Conde o estava provocando, só que de uma maneira que o deixava desarmado. Abriu imediatamente a tela do computador portátil e o ligou. Manolo agora olhava para Conde e para o tenente, na expectativa. Sabia que alguma coisa importante poderia se revelar da imagem jurássica que Conde tivera, por isso *ainda* estava ali. Como o dinossauro, não é?

Duque procurou o filme e o pôs para rodar. Deslocou o aparelho sobre a mesa e Conde o puxou para mais perto, tocando nele só com a ponta dos dedos, como se fosse contagioso. Durante alguns minutos todos ficaram em silêncio. Em certo momento Conde assentiu, mexendo a cabeça lentamente.

– Tenente, por favor, ponha de novo essa parte do filme... E venham vê-la vocês dois.

Duque recuperou a máquina, fez algumas operações e a devolveu ao lado da mesa em que Conde estava. Manolo e Duque colocaram-se atrás do anfitrião.

Na tela do computador o *lobby* do hotel voltou a adquirir vida. Puigventós ocupava o sofá e bebia de sua garrafinha de água. As pessoas passavam a seu lado, num sentido e no outro.

– O que é, Conde? – Manolo pressionou, e com a mão o outro pediu paciência. As imagens se moviam da maneira que os três já tinham visto várias vezes, até que apareceu nos quadros, de frente e de perfil, a mulher de branco com chapéu e óculos que passava perto de Jordi Puigventós.

– Para aí, Duque – Conde pediu ao tenente, que apertou uma tecla e a imagem se congelou. Conde concentrou-se na imagem parada. – Não, nunca dá pra ver bem o rosto, mas...

– A mulher vestida de branco?... O que tem ela?

– Parece uma mulher jovem – Conde comentou sem responder.

– É jovem. Dá pra ver pelo jeito de andar – afirmou Manolo.

– Manolo, embora não se veja o rosto, acho que sei quem ela é e sei por que estava no hotel e, além disso, também, acho que sei até por que Jordi Puigventós não aparece... Essa mulher é Karla Choy e não está aí vestida dessa maneira por acaso. Acho que essa sim é a bendita ponta do fio que é preciso puxar...

Dessa vez Conde resolveu acompanhá-los. Não queria perder por nada o provável clímax do espetáculo.

Quando o Geely em que viajavam parou na frente da casa-galeria de Karla Choy, dois carros patrulha, saídos do nada, se aproximaram e estacionaram junto do carro chinês. Um dos policiais, que os outros chamavam de Calixto, de uniforme e graduação de sargento, aproximou-se de Manolo e lhe estendeu um papel. Manolo aproveitou a luz da luminária mais próxima para ler o documento e comprovar que estava em ordem: já podiam fazer a busca na casa de Karla, disse ele, e Calixto confirmou que tinha colocado dois homens no fundo da mansão, prevendo uma possível saída sub-reptícia.

Quando a mulher que podia se vangloriar de estar entre as mais apetitosas de Havana abriu a porta, uma expressão de cansaço tomou conta de seu rosto.

– Outra vez! – protestou.

– Sim, Karla, outra vez, mas agora é diferente – disse Manolo, e entregou-lhe a ordem de busca. A moça leu e a devolveu ao major.

– O que querem ver? Desenhos ou pinturas?

– Primeiro queremos que você veja uma coisa neste computador – apontou para a máquina trazida por Miguel Duque. – Onde podemos nos sentar?

A mulher fez um gesto para que a acompanhassem e avançou até a sala de jantar envidraçada do fundo. Conde colocou-se à frente dos acompanhantes para desfrutar na primeira fila do movimento harmonioso do corpo da jovem cataclísmica e não teve mais dúvidas: Karla Choy era a dama de branco. Obrigado, Wilkie Collins.

– Rei, você me enganou – disse então a jovem.

– Nada disso... Estava passando por aqui e me juntei a essa história. Não sou mais policial mesmo...

Karla e Duque ocuparam os assentos indicados por Manolo, que se pôs atrás deles. Conde, por sua vez, aproveitou para desaparecer atrás dos quatro policiais que tinham começado a fazer a busca na casa, acompanhados por dois vizinhos convocados para servir de testemunhas do trabalho policial. A meta era encontrar alguma pista capaz de revelar a presença de Jordi Puigventós naquele lugar. Alguns minutos depois, quando voltou à sala de jantar, Conde observou que as imagens do *lobby* do hotel estavam passando na tela. No momento exato, Conde alertou Duque.

– Para.

Os quatro convocados observaram os quadros ocupados na parte central por Jordi Puigventós e a dama de branco.

– O que me diz, Karla? – perguntou Manolo.

– Do que, major?

– Dessa mulher que está aí – Manolo apontou para a tela.

Karla estudou a imagem. Olhou para Manolo e negou com a cabeça.

– Não sei quem é. Não dá pra ver o rosto...

– Mas podemos reconstruir essa mulher neste instante, Karla. Com chapéu e tudo – disse Conde, e ao se virar os outros puderam ver o ex-policial, com movimentos de prestidigitador, tirar de uma sacola grande com o logotipo da Emporio Armani uma bata, um chapéu e uma echarpe, todos brancos. Exatamente iguais aos que vestia a dama congelada na tela do computador, a mulher para a qual um Jordi Puigventós catatônico não conseguia deixar de olhar.

Havana, tão tórrida, úmida, tropical e propensa a receber visitas de cavados e similares, chegara a ter uma relação difícil com a chuva. Oito ou dez horas de chuvaradas comuns de verão com aspirações outonais transformavam a cidade numa deplorável versão de Veneza: um charco com casas. As ruas, com os bueiros obstruídos por terra e merda, tornavam-se lagos e rios, conforme sua inclinação. As calçadas, cheias de buracos, desníveis e rachaduras acumulados por anos de abandono, transformavam-se em armadilhas capazes de devorar o ser vivo que se arriscasse a transitar por elas. Os cabos elétricos e telefônicos punham a crepitar seus volts e amperes no alto dos postes até que explodiam, caíam, se apagavam e deixavam os cidadãos incomunicáveis por um tempo incomensurável. Os telhados das casas, queimados pelo sol e exauridos pelos anos, gemiam com a chegada da chuva e filtravam a água celeste, transportando a precipitação para os interiores. Nos assentamentos surgidos na periferia, o panorama devia ser tétrico: lodo em movimento, fossas transbordadas, telhados e paredes arrebentados, vencidos, quebrados pela umidade e pelo peso da água. Penumbra e desespero.

Impelido pelo triunfo e pelo orgulho, Conde não aceitou o convite do tenente Duque de levá-lo de volta para casa ou aonde ele quisesse ir. Como policial que tinha sido, sabia que seu protagonismo na função recém-realizada terminara com a cena-chave de mostrar a prova de uma relação inegável. Agora a ação cabia aos verdadeiros policiais e, a despeito do que pensavam algumas pessoas, na verdade Conde já não o era, e os protocolos não podiam ser quebrados por causa dele. Obrigado e até logo. Os outros prosseguiriam a tarefa.

Depois que os policiais fardados saíram com Karla Choy para a Central, Manolo se aproximou do ex-colega, que se dispunha a ir embora. Naquele momento a chuva tinha cessado, mas, debaixo da árvore que os cobria, as folhas encharcadas lacrimejavam sobre seus corpos.

– O que você acha de tudo isso, Conde? – perguntou Manolo, enquanto com um gesto pedia um cigarro.

– Isso é o que eu sempre te perguntava...

– Quando você estava perdido – lembrou o outro.

– Mas agora não estamos. Existe uma ligação entre Karla e o catalão, ela mesma já admitiu. Puxe esse fio...

– O disfarce que você encontrou mostra que ela esteve no hotel... mas por que uma mulher com a inteligência e a visão de Karla não sumiu com aquela prova se sabia que estávamos atrás dela? Não, ela não pode ser tão idiota, Conde... E se o que ela disse for verdade? Que só tinha uma relação amorosa com Puigventós? Se for verdade que faz dois dias que ela não o vê e não sabe onde diabos ele está? Se não nos disse nada de manhã porque não queria se ver envolvida num problema que não era dela?

– Condicionais demais, Manolo... Ela sabe de alguma coisa. Se como você diz, outra condicional, ela não está envolvida no roubo da Virgem, talvez saiba com quem seu namorado catalão ia negociar. Elizardo e René Águila podem ser os mais cotados... Bom, você sabe como tirar o caroço dessa manga... Na Central até os mais duros amolecem. E essa moça não vai ser exceção.

– Mas se ela não está implicada em nada grave... por que não nos diz o que sabe e se livra disso?

Conde pensou.

– Porque tem medo?

Manolo olhou para ele, interrogativo.

– Medo por quê? Ou medo do quê?

– Não será *de quem*?

– Sim... De alguém que é capaz de matar dois rapazes para ficar com a Virgem?

– Não é má opção. Eu também teria medo de alguém assim... Ou pode ter medo por Puigventós, que está desaparecido...

– Que porra pode ter acontecido com o catalão? – perguntou-se Manolo, e jogou a bituca em direção à rua.

Conde deu mais duas tragadas no cigarro e imitou Manolo. Então levantou os olhos para a folhagem de onde continuavam caindo pingos na sua cabeça e nos seus ombros. Sentia-se amolecido e encharcado, como Havana.

– Se você não encontrar Puigventós hoje, vai entrar em desavença com o cônsul espanhol e com o pessoal das Relações Exteriores.

– Porra, por que está me lembrando isso, Conde? Eu sei e...

– Estou pensando, Manolo, espera... pensando alto.

– E teve alguma ideia?

Conde pensou um pouco mais e finalmente respondeu:

– Nada... Ideia nenhuma. E sabe por quê? Porque em toda essa confusão tem alguma coisa irracional.

– Isso você já disse... e daí? Vou embora. Vamos ver o que arrancamos da Karla... Estou muito cansado. Esse trabalho de merda...

– Manolo – chamou quando o outro ia se retirando –, já imaginou a festa que vão fazer as sapatonas da prisão de mulheres se chegar uma gata como Karla Choy?

– Imagino... imagino... Você sempre pensando merda, cara.

– Diga isso a ela... Uma ideia como essa amolece mais que panela de pressão...

Sem deixar de protestar, o major Manuel Palacios se afastou para onde o tenente Duque o esperava, ao lado do Geely chinês. Conde os viu partir e percebeu imediatamente que a euforia e o orgulho costumam ser maus conselheiros. Chovia de novo e ele não tinha ideia de como sair daquele bairro residencial para ir à casa de Tamara. Lembrou que antes por ali passavam ônibus que podiam servir. Linhas de ônibus extintas, como tantas outras coisas. Como os dinossauros.

Uma hora depois, pingando água, já em território próximo ao refúgio que tinha escolhido para aquela noite, Conde ainda discorria sobre a má relação entre a cidade e a chuva, entre os cubanos e o transporte urbano, entre cavado e aguaceiro, tentando inclusive discernir se a invenção de Heredia, Varela, Saco e del Monte, o sonho de Martí, tinha ou não funcionado da melhor maneira. Por sorte não era obrigado a voltar para casa, pois, antes de sair com Manolo e Duque, seus vizinhos donos dos abacates lhe passaram pelo quintal uma sacola com sobras de arroz e frango para Lixeira II. Cheiravam tão bem e Conde estava com tanta fome, que invejou o cão, e colocou em sua tigela uma ração exagerada de alimentos para que se fortalecesse e resistisse até a próxima chegada de reforços.

Quando abriu a porta da casa de Tamara, onde supunha que uma comida sadia e frugal o estivesse esperando, sentiu o golpe de um cheiro contundente e teve a agradável sensação de ter voltado para um doce lar. E, imediatamente, percebeu a rebelião de seus sucos gástricos à espreita. Porque a casa de Tamara cheirava a refogado de azeite de oliva, alho e cebola, a cominho e louro, a coisas deliciosas, a comida... Guisado? Picadinho havanês com azeitonas e alcaparras? Filé a la *dutch*? Estava assistindo a um milagre da natureza, da história e da mais obstinada memória?

Em silêncio, como gostava de fazer, preparou-se para responder com sua melhor atuação dramática à surpresa gastronômica que Tamara estava preparando para ele. No vestíbulo mesmo começou a tirar os sapatos encharcados, a camisa e a calça molhadas e, aproveitando, também despiu a cueca. Surpresa por surpresa, disse a si mesmo, e avançou até a cozinha, vestido apenas com as meias úmidas. Lá viu a mulher, de costas, mexendo com uma grande colher de pau os alimentos cheirosos em cocção numa frigideira gigantesca. Então falou:

– A que horas é o jantar?

A mulher se virou, assustada com a voz, e Conde sentiu na mesma hora que seu escroto se enrugava e seu pênis se recolhia sobre si mesmo como um acordeão furado.

– Aymara! – ele exclamou, ao descobrir que a cozinheira não era Tamara, mas sua irmã gêmea.

– Conde, mas você...! – começou a mulher, assombrada diante da nudez do recém-chegado, mas sua expressão mudou imediatamente e com um sorriso ela gritou: – Tamara, seu marido ficou louco!

17

14 de setembro de 2014

A noite engolira as nuvens de chuva, e o amanhecer chegou claro, com uma transparência rutilante. Da cama, Conde observou o brilho das árvores do jardim, lavadas pela chuva, e desfrutou a sensação de relaxamento. Um amanhecer sem agendas, sem tormentos físicos nem existenciais e até sem cavados? Pois deveria aproveitá-lo... Deu meia-volta sobre si mesmo e contemplou o rosto distendido de Tamara e o reflexo prateado do fio de saliva que escorria pela comissura de sua boca. Desejou beber aquele líquido vital, que tanto o alimentava, mas se conteve. Ninguém tinha o direito de romper o sono alheio, disse a si mesmo, ele, um verdadeiro armazém de sonos quebrados.

Levantou-se em silêncio e foi ao banheiro descarregar a bexiga. Enquanto urinava, sorriu ao lembrar sua estrepitosa entrada teatral na noite anterior e a cena agradável que tivera com Tamara e a irmã Aymara, chegada da Itália sem prévio aviso com o sobrinho Rafael, filho de Tamara, que havia vários anos ela acolhera em seus domínios lombardos. O primeiro motivo da viagem, explicara a irmã gêmea quando já acomodados, tomando um respeitável Montalcino di Carmignano, beliscando pedacinhos de parmesão, lascas de *prosciutto* e azeitonas pretas de Creta, era a saudade, sempre à espreita, uma sensação pegajosa de pertencimento que podia ressurgir mesmo nos momentos mais tranquilos e satisfatórios, uma relação de amor-ódio com o que é próprio, que a distância punha a hibernar e mantinha viva. O segundo e melhor motivo, o anúncio, postergado até ser feito de viva voz, frente a frente, de que Rafael Junior e sua mulher italiana, Cristina Belleza, iam ser pais e, portanto, transformariam em avó uma Tamara lacrimejante de felicidade e ao mesmo tempo de preocupação pelo fato de entrar no estágio de avó e com um neto italiano! O terceiro, pois se alguma coisa havia de sobra desta vez eram motivos, o propósito de ambos estarem presentes na festa do já próximo aniversário de sessenta anos de Conde que Carlos e Dulcita estavam organizando, ocasião que Aymara e Rafael Junior não podiam perder por nada deste mundo: sessenta, sessenta, repetiam o número horrível, e afirmavam que sessenta anos não é uma idade qualquer. Mais importante do que a perturbação provocada pela lembrança do aniversário ou a inquietação pelo fato de que dali a alguns meses ele seria amante de uma senhora que se tornara avó fora comprovar que o filho de Tamara, talvez enternecido pela iminente paternidade e vencido pelo costume já prolongado, parecia ter resolvido mudar de uma vez sua atitude com relação a Conde e aceitá-lo como o que fora durante os últimos vinte e cinco anos, ainda era e, pelo que tudo indicava, continuaria sendo: o amor da vida de sua mãe. Embora com o pinto meio curto, acrescentara a incontível Aymara, ainda divertida com a entrada teatral de Conde.

Ele resolveu retribuir o jantar preparado pela cunhada com a elaboração de um café da manhã possível graças aos poderosos reforços chegados do além-mar italiano. Depois de tomar, em xícara de porcelana, várias doses do café Kimbo, seu preferido entre todos os que se vendiam no mundo, e de colocar pratos e talheres na mesa, verificou que já passava das oito da manhã e os adormecidos não tinham a intenção de mudar de estado, esgotados pelas mudanças de horário e pelas emoções da véspera.

Armado com outra xícara de café, entrou no estúdio e fechou a porta. Digitou o número do gabinete de Manolo, e a secretária do major pediu que esperasse. Conde teve tempo de degustar seu Kimbo de sabor napolitano e acender o cigarro, que tragou duas vezes antes de ouvir a voz de Manolo.

– Ainda bem que você já acordou... Duque está te esperando em frente à casa de Tamara. Venha imediatamente para cá...

Conde ficou alarmado com a intimação ameaçadora de Manolo.

– O que aconteceu, Manolo?

– Uma loucura... mas eu conto quando você chegar aqui... Ah, e faça o favor de não brigar com o Duque no caminho, viu, Conde?

– Pedi que você viesse porque agora estou perdido mesmo.

– Quer deixar de tanto mistério e me dizer logo o que aconteceu, porra?

Manolo indicou a poltrona em frente da escrivaninha e deixou-se cair na sua cadeira de espaldar macio.

– Antes tenho que lembrar uma coisa... Se alguém lá de cima ficar sabendo que eu estou te deixando meter a colher nessa frigideira... quem vai sair frito sou eu. Lembre-se disso...

– E por que ficariam sabendo? Agora você não é chefe dessa bagunça? Tua estrela mais brilhante pode te denunciar?

– Não, o Duque não faria isso... Mas preciso pisar em ovos, você sabe... Sempre tem alguém querendo passar a perna... Esqueceu o que aconteceu com o Rangel?

– Claro que não... Mas agora deixa isso de lado... Para de ficar rodeando e fala de uma vez, compadre...

– O catalão apareceu – Manolo soltou.

Conde recebeu o golpe e levou um instante para assimilá-lo.

– Karla disse onde ele estava?

– Não, ele apareceu, literalmente. Como se tivesse voltado do mundo dos mortos, porque quase quase... Foi encontrado ontem à noite no hospital provincial de Matanzas e de lá o mandaram pra cá, pra Central...

– Caralho, o que está me dizendo, Manolo?

– O que você está ouvindo... Duque estava às voltas com a Karla quando me ligaram da Delegacia de Matanzas para dizer que tinham localizado o estrangeiro que estávamos procurando. Jordi Puigventós Batet. Tinha dado entrada fazia várias horas, mas estava inconsciente e não trazia nenhuma identificação. E, como quando dizia alguma palavra era em catalão, o policial do hospital o registrou como francês, não como espanhol...

Conde coçou os braços. Agora era ele que estava perdido.

– Inconsciente...? O que houve com ele?

– Diz que o assaltaram em Matanzas. Perto da Ermida dos Catalães... Que lhe roubaram tudo... Mas que ele acha que queriam matá-lo, como mataram Raydel e Ramiro. Estava cagado nas calças. E eu aproveitei pra fazê-lo cantar...

– E que porra ele estava fazendo em Matanzas?

– Foi buscar a Virgem, Conde! Aquela Virgem safada!

Conde se coçou com mais força.

– Vamos lá, Manolo, rebobina a fita e me explica de jeito que eu consiga entender... Foi buscar a Virgem na Ermida dos Catalães?

– Se você me deixasse falar, compadre! Vamos ver, *da capo*, certo? – Conde aceitou e o outro suspirou. – Puigventós me contou que, conforme pensamos, no dia em que chegou a Cuba, depois de jantar com René Águila, foi para a casa de Karla. Eles tinham, têm, uma relação, e ela, como parte de um jogo do qual eu não quis saber mais, se fantasiava pra ele... Por isso apareceu daquele jeito no hotel. Bom, você sabe como é isso...

– Não, não sei. Mas posso e quero imaginar. Karla fantasiada de nudista, por exemplo. O cataclismo...

– Que fantasia é...? Para de falar merda, compadre...

– Que bela merda é ter sessenta anos! Imagine que nem tentei ser simpático com aquela mulher? – lamentou-se Conde. – Vai, continua...

– Bom, ele foi pra casa dela e lá ficou dois dias até que anteontem ligaram pro celular dele pra dizer que podiam fazer o negócio da Virgem.

– Ligaram? Quem ligou? Ele confessou que veio buscar a Virgem?

– Ele ficou sabendo por René Águila que a Virgem tinha sido roubada. E pediu a René, Elizardo e Karla que tentassem averiguar quem podia estar com ela, pois queria comprá-la, por qualquer preço que fosse... E os três disseram que a melhor coisa que ele podia fazer era vir pra cá procurá-la também... Mas, enquanto ele fechava uns negócios na Espanha, a coisa aqui se complicou. Raydel apareceu morto e mataram Ramiro.

– E ele não conhecia Raydel?

– Diz que talvez o tenha visto uma vez, mas não tinha relações com ele... Mesmo que Puigventós não esteja dizendo a verdade e tenha incentivado o roubo da Virgem, o fato é que não foi ele que o matou. Nem matou Ramiro... porque ainda estava na Espanha.

– Então quem telefonou pra ele ir a Matanzas?

– Alguém que se identificou como Róger Flor... esse nome deve ser inventado.

– Sim, embora não me seja estranho. Já o ouvi alguma vez...

– Pois esse Róger Flor disse que sabia que Puigventós estava interessado em comprar a Virgem negra de Bobby, e que Bobby não quis vendê-la... Mas que eles podiam falar no assunto. E o catalão achou que seria sua oportunidade de levar o butim, e até mais barato do que tinha imaginado.

– Ahã. Vai, continua, vamos ver se entendo. É meio louco... Róger Flor? Sim, esse nome não me é estranho, não me é estranho... Mas quem pode ser esse personagem que sabia que Puigventós quis comprar a Virgem de Bobby? Bobby não mostrava a Virgem, ela não estava à venda... Eu mesmo não sabia que eles tinham falado no assunto.

– Puigventós soube há poucos meses que Bobby tinha a Virgem. Ficou sabendo por Karla, que ficou sabendo por Elizardo Soler. E foi antes de Bobby viajar pra Miami que falou com ele do seu interesse em comprá-la.

Conde se concentrou. Alguma coisa começava a ter lógica e sentido. Ou sentidos demais.

– E o que aconteceu depois da ligação de Róger Flor?

– Marcaram um encontro com ele em Matanzas. Na Ermida dos Catalães. Devia ir sozinho, não dizer nada para Karla, não falar com ninguém sobre o negócio, ou não haveria acordo. A Virgem estava quente, segundo ele foi o que disseram. Então ele foi até o terminal de ônibus e pegou um daqueles carros que vão pra Matanzas. Apesar do dinheiro que deve ter, não tomou um táxi! Em Matanzas pegou outro carro até perto da Ermida. Quando ia andando pela rua que sobe para a colina de Montserrat, deram-lhe uma pancada na cabeça e ele não soube de mais nada, até que despertou no hospital e ficou sabendo que tinha sido assaltado e uns rapazes o tinham recolhido na rua.

Conde fechou os olhos por um instante.

– Você acredita? Justamente ele, assaltado? Chegando ao lugar onde tinha encontro marcado?

– Está tudo muito esquisito... Com a quantidade de turistas que circulam por Varadero e Matanzas, assaltam Puigventós quando está indo negociar a Virgem?

– E se não foi um assalto, Manolo... o que eles queriam? Não dá pra pensar que Puigventós fosse andar com não sei quanto dinheiro pra comprar aquela Virgem na rua, não é? Mas também não queriam matá-lo, como fizeram com os outros dois, porque quem o golpeou, se queria tirá-lo da jogada, podia ter acabado com ele e aí terminaria a pista de Puigventós e o que ele sabia da Virgem e de Bobby, de Soler, de Karla, de René... de alguém mais?

– Sim, essa história está esquisita. Nós achávamos que Puigventós estivesse sumido porque era o fio solto...

– E é o fio solto, Manolo! Porque quem está por trás de tudo isso não achava que Puigventós viesse pra Cuba depois que, pra ficar com a Virgem, tinha sido preciso matar duas pessoas. O que essa pessoa tinha planejado era um negócio sem maiores complicações... com Puigventós ou sem ele, embora melhor com ele... E a coisa ficou feia. Por isso, se o que a pessoa ou as pessoas que marcaram encontro com o catalão em Matanzas queriam calá-lo, mas ele continua vivo... então ele foi assaltado de fato! Os assaltantes chegaram primeiro e o salvaram, Manolo!

– Você acha? – o major Palacios não parecia convencido da hipótese de Conde.

– Só que agora isso não importa, ou importa menos... O fato é que o homem apareceu... e vivo.

– Aliás, esse catalão pode se parecer muito com aquele artista que você diz que é muito bonito e que todas as mulheres gostam, mas tem um fedor no sovaco de dar enjoo... Não sei como uma mulher como Karla...

Conde balançou a cabeça e continuou:

– E agora sabemos que ele veio a Cuba pra buscar a Virgem, que pelo visto Karla não está envolvida na parte sombria dessa história e que ela gosta de se fantasiar pra esquentar o clima... Você imagina Karla...? Porra, Manolo, esse fio agora está levando ao Bobby e a seu amigo Elizardo. Ou será que estou ficando louco?

Pelo espelho falso Conde observou o modo como Bobby e Elizardo entraram na sala de interrogatórios da Central. Cada um o fez de acordo com seu estilo: Bobby cagando de medo e Elizardo seguro e prepotente. Comportamentos tão coerentes o levaram a pensar por um momento que suas suposições, premonições e teorias poderiam estar erradas. Mas de uma coisa estava convencido: aqueles dois personagens eram o único caminho possível rumo à verdade e à Virgem negra. Alguns minutos depois, viu entrarem Manolo e Duque: um armado com uma agenda, o outro com o computador portátil.

Conde sentia as têmporas latejarem de pura ansiedade. Fora obrigado a aceitar as condições de Manolo: sua presença no recinto poderia invalidar o procedimento, por isso assistiria à conversa (o policial insistia em chamá-la assim) por trás do espelho e, se necessário, indicaria alguma coisa ao major Palacios por meio do audiofone sem fio que estaria no ouvido do policial. Enquanto esperava a preparação do interrogatório, Conde, sentindo a pulga atrás da orelha, tinha ligado para o Coelho a fim de perguntar se o nome Róger Flor lhe dizia alguma coisa.

– Claro, velho... Era um personagem. Roger de Flor, *Rogêr*, sem acento no o... Foi o capitão do maior barco que existiu no Mediterrâneo no século XIII: o *Falcão do Templo*. E depois ele se tornou pirata ou corsário, com uns facínoras que se faziam chamar Companhia Catalã. Creio que foi morto numa emboscada... Ah, e desconfiavam que tivesse roubado uma parte do tesouro dos templários... Os mesmos templários que adoravam Nossa Senhora quando estavam na moda as Virgens negras, conforme o padre Rinaldi nos contou ontem...

– Obrigado, Coelho... tá vendo, o que é que eu vou fazer quando você não estiver aqui, porra?

– Se foder. Ou procurar na internet. É mais fácil...

– É verdade que tem tudo isso na internet?

– E mais...

– Que bom... Obrigado, compadre.

Meia hora antes de trazerem Bobby e Elizardo, Miguel Duque tinha voltado da mansão do *marchand* de arte com a notícia frustrante de que, depois de autorizada e realizada a busca, não surgira nada que permitisse ligar o proprietário da casa à Virgem negra ou aos crimes cometidos em torno dela, embora entre as mil coisas encontradas houvesse peças procuradíssimas, como várias esculturas funerárias roubadas do cemitério, filmes pornográficos *made in Cuba* e outras mercadorias tão comprometedoras, como várias peças de carne bovina congeladas, válidas por si sós para lhe administrar um longo período carcerário pelo delito de receptação, pois segundo as leis do país era possível ser condenado a mais anos por roubar e esquartejar uma vaca do que por matar um cristão. Para espanto de todos, também não aparecera nenhuma quantidade importante de dinheiro, nem joias, nem quadros valiosos. A única aposta possível, portanto, continuava sendo a realização de um interrogatório no qual, da manipulação dos interesses e do caráter dos entrevistados, saltasse alguma faísca que acendesse o fogo esclarecedor.

Conforme tinham combinado, Manolo deixou Duque iniciar o cerco. Os temas mais promissores eram as relações de Bobby e Elizardo com Jordi Puigventós a partir da luz lançada pelas declarações do catalão e pela agressão que ele sofrera em Matanzas e que parecia tê-lo salvado de males maiores.

Conde foi obrigado a reconhecer que Duque era bom no seu trabalho. Movia-se como um predador à espreita, procurando as fraquezas e distrações de suas vítimas, que ia levando para o desfiladeiro do qual poderia lançá-las. Pedia-lhes informações e ao mesmo tempo lhes fornecia dados, para mostrar quanto sabia delas. No entanto, não conseguia avançar. Quando interrogava Bobby, este contava o que já sabiam. Quando se dirigia a Elizardo Soler, o homem repetia a história já revelada. Nenhum deles admitia ter visto Jordi Puigventós nos últimos dias. Karla Choy e René Águila – em cujas respectivas ambições, maldade e falta de escrúpulos ambos se detiveram – eles só haviam encontrado para saber se tinham alguma notícia da Virgem roubada por Raydel e alertá-los sobre sua possível entrada no mercado. No entanto, o tenente Duque repetia perguntas, exigia detalhes, tentava confrontá-los, em busca de uma brecha pela qual pudesse se infiltrar e avançar.

De sua posição forçada de espectador, Conde acompanhava o diálogo, por sua vez vigiado pelo sargento Calixto, grudado nele como uma sanguessuga. Ia sendo tomado por um incômodo crescente à medida que o interrogatório se estendia sem nenhum avanço notável. Pensou que talvez nem Bobby nem Elizardo Soler soubessem mais do que já tinham admitido, mas sua convicção de que os dois eram trapaceiros consumados não o abandonava, muito menos sua premonição de que ambos, ou pelo menos um deles, sabiam ou tinham feito muito mais do que confessavam. Em determinado momento da conversa Conde teve esperança de que se fizesse luz: Manolo, extraindo forças de sua exaustão de duas noites quase inteiras de vigília, entrou na liça com sua fúria habitual. Dali ninguém sairia, avisou, enquanto não se soubesse a verdade. Faria uma acareação entre os envolvidos, inclusive o catalão Puigventós, Karla Choy e René Águila. Ordenaria novas buscas em casas e propriedades de cada um. Revistaria até as obturações dos dentes... Algum deles conhecia Róger Flor? Mas não conseguiu demover os interrogados: Bobby soluçava e Elizardo negava, não sabiam nada de nada, menos ainda de Róger Flor.

Conde teve a certeza de que os policiais não seguiam o melhor caminho para chegar a terreno sólido e, através de seu microfone, sussurrou para Manolo que interrompessem a ofensiva e dessem um tempo. Talvez, propôs, devesse interrogá-los separadamente, com estratégias diferentes. No cubículo, Manolo assentiu e olhou para seus convidados.

– Sei que os senhores, os dois ou um dos dois, está atolado na merda até o pescoço – começou Manolo –, e nós vamos saber... Se algum dos dois não é culpado de nada, reflita agora e pense que o outro quis ferrá-lo... Agora vamos tomar um café e voltamos num instante. Lamento não poder convidá-los, mas reduziram nossa quota. Os senhores sabem como estão as coisas...

– Até quando vão nos segurar aqui? – quis saber Elizardo Soler, sem perder a segurança e a compostura.

– Até quando eu decidir... E sou lento para tomar decisões, sabiam? A lei me dá setenta e duas horas... E não me importa de quem você é filho nem quem são seus amigos nem se você foi ou não o James Bond cubano. De modo que fiquem à vontade...

Bobby balançava a cabeça, já prestes a cair no choro. Elizardo, por sua vez, sorria sarcástico, quase divertido. Manolo bateu no antebraço de Duque e os dois se levantaram e rumaram para a saída.

– Posso fumar? – perguntou Elizardo Soler, e Manolo começou a se virar com cara de poucos amigos, ao mesmo tempo que levantava a mão disposto a negar, a lhe passar uma descompostura, mas imediatamente a levou ao ouvido em que recebeu o grito de Conde:

– Deixa ele fumar! Tenho um pressentimento!

Manolo deteve todos os seus movimentos e deu meia-volta. Antes de sair, disse:

– Sim, fume. E pense...

Através do espelho, Conde viu Manolo e Duque saírem e notou que Elizardo sorria de maneira muito discreta, pois sabia que era observado. Sem olhar para Bobby, que voltou a soluçar, tirou o isqueiro e o maço de cigarros que levava no bolso. A mão esquerda de Elizardo cobria o maço do qual, com a direita, tirou um cigarro com filtro e o levou à boca. Quando ele acendeu o isqueiro e o aproximou do cigarro, Conde percebeu um leve tremor em sua mão, o que podia ser normal em alguém naquela situação. Nesse momento Manolo chegou a seu lado.

– Por que deixá-lo fumar, porra?

– Porque ninguém é perfeito, Manolo... espera, fica quieto...

Conde observava Elizardo Soler fumar e se empenhava em escavar os recantos do seu cérebro numa velocidade vertiginosa, procurando um ponto de apoio, até que acreditou encontrá-lo quando se lembrou dos resultados da busca da casa.

– Manolo, entra lá de novo e me diz se os cigarros do Elizardo são americanos e cheiram muito a cigarros americanos...

Manolo olhou para o ex-chefe e uma luz brilhou em seus olhos.

– E, se for cigarro *blond* americano, pergunta o que ele fez com o quadro de Portocarrero que tinha no estúdio... Vai...

Conde se aproximou mais do espelho para observar a volta de Manolo ao cubículo dos interrogatórios. Displicente, como se não tivesse pressa, o oficial puxou a cadeira e se acomodou.

– Estava bom o café... Tinham acabado de fazer... Me dá um cigarro? – perguntou a Elizardo, e ele, como se não fosse importante, empurrou o maço na direção de Manolo. Quando o pegou, o major fez um gesto de desagrado. – Chesterfield... Não, obrigado, não aguento o fumo claro americano. É adocicado... e tem cheiro forte.

Elizardo deu de ombros e pegou o maço que Manolo lhe devolvia. Lá fora, Conde transpirava.

– Elizardo... e o que foi feito do quadro grande de Portocarrero que estava em seu estúdio?

Um levíssimo movimento do homem confirmou para Conde que sua premonição não estava errada.

– Vendi há alguns dias...

– Pra quem? – sussurrou Conde, e Manolo, como um repetidor, fez a pergunta para Elizardo.

– Para um americano que estava em Cuba. Chama-se Jerry Carlson.

– Por quanto? – perguntou Conde. Manolo continuou seu papel.

Elizardo pensou um instante, olhou para Bobby, que tinha parado de soluçar e acompanhava o diálogo com interesse.

– Quarenta mil... – disse Elizardo finalmente.

– Barato, não? – disseram Conde e Manolo.

– Depende...

– Sim, da pressa que se tenha para vender um quadro como aquele... que certamente vale muito mais. E o dinheiro, onde está o dinheiro? Na sua casa não encontramos... – continuou Conde, e arrastou Manolo, que por um momento lhe pareceu o boneco de um ventríloquo.

Elizardo voltou a pensar, só por uns instantes. O suficiente para Conde saber que ele estava forjando uma mentira.

– O americano ainda não me pagou... Não podia vir a Cuba com esse dinheiro na mão. O bloqueio ianque, o senhor sabe como é...

– Sim, o bloqueio... É confiar demais – disse Conde, Manolo repetiu, e o ex-policial, mudando o tom de voz, sussurrou para o major Palacios: – Diga a eles que você vai comprovar se Jerry Carlson esteve em Cuba e mais duas ou três coisas e solte os dois! Solte os dois!

Sem se preocupar com o que estava acontecendo dentro do cubículo, Conde se aproximou do tenente Duque.

– Não perca tempo em brigar comigo nem em ficar com raiva de mim... Siga esses dois, mas especialmente Elizardo Soler... Se não estou enganado, esta noite vamos recuperar a Virgem... A vigilância de Elizardo deve ser muito discreta, ele sabe que vamos segui-lo... O cara diz por aí que é da Segurança e às vezes acha mesmo que é agente da segurança! Mas é já! – gritou, ao ver Manolo despedindo seus convidados. Sem reparar no que estava fazendo, Conde esfregou as palmas das mãos nas pernas da calça. Elas suavam e seu coração batia acelerado. Estava evidente que ainda era capaz de pensar e agir como o policial que um dia ele fora. Elizardo Soler tivera razão ao fazer seu diagnóstico preliminar. E Conde logo saberia que também ele tinha razão ao fazer o seu: um psicopata marca tudo com sua irracionalidade.

Com os pesos convertíveis que ainda lhe sobravam, Conde convidou Manolo para comer num restaurante privado próximo da Central. O lugar não era elegante nem caro, mas eficiente, e os pratos eram bem servidos. Precisavam se alimentar, e depois Manolo poderia descansar até que chegasse o momento de agir. Agora só restava gastar o tempo na espera, como caçadores à espreita.

Enquanto comiam, duas ou três vezes Conde observou o celular de Manolo para verificar se o aparelho estava funcionando. Deveriam ligar para aquela engenhoca eletrônica se a lebre saltasse da toca. Para não ocupar a linha, saiu à rua por alguns minutos e, de um telefone público, fez várias ligações: a Tamara disse que não o esperassem e que ela aproveitasse o melhor possível o tempo com a irmã e o filho; a Carlos deu uma bronca por estar organizando festas pelas suas costas por um aniversário que ele não estava interessado em comemorar e dizer que andava sumido porque tinha se complicado com a história da Virgem de Bobby, mas que estava com saudade dele, gostava dele e não conseguia viver sem ele, embora ainda, ainda, não fosse bicha; por fim, a Yoyi perguntou o que ele achava da possibilidade de cobrar o combinado pela recuperação da Virgem negra se ela aparecesse, conforme ele acreditava, mas os policiais ficassem temporária ou definitivamente com ela, e receber a resposta esperada de seu sócio comercial: encarregue-se de fazê-la aparecer e eu cuido da cobrança... Vou ver se te dou esse dinheiro no dia da tua festa de aniversário, que vai ser ótima. Conde o mandou tomar no cu e desligou com uma sensação agradável: enquanto tanta coisa estava uma merda, ele tinha o privilégio de contar com amigos que gostavam dele e de quem ele gostava.

Livre de responsabilidades, voltou ao restaurante, pediu seu café, pagou e tentou organizar o resto da tarde. Sabia que Manolo teria preferido vê-lo afastado daquela etapa do processo, mas ele não podia perder o ato final da obra que tinha acompanhado desde que Bobby o procurara e o pano se levantara.

Voltaram à Central e refugiaram-se no gabinete de Manolo depois que o major deu ordens à secretária de que só o interrompesse se o tenente Duque ou o sargento Calixto telefonassem – ou, é claro, se ocorresse um cataclismo. Dentro do recinto, com o ar-condicionado no máximo, Manolo reconheceu que Conde era um oportunista consumado e imediatamente admitiu que estava morto e se acomodou no sofá encostado numa parede. Conde, por sua vez, ocupou uma poltrona para as visitas, de onde se avistava uma extensão notável da cidade tranquila. Os roncos de Manolo não se fizeram esperar.

Às nove da noite, quando já não esperavam receber a ligação de alerta, o celular de Manolo tocou e na tela apareceu o nome de Miguel Duque: o pássaro tinha abandonado o ninho. Elizardo Soler tinha saído dirigindo um carro que não era o dele, pelo visto sozinho, e rumado para leste, talvez para o Malecón e o túnel da baía.

– Vai sair do país – disse Conde, quando terminou de ouvir o tenente.

– Isso é o que ele pensa – refutou Manolo, e saíram do gabinete em busca do carro parado no estacionamento da Central.

A comunicação entre Duque e Manolo se restabeleceu pelo rádio dos carros. Duque informou que tinham atravessado o túnel e rumado para leste, em direção às praias, à costa norte, à cidade de Matanzas como último destino previsível: oitenta quilômetros de litoral por onde ocorriam com frequência saídas clandestinas da ilha. Por sua vez, o sargento Calixto, encarregado de dirigir a vigilância de Bobby, ratificou que seu alvo se mantinha dentro de casa.

Quando o carro dirigido por Manolo tomou a rodovia do leste, Conde negou-se a pensar em seus *déjà vu*. A vida era isto: círculos, voltas, cambalhotas das quais um dia escapa uma linha de força e tudo muda em alguns minutos ou, até, a gente vai à merda. Ao nada.

– Conde, e depois de tudo isso... onde estará a Virgem? – perguntou Manolo, e o outro compreendeu que em sua agitação nenhum deles tinha feito a pergunta premiada. – Depois da revista que fizemos na casa dele, não acredito que esteja lá... E se Elizardo vai embora por causa de tudo o que aconteceu com a Virgem... será que vai sem ela? São três milhões garantidos...

Conde acendeu um cigarro. Não tinha nenhuma resposta minimamente decente para dar a Manolo.

– Ou ele a escondeu muito bem e pode deixá-la em Cuba até que alguém consiga tirá-la, ou vai buscá-la antes de ir ao local de saída – disparou, sem a menor ideia de como poderia estar perto do alvo. – Mas ele sabe que o círculo está fechado e agora seu maior problema é escapar...

– E será que já estava com a saída preparada ou a arranjou hoje mesmo depois que falamos com ele? – continuou Manolo, com sua implacável lógica policial.

– Pra mim já estava com a saída preparada desde que a história se complicou com o catalão sumido... – arriscou Conde. – Por isso não encontraram muita coisa na casa dele. Além disso, não é fácil preparar uma saída de uma hora para outra...

– Depende do que o sujeito está disposto a pagar, Conde... Uma lancha rápida está aqui em algumas horas...

– Sim, e Elizardo pode pagar. Ainda não acredito que um sujeito como ele, com tudo o que tinha, tenha se enredado com aquela Virgem...

– Dinheiro, Conde, dinheiro – sentenciou Manolo.

– Ou poder, Manolo... Que vale mais do que o dinheiro e vicia. E isso você sabe... Muita gente aqui sabe, não é?

– Foi você que disse, não eu – sorriu Manolo.

– De todo modo, ainda me custa acreditar que o tal Elizardo tenha matado os dois rapazes. Violência demais pro estilo dele. Risco demais pra um homem que lida com o dinheiro que ele tem e vive como ele vive. O sujeito estava até se preparando pro que pudesse acontecer no futuro. Não queria ficar fora do jogo que vai acontecer...

– Mas você sabe, Conde...

– Sim, eu sei... O insondável da alma humana e... de uma mente transtornada. Quando tento pôr em ordem o que aconteceu, com dois rapazes mortos, a imagem de uma Virgem que dizem que faz milagres, uns personagens que vivem sempre no limite, alguém que se finge de agente da segurança, tudo isso junto me cheira um pouco a loucura. Porra, seria bom...! – Conde interrompeu o raciocínio quando o rádio do carro chamou Manolo. Era o sargento Calixto.

– Sim, Calixto, prossiga...

– O alvo está com visita... Karla Choy e o catalão acabam de chegar...

Conde e Manolo se entreolharam. Que porra estava acontecendo?

– Mantenham a vigilância. Esperem pra ver se acontece alguma coisa... Peça reforços para seguirem Karla Choy e Puigventós quando saírem. E revistem os dois, se estiverem levando algum pacote – improvisou Manolo, diante da conjuntura inesperada, e encerrou a comunicação. – O que será que aqueles dois estão querendo agora com o teu amigo Bobby, Conde?

– Estão procurando a Virgem, Manolo. O que mais poderia ser? A safada da Virgem...

– Veja só, Conde... se você tivesse ficado pra trás como eu disse, agora eu poderia te mandar pra casa do Bobby e... Mas, se Bobby está com a Virgem, por que é Elizardo que quer sair de Cuba?

– Não sei, mas também não se preocupe demais, Manolo. Pro Bobby e os outros ainda temos tempo. Mas Elizardo, se ele vai fazer o que pensamos, só vamos ter um *swing*... E, se não batermos a bola, vamos levar um *strike out*... E, se ele só estiver passeando por Havana, então vamos lhe dar adeusinho se passarmos a seu lado... Ah, e eu ia te dizer que seria bom...

O rádio do carro voltou a dar sinal. Agora era o tenente Duque, com voz alarmada.

– Sim, fala, o que houve?

– Elizardo saiu da rodovia!... pegou a estrada velha de Guanabacoa... Não vai sair do país...

– Siga-o, já estamos quase atrás de você – disse Manolo.

– É que eu o perdi! O sujeito escapou! – exclamou Duque, quase chorando.

Manolo aumentou a velocidade e Conde fechou os olhos. Fez um mapa da cidade mentalmente. A rodovia, a estrada velha de Guanabacoa, o sul e o leste de Havana, e então gritou:

– San Miguel del Padrón!... Ele vai pro assentamento, Manolo! Eu sabia, cara, eu sabia! A Virgem ainda está lá!

– O quê...?

– Vai, acelera, liga os faróis de alerta... Vamos pela Vía Blanca pra ver se chegamos antes dele. Avisa o Duque... Eu sabia, porra, eu sabia!... A Virgem continua lá... E o que eu queria te dizer é que seria bom saber se algum dia Elizardo foi de fato agente disfarçado ou se ele esteve internado no Hospital Psiquiátrico de Havana... Devagar, senão vamos nos matar, porra!

À noite no assentamento o panorama de pobreza se fazia mais tétrico ainda. A chuva do dia anterior tinha transformado em lodo os irregulares caminhos internos e mais de uma vez Conde e Manolo não caíram por um triz. Poucas luzes, vindas de algumas das casas improvisadas, forneciam alguma iluminação a caminhos que nem sequer tinham sonhado em ser beneficiados por asfalto ou iluminação pública. Em compensação, desde que começaram a avançar, o som de uma ou de diversas peças de *reggaeton* (nunca seriam capazes de estabelecer a unidade ou a diversidade das obras, para chamar aquele ruído de alguma maneira) os acompanhou com seu retumbar monótono, percussivo, como hino de guerra massai.

Manolo tinha estacionado o carro perto do assentamento, numa travessa escura como todo o bairro. Antes de entrar no arrabalde, conseguiu confirmar com Duque que o carro de Elizardo Soler, que ele voltara a localizar, parecia estar se dirigindo para lá, depois de tomar a Rodovia Central. A partir daquele momento passariam a se comunicar pelo celular, que Manolo pôs no modo de vibração. Iam jogar tudo numa cartada.

Diante de casas, cômodos, barracos, galpões onde viviam os imigrantes nacionais, Conde e Manolo viram crianças, jovens, adultos e velhos dedicados à arte de deixar o tempo passar com a confiança, ou sem ela, de que alguma coisa mudaria... ou não. Os olhares chegavam-lhes hostis, mas contidos: o faro treinado em circunstâncias como aquela advertia os assentados de que os dois transeuntes noturnos só podiam ser policiais e, se fosse possível, evitassem qualquer enfrentamento, pois sabiam que contra o poder eles, os párias da terra, levavam a pior. Numa esquina, Conde teve a confirmação de que ele e Manolo tinham sido catalogados: depois de um longo assobio, que flutuou até acima do *reggaeton*, na bifurcação seguinte produziu-se uma imediata dispersão de sombras. Por um instante, sua preocupação foi que algum habitante do assentamento pudesse advertir Elizardo Soler da presença de policiais na região, mas o fato insólito de os agentes irem na frente e o perseguido atrás devolveu-lhe a tranquilidade: ninguém resolveria essa equação, Elizardo seria considerado outro policial, e o silêncio cauteloso se manteria. Afinal o que estava acontecendo, até agora, não lhes dizia respeito, e eles não se meteriam no que ocorria, nem lhes importava, conforme estipulava uma das leis da selva.

Quando tomaram o caminho ascendente que levava ao barracão do falecido Ramiro, Conde escorregou na lama e caiu. Maldisse a si mesmo, a terra molhada, a mãe de Elizardo Soler, o fato de ter virado um velho de merda que cai à toa e avisou Manolo que, se risse, levaria um pontapé na bunda. Sem muito espanto observaram que o barracão de Ramiro, lacrado uns dias antes como cena do crime, tinha sido revolucionariamente reintegrado por uma família que, em vez de *reggaeton*, parecia estar vendo a gravação de algum programa de televisão, quase certamente realizado em Miami, no qual se falava de uma iminente invasão libertadora à ilha assolada havia cinquenta e cinco anos por um regime ditatorial.

Conde conduziu Manolo até os confins do território ocupado pelo assentamento, para além do barracão de Ramiro, e utilizando pela primeira vez a lanterna do policial atravessaram o arame farpado frouxo e procuraram um ponto de vigilância adequado entre árvores cuja copa caía até o chão. Dali tinham acesso visual ao caminho, ao barracão de Ramiro e a boa parte da cerca de arame que delimitava o terreno baldio. Então Manolo tirou seu celular que vibrava, observou a tela e, depois de pronunciar um "sim" quase inaudível, ouviu por uns segundos e repetiu a afirmação no mesmo tom e volume. No escuro fez um gesto de assentimento ao companheiro de caça.

Alguns minutos depois viram a silhueta, iluminada apenas pela claridade que escapava da janela posterior do barracão de Ramiro. O homem atravessou a cerca exatamente pelo fundo do barracão e manteve-se estático. Devia estar observando o panorama, talvez se orientando. Um facho de luz muito concentrado, saído de uma fonte pequena, mas potente, marcou melhor a posição do homem, que selecionou uma trilha possível entre as árvores e os agressivos arbustos de marabu. Aquela poderia ser mais uma viagem ao inferno.

Guiados pelo brilho da luz que conduzia o recém-chegado, Conde e Manolo seguiram o rumo indicado com as precauções de praxe. Mais de uma vez ouviram exclamações surdas do perseguido, as mesmas que eles podiam ter soltado com cada espetada dos espinhos do marabu, que pareciam facas. Duas ou três vezes o homem se deteve, buscando orientação. Conde e Manolo quase não respiravam. Sabiam que, sem a Virgem nas mãos, tudo o que tinham ou pudessem ter contra Elizardo Soler podia ser circunstancial e precisavam surpreendê-lo de posse do divino objeto de desejo.

Cerca de quarenta metros adiante Elizardo parou. Na escuridão Conde conseguiu entrever o tronco volumoso de uma árvore, talvez um falso loureiro, do qual saíam apenas dois galhos que lhe conferiam uma estranha forma de cruz. Em torno da árvore a folhagem dos arbustos escondia a parte superior do corpo de Elizardo e, em alguns momentos, o ponto de luz que decerto provinha de seu telefone celular. Naquele instante Conde lembrou que, segundo o padre Gonzalo Rinaldi, muitas Virgens negras traziam a lenda de terem aparecido em covas, poços e troncos de árvores! E não pensou mais: com um gesto brusco tomou a lanterna de Manolo e, sem se preocupar com as agressões do marabu, correu para a sombra de Elizardo Soler e, quando afastou a folhagem que o ocultava, acendeu a lanterna no instante em que o homem, que tinha subido num pedaço de madeira encostado no tronco rugoso, tirava do oco que chegava até o centro da árvore a imagem brilhante de uma majestosa Virgem negra.

A partir desse instante, tudo se desacelerou: Conde viu Elizardo Soler se voltar e, sem transição, sair de sua mão esquerda um lampejo capaz de ofuscá-lo. Ao mesmo tempo que ouvia o disparo retumbar no árido terreno baldio, Conde recebeu no tórax o golpe que o impeliu contra as garras vegetais de um marabu enfurecido. Doíam-lhe mais as costas do que o peito, conseguiu pensar antes de perder a consciência e lamentar que tudo acabasse antes de cumprir o número obsceno dos sessenta anos. Tão jovem para morrer? – perguntou-se Mario Conde quando ouviu um segundo e, imediatamente, um terceiro disparos. E de repente sentiu que a dor o sepultava e o silêncio se impunha. Porque, sempre, o resto é silêncio.

18

14, 15 e 16 de setembro de 2014

– Negro... e já posso tomar um trago?

O doutor Francisco Galarraga olhou o paciente e apontou para ele um dedo admonitório, que mais parecia uma lança banto. Por simples contraste, em seu rosto escuro os olhos pareciam dois faróis acesos que naquele instante perscrutavam, como se fosse um corpo estranho, a fisionomia de seu interlocutor.

O doutor Galarraga, médico cirurgião, três dias antes tinha recebido no pavilhão de Urgências o ferido a bala. Trasladado numa maca empurrada por um enfermeiro manco que batia contra paredes e assentos, o ferido fora levado para o vestíbulo da sala de cirurgia e, quando viu aparecer por cima dele um rosto negro cor de azeviche do qual o fitaram aqueles olhos luminosos, achou que por suas boas ações na vida merecera uma subida aos céus e que o anjo negro de um velho amigo o esperava junto de são Pedro.

– O que você está fazendo aqui, caralho? – perguntou então o médico, cuja pele muito negra de repente assumira uma tonalidade acinzentada.

– Negro, eu já morri? – perguntou o paciente, preocupado de fato.

– Vou te dizer isso agora – respondeu o médico, e começou a examinar o ferimento, enquanto dizia: – Sim, o mundo é mesmo uma aldeia... o Conde em pessoa... porra, mas como...

– Espera, Negro, está doendo, está doendo... – protestou o paciente da maca quando o cirurgião tocou nas bordas do ferimento na parte superior esquerda do tórax.

– Fica quieto, compadre – repreendeu o médico. – Deixa de ser frouxo.

– Frouxo, sim... vou desmaiar, cara. Me deram um tiro, porra! Eu estou morrendo?...

O doutor Galarraga sorriu. Seus dentes, de proporções cavalares, também eram brilhantes e brancos.

– Bicho ruim não morre... A bala te atravessou e parece que não há órgãos nem ossos afetados... Talvez tenha lascado um pouco a clavícula... Seja como for tenho que fazer uma radiografia. Então vou te limpar e, se não houver maiores problemas, fazer uma pequena cirurgia e te costurar... Posso te dar um pouco de anestesia?

– Sim, claro. Melhor anestesia geral, Negro.

– Vai tomar no cu, Conde.

O médico e o paciente tinham se conhecido havia muitos anos. Como quase não podia deixar de ser, tinham sido colegas no curso pré-universitário de La Víbora e, além disso, na equipe de beisebol da escola, da qual Pancho Galarraga, vulgo "o Negro", era o segunda-base regular. Conde e os outros colegas de estudos o apelidaram de Negro porque, entre os muitos alunos negros com quem tinham aula, Galarraga conseguia se destacar pela escuridão absoluta da pele. Seus ex-colegas que não tinham perdido a memória ainda se lembravam de como, graças a um *home run* descomunal do Negro, a equipe do pré-universitário tinha chegado à final de um campeonato provincial... que depois eles perderam.

– Negro, avisa a Tamara e o Carlos... diz que estou em estado muito grave, vai.

– Primeiro me deixa terminar de cuidar do ferimento... Vou ligar pra eles, mas... Você vai me complicar a vida, Conde!

O médico tinha razão, pois por volta da meia-noite o leito provisório do ferido, já costurado e enfaixado, com o braço esquerdo imobilizado, parecia um vespeiro. Tamara e Aymara tinham sido as primeiras a chegar. Pouco depois surgiu a recém-aterrissada Dulcita, empurrando a cadeira de rodas de Carlos. Yoyi, Coelho e Candito chegaram um pouco mais tarde, e o desfile foi encerrado pelo major Palacios e pelo tenente Duque, com rosto parecendo o de um tigre malfeito: listras alaranjadas cruzavam-lhe as faces e a testa em várias direções.

Ao ver Manolo, Conde perguntou:

– O que foi que aconteceu, porra?

– Não sei bem, compadre... Temos que reconstituir os fatos e...

– E Elizardo?

– Tive que atirar nele – disse Manolo.

– Como assim...?

– Eu o matei, Conde – sussurrou o major Palacios, e desviou o olhar para a janela que dava para o jardim do hospital.

Foi nesse momento que o doutor Galarraga resolveu acabar com o conclave.

– Bom, todo mundo já sabe que não é desta vez que o Conde vai morrer... Vou levá-lo para a sala de observação. Tenho que deixá-lo aqui dois ou três dias. Sempre existe o perigo de uma hemorragia interna ou de uma infecção e quero que ele fique por perto. Só uma pessoa pode ficar esta noite com ele...

– Eu fico – precipitou-se Tamara, impondo sua prioridade indiscutível.

– E eu também – disse Carlos, com firmeza.

– Pode ficar só um – advertiu o médico.

– Negro, Tamara vai ficar e eu também... – disse Carlos. – Ou você quer que eu me levante daqui e te dê dois sopapos? Ou que eu diga para todo este hospital que você é um negro ladrão que roubava junto comigo as latas de carne no armazém da escola no acampamento?

– Então era com o Negro que você roubava as latas de carne russa! – admirou-se Candito.

O médico tinha levantado as mãos, dando-se por vencido, mas foi terminante na ordem de levar o ferido para a sala de observação.

Na noite seguinte o quarto de hospital de Conde voltou a se transformar num encontro de solidariedade. Só faltava a música do Creedence e umas garrafas de rum para que a "atividade", como alguém denominou a reunião, alcançasse sua melhor forma. Às oito, quando terminou o horário estabelecido de visitas, o doutor Galarraga e a enfermeira-chefe tentaram impor ordem e bom senso, mas os amigos de Conde, reunidos em torno de sua cama, negaram-se a evacuar o quarto. O major Palacios tinha anunciado sua visita e ninguém queria sair dali sem saber dos detalhes da história que quase custara a vida de Conde e se encerrara com a morte do tal Elizardo Soler. O Negro Galarraga, convencido de que a rebelião em andamento era incontrolável, negociou com os amotinados sua permanência no hospital por mais uma hora ou então chamaria a polícia. Chamo mesmo, porra – insistiu.

O médico não precisou convocá-los, pois os policiais Manuel Palacios e Miguel Duque chegaram à sala uns vinte minutos depois e pediram ao cirurgião desculpas pelo atraso. O major Palacios ocupou a cadeira principal que lhe fora destinada ao lado da cama do convalescente.

– Como está se sentindo?

– Bem, Manolo, obrigado... Mas termina de contar, compadre! Como foi a história do Elizardo?

– Conde, Conde, calma – recriminou o Negro Galarraga, também sentado. Àquela altura o médico não ia perder a melhor parte do show. A enfermeira--chefe, é claro, ficou ouvindo a história.

– Tenho pra mim que Elizardo enlouqueceu – Manolo começou a contar. – Quando viu que você o tinha descoberto com a Virgem na mão ele te deu o primeiro tiro e acho que o que te salvou foi você ter desmaiado...

– Qualquer um desmaia com um tiro! – observou Conde. – E tem gente que até morre e tudo...

– O problema é que eu não estava enxergando nada, porque você tinha levado a lanterna, e além disso havia os galhos das plantas que não me deixavam ver o que acontecia do outro lado, onde estava a árvore com o esconderijo. Mas Elizardo disparou em você pela segunda vez. Pela trajetória do tiro, que roçou num arbusto, achamos que a bala tinha passado por cima da sua cabeça, porque você já ia caindo no chão...

– Atirou em mim de novo, aquele sacana?

– E atirou pra matar. Estava desesperado, fora de controle. Mas aquele disparo foi o que acabou com ele. Com o primeiro tiro, eu já tinha sacado a minha pistola e, quando vi o segundo clarão, disparei duas vezes naquela direção e o ouvi gritar... Como eu não sabia o que tinha acontecido, fui me aproximando fazendo um círculo, guiado pela luz da tua lanterna que estava no chão, ao teu lado. Quando cheguei aonde vocês estavam, vi que tinha acertado em Elizardo as duas vezes. Uma vez no peito a outra no pescoço... Ele estava morrendo. E quando vi você imóvel, com o peito cheio de sangue, achei que ele tinha te ferrado...

– E o que você pensou? Coitado do Conde?

– Não, pensei: olha só o que aconteceu com o Conde por ele ser idiota, porque logo você começou a gemer e percebi que estava vivo, apesar de não saber se o seu estado era grave... Dois minutos depois chegaram Duque e o pessoal dele e te levamos correndo dali... Duque te levou no ombro... Olha a cara dele...

Conde e todos os ouvintes voltaram os olhos para o tenente. Como na noite anterior, o rosto dele parecia o do último moicano ou do Rei Leão: as listas alaranjadas do antisséptico atravessavam em todas as direções.

– Duque te carregou e foi embora com você. Os espinhos do marabu quase o esfarraparam... Tiveram que banhar os ferimentos com timerosal e lhe dar uma antitetânica.

– Obrigado, tenente – disse Conde.

– Não tem o que agradecer – Duque respondeu, ríspido, como não podia deixar de ser.

– Hoje o sargento Calixto conseguiu encontrar uns registros médicos de Elizardo... Tem um prontuário psiquiátrico que por si só dá para uma tese de doutorado.

– Eu sabia... – resmungou Conde. – O sujeito era uma mistura explosiva de louco e filho da puta.

– Eu não queria matá-lo – resmungou Manolo. – Atirei sem calcular... É que achei que ele tinha matado você...

– Eu teria feito a mesma coisa, Manolo – Conde tentou aliviá-lo. – E de fato o sacana tentou me matar...

– De todo modo, há uma investigação. Os caras da Promotoria adoram nos sentar numa cadeira e descer a ripa... Com certeza vão te chamar pra prestar declarações e...

– E a Virgem? – interveio Carlos, com seu gesto habitual de mexer as mãos para desobstruir o terreno. – Que diabos aconteceu com a Virgem?

– Estamos com ela na Central. E sabemos o que sabemos – disse Manolo, socrático. – Raydel a roubou e a entregou para Ramiro guardar ou ele mesmo a escondeu. Talvez estivessem pensando em sair juntos de Cuba... Mas não podemos perguntar a nenhum deles se Elizardo estava por trás do roubo. Eu diria que sim...

– Eu também – atalhou Conde. – Raydel vivia como um príncipe às custas de Bobby e roubou a Virgem porque alguém lhe propôs comprá-la, achando que o rapaz era fácil de enganar. E esse alguém deve ter sido Elizardo... Embora eu não entenda por que um sujeito que vivia como Elizardo, que tinha tudo o que ele tinha, foi se meter a organizar esse roubo. Por mais louco que estivesse...

– Os peritos dizem que a Virgem é medieval e autêntica e que ela vale... entre dois e três milhões de euros – advertiu o tenente Miguel Duque.

– Nããão! – exclamou o Pombo. – Isso é dinheiro pro Elizardo e pra qualquer um...

– Bom, três milhões... enlouquecem até o sujeito mais sensato – retificou Conde. – E Elizardo queria ser rico como seu avô Sarrá... Roubou do cemitério as esculturas da família...

– O lógico é que Raydel roubasse a Virgem e que Elizardo lhe pagasse algum dinheiro e depois o tirasse de Cuba. O acordo deve ter sido esse. Quando Raydel já estava com a Virgem, Elizardo montou o show da compra e da saída clandestina pelo litoral... Mas pensou que pudesse recuperar a Virgem com pouquíssimo ou nenhum dinheiro e por tabela ferrar Raydel. Tudo se complicou quando o menino apareceu sem a Virgem e quase certamente pediu mais dinheiro porque tinha acabado de saber quanto ela podia valer... E foi então que de Elizardo saiu o louco que havia dentro dele, como diz o Conde...

– O louco filho da puta – ponderou o ferido. – Torturou Raydel pra arrancar dele onde tinha guardado a Virgem, o rapaz disse que ela estava com Ramiro Manta, e depois ele o matou. Esperou uns dias, pra ver o que acontecia, ou porque ficou com medo... e, quando finalmente foi tirá-la ou comprá-la de Ramiro, cheguei eu...

Manolo assentiu.

– Imagino que quando ele te nocauteou com a pancada na cabeça arrancou do Ramiro a informação de onde a Virgem estava e o matou. Por milagre também não matou você naquele dia...

– Sujeito do cacete! – exclamou Carlos. – E por que você acha que ele também não apagou o Conde?

– Porque chegou o Superpombo! – disse Yoyi, fazendo o gesto de abrir a camisa e mostrar seu esterno proeminente.

– Imagino que sim – admitiu Manolo. – Não deu tempo... ou ele se assustou. Ou achou que Conde ainda fosse policial, e matar um policial sempre complica muito mais as coisas...

– O que não entendo é por que ele preferiu deixar a Virgem onde ela estava escondida – comentou Candito. – Vocês podiam encontrá-la...

– Certamente achou que era o melhor esconderijo – arriscou Manolo. – E que, se alguém, nós ou o Conde, a encontrássemos, ele nem sequer teria tocado nela. Perderia a Virgem, mas se salvaria de seus outros delitos... Dois mortos mudavam tudo... Não, não foi má ideia deixá-la ali. Na pior das hipóteses ele perderia o que nunca tinha tido...

– Sim, pode ser – comentou Conde. – Parece boa essa possibilidade... Isso significa que não estava tão louco assim. Deixou-a naquela árvore, mas as coisas ficaram difíceis e ele resolveu pegá-la e ir embora com ela. O que revolveu o vespeiro foi a chegada do catalão Puigventós... Será que o Elizardo ia mesmo matá-lo também?

– Se foi Elizardo que marcou encontro com ele na Ermida do Catalães de Matanzas... era pra matá-lo também. E não vejo outra pessoa além de Elizardo que pudesse marcar encontro com o catalão em Matanzas e fazê-lo correr para lá tão feliz... Vai ver que a história de que um tal Róger Flor telefonou é invenção dele.

– E os outros, Manolo?... Bobby, Karla, René Águila, Puigventós?

– São um bando de mentirosos e embusteiros, mas já os soltamos. Se algum deles estava de algum modo conchavado com Elizardo Soler em partes dessa história, creio que não poderemos saber. Para sorte deles, Elizardo levou toda a merda para o túmulo... E nenhum deles vai acusar a si mesmo de ter desempenhado algum papel nessa história.

– E o que vai acontecer agora com a Virgem? – continuou Conde.

– É a única que ficou presa.

– Não vão devolvê-la pro Bobby?

– Isso já não é a polícia que decide, Conde. E você sabe disso... – Manolo fez o gesto de apontar para cima, buscando alturas estratosféricas. – Agora o pessoal das Relações Exteriores está em contato com o do Patrimônio espanhol. Como parece que de fato a Virgem desapareceu da Espanha na Guerra Civil, a imagem tinha sido dada como destruída, e eles estão procurando documentação... Não imagino o que vai ser agora. Com muita sorte, depois de investigarem toda a história, seu amigo Bobby pode recuperá-la, mas não acredito...

– Está ouvindo, Yoyi? – disse Conde a seu sócio comercial.

– Bom, acabou-se a função... – interveio o doutor Galarraga depois de olhar o relógio. – Conde tem que descansar. Amanhã de manhã vou avaliá-lo e ver se posso lhe dar alta... Quem vai ficar hoje com ele?

– Eu – adiantou-se Yoyi Pombo, sem deixar escolha para os outros. – Conde e eu temos que conversar. E assim o levo amanhã cedo, se você lhe der alta... É preciso economizar combustível, não é?

O processo de despedida durou uma meia hora, no melhor estilo cubano. Quando finalmente ficaram sozinhos, Conde só olhou para Yoyi.

– Eu já te disse que me encarrego do Bobby... Você encontrou a Virgem. Missão cumprida.

– Você acredita? – perguntou Conde, que não acreditava. Não em se tratando de Bobby.

Na manhã seguinte, ao fazer o exame clínico, o doutor Galarraga decidiu que o ferido podia ir embora, com a condição de continuar tomando antibióticos e observar repouso estrito pelos próximos sete dias, quando voltaria a examiná-lo. Tamara, que tinha comparecido para ouvir o diagnóstico, e Yoyi, à espera do veredicto médico para transportar Conde em seu Chevrolet Bel Air, assentiram diante da recomendação do cirurgião. Então ouviram a indagação etílica que Conde fazia ao ex-colega. Com o dedo em riste, os olhos brilhando no rosto nigérrimo, o doutor Galarraga proferiu a sentença:

– Nem um, Conde, nem um gole... Você está tomando antibiótico... Não pode beber até... até... – o médico refletia –, até o dia do seu aniversário. No dia 9 de outubro levanto a proibição. Está claro?

19

Antoni Barral, 8 de outubro de 2014

Você acumula, organiza, arranja as folhas nas quais, ao longo de várias semanas e muitas horas de solidão forçada, doloroso empenho e dúvidas incisivas, foi gravando letras, sílabas, palavras, frases, orações, parágrafos salvos ou depois apagados e novamente concebidos, sempre com esforço, assediado por todas as incertezas. Você travou um combate desigual com suas habilidades através do qual tentou encontrar e expressar algum sentido, pelo menos uma fresta de sentido, para o mistério da existência que mais te aflige: como se faz uma vida, ou, na verdade, como se desfaz, esgotada, maltratada, arrastada pelos vendavais das circunstâncias inapeláveis, tirânicas.

Enquanto as folhas passam por seus dedos, no exercício às vezes mecânico de numerá-las, você é surpreendido por uma sensação de distância, quase de alienação, capaz de provocar uma pungente contrariedade que você não consegue explicar. Até mesmo é acossado por uma reação de estranheza dérmica em relação à textura fibrosa do papel rústico, desgastado pelos muitos manuseios ao longo dos dias. Você compreende que agora nada, nem mesmo material, sobrevive à sensação de pertencimento, de desdobramento e revelação que o acompanhou por todo o tempo em que você dedilhava na Underwood pré-histórica herdada do seu pai, e depois quando riscava, anotava, maldizia suas incapacidades naqueles mesmos papéis.

Nada mais resta dos sobressaltos das buscas e dos possíveis encontros que te espicaçavam quando você tentava transformar em presente recuperado atos e pensamentos das vidas passadas e cumpridas de alguém que você só conseguia batizar com o mesmo nome. Sempre de novo o mesmo nome, embora fosse outro Homem a quem você tinha atribuído o dom esquivo da reencarnação ou do retorno ou da recorrência ou apenas da possibilidade aleatória da confluência dos fragmentos atávicos de vidas condenadas a serem atraídas pelo poderoso ímã da História, dos poderes terrenos e do império inapelável do tempo. Sempre de novo um ser nascido das tuas obsessões, ao qual você tinha outorgado atitudes, pensamentos precisos, tão próximos de tua própria vida real e escrevente, que as fronteiras entre o criado e o vivido foram se confundindo numa transfusão de propriedades que em algum momento te fizeram vislumbrar uma sobreposição aleivosa, embora inócua, da qual, no entanto, você não podia nem queria fugir. Porque a qualidade de mentira constitui a condição salvadora e intransferível que elas têm, sua essência como criação, seu valor como possível verdade. A partir de si mesmo você moldava aquele ser histórico e atemporal. Aferrado ao presente, escrevia o passado até perder o senso dos limites entre o permanente e o transcorrido. Mas, no ato criativo de dar à luz, nunca perdeu a última consciência de que, ao mesmo tempo que você transformava o passado em presente, o escrito passava imediatamente a fazer parte desse próprio passado: algo irreversível, fugaz, de que você se desfazia pelo magnífico fato de registrá-lo e depois vê-lo tomar distância, como nave funerária pairando, fantasma cujos contornos te confundiam como se você visse a História e o tempo através do véu transparente de uma lágrima.

Até aí tinham chegado juntos, a partir daí cada um seguiria sozinho. É o ponto da dilaceração de dar à luz que te faz sofrer a maldição do demiurgo que trucidou a si mesmo, costela por costela, para preparar mudas de novas plantas, e descobre que, afinal, é apenas um tronco inerte caído em qualquer recanto do tempo. No entanto, você quase se surpreende: ainda tem os pés, e os pés são o caminho.

Consola lembrar, por outro lado, que, à medida que você ia dando forma ao relato das peripécias vitais do personagem ao qual resolveu chamar Antoni Barral, o ato de criação daquelas outras vidas, uma e várias ao mesmo tempo, lhe tinha oferecido uma agradável sensação de poder. Ao escrever, pelo menos, você podia escolher, modelar, salvar ou descartar, com uma autoridade que em sua vida possível e real nunca lhe fora concedida, com uma capacidade de decidir, no passado e no futuro, da qual você mesmo pudera desfrutar muito pouco. As existências de Antoni Barral, se de fato ele as tivesse tido no plano do acontecer físico e histórico conhecido como realidade, em suas maneiras de se manifestar e se assumir, talvez não se parecessem com a criação provável que são agora, embora você esteja convencido de que teriam funcionado segundo as mesmas leis. Porque nada ou quase nada dependeria de um poder individual selecionador, de um arbítrio exercido com liberdade, menos ainda de uma construção consciente e voluntária. Você bem sabe que, na realidade das vidas possíveis de um ou vários Antonis corpóreos, outras forças, alheias, poderosas e castradoras, teriam sido encarregadas de levá-las até a esculpir suas existências reais, se fossem reais. Como foi moldada a tua: a partir de cima e a partir de fora, com perversa coarctação da tua liberdade de decisão, sem margens para erro ou retificação. Com angustiante falta de espaço para refazer o feito e programar o por fazer.

A convicção de que a escrita é apenas a possibilidade de construir outros a partir do que você foi e é servira para que você tentasse distanciar-se de si mesmo, ver-se a partir de uma perspectiva reveladora, agradável e dolorosa ao mesmo tempo. Porque sua capacidade imaginativa duvidosa é determinada por uma experiência vital, livresca, reduzida e, sobretudo, recorrentemente própria e, portanto, contaminada. Por isso, ao avançar, amontoar páginas, ler, copiar dados, você percebia esse distanciamento esclarecedor, porque ia se transformando em outro, libertando-se de si mesmo e de alguma maneira se completando nesses outros. Ganhando liberdade. Isso é escrever? Transformar-se em outro? Renunciar a si mesmo em favor do criado? Tentar recompor o que não tem possibilidade de restauração? Manipular o espetáculo torpe da vida vivida, sem desígnio prévio possível, e transformá-la numa criação mais benévola e lógica, de certo modo menos humana e por isso mesmo mais satisfatória? Brincar de ser livre? Até mesmo ser livre?

20

9 de outubro de 2014. Aniversário

E abriu os olhos coberto pelas páginas datilografadas ao longo de vários dias, enroscado com um cão velho que já voltava a precisar de um banho, aquecido pela luz impertinente e categórica do amanhecer tropical: a luz de sempre, filtrada pela janela, que inundava o quarto e caía como um refletor projetado na parede da qual, como primeira ação do dia, arrancaria e rasgaria – arrancou e rasgou – a folhinha que, com seus doze quadrículos distribuídos em quatro fileiras de três retângulos cada uma, o perseguira durante nove meses, nove dias e nove horas a partir do calendário interativo: 9-9-9. Já tinha sessenta anos. Tinha entrado na quarta idade.

Nas últimas três semanas, várias vezes chegara a sentir-se à beira da explosão. Conseguiu cumprir com disciplina carcerária a ordem médica de não beber nos infinitos dias exigidos e, em sobriedade tão lúcida e aterradora, tivera de render armas e também acatar as diversas disposições, as ordens e os acordos emanados da Comissão Organizadora dos Sessenta Anos do companheiro Mario Conde, que foi como Aymara batizou o comitê preparatório, com aprovação unânime dos outros elementos envolvidos no processo. Em meio a tanta obediência e regulamentação, conseguira suspender, no entanto, uma miserável exigência que considerou inegociável: a noite da véspera, último dia antes de entrar na quarta idade, queria passar em sua própria casa, apenas na companhia de si mesmo e de Lixeira II, e dormir em sua própria cama, onde acordaria – e acordou – no dia da comemoração prevista.

Em muitos sentidos os dias finais da idade anterior tinham sido dos mais estranhos e impessoais de sua vida e, ao mesmo tempo, dos mais sossegados e produtivos. O ex-policial não podia deixar de vê-los como um período até mais confuso do que o vivido depois de levar o balaço de Elizardo Soler, quando achou que estivesse morrendo e comprovou na própria carne – nunca tão literalmente – como podia ser simples essa passagem, a facilidade com que se podia atravessar a linha do ser ou não ser, que sempre foi e será a questão.

Quando se instalou nos domínios de Tamara para passar sua convalescença e, por tabela, ficar sob custódia permanente, apresentara-se para eles o problema de cuidar de Lixeira II. Como não era possível outra solução, o cão fora resgatado pelo Coelho e por Candito e levado para o lar de recuperação de seu dono, onde Tamara o acolheria. Desde as negociações iniciais, complexas como todo tratado de paz e entendimento mútuo, a anfitriã estabelecera uma condição inapelável: o cão teria de tomar banho e não dormiria na cama com ela e Conde. O convalescente e o cão aceitaram as duas cláusulas e prometeram um ao outro comportar-se do modo mais decente que lhes permitissem suas respectivas naturezas e, além disso, juraram fazer todo o possível para não mijar na perna de nenhuma cadeira.

Enquanto duas mulheres quase iguais mas tão diferentes, Tamara e Aymara, se revezavam para atendê-lo e cuidar dele, Conde, talvez abalado pelo chumbo que o tinha atravessado, ou pela impossibilidade de levar sua vida desregrada de sempre, viu-se condenado a cumprir uma necessidade incisiva que acabou por amotinar-se em seu íntimo. Por isso, todas as manhãs, depois de tomar o desjejum com doses abundantes de café Kimbo, fumar os primeiros cigarros do dia e caminhar algumas quadras do bairro com Lixeira II, voltava para casa e ocupava a generosa escrivaninha de mogno que muitos anos antes fora adquirida pelo embaixador Valdemira no depósito de um antiquário francês. Escrever tornou-se um desafio, nascido de uma reivindicação insondável, de uma urgência insubornável. Servindo-se de uma biblioteca bem guarnecida, que ele mesmo viera nutrindo com algumas joias que caíam em suas mãos de comerciante de livros velhos, Conde começara a esboçar um relato – o qual pretendia que fosse esquálido e comovente – dos avatares de um ser histórico sem história que vivia na História algumas vidas fictícias por serem novelescas, embora em muitos sentidos parecidas demais com a sua.

A volta à escrita tinha sido um exercício reconfortante e ao mesmo tempo angustiante, ao qual pudera entregar-se com maior intensidade e empenho desde que Bobby, impelido pelo Pombo, apresentara-se na casa das gêmeas com o propósito de saldar a dívida pendente com o trabalho e com o passado e o livrara de uma carga incômoda.

Assim que chegou, o ex-colega de estudos começou a lhe pedir todas as desculpas possíveis. De muitas maneiras, disse, quase chorando, sentia-se responsável pela experiência ruim vivida pelo amigo, transe que por pouco não lhe custara a vida. Desde então, acrescentou ele, todos os dias a saúde de Mario Conde estivera em suas orações e rogos, sem dúvida ouvidos por seus destinatários. O velho Bobby só lamentava que toda aquela peripécia sombria, ornamentada por três mortes, inclusive a do infame e traidor Elizardo Soler, também implicasse a possibilidade de ter perdido para sempre sua poderosa Virgem de Regla, que não era realmente uma Virgem de Regla, mas decerto poderosa e, para ele, indiscutivelmente, sua mãe salvadora, Yemayá. Mas Conde não tinha responsabilidade nenhuma por um desenlace ao qual ele próprio dera ensejo, reconheceu Bobby. Porque a trama tinha começado a se tecer muito antes, quando, para impressionar Elizardo e se possível levá-lo para a cama, ele rompera a bruma do segredo em que por anos seu quase avô conseguira manter a Virgem negra, o tal Josep Maria Bonet, que não se chamava Josep Maria Bonet. Com sua inconfidência, Bobby acabara por despertar as ambições mais mórbidas e loucas. Por isso insistia veementemente em pagar o amigo por seu trabalho, conforme tinha acertado com Yoyi Pombo. Conforme devia ser, afirmou.

Quando Bobby foi lhe entregar os dois mil dólares combinados pelo achado da Virgem, Conde já tinha decidido que, em se tratando de ser justo, deveria recusar o dinheiro, e foi o que disse ao ex-colega. Embora a Virgem tivesse aparecido, Bobby não a tinha recuperado, e talvez nunca a recuperasse, e ambos o lamentavam. Na verdade, não cumprira sua tarefa... discorria Conde, com inevitável lástima: esse dinheiro viria bem a calhar...

– Conde, sei o que você está pensando... Por favor, pegue o dinheiro. Você fez por merecê-lo – garantiu Bobby, estendendo o envelope premiado para as mãos do ex-colega de estudos. – Não fiquei com a minha Virgem, e você sabe quanto isso me dói... Mas você a encontrou, e o dinheiro não é problema – acrescentou, olhou para os lados, baixou a voz para continuar: – No meio da loucura que se armou e com Eli morto, ninguém ficou sabendo que fiquei com vários quadros dele, entre eles aquele Portocarrero que te deixou louco no dia em que você o viu... e... Mandei tudo para o Israel e – Bobby diminuiu mais o volume e se inclinou para seu interlocutor – sabe por quanto ele vendeu o Portocarrero em Miami?

Os olhos do homem que um dia fora um colega de estudos tímido e reprimido brilhavam, a comissura de seus lábios se movia preparando um sorriso, e naquele instante Conde sentiu que Bobby lhe dava outro tiro, assim, à queima-roupa, e reagiu a toda velocidade.

– Não, não quero saber – disse ele, ao mesmo tempo que pegava o envelope com o dinheiro. Sangrias culturais daquele tipo, cada vez mais frequentes, o dilaceravam, e o fato de sentir-se próximo de mais uma das armações de Bobby, de certo modo propiciada por sua própria ação em busca da Virgem desaparecida, não lhe era agradável. No entanto, também pensou, ele tinha trabalhado e precisava viver: por isso tirou quatro notas de cem dólares e devolveu o resto do dinheiro para Bobby. – Pega o envelope. Você me devia três dias de trabalho e os gastos, só isso.

– Mas Conde...

– Mas Conde coisa nenhuma, cara...

– Meu irmão – começou ele a dizer. – Não te entendo...

– Claro que não me entende, Bobby... Não pode me entender... Quando você foi à minha casa e falamos sobre as coisas do passado, eu quis acreditar na conversa de que estava me procurando para te ajudar porque éramos amigos. Mas, não sei se é porque você sempre foi assim ou porque todos nós te fizemos assim, você se tornou uma pessoa má que não respeita nem as coisas mais sagradas. Você me enganou não sei quantas vezes. Dizia o que te convinha. Você me usou, Bobby, porque eu achava que fôssemos amigos de verdade. E a esta altura não sei se o catalão Puigventós se interessou pela Virgem porque você mesmo queria vendê-la e os outros se adiantaram...

– Como pode pensar uma coisa dessas? Juro que eu...

– Não me jure por nada nem por ninguém... Tudo isso é problema seu. O que eu sei é que não quero o que não me pertence e que, por você ser como é, também não deveria lhe pertencer. Sou um estúpido idiota? Isso eu sei há anos... O que eu não sei, Bobby, o que não consigo entender é que um homem como você, que jura que acredita na Virgem, em Yemayá, em Deus e nos anjos e arcanjos, que reza e roga ao céu, seja tão imoral... É isso que você extrai da sua fé?

– Porra, Conde... Eu não fiz...

– Fez sim, Bobby. Você me usou várias vezes e, depois que me deram um tiro que por pouco não me ferrou, está me dizendo que voltou a se aproveitar do que estava acontecendo pra ficar com o quadro de Portocarrero e outras coisas que não sei nem quero saber como tirou da casa do Elizardo. Você é um bandido... E o que mais me chateia é ter acreditado em você... Agora dá o fora, Bobby...

O outro se levantou. Parecia prestes a chorar, e Conde, sem querer, sem conseguir evitar, começou a sentir pena dele.

– Vai me denunciar? – perguntou Bobby, com o resto do dinheiro na mão e o medo desenhado no rosto.

– Não, mas deveria... Como ladrão e sacana. De fato me enganei muito. Você me comoveu com as suas histórias de medo e de repressão, com o seu câncer e a sua fé... mas isso é outra coisa... Então vai, some. Não posso dizer que tenha sido um prazer revê-lo. Além do mais, agora sei que é verdade que você tirava quadros falsificados de Cuba para vender em Miami... Porra, Bobby... vai logo, saco! – gritou ele, e sentiu uma pontada no ferimento do ombro e no ferimento da alma.

Quando ficou sozinho, Conde notou que suas mãos tremiam, mas na mesma hora sentiu-se invadido por um claro alívio. Estava em paz consigo mesmo e com a História: o que acontecesse agora com Roberto Roque Rosell, vulgo Bobby, e a imagem de Nossa Senhora de La Vall não lhe dizia respeito.

Depois, a espuma daqueles dias abstêmios, literários, afetivos e tranquilos, na realidade excessivamente tranquilos e abstêmios, tão estranhos, foi caindo sobre ele como um peso morto e acabou por enfastiá-lo, como se a confluência de presenças e ausências benéficas, em vez de ser um prêmio, fizesse parte de um complô contra seu espírito e sua personalidade. Precisava voltar à sua desastrosa vida real que, como maior compensação, tinha justamente o selo de sua propriedade: era *sua* vida desregrada, *sua*. A outra que estava levando parecia uma impostura, como as vidas de Bobby. Por isso, com a anuência compreensiva de Tamara e como parte dos acordos firmados, na véspera de seu aniversário tinha voltado para casa, com seu cão, sua desordem, suas obsessões, suas rotinas e algumas páginas datilografadas e cheias e acréscimos e riscos. No caminho completou o carregamento de posses com uma garrafa de rum.

Depois de arrancar e rasgar o calendário onde tinha marcado a data aterrorizante que havia pouco começara a viver, Conde coou o primeiro café de sua quarta idade e, com a xícara numa mão e o cigarro na outra, subiu para a laje. Uma necessidade recôndita e premente o impelia a aproveitar o agradável amanhecer de outubro e, já na cobertura, acomodou-se no bloco de cimento que lhe servia de torre de vigia: a seus pés estava o bairro dos sessenta anos de sua vida, da vida de seus pais e avós, quase com certeza dos bisavós e talvez até do tataravô. Muitas vidas e anos num espaço físico pequeno e deteriorado que, pelo tempo transcorrido e pela permanência constante, pertencia a ele e ao qual ele pertencia, para tranquilidade de seu espírito sempre em transes tormentosos. E ele respirou sossegado o ar em que se misturavam os eflúvios coloridos de um flamboaiã, a fumaça escura dos escapamentos e o cheiro indefinível das bolas de farinhas ignóbeis recém-assadas do presente, que em nada lembravam o aroma das baguetes que em outros tempos, num passado quase perfeito, saíam das entranhas do mesmo forno de padaria. Um aroma perdido e gostoso, que só sobrevivia em sua obstinada memória afetiva.

Acendeu o primeiro cigarro de seus sessenta anos sem se fazer promessas de abstinência nicotínica e pensou no que o esperava naquela noite: a festa de despedida de uma idade e de boas-vindas a outra (bem-vinda?). Seria uma comemoração equívoca na qual, para agradar aos amigos estabanados, teria de se comportar como se estivesse feliz, ao passo que na verdade não estava. Não muito. Porque se sentia mais velho e mais cansado. Nem sequer o fato de saber que ali, em sua casa, estavam as laudas concebidas durante os dias de convalescença controlada, papéis que o devolviam a uma de suas aspirações mais maltratadas, servia para acalmar a angustiante sensação de perda, de desgaste. Seu vazio agora era uma sensação quase orgânica que ele nunca esperou sentir, pelo menos não de modo tão preciso e cronologicamente exato: porque nunca acreditara em aniversários nem em datas fixas e vivera a existência como um fluxo inexorável através do qual vamos jogando às nossas costas os melhores pertencimentos. Deixamos para trás o tempo, o nosso tempo, e vamos nos aproximando cada dia mais do imprevisível: futuro que não sabemos como vai ser nem quanto vai durar, se vai se desencaminhar ou transcorrer monótono, tranquilo. E justamente ali, no insondável, prefigurava-se o mais tétrico vazio: no amanhã, não no ontem.

Então ele o viu. Avançava pela calçada com o passo decidido e o mau aspecto de sempre, desgrenhado e sujo: como alguém para quem o passado e o futuro fossem a mesma coisa ou, pior ainda, não significassem nada, pois seus contornos tinham se esfumado na circularidade. Agora, em vez das sacolas plásticas, levava nos pés os sapatos já estragados que três, quatro semanas antes Mario Conde lhe dera e que sabia Deus quantos quilômetros o caminhante os fizera percorrer.

Sorriu ao vê-lo e surpreendeu-se quando o homem das sacolinhas nos pés, que naquele momento não andava com sacolinhas nos pés, se deteve e olhou para a altura em que Conde estava entrincheirado. O indigente moveu a mão, num gesto de cumprimento que foi correspondido por outro semelhante, e levantou a voz apenas o necessário para ser ouvido pelo vigia da laje.

– Dias sem te ver... Que bom que está bem... Ah, e feliz aniversário!

Ao ouvi-lo, Conde levou um choque. Esperava qualquer coisa menos votos de parabéns pronunciados por aquele homem, às vezes invisível, que Conde só conhecia por lhe ter dado os sapatos que agora ele calçava. Estava tão confuso e desconcertado que perguntou ao indigente:

– O que foi que o senhor disse?

– Eu lhe dei parabéns pelo seu aniversário. Sessenta é uma boa idade. Para continuar vivo ou para morrer.

Conde não conseguia se recuperar do assombro. Seria uma maquinação de Carlos e do Coelho? Não, não podia ser... O homem lhe dera os parabéns por chegar aos sessenta!

– E como o senhor sabe?

– Há coisas que eu sei... Mas muitas outras que não sei... Coisas que nunca ninguém consegue saber... Mesmo alguém que esteja voltando de onde nunca esteve... passe bem – terminou o indigente, fez um gesto de despedida com a mão e retomou seu caminho, indicado sabia Deus por que bússolas, até se perder entre pessoas, fumaça de carros, a luz ofuscante de outubro, a ausência de aroma de pão saído do forno. O homem tinha se desvanecido, como geralmente fazia, e Mario Conde voltou a perguntar a si mesmo, apesar da evidência dos sapatos que calçava, os mesmos que ele usara até o momento em que os tinha doado, se aquele personagem era real ou apenas um reflexo de seus medos, obsessões e dolorosas elucubrações. Ou uma armadilha do tempo.

Epílogo

17 de dezembro de 2014, dia de São Lázaro

Acordou com a premonição de que aconteceria alguma coisa. Não conseguia saber o quê, não era capaz de imaginar. Só que aquele dia algo aconteceria. Grande, pequeno, médio: aconteceria algo singular. Também não tinha ideia de por que aquela clara certeza o acompanhava desde que abrira os olhos e recebera a luz sempre impertinente que entrava pela janela. Incomodado, afastou quanto pôde a sensação invasiva e, como em qualquer amanhecer de sua vida, dispôs-se a enfrentar o dia. Coou café, fumou cigarros, alimentou Lixeira II. Preparou-se para sair à rua e procurar livros, ganhar a vida da maneira que podia. Lembrou, por algum capricho do subconsciente, ou talvez por suas recentes relações com a hagiologia, que era 17 de dezembro, dia de São Lázaro. O santo leproso, rodeado de cães, o Obaluayê dos iorubás: dia de cumprir promessas ou esperar milagres. Talvez ele fosse surpreendido por algum, e o que poderia acontecer seria o seguinte: viria a calhar, por exemplo, encontrar uma boa biblioteca à venda, com livros que o ajudassem a sair da indigência em que costumava viver. Esse seria um milagre aceitável. Embora estivesse farto de santos e virgens e continuasse não acreditando no intangível, agora sabia melhor que, se alguém tem fé suficiente, o milagre pode acontecer. Mas fé, justamente, era o que mais faltava e faltaria a Mario Conde. Também lhe faltava café. Café de verdade. E sonhos. E esperanças. E anos para pensar que era ou é possível começar de novo, se tal milagre fosse realizável. Por sorte, outras coisas lhe sobravam. Premonições, por exemplo. E ele tinha certeza, inclusive, de que algumas delas podem se cumprir.

Mantilla,
17 de dezembro de 2014-10 de agosto de 2017

Nota do autor

A transparência do tempo é um romance e deve ser lido como tal. A realidade presente e passada tem fundamentos históricos, contextos e cenários reais, mas trabalhados em função da escrita e do emprego romanescos. Como se diz agora: é *inspirado* (ver dicionário) em fatos reais.

Os capítulos do romance que se deslocam para o passado são uma recriação completamente fictícia de personagens e cenários encravados em vários momentos históricos documentados. Respeitei a essência desses períodos ou situações, como sempre, numa ficcionalização que parte da pesquisa histórica exaustiva. A aldeia La Vall de Sant Jaume é obra da minha imaginação, e com ela tento reproduzir qualquer outra pequena aldeia da Garrotxa catalã, com sua estrutura e suas paisagens. A Virgem negra, Nossa Senhora de La Vall, também é fictícia, mas, como muitas outras Virgens negras românicas que existem ou existiram e desapareceram ou foram destruídas, tem uma história e uma origem que poderiam ter sido as que criei.

Por sua vez, os episódios do presente cubano apoiam-se no conhecimento vivo e no questionamento de uma realidade que faz parte da minha própria vida e experiência, embora o procedimento investigatório da trama policial da qual Mario Conde participa seja pura ficção.

Como sempre, quero agradecer a um grupo de amigos, meus fiéis leitores e colaboradores voluntários, sua ajuda imprescindível para escrever este romance. A minha amiga e tradutora para o francês, Elena Zayas, por sua colaboração militante na busca de informações históricas, escritas e gráficas, e suas leituras pacientes e críticas dos originais. A minha querida Lourdes Gómez, por suas leituras e pela procura de bibliografias inacessíveis em Cuba. A meu editor, Juan Cerezo, por sua leitura conscienciosa e por ter sido meu primeiro guia na descoberta física da paisagem e da vida de Garrotxa num percurso memorável. A Carme Simón, diretora da Biblioteca Municipal de Olot, por seu passeio revelador pelos lugares mais recônditos e característicos do Pireneu catalão. A Alejandro Ramirez Anderson, por me abrir as portas do "assentamento". A minha amiga e editora Vivian Lechuga, por sua disposição e paciência.

Não posso deixar de agradecer o tempo e as críticas que me concederam meus amigos leitores José Antonio Michelena, Rafael Grillo, Miguel Katrib, Rafael Acosta.

E, como era de esperar, mais uma vez obrigado a Lucía. Por suas leituras, por ser meu freio, por saber me ignorar nos dias em que a escrita não flui, por me suportar (no sentido mais amplo do termo) sempre: na paz e sobretudo na guerra, esses tiroteios que a vida, a história e a geografia me fizeram viver e escrever, antes e depois de qualquer milagre.

LIVROS DE LEONARDO PADURA PUBLICADOS PELA BOITEMPO

O HOMEM QUE AMAVA OS CACHORROS

Tradução de Helena Pita

Prefácio de Gilberto Maringoni

Orelha de Frei Betto

Em uma praia de Havana, dois cães medeiam o improvável encontro entre um escritor frustrado, um misterioso estrangeiro e a História. Reconstruindo as trajetórias do líder soviético Leon Trótski e de seu assassino, o militante espanhol Ramón Mercader, *O homem que amava os cachorros* conduz o leitor pelos impasses da grande utopia revolucionária do século XX e por seus desdobramentos em nosso tempo. Um romance épico e universal, magistralmente escrito.

HEREGES

Tradução de Ari Roitman e Paulina Wacht (com a colaboração de Bernardo Pericás Neto)

Orelha de Eric Nepomuceno

Um garoto judeu refugia-se em Cuba durante a Segunda Guerra Mundial. No século XVII, um aspirante a pintor rompe com os mandamentos de sua religião ao buscar os ensinamentos de Rembrandt. Nos dias atuais, uma jovem cubana busca afirmar suas paixões. Em seu novo romance, Leonardo Padura narra a história dessas três personagens que nutrem, em comum, um herético amor pela liberdade.

COLEÇÃO ESTAÇÕES HAVANA

O dia a dia do policial cubano Mario Conde – que, na verdade, queria mesmo era ser escritor – pelas ruas de Havana durante as quatro estações do emblemático ano de 1989, marcado pela queda do Muro de Berlim.

PASSADO PERFEITO

Tradução de Ari Roitman e Paulina Wacht

No primeiro fim de semana de 1989, Mario Conde é encarregado de um caso misterioso e urgente: Rafael Morín, executivo do Ministério da Indústria, está desaparecido desde o dia 1º de janeiro. Quis o destino que Morín fosse um ex-colega de escola e, como se não bastasse, casado com Tamara, a grande paixão do tenente.

VENTOS DE QUARESMA

Tradução de Rosa Freire d'Aguiar

Em plena primavera cubana, Mario Conde conhece uma mulher aficionada por jazz e sexo e é encarregado de desvendar o assassinato de uma professora de química. A investigação o coloca em uma trilha em que o consumo de drogas e a fraude revelam o lado sombrio da cidade.

MÁSCARAS

Tradução de Rosa Freire d'Aguiar

O corpo de um jovem travestido é encontrado em meio ao denso Bosque de Havana. A investigação se inicia com a visita de Conde ao impressionante personagem Marqués, homem das letras e do teatro, homossexual desterrado em sua própria terra, espécie de santo e bruxo, culto, astuto e dotado de refinada ironia.

PAISAGEM DE OUTONO

Tradução de Ivone Benedetti

Mario Conde está prestes a completar 36 anos e sente que chegou o momento de mudar sua vida. Mas ainda é preciso desvendar um último caso: o assassinato de um ex-funcionário do governo cubano que havia desertado para Miami. Ao longo da investigação, o autor recria as crônicas de uma geração forçada a se perguntar para onde foram os seus ideais.

Representação de Yemayá, orixá de extração iorubá, religião de matriz africana que atravessou o Atlântico durante o período colonial influenciando a *santería*, em Cuba, o candomblé e a umbanda, no Brasil. Apresentação na Casa de África em Havana, 10 maio de 2002. Foto: James Emery.

Impresso no dia 15 de novembro de 2018, dia nacional da umbanda, em um momento de exacerbação da perseguição às religiões afro-brasileiras no país, este livro foi composto em Adobe Garamond, corpo 11/13,2, em papel Avena 70 g/m^2 na gráfica Rettec, para a Boitempo, com tiragem de 10.000 exemplares.